Les Secrets du Code Da Vinci

Traduit de l'américain par
Guy Rivest

City Editions *Documents*

Infographie : Studio City
Benoît Desroches et Jean-Daniel Picard
Couverture (*La Cène* par De Vinci) : © PONTI/GRAZIA NERI/CORBIS SYGMA

Titre original en anglais : *The Secrets of the Code*
CDS Books & Squibnocket Partners LLC, New York, 2004

Publié en accord avec l'auteur et son agent Danny Baror, c/o BAROR INTERNATIONAL, INC., Armonk, New York, U.S.A.

Collection dirigée par Christian English et Frédéric Thibaud
Catalogue : www.city-editions.com

ISBN 2-915320-21-7

Rayon : Documents / histoire

Dépôt légal : quatrième trimestre 2004
Imprimé en France

TABLE DES MATIÈRES

LIVRE I

Le drame de son histoire, de l'histoire et de l'hérésie

Première partie
Marie-Madeleine et le Féminin sacré

Deuxième partie
Les échos d'un passé voilé

Troisième partie
Pour que les secrets restent secrets

LIVRE II

Le code de De Vinci révélé

Première partie
Vingt-quatre heures, deux villes et l'avenir de la civilisation occidentale

Deuxième partie
Critiques et commentaires sur le *Da Vinci Code*

Troisième partie
Sous la pyramide

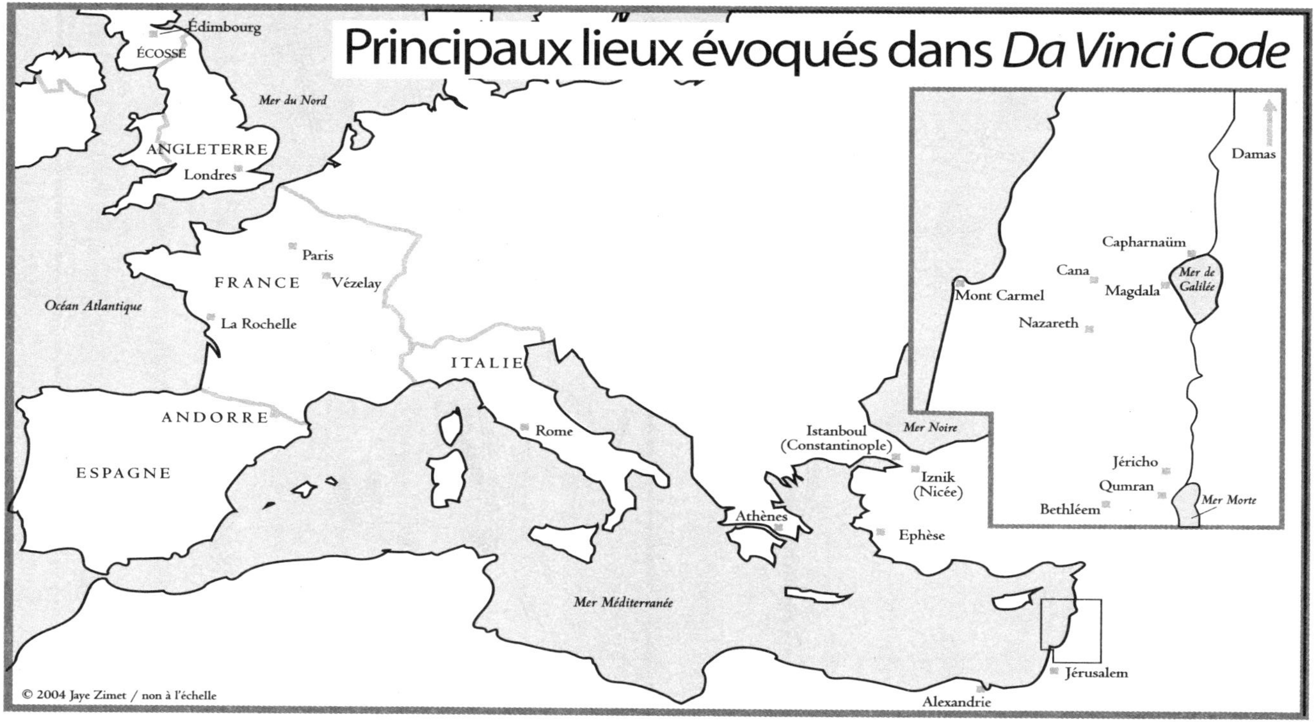

Principaux lieux évoqués dans *Da Vinci Code*
Édimbourg
ÉCOSSE
Mer du Nord
ANGLETERRE
Londres
Paris
FRANCE
Vézelay
Océan Atlantique
La Rochelle
ITALIE
ANDORRE
Rome
ESPAGNE
Istanboul
(Constantinople)
Mer Noire
Iznik
(Nicée)
Athènes
Ephèse
Mer Méditerranée
Jérusalem
Alexandrie
Damas
Capharnaüm
Cana
Mer de Galilée
Mont Carmel
Magdala
Nazareth
Jéricho
Qumran
Bethléem
Mer Morte
© 2004 Jaye Zimet / non à l'échelle

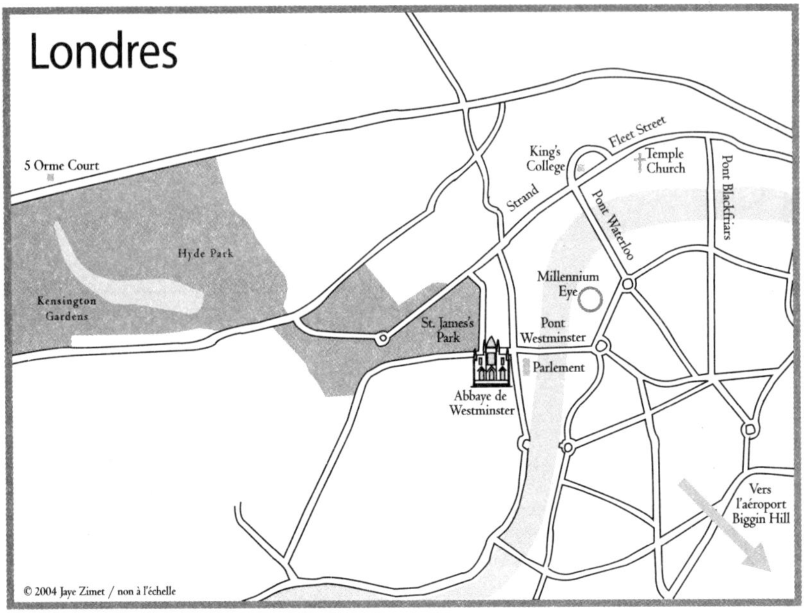
Londres
5 Orme Court
Hyde Park
Kensington Gardens
St. James's Park
Abbaye de Westminster
Strand
King's College
Fleet Street
Temple Church
Pont Waterloo
Pont Blackfriars
Millennium Eye
Pont Westminster
Parlement
Vers l'aéroport Biggin Hill
© 2004 Jaye Zimet / non à l'échelle

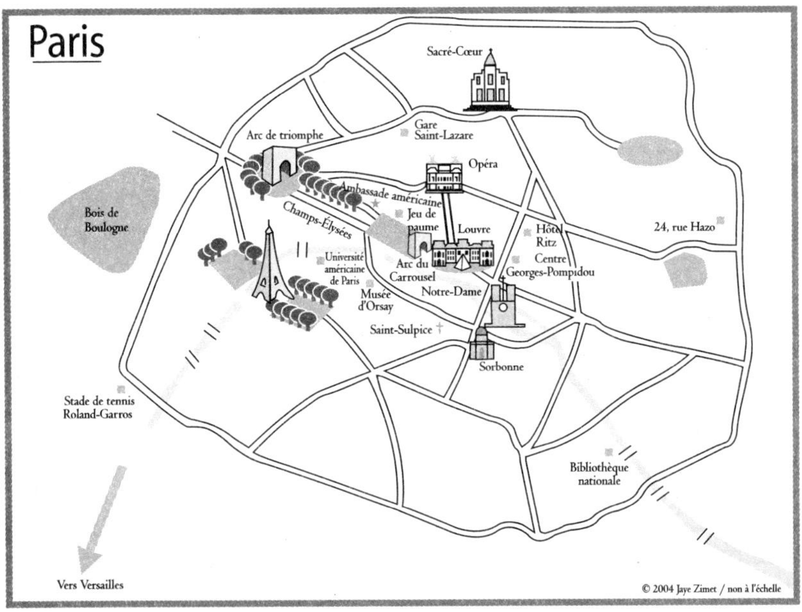
Paris
Sacré-Cœur
Gare Saint-Lazare
Arc de triomphe
Opéra
Ambassade américaine
Bois de Boulogne
Champs-Élysées
Jeu de paume
Louvre
Hôtel Ritz
24, rue Hazo
Université américaine de Paris
Arc du Carrousel
Centre Georges-Pompidou
Musée d'Orsay
Notre-Dame
Saint-Sulpice
Sorbonne
Stade de tennis Roland-Garros
Bibliothèque nationale
Vers Versailles
© 2004 Jaye Zimet / non à l'échelle

NOTE DU DIRECTEUR DE PUBLICATION

Les Secrets du code Da Vinci, le guide non officiel des mystères du *Da Vinci Code* est un recueil de réflexions et d'écrits originaux, d'extraits de plusieurs livres, de sites Internet et de magazines, ainsi que d'interviews avec d'importants écrivains et universitaires très actifs dans leur domaine de compétence. Avec une si vaste gamme de sources documentaires, notamment des transcriptions de textes anciens, nous nous sommes efforcés de régulariser les conventions d'orthographe et de dénomination, tout en évitant de modifier les orthographes originales et les conventions qui apparaissent dans de nombreux travaux que nous avons tirés d'autres livres ou documents. Dans certains cas, nous avons renuméroté les notes de bas de page pour en faciliter la lecture.

Nous avons pris soin de présenter chaque document de manière à distinguer les textes de travaux déjà publiés de nos propres propos. Il faut noter que les rédacteurs ont rédigé les textes d'introduction aux chapitres, les discussions intercalées, les questions des entrevues, les encadrés, les légendes et les notes explicatives entre crochets. Par souci de clarté, les textes des collaborateurs, les interviews et les extraits d'œuvres déjà publiées comportent une signature et / ou un avis d'autorisation de réimpression ou de droits d'auteur. Si nous avons par mégarde omis des explications sur la provenance de la documentation ou avons commis des erreurs d'identification de certains documents, nous nous en excusons à l'avance.

Tout au long du livre, nous avons tenté de sélectionner de courts extraits d'œuvres plus vastes afin de donner à nos lecteurs un aperçu du contenu d'un livre ou des idées d'un spécialiste.

Ces choix ont été incroyablement difficiles à faire, de même qu'il a été difficile de devoir laisser de côté tant de documents d'un immense intérêt. Nous souhaitons remercier tous les auteurs, les maisons d'édition, les publications périodiques, les sites Internet et les spécialistes qui nous ont si généreusement donné accès à ces documents lors de la préparation de cet ouvrage. Et nous encourageons les lecteurs à acheter les livres dont nous avons tiré des extraits, à visiter les sites Internet mentionnés et à approfondir toutes les idées tirées des sources originales que contiennent ces pages.

Les exigences liées à notre calendrier de production nous ont empêché d'inclure dans ce livre certains extraits ou certaines entrevues, de même qu'une bibliographie, un tableau chronologique et un index.

Nous prévoyons afficher certains de ces éléments sur notre site Internet à l'adresse www.secretsofthecode.com.

INTRODUCTION

À la recherche de Sophia

Comme plusieurs d'entre vous, je suis tombé sur le *Da Vinci Code* de Dan Brown pendant l'été 2003. Le livre était déjà en tête de la liste des best-sellers du *New York Times*. Il est resté près de mon lit pendant un certain temps, avec des douzaines d'autres livres que je n'avais pas encore lus, des piles de magazines, des textes de conférences que je devais examiner et une multitude d'autres documents reflétant le monde complexe, chaotique et saturé d'informations dans lequel nous vivons tous.

Puis, un jour, j'ai pris le *Da Vinci Code* et j'ai commencé à le lire. Je l'ai lu toute la nuit, fasciné. Je ne pouvais plus le poser. Cela m'était arrivé fréquemment par le passé, mais moins souvent en cette étape de ma vie où j'avais abordé la cinquantaine. À un certain moment, vers quatre heures du matin, comme je lisais le passage où Leigh Teabing explique à Sophie Neveu sa conception de Marie-Madeleine dans *La Dernière Cène*, je me suis levé et suis allé chercher des livres d'art dans la bibliothèque. J'ai regardé la peinture de Léonard de Vinci que j'avais vue bien sûr des centaines de fois auparavant. « Oui, il semble vraiment qu'une femme est assise à côté de Jésus ! » me suis-je dit.

Au matin, quand j'ai eu fini le livre, j'étais intellectuellement stimulé comme je ne l'avais pas été depuis de nombreuses années. Je voulais savoir ce qui était vrai et ce qui ne l'était pas, la part de la réalité et celle de la fiction, ce qui constituait des hypothèses éclairées et ce qui était de purs élans littéraires. Dès l'ouverture de la librairie locale, j'y étais, sirotant un café au lait et fouillant dans un tas de livres dont parlait le *Da Vinci Code* ou auxquels il faisait allusion : *Holy Blood, Holy Grail* (en français «*L'énigme sacrée»*, *The Templar Revelation*, *Gnostic Gospels*, *The Woman with the Alabaster Jar*, *The Nag Hammadi Library* et plusieurs autres. À ma grande surprise, j'ai découvert qu'il existait des dizaines de livres récents sur Marie-Madeleine, le culte de la Déesse, le Féminin sacré, les origines du christianisme et la manière dont la Bible avait été écrite et codifiée, de même que sur tous les Évangiles, gnostiques et autres. J'ai trouvé des étagères remplies de livres occultes sur les traditions des Templiers, les sociétés secrètes et plusieurs lieux que mentionne le *Da Vinci Code* et dont je n'avais jamais entendu parler auparavant, y compris Rennes-le-Château en France et la chapelle de Rosslyn en Écosse. J'ai quitté la librairie en emportant des livres qui m'ont coûté plusieurs centaines de dollars et suis rentré chez moi pour absorber toute cette matière et découvrir seulement bien plus tard que Dan Brown avait un site Internet comprenant une bibliographie.

Pendant des semaines, j'ai continué à me procurer des ouvrages liés au *Da Vinci Code*. J'ai lu à toute vitesse *Beyond Belief*, le récent livre d'Elaine Pagels, qui avait déjà exploré le monde des Écritures parallèles dans un livre pionnier paru en 1979, *Gnostic Gospels*. J'ai découvert un monde d'érudits, spécialistes du copte, du grec, de l'hébreu et du latin, qui avaient de peine et de misère traduit et analysé en profondeur les documents anciens pour y déceler de nouvelles informations et de nouvelles interprétations d'événements décrits dans la Bible. J'ai lu tous les ouvrages de Baigent, de Leigh, de Lincoln, de Picknett et d'autres auteurs qui ont examiné pendant des années une grande partie des textes dont Dan Brown s'est servi comme documentation de base. Je me suis imprégné du livre superbement détaillé de Susan Haskins sur Marie-Madeleine, qui révèle 2000 ans de mythes et de métaphores sur cette femme qui, selon Dan Brown, était la fiancée du Christ.

J'ai redécouvert des livres que j'avais déjà lus: *Moses*, la dense biographie de Jonathan Kirsh, dans laquelle il tente de mettre au jour la véritable histoire de Moïse en déchiffrant les passages obscurs de l'Ancien Testament, ouvrage qui renferme notamment de fascinantes idées dont celle selon laquelle Myriam n'aurait pas été la sœur de Moïse, comme l'affirme la Bible, mais une prêtresse ayant eu ses propres disciples et un rôle à jouer dans la libération des esclaves juifs d'Égypte. J'ai relu le passage suivant: «Certains universitaires affirment que Myriam est réelle, mais que Moïse a été inventé. D'autres laissent entendre que tous deux existaient, mais qu'ils n'étaient pas vraiment frère et sœur.» Selon eux,

Myriam était « une prêtresse et une prophétesse de plein droit » qui aurait été intégrée à l'histoire de la Bible comme la « sœur » de Moïse au nom d'une forme ancienne de rectitude politique dans les récits. Peut-être cette tradition des rédacteurs bibliques — le fait de changer les relations, de mélanger les actes des femmes avec ceux des hommes, de modifier les formes précédentes de l'histoire pour mieux correspondre à des besoins politiques postérieurs — s'est-elle manifestée dans la façon dont les rédacteurs du Nouveau Testament ont révisé l'histoire de Jésus, de Marie-Madeleine et d'autres personnes de leur entourage.

J'ai relu *Le Pendule de Foucault* d'Umberto Eco (un pastiche et une parodie littéraire d'une grande partie de la documentation occulte dont traite *Da Vinci Code*). Plus tard, Eco a déclaré à des journalistes de *Jesus, Mary and da Vinci* (l'émission spéciale d'information de la chaîne ABC consacrée à la thèse de Dan Brown) que les prémisses de *Da Vinci Code* se fondaient sur des contes de fées du XIXe siècle semblables à *Pinocchio* et au *Petit Chaperon rouge* — des « théories fausses », aussi fausses que celle qui affirmait que la Terre était plate.

J'ai refait connaissance avec le classique des années 1960 de Norman O. Brown, *Love's Body*, un de mes livres favoris à une époque antérieure, avec toute sa brillante synthèse du mythe et de l'archétype concernant le Féminin sacré et le rôle des idées mystiques dans la création de la conscience occidentale. Plusieurs citations provenant de domaines interdisciplinaires et de diverses cultures que Brown a réunies semblaient sorties tout droit du domaine « symbologique » de Robert Langdon. Langdon voit les *calices* et les *lames* comme des symboles universels masculins et féminins. Et il les voit partout : de l'adoption de l'étoile de David à six pointes dans l'ancienne histoire juive, jusque dans le jeu d'espace entre Jésus et la personne assise à ses côtés dans *La Dernière Cène* et même dans les pyramides droite et inversée de I. M. Pei au Louvre. Comme l'affirmait Norman O. Brown, « toutes les métaphores sont sexuelles ; un pénis se retrouve dans tout objet convexe et un vagin dans tout objet concave ». Langdon aurait aussi apprécié le fait que Brown évoque fréquemment le poète Yeats en cherchant à comprendre comment l'unité sacrée jadis divisée entre mâle et femelle pourrait un jour revenir à un état unifié : « Rien ne peut être unique ou entier/qui n'a pas été déchiré. »

J'ai relu un best-seller de 1965, *The Passover Plot*, en me rappelant que mes parents l'avaient lu et en avaient discuté. La couverture de l'ancienne édition que j'ai achetée montrait une peinture sur laquelle on pouvait lire : « *The Passover Plot* affirme — et présente des preuves détaillées provenant de la Bible et des Manuscrits de la mer Morte récemment découverts — que Jésus avait organisé sa propre arrestation, sa crucifixion et sa résurrection, qu'il avait fait en sorte d'être drogué sur la croix afin de simuler sa mort pour pouvoir plus tard être retiré de la croix et réaliser les prophéties messianiques. [...] Jamais auparavant un si éminent spécialiste n'avait présenté une thèse aussi stimulante ni ne l'avait étayée par des preuves aussi irréfutables. » Il s'agissait de déjà-vu pour les lecteurs du best-seller de Dan Brown quarante ans plus tard.

J'ai lu *La Dernière Tentation du Christ* de Nikos Kazantzakis, écrit il y a un demi-siècle, et regardé l'adaptation cinématographique de Martin Scorsese, que je n'avais jamais vue. Ces œuvres traçaient certainement le portrait vivant d'une possible relation amoureuse entre Jésus et Marie-Madeleine (ou Willem Dafoe et Barbara Hershey, selon le cas).

Au fur et à mesure que j'absorbais tous ces livres et documents et que je continuais à discuter avec mes amis de l'expérience qu'ils avaient vécue en lisant le *Da Vinci Code* (*DVC*), il m'est venu l'idée d'essayer de rassembler les divers morceaux en un seul ouvrage, afin que d'autres lecteurs et passionnés du *DVC* puissent tirer parti des connaissances et critiques que j'examinais. C'est ainsi qu'est née l'idée de ce livre.

Peu après avoir décidé d'explorer cette documentation dans le but de rédiger un guide non autorisé destiné au lecteur du *DVC*, j'ai lu un rapport selon lequel il existait environ quatre-vingt-dix livres qui se vendaient mieux dans les librairies américaines parce qu'ils parlaient de ce roman. J'ai compris que d'autres lecteurs avaient entrepris la même quête que moi, ce qui renforça mon désir instinctif de rédiger ce livre. Heureusement, Gilbert Perlman et ses collègues chez mon éditeur partageaient mon point de vue et ils étaient prêts à remuer ciel et terre afin de faciliter la publication de ce livre suffisamment rapidement pour offrir une toile de fond utile aux milliers de nouveaux lecteurs qui, jour après jour, achètent le *Da Vinci Code*.

Dans le cadre de mon « emploi principal » comme investisseur en capital de risque, j'entends souvent des affirmations intéressantes mais saugrenues sur les nouvelles technologies et les innovations. Mes collègues et moi entreprenons alors ce qu'on appelle le processus de « diligence raisonnable » pour évaluer ces affirmations. Nous examinons si, derrière tout ce battage, nous pourrions réaliser avec succès de vraies affaires. Notre approche commence habituellement par une liste de questions.

Ma recherche sur le *Da Vinci Code* était assez semblable. Voici ma première liste :

- Que savons-nous vraiment de Marie-Madeleine ? Était-elle une prostituée, comme la tradition chrétienne l'a dépeinte ? Sinon, pourquoi l'a-t-on décrite ainsi pendant si longtemps dans l'histoire de l'Église et pourquoi le Vatican a-t-il changé d'idée pendant les années 1960 ?

- Existe-t-il de véritables preuves montrant que Jésus et Marie-Madeleine étaient mariés ? Quand les Évangiles du Nouveau Testament parlent d'une femme qui oint Jésus d'une huile aromatique précieuse et chère tirée d'un flacon d'albâtre et qu'elle lui sèche les pieds avec ses cheveux, s'agissait-il de Marie-Madeleine ou d'une autre Marie qui pourrait avoir été réellement une prostituée repentie ? Et si c'est bien Marie-Madeleine qui l'a oint, s'agissait-il d'un geste rituel de respect ou d'une métaphore évoquant des relations sexuelles ?

- L'*Évangile de Philippe* trouvé à Nag Hammadi affirme-t-il vraiment que Jésus embrassait souvent Marie-Madeleine sur la bouche et, s'il s'agit là de la bonne traduction et des bons mots, est-ce aussi une métaphore ? Ou est-ce une référence réelle à une relation amoureuse ?

- Est-il possible que Jésus et Marie-Madeleine aient eu un enfant, fondant ainsi une lignée qui se perpétue jusqu'à nos jours ? Dans quelle mesure les nombreuses légendes sur la fuite de Marie-Madeleine vers la France sont-elles fondées ? Est-il possible que sa progéniture ait engendré la lignée des rois mérovingiens ? Et qu'en est-il des cultes de la « Madone noire » en France et ailleurs ? Marie-Madeleine pourrait-elle avoir été une femme noire venue d'Égypte ou d'Éthiopie ?

- Le Jésus de l'histoire était-il en fait un rabbin, un maître ou un leader spirituel juif, et serait-il en conséquence possible ou même probable qu'il ait été marié ? Ou existait-il déjà à cette époque une tradition de célibat et d'ascétisme parmi les leaders juifs de sexe masculin ?

- Est-il possible que Marie-Madeleine ait été en elle-même un personnage spirituel important, la compagne et/ou l'épouse de Jésus, et la personne qu'il souhaitait voir diriger son mouvement après sa mort ? Existe-t-il des registres historiques des argumentations et des manifestations de jalousie de la part des apôtres en ce qui concerne le rôle de Marie-Madeleine ? L'affirmation du *DVC* selon laquelle Jésus a été le « premier féministe » est-elle plausible d'une façon ou d'une autre ?

- Les Évangiles gnostiques et les autres Écritures sont-ils crédibles, ou à tout le moins aussi crédibles que les Évangiles traditionnels ? Leur récit est-il si différent ? Qu'apportent-ils à notre compréhension du ferment intellectuel et philosophique des premiers siècles de l'ère chrétienne ?

- Les dirigeants de l'Église romaine, de Constantin au pape Grégoire, ont-ils mené une attaque délibérée contre les croyances et les Écritures marginales ? Les ont-ils révisées à des fins politiques pour en faire ce qui est devenu la version officiellement acceptée ? Ont-ils de façon délibérée confondu Marie-Madeleine avec une autre Marie des Évangiles qui était, de fait, une prostituée ?

- Ces premiers Pères de l'Église ont-ils diffamé Marie-Madeleine non seulement parce qu'elle aurait été une prostituée, mais aussi dans le cadre d'une plus vaste opération visant à dissimuler l'influence des cultes de la Déesse sur le christianisme archaïque et ainsi dévaloriser le rôle des femmes dans l'Église ?

- Les gnostiques pratiquaient-ils des rituels sexuels sacrés ? Existe-t-il une tradition du *hieros gamos* qui s'est perpétuée de l'Égypte à la Grèce, dans le christianisme d'origine et jusqu'aux membres de l'Ordre des Templiers et du Prieuré de Sion ?

- Qui étaient les chevaliers du Temple et qu'ont-ils pu trouver en creusant sous le mont du Temple pendant les croisades ?

- Comment les Templiers ont-ils acquis leur pouvoir et leur influence et comment les ont-ils perdus ? Existe-t-il des preuves montrant que les Templiers ont trouvé le Saint-Graal ?

- Existe-t-il des preuves montrant que les Templiers et d'autres sociétés secrètes de cette époque croyaient que le Saint-Graal n'était pas lié à un calice ou à une coupe à vin, mais plutôt à Marie-Madeleine, à ses reliques, à des documents sur son rôle dans l'Église primitive, à sa progéniture et à l'avenir de la lignée engendrée par Jésus et Marie ?

- Le Prieuré de Sion a-t-il été une véritable organisation dans l'histoire ? Si c'est le cas, s'est-il perpétué sans interruption jusque dans la France d'aujourd'hui, grâce à de grands personnages de la culture européenne qui, selon le *DVC*, auraient été des Grands Maîtres : Léonard de Vinci, Newton, Victor Hugo, Claude Debussy, Jean Cocteau, etc. ?

- Que fait l'Église aujourd'hui pour réévaluer la doctrine, réexaminer les principes fondamentaux et repenser le rôle des femmes ? Pourquoi des films comme *La passion du Christ* suscitent-ils un tel intérêt ? Comment l'Église réagit-elle aux abus sexuels et autres scandales et, selon ce que nous enseigne l'histoire, à quoi pourrait-on s'attendre dans l'avenir ? Qu'est-ce que l'Opus Dei et quel rôle cette organisation joue-t-elle dans l'Église catholique ?

- Léonard de Vinci a-t-il intégré des messages symboliques secrets dans *La Dernière Cène* et d'autres œuvres ? Et *La Dernière Cène* représente-t-elle Marie-Madeleine à la droite du Christ plutôt que l'apôtre Jean ?

Dans ce livre, les lecteurs trouveront des textes qui abordent toutes ces questions et d'autres encore. Cette documentation comprend des extraits d'ouvrages et de magazines, des adresses de sites Internet, des articles originaux, des commentaires et des entrevues avec des universitaires, des spécialistes et des penseurs qui se sont penchés sur ces questions pendant des années. J'espère sincèrement que les lecteurs trouveront ces ressources aussi utiles qu'elles l'ont été pour moi lorsqu'ils tireront leurs propres conclusions et formuleront leurs propres idées.

Avant de renvoyer les lecteurs aux nombreuses références que contient ce volume, à ce que nous aimons appeler la « bibliothèque de Sophie », j'aimerais partager diverses observations sur les raisons pour lesquelles, selon moi, le *Da Vinci Code* a touché une corde sensible chez ses lecteurs et pourquoi ce livre a une résonance si profonde dans l'esprit de notre époque.

1) Le *DVC* est un roman d'*idées*. Malgré ce qu'on peut dire des dialogues percutants et des éléments d'intrigues, Dan Brown a rassemblé des idées vastes et complexes, de même que des détails et des fragments minuscules de réflexions fascinantes dans ce roman d'aventures, de meurtre et de mystère. Notre culture recherche frénétiquement les occasions d'alimenter l'esprit collectif avec autre chose que de la nourriture intellectuelle instantanée. Même parmi les écrivains littéraires élitistes, peu écrivent des romans qui abordent de grands concepts philosophiques, cosmologiques ou historiques. Et ceux qui le font produisent pour la plupart des livres tout simplement trop hermétiques, même pour le lecteur moyen, instruit et averti. Dan Brown nous a offert une gamme incroyable d'idées et de concepts fascinants. Nous participons à toute cette expérience sans qu'il nous soit nécessaire d'avoir entrepris telles ou telles études. Nous ouvrons la première page sur Saunière qui chancelle dans la grande galerie du Louvre à 22 h 46, et nous nous retrouvons entraînés avec Brown dans une chasse au trésor qui se déroule à toute allure, à travers l'histoire de la civilisation occidentale. Nous n'avons jamais à réfléchir profondément si nous ne le souhaitons pas, mais le roman livre constamment les mots clés aux personnes qui veulent en approfondir les idées.

2) Comme l'*Ulysse* de James Joyce, le *DVC* se déroule pour l'essentiel en 24 heures. Comme dans *Finnegan's Wake*, il se termine là où il a commencé. De toute évidence, Dan Brown prend très au sérieux la forme littéraire. Il lui arrive sans doute de jouer de manière plus rapide et plus relâchée avec les faits que certains ne le souhaiteraient, mais son aptitude à synthétiser de vastes arguments intellectuels et religieux en courtes phrases constitue une forme d'art. Il ne s'agit pas de prétendre que le *DVC* est un livre de « grande littérature ». Aussi populaire soit-il, je ne suis pas certain qu'il passera l'épreuve du temps. Mais notre société devrait apprécier davantage le talent des auteurs de romans à suspense, d'espionnage et d'aventures. Dan Brown est un artiste littéraire de cette trempe.

3) Notre culture matérialiste, technologique, scientifique et inondée d'informations est à la recherche de l'attrait intellectuel des grandes idées, mais aussi d'un sentiment de mission et d'une quête de sens. Les gens tiennent à définir leur sensibilité spirituelle ou à tout le moins à trouver un sens à leur vie. Le *DVC*, tout comme les romans de la série *Harry Potter* qui relèvent du même esprit d'époque, raconte le cheminement d'un héros classique (mais, ici, en plus d'être une partenaire à part entière, l'héroïne est, de fait, encore plus importante). On peut lire le *DVC* comme une *Odyssée* moderne sous l'angle du mythe, de l'archétype, du langage symbolique et de la pratique religieuse. Non seulement les personnages empêcheront les secrets les plus précieux de tomber entre de mauvaises mains, mais, au cours de cette aventure, ils acquerront une connaissance de soi, de leur identité, ainsi qu'une place dans le monde.

4) Comme à d'autres époques de l'histoire — les jours légendaires d'Arthur, les croisades, le XIXe siècle —, nous vivons dans une ère où le romantisme de la quête du Saint-Graal connaît une renaissance. En témoigne au sens étroit la vaste floraison d'une nouvelle littérature sur le Saint-Graal de l'histoire chrétienne. Dan Brown s'inspire fortement de cette documentation de l'occulte, du Nouvel Âge et du mystérieux. Mais il y a aussi une extension de la quête du Saint-Graal au sens métaphorique le plus large. La recherche d'une solution aux secrets du génome humain, le désir d'aller sur Mars, la compréhension du big-bang et la communication ramenée à des octets numériques transmis sans fil sont tous,

à leur façon, des quêtes du Saint-Graal. Il s'agit peut-être là d'un effet de millénarisme légèrement différé : lorsque le changement de millénaire est survenu il y a quelques années, plusieurs observateurs ont été surpris par la faible ampleur de la fièvre exprimée. Puis sont survenus le choc du 11 septembre, les actes de terrorisme apocalyptiques, les guerres en Afghanistan et en Irak, les explosions de violence dans l'ensemble du Moyen-Orient, tous accentués par l'extrémisme religieux et une rhétorique sur la foi et les infidèles qui s'inspire de l'ère des croisades. La naissance de notre nouvelle ère commençait à ressembler davantage à une transition millénariste. Le *DVC* aborde précisément ces thèmes, en tirant les principaux éléments de son intrigue d'une époque éloignée de 1000 et 2000 ans — la naissance de l'ère chrétienne et les croisades. Dans un livre remarquable publié peu après *DVC*, *The Holy Grail: Imagination and Belief*, l'éminent historien médiéval britannique Richard Barber explique le rôle du Saint-Graal dans le déclenchement de la création artistique, de Wagner aux Monty Python en passant par T. S. Eliot. Il évalue également l'utilisation de l'expression Saint-Graal dans les journaux à grand tirage, qui, d'habitude, ne consacrent pas beaucoup d'espace aux questions religieuses. Selon Barber, le *New York Times* n'a mentionné le Saint-Graal que 32 fois en 1995-1996, mais 140 fois en 2001-2002. Le *Times* de Londres a augmenté ses mentions du Graal de 14 en 1985-1986 à 171 en 2001-2002, et *Le Figaro*, de 56 en 1997-1998 à 113 en 2001-2002.

5) Les femmes constituent une large part des lecteurs de *DVC*, qui illustre de plusieurs façons la nouvelle manière de penser des femmes dans notre culture. Dan Brown a délivré Marie-Madeleine de sa réputation de pécheresse, de pénitente et de prostituée. Dans son livre, même l'intelligente et raffinée Sophie Neveu croit encore que Marie-Madeleine est une prostituée jusqu'à ce que Langdon et Teabing la fassent changer d'avis. Je ne pense pas prendre un gros risque en affirmant que les gens qui ont appris dans le *Da Vinci Code* que Marie-Madeleine n'est plus considérée comme une prostituée sont beaucoup plus nombreux que ceux qui l'ont su par les clarifications officielles de l'Église au cours des années 1960. Il est difficile de surmonter mille quatre cents ans de réputation de femme déchue. Mais le *DVC* a déplacé la correction de l'Église de la proverbiale page 28 de la troisième section à la première page de la conscience du public. Plus encore, le *DVC* a montré que Marie-Madeleine était bien davantage qu'une femme

« qui n'est pas une prostituée ». D'après le roman, c'était un personnage fort et indépendant, une protectrice de Jésus, cofondatrice de son mouvement, la seule personne qui croyait en lui au moment où il en avait le plus besoin, auteur de son propre Évangile, sa compagne de vie et la mère de son enfant. Le *DVC* permet à des millions de femmes qui s'estiment offensées, sont l'objet de discrimination ou se sentent malvenues dans les Églises de toutes confessions aujourd'hui, de voir les premiers temps de l'histoire religieuse sous un tout autre angle. De même que les femmes ont trouvé de nouveaux modèles d'héroïnes dans chaque domaine, qu'il s'agisse de la science, des arts ou des sports ces trente dernières années, le *Da Vinci Code* ouvre les yeux de tous sur un point de vue étonnamment différent du rôle important des femmes dans la naissance de la chrétienté. Ces thèmes sont devenus courants à l'école de théologie de Harvard et dans d'autres centres intellectuels, mais c'est le *DVC* qui a mis cette perspective à l'avant-scène pour les femmes instruites (et les hommes) qui œuvrent en dehors du milieu universitaire. Plus particulièrement pour les femmes catholiques, dont plusieurs ressentent depuis longtemps une certaine amertume envers les positions de l'Église contre l'avortement, la contraception, le divorce et l'ordination des femmes, ce livre met en lumière la façon dont la moitié féminine de l'équation humaine pourrait avoir été volontairement supprimée, pour des raisons politiques, par la montée du pouvoir institutionnel centralisé de l'Église de Rome. Les faits que présente le *DVC*, réels et vérifiables, révèlent une histoire que peu de gens connaissent. Par exemple, aux premiers jours de l'Église, rien n'interdisait la prêtrise aux femmes, et le célibat des prêtres n'est devenu la règle que six siècles après le Christ. Qui plus est, Marie-Madeleine n'est pas le seul personnage féminin important des Évangiles traditionnels. Plusieurs autres femmes de premier plan y sont mentionnées par leur nom, mais la plupart d'entre elles sont demeurées mystérieuses au cours de toutes ces années, même pour les fidèles. Bien sûr, la Vierge Marie, mère de Jésus, fait depuis longtemps l'objet d'un culte. Ces dernières années, elle est devenue un personnage encore plus important dans l'Église, tendance favorisée par le pape Jean-Paul II. Mais le nouveau portrait de Marie-Madeleine que dépeint Dan Brown — puissante, forte, indépendante, intelligente, porte-étendard du christianisme bien après la mort de Jésus et, oui, sexy — fait de Marie-Madeleine un personnage infiniment plus accessible et humain que la Vierge Marie distante, angélique et parfaite.

6) À une époque de fondamentalisme et d'extrémisme religieux croissants dans le monde, le *DVC* présente une étude importante de l'histoire occidentale. Premièrement, il met en évidence la diversité et l'effervescence qui régnaient dans le monde judéo-chrétien il y a deux mille ans — diversité et effervescence supprimées plus tard par les campagnes de l'Église contre les hérétiques. Il laisse entendre que certaines idées païennes et orientales qui se sont retrouvées dans la pensée méditerranéenne orientale pourraient avoir été valables et justes. En nous rappelant les croisades et l'Inquisition de même que les intenses batailles d'interprétation, et par opposition au film *La Passion du Christ* de Mel Gibson en 2004, qui tente de présenter une version de *la* véritable façon dont se sont déroulés ces événements notoires, le *DVC* met les lecteurs au défi d'envisager que ce qu'ils ont toujours entendu ou cru pourrait *ne pas* être la vérité, après tout. Le roman suggère l'existence d'une multitude de complots et de milieux clandestins: la grande dissimulation de l'Église traditionnelle et la conspiration visant à anéantir le Prieuré de Sion, la propre conspiration du secret de ce même Prieuré, la conspiration de l'Opus Dei pour accroître son pouvoir dans l'Église et la conspiration du *Maître* afin de commettre un meurtre et de promouvoir sa propre version de la vérité. Ce faisant, le *DVC* constitue une critique implicite de l'intolérance, de la folie au nom de Dieu et de tous ceux et celles qui croient qu'il n'y a qu'un seul vrai dieu, une seule vraie foi et une seule vraie façon de pratiquer ses dévotions.

7) En tirant parti des récentes découvertes archéologiques, comme les textes de Nag Hammadi et les Manuscrits de la mer Morte, de même qu'en esquissant une analyse historique des œuvres de Léonard de Vinci et d'autres tableaux, et en les examinant sous l'angle de l'interprétation et de la cryptographie, le *DVC* relie entre elles diverses composantes de rapports scientifiques et archéologiques de notre époque. Ainsi, le roman met en scène les éléments du plus grand polar de l'histoire: nous vivons à une époque où nous découvrons des preuves authentiques des origines humaines et des origines de plusieurs idées et croyances. Le cheminement de Sophie qui part à la découverte d'elle-même est en réalité semblable au nôtre. Elle est peut-être une descendante directe de Jésus, mais nous descendons tous de gens qui ont vécu à cette époque, ont eu ces pensées et respecté ces coutumes. Quand nous pouvons saisir les perspectives qu'ont pu avoir les

philosophes gnostiques dans le désert égyptien il y a seize ou dix-sept siècles, c'est une expérience saisissante. Nous déchiffrons en même temps les codes de notre ADN biologique et ceux de notre ADN culturel. Grâce à de nouvelles recherches et à de nouveaux instruments scientifiques, nous pourrions bien connaître ce que Léonard de Vinci essayait de nous dire ou savoir s'il essayait seulement de nous dire quelque chose.

8) L'idée selon laquelle Robert Langdon est un *symbologiste* — une discipline apparemment créée par Dan Brown lui-même — et le fait qu'il ait autant de talent pour expliquer les signes et les symboles représentent un autre aspect de l'attrait du livre. Nous quittons à toute allure l'ère de Gutenberg pour le monde en réseau des médias interactifs. C'est une transition du monde de la réflexion hiérarchisée, littérale, structurée, rationnelle vers un mélange futuriste d'images, d'idées, de mouvements, d'émotions, de hasards et d'interconnexions. En un sens, nous reculons dans le temps jusqu'à une époque où les signes et les symboles visuels avaient beaucoup plus d'importance. Les icônes sur nos écrans d'ordinateur sont la réincarnation des peintures rupestres qu'on trouve en France. Le fait que Dan Brown soit si sensible aux significations et aux idées qui arrivent dans nos vies à partir de sources non littérales et non rationnelles constitue une partie importante de l'expérience liée à la lecture de ce livre. En réalité, lorsqu'on lit le *DVC*, on éprouve une expérience semblable à celle que Langdon décrit quand il affirme que, pour lui, regarder un film de Disney, c'est comme être « assailli par une avalanche d'allusions et de métaphores ». Comme on le souligne ailleurs dans l'ouvrage, le personnage de Langdon est un mélange attrayant d'Indiana Jones et de Joseph Campbell. Le fait que Brown ait semé des codes, des symboles et des anagrammes tout au long de son roman nous le rend d'autant plus intéressant et interactif en tant que participants à l'expérience.

9) Les complots, les secrets, la vie privée, le vol d'identité, la technologie et ses problèmes sont des thèmes qui apparaissent dans tous les livres de Dan Brown et qui conviennent parfaitement à notre époque. Lire le *DVC* stimule la réflexion et les discussions sur tous ces sujets. L'Église américaine moderne a dissimulé pendant des années d'horribles affaires d'exploitation sexuelle; le président des États-Unis a peut-être déclenché l'invasion d'un pays étranger en se fondant sur des preuves fabriquées de l'exis-

tence d'armes de destruction massive; les dirigeants d'entreprises comme Enron et Worldcom ont trompé les actionnaires et les organismes de réglementation avec des milliards de dollars de valeurs inexistantes. Il est impossible de lire le *Da Vinci Code* sans entendre l'écho de ces incidents contemporains de mensonge et de dissimulation — et de la vérité qui finit par en découler.

Le Da Vinci Code se fonde-t-il sur des faits ou n'est-ce que fiction ? Mon objectif premier est de vous donner la documentation qui vous permettra de tirer votre propre conclusion. Je tiens à préciser que je ne prétends pas posséder une grande expérience sur les sujets qu'aborde le *Da Vinci Code*. J'éprouve un intense intérêt et une curiosité irrépressible à l'égard de ces sujets, mais je n'ai aucun titre de compétence universitaire, religieuse ou artistique pour les traiter. Pour une grande part, je me vois comme la plupart des lecteurs de romans. Ces idées m'ont séduit et j'ai entrepris de les examiner plus en profondeur, de dénicher les spécialistes les plus renommés que je pourrais interviewer et les sources de documentation les plus convaincantes, et de rassembler le tout en un seul volume pratique destiné aux autres lecteurs intéressés et curieux.

Comme professionnel, toutefois, j'ai le sentiment de devoir au moins à mes lecteurs un résumé du sujet que, à mon avis, ce livre présente et rassemble. Ma conclusion personnelle est que le roman est une œuvre de fiction fascinante et bien ficelée, parsemée de détails intéressants de faits peu connus et stimulants, mais aussi de réflexions audacieuses fortement hypothétiques. Il est préférable de le lire comme un livre d'idées et de métaphores — un carnet comme en rédigeait Léonard de Vinci, qui permet aux lecteurs de réfléchir sur leur propre philosophie, leur propre cosmologie, leurs croyances religieuses et leurs doutes.

Une fois ces avertissements formulés, laissez-moi vous présenter un survol de mes conclusions sur la question de la réalité par rapport à la fiction. La réponse à cette question comporte au moins deux parties très différentes.

Premièrement, je dirais que plus Dan Brown recule dans le temps, plus il se trouve en terrain intellectuel solide. Par exemple, vous pouvez trouver plusieurs anthropologues, archéologues et autres experts qui appuient les grandes lignes de l'argument du *DVC* sur le Féminin sacré. Des documents scientifiques sérieux montrent que, avant l'émergence du monothéisme judéo-chrétien, de nombreux systèmes de croyances païennes polythéistes avaient tendance à accorder une beaucoup plus grande attention aux déesses, tout autant qu'aux dieux et à la nature spirituelle et divine du sexe, de la procréation, de la fertilité et de la naissance. De même, en ce qui concerne le fait de ne pas confondre Marie-Madeleine avec la prostituée du Nouveau Testament, ou le fait qu'elle ait eu un rôle beaucoup plus important dans les périodes de fondation du christianisme qu'on ne l'avait d'abord estimé, on peut trouver un vaste ensemble d'œuvres savantes indépendantes, de même que des travaux effectués par des chercheurs religieux et des théologiens qui soulevaient les mêmes questions. Bien sûr, les universitaires sérieux ne vont pas arriver à une conclusion sans détenir de preuves tangibles. Ainsi, on ne trouve pas une foule d'universitaires traditionnels qui sont absolument *convaincus* que Jésus et Marie étaient mariés, mais on peut trouver des universitaires très sérieux et très crédibles — et même des théologiens — qui sont ouverts à la *possibilité* d'une relation amoureuse entre les deux.

Ainsi, une large part de ce que le *Da Vinci Code* affirme — que ce soit à propos du rôle du Féminin sacré au cours de la préhistoire, de Marie-Madeleine, des débuts du christianisme, de la diversité de pensée il y a deux mille ans, de la consolidation ultérieure de l'institution de l'Église romaine —, trouve sa source, à tout le moins, dans des travaux d'universitaires sérieux et dans certaines preuves concrètes, comme les découvertes de Nag Hammadi. Dan Brown interprète ces documents de la manière la plus spectaculaire qui soit, la plus exagérée et la plus favorable à l'intrigue. Bien sûr, c'est un roman. Mais les sources des idées qui sous-tendent ces thèmes me semblent valables.

Cependant, au fur et à mesure que nous avançons à toute allure dans le roman, le *Da Vinci Code*, tout en demeurant une histoire fascinante, s'éloigne de plus en plus des recherches sérieuses. Le début de l'histoire des croisades et des Templiers, telle que présentée, ne contredit pas les points de vue traditionnels. Mais au moment où nous abordons des questions comme le Saint-Graal, qui serait synonyme de Marie-Madeleine et de la lignée royale de Jésus, comme l'engagement tenace du Prieuré de Sion envers l'esprit du Féminin sacré, comme l'argument selon lequel *La Dernière Cène* représente un message codé de Léonard de Vinci sur l'histoire véritable de Jésus et de Marie, ou encore comme le fait que le Prieuré ait survécu jusqu'à aujourd'hui grâce à une chaîne ininterrompue de Grands Maîtres allant de Léonard de Vinci à Pierre Plantard, Dan Brown a quitté les sentiers battus de la recherche classique. Il a plongé dans le monde des mythes du Nouvel Âge, monde dans lequel presque tout est recyclé à partir de légendes et de traditions qu'ont explorées d'autres auteurs au cours des dernières décennies. Une grande partie de ces éléments est si éloignée des normes en matière de crédibilité historique qu'il ne vaut pas la peine de se demander si c'est de l'histoire ou des faits. Pour certains, il s'agit là d'un tas d'inepties occultes. À mes yeux, et peut-être à ceux de plusieurs autres, il s'agit certes d'inepties en ce qui concerne l'histoire, mais d'un matériel fascinant sous l'angle du récit et des traditions populaires, toujours intéressant à débattre du point de vue du mythe, de la métaphore et de notre ADN culturel.

De nombreux commentateurs remettent en question le portrait que fait Dan Brown de la doctrine religieuse et de l'histoire chrétienne. En fait, plusieurs ouvrages qui présentent aux lecteurs une critique du *DVC* à partir d'un point de vue religieux sont en cours de rédaction ou de publication. Je vous encourage à les lire aussi. Mais il ne s'agit pas dans ce livre de savoir si Dan Brown est juste sur le plan théologique, même si nous présentons certains arguments en ce sens ici. J'ai plutôt choisi de mettre en lumière les idées, les métaphores qu'on peut discerner en entreprenant un dialogue sur ce livre. Je ne souhaite ni déclencher des polémiques ni me montrer critique ou irrespectueux envers les croyances religieuses de qui que ce soit. Je ne désire pas non plus soutenir ou déprécier les travaux mentionnés dans cet ouvrage sur lesquels le *DVC* s'est fondé. Le fait que ce livre présente une telle documentation ne signifie pas que je tiens pour vrais les arguments qui y sont présentés. Cela veut seulement dire que je pense nécessaire que vous preniez connaissance de ces arguments afin de vous faire votre propre opinion.

Les Secrets du Code constitue une compilation d'idées et d'opinions émises par une vaste gamme de penseurs. Ce livre est conçu pour aider le lecteur dans sa quête de connaissances et de perspectives personnelles ou, si vous voulez, de *sophia*.

Je veux être absolument clair: *Da Vinci Code* est un roman. C'est un divertissement. C'est quelque chose qu'il faut apprécier. Une partie du plaisir, à mes yeux en tout cas, consiste à suivre les différentes avenues et idées, à découvrir leurs interconnexions. C'est là l'essence même de ce livre.

Dan Burstein   Avril 20004

LIVRE I

Le drame de l'histoire de Marie-Madeleine

De l'histoire à l'hérésie

Première partie

Marie-Madeleine et le Féminin sacré

MARIE-MADELEINE

Comment l'histoire a transformé une femme accomplie en prostituée

Le Christ l'aimait plus que tous les disciples et l'embrassait fréquemment sur la [bouche]. Les autres disciples s'en trouvaient offensés et manifestaient leur désapprobation. Ils lui dirent: «Pourquoi l'aimes-tu davantage que nous tous?» Le Sauveur leur répondit: «Pourquoi ne vous aimé-je pas comme je l'aime?»

— tiré de l'*Évangile de Philippe*

À plusieurs égards, Marie-Madeleine est la vedette du *Da Vinci Code* et il va de soi qu'elle constitue le point de départ de cette odyssée livresque qui examine les récits et les mystères du roman de Dan Brown. Mais qui était cette femme dont le rôle est si essentiel à des moments déterminants des Évangiles traditionnels? De toute évidence, elle est l'un des compagnons les plus proches de Jésus. Le Nouveau Testament mentionne douze fois son nom. Elle figure parmi les rares partisans de Jésus qui assistent à sa crucifixion et elle prend soin de lui après sa mort. C'est elle qui retourne à son tombeau trois jours plus tard et c'est à elle que Jésus ressuscité apparaît en premier lieu. Au moment de son apparition, il lui demande — en fait, il lui accorde les pleins pouvoirs — de répandre la nouvelle de sa résurrection et de devenir le plus important des apôtres, le porteur du message chrétien aux autres apôtres et au monde.

On trouve tous ces éléments dans les énoncés officiellement acceptés du Nouveau Testament. Si vous étudiez les autres récits — diverses Écritures perdues et les Évangiles gnostiques —, vous découvrez rapidement des indices montrant que Marie-Madeleine et Jésus pourraient avoir eu une relation extrêmement étroite, une relation intime entre un homme et sa femme. Vous découvrez qu'elle pourrait avoir été elle-même un chef de file et une penseuse à qui Jésus aurait confié des secrets qu'il ne partageait pas même avec ses apôtres masculins. Elle pourrait avoir été à l'origine d'une rivalité jalouse entre les autres apôtres dont quelques-uns, notamment Pierre, auraient pu critiquer son rôle au sein du mouvement parce qu'elle était une femme et voir d'un mauvais œil sa relation avec Jésus. Elle pourrait avoir représenté une philosophie plus humaniste et personnalisée, peut-être plus proche de ce que prêchait réellement Jésus que de ce qu'a finalement accepté l'Empire romain sous Constantin comme étant la pensée chrétienne officielle, normalisée, conventionnelle.

On la connaît sans doute mieux dans l'histoire en tant que prostituée. Mais l'a-t-elle seulement été? Jésus lui a-t-il simplement pardonné et a-t-elle tout bonnement exprimé des regrets et modifié sa façon d'agir pour illustrer les principes chrétiens traditionnels qui concernent le péché, le pardon, la pénitence et la rédemption? Ou n'était-elle aucunement une prostituée, mais plutôt une mécène et une partisane du mouvement de Jésus qui, selon une déclaration du pape Grégoire au VIe siècle, ressemblait beaucoup à une autre Marie des Évangiles qui, elle, était prostituée? Et quand le pape Grégoire a réuni en une seule personnes les trois Marie des Évangiles, l'a-t-il fait de façon délibérée afin de marquer Marie-Madeleine du stigmate de la prostitution? S'agissait-il d'une erreur de bonne foi à une époque sombre où on disposait de peu de documents originaux et où le langage biblique constituait un mélange d'hébreu, d'araméen, de grec et de latin? Était-il nécessaire pour l'Église de simplifier et de codifier les Évangiles, ainsi que de faire ressortir les thèmes du péché, de la pénitence et de la rédemption? Ou s'agissait-il d'un stratagème bien plus machiavélique (un millénaire avant Machiavel) visant à ruiner la réputation de Marie-Madeleine et, ce faisant, à détruire les derniers vestiges des influences des cultes rendus à une déesse païenne et au Féminin sacré aux premiers temps de l'ère chrétienne, à miner le rôle des femmes au sein de l'Église et à ensevelir le caractère plus humaniste de la foi chrétienne?

Les choses sont-elles allées encore plus loin? Lorsque le pape Grégoire a apposé la lettre écarlate de la prostitution sur Marie-Madeleine — qui allait demeurer officiellement une prostituée repentie durant les quatorze siècles suivants —, était-ce l'amorce d'une vaste opération de dissimulation dans le but de nier le mariage de Jésus avec Marie-Madeleine et, par conséquent, la lignée royale, sacrée, de leurs descendants? Leurs descendants? Eh bien, oui! Si Jésus et Marie-Madeleine étaient mariés ou avaient eu une relation intime, il pourrait fort bien y avoir eu un ou plusieurs enfants. Et qu'est-il advenu de Marie-Madeleine après la crucifixion? La Bible reste muette à ce sujet. Cependant, autour de la Méditerranée, d'Éphèse à l'Égypte, il existe une légende et une tradition suggérant que Marie-Madeleine se serait échappée de Jérusalem avec son enfant (ou ses enfants) et qu'elle aurait adopté une vie d'évangéliste. Selon les récits les plus intéressants, elle aurait vécu en France, thème que reprend Dan Brown et qu'il situe au cœur de l'intrigue du *Da Vinci Code.*

Comme elle personnifie les questions liées au péché et à la rédemption, la madone et la putain, la pénitence et la vertu, les croyants et les déchus, il n'est pas étonnant que Marie-Madeleine ait toujours été un personnage dominant de la littérature et de la culture. Des acteurs mâles sont montés sur scène pour l'incarner dans les mystères de la Passion, les toutes premières œuvres théâtrales produites en Europe de l'Ouest il y a un millier d'années. Depuis lors, elle est demeurée un personnage constant de l'art ecclésiastique.

À une époque beaucoup plus récente, Dan Brown n'étant pas le premier auteur que Marie-Madeleine ait fasciné, ni le premier à insister sur la question de son possible mariage avec Jésus, Nikos Kazantzakis mettait en scène une relation amoureuse entre eux dans son roman *La Dernière Tentation du Christ*, il y a plus de cinquante ans (bien avant que Martin Scorsese n'en tire un film dans les années 1980 et ne soulève à nouveau la question). Il y a plus de trois décennies, William E. Phipps abordait déjà plusieurs de ces questions dans son livre *Was Jesus Maried? (Jésus était-il marié?)*. L'opéra rock *Jesus-Christ Superstar*, une autre œuvre réalisée il y a une trentaine d'années, suggère aussi l'existence d'une relation amoureuse entre Jésus et Marie-Madeleine. Compte tenu de l'intérêt que porte notre société aux questions sur les rôles des hommes et des femmes, sur les femmes comme chefs de file, et à toutes les combinaisons imaginables de l'amour, du mariage et du sexe, la « nouvelle » image de Marie-Madeleine convient bien à notre époque et du *Da Vinci Code* arrive à point nommé.

Dans ce chapitre, quelques-uns des principaux experts mondiaux sur Marie-Madeleine se prononcent sur les différentes versions de son identité au cours de l'histoire, sur la signification de son rôle dans les Évangiles traditionnels et sur la façon dont les Évangiles gnostiques et d'autres Évangiles peuvent nous aider à mieux la comprendre aujourd'hui. Certains experts souhaitent éclaircir uniquement la signification de ce qu'on trouve dans la Bible. D'autres désirent approfondir et enrichir la discussion en apportant de nouvelles preuves et de nouvelles interprétations. D'autres encore se concentrent moins sur ce que révèlent les textes que sur la signification de Marie-Madeleine sur le plan de l'archétype, du mythe et de la métaphore.

Le débat qui se déroule au XXIe siècle autour de Marie-Madeleine rassemble chaque question qui pourrait faire l'objet d'une discussion. Venait-elle de Magdala sur la mer de Galilée et, de ce fait, était-il possible qu'elle soit juive ? Ou était-elle originaire d'une ville égyptienne ou éthiopienne du même nom ? Avait-elle le teint pâle et les cheveux châtains ainsi qu'on la voyait souvent représentée à l'époque médiévale ou s'agissait-il d'une Africaine noire ? Avait-elle été « initiée » aux us et coutumes de la Terre sainte ou était-elle plutôt non-conformiste, comme a été parfois décrit Jésus ? Comment savons-nous qu'elle était riche ? Parce qu'elle venait d'un prospère village de pêcheurs ? Parce que le parfum à l'anis sauvage qu'elle utilisait pour oindre Jésus était considéré comme un produit de luxe ? Parce qu'elle semblait avoir pris des arrangements pour la nourriture et l'hébergement de Jésus et de ses disciples qui avaient renoncé aux biens matériels ? Comme elle n'est qu'une des nombreuses femmes qui semblent avoir entouré Jésus, qu'en est-il des autres femmes, dont plusieurs sont mentionnées par leur nom ? Était-elle une descendante de la Maison de Benjamin, comme certains récits suggèrent que Jésus venait de la Maison de David, et leur mariage pourrait-il avoir été important sur le plan politique en rassemblant ces deux clans ? Jésus se serait-il de toute façon marié selon le cours normal des événements ? Après tout, la plupart des rabbins de culture juive de cette époque étaient mariés et, dans le Nouveau Testament, Marie-Madeleine et plusieurs des personnes qui suivaient Jésus l'appelaient « Rabboni ». S'il était un rabbin juif, ne pourrait-on s'attendre à ce qu'il fût marié ? Ne trouve-t-on pas des références explicites au fait que Pierre et plusieurs autres apôtres aient été mariés ? Pourquoi Jésus aurait-il pratiqué le célibat alors que le langage biblique est si chargé d'exhortations à être « fécond » et à « aller et se multiplier » ?

Dans la scène des Évangiles où Marie-Madeleine oint Jésus d'huile parfumée provenant d'un vase d'albâtre et lui lave les pieds avec ses larmes qu'elle sèche ensuite à l'aide de ses cheveux, s'agit-il bien d'elle ou d'une autre Marie ? Si c'est Marie-Madeleine, ces gestes constituent-ils un rituel lui permettant d'exprimer son respect ou sont-ils une métaphore suggérant des relations sexuelles ? Et s'il s'agit de relations sexuelles, est-ce une allusion à son ancienne vie de prostituée ? Est-ce un indice que Jésus et Marie-Madeleine étaient réellement mariés ? S'agit-il d'une métaphore poétique concernant non seulement des relations sexuelles, mais aussi des relations sexuelles particulièrement signifiantes et sacrées, comme les pratiques du *hieros gamos* (mariage sacré) qui découlent des cultures grecque, minoenne et égyptienne encore plus anciennes? Pourrait-elle être une «prostituée» au sens où, dans certaines cultures anciennes, les hommes avaient des relations sexuelles avec les «prostituées du Temple» pour vivre des expériences euphoriques, divines, mystiques, religieuses? Les noces de Cana, décrites dans le Nouveau Testament, sont-elles une description métaphorique du mariage de Marie-Madeleine et de Jésus-Christ, et évoquent-elles le Chant de Salomon dans l'Ancien Testament? Ces histoires n'évoquent-elles pas aussi ce que Carl Jung ou Joseph Campbell décrivaient comme des archétypes universels et des mythes à propos de l'unité sacrée entre l'homme et la femme, le besoin de plénitude et le besoin d'amour — non seulement l'amour au sens du Nouveau Testament, mais aussi l'amour dans son sens entièrement charnel, érotique, humaniste?

Existe-t-il des textes sacrés ou d'autres types de documents qui jettent un éclairage sur ce qui s'est réellement produit en Israël au temps du Christ et plus précisément entre Jésus, Marie-Madeleine et leurs disciples? Des documents et des reliques faisant référence à ces événements ont-ils été enfouis sous le mont du Temple à Jérusalem et sont-ils devenus le Saint-Graal que cherchaient les chevaliers des croisades? Est-il possible que les Templiers aient trouvé de tels objets, les aient sortis en douce de la Terre sainte et rapportés en France à l'époque médiévale? Et si jamais on trouvait ces objets, que ce soit dans une cavité de la chapelle Rosslyn en Écosse, sous la pyramide du Louvre ou ailleurs, l'histoire et les croyances chrétiennes s'en trouveraient-elles changées fondamentalement de la même façon que les Évangiles gnostiques et les Manuscrits de la mer Morte les ont déjà influencées?

Dans le *Da Vinci Code*, Dan Brown a soulevé avec brio plusieurs de ces questions. En quelques pages, au milieu d'une histoire de meurtre mystérieux, de suspense et de détectives, il parvient à faire référence aux principales questions mentionnées ci-dessus et à bien d'autres et particulièrement à la possibilité que Léonard de Vinci, connaissant et ayant compris la véritable histoire de Jésus-Christ et de Marie-Madeleine, ait peint Marie-Madeleine dans *La Dernière Cène*. De plus, d'après le *Da Vinci Code*, l'image d'un Pierre au regard mauvais, qui fend l'air de sa main en direction de Marie-Madeleine sur le tableau, vise à suggérer une animosité entre Pierre et Marie-Madeleine au sujet de l'avenir de l'Église. Dans ce roman, Sophie Neveu demande à ses enseignants de fin de soirée, Teabing et Langdon: «Vous êtes en train de dire que l'Église chrétienne devait être perpétuée par une femme?»

«C'est ce qui était prévu, répond Teabing. Jésus a été le premier féministe. Il voulait confier l'avenir de son Église à Marie-Madeleine.»

On peut comprendre pourquoi les questions que soulève le *Da Vinci Code* amènent les gens à parler, à argumenter et à chercher, même si certains aspects de l'intrigue peuvent paraître improbables et si l'histoire religieuse a subi de multiples et profondes transformations. Dans ce chapitre, de nombreux spécialistes nous parlent des divers aspects du débat sur Marie-Madeleine. Certains d'entre eux, tels Lynn Picknett et Margaret Starbird, font partie des sources documentaires originelles qui ont inspiré les idées du *Da Vinci Code*. Leurs idées sont peut-être les plus radicales de toutes, mais elles sont toujours stimulantes et intéressantes. Les personnes qui font autorité, comme Susan Haskins, Esther de Boer, Dierdre Good, Karen King et Richard McBrien, sont des chercheurs de renom qui, pendant des années, ont étudié les détails les plus obscurs des informations que l'on possède sur Marie-Madeleine ainsi que les questions connexes. Ils croient tous que l'histoire ne lui a pas rendu justice. Ils évitent les idées les plus radicales à son sujet, mais ils tentent consciemment de développer un nouveau point de vue, différent et nuancé, d'une Marie-Madeleine qui reprend sa place légitime dans l'histoire. Katherine Ludwig Jansen et Kenneth Woodward sont plus conservateurs. Mais aujourd'hui, même les conservateurs sont prêts à accorder à Marie-Madeleine un rôle beaucoup plus important dans l'histoire que celui que l'Église traditionnelle lui a attribué.

Nous commençons la discussion avec un article de facture conventionnelle, centriste, tiré du magazine *Time* et découlant de l'extraordinaire fascination qu'ont suscité Marie-Madeleine et les idées du *Da Vinci Code*, en 2003.

MARIE-MADELEINE : SAINTE OU PÉCHERESSE ?

par David van Biema, cité par Lisa McLaughlin

La superbe cryptographe et le séduisant professeur de collège fuient la scène d'un meurtre sordide qu'ils n'ont pas commis. Au milieu de leur fuite, pendant laquelle ils utilisent un camion blindé, un jet privé, des instruments de surveillance électroniques et tout juste assez de violence inévitable pour que les choses demeurent intéressantes, nos héros cherchent le seul homme qui détient la clé non seulement de leur disculpation, mais également d'un mystère qui pourrait changer le monde. Pour leur expliquer le mystère, Sir Leigh Teabing, un historien handicapé, jovial et extrêmement riche, leur montre un personnage d'une célèbre peinture.

— Mais qui est-ce? demanda Sophie.

— C'est Marie-Madeleine.

— La prostituée?

Teabing inspira longuement, comme s'il avait été personnellement blessé.

— Elle n'était pas ce qu'on dit. Ce mensonge est le résultat de la campagne de diffamation menée par la jeune Église romaine.

Les best-sellers de l'été ont tendance à esquiver les éléments les plus subtils de l'histoire de l'Église du VIe siècle. C'est peut-être là leur faiblesse. Le *Da Vinci Code*, de Dan Brown, est une de ces histoires de conspiration, bourrée d'adrénaline, avec des chapitres de deux pages. Mais Brown, qui à la fin du livre a intégré Marie-Madeleine à son intrigue de manière élaborée et plutôt extravagante, a agi astucieusement. Il a non seulement adopté un des rares personnages du Nouveau Testament que le lecteur pourrait imaginer en maillot de bain (après tout, des générations de maîtres anciens l'ont peinte torse nu), mais il a également choisi un personnage dont l'identité réelle est en jeu, à la fois dans le domaine de la théologie et dans celui de la culture populaire.

Il y a trois décennies, l'Église catholique romaine a discrètement admis ce que des critiques affirmaient depuis des siècles: le texte de la Bible n'appuie pas l'image traditionnelle de Marie-Madeleine en tant que prostituée repentie. Libérés de cette prémisse scabreuse et restrictive, et ayant recours à divers degrés d'érudition et de fantaisie, des chercheurs et des passionnés ont décrit plusieurs autres Madeleine: une honorable mécène de Jésus, une apôtre de plein droit, la mère de l'enfant du Messie et même son successeur prophétique. L'éventail des possibilités a inspiré une vague de littérature, à la fois savante et populaire, notamment le roman historique à succès de Margaret Georges en 2002, *Mary, Called Magdalene*, ce qui a valu à Madeleine de nouveaux partisans parmi les catholiques qui la voient comme un puissant modèle féminin et un possible argument contre la prêtrise réservée exclusivement aux hommes. La femme qui, selon trois Évangiles, a été le premier témoin de la résurrection du Christ, vit son propre type de renaissance. D'après Ellen Turner qui présidait une célébration non traditionnelle de la sainte le jour de sa fête le 22 juillet: « Marie [Madeleine] a été profondément malmenée par l'Église, mais elle est encore ici pour nous. Si nous pouvions remettre son histoire sur le devant de la scène, nous pourrions revenir à ce que représentait réellement Jésus. » En 1988, le livre *Mary Magdalene: A Woman Who Showed Her Gratitude*, ouvrage d'une série sur les femmes de la Bible destinée aux enfants et produit assez typique de son époque, expliquait que Marie-Madeleine « n'était pas renommée pour les grandes choses qu'elle avait faites ou dites, mais que l'histoire l'avait retenue comme une femme qui aimait vraiment Jésus de tout son cœur et qui n'était pas gênée de le montrer malgré les critiques d'autres personnes ». C'est certainement une part de son histoire traditionnelle. Plusieurs Églises chrétiennes lui accorderaient davantage d'importance pour illustrer le pouvoir de l'amour du Christ qui sauve même les humains les plus déchus, et comme un exemple de repentir. Des siècles d'enseignement catholique ont également établi son identité familière en tant que mauvaise fille devenue l'espoir de toutes les mauvaises filles, la sirène sauvée, existant non seulement dans l'imagination surexcitée d'étudiants sexistes, mais également comme patronne d'institutions pour femmes rebelles, comme les lavoirs sinistres que dirigent des religieuses dans le nouveau film *Les Sœurs Madeleine*.

Le seul problème, c'est qu'en fin de compte, elle n'était pas si mauvaise, mais seulement interprétée comme telle. Marie-Madeleine (son nom fait référence à Magdala, une ville de Galilée) apparaît pour la première fois dans l'Évangile de Luc comme une des nombreuses femmes apparemment riches que

Jésus guérit de possession (il chasse d'elle sept démons), qui se joignent à lui et aux apôtres, et « qui l'assist[ent] de leurs biens ». Son nom ne ressurgit qu'à la crucifixion, à laquelle elle et d'autres femmes assistent au pied de la croix, alors que les disciples de sexe masculin se sont enfuis. Le matin de Pâques, elle se rend au sépulcre de Jésus, seule ou avec d'autres femmes, et découvre qu'il est vide. Elle apprend — dans trois Évangiles, par des anges, et dans un, par Jésus lui-même — qu'il est ressuscité. Le récit qu'en fait Jean est le plus dramatique. Elle est seule devant le tombeau vide. Elle alerte Pierre et un disciple dont on ignore le nom et qui seul semble comprendre la résurrection, puis les deux hommes partent. S'attardant sur place, Madeleine rencontre Jésus qui lui demande de ne pas demeurer à ses côtés : « Mais va vers mes frères et dis-leur : "Je monte vers mon Père et vers mon Dieu." » Dans les versions de Luc et de Marc, cette scène se déroule un peu comme une comédie : Madeleine et d'autres femmes tentent d'avertir les hommes, mais « leurs paroles semblent à leurs yeux comme des contes, et ils ne les croient pas ». Ils changeront finalement d'avis.

Malgré les divergences, il se dégage d'elle une impression de femme accomplie, brave, intelligente et dévouée, qui joue un rôle essentiel — peut-être irremplaçable — dans un moment déterminant du christianisme. D'où viennent alors les histoires scabreuses ? L'image de Marie-Madeleine a été déformée lorsque les chefs de file des premiers temps de l'Église ont rattaché à son histoire celle de plusieurs femmes moins distinguées que la Bible ne nommait pas ou, quand elle y faisait référence, n'en mentionnait pas le nom de famille. Dans l'Évangile de Luc, l'une d'elles est la « pécheresse » qui lave les pieds de Jésus avec ses pleurs, les sèche avec ses cheveux, les embrasse et les oint d'huile. « Ses nombreux péchés sont pardonnés, car elle a beaucoup aimé », dit-il. Il y a aussi, chez Luc, Marie de Béthanie et une troisième femme non nommée qui ont oint Jésus d'une manière ou d'une autre. Ce quiproquo a été officialisé par le pape Grégoire le Grand en 591. « Celle que Luc appelle la pécheresse, que Jean appelle Marie [de Béthanie], nous croyons qu'il s'agit de la Marie de qui ont été extirpés sept démons, selon Marc », a déclaré Grégoire dans un sermon. Cette position est devenue un enseignement de l'Église, bien que ni les orthodoxes ni les protestants ne l'aient adoptée plus tard lorsqu'ils ont rompu avec le catholicisme. Quelle était la motivation de Grégoire ? Une théorie suggère une tentative visant à diminuer le nombre de Marie. Il y a eu une semblable fusion de personnages appelés Jean. Selon une autre théorie, la pécheresse a été ajoutée simplement pour fournir des antécédents manquants à un personnage d'une importance évidente. D'autres en attribuent la cause à la misogynie. Quels qu'en aient été les motifs, les conséquences de cet amalgame ont été radicales et, d'un point de vue féministe, tragiques. Plutôt que d'être loué comme un acte de dévotion de la part d'une disciple, d'une certaine façon plus remarquable que celui des hommes, le fait que Madeleine ait été témoin de la résurrection a été réduit à une étape finale dans un récit, émouvant mais beaucoup moins essentiel, sur la rédemption d'une pécheresse repentie. « Il s'agit d'un modèle courant, écrit Jane Schaberg, professeur d'études religieuses et d'études féminines à l'Université Detroit Mercy et auteur de *The Resurrection of Mary Magdalene*. C'est la femme puissante affaiblie, dont on se souvient comme d'une putain ou d'une femme aux mœurs légères. »

En 1969, dans l'équivalent liturgique des clauses de contrat rédigées en petits caractères, l'Église catholique a officiellement distingué la pécheresse de Luc, Marie de Béthanie, de Marie-Madeleine, dans le cadre d'une refonte générale de son missel. Toutefois, cette distinction a été longue à parvenir jusqu'aux fidèles. (Le fait que les actes de bravoure de Marie-Madeleine devant le sépulcre aient été omis dans la liturgie du dimanche de Pâques et relégués plutôt au milieu de la semaine n'a pas aidé.) Pendant ce temps, d'autres recherches ont renforcé la conviction de ceux qui voient son occultation comme un complot sexiste. Les historiens du christianisme sont de plus en plus fascinés par un groupe de premiers disciples du Christ connus sous l'appellation générale de gnostiques, dont quelques-uns des écrits n'ont été découverts qu'il y a cinquante-cinq ans. Et les gnostiques étaient impressionnés par Marie-Madeleine. L'hypothétique *Évangile de Marie* [Madeleine], qui pourrait remonter aussi loin que l'an 125 après Jésus-Christ (c'est à dire environ quarante ans après l'Évangile de Jean), suggère qu'elle a reçu une vision personnelle de Jésus qu'elle transmet ensuite aux disciples de sexe masculin. Ce rôle constitue une usurpation du statut d'intermédiaire qu'accordent normalement les Évangiles traditionnels à Pierre, et Marie raconte qu'il est très en colère lorsqu'il demande : « [Jésus] a-t-il vraiment parlé avec cette femme sans que nous le sachions ? » Le disciple Lévi se porte à sa défense en disant : « Pierre, tu as toujours eu le sang chaud. Si le Sauveur l'en a rendue digne, qui es-tu pour la rejeter? De toute évidence, le Sauveur l'aime beaucoup. C'est pourquoi il l'aimait plus que nous tous.»

Il s'agit là de mots agressifs, en particulier lorsqu'on se souvient que l'autorité de la papauté remonte à Pierre. Bien sûr, les Évangiles gnostiques ne sont pas la Bible. En fait, il existe des indices montrant que la Bible a été normalisée et sacralisée précisément pour mettre à l'écart de tels livres que les dirigeants de l'Église primitive considéraient comme hérétiques pour de nombreuses raisons qui n'avaient aucun lien avec Marie-Madeleine. Quoi qu'il en soit, les féministes ont eu tôt fait de se servir de ce personnage comme preuve à la fois de l'importance de Marie-Madeleine dès le début, au moins dans certaines communautés, et du récit détaillé d'une bataille oubliée entre les sexes dans laquelle les Pères de l'Église l'ont finalement emporté sur des personnes qui n'ont jamais eu la chance d'être connues comme les Mères de l'Église. «Je pense qu'il s'agissait d'une lutte de pouvoir, affirme Schaberg, et les textes canoniques que nous avons [de nos jours] nous viennent des vainqueurs.»

Schaberg va encore plus loin. Dans son livre, elle prétend, à la lumière des écrits gnostiques, avoir trouvé «des fragments d'une affirmation selon laquelle Jésus pourrait avoir considéré Madeleine comme son successeur prophétique». À ce jour, cette position demeure assez isolée. Mais elle illustre parfaitement bien la façon dont toute interprétation de Marie-Madeleine avec une image gagnante perturbe inévitablement les présomptions actuelles sur la suprématie masculine dans l'Église. Après que le pape Jean-Paul II eut interdit même de débattre de la prêtrise des femmes en 1995, il cita «l'exemple, inscrit dans les Saintes Écritures, du Christ choisissant ses apôtres seulement parmi les hommes». Cet argument semblerait plus fragile à la lumière de la nouvelle Madeleine à qui le pape lui-même a donné le titre autrefois démodé d'«apôtre des apôtres». Chester Gillis, président de la faculté de théologie de l'Université de Georgetown, affirme que les catholiques traditionnels gardent toujours l'impression que l'absence de Marie-Madeleine de plusieurs scènes bibliques auxquelles participaient les disciples de sexe masculin, plus précisément le rituel comparable à une ordination que constitue *La Dernière Cène*, l'élimine à titre de pionnière de la prêtrise. Toutefois, il reconnaît que sa redéfinition «appuie certainement l'idée d'un rôle plus important pour les femmes au sein de l'Église».

Entre-temps, la combinaison de la nouvelle réflexion catholique et des révélations gnostiques a redonné vie aux hypothèses les plus fantaisistes sur Marie-Madeleine, comme celle d'un mariage entre Jésus et Madeleine. («Aucun autre personnage biblique, souligne Schaberg, n'a eu une vie post-biblique aussi éclatante et étrange.») L'Évangile gnostique de Philippe décrit Madeleine comme «celle qu'on appelait la compagne [de Jésus]», affirmant qu'il «l'embrassait souvent sur la [bouche]». La plupart des chercheurs rejettent l'idée d'une union entre Jésus et Madeleine parce qu'elle trouve peu d'écho dans les Évangiles canoniques une fois que les fausses Madeleine en ont été retirées. Mais elle comble une profonde attente narrative selon laquelle le mâle doit prendre une compagne, le pendant féminin de Jésus, ou, comme l'ont suggéré certains néo païens, une déesse pour son dieu. Martin Luther croyait que Jésus et Madeleine étaient mariés, tout comme le patriarche mormon Brigham Young.

L'idée suggérant que Marie-Madeleine était enceinte de Jésus au moment de sa crucifixion s'est particulièrement enracinée en France, qui possède déjà une tradition à propos de son émigration à bord d'un bateau sans gouvernail, emportant le Saint-Graal, son calice de *La Dernière Cène* dans lequel son sang s'est déversé plus tard. Plusieurs rois français ont propagé la légende selon laquelle les descendants de l'enfant de Marie-Madeleine auraient fondé la lignée mérovingienne des rois européens, histoire reprise d'abord par Richard Wagner dans son opéra *Parsifal* et, plus tard, au sujet de la princesse de Galles, Diana, qui, d'après certains, avait du sang mérovingien. Le fait que Madeleine aurait été elle-même le Saint-Graal — le réceptacle humain de la lignée de Jésus — apparaît en 1986 dans le best-seller *L'énigme sacrée*, qui a inspiré le *Da Vinci Code* de Brown. Lorsque Brown affirmait récemment: «Marie-Madeleine est un personnage historique dont le temps est venu», il voulait dire un personnage fortement imprégné de mythe.

SEXE SACRÉ ET AMOUR DIVIN

Une reconceptualisation radicale de Marie-Madeleine

par Lynn Picknett

Cet extrait est tiré du livre de Lynn Picknett intitulé *Mary Magdalene*. Reproduit avec l'autorisation de Carroll & Graf Publishers, une division d'Avalon Publishing Group. Lynn Picknett est auteur0, chercheuse et conférencière dans le domaine du paranormal, de l'occulte et des mystères historiques et religieux.

Qui était la mystérieuse Marie-Madeleine, si soigneusement reléguée aux confins du Nouveau Testament par les auteurs des Évangiles ? D'où venait-elle et pourquoi était-elle si menaçante aux yeux des hommes de l'Église romaine naissante ?

Dans *The Templar Revelation*, je fais mention de la controverse tenace entourant ce personnage biblique central :

> La recherche de l'identité de Marie-Madeleine, de Marie de Béthanie (la sœur de Lazare) et de la « pécheresse sans nom » qui oint Jésus dans l'Évangile de Luc a toujours fait l'objet d'un vif débat. Très tôt, l'Église catholique a décidé que ces trois personnages n'en faisaient qu'un, même si elle a adopté une position contraire en 1969. Le fait que Marie ait été identifiée à une prostituée découle de l'*Homélie 33* du pape Grégoire I en 591 de l'ère moderne dans laquelle il déclarait : « NOUS CROYONS QUE CELLE QUE LUC APPELLE LA PÉCHERESSE, QUE JEAN APPELLE MARIE, EST CELLE DE QUI ON A EXTIRPÉ SEPT DÉMONS, SELON MARC. ET QUE SIGNIFIAIENT CES SEPT DÉMONS SINON TOUS LES VICES ? IL EST ÉVIDENT, MES FRÈRES, QUE LA FEMME S'ÉTAIT AUPARAVANT SERVIE DE L'ONGUENT POUR PARFUMER SA CHAIR PENDANT DES ACTES INTERDITS. » L'Église orthodoxe d'Orient a toujours considéré Marie-Madeleine et Marie de Béthanie comme des personnages distincts.

De tout temps, l'Église catholique a présenté Marie-Madeleine de manière astucieuse en reconnaissant son importance comme modèle des femmes désespérées qui étaient sous son autorité, comme les blanchisseuses de Madeleine. Ainsi que l'écrivent David Tresemer et Laura-Lea Cannon dans leur préface de la traduction qu'a faite Jean-Yves Leloup en 1997 de l'*Évangile de Madeleine*, un Évangile gnostique :

Ce n'est qu'en 1969 que l'Église catholique a officiellement répudié l'étiquette de Marie en tant que prostituée, admettant ainsi son erreur, même si l'image représentant Marie-Madeleine comme la putain repentie a continué de faire partie des enseignements publics de toutes les confessions chrétiennes. Comme un minuscule erratum enfoui dans les dernières pages d'un journal, la correction de l'Église passe inaperçue, alors que l'article original et erroné continue d'influencer les lecteurs.

Pourtant, ce serait sans doute agir trop précipitamment que de la dissocier de tous les soupçons de « prostitution » dans un excès de zèle moderne visant à la réhabiliter. De nombreux chercheurs ont souligné que les « sept démons » vraisemblablement extirpés de son corps pourraient constituer une référence confuse aux sept gardiens de l'enfer des mystères païens et fournir un précieux indice sur ses véritables antécédents. De fait, il existait dans le monde païen des femmes communément appelées « prostituées du Temple », qui incarnaient littéralement et transmettaient la « sagesse de la putain » sacrée par le biais du sexe transcendantal : de toute évidence, hors de leur propre culture, on les considérerait comme un peu plus que des prostituées, particulièrement parmi les disciples de sexe masculin, imprégnés des restrictions morales et sexuelles de la loi judaïque en Terre sainte.

Le mot que choisit Luc pour décrire le statut moral de Marie-Madeleine est très intéressant : il s'agit de *harmatolos*, lequel désigne quelqu'un qui a commis un crime contre la loi judaïque, bien que cela n'implique pas nécessairement la prostitution. C'est un terme emprunté au tir à l'arc, signifiant « manquer la cible » et pouvant se rapporter à une personne qui, pour une raison ou pour une autre, n'observe pas les rites religieux ou ne paie pas les taxes, peut-être parce qu'elle n'était pas juive.

Par ailleurs, selon la description qui en a été faite, Marie de Béthanie avait les cheveux détachés et la tête nue, chose qu'aucune femme juive de Judée qui se respectait n'aurait osé faire, car cela représentait une liberté sexuelle, tout comme aux yeux des juifs orthodoxes et des musulmans du Moyen-Orient actuel. Effectivement, Marie essuie les pieds de Jésus avec ses cheveux, un geste curieusement intime, exécuté en public par une femme apparemment inconnue. Les disciples auraient considéré un tel geste comme absolument scandaleux.

Un homme pouvait même divorcer parce que sa femme était apparue en public les cheveux détachés, tellement il s'agissait d'un grave péché à cette époque. Pourtant, ici, Marie de Béthanie, femme *harmatolos*, femme qui ne se conforme pas tout à fait aux règles de la société juive ou vit hors de la loi religieuse, semble ignorer totalement l'indignation que ses gestes pourraient susciter. Et, fait plus important encore, non seulement Jésus ne lui reproche pas d'avoir enfreint la loi judaïque, mais il l'encourage tacitement en sermonnant ceux qui critiquent son comportement.

Tous deux se conduisent comme de véritables étrangers : il n'est donc pas étonnant qu'on ne les comprenne pas, en particulier les apôtres qui n'arrivent toujours pas à saisir l'enseignement de Jésus ou le fondement de sa mission. Marie de Béthanie est sans doute une étrangère, mais elle semble partager un secret avec Jésus — et tous deux sont des étrangers.

Si l'application d'onguents n'était pas une coutume juive, de quelle tradition provenait-elle alors ? À une certaine époque, il existait un rite *païen* extrêmement sacré au cours duquel une femme appliquait des onguents sur les pieds, la tête et les organes génitaux d'un homme choisi pour un destin très particulier. Il s'agissait de l'onction du roi sacré. La prêtresse choisissait un homme et l'oignait avec des onguents avant de consacrer sa destinée dans un rituel sexuel appelé *hieros gamos* (mariage sacré). L'onction faisait partie du rituel préparatoire à la pénétration pendant le rite — qui n'avait pas les mêmes ramifications affectives ou légales que la forme plus commune du mariage — au cours duquel le prêtre-roi était investi de la puissance du dieu pendant que la prêtresse-reine devenait possédée. Sans le pouvoir de la femme, le roi choisi n'aurait jamais pu régner et aurait été impuissant. C'était là la signification d'origine des « liens sacrés du mariage » (*hieros gamos*).

Pour comprendre Jésus et sa mission, ainsi que sa relation avec la femme la plus importante dans sa vie — outre celle qu'il a eue avec deux hommes extrêmement importants —, le concept du mariage sacré est essentiel. L'image persistante de putain de Marie de Béthanie ou Marie-Madeleine découle d'une certaine logique quand on comprend que ce rituel représente l'expression ultime de ce que les historiens victoriens appelaient la « prostitution du Temple » — bien sûr, avec leur puritanisme arrogant et hypocrite et leur répression sexuelle, nous ne devrions pas nous en étonner —, même si, à l'origine, on désignait la prêtresse sous le nom de *hiérodule* ou « servante sacrée ». C'était seulement à travers elle qu'un homme pouvait finir par se connaître et connaître les dieux. Dans l'exemple suprême du travail de la servante sacrée, le *hieros gamos*, le roi est sanctifié et se distingue désormais des autres hommes. Et bien sûr, immédiatement après l'onction biblique, Jésus est trahi par Judas, et s'amorce la série d'événements qui le mènera, par la crucifixion, à son destin ultime.

À l'époque de Jésus, le mariage sacré était un concept familier aux païens. Les adeptes des divers cultes rendus aux dieux en pleine expansion ou en déclin — comme ceux de Tammuz (qui avait alors un temple à Jérusalem), d'Osiris, le dieu égyptien dont l'épouse, Isis, avait insufflé la vie à son cadavre suffisamment longtemps pour qu'elle puisse concevoir l'enfant magique, d'Horus, le dieu du courage à tête de faucon —, en présentaient couramment des versions. De fait, Tresemer et Cannon affirment sans ambiguïté : « Ses apparitions avec des huiles spéciales pour oindre Jésus-Christ la situent dans la tradition des prêtres et des prêtresses d'Isis, dont on utilisait les onguents afin de franchir le seuil de la mort tout en demeurant conscient[1]. » Finalement, ces éléments situent Marie-Madeleine dans le contexte particulier de la tradition chamanique d'Égypte, que l'on reconnaît seulement maintenant.

Dans toutes les versions du mariage sacré, les représentantes de la déesse, par l'entremise de ces prêtresses, s'unissaient sexuellement au roi désigné avant sa mort sacrificielle. Trois jours plus tard, le dieu revenait à la vie et la terre était de nouveau fertile.

De toute évidence, cette femme qui appliquait des onguents sur Jésus était très particulière, une grande prêtresse de quelque antique tradition païenne, mais s'agissait-il de Marie-Madeleine, comme l'Église l'affirme depuis 1969 ? Examinons les indices sur la vraie nature de la mystérieuse femme appelée Madeleine.

Où se situait le village de Magdala ?

Cette femme énigmatique, qui représentait si évidemment une partie essentielle de la mission de Jésus, s'appelle dans la Bible « Marie-Madeleine » ou simplement « la Madeleine », ce qui donne l'impression que les rédacteurs des Évangiles s'attendaient à ce que leurs lecteurs sachent qui elle était, qu'ils reconnaissent immédiatement son nom. Cette analyse du début

1. Leloup, p. xx-xxi.

du XXe siècle donne une interprétation très conventionnelle qui est encore aujourd'hui généralement acceptée:

> Marie-Madeleine tire probablement son nom du village de Magdala ou Magadam [...] aujourd'hui, Medgidel, qui signifierait *tour*. Il était situé près de Tibérias et il est mentionné [...] dans le contexte du miracle de la multiplication des pains. L'endroit comporte toujours une ancienne tour de guet. D'après les autorités juives, le village était célèbre pour sa richesse et pour la corruption morale de ses habitants[2].

En fait, le Nouveau Testament ne mentionne nulle part le lieu d'origine de Marie et, en conséquence, de nombreux érudits et fidèles en sont venus à présumer qu'elle arrivait des rives du lac de Galilée. Cependant, il y a davantage de raisons de croire qu'elle venait d'ailleurs et qu'elle était véritablement une étrangère exotique. En réalité, il existe des éléments convaincants montrant que Jésus lui-même n'était pas de cette région, bien que l'hypothèse selon laquelle il était un juif de Galilée soit tellement ancrée qu'on l'interprète comme un fait irréfutable.

Il existe au moins deux autres possibilités à propos du lieu d'origine de Madeleine. Même s'il n'y avait pas de «Magdala» en Judée à cette époque, on trouvait en Égypte un endroit du nom de Magdolum, juste de l'autre côté de la frontière, et il s'agissait sans doute du Migdol mentionné par Ézéchiel. À cette époque, l'Égypte abritait une communauté juive nombreuse et florissante, principalement concentrée dans le grand port maritime d'Alexandrie. Un mélange cosmopolite de plusieurs races, nationalités et religions, où Jean-Baptiste avait ses quartiers généraux, et où la sainte Famille s'était peut-être enfuie pour échapper aux aggressions des hommes d'Hérode. Si Madeleine venait réellement de la ville égyptienne de Magdolum, cela pourrait expliquer pourquoi elle était tellement marginalisée; après tout, malgré le mélange stimulant de peuplades et de religions que l'on trouvait en Galilée à cette époque, la nature humaine s'est toujours méfiée des étrangers et les Évangiles montrent clairement que peu de gens avaient un esprit plus étroit que Simon-Pierre, en tout cas au début de sa mission.

Toutefois, si Madeleine était une *prêtresse* venue d'Égypte, cette provenance devait décupler l'hostilité des hommes juifs à son égard. Non seulement elle était une femme directe et indé-

2. Edersheim, vol. I, p. 571.

pendante sur le plan financier, mais elle était aussi investie d'une autorité païenne ! Ils devaient avoir de sérieuses réserves sur la prêtresse étrangère qui les suivait constamment.

Il y a peut-être une autre raison pour laquelle les hommes qui entouraient Jésus traitaient Madeleine de façon si malveillante. Bien qu'elle eût vécu en Égypte — après tout, nous savons que Jean-Baptiste et Jésus eux-mêmes y avaient vécu pendant plusieurs années —, ce n'était peut-être pas là qu'elle était née. Effectivement, l'existence d'un endroit du nom de Magdala en Éthiopie pendant plusieurs années pourrait avoir son importance. Cette saillie rocheuse s'appelle maintenant Amra *Mariam* (Marie) : même si de nos jours les Éthiopiens vénèrent davantage la Vierge Marie que Marie-Madeleine, le nom de ce lieu indique une association de longue date avec Marie-Madeleine dans cette région et il se peut — chose impensable pour certains — qu'elle y soit née ou y ait vécu.

Une origine éthiopienne aurait certainement fait d'elle une femme fort exotique et peut-être même dérangeante pour des hommes bornés, comme Simon-Pierre, qui participaient à la mission de Jésus. Quoi qu'en disent aujourd'hui les révisionnistes politiquement corrects, l'Empire britannique n'a pas inventé le racisme : si Madeleine était *noire*, franche, riche, une prêtresse païenne — et l'alliée la plus proche de Jésus —, les apôtres pourraient très bien s'être trouvés, en la voyant, plongés dans une mer d'émotions primaires nées de la peur de l'étranger, de l'inconnu.

Épouse du Christ ?

La relation de toute évidence intime entre Madeleine et Jésus était-elle liée au fait qu'ils étaient légalement mari et femme comme certains — surtout Baigent, Leigh et Lincoln dans leur livre *L'énigme sacrée*, publié en 1982 — l'ont affirmé ? Si c'était le cas, il existe à ce propos un très étrange silence dans le Nouveau Testament, car, malgré ce que les chrétiens (plus particulièrement les catholiques) peuvent en penser aujourd'hui, les prêtres et les rabbins de la Terre sainte étaient *censés* être mariés, puisque le fait de s'abstenir de procréer était (et demeure chez les juifs orthodoxes) considéré comme une insulte à Dieu. En fait, le célibat suscitait la censure des anciens de la synagogue et peut-être également des murmures à propos de désirs sexuels anormaux de certains fidèles. Aux yeux d'un rabbin juif, il aurait été fort étrange que Jésus n'ait pas été marié, mais s'il avait eu une épouse, elle aurait sûrement été mentionnée comme « Miriam, la femme du sauveur » ou « Marie, la femme de Jésus ». Il n'existe aucune phrase qu'on puisse, même de loin, interpréter comme une allusion à une épouse légitime, mais était-ce parce qu'une telle personne n'existait pas ou bien parce que les rédacteurs des Évangiles officiels ont décidé de l'ignorer, tellement ils la détestaient ? Ou est-ce parce qu'ils se sont mariés dans le cadre d'une cérémonie que les juifs ne reconnaissaient pas ? Et si, comme le suggèrent abondamment les Évangiles gnostiques, Jésus et Madeleine étaient des amants engagés et passionnés, pourquoi se sont-ils abstenus d'officialiser leur relation ?

Sauf s'il existait quelque obstacle juridique à leur amour — comme le fait d'être des parents proches ou d'être légalement mariés avec quelqu'un d'autre à ce moment-là —, il semble y avoir peu de motifs les ayant empêchés de s'engager publiquement l'un envers l'autre. Cette hésitation à boucler la boucle pouvait-elle découler du fait qu'en réalité ils n'étaient pas juifs au sens généralement admis du terme et qu'en conséquence, ils ne pouvaient se marier dans une synagogue ? Il importe de noter que les prêtresses païennes, même celles qui participaient au rite sexuel sacré, devaient souvent être célibataires mais aussi le demeurer.

La filière française

Il existe de nombreuses légendes sur le voyage de Marie-Madeleine en France (ou en Gaule comme on l'appelait à l'époque) après la crucifixion, en compagnie de diverses personnes, notamment une servante noire appelée Sarah, ainsi que Marie Salomé et Marie Jacobi — vraisemblablement des tantes de Jésus —, Joseph d'Arimathie, l'homme riche à qui appartenait le tombeau dans lequel le Christ avait été déposé avant la résurrection, et saint Maximin (Maximus), un des soixante-douze plus proches disciples de Jésus et le premier évêque de Provence. Les détails de l'histoire diffèrent d'une version à l'autre, mais il semble que Madeleine et ses compagnons aient été obligés de fuir la Palestine dans des conditions précaires — leur bateau prenait l'eau et il n'avait ni gouvernail, ni rames, ni voile, conséquence d'un sabotage. En tenant compte des exagérations inévitables liées à la création d'un mythe — l'état épouvantable de leur bateau semble assez peu probable — et du portrait que tracent les Évangiles gnostiques de la relation difficile entre Marie et Simon-Pierre, il n'est pas difficile d'avancer une hypothèse à propos de la possible, et même probable, identité d'au moins un des conspirateurs qui auraient souhaité les voir, elle et ses compagnons, au fond de la mer. Dans le contexte de la légende du bateau qui prend l'eau, on éprouve une sensation glaciale en se rappelant les paroles de Marie tirées de la *Pistis Sophia*: « J'ai peur de Pierre parce qu'il m'a menacée et qu'il déteste notre sexe. » Peu importe ceux qui ont tenté de les tuer, les voyageurs ont miraculeusement survécu pour finalement atteindre la côte sauvage de ce qui est maintenant la Provence.

D'après l'histoire, ils ont touché terre (sans doute avec soulagement, après avoir été ballottés sur la mer pendant des semaines) au village qui s'appelle aujourd'hui Saintes-Maries-de-la-Mer en Camargue, dans les marécages où le Rhône se jette dans la Méditerranée. Les trois Marie — Marie-Madeleine, Marie Jacobi et Marie Salomé — font l'objet d'une profonde vénération dans la grande Église qui s'élève comme un fier navire des marais environnants, alors qu'il existe dans la crypte un autel consacré à Sarah l'Égyptienne, vraisemblablement la servante noire de Madeleine, sainte patronne adorée des gitans qui convergent vers la ville à l'occasion de sa fête annuelle, le 25 mai. Entourée de milliers de fidèles, on fait défiler la statue de Sarah jusqu'à la mer dans laquelle on la plonge de manière cérémonieuse. Comme, à l'époque médiévale, le peuple pensait que les gitans [en anglais, *gypsies*] venaient d'Égypte — « Egypsies » —, il était logique que ceux-ci vénèrent cette jeune femme originaire de ce pays. Dans un tel contexte, la couleur de la peau et le fait que l'Égypte ait été connue comme la terre de *Khem*, qui signifie « noirceur », peuvent se révéler très importants. Si on en croit le Nouveau Testament, qui divise une femme en trois — Madeleine, Marie de Béthanie et la « pécheresse » sans nom —, peut-être les différentes femmes du bateau qui prenait l'eau n'étaient-elles que différents aspects d'une seule.

MARIE-MADELEINE

Le modèle des femmes au sein de l'Église

Entretien avec Susan Haskins

Susan Haskins est l'auteur de *Mary Magdalen: Myth and Metaphor*. L'entrevue est suivie d'un extrait de ce livre publié en 1993.

À votre avis, qui était la véritable Marie-Madeleine?

La vraie Marie-Madeleine, c'est le personnage des Évangiles: la femme de tête qui était une disciple du Christ et qui, avec les autres femmes que nomme l'Évangile de Luc, a soutenu le groupe itinérant et contribué à sa subsistance. Elle était présente lors de la crucifixion, elle en a été témoin et, selon l'Évangile de Jean, elle était au pied de la croix parmi les quelques privilégiés, avec la Vierge Marie, la femme de Cléophas et saint Jean. Elle était présente lorsqu'on a placé son corps dans le sépulcre de Joseph d'Arimathie, elle est venue à l'aube avec une ou deux autres Marie pour apporter des onguents. Dans l'Évangile de Jean, c'est à elle seule que le Christ est apparu en premier après sa résurrection et c'est d'abord à elle qu'il a transmis son message sur la nouvelle vie chrétienne. Lors d'un ajout ultérieur, l'Évangile de Marc affirme qu'on a chassé sept démons de son corps. Nous n'avons aucune idée de ce à quoi elle ressemble. L'art médiéval et celui des époques suivantes la représentent avec de longs cheveux roux ou blonds, parce que les cheveux blonds étaient l'attribut de la beauté féminine idéale. Nous ne savons pas à quoi ressemblait sa vie. On présume, parce qu'elle et les autres disciples de sexe féminin soutenaient le groupe « à même leurs propres ressources », qu'elle était dans la force de l'âge — il y avait, dans le groupe, des femmes mariées ou séparées —, et relativement riche et indépendante. Alors, je suis d'accord avec les personnes qui la considèrent comme une mécène et une sympathisante de Jésus.

Quelles ont été les représentations de Marie-Madeleine tout au long de l'histoire? Y en a-t-il une qui correspond à la théorie de Dan Brown dans le Da Vinci Code *selon laquelle elle pourrait avoir été la femme de Jésus et avoir porté son enfant?*

La théorie de Dan Brown affirmant que Marie-Madeleine

pourrait avoir été mariée avec Jésus et avoir porté son enfant circule depuis longtemps. Elle s'est surtout répandue avec la publication de *L'énigme sacrée*, et a été reprise par l'évêque Spong et d'autres. Si on remonte aussi loin que le XVIe siècle, Luther semble avoir pensé qu'elle avait des relations sexuelles avec le Christ ! Comme il n'existe aucune preuve concrète à propos d'un mariage ou d'un enfant, je n'accorderais pas beaucoup de crédit à cette hypothèse.

Pourquoi l'Église a-t-elle dépeint Marie-Madeleine comme une prostituée pendant tant d'années ? A-t-elle simplement eu la malchance d'avoir été confondue avec les autres Marie dans le Nouveau Testament ou s'agit-il d'une quelconque machination ?

L'Église a dépeint Marie-Madeleine comme une prostituée à cause des divers commentaires qu'ont faits les premiers Pères de l'Église à partir du IIIe siècle sur les Évangiles en essayant de définir l'identité de tous les personnages qui y figurent. Il y a plusieurs femmes qui s'appellent Marie dans le Nouveau Testament, ce qui a créé une confusion. Comme la première mention que fait l'Évangile de Luc au sujet de Marie-Madeleine, qui suivait le Christ à partir de la Galilée avec d'autres femmes et des disciples de sexe masculin, succède à son récit sur la femme sans nom qui a été qualifiée de pécheresse et à laquelle le Christ a accordé son pardon dans la maison du pharisien, le pape Grégoire le Grand (595 apr. J.-C.) a réuni ces deux personnages, de même que celui de Marie de Béthanie. Bien qu'on ne mentionne la femme que sous le vocable de « pécheresse », on présume que son péché était celui de la chair, même si le mot « *porin* » utilisé pour la décrire ne signifie pas « prostituée ». En transformant Marie-Madeleine en prostituée repentante, on diminuait son rôle de premier disciple, un rôle par ailleurs extrêmement puissant et important. Nous ne pouvons savoir avec certitude s'il y a eu une machination, mais, la chose est certaine, il y a eu des interventions ecclésiastiques. Il y avait des femmes prêtres et évêques au sein de l'Église primitive, mais au Ve siècle les femmes ne pouvaient plus tenir un rôle sacerdotal, bien que des monuments funéraires en Italie méridionale montrent qu'il y avait encore des femmes prêtres. En ramenant le rôle de Marie-Madeleine à celui d'une pénitente et d'une prostituée, on la plaçait sur un pied d'égalité avec Ève, dont la hiérarchie ecclésiastique masculine jugeait la sexualité et le sexe responsables de la Chute.

Jésus et Marie-Madeleine pourraient-ils avoir été mariés?

Personnellement, je ne pense pas que Jésus et Marie-Madeleine aient été mariés. On ne peut nier qu'il existait entre eux une relation importante, mais était-ce davantage que le fait qu'elle était sa principale disciple de sexe féminin? Les gens trouvent cette idée attrayante pour plusieurs raisons: il y a cette mystérieuse relation dans les Évangiles — et encore plus dans les Évangiles gnostiques —, et donc le mariage semblerait être un aboutissement logique. Souvent, sinon habituellement, les rabbins étaient mariés et, pour cette raison, on a souvent suggéré que le Christ devait l'avoir été, même si rien dans les Évangiles ne le laisse supposer. Nous n'avons aucune preuve de l'existence d'un enfant et le lien avec les Mérovingiens est très peu probable.

Dans quelle mesure le personnage de Marie-Madeleine dans le Da Vinci Code *correspond-il aux autres personnages des systèmes de croyances religieuses antérieurs? Existe-t-il une femme comparable à Marie-Madeleine dans les cultures païennes ou tribales grecque, égyptienne ou juive?*

Le *Da Vinci Code* est intéressant, car il évoque la figure de déesse supprimée par l'Église primitive. Le thème de la résurrection se retrouve dans les systèmes de croyances égyptien (Isis et Osiris), sumérien (Ishtar Tammuz) et chrétien (Marie-Madeleine et le Christ?). On peut considérer Marie-Madeleine comme la déesse chrétienne.

*À votre avis, que nous montre l'*Évangile de Philippe *sur la relation entre Jésus et Marie-Madeleine et sur sa rivalité avec Pierre au sujet du contrôle de l'Église?*

Les chercheurs considèrent l'*Évangile de Philippe* comme une allégorie de la relation entre le Christ et son Église, de son amour pour son Église. Si mes souvenirs sont bons, Elaine Pagels voit l'antagonisme entre Pierre et Marie-Madeleine comme une métaphore de l'Église primitive en évolution au cours des IIe et IIIe siècles, en se fondant sur une hiérarchie des évêques, des diacres et des prêtres, et sur le gnosticisme, qui attachait de l'importance à l'inspiration ou à la connaissance individuelle, sans l'intermédiaire de l'Église. Pierre était jaloux de Marie-Madeleine parce qu'elle était une femme.

Pourquoi Marie-Madeleine a-t-elle été une des rares personnes présentes à la crucifixion? Pourquoi y serait-elle allée alors que les autres disciples ne l'ont pas fait? Et dans quelle mesure le fait que Marie-Madeleine ait été la première à voir Jésus après sa résurrection est-il important?

Il est intéressant que Marie-Madeleine ait été une des rares personnes à assister à la crucifixion, mais on ne trouve ce fait que dans le récit de Jean; dans les autres Évangiles, elle y assiste de loin, en compagnie d'autres femmes. Nous ne savons pas qui a révisé les textes évangéliques, ni pourquoi ils ne sont pas tout à fait identiques, mais on présume que c'est parce qu'ils viennent de différentes traditions orales. Les disciples de sexe féminin y étaient, mais pas les disciples de sexe masculin, parce que les hommes avaient pris peur, en particulier Pierre qui a renié Jésus trois fois. Le fait que ce soit à Marie-Madeleine que Jésus est apparu pour la première fois après sa résurrection est-il ou devrait-il être d'une importance capitale pour les chrétiens? Parce que la promesse d'une vie éternelle constitue la pierre d'assise du christianisme, le message même que lui a donné le Christ pour qu'elle le transmette au monde. C'est en vertu de préjugés masculins dans les systèmes judaïque et hellénistique qu'on refusait les femmes comme témoins et que, en conséquence, on ne permettait qu'aux disciples de sexe masculin d'annoncer la résurrection. Mais, bien sûr, on peut considérer comme tout aussi important — sous l'angle de la révision du canon, des apologies chrétiennes et ecclésiastiques — le fait que l'Église nie ce rôle et qu'elle soutienne la prémisse suivante: « Tu es Pierre et sur cette pierre je bâtirai mon Église. »

Pourquoi le sujet de Marie-Madeleine présente-t-il autant d'attrait?

Elle représente une belle image de femme indépendante, qui suit un prêcheur charismatique et offre un cadre éthique et théologique à ses disciples. Elle est également une femme dynamique, une femme de tête et un modèle de fidélité. Contrairement aux disciples de sexe masculin, elle assiste à la crucifixion. Elle est courageuse. À l'aube, elle se rend au sépulcre, seule ou avec d'autres. Elle rencontre le Christ. Il est égalitariste. Il guérit les femmes de leurs maux sans les critiquer ni leur apposer un stigmate social — comme la « pécheresse » dans Luc, la Samaritaine, la femme adultère, Marie-Madeleine et ses sept démons. Après sa résurrection, il apparaît d'abord à une femme, Marie-Madeleine, et il lui confie la mission de transmettre le message chrétien de la vie éternelle. Depuis le VIe siècle, elle a représenté la pécheresse repentie et, pour cette raison, a été le modèle de tous les chrétiens, hommes et femmes. Elle leur apporte l'espoir. Ses liens étroits avec le Christ ont été un sujet de fascination depuis le début du christianisme ; son culte s'est étendu à partir du XIe siècle. Elle représente la femme faillible qui s'est rachetée et joue un rôle d'intercesseur auprès de Dieu. L'intérêt renouvelé qu'on lui porte à notre époque découle du féminisme, en particulier dans les récentes études sur le rôle des femmes au sein de la religion, et de la réaffirmation de leur droit de devenir prêtre, qu'on leur a nié pendant dix-sept siècles. À titre de première apôtre et disciple, Marie-Madeleine est un modèle pour les femmes au sein de l'Église, catholique ou protestante, et dans la synagogue.

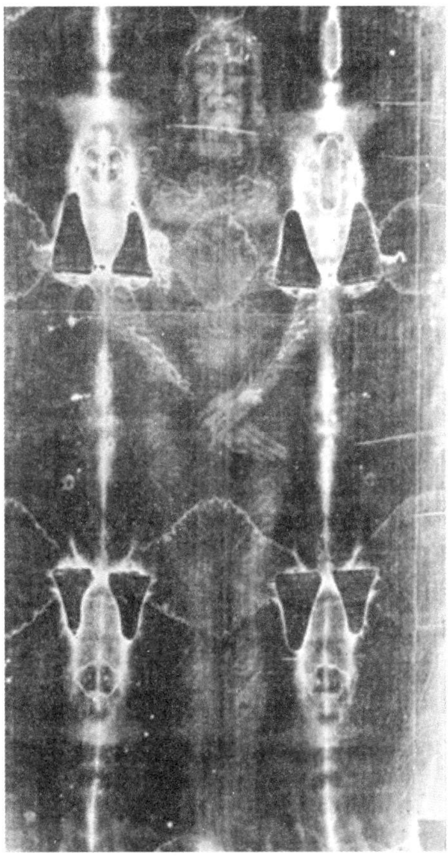

L'image qui apparait sur le Suaire de Turin

Dans ce qui suit, avec quatre extraits du livre important de Susan Haskins, *Mary Magdalen : Myth and Metaphor*, nous donnons un échantillon du point de vue de l'auteur sur le rôle des femmes apôtres, sur la description que fait l'*Évangile de Philippe* de la relation entre Marie et le Christ, sur ce qu'aurait pu être précisément la relation entre Jésus et Marie-Madeleine, et sur l'endroit où est allée Marie après la crucifixion — et sur la façon dont des villes françaises ont édifié de petites industries sur le culte de Marie-Madeleine. Haskins ne mâche pas ses mots, elle établit crûment les faits :

> Et ainsi, la transformation de Marie-Madeleine était complète. À partir du personnage évangélique jouant un rôle actif comme annonciatrice de la nouvelle vie, apôtre précédant les apôtres, elle est devenue la putain repentie et le modèle de la pénitence dans la chrétienté : un personnage qu'on peut gérer, manipuler, une arme efficace et un instrument de propagande contre son propre sexe.

Marie-Madeleine

Mythe et métaphore

par Susan Haskins

De Unica Magdalena

Nous savons très peu de choses sur Marie-Madeleine. Nous retenons surtout d'elle l'image d'une belle femme aux longs cheveux dorés qui pleure sur ses péchés, l'exacte incarnation de la relation vieille comme le monde entre la beauté féminine, la sexualité et le péché. Pendant près de deux mille ans, la conception traditionnelle de Marie-Madeleine a été celle de la prostituée qui, en entendant les paroles de Jésus-Christ, s'est repentie de son passé immoral et qui, par la suite, lui a consacré sa vie et son amour. Elle apparaît sur d'innombrables images pieuses, vêtue d'un manteau écarlate et les cheveux dénoués, agenouillée sous la croix, assise aux pieds de Jésus dans la maison de Marie et Marthe de Béthanie, ou comme la belle prostituée elle-même, étendue à ses pieds avec un flacon d'onguent à ses côtés, dans la maison du pharisien. Son nom évoque des images de beauté et de sensualité et, pourtant, c'est en vain que nous cherchons cette créature dans le Nouveau Testament. Tout ce que nous savons réellement d'elle provient des quatre Évangiles, quelques brèves références qui en donnent une image incohérente et même contradictoire. Toutefois, ces diverses réflexions convergent en ce qui concerne quatre aspects importants: le fait que Marie-Madeleine ait été une des disciples du Christ, qu'elle fût présente à sa crucifixion, qu'elle ait été témoin — en fait, selon l'Évangile de saint Jean, *le* témoin — de sa résurrection et qu'elle ait été la première personne à qui Jésus a attribué le ministère suprême, celui de proclamer le message chrétien. Elle a transmis le savoir selon lequel, par l'entremise de la victoire du Christ sur la mort, la vie éternelle était offerte à tous les croyants.

Le rôle attribué aux femmes disciples du Christ à titre de sympathisantes et de témoins pendant les événements de ces premières Pâques est l'un des aspects les plus frappants des récits évangéliques. Les premiers commentateurs chrétiens reconnaissaient leur foi et leur ténacité, mais elles ont été reléguées à l'arrière-plan au fur et à mesure que de nouvelles priorités et interprétations diminuaient leur importance. La véritable portée de leur rôle de témoin a été la plupart du temps ignorée alors que le personnage de Marie-Madeleine a été, à la fin du VIe siècle, recréé d'une manière entièrement différente pour servir les objectifs de la hiérarchie ecclésiastique. Cette « remodélisation » effectuée par les Pères de l'Église primitive a modifié notre vision de Marie-Madeleine et des autres femmes nous obligeant à retourner aux Évangiles pour les voir plus clairement.

Marc nous dit que Marie-Madeleine se trouvait parmi les femmes qui, lorsque le Christ était en Galilée, « l'avaient suivi et l'avaient *servi* ». « Servir » vient du verbe grec « *diakonein* », qui signifie « s'occuper de » ou « pourvoir aux besoins de ». C'est aussi la racine du mot « diacre », qui crée l'importante fonction attribuée aux femmes au sein du groupe des disciples des deux sexes. Luc, de qui nous apprenons aussi que le groupe faisait partie de l'entourage du Christ depuis longtemps avant sa crucifixion (8,1-4), corrobore leur rôle à cet égard et l'amplifie par les mots « qui l'assistaient de leurs biens » (verset 3). On a souvent présumé qu'il s'agissait d'un rôle domestique, car la vie des femmes au sein de la société juive du Ier siècle était circonscrite à l'environnement traditionnel du foyer. Elles moulaient la farine, faisaient la cuisine et la lessive, nourrissaient les enfants, faisaient les lits, travaillaient la laine, et ainsi de suite. Jusqu'à notre époque, le rôle des femmes parmi les disciples du Christ était considéré comme un rôle de simple ménagère et, en conséquence, moins important. Ce n'est que récemment que les chercheurs l'ont remis en question. Mais « qui l'assistaient de leurs biens » indique que les femmes mettaient à la disposition des prêcheurs itinérants les ressources qui leur permettaient de réaliser leur œuvre. On sait que les femmes ont soutenu les rabbins grâce à leur argent, à leurs biens et à de la nourriture, mais leur participation à la pratique du judaïsme était négligeable. Même si on leur permettait de lire la Torah pendant les services religieux, on leur interdisait de faire des lectures en public afin de « sauvegarder l'honneur de la congrégation ».

Au Ier siècle après Jésus-Christ, on citait un certain rabbin du nom d'Eliezer qui affirmait : « Je préférerais que les paroles de la Torah soient brûlées plutôt que d'être confiées à une femme[3] ! » C'était pratiquement pour la même raison que, dans la synagogue même, les femmes étaient séparées des hommes. Elles étaient confinées dans une galerie supérieure, sans avoir le droit de porter le phylactère — la petite boîte en cuir contenant les versets de l'Ancien Testament, attachée à la tête et au bras par des lanières de cuir — ou d'exercer une quelconque fonction liturgique. Leur exclusion de la prêtrise se fondait sur leur prétendue impureté pendant leurs menstruations, telle que définie dans une ordonnance du Temple (Lévitique 15), un tabou également invoqué par l'Église chrétienne et toujours utilisé jusqu'à récemment comme une arme puissante contre l'entrée des femmes dans la fonction ecclésiastique. Selon le Lévitique 21 et 22, un prêtre devait être pur et saint en tout temps pour offrir le sacrifice. Toutefois, on permettait aux femmes d'être prophétesses, comme en témoigne l'Ancien Testament, et même, comme dans le cas d'Anne, fille de Phanuel, d'être célébrées comme telles à l'époque du Christ (Luc 2, 36-8).

C'est dans ce contexte que la phrase de Luc revêt une signification particulière, car elle suggère que les femmes disciples du Christ étaient indispensables à l'ensemble du groupe dans

3. Mishnah Sotah 3,4, cité dans Leonard Swidler, *Biblical Affirmation of Woman*, Philadelphie, 1979, p. 163.

la mesure où elles cédaient leurs propres biens et revenus pour subvenir aux besoins du Christ et des disciples de sexe masculin lorsqu'ils voyageaient dans les campagnes pour prêcher et guérir. De plus, cela jette un autre éclairage sur les femmes, puisque le fait qu'elles pouvaient disposer de leur argent laisse supposer une indépendance financière et peut-être un certain âge, ce que corrobore l'énoncé selon lequel une des Marie aurait été la mère de Jacques, vraisemblablement l'apôtre du même nom (Marc 15, 40 et 16, 1). Plus importante encore est cette récente suggestion : contrairement à ce que veut la croyance générale selon laquelle les femmes disciples ne prêchaient pas, se distinguant ainsi des disciples de sexe masculin, il est possible qu'elles l'aient fait, puisque le terme « suivre », tel que l'utilise Marc pour décrire les personnes présentes à la crucifixion — « qui avaient suivi Jésus depuis la Galilée en le servant » (15, 41) — était un terme technique qui laissait entendre une pleine participation de leur part, en ce qui concernait à la fois la croyance et les activités des prêcheurs itinérants, comme l'affirment les récits des Actes des Apôtres et les lettres de Paul à propos de la participation des femmes. Nulle part il n'est dit que le Christ considérait la contribution des femmes comme inférieure ou secondaire par rapport à celle des disciples de sexe masculin. En fait, la contribution des femmes avant et après la crucifixion montre qu'elles avaient une ténacité et un courage plus grands que les hommes qui s'étaient enfuis. Contrairement aux onze hommes disciples qui craignaient pour leur vie, les femmes disciples qui ont suivi Jésus étaient présentes au moment de la crucifixion, ont été témoins de l'enterrement, ont découvert le tombeau vide et, comme des véritables disciples, ont été récompensées par les premières nouvelles de la résurrection et, dans le cas de Marie-Madeleine, par la première rencontre avec le Christ ressuscité.

L'indifférence qu'affichait le Christ pour les conventions de son époque et son désir de modifier radicalement certaines mœurs sociales se manifestent dans la façon dont il traitait les femmes qui faisaient réellement partie de son entourage. Bien que les femmes aient pu aider financièrement les rabbins, il n'était pas courant qu'elles accompagnent les prêcheurs comme disciples itinérants. Le Christ accueillait aussi dans le groupe certaines femmes que Luc décrit comme ayant été guéries d'« esprits malins et d'infirmités » (8, 2-3), des personnes qui, autrement, auraient été considérées comme des parias. Parmi les quelques femmes de la communauté qui sont nommées, Jeanne est ou a été mariée à

Chuza, l'intendant d'Hérode, et doit ainsi avoir quitté sa famille et la cour royale pour suivre le Christ. Il faut souligner que la référence au statut social de Jeanne en tant que femme mariée a pour effet de préciser davantage celui de Marie-Madeleine, puisque, parmi les femmes décrites, elle est la seule qu'on ne désigne pas comme épouse, mère ou fille; elle est également la seule qu'on identifie par son lieu de naissance. On la présente donc comme une femme *indépendante*, ce qui implique qu'elle doit avoir eu une certaine aisance financière pour avoir été en mesure de choisir de suivre et de soutenir le Christ.

Les « sept démons » de Marie-Madeleine que mentionnent Luc et Marc ont fait l'objet de bon nombre d'hypothèses de la part des premiers commentateurs chrétiens; leur lien avec les « esprits malins et infirmités » qu'on associe à certaines femmes pourrait avoir conduit à les confondre avec les sept péchés capitaux. On a suggéré que Marie-Madeleine était la plus connue des femmes parce que sa « guérison a été la plus spectaculaire », tout comme les sept démons pourraient avoir indiqué une « possession d'une extraordinaire malveillance[4] ». Toutefois, le Nouveau Testament ne considère nulle part la possession démoniaque comme un péché[5]. Le fait que la maladie de Marie-Madeleine puisse avoir été psychologique, c'est-à-dire considérée comme de la folie plutôt que comme un problème d'ordre moral ou sexuel, semble n'avoir jamais fait l'objet d'examens de la part des premiers commentateurs de la Bible, même si cela a préoccupé ses interprètes à partir du XIXe siècle. Mme Balfour, la célèbre évangéliste du XIXe siècle, a été parmi les premières personnes à nier que la maladie de Marie-Madeleine ait été autre que psychologique et, plus récemment, J. E. Fallon écrivait qu'au lieu d'être dans un état de péché, elle souffrait probablement d'un « désordre neurologique violent et chronique ».

En plus, aux « sept démons » s'ajoute l'inconvénient de son lieu de naissance: son nom de famille, Magdalini, signifiait qu'elle venait d'el Mejdel, un prospère village de pêcheurs sur la rive nord-ouest du lac de Galilée. La mauvaise renommée de l'endroit durant les premiers siècles du christianisme — il fut détruit en 75 après Jésus-Christ à cause de la corruption et du comportement impudique de ses habitants — pourrait avoir

---

4. Ben Witherington III, *Women in the Ministry of Jesus*, Cambridge, 1984, p. 117.

5. Bien que, dans Jean 8, 46-9, on établisse une comparaison directe entre le fait d'être pécheur et d'être possédé par un démon.

contribué plus tard à entacher le nom et la réputation de Marie-Madeleine elle-même[6]. (Aujourd'hui, un écriteau rouillé près du lac indique aux touristes de passage que Magdala, ou Migdal, était une cité florissante à la fin de la période du second Temple ainsi que le lieu de naissance de Marie de Magdala qui « avait suivi Jésus en le servant ».)

Aucun de ces éléments ne permet donc de démontrer que Marie-Madeleine était une pécheresse ou une prostituée. En fait, de telles affirmations ne seraient sans doute jamais devenues si populaires si on ne l'avait pas également confondue avec certains personnages féminins des Évangiles qui sont explicitement décrites comme des pécheresses, ainsi qu'avec une femme qui, d'après son histoire, semble avoir été une prostituée. Aux yeux des commentateurs ultérieurs, et dans un milieu ecclésiastique qui s'attachait de plus en plus à l'idéal du célibat, son caractère féminin n'aurait servi qu'à ajouter foi à cette erreur d'identification. C'est ainsi qu'elle est devenue l'incarnation monstrueuse de la luxure et de la tentation — ces vices que les premiers interprètes chrétiens de la Genèse associaient traditionnellement à la femme. Marie-Madeleine, principale disciple, première apôtre et amie bien-aimée du Christ, s'est ainsi transformée en putain repentie.

Compagne du Sauveur

Dans l'*Évangile de Philippe*, Marie-Madeleine est dépeinte comme l'une des « trois [femmes] qui cheminaient toujours avec le Seigneur : Marie, sa mère, sa sœur et Madeleine, celle qu'on appelait sa compagne. Sa sœur, sa mère et sa compagne s'appelaient toutes Marie. Et la compagne du Sauveur est Marie-Madeleine ». Le mot grec « *koinonos* » utilisé pour décrire Marie-Madeleine, qu'on traduit souvent par « compagne », se traduit mieux par « partenaire » ou « épouse », une femme avec laquelle un homme a des relations sexuelles. Deux pages plus loin, on trouve un autre passage qui accentue la dimension sexuelle de la relation déjà décrite :

> Le Christ l'aimait plus que tous les disciples et l'embrassait fréquemment sur la bouche. Les autres disciples s'en trouvaient offensés et manifestaient leur désapprobation. Ils lui dirent : « Pourquoi l'aimes-tu davantage

6. J. E. Fallon, *Mary Magdalen* NCE, vol. IX, p. 387.

que nous tous ? » Le Sauveur leur répondit : « Pourquoi ne vous aimé-je pas comme je l'aime ? »

On a souvent utilisé l'érotisme comme moyen d'exprimer des expériences mystiques notamment dans le *Cantique des cantiques*, ou *Chant des chants*, qui décrit, dans une évocation des plus sensuelles et voluptueuses, ce que les rabbins devaient interpréter comme une allégorie de l'amour de Yahweh pour Israël et que les premiers commentateurs chrétiens interprétaient comme l'amour du Christ pour son Église, pour l'âme chrétienne — parfois en la personne de Marie-Madeleine — et pour la Vierge Marie. L'*Évangile de Philippe* décrit l'union spirituelle entre le Christ et Marie-Madeleine sous l'angle de la sexualité humaine. On peut également y voir une métaphore sur la réunion du Christ et de l'Église qui a lieu dans la chambre nuptiale, le lieu de plénitude. Bien que le document lui-même traite d'arguments sacramentels et éthiques, son thème principal propose l'idée, commune à de nombreux écrits gnostiques et plus tard chrétiens, que les maux de l'humanité seraient une conséquence de la différenciation des sexes causée par la séparation d'Ève et d'Adam, ce qui aurait détruit l'unité androgyne primaire qu'on trouve dans la Genèse 1,27 et à laquelle l'esprit gnostique aspirera toujours par la suite. L'auteur de l'*Évangile de Philippe* explique : « Lorsque Ève faisait encore partie d'Adam, la mort n'existait pas. Quand elle a été séparée de lui, la mort s'est mise à exister. S'il devient à nouveau complet et retrouve sa forme ancienne, la mort cessera d'exister. » L'*Évangile de Philippe* utilise la chambre nuptiale comme métaphore à propos de l'union entre « Adam » et « Ève » dans laquelle les polarités masculine et féminine seraient abolies et l'androgynie, c'est-à-dire l'état spirituel, serait réalisée grâce à la venue du Christ, le Marié[7]. La relation entre le Christ et Marie-Madeleine symbolise cette parfaite union spirituelle. D'après leurs adversaires, les gnostiques auraient pratiqué des concepts érotiques et pris part à des orgies sexuelles qui étaient des reconstitutions profanes du rituel chrétien : selon Épiphane, les gnostiques possédaient un livre appelé *Les grandes questions concernant Marie*, présentant le Christ comme celui qui aurait révélé à Marie-Madeleine les cérémonies obscènes que devait organiser une secte pour atteindre le salut. Il écrivait avec indignation :

En ce qui concerne les questions que nous appelons « grandes » sur Marie, elles affirment qu'il [Jésus] lui

> [Marie] a fait une révélation, en l'emmenant à la montagne et en priant ; puis il a sorti de ses côtes une femme et commencé à s'unir à elle, et ainsi, en vérité, prenant sa semence, il montra que « c'est ce que nous devons faire si nous voulons vivre » ; et comment, lorsque Marie s'est écroulée sur le sol, confuse, il la releva et lui dit : « Pourquoi as-tu douté, ô femme de peu de foi[8] ? »

On peut considérer ce passage de l'*Évangile de Philippe* à deux niveaux différents, l'un symbolisant l'amour du Christ pour son Église — en la personne de Marie-Madeleine — et l'autre représentant une situation historique dans laquelle Marie-Madeleine symbolise l'élément féminin de l'Église. Comme nous l'avons vu, les traitements préférentiels qu'accorde le Christ à Marie-Madeleine à la fois dans l'*Évangile de Marie* et dans celui de Philippe suscitent la jalousie des autres disciples, notamment Pierre. Dans la *Pistis Sophia*, un des rares documents trouvés avant les écrits de Nag Hammadi, une discussion semblable survient entre Marie et Pierre, celui-ci se plaignant au nom des disciples de sexe masculin que Marie domine la conversation sur la chute de Pistis Sophia du royaume de la Lumière et les empêche ainsi de parler. Jésus le réprimande. Plus tard, Marie dit à Jésus qu'elle craint Pierre « parce qu'il me menace et qu'il déteste notre sexe ». (Jésus lui répond que toute personne qu'inspire l'esprit divin peut s'avancer et parler, laissant entendre que l'inspiration annule la différence sexuelle et réitérant le thème de l'androgynie dans l'*Évangile de Philippe*.) Certains ont suggéré que l'animosité de Pierre envers Marie-Madeleine pouvait refléter l'ambivalence historique des dirigeants de la communauté orthodoxe à l'égard de la participation des femmes au sein de l'Église. Mais à la fin du IIe siècle, les principes égalitaristes définis dans le Nouveau Testament, et auxquels saint Paul adhère , ont été écartés en faveur d'un retour au système patriarcal du judaïsme qui les avait précédés. Ainsi, sur le plan de l'interprétation historique, les textes gnostiques pourraient avoir fait référence à une tension politique au sein de l'Église primitive. C'est une situation qu'on peut déduire des Synoptiques lorsque les disciples doutent du récit des femmes sur la résurrection et du fait que Paul a omis de mentionner leur présence à la résurrection, mais à laquelle

7. Wesley W. Isenberg, *Gospel of Philip*, NHL, p. 131.

8. Épiphane (*Panarion*, 26.8. 2-3), cité dans H.-Ch. Puech, *Gnostic Gospels and Related Documents*, in NTA, vol. I, p. 338-339.

les chrétiens orthodoxes n'ont jamais fait directement allusion, à savoir la suppression graduelle de l'élément féminin au sein de l'Église à partir du IIe siècle.

Une Madeleine très calomniée

Au cours des trois dernières décennies, l'aspect véritablement humain du Christ, donc de sa sexualité, a fait l'objet de nombreuses études sérieuses. Contrairement aux images de la Renaissance qui attiraient l'attention sur ses organes sexuels pour souligner son humanité, la question porte désormais sur sa façon de vivre sa sexualité. La suggestion selon laquelle il peut avoir été marié comme l'aurait probablement été un rabbin de son âge a amené un auteur, ainsi que nous l'avons vu, à avancer l'hypothèse qu'il pourrait avoir été marié avec Marie-Madeleine. Le théologien protestant William E. Phipps le mentionne dans son livre intitulé *Was Jesus Married? The Distortion of Sexuality in the Christian Tradition*, publié pour la première fois en 1970, et de nouveau en 1989. Il laisse entendre que le mariage avec Marie-Madeleine pourrait avoir eu lieu pendant la deuxième décennie de la vie du Christ. Marie-Madeleine pourrait même, en poussant l'hypothèse plus loin encore, avoir été infidèle et le Christ, par un amour indéfectible, pourrait lui avoir pardonné. D'après Phipps, cette expérience a rendu le Christ beaucoup plus compréhensif à propos de la nature de l'adultère et de l'amour, et l'a convaincu de rejeter toute idée de divorce. On pourrait donc considérer que l'« hypothèse intrigante » de Phipps accorde à Marie-Madeleine le pouvoir d'influencer dans une certaine mesure l'opinion du Christ sur les relations humaines, un thème qui a été repris récemment, et avec sensiblement moins d'autorité, par d'autres auteurs plus populistes. Dans un ouvrage publié en 1992, *Jesus the Man*, Barbara Thiering va jusqu'à affirmer que non seulement Marie-Madeleine était mariée avec Jésus, mais aussi qu'elle l'aurait quitté après la crucifixion (à laquelle il aurait survécu pendant trente ans) et qu'elle aurait eu de lui une fille et deux garçons, puis que le Christ se serait remarié. L'auteur, une conférencière à la faculté de théologie de l'Université de Sydney, fonde ses affirmations sur une nouvelle lecture des Manuscrits de la mer Morte.

L'idée voulant que Marie-Madeleine pourrait avoir été mariée avec le Christ et avoir porté ses enfants trouve écho dans *L'énigme sacrée* de Baigent, Leigh et Lincoln, l'une des plus étranges manifestations de l'intérêt populaire qu'ont suscitée à la fin du XXe siècle l'histoire du Christ et la théorie du complot. Après une crucifixion mise en scène dans laquelle Jésus soit serait descendu de la croix drogué, aurait été remplacé par Simon de Cyrène, sa famille a dû fuir les gens qui, dirigés par saint Pierre, ne faisaient pas partie du complot, et s'efforçaient à tout prix de préserver la réputation du Messie. Lorsque Marie-Madeleine, en compagnie de son frère Lazare et d'autres personnes, arrive dans le sud de la France, elle porte le *Sang Real* ou Saint-Graal, que les auteurs interprètent comme le sang sacré du Christ représenté par son enfant ou ses enfants. Une fois installés dans la communauté juive du sud de la France, les membres de la famille s'unissent aux rois mérovingiens jusqu'à Godefroy de Bouillon (qui est presque devenu roi de Jérusalem), à la maison de Lorraine, aux Habsbourg et au toujours mystérieux mais toujours présent Prieuré de Sion, qui détient le secret de toute cette histoire, quelle qu'elle puisse être (et qui se tient prêt aussi à créer un État unifié d'Europe avec un descendant du Christ et, bien sûr, Marie-Madeleine sur son trône). La rumeur situe le prieuré près du village de Rennes-le-Château, dont le curé Saunière a découvert les documents codés dans l'église et construit la mystérieuse tour de Magdala pour abriter sa bibliothèque. Les auteurs de *L'énigme sacrée* s'efforcent d'assembler tous les renseignements qu'ils découvrent, mais le livre ne présente aucune perspective nouvelle sur le personnage historique de Marie-Madeleine, tentant plutôt de lier certains éléments de légendes les moins vraisemblables à son sujet au fil des siècles, selon l'idée directrice qu'il n'y a pas de fumée sans feu.

[Dans une analyse dense, complexe et brillante, Susan Haskins raconte l'histoire aux multiples facettes du culte de Marie-Madeleine et la manière dont il a pris l'importance que l'on sait en France. Elle retrace la longue série de légendes et de mythes selon lesquels Marie s'est enfuie de Jérusalem et a pris toutes les directions : à Éphèse, où existait depuis longtemps le culte d'une déesse grecque emprunté à Diane et où on croit que la Vierge Marie est allée, on montre encore de nos jours aux visiteurs la maison où celle-ci aurait vécu ; trente années dans le désert égyptien en tant qu'ermite ; et même la région de Northumbria, en Angleterre où elle, Joseph d'Arimathie et le Saint-Graal se sont fondus dans les légendes d'Avalon et du roi Arthur. Dans la France médiévale, on a inventé une histoire pour expliquer comment Marie-Madeleine est arrivée dans ce pays et y a vécu. L'histoire fascinante de la fabrication des mythes, des impostures et de la crédulité humaine dont parle Haskins mérite amplement l'attention des lecteurs du *Da Vinci Code*. Si vous croyez que Pierre Plantard et les *Dossiers Secrets* sont une escroquerie ou si vous pensez que Baigent, Leigh et Lincoln — ou même Dan Brown — ont pris de grandes libertés avec l'histoire, vous devriez savoir ce qu'ont fait les abbés, les évêques et les nobles entrepreneurs pendant les croisades : ils ont inventé de toutes pièces des reliques de Marie-Madeleine — certains, des mèches de ses cheveux, d'autres, des larmes lui appartenant. Ils ont rapporté de prétendus objets sacrés de la Terre sainte, fait des profits considérables en vendant des reliques et les ont exploités pour leurs supposées vertus médicinales. Ils ont aussi institué des processions, des pèlerinages, des festivals, et présenté certaines des premières productions théâtrales extérieures, toutes des activités qui procuraient des revenus touristiques et commerciaux aux petites villes françaises. Et chaque fois qu'un pénitent invoquait le nom et l'image de Marie-Madeleine, c'était habituellement pour fournir un prétexte à des scènes de débauche. Comme l'exprime Haskins :]

Les grandes heures de Vézelay

Pendant les XIIe et XIIIe siècles, d'importants pèlerinages ont vu le jour autour des lieux saints les plus célèbres, de vastes foules espérant obtenir guérisons, libération de démons et autres manifestations semblables de l'intervention divine. Toutefois, ce n'était pas là les seuls buts de telles festivités, car les mœurs dissolues et la débauche accompagnaient souvent la procession des reliques. Il semble que la séduction ait sévi et que les entremetteuses offrant leurs services occupaient souvent l'avant-scène. Mais le conseil municipal aurait été extrêmement réticent à abolir ce pèlerinage, car de telles processions bénéficiaient largement à la ville puisque tous les pèlerins devaient se nourrir et se loger, et il semble, vraisemblablement, qu'une telle décadence faisait partie de l'événement.

Les pèlerins affluaient de toute la France pour toucher au

tombeau de Marie-Madeleine à Vézelay; certains venaient même d'aussi loin que l'Angleterre pour être guéris, pardonnés et délivrés de leurs démons au lieu saint. Et avec ces fidèles venaient aussi les marchands toujours prêts à tirer profit des gens pieux.

[Le culte de Marie-Madeleine était si intense et on attribuait à son esprit de tels pouvoirs d'intercession auprès de Dieu qu'on lui accordait le mérite pour tout, qu'il s'agisse d'apporter la paix en Bourgogne ou de remettre en selle des chevaliers décédés. Les bulles pontificales émises par Lucius III, Urbain III et Clément III confirmaient toutes que le corps de Marie-Madeleine reposait vraiment dans la ville française de Vézelay. Mais comment s'est-elle rendue de Jérusalem en France et qu'a-t-elle fait pendant ces années à cet endroit? Haskins raconte ainsi l'histoire:]

Demeurait toutefois la question délicate à propos de la façon dont le corps de Marie-Madeleine en était venu à reposer en Bourgogne, si loin de son lieu de naissance en Judée. On vénérait un tombeau, mais même si le corps de la «Madeleine bénie» était censé reposer dans le monastère de l'Église, on ne l'a jamais vu et on n'a jamais fait de récit convaincant de son arrivée de Palestine après l'Ascension de Jésus. Au XIe siècle, la réponse simple donnée aux questions difficiles pourrait être «résumée en quelques mots», comme le formulait sur un ton plutôt irrité un document provenant de Vézelay. «Tout est possible à Dieu, qui fait ce qu'il lui plaît. Rien n'est difficile pour lui lorsqu'il a décidé de le faire pour le bien-être de l'humanité.» Quand cette réponse se révélait insatisfaisante, le narrateur racontait comment Marie-Madeleine lui était apparue debout près de son tombeau, disant: «C'est moi, que beaucoup de gens croient ici.» Ceux qui remettaient en question l'existence du corps de Madeleine se voyaient menacés du châtiment divin qui avait frappé les sceptiques auparavant. Un prétexte pour ne pas exposer les restes de Maris-Madelaine apparaît dans un manuscrit de la fin du XIIe siècle qui raconte que lorsque Geoffroy [abbé de Vézelay] avait lui-même décidé de retirer les reliques de Madeleine de la petite crypte où elles avaient été trouvées pour les placer dans un reliquaire précieux, l'église s'était retrouvée plongée dans une profonde obscurité et les gens s'étaient enfuis, terrifiés, et tous avaient souffert. C'est alors qu'on a décidé d'abandonner toute idée d'ouvrir le saint tombeau puisque de tels gestes provoquaient de toute évidence la colère de Dieu. La foi suffisait, comme l'affirmaient les moines de Vézelay à leurs pèlerins timorés.

Des documents diffusés par l'abbé au XIIIe siècle afin de justifier ses prétentions selon lesquelles il possédait les reliques de Marie-Madeleine racontent comment la foi des pèlerins ayant tellement diminué, il était évident aux yeux des moines qu'ils devaient trouver un moyen quelconque de rendre cette affirmation crédible. À partir de ce moment, l'abbé émit toute une série de documents hagiographiques desquels émergea un nouvel élément de l'histoire de Madeleine. Des récits, souvent totalement contradictoires, racontaient la manière dont le corps était arrivé, non pas directement de Palestine, mais de quelque part en Provence où elle avait été inhumée entre les années 882 et 884, et comment un certain Aléaume perpétra un « saint cambriolage » pour apporter les précieux restes à leur dernière demeure.

Toutefois, l'histoire à laquelle la plupart des gens croient est celle de son arrivée par bateau, comme d'autres saints et apôtres qui se sont rendus en France, en compagnie de Maximinus — dans le premier récit — un des soixante-douze apôtres (car, comme Duchesne le faisait remarquer avec ironie, « une femme n'aurait pas pu venir seule parce qu'elle avait toujours besoin de soutien »). Ils ont débarqué à Marseille et y ont prêché l'Évangile. Dans ce récit, notre sainte est une fois de plus devenue l'*apostola apostolorum* qui, ayant été le premier apôtre des Évangiles, poursuivait sa carrière apostolique, avec son arrivée en France et ses prêches. Elle a ainsi converti le prince païen de Marseille. (Cependant, des années plus tard, un moine ayant clairement estimé qu'il était de son devoir d'expliquer discrètement comment une femme pourrait avoir participé à ces activités apostoliques, par définition masculines, rappela que la discipline ecclésiastique était peu encline à favoriser l'apostolat des femmes et raconta plutôt comment, étant arrivé sur le sol français, Marie-Madeleine n'avait pas prêché mais s'était retirée dans la solitude[9].) La même légende raconte que Maximinus devint plus tard le premier évêque d'Aix. Madeleine était décédée avant son compagnon, qui l'a enterrée puis s'est fait lui-même inhumer à ses côtés. Un autel particulier à l'église de Saint-Sauveur, à Aix, a été dédié à Maximinus et à Marie-

9. Baudoin de Gaiffier, « Hagiographie bourguignonne », Anlaecta Bollandiana, vol. LXIX, 1951, p. 140.

Madeleine, en tant que fondateurs de la ville, qui revendiquait aussi l'honneur d'avoir été évangélisée au premier siècle. Une fausse charte que l'on croit datée du 7 août 1103 mentionne cette consécration, écrite par l'archevêque et les dirigeants de l'Église à l'appui de leurs prétentions à la fin du XIIe siècle selon lesquelles les ossements des illustres fondateurs se trouvaient toujours dans le tombeau à partir duquel Vézelay avait fabriqué son *furtum sacrum*.

Une version ultérieure, qui exposait la relation de Marie-Madeleine avec Lazare et Marthe, racontait comment la famille de Béthanie s'était enfuie de Palestine pendant la persécution juive, — où, parce qu'ils étaient des amis intimes du Christ, ils auraient constitué une cible de choix — et relatait leur traversée de la mer et leur arrivée à Aix. Ce récit raconte comment Lazare est devenu le premier évêque de Marseille, comment Marthe a vécu à Tarascon et a terrassé le méchant dragon, et de quelle façon ils sont tous morts ; les ossements de Lazare et de Marie-Madeleine ont été apportés en Bourgogne, mais ceux de Marthe sont demeurés en Provence où ils ont été « découverts » en 1187.

Au XIIIe siècle, il existait un nombre alarmant de versions confuses du voyage de Marie-Madeleine, dont faisait partie parfois Maximinus, parfois Lazare et Marthe, parfois aussi Sidonius et Marcelline, la servante de Marthe, des versions qui faisaient quelquefois l'apologie de Marseille et de la Gaule inférieure. Mais les résultats étaient inchangés : les reliques se trouvaient maintenant à Vézelay, apportées là par Badilon après un « saint » et héroïque cambriolage.

Sans les rivalités monastiques du Moyen Âge et le pèlerinage à Vézelay, Marie-Madeleine ne serait jamais devenue aussi populaire. Sans la prétention des moines de saint Maximin et, par conséquent, son adoption par les dominicains, le concept d'une Madeleine repentie, qui a passé trente ans dans le désert, n'aurait peut-être jamais atteint l'Italie, où on le retrouve dans les documents liturgiques et sur les fresques des églises et des monastères à partir du XIIIe siècle. Par l'entremise de Charles d'Anjou, roi de Naples et de Sicile, le concept de Marie-Madeleine est parvenu jusqu'à Naples et, grâce à des alliances matrimoniales entre sa propre maison royale et celle d'Espagne, elle a également atteint la péninsule ibérique. Et le mouvement fondé en son nom en Allemagne en 1225 pour le secours moral des prostituées et des femmes déchues, qui a pris d'immenses proportions tout au long du Moyen Âge et s'est perpétué sous diverses formes jusqu'au début du XXe siècle, pourrait ne jamais avoir existé si Vézelay n'avait pas prétendu avoir en sa possession les reliques de la pénitente la plus aimée et la plus célèbre de la chrétienté.

À la recherche du temps perdu

La célèbre friandise française, la « madeleine », est initialement associée à Marie-Madeleine. Ce croisement entre un biscuit et une pâtisserie se compose traditionnellement d'œufs, de beurre, de farine et de sucre. C'est l'action de mordre dans la madeleine, avec tous les souvenirs nostalgiques qu'elle fait ressurgir, qui a suscité chez Marcel Proust le désir d'écrire son très long roman *À la recherche du temps perdu*. Selon la légende, les religieuses d'un couvent dédié à Marie-Madeleine dans la ville de Commercy ont inventé ou perfectionné la madeleine. Elles auraient plus tard vendu leur recette à des boulangers pour une somme fabuleuse afin de subvenir à leurs besoins lorsque leur couvent a été supprimé dans la foulée de la Révolution française. Les madeleines sont devenues omniprésentes en France, mais on les faisait en quantité particulièrement grande le jour de la fête de Marie-Madeleine, le 22 juillet.

[Dans l'extrait suivant, de Boer adopte une approche laborieuse et rigoureuse pour passer au crible les preuves documentaires que fournissent les Évangiles et autres documents historiques sur Marie-Madeleine. Elle avance plusieurs idées sur la personnalité de Marie-Madeleine, le lieu possible de sa naissance et le type de relation qu'elle pourrait avoir eu avec Jésus. Mais en fin de compte, elle tire des conclusions plus mesurées que les autres spécialistes dont les opinions figurent dans ce livre en insistant sur le fait qu'il faut éviter, en dernière analyse, la tentation de sauter aux conclusions lorsqu'il n'existe pas de preuves solides.]

MARIE-MADELEINE

Au-delà du mythe

par Esther de Boer

Extrait de *Mary Magdalene: Beyond the Myth* d'Esther de Boer. Reproduit avec l'autorisation de Trinity Press International. Esther de Boer étudie la théologie à l'Université libre d'Amsterdam et est maintenant ministre des Églises hollandaises réformées à Ouderkerk aan de Amstel.

Marie a-t-elle aussi délibérément été bannie de l'arrière-scène du Moyen Âge à cause du rôle des femmes ? Il est important de se souvenir du moment précis où Marie-Madeleine est officiellement devenue pénitente.

Avant le concile de Trente (1545-1563), il existait encore des calendriers de saints qui n'accordaient pas de prédicat à Marie-Madeleine ou au contraire qui la célébraient à titre de premier témoin de la résurrection du Seigneur. Toutefois, sous l'autorité du concile, on a produit des livres liturgiques qui engageaient toute l'Église catholique romaine. Ainsi est apparu le missel romain en 1570. Dans ce premier missel obligatoire, on donne à Marie-Madeleine le qualificatif de « pénitente ». Ici, le missel ne reprenait pas seulement l'image de Marie-Madeleine qu'avaient diffusée Grégoire le Grand et d'autres.

Cette image découlait aussi de la contre-réforme qui mettait l'accent sur la doctrine du repentir et des mérites. Dans ce cas, sainte Marie-Madeleine pourrait jouer un rôle important à titre de pénitente et de personne favorisée par excellence.

Le concile du Vatican II (1962-1965) a demandé une révision du missel romain, parue en 1970. Dans l'édition revue, le texte évangélique dont on fait la lecture le jour anniversaire de Marie-Madeleine est Jean 20, 1-18, qui met l'accent sur la rencontre de Marie-Madeleine avec le Christ ressuscité. Désormais, on n'utilise plus le mot « pénitente ».

Voici l'explication supplémentaire qu'en donne le missel :

> Marie-Madeleine faisait partie des femmes qui suivaient le Christ pendant ses voyages. Elle était présente au moment de sa mort et fut la première personne à le voir après sa résurrection (Marc 16,9). C'est surtout au XIIe siècle que s'est répandue la vénération à son égard

au sein de l'Église d'Occident[10].

Ainsi pourrait-on dire que Marie-Madeleine a officiellement eu une réputation de pénitente pendant précisément quatre cents ans. Toute personne qui s'interroge sur Marie-Madeleine doit se sentir déçue à la lumière faible que projettent sur elle les sources les plus anciennes. Qui était Marie-Madeleine avant de rencontrer Jésus, quel genre de vie menait-elle, quel âge avait-elle, comment s'est-elle convertie, qu'est-il advenu d'elle plus tard ? Les sources les plus anciennes nous laissent dans le noir.

Cela nous amène au premier carrefour dans le cadre de notre quête. Quelle conclusion devons-nous tirer du fait que les évangélistes nous en disent si peu ? La réponse la plus évidente serait qu'ils pensaient que toute information supplémentaire la concernant était sans importance pour l'histoire de la croyance en Jésus qu'ils voulaient transmettre. Quand on lit les avis de naissance ou de décès dans les journaux, on rencontre rarement le nom de Magdalèna. Cependant, Magda et Madeleine apparaissent et en sont dérivés. Ainsi, on pourrait supposer qu'il s'agit d'un prénom. Rien n'est plus éloigné de la vérité : il s'agit d'un lieu. Les quatre Évangiles du Nouveau Testament ne parlent jamais non plus de Marie-Madeleine, le nom auquel nous sommes habitués, mais de Marie de Magdala. L'Évangile de Luc l'exprime de manière encore plus emphatique, en parlant de Marie « qu'on appelait la Magdaléenne » (Luc 8, 2). L'ajout de « la Magdaléenne » a pour but de préciser de quelle Marie il s'agit. C'est celle qui vient de Magdala.

Le nom même de Marie la Magdaléenne évoque une image de son passé.

Le Nouveau Testament ne mentionne pas la ville de Magdala, tout au moins dans le texte du Nouveau Testament que nous consultons habituellement. Mais le Nouveau Testament a été retransmis dans un grand nombre de versions et dans quelques-unes d'entre elles on retrouve Magdala, dans une version de Marc (8, 10) et une de Mathieu (15, 39). On y lisait Magdala alors que le texte officiel employait plutôt Dalmanutha et Magadan. Ce sont deux endroits que les chercheurs n'ont pas été en mesure d'identifier de manière plus précise. Si Marc et Mathieu parlaient vraiment de Magdala, alors il s'agit

10. Conseil national hollandais pour la liturgie, *Altaarmissaal voor de Nederlandse kerkprovincie*, 1978, p. 864.

de l'endroit que Jésus et ses disciples ont traversé après qu'il eut nourri quatre mille personnes avec sept pains et quelques poissons.

Là, dans la région de Magadan/Dalmanutha ou Magdala, les pharisiens lui ont demandé un signe du Ciel « pour l'éprouver » (Mathieu 16, 1-4 ; Marc 8, 11-13). Le cas échéant, nous ne pouvons que conclure à partir du Nouveau Testament qu'il y avait des scribes dans la région de Magdala et qu'on pouvait atteindre cette région par bateau.

L'emplacement probable de Magdala a fait l'objet d'un long débat. En lisant la documentation rabbinique, il devient évident que nous devons chercher Magdala aux environs de Tibérias, près de la mer de Galilée.

De nos jours, il existe au nord de Tibérias une petite ville du nom de Mejdel qui pourrait rappeler Magdala. C'est une hypothèse qui correspond étroitement aux témoignages des premiers pèlerins situant Magdala entre Tibérias et Capharnaüm.

Il existe des rapports de pèlerinages entre les VIe et VIIe siècles qui affirment unanimement que Magdala était à mi-chemin entre Tibérias et Tabga, près de Capharnaüm. Les pèlerins parlent de la maison de Marie-Madeleine qu'ils pouvaient visiter et de l'église que l'impératrice Hélène (au IVe siècle) avait fait construire en son honneur. Dans son récit de voyage (1294), Ricold de Monte Croce nous dit qu'à la fin du XIIIe siècle, l'église n'était plus utilisée. Il écrit :

> Puis nous sommes arrivés à Magdala [...], la ville de Marie-Madeleine sur le rivage de la mer de Génésareth. Nous avons éclaté en sanglots parce que nous avons trouvé une splendide église, tout à fait intacte, mais qu'on utilisait comme étable. Puis nous avons chanté à cet endroit et y avons proclamé l'*Évangile de Madeleine*[11].

Si Magdala se situe effectivement à Mejdel, alors Jésus *doit* y être allé. La ville se trouvait sur la route qui va de Nazareth, le petit village où il a grandi (à environ 25 kilomètres de Magdala), à Capharnaüm, où il est allé vivre plus tard.

Capharnaüm se trouvait à environ dix kilomètres de Magdala. Il n'est pas impensable que Jésus ait bien connu la ville. De toute façon, il semble possible qu'il ait enseigné à cet endroit

11. Manns, *Magdala* (n. 4), p. 335.

et qu'il y ait guéri des gens, comme le mentionne l'évangile de Marc:

> Et il prêchait dans leurs synagogues par toute la Galilée, et chassait les démons (Marc 1, 39; voir Mathieu 4, 23 et Luc 8,1-3).

Il semble aussi, d'après la documentation rabbinique, que Magdala ait eu une synagogue. À côté, il y avait une *beth hanidrasb*, une école où on enseignait l'explication et l'application des saintes Écritures (du moins au début du IIe siècle et peut-être plus tôt).

Dans un midrash sur les Lamentations 2, 2, qui commence par les mots « Le Seigneur a englouti, sans épargner, toutes les habitations de Jacob [...] », on cite Magdala en exemple. Les sages font une description précise de la piété de la ville. Il y avait trois cents étals où on pouvait se procurer les oiseaux nécessaires à la purification spirituelle. Et l'impôt religieux envoyé à Jérusalem était si lourd qu'on devait le transporter par charrette. Et pourtant, la ville a été dévastée. Pourquoi ? Alors que l'on met en cause la « désunion » et la « sorcellerie » dans le cas de deux autres villes, à Magdala on évoque l'« adultère » (Ika Rabbah II, 2, 4). Ainsi, la ville n'était pas seulement associée à la piété, mais également à l'adultère.

Faut-il alors imaginer une Marie de Magdala qui cherchait à plaire aux hommes de sa ville et d'ailleurs ? La seule référence à la promiscuité sexuelle à Magdala se retrouve dans le midrash sur les Lamentations mentionné. Les sages attribuent la destruction de Magdala à l'« adultère ». Toutefois, l'adultère est mentionné dans un contexte de piété. Malgré cela, Magdala fut dévastée. Il n'existe aucune raison évidente d'associer particulièrement Marie-Madeleine à l'adultère, tout comme il n'existe aucune raison particulière de la décrire comme une personne très pieuse en se fondant sur la piété qui régnait à Magdala.

Son nom peut toutefois évoquer l'atmosphère générale de Magdala, l'atmosphère d'une ville commerciale sur une route internationale où des gens de toutes les religions et de toutes les coutumes se rencontraient au marché. Une ville prospère qui devait subir l'occupation et l'opposition qu'elle suscitait en raison du climat de violence et des remous politiques. C'était aussi l'atmosphère d'une ville tolérante dans laquelle on connaissait de l'intérieur les cultures juive et hellléniste.

Le nom de Marie-Madeleine dérive du nom hébreu de la ville. On l'appelle bien Marie de Magdala et non Marie de Tarichée, ce qui renforce l'impression selon laquelle elle était juive.

Les Évangiles du Nouveau Testament s'accordent à dire que Marie-Madeleine faisait partie des disciples de Jésus. Elle n'était pas la seule femme; il y en avait d'autres. Les Évangiles ne nous donnent aucune indication sur la façon dont cela s'est produit.

Être un disciple de Jésus et appartenir au petit groupe de ses fidèles avait de lourdes conséquences sur la vie quotidienne, en particulier pour une femme. Le fait de suivre Jésus signifiait voyager ici et là, et tout laisser derrière soi. Cela signifiait vivre dans la pauvreté et la simplicité. C'était aussi traiter avec les autres disciples, riches ou pauvres, de la ville ou de la campagne, qu'il s'agisse d'un zélote, d'un percepteur de péage ou d'un pêcheur. Cela signifiait s'abstenir d'avoir des relations sexuelles et aussi risquer d'affronter aussi bien des juifs que des Romains. Marie-Madeleine devait accepter tout cela.

Quels motifs avait-elle pour suivre Jésus? Elle aura succombé à son autorité, comme tant d'autres. Mais nous pouvons en dire encore davantage à la lumière de ce que nous avons pu apprendre sur elle jusqu'ici.

Elle a grandi dans une ville dans laquelle l'occupation romaine, l'opposition à celle-ci et la souffrance qui en découlait étaient réelles. Cela pourrait avoir eu pour effet de l'ouvrir à la non-violence, aux aspects spirituel et guérisseur du royaume de Dieu tel qu'il se façonnait en Jésus.

Elle a grandi dans un endroit où les cultures juive et hellénistique coexistaient, au milieu de gens de divers pays et de diverses religions venant faire du commerce à Magdala. Cela pourrait l'avoir sensibilisée à l'importance qu'attachait Jésus aux vraies aspirations des gens, à leur vie intérieure et à la façon dont ils agissaient réellement plutôt qu'aux différences extérieures. Et cela pourrait l'avoir rendue réceptive à la conviction selon laquelle la miséricorde de Dieu s'étend à tous sans distinction, parce que Dieu est le dieu de toute la Création: le dieu des êtres humains est aussi le dieu de la nature, qui était particulièrement luxuriante autour de Magdala.

Marie-Madeleine venait de la ville de Magdala, sur le rivage de la mer de Galilée, un centre de commerce sur une route internationale, les gens de toutes religions et coutumes se rencontraient au marché. C'était une ville prospère où on faisait le commerce du poisson salé, des tissus teints et de divers produits agricoles. C'était une ville tolérante, où on connaissait de l'intérieur à la fois les cultures juive et hellénistique. C'était une ville fortifiée à un emplacement stratégique, dans une région qui souffrait beaucoup de l'occupation romaine et de l'opposition à celle-ci. Marie-Madeleine était probablement d'origine juive, toutefois, on ne la définit pas par ses liens familiaux comme c'est le cas pour les autres Marie dans les quatre Évangiles. On la définit seulement par rapport à la ville de Magdala. Dès sa jeunesse, elle a côtoyé la violence, la pauvreté et la richesse, l'injustice, différentes cultures et religions, tout cela dans un environnement naturel splendide et extraordinairement fertile. À un certain moment, elle a commencé à suivre Jésus. Il n'est pas inconcevable qu'elle l'ait rencontré à la synagogue de Magdala. Le seul Évangile qui relate cette rencontre — Jésus avait chassé d'elle sept esprits malins — est celui de Luc. Nous ne savons pas précisément ce qu'il faut en conclure, mais ce contact avec Jésus doit avoir été très libérateur et stimulant pour elle. Jean la décrit comme une des connaissances les plus proches de Jésus. Elle se tenait au pied de la croix avec sa famille. En nous fondant sur la description que fait Marc des femmes au pied de la croix et sur ce que nous montrent les Évangiles sur l'attitude de Jésus envers les femmes, ainsi que sur les récits de Luc et de Jean sur la résurrection, nous pouvons conclure que Marie-Madeleine devait faire partie du petit cercle des disciples qui suivaient Jésus en permanence, elle était séduite par son autorité et son message sur l'arrivée du Royaume de Dieu. Elle subissait l'influence de son enseignement : l'importance qu'il attachait à de bonnes dispositions chez les gens plutôt qu'à un bon comportement extérieur, et aussi l'accent qu'il mettait sur la bonté infinie de Dieu qui ne se limitait pas à certaines personnes mais s'adressait à tous.

Les évangélistes mentionnent Marie-Madeleine dans leurs récits sur Jésus parce qu'elle est le principal témoin de sa mort et de l'inhumation de son corps, qu'elle est présente devant le tombeau vide et durant la révélation qui a suivi. Nous avons vu que sa présence au tombeau de Jésus démontrait un vrai courage face aux autorités juive et romaine.

Par ailleurs, il est surprenant que Marc, Luc et Jean invitent le lecteur à comparer Marie-Madeleine à Pierre. Dans l'Évangile de Marc, elle est sur un pied d'égalité avec Pierre ; dans celui de Luc, Pierre est de toute évidence plus important que

Marie-Madeleine, alors que dans l'Évangile de Jean, Pierre pâlit de la comparaison.

> **Marie**
> Marie est le prénom féminin le plus répandu aux États-Unis. Selon les données du recensement, plus de trois millions d'Américaines — presque trois pour cent de toutes les femmes des États-Unis — se prénomment Marie. En France, 1.3 millions de personnes portent ce prénom !

Les Pères de l'Église et les deux ordres ecclésiastiques soulignent la distance entre Marie-Madeleine et Jésus, mais les autres écrits montrent l'intimité qui existait entre eux.

Cela commence déjà dans une Lettre des Apôtres. tout comme dans l'Évangile de Luc, le récit des femmes concernant la résurrection n'est pas cru. Toutefois, contrairement à ce que raconte Luc, c'est le Seigneur lui-même qui leur a donné l'ordre de parler. Ils demandent tour à tour à Marie-Madeleine et à Marie, la sœur de Marthe, de le faire. Quand les onze disciples persistent à se montrer incrédules, le Seigneur leur apparaît. Toutefois, il n'est pas seul, mais prend avec lui les deux Marie et ils cheminent ensemble. Ainsi, par sa solidarité, le Seigneur montre qu'elles ont raison. Dans l'*Évangile de Thomas*, Jésus promet de guider Marie-Madeleine d'une manière particulière. Répondant à la demande de Pierre de l'exclure du cercle des disciples, il dit :

> Voici que je la guiderai afin de la faire homme. Elle deviendra, elle aussi, un souffle vivant semblable à vous, hommes. Toute femme qui se fera homme entrera dans le Royaume de Dieu (*Évangile de Thomas*, Logion 114).

L'*Évangile de Philippe* affirme qu'on qualifiait Madeleine de compagne de Jésus. De même que Marie, la mère de Jésus et sa sœur, elle était toujours avec lui :

> Le Seigneur aimait Marie plus que tous les disciples et il l'embrassait souvent sur la bouche (*Évangile de Philippe* 63, 34-35).

Nous ne devons pas interpréter ce « baiser » dans un sens sexuel, mais dans un sens spirituel. La grâce qu'échangent les personnes qui s'embrassent les fait renaître. Il en est question plus tôt dans cet évangile :

> Si les fils d'Adam sont nombreux, bien qu'ils meurent, combien plus le sont les fils de l'Homme parfait, eux qui ne meurent pas, mais qui sont régénérés sans cesse, qu'ils se nourrissent de la promesse du lieu d'en haut. Celui qui se nourrirait de la bouche et si la Science en sortait, il nourrirait par la bouche et deviendrait parfait. Car les parfaits deviennent féconds dans un baiser et enfantent. C'est pourquoi nous nous embrassons mutuellement et nous concevons par la grâce qui est en nous, les uns les autres (*Évangile de Philippe* 58, 20-59, 6).

Marie-Madeleine devient féconde par la grâce qui est en Jésus-Christ. En recevant sa grâce, elle renaît. L'intimité qu'illustrent les écrits mentionnés ici est l'intimité entre le maître et l'élève.

Nous en avons conclu que Marie-Madeleine était une disciple courageuse et persévérante, comme l'illustre le fait qu'elle semble avoir été une des rares personnes présentes à la crucifixion et à l'inhumation, et aussi parce qu'elle s'est rendue plus tard au tombeau.

Le fait que Marie-Madeleine était une femme a joué un rôle de plusieurs façons dans notre quête. Cela a commencé avec les sources les plus lointaines. Nous avons souligné que, par-dessus tout, les trois premiers Évangiles du Nouveau Testament s'étaient montrés ambivalents en ce qui concerne les disciples de sexe féminin. Elles doivent être mentionnées à titre de témoins, mais la manière dont on les présente est à la fois soudaine et discrète. Nous avons comparé cet état de fait avec la façon assez négative dont les Romains et les Juifs considéraient les femmes en tant que témoins. Nous avons vu également que le fait qu'il y ait des femmes parmi les disciples ne pouvait être considéré d'une manière favorable. La tradition juive et les lois romaines faisaient la promotion de la maternité comme seule tâche louable dans la vie d'une femme. Nulle part non plus les Évangiles n'appellent Marie-Madeleine et les autres femmes de véritables disciples, à moins de les inclure dans le masculin pluriel du terme « disciples ». Cependant, dans les écrits des Pères de l'Église et les documents évangéliques autres que la Bible, la forme féminine du mot « disciple » apparaît.

Marie-Madeleine étant une femme, les Pères de l'Église

ont pu la dépeindre comme un équivalent d'Ève, la femme qui a apporté le péché au monde. Aux yeux des Pères de l'Église, Marie-Madeleine est la « nouvelle » Ève, elle peut transmettre le message de la rédemption. Ainsi, elle semble presque s'accorder avec le Christ, que l'on considère comme un nouvel Adam. Toutefois, de l'Origine jusqu'à saint Augustin, on a souligné la grande distance qui les sépare.

Dans certains écrits, Pierre personnifie le point de vue orthodoxe sur les femmes. Marie-Madeleine le craint « parce qu'il déteste notre sexe » et il a peur de Marie ; il craint que cette nouvelle « Ève » ne devienne influente. « Laissons partir Marie, dit-il, puisque les femmes ne méritent pas la Vie », et il demande aux autres disciples : « Allons-nous faire volte-face et tous l'écouter ? L'a-t-il préférée à nous ? »

Nous pouvons nous demander dans quelle mesure le fait que Marie-Madeleine ait été une femme a consciemment joué un rôle en sa faveur. S'est-elle attachée à Jésus entre autres raisons à cause de sa manière ouverte de traiter les femmes ? Je n'ai trouvé aucun texte qui puisse confirmer cette hypothèse. De plus, selon le Dialogue du Sauveur, elle est sans aucun doute une partenaire de conversation dans la discussion doctrinale sur les « œuvres de féminité » qu'on se doit de détruire. Elle ne réagit pas lorsque Mathieu cite les paroles du Seigneur : «priez où il n'y a pas de femmes». L'autre question est de savoir si Marie-Madeleine s'est sentie attirée par Jésus en tant que femme. Nous n'avons trouvé aucun texte qui l'indique.

«LE *DA VINCI CODE* A RECOURS À LA FICTION POUR PALIER L'IMPRÉCISION HISTORIQUE... »

Entretien avec Dierdre Good

Dierdre Good enseigne le Nouveau Testament au General Theological Seminary de l'Église épiscopale de New York et elle a obtenu son doctorat à la Harvard Divinity School. Elle a récemment donné de nombreuses conférences sur Marie-Madeleine et le *Da Vinci Code*.

Qui était la véritable Marie-Madeleine et à quoi ressemblait sa vie ?

Selon l'Évangile de Luc, c'était une riche partisane faisant partie des disciples de Jésus de qui il avait chassé sept démons. Son nom évoque son lieu d'origine : Magdala, une ville sur la rive du lac de Galilée, célèbre à l'époque romaine pour sa salaison de poissons. Migdal se situe juste au nord de Tibérias. Marie-Madeleine faisait partie d'un groupe de disciples de sexe féminin venues au tombeau à l'aube du troisième jour après la mort de Jésus, sans doute pour apporter des épices. Dans plusieurs récits évangéliques, les femmes ont été accueillies par un ange qui leur annonça : « Il est ressuscité ! » Selon l'Évangile de Jean, elle aurait eu une vision de Jésus ressuscité, ce qui fait d'elle à la fois une prophétesse et un apôtre. Nous ne savons pas à quoi elle ressemblait, mais nous avons des représentations d'elle dans l'art chrétien d'Orient et d'Occident, et dans les mystères du Moyen Âge.

En tant que spécialiste des origines chrétiennes, je suis en mesure d'identifier Marie-Madeleine dans les *Évangiles* de Luc et de Jean, dans le plus long texte de Marc et dans les Évangiles extracanoniques de Thomas, de Marie, de Philippe et de Pierre, ainsi que dans les textes ultérieurs intitulés *Pistis Sophia* et *Psaumes manichéens.* Dans les premiers textes, sa fidélité envers Jésus l'amène, de même que deux autres femmes, à visiter sa sépulture. Plus tard, dans de nombreux textes, elle est l'apôtre et la prophétesse à qui Jésus ressuscité apparaît. Des rapports sur sa vision de Jésus illustrent sa perception (Jean 20 ; *Évangile de Marie*). Dans Jean 20, Jésus l'appelle par son nom sémite : Mariam ! Elle le reconnaît en répliquant : Rabonni ! Dans quelques textes (la fin plus élaborée de Marc ; l'*Évangile de Marie* ; l'*Évangile de Thomas* ; et la *Pistis Sophia*), elle fait face à l'hostilité de plusieurs apôtres (en particulier Pierre) et son témoignage est mis en doute. Mais d'autres apôtres (Lévi) se portent à sa défense. Ainsi, dans la tradition chrétienne, elle est l'apôtre des apôtres. Dans les *Psaumes manichéens*, Jésus lui rappelle leur rencontre au moment de sa résurrection et lui confirme qu'elle doit se rendre auprès des autres disciples, surtout Pierre.

Que pensez-vous du portrait que fait le Da Vinci Code *de Marie-Madeleine ?*

Da Vinci Code a recours à la fiction pour interpréter l'imprécision historique et combler les lacunes. C'est une approche qu'ont utilisé avec succès d'autres romanciers, et des meilleurs ; Charles Dickens, par exemple. C'est une approche qui en vaut la peine, une fois qu'on a écarté la prétention de Brown concernant la véracité de ce qu'il écrit. L'affirmation selon laquelle Jésus et Marie-Madeleine étaient mariés est une invention visant à exprimer la particularité de leur relation. Cependant, Jésus avait aussi des relations privilégiées avec d'autres disciples, par exemple le « disciple bien-aimé » de l'Évangile de Jean, avec Pierre, et ainsi de suite. Ainsi, nous devons nous demander si l'affirmation de Brown selon laquelle Jésus et Marie-Madeleine étaient mariés représente une manière restrictive de décrire la relation particulière d'un homme, Jésus, avec une femme, Marie-Madeleine. Si on tient pour acquis cette particularité, on se met à la chercher partout. En fait, on ne la trouve pas dans *La Dernière Cène* de Léonard de Vinci parce que les historiens de l'art qui examinaient les ébauches des personnages qu'avait esquissés l'artiste pour préparer le tableau identifient le personnage à la droite de Jésus comme Jean. Les représentations de Jean le décrivent toujours comme jeune et donc imberbe.

Comment expliquez-vous le grand intérêt que suscite Marie-Madeleine de nos jours ?

Ce nouvel intérêt coïncide avec l'apparition des recherches féministes, maintenant reconnues comme une discipline crédible en soi, sur le rôle des femmes et le thème de la dualité des sexes telle qu'elle s'est développée culturellement à partir des origines du christianisme. À cet égard, la découverte et la publication en anglais des anciens textes coptes de Nag Hammadi ont suscité un intérêt certain parmi les personnes préoccupées de dualité des sexes et de la question des femmes. Le succès du livre d'Elaine Pagels intitulé *The Gnostics Gospels* et la publication des textes de Nag Hammadi sur Internet ont rendu accessible une imposante documentation. L'analyse de tous les documents historiques sur Marie-Madeleine a soulevé la question du rôle des femmes au sein des mouvements chrétiens des premiers temps. On présentait clairement Marie-Madeleine comme un apôtre et une prophétesse importante.

Vous avez étudié les noms et la signification comparés de Marie-Madeleine dans le Nouveau Testament et Miriam dans l'Ancien Testament. Quelle est votre hypothèse à ce sujet ?

Je crois qu'il existe un lien concernant le nom et la fonction entre d'une part Miriam dans la Bible hébraïque et d'autre part

Marie-Madeleine et Marie, la mère de Jésus. C'est le sujet de mon plus récent livre, *Mariam, the Magdalen, and the Mother*, qui sera publié en 2005 par Indiana University Press. La traduction grecque du nom de Miriam dans les Écritures hébraïques est Mariam. Cette formulation de son nom est utilisée pour décrire les femmes à qui Gabriel s'est adressé dans Luc 2 et la femme à qui Jésus est apparu au jardin dans Jean 20. De plus, comme Miriam la prophétesse, la mère de Jésus rend gloire à Dieu (dans un chant appelé *Magnificat*) pour les merveilles accomplies par Dieu dans le passé. Elle prédit aussi ce que Dieu accomplira dans le ministère de son fils Jésus, décrit dans l'Évangile de Luc. Le rôle prophétique de la mère de Jésus se poursuit dans le *Protévangile* de Jacques, un des récits non canoniques de la naissance.

Tout comme Miriam, et sans aucun doute parce que c'était une femme, on refuse de croire Marie-Madeleine quand elle affirme avoir vu le Seigneur ressuscité. On finit par lui donner raison. Cette situation trouve un écho chez la plupart des femmes qui se sont senties appelées à un ministère.

Pouvez-vous commenter la situation du célibat par rapport au mariage qui aurait prévalu à l'époque biblique?

Dans Mathieu 19,12, au cours d'une discussion sur le mariage et le divorce, Jésus dit à ses disciples: «Car il y a des eunuques qui sont nés tels dès le ventre de leur mère; et il y a des eunuques qui ont été faits eunuques par les hommes; et il y a des eunuques qui se sont faits eux-mêmes eunuques pour le royaume des cieux. Que celui qui peut le recevoir, le reçoive.»

Certains commentateurs interprètent ce passage comme un éloge du célibat. Et quand, dans la tradition chrétienne ultérieure, on considérait le célibat comme un état supérieur au mariage, Jérôme interprétait Mathieu 19,10-12 comme une indication que «le Christ aimait les vierges plus que les autres».

Les commentateurs modernes ont eu tendance à adopter ce point de vue en interprétant ce passage comme une invitation au célibat ou en liant explicitement ce passage à l'enseignement de Paul dans le chapitre 7 de la Première épître aux Corinthiens recommandant le célibat plutôt que le mariage. Mais dans l'Évangile de Mathieu, l'eunuque, comme quelqu'un qui s'humilie volontairement, renonce à la «grandeur» ou à exercer une autorité sur d'autres personnes. Comme Mathieu 20,26-27 compare la situation dans la communauté matthéenne à celle d'un serviteur ou d'un esclave, nous pouvons continuer de supposer que l'eunuque représente le parfait serviteur au sein de la communauté matthéenne. Dans cette communauté, les eunuques ayant volontairement renoncé à tout honneur découlant de leur propre famille, aux possessions et richesses, ne sont loyaux qu'envers le royaume. Lorsque Pierre demande: «Voici, nous avons tout quitté et nous t'avons suivi; qu'adviendra-t-il donc de nous?», Jésus lui propose statut et puissance non dans ce monde, mais dans le prochain: «dans la régénération, quand le Fils de l'homme se sera assis sur le trône de sa gloire, vous aussi, vous serez assis sur douze trônes, jugeant les douze tribus d'Israël; et quiconque aura quitté maisons, ou frères, ou sœurs, ou père, ou mère, ou femme, ou enfants, ou champs pour l'amour de mon nom en recevra cent fois autant, et héritera de la vie éternelle.» (19,27-30)

Bon nombre de gens prennent au pied de la lettre les paroles du fragmentaire Évangile de Philippe *lorsqu'il affirme que Jésus embrassait souvent Marie-Madeleine sur la bouche. Croyez-vous que ce soit vrai? Et si oui, que signifie ce geste?*

L'*Évangile de Philippe* est en bien meilleur état que l'*Évangile de Marie*! Même si les deux textes ont été publiés en anglais dans la même collection, à savoir la Nag Hammadi Library, ils présupposent des mondes symboliques différents. Par exemple, nous ne devrions pas tenir pour acquis, lorsque l'*Évangile de Philippe* mentionne des hommes et des femmes, qu'il décrit des hommes et des femmes en chair et en os. La *Seconde Apocalypse de Jacques* mentionne que Jésus appelait Jacques son bien-aimé et reconnaît qu'il comprend davantage les choses que d'autres ignorent. Dans la *Seconde* et la *Troisième Apocalypse de Jacques*, Jésus et Jacques s'embrassent pour indiquer qu'ils ont une relation privilégiée. Dans le prétendu *Évangile secret de Marc*, Jésus révèle le mystère du Royaume de Dieu à un jeune homme qu'il aime. Dans le texte copte du IVe siècle *Pistis Sophia*, Philippe, Jean, Jacques et Mathieu, de même que Mariamne (Marie), sont tous mentionnés comme des personnes bien-aimées de Jésus. Cela indique probablement leur aptitude particulière à la réflexion spirituelle. Il est facile d'imaginer que d'autres auraient pu être jaloux de telles personnes.

UNE CRITIQUE DE LA THÉORIE DU COMPLOT

Entretien avec Katherine Ludwig Jansen

Katherine Ludwig Jansen est professeur agrégée d'histoire à l'Université catholique. Elle est l'auteur de *The Making of the Magdalen: Preaching and Popular Devotion in the Later Middle Ages.*

Comme Esther de Boer, Jansen met l'accent sur les faits qui proviennent des textes de documents bibliques reconnus et de l'histoire officielle de l'Église. Elle plaide contre la thèse de la dissimulation et défend le pape Grégoire et les dirigeants officiels de l'Église sur la question de Marie-Madeleine, du péché et de la pénitence. Toutefois, elle conclut également que, sous au moins un aspect, l'Âge des ténèbres pourrait avoir été plus éclairé que notre propre époque : on reconnaissait Marie-Madeleine, une femme, comme un apôtre de plein droit, alors qu'aujourd'hui une bataille se déroule au sein de nombreux groupes religieux pour savoir si les femmes devraient assumer des rôles de direction lorsqu'elles témoignent de leur foi.

À votre avis, qui était la véritable Marie-Madeleine ?

En tant qu'historienne, j'ai été formée à fonder mes opinions et mes analyses sur des preuves historiques. En ce qui concerne Marie-Madeleine, les seules preuves que nous avons pour documenter son existence sont celles que contient le Nouveau Testament. En tout, les quatre Évangiles ne contiennent que douze références à cette femme, dont onze sont directement reliées aux récits de la Passion et de la Résurrection. Seul Luc 8, 2-3 ajoute que « Marie, qu'on appelait Magdaléenne » était la femme de qui Jésus avait extirpé sept démons. Par la suite, Marie de Magdala est devenue un des disciples les plus dévoués de Jésus, l'assistant de ses propres ressources financières (Luc 8, 3). Si on se fonde sur cette preuve documentaire, il semble évident que Marie-Madeleine était une femme indépendante sur le plan financier, qui utilisait ses ressources pour soutenir Jésus et ses disciples.

Pourquoi l'Église a-t-elle décrit Marie-Madeleine comme une prostituée pendant tant d'années ? Croyez-vous qu'elle ait tiré profit de cette « dissimulation » d'une quelconque façon ?

À mon avis, les mots « dissimulation » et « complot » n'aident nullement à comprendre la confusion historique qui entoure l'identité de Marie-Madeleine. Nous devons d'abord souligner qu'en plus de la Vierge Marie et de Marie-Madeleine, les Évangiles mentionnent cinq femmes du nom de Marie. Ce simple fait a prêté amplement à confusion. Malgré cela, les rédacteurs de l'Église primitive avaient tendance à distinguer chacune de ces femmes dans leurs discussions sur Marie-Madeleine, comme le fait l'Église orthodoxe d'Orient, sans compter la pécheresse sans nom de Luc (7,37-50). En fait, l'Église orthodoxe a toujours fêté ces femmes séparément.

Ce n'est qu'à la fin du VIe siècle que le personnage de Marie-Madeleine s'est fondu dans ceux de Marie de Béthanie et de la pécheresse sans nom de Luc. Le pape Grégoire le Grand a réuni en une seule personne trois personnages distincts des Évangiles. C'est au moment où ce pape a greffé la pécheresse de Luc à l'identité de Marie-Madeleine qu'elle a été transformée en prostituée, surtout parce que l'on interprétait inévitablement les péchés des femmes comme des péchés sexuels. Si Marie-Madeleine avait été mariée, on aurait interprété ce péché comme un adultère. Comme elle était célibataire, on considérait son péché comme du dévergondage, ce qui équivalait presque à la prostitution.

Pour quelle raison Grégoire a-t-il associé les caractéristiques de pécheresse à Marie-Madeleine ?

Il s'agirait d'une déformation grossière de l'histoire que de considérer cela comme un complot ou comme un geste malicieux de sa part. On doit considérer Grégoire dans son propre contexte. Il vivait à une époque d'intenses bouleversements : les invasions germaniques, la peste et la famine n'ont été que quelques-unes des grandes catastrophes auxquelles il a dû faire face pendant son pontificat, des situations qui exigeaient qu'il soit non seulement un chef de file spirituel, mais un dirigeant politique. À cette époque de changements et d'incertitude, Grégoire tentait d'établir une certaine stabilité et de créer des certitudes pour sa communauté. Le texte dans lequel Grégoire donne une nouvelle identité à Marie-Madeleine était un sermon visant de toute évidence à répondre aux questions que lui posaient sur l'identité de Madeleine les gens de sa communauté, lesquels, semble-t-il, recherchaient pour leur foi une clarté qui servirait de barricade contre le monde romain qu'ils voyaient s'effondrer à leurs pieds. Le personnage composite de Marie-Madeleine créé par Grégoire avait l'avantage de répondre de manière définitive à toutes les questions que posait sa communauté chrétienne à propos d'une relation entre une Marie et une autre.

Cette image est demeurée parce qu'elle comblait, théologiquement parlant, un besoin profond. Marie-Madeleine, maintenant reconfigurée en grande pécheresse, était destinée à devenir une grande sainte. Grégoire laissait entendre qu'elle y était parvenue grâce à la pénitence qui, dans son cas, fut l'acte d'expiation qui consista à laver les pieds du Christ avec ses pleurs et à les sécher avec ses cheveux. Au fur et à mesure que le sacrement de pénitence continuait d'être reformulé et qu'on lui accordait priorité au Moyen Âge et au début de l'époque moderne, l'image de pécheresse-sainte de Marie-Madeleine prenait des proportions similaires. Cette image est devenue plus importante quand le sacrement de la pénitence a pris le devant de la scène. À mon avis, l'image de la pécheresse-sainte a certainement contribué au fait que tant de gens aient été attirés par Marie-Madeleine au fil des siècles. Elle laissait espérer aux pécheurs, hommes et femmes, qu'ils pourraient eux aussi obtenir le pardon.

Pourquoi Marie-Madeleine était-elle une des rares personnes présentes lors de la crucifixion? Pourquoi y aurait-elle assisté alors que les autres disciples ne l'ont pas fait? Dans quelle mesure le fait que Marie-Madeleine ait été la première personne à voir Jésus après sa résurrection a-t-il de l'importance?

Après l'arrestation de Jésus, la plupart des autres disciples se sont cachés par crainte de se faire arrêter eux aussi. Marie-Madeleine et les autres femmes ont agi autrement. Que ce soit parce que les Romains ne considéraient pas les femmes disciples comme un danger ou parce que les femmes étaient plus loyales envers Jésus, la question reste ouverte. Quoi qu'il en soit, leur foi n'a pas été ébranlée. Elles ont été témoins de la crucifixion. D'après moi, le rôle le plus important de Marie-Madeleine est d'avoir été le premier témoin de la résurrection. Jésus lui donne le mandat de porter aux autres disciples la nouvelle de sa résurrection. À ce moment, elle a acquis le titre que lui ont donné les commentateurs médiévaux des Écritures, *apostolorum apostola* (l'apôtre des apôtres), titre qu'elle a conservé pendant tout le Moyen Âge. Ainsi, c'est une femme qui a assisté à l'un des événements fondateurs les plus importants du christianisme — la résurrection — et qui en a fait l'annonce. Le titre d'apôtre des apôtres convient tout aussi bien maintenant pour célébrer son rôle dans l'histoire du christianisme qu'à l'époque médiévale.

LE DÉBAT SUR BELIEFNET

Kenneth Woodward contre Karen King

Le site *Beliefnet.com* se définit comme une « communauté Internet multiconfessionnelle » conçue pour aider les personnes à combler leurs besoins spirituels et religieux. Depuis la publication du *Da Vinci Code*, de nombreux articles de *Beliefnet* ont mis l'accent sur les discussions concernant Marie-Madeleine et sur d'autres questions que soulève le livre. Ici, nous présentons les principaux arguments et contre-arguments de Kenneth L. Woodward et de Karen King. Woodward est un collaborateur de *Newsweek*, tandis que King est professeure d'histoire ecclésiastique à la Harvard University Divinity School.

UNE TOUT AUTRE MARIE

par Kenneth Woodward

Comme Jésus, Marie-Madeleine fait maintenant l'objet d'une transformation culturelle. Quel objectif les chercheurs féministes ont-elles en tête?

Pourquoi ce soudain intérêt pour Marie-Madeleine? Oui, j'ai entendu parler des deux ou trois nouveaux livres sur le sujet et du livre à succès *Da Vinci Code* ainsi que du nouveau film *Les Sœurs Madeleine*. Mais dit-on quoi que ce soit de neuf sur ce personnage biblique familier?

Pas vraiment. Les chercheurs savent depuis des décennies, sinon davantage, que Marie-Madeleine n'était pas une prostituée et qu'aux premiers temps de la tradition chrétienne, elle a été par erreur associée à la femme pénitente qui, dans Luc, oint les pieds de Jésus dont la crucifixion approche, et les sèche avec ses cheveux. Ce qui a le plus contribué à la rendre célèbre, le mandat qu'elle a reçu de Jésus d'aller voir les apôtres pour leur annoncer sa résurrection, ne constitue certainement pas une nouvelle. On retrouvait déjà ces types de « redéfinitions » sous le nom de Marie-Madeleine dans la *New Catholic Encyclopedia*, publiée en 1967, qui représente une source ésotérique pour tout journaliste désirant vérifier les affirmations selon lesquelles quelque chose de nouveau a été dit.

Le fait que Jésus ait été marié, peut-être avec Marie-Madeleine, est également une hypothèse surannée, qui va bien au-delà des théories de William E. Phipps de 1970 intitulées *Was Jesus Married?* La réponse de Phipps, à savoir qu'il l'était probablement puisque la plupart des hommes juifs de l'époque étaient mariés, semblait bien peu convaincante. Tout comme le point de vue opposé selon lequel Jésus était homosexuel et qu'il était attiré par Jean, le « disciple bien-aimé », une nouvelle idée. Je suis tombé dessus au cours des années 1960, au moment où Jésus en tant qu'« ultime étranger » était populaire dans les cercles existentialistes. L'idée lumineuse était qu'en vertu de sa « naissance illégitime » et de ses origines rurales, Jésus était étranger aux groupes de pouvoir de son époque. L'évêque anglican Yugh Montefiore ajouta l'homosexualité au mélange pour compléter l'image de l'étranger. Comme Jésus, Marie-Madeleine fait maintenant l'objet d'une transformation culturelle.

Lorsqu'il s'agit de personnages bibliques, il ne suffit pas de dire que chaque génération alimente des concepts déjà imaginés et rejetés par les générations précédentes. Dans le cas de Marie-Madeleine, ce qui est nouveau, ce n'est pas ce qu'on dit d'elle, mais le contexte dans lequel on la situe — et qui le fait et pourquoi. Autrement dit, Marie-Madeleine est devenue un projet pour un certain type de chercheurs féministes idéologiquement engagés. Voilà ce qui est vraiment nouveau.

Au XIIIe siècle, un personnage aussi célèbre que Pierre Abélard prononçait un sermon dans lequel il voyait un point commun entre Miriam et Marie-Madeleine proclamant la Bonne Nouvelle. (Même alors, on définissait Madeleine comme étant « l'apôtre des apôtres ».) Le fait de trouver des similitudes entre l'Ancien et le Nouveau Testament constituait un aspect important de l'exégèse biblique médiévale. Dans le contexte actuel, certains exégètes mettent l'accent sur l'Exode 15,20-21, où Miriam est qualifiée de « prophétesse » et entraîne les femmes israélites dans des danses et des chants. Pour les féministes qui cherchent de quelconques indices de suprématie féminine dans la Bible hébraïque (sans mentionner les motifs pour lesquels elles exécutaient leurs propres chants et danses), ce passage a mené à la création d'une histoire qui leur est propre. Selon ce récit, on considérait Miriam comme une prophétesse, tout comme son frère Moïse, ce qui aurait suscité une rivalité parmi les anciens israélites, entre le parti de Moïse et celui de Miriam.

Mais, selon ce qu'on raconte, les réviseurs masculins de la Bible en ont éliminé les histoires concernant la suprématie de Miriam qui, à leur avis, existaient dans les anciennes traditions orales. De plus, quelques chercheures féministes insistent sur le fait que les anciens israélites avaient réellement créé une société égalitaire avant l'émergence de la royauté masculine. Ainsi, nous nous trouvons devant un exemple classique de patriarcat supprimant les preuves de suprématie et même de prophétie féminines. De la même manière, on remplace le mythe biblique d'un Éden originel par l'idée féministe d'une société originelle égalitaire que les rédacteurs masculins de l'Exode, l'épisode fondateur du judaïsme, ont fini par dissimuler.

Un simple journaliste est peu en mesure de juger si tout cela est vrai ou même probable, mais il pourrait souligner que peu de chercheurs bibliques, hommes ou femmes, ont accordé crédit à ces hypothèses. Les preuves ne sont simplement pas là et c'est pourquoi les personnes qui les proposent se fondent sur ce qu'on appelle l'« analyse rhétorique » des textes bibliques plutôt que sur des preuves historiques ou archéologiques. Un journaliste pourrait aussi souligner qu'au sein du féminisme religieux, la véracité ou la fausseté de ces hypothèses n'a aucune importance. Ainsi, au moins depuis la fin des années 1970, certaines femmes juives organisent des seders féministes au cours desquels on met de côté une coupe pour Miriam, comme on le faisait traditionnellement pour Élie. Elles agissent ainsi non pas parce qu'elles croient que Miriam, comme Élie, a été physiquement transportée au ciel et qu'elle reviendra en temps et lieu, mais seulement pour rendre les choses, disons, égalitaires.

Nous retrouvons le même modèle dans la redéfinition féministe de Marie-Madeleine. Ici, l'idée est de dire : à l'origine, le mouvement que dirigeait Jésus était égalitaire et accueillait aussi bien les femmes que les hommes (même si certaines féministes juives de la deuxième génération rejettent maintenant cette idée parce qu'elle fait de Jésus une exception parmi les hommes juifs de son époque et qu'elle est, par conséquent, antisémite). Marie de Magdala est la plus représentée parmi les femmes qui suivent Jésus : on la mentionne plus souvent (douze fois) que toute autre femme excepté la mère de Jésus. La mention la plus importante se trouve dans Jean 20, 11-18, lorsque Jésus ressuscité apparaît seulement à Marie et qu'il la charge de transmettre la nouvelle à ses apôtres (de sexe masculin). D'où son titre traditionnel d'« apôtre des apôtres ».

De nos jours, il devrait être évident aux yeux de tout lecteur du Nouveau Testament que les femmes qui suivaient Jésus agissaient souvent davantage comme des disciples que ne le faisaient les douze apôtres choisis par Jésus. Par exemple, les Évangiles synoptiques (Marc, Mathieu et Luc) ne mentionnent *que* des femmes au pied de la croix. (L'Évangile de Jean y ajoute Jean, le disciple bien-aimé.) Mais une petite élite de chercheures féministes, en particulier des chercheures issues de la Harvard Divinity School, va bien plus loin. De façon percutante, elles affirment qu'il existait, aux premiers temps de l'Église, un parti de Madeleine et un parti de Pierre — une fois encore les hommes contre les femmes, comme dans le cas de Miriam — et que le parti de Pierre non seulement avait remporté la victoire, mais qu'il avait également entrepris d'éliminer du Nouveau Testament les preuves et les écrits liés à la faction de Madeleine, en plus de ternir sa réputation. On cite souvent, à ce sujet, un sermon du pape Grégoire en 591, comme s'il avait inventé la tradition anti-femmes, et en avait fait un objet d'infaillibilité (rétroactive). Jeter le blâme sur le pape convient bien ici au programme féministe, en introduisant une note antihiérarchique, voire antipapale. Bref, le coupable est encore le patriarcat.

Mais il existe une différence entre les deux Marie (Miriam et Madeleine). Pour soutenir leur point de vue, les féministes qui défendent Marie-Madeleine ont changé la donne. Tout comme l'herméneutique féministe du soupçon (recherche biblique fondée sur une méfiance à l'égard des rédacteurs masculins) exige de se méfier du texte du Nouveau Testament parce que c'est l'œuvre d'hommes, l'herméneutique féministe de la récupération (dans ce cas, la récupération des preuves supprimées de l'existence de Marie-Madeleine) doit s'inspirer d'autres sources. Ces sources, ce sont divers textes qui ne se sont pas dans le Nouveau Testament tel qu'il a été redéfini au IVe siècle. Cette exclusion par les dirigeants mâles de l'Église rend ces textes supplémentaires encore plus dignes de foi aux yeux des chercheurs qui visent à démontrer que le patriarcat a éliminé la suprématie féminine au sein de l'Église. L'*Évangile de Marie* figure parmi les plus importants de ces textes.

Comme ils ont été rédigés au IIe siècle, l'*Évangile de Marie*, l'*Évangile de Philippe* (dans lequel Jésus et Marie s'embrassent) et d'autres textes apocryphes apparaissent trop tard pour fournir des indications historiques fiables sur Jésus, Pierre ou Marie-Madeleine. Mais ils donnent une idée de ce que certains groupes, traditionnellement considérés comme gnostiques, comprennent de l'histoire de Jésus et de ses partisans.

Karen King, professeure à la Harvard Divinity School, affirme qu'il existe une relation entre l'*Évangile de Marie*, qui exalte le rôle de Marie-Madeleine, et l'Épître de Paul à Timothée, qui recommande aux femmes de demeurer silencieuses à l'Église. Son argument se fonde sur le fait que les deux documents auraient été produits à la même époque, soit cent vingt-cinq ans après Jésus-Christ, et que, considérés ensemble, ils reflètent une guerre des sexes orageuse au sein de l'Église primitive. Mais elle agit ainsi en prenant certaines libertés concernant la datation de ces deux textes. Personne ne sait quand l'un ou l'autre a été écrit, même si certains chercheurs situent Timothée dans les années 90 après Jésus-Christ, tandis que d'autres situent l'*Évangile de Marie* vers la fin, et non le début, du IIe siècle. King optimise les dates des deux à ses propres fins, comme deux couvertures de livre qui ne contiennent pas de pages. Bref, la nouvelle Marie-Madeleine est une ancienne gnostique.

Même dans ce cas, dans quelle mesure l'affirmation selon laquelle le rejet (par l'Église) du gnosticisme sous toutes ses formes était essentiellement une guerre des sexes est-elle crédible ? Dans son « Introduction au Nouveau Testament », le chercheur Raymond Brown, aujourd'hui décédé, résume la façon dont les Écritures rédigées par des chrétiens étaient préservées et acceptées, et quels critères on utilisait. Parmi ceux-ci, il y avait l'origine apostolique, réelle ou supposée, et la conformité à la règle de la foi. Le sexe ne faisait pas partie de ces critères. Qui plus est, il n'y a aucune raison de croire que des communautés entières de chrétiens aient utilisé l'*Évangile de Marie* ou l'*Évangile de Philippe* comme des documents faisant autorité. Oui, ils étaient accessibles, mais c'est aussi le cas de plusieurs livres de ma bibliothèque qui incluent les Évangiles gnostiques, ce qui ne fait pas de moi un gnostique.

Pendant plusieurs années, j'ai entretenu une collection de documents sur diverses religions du monde qui, sur leur couverture, invitent le lecteur à choisir parmi les textes ceux qui ont de l'attrait à ses yeux et, ainsi, de « créer ses propres Écritures ». Le fait qu'une personne puisse rassembler ces documents, me disais-je, était révélateur d'un vent qui soufflait dans le climat de syncrétisme qui caractérise la religion contemporaine aux États-Unis. L'hypothèse de base est que tous les textes sacrés sont d'égale valeur et que le lecteur est libre de rendre sacrés ceux qui présentent un attrait à ses yeux. C'est en quelque sorte la religion à la demande, axée sur le consommateur, et cela présente l'avantage supplémentaire de dénier à toute communauté l'autorité de distinguer les textes sacrés de ceux qui ne le sont pas.

Il se produit, je crois, quelque chose de semblable avec les textes gnostiques qui appuient la pauvre Marie-Madeleine dans le rôle de chef de file de l'Église qui lui a été confié et, si on en croit l'auteur Lynn Picknett, de « déesse cachée de la chrétienté ». Au moins, la minorité de chercheures féministes qui tente de faire croire que les textes gnostiques ont un statut égal à celui du Nouveau Testament peut plaider que les chrétiens pouvaient se les procurer à une période ancienne de l'histoire chrétienne et, à l'occasion, qu'ils les lisaient. Il s'ensuit apparemment que si vous n'aimez pas le canon établi, vous n'avez qu'à créer le vôtre. Si l'*Évangile de Marie* fait tout autant autorité que, disons, l'Évangile de Marc, alors bien sûr Marie-Madeleine peut être tout ce que les féministes d'aujourd'hui voudraient qu'elle soit.

Si j'avais à rédiger une histoire mettant en scène Marie-Madeleine, je pense que je mettrais l'accent sur le fait qu'un petit groupe de femmes très instruites ont décidé de consacrer leur carrière à des fragments de littérature gnostique découverts au siècle dernier, une découverte qui promettait l'émergence d'une autre spécialité dans le domaine quelque peu encombré des études bibliques, sur lequel elles pourraient édifier une carrière. Elles sont devenues spécialistes de cette documentation, comme d'autres sont devenus spécialistes de la biologie du bernard-l'ermite. Mais contrairement à ceux qui étudient les crustacés, certaines d'entre elles en sont venues à s'identifier à l'objet de leur étude, dans certains cas peut-être parce qu'elles n'auraient pu s'identifier à aucune autre communauté religieuse, d'autres, peut-être parce qu'elles étaient contre une quelconque communauté religieuse faisant autorité qui avait nourri au départ leur intérêt en matière de religion.

Et la prochaine étape ? Nous y sommes déjà sous la forme d'un nouveau livre de Karen King de Harvard intitulé *What Is Gnosticism ?* qui cherche à démontrer la grande diversité régnant parmi les gnostiques (gnosticisme véritable et rassembleur) — ce qui me semble exact — mais qui vise également à soustraire l'opposition des gnostiques à la chrétienté orthodoxe, faisant disparaître du même coup la catégorie de l'hérésie. Bref, s'il n'y a pas d'erreur, alors tout peut être vrai. Comme c'est américain ! Comme c'est inclusif et neutre ! Et, en cette ère de post-modernisme, tellement *contemporain* ! Dans ce type d'environnement, même le personnage de Marie-Madeleine peut être utilisé à des fins polémiques.

La parole est à Marie-Madeleine

par Karen L. King

*La tradition n'est pas figée. Les textes récemment découverts comme l'*Évangile de Marie *nous font entendre d'autres voix dans un ancien débat chrétien.*

Dans un article sur le récent intérêt pour Marie-Madeleine, Kenneth Woodward écrit : « Ce qu'il y a de neuf, ce n'est pas ce qu'on dit à son sujet, mais le contexte dans lequel on la situe, et qui le fait et pourquoi. » Comme il le souligne, les chercheurs s'entendent au moins depuis les années 1960 sur le fait qu'elle n'était pas une prostituée. De même, l'hypothèse selon laquelle Marie et Jésus étaient mariés n'a rien de nouveau. « La vraie nouvelle, dit-il, se trouve dans les travaux de chercheures féministes idéologiquement engagées — un énoncé que j'accepte de tout cœur. »

Toutefois, le reste de cet article est davantage une expression de la répugnance de Woodward envers le féminisme qu'un examen ou même une critique de ce domaine d'études. Les lecteurs qui le souhaitent peuvent évaluer eux-mêmes des exemples des meilleurs travaux en critique rhétorique et en études féministes sur Marie de Magdala, comme l'ouvrage classique d'Elisabeth

Schussler Fiorenza, *In Memory of Her*, et le récent livre de Jane Schaberg intitulé *The Resurrection of Mary Magdalene.*

Une partie du récent engouement concernant Marie-Madeleine découle des découvertes, en Égypte, d'anciens écrits chrétiens jusqu'alors inconnus, comme l'*Évangile de Marie, le Dialogue du Sauveur* et l'*Évangile de Thomas*. L'*Évangile de Marie* se trouve dans un papyrus du Ve siècle après Jésus-Christ apparu sur le marché des antiquités du Caire en 1896. Il a été acheté par un chercheur allemand et apporté à Berlin, où il a été publié pour la première fois en 1955. En 1945, deux paysans égyptiens ont fait une découverte surprenante alors qu'ils cherchaient des fertilisants au pied de Jabel al-Tarif, une falaise près de la ville de Nag Hammadi en Moyenne-Égypte. Ils ont déterré un vase d'argile scellé contenant une multitude de papyrus. Connus sous le nom de *Codex de Nag Hammadi*, ces livres du IVe siècle après Jésus-Christ incluaient de nombreux documents chrétiens anciens, totalisant quarante-six travaux différents, dont presque tous étaient auparavant inconnus. Ces documents et d'autres écrits originaux présentent de nouvelles perspectives sur les débuts du christianisme. Ils montrent que le christianisme des premiers temps était beaucoup plus diversifié que ce qu'on avait imaginé.

Les premiers chrétiens discutaient intensément de questions fondamentales comme le contenu et la signification des enseignements de Jésus, la nature du salut, la valeur des prophéties, les rôles des femmes et des esclaves, et les visions opposées de l'idéal communautaire. Après tout, ces premiers chrétiens n'avaient ni Nouveau Testament ni Credo de Nicée ou de Credo des apôtres, ni hiérarchie ou chaîne d'autorité établie au sein de l'Église, ni églises et, en fait, ni compréhension unique de Jésus. Tous ces éléments que nous pourrions considérer comme essentiels pour définir le christianisme n'existaient pas encore. Loin d'être des points de départ, le Credo de Nicée et le Nouveau Testament ont constitué le résultat de ces débats et différends, ils représentent des expériences et tout un lot de querelles et de luttes.

En conséquence de ces bagarres, les vainqueurs ont pu écrire l'histoire de cette période selon leur propre perspective. Les points de vue des perdants ont été en majorité perdus puisque leurs idées n'ont survécu que dans des documents qui les dénonçaient. Jusqu'à maintenant. Les découvertes récentes fournissent quantité de travaux primaires qui illustrent le caractère pluraliste de la chrétienté à ses débuts et présentent d'autres perspectives. Elles nous aident aussi à mieux comprendre les vainqueurs, puisque leurs idées et pratiques ont été façonnées dans le creuset de ces premiers débats chrétiens.

Situer le personnage de Marie-Madeleine dans ce nouveau contexte nous aide à comprendre de quelle façon son portrait trompeur comme prostituée pourrait avoir été inventé et comment il pourrait s'être répandu en Occident pendant plus d'un millénaire sans aucune preuve à l'appui. De nombreux écrits découverts récemment la décrivent comme une disciple et une apôtre préférée de Jésus après sa résurrection. Dans l'*Évangile de Marie*, par exemple, elle calme les autres disciples lorsqu'ils ont peur et leur transmet un enseignement particulier que Jésus n'a confié qu'à elle. Le texte mentionne que Jésus la connaissait très bien et qu'il l'aimait plus que les autres. Il tire aussi parti d'une tradition concernant le conflit entre Pierre et Marie, un sujet que traite avec beaucoup de délicatesse Anne Brock dans son nouveau livre, *Mary Magdalene, the First Apostle: The Struggle for Authority*.

Mais dans ces livres découverts récemment, Marie est la garante apostolique d'une position théologique qui a perdu la bataille de l'orthodoxie. L'*Évangile de Marie*, par exemple, présente une interprétation radicale des enseignements de Jésus, les considérant comme une voie vers la connaissance spirituelle et non comme une révélation apocalyptique; il rejette sa souffrance et sa mort comme la voie vers la vie éternelle; il rejette aussi l'immortalité du corps, en affirmant que seule l'âme sera sauvée; il présente les arguments les plus directs et les plus convaincants dans un écrit des premiers temps du christianisme en faveur de la légitimité de la suprématie des femmes; il présente une critique féroce du pouvoir illégitime et une vision utopique de la perfection spirituelle; il remet en question nos points de vue romantiques sur l'harmonie qui régnait parmi les premiers chrétiens; et il nous demande de réexaminer le fondement de l'autorité de l'Église. Tout cela écrit au nom d'une femme.

L'*Évangile de Marie* nous permet de voir qu'en faisant de Marie-Madeleine une prostituée repentie, les chefs de l'Église pouvaient faire d'une pierre deux coups. Ils ont réussi à la fois à miner les appels à Marie-Madeleine pour soutenir la suprématie des femmes et, en même temps, à attaquer le type de théologie dont on fait la promotion en son nom, une théologie que les

Pères de l'Église condamnaient et considéraient comme hérétique.

Woodward a raison lorsqu'il affirme que la découverte de telles sources remet en question le portrait traditionnel de l'histoire chrétienne, une histoire qui affirme que Jésus a transmis le véritable enseignement à ses disciples masculins qui l'ont, à leur tour, transmis intact aux évêques qui leur ont succédé. La pureté de cet Évangile se confirme particulièrement au moyen

Marie-Madeleine, sainte patronne de l'éducation de l'élite

Oxford et Cambridge, principaux bastions de la tradition au sein des universités anglaises, ont des collèges dont le nom s'inspire de Marie-Madeleine. Le Magdalen College d'Oxford fut fondé en 1448 et figurait parmi les premiers collèges du monde où on enseignait les sciences. La Magdalen Choir, dont l'histoire remonte à la fondation du collège, est bien connue pour accueillir les cérémonies printanières qui se tiennent en mai à sa célèbre tour. Le film *Shadowlands*, sur la vie de C.S. Lewis, décrit ces cérémonies. À n'en pas douter, certains spécialistes, dont nous présentons les travaux dans ce livre, décèlent des liens mythiques et métaphoriques intrigants entre les rites printaniers influencés par les païens de l'ère préchrétienne, la tour du Magdalen College (rappelez-vous que le mot « Magdala » vient d'un mot ancien qui signifiait « *tour* ») et l'intérêt de C.S. Lewis pour la foi, la théologie, le symbolisme et le mythe. Le Magdalen College compte parmi ses étudiants et professeurs neuf lauréats du prix Nobel.

À Cambridge, le Magdalene College, fondé en 1542, s'épelle avec un *e* final pour le distinguer de celui d'Oxford. Mais, par le passé, on prononçait ce nom comme *Maudleyn*, une double signification comprimée en un mot (admirateurs de Dan Brown, prenez vos stylos) ayant un lien avec son fondateur, Lord Audley. Au même moment, la langue anglaise adopte le mot *maudlin* (excessivement sentimental, souvent larmoyant) selon la prononciation, en usage à la Renaissance, du nom de Marie-Madeleine, dont les larmes sont les plus célèbres de l'histoire.

du Credo de Nicée et par l'interprétation orthodoxe du canon biblique.

Les nouveaux textes ne montrent pas une « guerre des sexes orageuse » au sein des premières Églises, mais ils montrent qu'une des questions qui faisaient l'objet de discussion portait sur la suprématie des femmes. Dans l'*Évangile de Marie*, Pierre est décrit comme un exalté, tout comme il l'est dans plusieurs épisodes des Évangiles du Nouveau Testament. Ici, il est jaloux de Marie et refuse de croire que Jésus lui a transmis un enseignement particulier. Ce portrait semble indiquer que les chrétiens qui, comme Pierre, nient aux femmes le droit d'enseigner le font par jalousie et par incompréhension.

L'*Évangile de Marie* nous fait entendre une autre voix dans le débat ancien, une voix perdue pendant presque deux mille ans. Il nous fait mieux comprendre la dynamique des débuts de la chrétienté, mais cette voix qu'il nous présente n'est pas à l'abri de la critique. Par exemple, le fait que l'*Évangile de Marie* rejette l'idée selon laquelle le corps représente la véritable identité d'une personne constitue un grave problème pour le féminisme contemporain qui affirme la dignité du corps humain.

Bien sûr, la question de la suprématie des femmes n'a pas disparu. Il ne s'agit pas que d'une ancienne controverse. À notre propre époque, les féministes tentent de s'assurer que la véritable histoire de Marie-Madeleine et les autres voix du passé trouvent un écho auprès d'un plus large public. D'autre part, des chercheurs et d'autres personnes qui jugent provocateurs ces nouveaux travaux ont tendance à les rejeter pour cause d'hérésie et tentent de marginaliser leur impact sur les débats actuels. Il semblerait donc que tout ce tapage autour de Marie-Madeleine ne soit qu'un autre épisode dans la longue histoire des chrétiens argumentant entre eux. Pourquoi devrait-on y prêter attention ?

Voici pourquoi : parce que si une grande partie des croyances et des pratiques chrétiennes reposent sur des affirmations historiques, il est essentiel d'avoir une vision exacte de l'histoire. Le fait de tenir compte de toutes les preuves sans marginaliser les parties qu'on n'aime pas ni promouvoir injustement les parties qu'on aime constitue un critère d'excellence en histoire. Que les communautés de foi adoptent ou non l'enseignement qu'on retrouve dans ces textes récemment découverts, les chrétiens comprendront mieux leur propre tradition et s'engageront envers elle de manière plus responsable en ayant accès à un récit historique exact des débuts du christianisme.

De plus, compte tenu de l'importance de la religion dans le monde contemporain, caractérisée par sa relation avec la violence, je crois qu'il importe, autant pour les non-chrétiens que pour les chrétiens, de reconnaître que toutes les traditions religieuses rassemblent plusieurs voix et offrent diverses possibilités de traiter les questions complexes d'aujourd'hui. En ce sens, la tradition n'est pas figée, mais elle s'édifie continuellement à mesure que les croyants tirent parti du passé pour régler les problèmes du présent.

La religion n'est donc pas une chose qu'on peut tout simplement accepter ou rejeter. Les religions font constamment l'objet d'interprétations. Un récit historique exact n'empêchera pas le personnage de Marie-Madeleine d'être utilisé à des fins polémiques comme ce fut le cas pendant des siècles, mais il redonnera à cette importante disciple de Jésus une certaine dignité.

« LES RELATIONS SEXUELLES DANS LE MARIAGE SONT-ELLES UN PÉCHÉ ? »

Entretien avec le révérend Richard P. McBrien

Richard McBrien enseigne la théologie à l'université Notre-Dame. Il apparaissait en 2003 dans l'émission de télévision de la chaîne ABC, *Jesus, Mary and da Vinci*. L'explication logique qu'il y présentait sur les raisons pour lesquelles Jésus pourrait avoir été marié a déclenché une vive controverse. Dans l'entrevue qui suit, il éclaire ses propos sur Marie-Madeleine en tant que personnage de l'histoire chrétienne.

Que pensez-vous de la possibilité que Marie-Madeleine soit représentée dans La Dernière Cène*?*

Je suis ouvert à cette idée. Il n'existe dans le Nouveau Testament rien qui démontre qu'elle était présente. La question est de savoir si Léonard de Vinci l'a peinte à cet endroit. On peut à tout le moins en discuter, compte tenu des traits extrêmement féminins de la personne assise près de Jésus.

Pourquoi l'Église a-t-elle dépeint Marie-Madeleine comme une prostituée pendant tant d'années?

C'est peut-être parce que certains dirigeants de l'Église ne pouvaient accepter qu'elle avait été un des principaux disciples de Jésus, une amie intime et un témoin de première importance de la crucifixion.

Vous affirmez que le caractère divin de Jésus n'aurait pas été compromis s'il avait été marié. Pouvez-vous expliquer pourquoi?

Je ne veux pas paraître désinvolte, mais pourquoi pas? L'Épître aux Hébreux (4,15) affirme que Jésus était comme nous en tous points sauf en ce qui concerne le péché. Est-ce un péché d'avoir des relations sexuelles dans le mariage?

Vous avez dit aussi que si Jésus était marié, c'était presque certainement avec Marie-Madeleine. Pourquoi Marie-Madeleine?

Parce qu'elle était parmi ses disciples la femme la plus proche de lui pendant sa vie. Contrairement aux hommes peureux, elle et les autres femmes demeurent avec lui jusqu'à la fin. C'est elle qui, selon au moins trois récits traditionnels du Nouveau Testament, fut la première à le voir après sa résurrection. Il a dû également l'avertir de ne pas le « toucher » parce qu'il n'était pas encore monté au Ciel vers son Père.

Tous les dirigeants religieux de l'époque auraient-ils été mariés ?

Peut-être pas tous, mais certainement la plupart. De toute évidence, certains apôtres, dont Pierre, étaient mariés.

Pourquoi tant de gens trouvent-ils le personnage de Marie-Madeleine si attrayant de nos jours ?

Peut-être parce qu'ils se sont éloignés de l'Église en raison de ses opinions négatives, rigides et critiques concernant la sexualité humaine. Réfléchir sur Marie-Madeleine soulève la question de la sexualité de Jésus et incite les gens à réexaminer la situation de la femme au sein de l'Église. Si Jésus avait été marié, cela minerait des siècles de préjugés au sujet de l'intimité sexuelle.

À quoi attribuez-vous ce nouvel intérêt pour Marie-Madeleine ?

Les récents textes de chercheurs réputés et ceux qui proviennent du mouvement des femmes ont exercé une influence, mais rien n'a autant attiré l'attention sur elle que le *Da Vinci Code*.

Le Féminin sacré

Le Féminin sacré, c'est cet autre visage de Dieu qui n'a pas été honoré pendant les deux mille ans d'existence du christianisme — tout au moins en tant que partenaire pleinement égal.

Margaret Starbird

Dans ce chapitre, nous examinons les données de base de la thèse du Féminin sacré au cœur de l'intrigue du *Da Vinci Code*. Comme les lecteurs du roman s'en souviendront, dès son arrivée au milieu de la nuit au château Villette de Leigh Teabing, Sophie Neveu se trouve plongée dans les explications et les théories laborieuses de Teabing et Langdon sur le Saint-Graal, Marie-Madeleine et le Féminin sacré. « Le Graal est littéralement l'ancien symbole féminin, le Féminin sacré, la Déesse, cette dimension religieuse perdue, éradiquée par l'Église. Les anciennes images sacrées du pouvoir procréateur de la femme représentaient une menace pour la puissance naissante d'une Église à prédominance masculine. Le Féminin sacré a donc été diabolisé, considéré comme impur... Le concept de la femme comme source de vie était fondamental dans les religions anciennes. Mais la philosophie chrétienne a détourné cette puissance créatrice au profit de l'homme, en occultant une réalité biologique... Le Graal symbolise la Déesse perdue. Les traditions païennes n'ont pas disparu si rapidement avec la montée du christianisme. La quête du Graal perdu symbolise la recherche de l'ancien Féminin sacré. Le prétendu calice était pour les chevaliers du Graal un symbole-écran, un moyen de se protéger d'une Église qui avait banni la Déesse, asservi la femme, brûlé les païens et les hérétiques. »

L'analyse concernant le Féminin sacré (la Déesse perdue) et

Marie-Madeleine que présentent Langdon et Teabing à Sophie soulève quelques-unes des questions les plus fascinantes du roman sur le plan intellectuel. Bien sûr, les explications sont improbables à plusieurs égards, en particulier la façon dont cet ensemble de mystères a été intégré aux énigmes de l'intrigue. Mais c'est extrêmement intéressant. En présentant son point de vue, le personnage de Langdon s'inspire largement de plusieurs spécialistes dont les travaux figurent dans ce chapitre : Margaret Starbird, Elaine Pagels, Timothy Freke et Peter Gandy, Riane Eisler et d'autres.

Dans les pages qui suivent, ces spécialistes présentent leurs propres arguments sur le rôle du Féminin sacré dans l'évolution de la culture, de la pensée, de la politique, de la philosophie et de la religion en Occident. Ils rappellent les cultes consacrés à des déesses en Égypte, en Grèce, en Crète et à Rome, ainsi que les rôles féminin et masculin dans le contexte de l'époque biblique judéo-chrétienne. Ils passent au crible l'expérience chrétienne des premiers temps de l'Église et de l'époque médiévale. Et ils examinent la spiritualité, les mythes, les légendes et les traditions qui associent, aux femmes en général et à Marie-Madeleine en particulier, une importance sacrée particulière.

Les lecteurs devraient prendre note qu'une bonne part de cette documentation est, par définition, mystique, mythique et poétique ; une grande partie des documents originaux provient de fragments et nous a été transmise par le biais de diverses langues et traductions. Dans de nombreux cas, un court passage d'un texte biblique ou gnostique a fait l'objet d'une analyse et de commentaires approfondis ailleurs. Nous ne pouvons ici que les résumer.

Dieu ne ressemble pas à un homme

Entretien avec Margaret L. Starbird

Le Da Vinci Code mentionne explicitement deux livres de Margaret Starbird lorsqu'ils attirent l'attention de Sophie Neveu sur les tablettes de la bibliothèque de Leigh Teabing au château Villette : *The Woman With the Alabaster Jar: Mary Magdalen and the Holy Grail* et *The Goddess in the Gospels: Reclaiming the*

Sacred Feminine. Dans l'entrevue présentée plus loin, Starbird explique brièvement son point de vue sur le Féminin sacré. Elle déclare également que « la description de Marie-Madeleine en tant qu'apôtre, placée sur un pied d'égalité avec Pierre, ou peut-être encore plus importante que Pierre, ne va vraiment pas assez loin ». Notre entrevue présente une introduction à la pensée de Starbird. Ensuite, nous présentons de brefs extraits des deux livres mentionnés.

Dans quelle mesure le concept du Féminin sacré diffère-t-il de la façon dont la plupart des religions semblent tenir pour acquis la primauté des déités masculines ?

Nous devenons de plus en plus conscients que l'être que nous appelons « Dieu » ne ressemble pas vraiment au patriarche du plafond de la chapelle Sixtine au Vatican. Pendant deux millénaires, les chrétiens ont attribué à Dieu une image exclusivement masculine et utilisé des pronoms masculins en parlant du Créateur. Mais intellectuellement, nous réalisons désormais que Dieu n'est pas mâle. Dieu se situe au-delà du genre, le « tisserand » derrière « le voile » est au-delà de notre capacité de concevoir Dieu. Ainsi, nous restreignons Dieu en lui attribuant des qualificatifs. Dieu n'est ni mâle ni femelle, et c'est pourquoi on a toujours dit aux juifs de ne pas représenter Dieu en image. Mais les chrétiens ont abandonné cette idée et attribué à Dieu et à Jésus les épithètes de « Père » et de « Fils ». Quand le terme « Saint-Esprit » a été traduit en latin, il a pris le genre masculin avec « spiritus sanctus ». La Trinité tout entière a été caractérisée comme masculine à partir du Ve siècle en Europe occidentale.

Le Féminin sacré, c'est ce visage supplémentaire de Dieu qui n'a pas été honoré pendant les deux mille ans d'existence du christianisme — tout au moins en tant que partenaire pleinement égal. La Vierge Marie personnifie certainement un aspect féminin de « Dieu » : la « Mère bénie », qui nous représente devant son Fils. Mais dans la chrétienté, le paradigme du partenariat, le principe du don de la vie sur la planète Terre n'a pas été célébré ni même reconnu.

À mon avis, nous devons récupérer le féminin perdu à tous les niveaux : physique, psychologique, affectif et spirituel. Nous avons été considérablement appauvris en perdant l'épouse et le mandala du partenariat sacré qui devait représenter le droit d'aînesse des chrétiens. Nous avons subi la perte d'Éros, une relation et un lien profond avec le féminin — le corps, les émotions, l'intuition, l'affinité avec tous les êtres vivants, les bienfaits d'une planète belle et généreuse.

Qui est l'« épouse perdue » de la tradition chrétienne ? En quoi est-elle liée au concept du Féminin sacré ?

Il n'existe qu'un seul modèle pour la vie sur la planète Terre et c'est « l'union sacrée ». Dans les anciennes cultures, cette réalité fondamentale faisait l'objet de cultes qui célébraient la mutualité et la « symbiose » du masculin et du féminin en tant que partenaires intimes, par exemple, Tammuz et Ishtar, Baal et Astarté, Adonis et Vénus, Osiris et Isis. Dans ces cultures, la joie éprouvée dans les chambres nuptiales s'étendait aux récoltes et aux troupeaux et jusque chez les gens du pays. Diverses liturgies de tout le Proche-Orient entretenaient des rites semblables. Le *Cantique des cantiques* est le récit d'une ancienne poésie liturgique découlant des rites du *hieros gamos* d'Isis et d'Osiris. Le roi est toujours exécuté et son épouse le cherche, pleure son décès et, finalement, se trouve réunie à lui. Dans le *Cantique des cantiques*, l'épouse a une odeur de nard, un parfum ou un onguent oriental qui flotte autour du futur marié à la table du banquet. Et dans les Évangiles, c'est encore de nard que Marie oint Jésus, et « la maison fut remplie de l'odeur du parfum » (Jean 12:3).

Dans sept des huit listes de femmes qui accompagnaient Jésus, Marie-Madeleine est mentionnée en premier et pourtant, son statut de « première dame » fut plus tard nié. Il convenait aux Pères de l'Église du IVe siècle d'élever officiellement la mère de Jésus au rang de « Theotokos » (porteuse de Dieu, mère de Dieu) mais d'ignorer son épouse bien-aimée. Il en est résulté une distorsion du modèle le plus fondamental pour la vie sur notre planète : l'« union sacrée » de partenaires dévoués.

Vous venez de faire référence au hieros gamos, *que mentionne le* Da Vinci Code *et qui serait une traduction du grec signifiant « mariage sacré ». Mais qu'est-ce que ça signifie au juste ? Et dans quelle mesure est-ce relié à Jésus ?*

Je crois que Jésus incarnait l'archétype de l'époux sacré et que lui et son épouse illustraient ensemble la mythologie du *hieros gamos*. À mon avis, leur union représentait la pierre d'assise de la première communauté chrétienne, une nouvelle façon radicale de vivre un partenariat. Dans la Première épître aux Corinthiens (9,5), Paul mentionne que les frères de Jésus et les autres apôtres voyagent avec leurs « sœurs comme femmes », une phrase souvent traduite par « sœurs chrétiennes ». Mais la phrase dit vraiment « sœurs comme femmes ». Qu'est-ce qu'une « sœur femme » ? Il y a un autre endroit des Écritures où ces mots apparaissent ensemble : le *Cantique des cantiques*, dans lequel le fiancé appelle sa bien-aimée « ma sœur, ma femme ». Cette phrase évoque une relation intime qui se situe au-delà d'un mariage arrangé. C'est une relation d'intérêt mutuel, d'affection et d'affinités particulières. D'après Paul, ces apôtres voyageaient comme des couples missionnaires, et non en paires d'hommes comme nous avons été enclins à le croire. Je crois fermement que le modèle de cette relation était Jésus qui voyageait avec sa bien-aimée. C'est à cette intimité que fait référence l'*Évangile de Philippe* lorsqu'il déclare : « Il y avait trois Marie qui marchaient avec Jésus. Sa mère, sa sœur et son épouse s'appelant chacune Marie », et il poursuit en disant que « Jésus embrassait souvent Marie-Madeleine sur la bouche et que les autres disciples étaient jaloux ».

Quelle est la signification du symbolisme du calice ou Graal ?

Le calice ou réceptacle représente un symbole ambigu du « contenant » féminin. J'ai une image d'une cruche avec des seins datant d'environ 6 000 av. J.-C. Elle représente la femme nourricière. Marija Gimbutas [archéologue pionnière et commentatrice des symboles de déesses et des cultures qui vénèrent des déesses dans l'Europe et le Proche-Orient préhistoriques] signalait des exemples de la lettre *V* sur les murs de grottes préhistoriques. Le triangle pointant vers le bas a toujours et partout évoqué le triangle pubien de la femme, et l'hexagramme est un symbole très ancien de la danse cosmique du calice et de la lame, les triangles mâle et femelle représentant les divinités indiennes Shiva et Shakti.

Quel était le rôle des femmes aux premiers temps de l'Église chrétienne ?

Avant même que les Évangiles soient rédigés, les femmes participaient semble-t-il beaucoup plus à la direction des premières communautés chrétiennes. Dans ses Épîtres, écrites dans les années 50 apr. J.-C., Paul mentionne plusieurs femmes, notamment Phoebe, une diaconesse, Prisca et Junia, qui exerçaient une suprématie au sein des premières communautés chrétiennes. Dans l'Épître aux Romains (16, 6,12), Paul louange plusieurs femmes — Marie, Persis, Tryphose et Tryphène — pour leur dur labeur. Des femmes riches soutenaient le ministère de Jésus depuis le début, et elles lui ont été fidèles jusqu'à la fin, se tenant au pied de la croix alors que les apôtres masculins se cachaient, terrorisés. Les femmes prêtaient leur maison comme lieu de rencontre et comme espace de vie communautaire au sein de la première communauté, et certaines servaient comme diaconesses et même comme prêtres aux premiers jours de l'Église. Le professeur Dorothy Irvin a découvert et rendu publiques plusieurs peintures murales et mosaïques des premières communautés chrétiennes illustrant des femmes portant des insignes et des vêtements de prêtre. Suivant les lignes directrices de la première Épître de Timothée, la hiérarchie a plus tard privé les femmes du droit d'enseigner et de faire des prophéties dans une assemblée.

Que pensez-vous des efforts des chercheurs féministes modernes afin de redéfinir le rôle de Marie-Madeleine en tant qu'apôtre de premier plan ?

Bien que j'éprouve beaucoup de sympathie pour la recherche représentant Marie-Madeleine comme la personne la plus fidèle parmi celles qui accompagnaient Jésus pendant son ministère, je ne pense pas qu'on aille assez loin en la décrivant comme un apôtre égal à Pierre ou peut-être même plus importante encore. De toute évidence, Marie-Madeleine montre une dévotion et une fidélité totales envers le Christ. Mais les Évangiles nous racontent une histoire différente. Dans les tout premiers textes chrétiens, Marie-Madeleine n'a pas seulement un statut égal à Pierre, on l'identifie comme l'épouse exemplaire de l'éternel marié et elle représente le modèle de la quête et du désir qu'éprouve l'âme humaine (et la communauté humaine dans son ensemble) pour l'union avec le divin. Elle modèle la voie de la proximité « érotique », la voie du cœur et, avec son époux, fournit le paradigme qui illustre le divin comme étant constitué de partenaires. Son rôle d'apôtre ou d'« émissaire » pâlit en comparaison.

Certaines personnes qui prennent cet argument trop littéralement semblent penser que la personnification de Marie-

Madeleine comme épouse de Jésus la diminue d'une quelconque façon. L'argument semble être que cela la définit par rapport à sa relation avec un homme, ce qui, d'une façon ou d'une autre, diminue sa propre stature. À mon avis, il s'agit d'un point de vue beaucoup trop étroit. Il faut réaliser que le « mariage sacré » dont nous discutons ici ne concerne pas seulement un rabbin juif du premier siècle et sa femme. Il s'agit plutôt de l'archétype de la complétude, de l'harmonie des polarités de la « syzygie », du *logos/sophia* (raison/sagesse) représentant le divin comme une union des contraires.

Tout au long des Évangiles, on présente Jésus comme un époux, mais la plupart des gens affirment aujourd'hui qu'il n'avait pas d'épouse. Dans les anciens rites du *hieros gamos*, l'épouse royale proclamait et même conférait la royauté en appliquant des onguents sur le marié. Il est évident que la femme au vase d'albâtre qui oignait Jésus incarne cet ancien archétype qu'on reconnaissait immédiatement dans tout l'Empire romain. Il n'y avait aucune soumission dans l'acte mythique de reconnaissance et d'approbation qu'exécutait Marie en oignant Jésus dans le rite du *hieros gamos*.

Marie et Jésus

Une reconstitution des anciens cultes de la fertilité ?

par Margaret L. Starbird

Tiré de *The Goddess in the Gospels: Reclaiming the Sacred Feminine.* © 1998 par Margaret Starbird. Reproduit avec l'autorisation de Bear & Company, une division de Inner Traditions International.

Les premières représentations chrétiennes de la Vierge et de son enfant s'inspiraient d'images beaucoup plus anciennes de la déesse égyptienne Isis, la sœur-épouse d'Osiris, tenant sur ses genoux l'enfant sacré Horus, le dieu de la Lumière. La poésie rituelle tirée du culte d'Isis et d'Osiris correspond à certains endroits mot pour mot avec le *Cantique des cantiques*. Dans l'Ancien Monde, les déesses de la Lune et de la Terre étaient souvent illustrées en noir pour représenter le principe féminin en juxtaposition avec le solaire/masculin, une dualité courante dans les premières civilisations méditerranéennes. De nombreuses déesses étaient représentées ainsi : Inanna, Isis, Cybèle et

Artémis, pour n'en nommer que quelques-unes.

Aux yeux des premiers chrétiens, la déesse des Évangiles était Marie-Madeleine, dont l'épithète «Magdalena» signifiait «élevée» ou «tour de guet/forteresse»...

Après avoir atteint un sommet au XIIe siècle, l'importance particulière de Marie-Madeleine en Europe de l'Ouest a progressivement diminué à partir du milieu du XIIIe siècle, un moment de l'histoire qui correspond de manière plutôt tragique à la croisade albigeoise contre les cathares et les partisans de l'«Église de l'amour». La montée de l'Inquisition au XIIIe siècle fut particulièrement virulente dans le sud de la France en réaction à plusieurs versions du christianisme axées sur l'Évangile, représentées par des sectes hérétiques populaires qui menaçaient gravement l'hégémonie de l'Église de Rome. Avec la collaboration du roi de France, le pape organisa une croisade contre les hérétiques albigeois, une sanglante guerre de dévastation qui a duré une génération, rasé des villes entières et réduit à néant l'épanouissement culturel de la région connue sous le nom de Languedoc.

Pendant cette même période, les beaux et importants qualificatifs qu'on attribuait auparavant à Marie-Madeleine ont été attribués à la Vierge Marie, et les églises consacrées à Notre-Dame rendaient ostensiblement hommage à la mère de Jésus comme étant la plus importante titulaire de l'archétype féminin — «bénie entre toutes les femmes». Les statues et les effigies de la Vierge proliférèrent le plus souvent avec son enfant sur les genoux, rappelant les statues égyptiennes d'Isis et d'Horus. Après le milieu du XIIIe siècle, la «voix de l'épouse» a été réduite au silence, même si on murmurait que les maçons de l'Europe maintenaient la vraie foi et inscrivaient ces symboles dans les pierres mêmes de leurs cathédrales gothiques...

L'onction de Jésus dans les Évangiles représente une reconstitution des rites découlant du culte de la fertilité qui prévalait dans l'ancien Moyen-Orient. En versant son précieux onguent de nard sur la tête de Jésus, la femme que la tradition a associée à «la Madeleine» («la Grande»!) exécutait un acte identique au rite nuptial du *hieros gamos* — le rite de l'onction de l'époux/du roi choisi par la représentante royale de la Grande Déesse!

Jésus reconnaissait lui-même ce rite dans le contexte de son rôle de roi sacrifié: «... elle a anticipé [le moment] d'oindre mon corps pour ma sépulture». (Marc 14,8b). Ceux qui ont entendu l'histoire évangélique de l'onction à la fête de Béthanie auront certainement reconnu le rite comme l'onction cérémonielle du Roi sacré, tout comme ils auront reconnu la femme, « la femme au vase d'albâtre » venue au sépulcre le troisième jour pour terminer l'onction en vue de l'inhumation et pleurer son époux torturé. Elle trouva un tombeau vide...

Dans les rituels païens entourant les anciens mythes, la Déesse (sœur-épouse) se rend au tombeau pour pleurer la mort de son époux et se réjouit qu'il soit ressuscité. « L'amour est plus fort que la mort » constitue la promesse émouvante du *Cantique des cantiques* et de semblables poèmes d'amour du Moyen-Orient qui célèbrent ces anciens rites du mariage sacré.

LE SANG ROYAL ET LE VIN DE MARIE

par Margaret L. Starbird

Le Sangraal

Les poètes médiévaux qui écrivaient au XIIe siècle, au moment où les légendes sur le Graal sont apparues dans la littérature européenne, mentionnent une « famille du Graal », prétendument les gardiens du calice qu'on a déclarés plus tard indignes de ce privilège. Les chercheurs du Graal établissent parfois un lien entre *sangraal* et *gradales*, un mot qui semble avoir signifié « coupe », « plateau » ou « bassin » en langue provençale. Mais on a également suggéré que si on coupe le mot *sangraal* après le *g*, on obtient *sang raal*, qui signifie en vieux français « sang royal ».

Ce deuxième dérivé du mot français *sangraal* est extrêmement provocateur et peut-être instructif. Nous nous retrouvons tout à coup avec une nouvelle lecture de la légende familière : plutôt qu'une coupe ou un calice, l'histoire déclare maintenant que Marie-Madeleine a apporté le « sang royal » sur la côte méditerranéenne de la France. D'autres légendes affirment que c'est Joseph d'Arimathie qui a apporté le sang de Jésus en France dans une sorte de récipient. Peut-être s'agissait-il réellement de Marie-Madeleine qui, sous la protection de Joseph d'Arimathie, a transporté la lignée royale du roi David sur la côte méditerranéenne de France.

La filière mérovingienne

Il existe des preuves selon lesquelles la lignée royale de Jésus et de Marie-Madeleine s'est perpétuée chez les monarques mérovingiens de France. Le mot *mérovingien* pourrait lui-même être une preuve linguistique. La tradition entourant la famille royale des Francs mentionne un ancêtre du nom de Mérovée. Mais le mot *mérovingien* se divise phonétiquement en syllabes qu'on peut reconnaître facilement: *mer* et *vin*, Marie et le vin. Divisé de cette façon, le mot peut sembler faire allusion au « vin de Marie » ou peut-être au « vin de la Mère ».

Le roi mérovingien Clovis avait pour emblème la fleur de lys (l'iris). Le nom latin de cette plante, qui pousse à l'état sauvage dans les pays du Moyen-Orient, est *gladiolus* ou « petite épée ». La fleur de lys à trois feuilles de la maison royale de France est un symbole masculin. En fait, il s'agit d'une représentation graphique du pacte de circoncision qui contient toutes les promesses de Dieu à Israël et à la maison de David. Thomas Imman aborde longuement la nature masculine de la « fleur de lumière » dans son œuvre du XIXe siècle intitulée *Ancient Pagan and Modern Christian Symbolism*. Il est presque amusant que ce même symbole mâle, la « petite épée », représente aujourd'hui l'emblème international des Scouts.

LA TRADITION GNOSTIQUE ET LA MÈRE DIVINE

par Elaine Pagels

Tiré de *The Gnostic Gospels*. © 1979 par Elaine Pagels. Reproduit avec l'autorisation de Random House inc.

Parmi les sources gnostiques, un groupe affirme s'être fait transmettre une tradition secrète de Jésus par l'entremise de Jacques et de Marie-Madeleine. Les membres de ce groupe adressaient à la fois leurs prières à la Mère et au Père divins: «De toi, Père, et par toi, Mère, les deux noms immortels, parents de l'être divin, et toi, habitant dans les cieux, l'humanité, au nom puissant…»

Comme le récit de la Genèse poursuit en disant que l'humanité a été créée «mâle et femelle» (1,27), certains en ont conclu que le dieu à l'image duquel nous sommes façonnés doit également être masculin et féminin, à la fois Père et Mère.

Comment ces textes décrivent-ils la Mère divine? Je ne trouve aucune réponse simple, puisque les textes eux-mêmes sont extrêmement diversifiés. Mais nous pouvons esquisser trois descriptions primaires. En premier lieu, plusieurs groupes gnostiques décrivent la Mère divine comme faisant partie, à l'origine, d'un couple. Valentin, enseignant et poète, formule l'hypothèse que Dieu est essentiellement indescriptible. Toutefois, il suggère qu'on pourrait imaginer le divin comme une dyade qui réunirait, d'une part, l'Ineffable, la Profondeur, le Père primal et, d'autre part, la Grâce, le Silence, la Matrice et la «Mère de tous». D'après Valentin, le Silence représente le complément approprié du Père, désignant le premier comme féminin et le dernier comme masculin à cause du genre grammatical des mots grecs. Il poursuit en décrivant comment le Silence reçoit, comme dans une matrice, la semence de l'Ineffable source; à partir de cela, elle engendre les émanations de l'Être divin organisé en paires harmonieuses d'énergies masculine et féminine.

Les disciples de Valentin lui demandaient protection en tant que Mère et en tant que «Silence mystique, éternel». Par exemple, Marcus le magicien l'invoque sous le nom de grâce (en grec, le mot féminin *charis*): «Puisse Celle qui existe avant toutes choses, l'incompréhensible et indescriptible Grâce, vous remplir et accroître en vous sa propre connaissance.» Dans sa célébration secrète de la messe, Marcus enseigne que le vin symbolise son sang. Au moment où il offre la coupe de vin, il prie pour que « la Grâce puisse se déverser » dans tous ceux qui le boivent. Marcus, un prophète et un visionnaire, se nomme lui-même « la *matrice* et le *récipient* du Silence » (comme elle par rapport au Père). Il mentionne que l'Être divin qui lui est apparu avait une forme féminine.

Un autre écrit gnostique, appelé la *Grande annonce*, que cite Hippolyte dans sa *Réfutation de toutes les hérésies*, explique ainsi l'origine de l'univers : de la puissance du Silence est apparu « un grand pouvoir, l'Esprit de l'Univers qui administre toutes choses, et il est mâle... l'autre... une grande intelligence... est une femelle qui produit toutes choses ». Selon le genre des mots grecs signifiant « esprit » (*nous*, masculin) et « intelligence » (*epinoia*, féminin), cet auteur explique que ces pouvoirs, réunis, « se révèlent être la dualité... Ce sont l'Esprit dans l'Intelligence, et ils sont inséparables l'un de l'autre et ne forment pourtant qu'un, dans un état de dualité ». D'après le maître gnostique, cela signifie que :

> Chacun possède en lui un pouvoir divin à l'état de latence... c'est un pouvoir divisé au-dessus et en dessous, qui se génère lui-même, qui se fait grandir, qui se cherche et se trouve, étant sa propre mère, son propre père, sa propre sœur, sa propre épouse, sa propre fille, son propre fils — mère, père, unité, étant source du cercle entier de l'existence.

De quelle façon ces gnostiques entendaient-ils faire comprendre leur message ? D'autres maîtres n'étaient pas d'accord. Certains insistaient sur le fait qu'il fallait considérer le divin comme à la fois masculin et féminin, la « grande puissance mâle-femelle ». D'autres affirmaient qu'il ne s'agissait que de métaphores puisque, en réalité, le divin n'est « ni mâle ni femelle ». Le troisième groupe laissait entendre qu'on pouvait décrire la Source primaire aussi bien en termes masculins que féminins, selon l'aspect qu'on voulait souligner. Les partisans de ces divers points de vue s'entendaient pour dire qu'on devait comprendre le divin en termes de relation harmonique et dynamique entre les contraires, un concept qui peut ressembler à la notion orientale du *yin* et du *yang*, mais qui demeure étranger au judaïsme orthodoxe et à la chrétienté...

Si certaines sources gnostiques laissent entendre que l'Esprit constitue l'élément maternel de la Trinité, l'*Évangile de*

Philippe fait une suggestion tout aussi radicale concernant la doctrine, élaborée plus tard, de la naissance virginale. Encore une fois, l'Esprit est à la fois Mère et Vierge, contrepartie et épouse du Père céleste : « Est-il permis de citer un mystère ? Le Père de tout ce qui existe uni à la Vierge qui est descendue » c'est-à-dire avec le Saint-Esprit descendu sur terre. Mais comme on doit comprendre ce processus de manière symbolique et non littérale, l'esprit demeure une vierge. L'auteur poursuit en expliquant que « Adam est né de deux vierges, de l'Esprit et de la Vierge terre » et ainsi « le Christ est né d'une vierge » (c'est-à-dire de l'Esprit). Mais l'auteur ridiculise ces chrétiens à l'esprit littéral qui, de manière erronée, attribuent la naissance virginale à Marie, la mère de Jésus, comme si elle l'avait conçu sans Joseph : « Ils ne savent pas ce qu'ils disent. Quand une femme a-t-elle conçu d'une femme ? » À son avis, la naissance virginale se rapporte plutôt à l'union mystérieuse des deux puissances divines, le Père de tout ce qui existe et le Saint-Esprit.

En plus du Silence éternel et mystique et du Saint-Esprit, certains gnostiques suggèrent une troisième personnification de la Mère divine : la Sagesse. Ici, le mot féminin grec signifiant « sagesse », *sophia*, traduit un terme hébreu féminin, *hokhmah*. Les premiers interprètes ont réfléchi à la signification de certains passages bibliques, par exemple le dicton dans les *Proverbes* selon lequel « L'Éternel a fondé la terre par la sagesse ». La sagesse pourrait-elle être la puissance féminine dans laquelle la création de Dieu a été « conçue » ? Selon un maître, la double signification du mot « conception » — physique et intellectuelle — suggère cette possibilité : « L'image de la pensée (*ennoia*) est féminine puisque... c'est un pouvoir de conception. »

L'HOMME-DIEU ET LA DÉESSE

Entretien avec Timothy Freke

Timothy Freke est diplômé de philosophie. Peter Gandy possède une maîtrise en civilisations classiques, avec spécialité en anciennes religions païennes. Ils sont coauteurs de *Jesus and the Lost Goddess: The Secret Teachings of the Original Christians*, et de plus de vingt autres livres.

Dans cette interview, Freke présente quelques-uns des arguments de *Jesus and the Lost Goddess*, dont des extraits sont présentés plus loin. Freke et Gandy sont les principaux concepteurs de l'argument selon lequel le système de croyances des premiers chrétiens a été complètement renversé lorsque l'Empire romain a institutionnalisé le christianisme.

Les croyances du mouvement chrétien d'origine dans l'expérience gnostique de l'illumination mystique et de l'union mystique de l'homme-Dieu (Jésus) et de la Déesse (Marie-Madeleine) étaient si menaçantes aux yeux de l'Église romaine qu'elles ont été brutalement éliminées. La Déesse de même que les traditions mystique et gnostique ont alors été supprimées des documents, des croyances et des pratiques de la chrétienté.

Comme le fait remarquer Teabing à Sophie dans le *Da Vinci Code* concernant les efforts du Prieuré de Sion pour garder vivante la tradition liée à la Déesse, pour les premiers chrétiens Marie-Madeleine représente « la Déesse, le Saint-Graal, la Rose et la Mère divine ».

Quelle était l'importance du culte de la Déesse dans les cultures païennes ?

Tout comme le mythe de l'homme-Dieu, les mystères païens racontaient un mythe allégorique concernant la Déesse perdue puis convertie, mythe qui représentait une allégorie de la chute et la rédemption de l'âme. L'histoire de Déméter et Perséphone constitue la plus célèbre version païenne de ce mythe. Les premiers chrétiens l'ont adaptée à leur mythe de Sophia, la Déesse chrétienne dont le nom signifie « sagesse ».

Qu'y a-t-il de distinctement « féminin » chez Sophia ?

La Déesse représente le Tout, l'Univers, tout ce que nous sentons, tout ce que nous imaginons, le flux des apparences, des formes et de l'expérience. Dieu, l'archétype mâle, représente l'Unique, la mystérieuse source de toute conscience qui conçoit le flux des apparences que nous appelons la vie et en est le témoin. (La Vie ou Zoé était un autre nom de la Déesse chrétienne.) Sophia était déjà l'objet d'un culte de la part des juifs et des mystiques païens avant l'émergence du christianisme.

Mais la Déesse n'est pas toujours représentée d'une seule façon.

La mythologie chrétienne est complexe et comporte plusieurs niveaux. Cette relation se manifeste de multiples façons et à divers degrés. De l'émergence de quelque chose à partir de rien, elle finit par devenir la relation entre Jésus et les deux Marie qui représentent les deux aspects de la Déesse, la Vierge Mère et la putain déchue et rachetée. Encore une fois, ce sont des images tirées de l'ancienne mythologie païenne.

Comment Ève s'inscrit-elle dans la tradition de la Déesse perdue?

Elle représente la moitié (non pas une côte, comme on l'a souvent interprété à tort) d'Adam (dont le nom signifie «humain»). Son mythe est l'équivalent des mythes païens de la chute de l'âme puis de la réincarnation, que le mythe de Jésus tente de rétablir.

Quel est le concept philosophique derrière le Féminin sacré?

Pour les anciens, le principe mâle était la conscience indivisible. Le principe féminin était la multitude des apparences, des expériences, de ce dont on est témoin. Cette dualité est essentielle à la vie. Sans cela, rien n'existe.

La sagesse, c'est l'état de l'âme (le principe féminin) lorsqu'elle est assez pure pour reconnaître sa propre nature, être la conscience unique en tout, qui était symbolisée pour Paul et les autres apôtres par le Christ ou «Roi».

LE VOYAGE DE SOPHIA

La Déesse païenne des siècles passés dans le monde chrétien moderne

par Timothy Freke et Peter Gandy

Tiré de *Jesus and the Lost Goddess: The Secret Teachings of the Original Christians.*

Dans cet extrait du livre de Freke et Gandy, *Jesus and the Lost Goddess*, les auteurs retracent la tradition de la Déesse jusqu'aux mythes grecs et aux sources juives. Ils construisent leur image de la Déesse en se fondant sur des citations de l'Ancien Testament, sur les mythes grecs et sur les traditions païennes qui vont d'Hélène de Troie jusqu'à l'opinion de Platon sur la psyché en tant que femme, en passant par les *Mystères d'Éleusis* qui reconstituaient régulièrement le mythe de Déméter et Perséphone. À la fin, ils retrouvent même le thème de la Déesse perdue dans la légende de la Belle au bois dormant.

La Déesse chrétienne

On ne peut bien comprendre le mythe de Jésus l'homme-Dieu qu'en parallèle avec le mythe de la déesse Sophia. Après tant de siècles de christianisme patriarcal, il est à la fois perturbant et rassurant de découvrir une déesse au cœur même du christianisme. Elle est, comme son fils/frère/amant Jésus, un personnage créé à partir de sources à la fois païennes et juives.

Sophia, dont le nom signifie « sagesse », a été pendant des siècles la Déesse des philosophes païens. En fait, le mot « philosophe », utilisé pour la première fois par Pythagore, signifie « amoureux de Sophia ». Bien qu'on les décrive de nos jours comme d'arides académiciens, ces brillants intellectuels étaient en fait des mystiques et des dévots de la Déesse. À titre d'exemple, on se souvient habituellement de Parménide comme le fondateur de la logique occidentale, mais pourtant son chef-d'œuvre est un poème visionnaire dans lequel il descend aux enfers pour y recevoir des instructions de la Déesse.

Sophia était également un personnage mythique important pour les gnostiques juifs comme Philo, un philosophe hellénistique d'Alexandrie qui a vécu de 25 av. J.-C. à 50 apr. J.-C. Il y a toujours eu une tradition concernant une déesse juive même si celle-ci allait être rejetée plus tard par les littéralistes juifs. À un certain moment, les Israélites ont voué un culte à la déesse Ashera en tant qu'épouse du dieu juif Jéhovah. Au Ve siècle av. J.-C., on la connaissait sous le nom de Anat Jahu. Dans des textes rédigés entre les IVe et Ve siècles av. J.-C. comme les *Proverbes*, *La Sophia de Salomon* et *la Sophia de Jésus le fils de Sirach*, elle devient la compagne de Dieu et la cocréatrice Sophia.

Les premiers gnostiques chrétiens s'adonnaient-ils à des actes de sexualité sacrée ?

La plupart de nos experts ne trouvent que peu d'indices à ce sujet. Cependant, Freke et Gandy émettent un bref commentaire en soulignant que « les gnostiques enfreignaient volontairement les normes sociales afin de se déconditionner de leur identité sociale et de devenir ainsi conscients de leur véritable identité spirituelle. Pour certains, comme l'école caïnite, on y parvenait par l'abstinence ascétique. Pour d'autres, comme l'école carpocratienne, c'était par le biais de l'indulgence libertine… »

Apparemment, Carpocrate, un gnostique platonicien d'Alexandrie qui a fondé une secte de gnostiques chrétiens au début du IIe siècle — un groupe que Freke et Gandy décrivent comme des communistes radicaux qui détestaient la propriété privée — apprenait à ses élèves à « profiter de la vie, y compris des plaisirs du sexe si souvent condamnés par les littéralistes religieux… Ces gnostiques voyaient la sexualité comme une célébration de l'union du Dieu et de la Déesse, d'où toute vie découlait. On dit qu'ils ont parfois pratiqué la nudité sacramentale dans l'église, et même les rapports sexuels rituels ».

Les origines de la Déesse chrétienne

Comme tout ce qui concerne la mythologie chrétienne, le mythe de la Déesse perdue est une synthèse des mythes juifs et païens qui existaient auparavant. Examinons quelques-unes de ces sources.

Les sources juives

L'Exégèse de l'âme, un des Évangiles perdus les plus étonnants parmi les livres de la bibliothèque de Nag Hammadi, attire l'attention sur quelques-uns des motifs mythologiques juifs qu'elle élabore dans le mythe de Sophia. Elle cite un passage de *Jérémie* dans lequel Dieu affirme à Israël, comme s'il parlait à la Déesse perdue :

> Et toi, tu t'es prostituée à beaucoup d'amants ; toutefois retourne vers moi... Lève tes yeux vers les hauteurs, et regarde ! Où ne t'es-tu pas abandonnée ?... Tu refuses d'avoir honte. Ne me crieras-tu pas désormais : Mon Père ! Tu es le conducteur de ma jeunesse ?

De la même façon, dans *Ézéchiel*, Dieu annonce :

> ... Au bout de chaque chemin, tu as bâti ton haut lieu, et tu as rendu ta beauté abominable, et tu t'es découverte à tout passant, et tu as multiplié tes prostitutions. Et tu as commis la fornication avec les fils de l'Égypte, tes voisins, aux corps vigoureux...

L'Exégèse de l'âme décode la signification allégorique de ce texte :

> Que signifie « les fils de l'Égypte aux corps vigoureux » sinon que le monde du corps et le royaume des sens et les choses de cette terre par lesquelles la psyché est devenue contaminée ?

L'Exégèse de l'âme souligne aussi le lien entre le mythe de Sophia et le mythe de la *Genèse*. Dans la *Genèse*, Adam représente la conscience et Ève représente la psyché. Au début, il y avait un être humain primordial, Adam, de qui Dieu a pris « un côté » (et non une « côte » comme l'affirment les traductions traditionnelles !) pour créer Ève. Cela représente la projection de la psyché à partir de la conscience. Les deux ne font essentiellement qu'un, mais paraissent des contraires. La psyché (Ève) guide la conscience (Adam) dans l'identification au corps, ce qui est symbolisé par la chute du jardin d'Éden. Le mariage mystique rétablit la séparation primale d'Adam et d'Ève, la conscience et la psyché. L'*Exégèse de l'âme* cite l'enseignement de Paul « ils deviendront un seul corps » et commente :

> À l'origine, ils étaient unis l'un à l'autre lorsqu'ils étaient avec le Père, avant que la femme ne détourne du droit chemin l'homme qui est son frère. Ce mariage les a à nouveau réunis et la psyché s'est unie à son véritable amant.

Dans un autre texte juif, les *Proverbes*, les deux états fondamentaux de la psyché sont représentés par la Sagesse et la Folie. D'après Philo, la Sagesse est comme une putain qui conduit en enfer ceux qui l'écoutent. Toutefois, il compare la Sagesse à une invitation au mariage et à une femme fidèle, des images qui font référence au motif du mariage mystique.

Le mythe d'Hélène

Comme l'histoire de Jésus, le mythe de la Déesse chrétienne trouve sa source principale dans la mythologie païenne. *L'Exégèse de l'âme* compare le mythe chrétien de Sophia aux contes initiatiques d'Homère, *L'Iliade* et *L'Odyssée*, dans lesquels Hélène a été enlevée et doit être secourue. Selon les pythagoriciens, Hélène est un symbole de la psyché et son enlèvement représente la déchéance de la psyché dans l'incarnation…

Le mythe d'Hélène était important aux yeux des premiers chrétiens… Imitant de manière délibérée le mythe de Jésus et de la Déesse, ces maîtres gnostiques se sont identifiés au rôle du Sauveur venu révéler la gnose à ses partisans, symbolisés par Hélène/Sophia.

Phaedo de Platon

Dans *Phaedo*, Platon nous présente un récit de la chute et de la rédemption de la psyché que les premiers chrétiens avaient sans doute favorisé lorsqu'ils ont créé leur propre version du mythe de la Déesse perdue :

> La psyché est traînée par le corps dans la région du changeant, où elle erre confuse. Le monde tourne éperdument autour d'elle et elle est comme un ivrogne sous son influence. Mais reprenant ses sens, elle réfléchit. Puis elle passe dans le domaine de la pureté, de l'éternité, de l'immortalité et de l'immuabilité qui sont ses parents. Quand elle est elle-même, qu'elle n'est ni entravée ni retardée, elle est toujours avec eux. Quand elle met fin à

ses errances et qu'elle est en communion avec l'Immuable, elle est elle-même immuable. Cet état de la psyché s'appelle Sophia.

Le mythe d'Aphrodite

Le mythe païen de la déesse Aphrodite raconte essentiellement la même histoire que le mythe chrétien ultérieur de la Déesse perdue. Comme Sophia, Aphrodite possède une nature innocente et déchue. Plotin, un philosophe égyptien-romain du IIIe siècle, explique qu'elle est en fait l'« Aphrodite des Cieux », mais « ici, elle est devenue putain ». Il écrit : « Zeus représente la conscience et Aphrodite, sa fille, représente la psyché », et il commente :

> La nature de la psyché est d'aimer Dieu et de souhaiter s'unir à lui dans l'amour noble d'une fille pour un noble Père. Mais, venue par le biais de la naissance humaine et attirée par les cortèges de cette sphère, elle s'éprend d'un autre amant, quitte son père et déchoit. Mais un jour, elle en vient à détester sa honte, rejette le mal terrestre et, une fois de plus, cherche son père et trouve la paix. La véritable qualité de la psyché réside dans sa dévotion envers la conscience, sa parente. Pour la psyché, le mal réside dans la fréquentation d'étrangers. Mais supposons que la psyché ait atteint le plus haut sommet, ou plutôt qu'elle lui ait révélé sa présence. Alors, tant que la présence se maintient, toute distinction s'efface. C'est comme la fusion de l'amant et de la bien-aimée. Une fois qu'elle l'a obtenu, elle ne pourrait l'échanger contre rien au monde.

Le mythe de Déméter et Perséphone

Le mythe le plus influent de la Déesse sous ses deux aspects est le mythe de Déméter et Perséphone, enseigné dans les *Mystères d'Éleusis*. Le gnostique païen Salluste [qui a vécu vers 360 apr. J.-C., était un conseiller de l'empereur romain Julien et tentait d'obtenir un retour en force du paganisme] nous dit que ce mythe est une allégorie de la déchéance de la psyché dans l'incarnation. De même, Olympiodorus explique : « La déchéance de la psyché se compare à celle de Perséphone. » Lucius Apuleius parle des « rites sombres de la chute » et des « rites lumineux de l'ascension » de Perséphone, et écrit à propos de sa propre initiation :

> J'ai approché les confins de la mort et arpenté le seuil de Perséphone puis, emporté par tous les éléments, je suis revenu à ma condition première.

Le chrétien Hippolyte décrit les enseignements sur la chute et l'ascension de la psyché comme le mystère révélé à ceux qui sont « admis au plus haut niveau des rites d'Éleusis » et affirme que les initiés de l'école naassène [une secte gnostique de l'époque d'Hadrien — de 110 à 140 apr. J.-C. — qui croyait en la divinité du serpent et exécutait des rites théâtraux consacrés à la Grande Mère] du gnosticisme chrétien avaient élaboré leurs enseignements précisément à partir de cette source.

Platon nous apprend que le nom « Perséphone » vient de *sophe* et signifie « sage », et qu'ainsi, il est dérivé de la même racine que « Sophia ». Perséphone, qu'on connaissait sous le nom de Korê (signifiant « fille » ou « jeune femme ») représente la psyché déchue. Dans les *Actes de Thomas*, des textes chrétiens, la psyché se nomme Kore. Déméter signifie « Mère ». C'est la reine céleste qui représente la pure psyché.

Dans le mythe, Hadès, dieu des enfers, enlève Perséphone, la fille de Déméter. Cela représente la déchéance dans l'incarnation. Avant leur initiation, les personnes initiées aux *Mystères d'Éleusis* devaient imiter la douleur que ressentaient Déméter et Perséphone lors de leur séparation. Cela représente l'expérience de la *metanoia* qui découle de la douleur que ressentent les initiés quand ils sont séparés de leur nature profonde et perdus au monde. Hermès se rend aux enfers pour secourir Perséphone et la réunit de nouveau à sa mère Déméter. Cela représente le fait de sauver la psyché de l'identification à la circonférence du cercle du soi et de la réunir à sa vraie nature au centre.

Hadès donne en secret à Perséphone des semences de grenade et, parce qu'elle mange ces graines, elle doit retourner aux enfers pendant un tiers de chaque année. Les graines de grenade représentent les semences des vies futures que nous créons dans cette vie, ce qui nous ramène à l'incarnation humaine pour poursuivre le voyage de l'éveil. Les semences représentent ce que les anciens appelaient notre « destin », qu'on appelle généralement « karma » en jargon spirituel moderne. La raison du retour aux enfers pendant « un tiers de l'année » est une allusion à la triple nature du soi : conscience, psyché, corps. Un tiers de notre identité, le corps, se trouve aux enfers.

Ce sont les Grecs qui ont créé les personnages de Déméter et Perséphone à partir de l'ancienne mythologie égyptienne. Porphyre [philosophe païen, 232 à 303 apr. J.-C.] nous apprend que l'Égyptienne Isis est l'équivalent à la fois de Déméter et de Perséphone... Dans la mythologie égyptienne, les aspects les plus élevés et les plus bas de la Déesse sont représentés par Isis et sa sœur Nephthys, la femme du dieu du mal, Seth, qui, comme Hadès, représente le monde physique.

Ces mythes égyptiens sont les sources les plus anciennes de ce qui devait devenir le mythe chrétien de la Déesse perdue et rachetée. Même si cette histoire perpétuelle a été expurgée du christianisme, elle a survécu sous la forme de contes de fées comme la *Belle au bois dormant*. Comme le suggère son nom, La Belle au bois dormant est une image de la psyché endormie au monde. L'histoire la décrit comme une princesse condamnée à dormir pour l'éternité, emprisonnée dans un sombre château entouré d'une épaisse et impénétrable forêt, mais qui est finalement sauvée par son amant, le prince-héros.

La Déesse dans les Évangiles

Dans le mythe chrétien de Sophia, la Déesse, représentant la psyché, est le personnage central, alors que son frère-amant, représentant la conscience, est un personnage secondaire. Dans le mythe de Jésus, c'est le contraire. L'homme-Dieu est le personnage central. Pourtant, le mythe de la Déesse perdue forme un élément sous-jacent important dans l'histoire de Jésus, ce qui aurait été évident pour les initiés chrétiens qui connaissaient bien les deux allégories. Le mythe de Sophia rend évidente la nature de la mission mythique de Jésus : il vient à la rescousse de sa sœur-amante Sophia, la psyché perdue dans l'identification au corps. « C'est avant tout pour elle que le Christ est venu », énonce le *Traité tripartite* (un autre des Évangiles gnostiques de Nag Hammadi).

La Vierge et la prostituée

Dans les Évangiles, la Vierge Marie et Marie-Madeleine représentent la Sophia supérieure et la Sophia déchue. Elles portent le même nom pour souligner le fait que, du point de vue de la mythologie, elles représentent deux aspects d'un même personnage. Comme dans le mythe de Sophia, la première Marie est vierge, comme Sophia elle vivait avec son père, et la seconde est une prostituée rachetée par son amant Jésus, comme Sophia lorsqu'elle était perdue au monde.

La généalogie créée pour Jésus dans l'Évangile de Mathieu fait allusion à la Déesse en tant que mère et prostituée. Comme on pourrait s'y attendre, cette généalogie suit la ligne patriarcale, mais rompt avec ce modèle pour mentionner particulièrement quatre célèbres «femmes déchues» juives. Tamar était une prostituée de temple. Ruth se laissait aller à une exploitation sexuelle honteuse. Baathsheba avait commis l'adultère avec le roi David. Rahab dirigeait un bordel. Dans l'allégorie de l'*Exode*, lorsque Jésus/Joshua arrive en Terre promise, il sauve la prostituée Rahab, symbolisant la psyché, de la ville fortifiée de Jéricho, symbolisant le corps. En nommant distinctement Rahab comme une des ancêtres de Jésus-Christ, l'Évangile de Mathieu souligne le lien entre cette histoire et l'histoire évangélique de Jésus rachetant la prostituée Marie-Madeleine.

Marie-Madeleine, qui représente Sophia, la sœur-amante de Jésus, est la «disciple bien-aimée» que les textes chrétiens décrivent toujours comme ayant une relation particulièrement étroite avec Jésus. L'*Évangile du disciple bien-aimé* (l'*Évangile de Jean*) [une autre œuvre gnostique] décrit Jésus et Marie comme si proches l'un de l'autre que, pendant la dernière Cène, elle gît sur ses genoux. L'*Évangile de Philippe* raconte que Jésus l'aimait plus que les autres disciples et l'embrassait souvent sur les lèvres. Dans l'Évangile de Luc, Marie essuie les pieds de Jésus avec ses cheveux. Selon la loi juive, seul un mari avait le droit de voir les cheveux détachés d'une femme, et si une femme laissait tomber ses cheveux devant un autre homme, il s'agissait d'une impolitesse et d'un motif de divorce obligatoire. On peut donc considérer que cet incident décrit Jésus et Marie soit comme un homme et son épouse, soit comme des amants libertins ayant peu d'égards pour les subtilités morales.

Images de l'éveil de la psyché

Les femmes jouent un rôle de premier plan tout au long de l'histoire de Jésus, particulièrement dans l'*Évangile du disciple bien-aimé*, et elles représentent toutes Sophia dans ses divers états d'éveil. L'*Exégèse de l'âme* décrit Sophia dans son état le plus désespéré comme une vieille femme stérile. C'est ainsi qu'elle fait l'expérience de la *metanoia* et demande au Père de venir à son secours. Dans l'histoire de Jésus, c'est Élisabeth, la mère de Jean-Baptiste, qui représente cet aspect de Sophia. Elle est la partenaire de la Vierge Marie. Marie est jeune et vierge. Élisabeth est vieille et stérile. Dans ce contexte, tout comme Sophia, elle appelle le Père à l'aide, représentant la psyché stérile d'où s'élève l'appel à l'aide. La réponse est Jean-Baptiste, qui représente l'initiation *psychique* de purification par le biais du baptême, le commencement de la voie gnostique de la connaissance de soi.

Tout au long de sa mission, Jésus rencontre diverses femmes qui personnifient Sophia et ces rencontres symbolisent les états progressifs de l'éveil de la psyché. Dans un incident, Jésus sauve une femme adultère de la lapidation en faisant remarquer qu'aucun de ses accusateurs n'est lui-même sans reproche. C'est une allusion à la Sophia déchue exploitée par ses amants adultères. Dans cette histoire, la femme est une victime sans défense surprise d'être sauvée. Cela représente la première étape de l'éveil dans laquelle la psyché incarnée reçoit une aide non sollicitée du soi essentiel, dont elle fait l'expérience en tant que « grâce ».

Plus tard, Jésus rencontre une samaritaine adultère représentant la Sophia déchue. Jésus révèle à la femme qu'il est le Christ et lui offre « les eaux de la vie ». Cette histoire franchit une étape de plus dans la relation entre Sophia, représentant la psyché, et Jésus, représentant la conscience. Ici, Jésus offre directement l'enseignement qui mène à la gnose, illustrée par les eaux de la vie éternelle, et révèle qu'il est le Christ. Cela représente un état dans lequel les initiés entrevoient leur vraie nature pour la première fois et comprennent les possibilités de la connaissance. La scène se passe au puits de Jacob, conçue pour renforcer l'allusion au mythe de Sophia. Dans la mythologie juive, Rebecca, la mère de Jacob, tire de l'eau du puits, ce qui, d'après Philo, représente le fait de recevoir la sagesse de Sophia.

Dans l'épisode suivant, nous rencontrons deux importantes personnifications de Sophia, Marthe et sa sœur Marie. Leur frère Lazare est mort, mais elles croient que si Jésus avait été présent, il aurait pu le sauver. Ému par leur foi, Jésus se rend à la grotte où est enterré Lazare et le ressuscite miraculeusement d'entre les morts. Dans cette petite histoire remarquable, Lazare représente l'état *hylique* de la mort spirituelle dans les enfers. C'est la puissance ou le pouvoir du Christ, représentant la conscience, qui le ramène à la vie grâce à la foi de Marthe et de Marie, et représente les étapes *psychique* et *pneumatique* de l'éveil…

Un autre événement important survient pendant que Jésus se rend à la maison de Lazare, Marthe et Marie. Marthe sert de nouveau à la table pendant que Lazare, maintenant revenu d'entre les morts, y est assis. En même temps, Marie prend « un onguent précieux » et oint Jésus, faisant officiellement de lui le « Consacré » ou Christ/Roi. Ces événements représentent l'étape de l'éveil au cours de laquelle les initiés ne sont plus spirituellement morts dans l'état *hylique*, représenté par Lazare ressuscité qui mange à la table. Ils participent au processus *psychique* de l'éveil, représenté par Marthe qui assure le service, et ont suffisamment progressé au niveau *pneumatique* de l'éveil pour reconnaître clairement leur véritable identité en tant que conscience, représentée par Marie qui oint Jésus en tant que Christ/Roi.

Jésus est censé avoir expulsé « sept démons » de « Marie appelée Madeleine ». Le chiffre sept est important. Dans le schéma mythique des gnostiques, le cosmos comporte sept niveaux, représentés par le soleil, la lune et cinq planètes visibles. On les imaginait parfois comme des forces démoniaques qui nous emprisonnent dans la matérialité. Au-dessus se trouve le *ogdoad* ou « huit », représenté par le ciel étoilé, foyer mythologique de la Déesse. Le voyage gnostique de l'éveil de l'incarnation se conçoit parfois comme le fait de grimper une échelle à sept barreaux jusqu'au *ogdoad*. Le fait que Marie ait été libérée de sept démons représente Jésus l'aidant à gravir les sept barreaux de l'échelle jusqu'au paradis.

Au point culminant de l'histoire de Jésus, c'est Marie-Madeleine qui trouve le tombeau vide de Jésus et à qui le Christ ressuscité apparaît en premier. Cela représente l'accomplissement du processus d'initiation. Pour les gnostiques, le corps est un « tombeau » dans lequel nous existons en état de mort spirituelle. Le fait que Marie trouve le tombeau vide signifie que nous ne sommes pas le corps physique. Sa rencontre avec le Christ ressuscité nous fait prendre conscience que notre nature essentielle est la conscience de Dieu.

Enfin, Marie représente la psyché sage, réellement digne du nom de « Sophia ». Comme l'énonce *Le Dialogue du Sauveur*, Marie est maintenant « une femme qui comprend totalement ». Dans l'*Évangile selon Marie*, Jésus transmet les mystères intérieurs de la chrétienté à Marie, qui révèle ces enseignements secrets aux autres disciples. Puis ils s'en vont prêcher « l'Évangile selon Marie». Malgré la misogynie des littéralistes chrétiens, la tradition qui présente Marie-Madeleine comme l'*apostola apostolorum*, l'apôtre des apôtres, demeure à ce jour une doctrine catholique.

Les motifs du mariage mystique

D'après les gnostiques chrétiens, l'histoire de Jésus comporte de nombreuses allusions au mariage mystique. Le plus important est le rituel eucharistique, fondé sur les anciens rites du mariage mystique dans les mystères païens. Dans les *Mystères d'Éleusis*, la déesse Déméter était représentée par le pain, et l'homme-Dieu Dionysos, par le vin. De la même façon, les premiers chrétiens associaient le pain à Marie et le vin à Jésus, qu'on appelle «le véritable vin» dans l'Évangile de Jean. Le littéraliste Épiphane rapporte avec horreur que les initiés de l'école collyridienne du christianisme célébraient l'eucharistie au nom de «Marie Reine des Cieux» et écrit:

> Ils ornent une chaise ou un trône carré, étendent dessus un drap de lin et, à un moment solennel, placent le pain dessus et l'offrent au nom de Marie; et tous partagent ce pain.

Dans l'action de manger le pain et de boire le vin de manière cérémonielle, l'homme-Dieu et la Déesse représentant la conscience et la psyché communient dans le mariage mystique. Le fait qu'au moment où Jésus préside la célébration eucharistique de la dernière Cène, la «disciple bien-aimée», Marie-Madeleine, soit appuyée intimement contre lui a une importance évidente.

Plus tôt, Jésus change miraculeusement l'eau en vin pendant une cérémonie de mariage à Cana, ce qui, selon les gnostiques chrétiens, représente le mariage mystique. L'eau transformée en vin est un symbole archaïque représentant l'intoxication extatique de la transformation spirituelle. Les créateurs de l'histoire de Jésus ont emprunté cet élément à la mythologie païenne, dans laquelle l'homme-Dieu Dionysos change l'eau en vin lors de son mariage avec Ariane. Dans la version chrétienne de cette histoire, ce n'est pas Jésus qui représente l'époux. Toutefois, dans le Nouveau Testament, Jésus fait référence à lui-même, et les autres le font aussi de manière répétée, comme étant «l'époux».

Dans une histoire chrétienne non canonique, Jésus conduit Marie-Madeleine sur une montagne où un côté de lui devient une femme avec laquelle il fait l'amour. Le fait de monter sur une montagne constitue une représentation éternelle du cheminement spirituel vers le Ciel. L'image de Jésus sortant une femme de son côté est une allusion au mythe de la *Genèse* dans laquelle Ève est créée à partir d'un côté d'Adam, représentant la conscience s'objectivant en tant que psyché. Dans la parabole chrétienne, Jésus (la conscience) montre à Marie (la psyché déchue) la femme magique (la psyché supérieure) qui est la nature originelle de Marie. Puis Jésus fait l'amour avec la femme, ce qui représente la consommation du mariage mystique dans lequel la conscience et la psyché communient dans la réalisation de leur Unité essentielle.

Résumé

- Le mythe chrétien de la Déesse perdue est l'équivalent du mythe de Jésus. Jésus et la Déesse représentent la conscience et la psyché, ou l'esprit et l'âme. La Déesse est décrite comme ayant deux aspects, représentant la psyché pure et la psyché incarnée. On peut imaginer ces deux aspects comme les deux extrémités du rayon du cercle du soi, une extrémité liée à la conscience au centre, et l'autre, au corps, à la circonférence.

- Le mythe de Sophia raconte l'histoire de la chute de la psyché dans l'incarnation et sa rédemption par son amant-frère, représentant la conscience. La chute de Sophia, son repentir, sa rédemption et son mariage représentent les états de conscience *hylique*, *psychique* et *pneumatique* que franchissent les initiés pendant leur voyage vers la réalisation de l'accomplissement.

- Le mythe de Sophia représente l'élément sous-jacent. Les plus importantes personnifications de Sophia dans les Évangiles sont les deux Marie, la mère vierge de Jésus et l'amante prostituée, représentant la Sophia supérieure et la Sophia déchue…

Le calice et la lame : l'archéologie, l'anthropologie et le Féminin sacré

Dans son livre bien connu, *The Chalice and the Blade: Our History, Our Future*, Riane Eisler expose les fondements archéologiques et historiques du rôle essentiel de la Déesse et du féminin dans la culture des premiers temps, un rôle qui, à son avis, fut plus tard écarté par les hiérarchies qui favorisaient implicitement la domination, le patriarcat et la rigidité. Eisler est cofondatrice du Center for Partnership Studies, qui fait la promotion d'un style de vie fondé sur « l'harmonie avec la nature, la non-violence et l'équité sexuelle, raciale et économique ». Son livre, mentionné par Dan Brown dans sa bibliographie du *Da Vinci Code*, approfondit en partie la discussion sur les symboles et les représentations de la culture de la Déesse dans l'histoire.

« Il existe une abondance de preuves sur le fait que la spiritualité, et en particulier la vision spirituelle caractéristique des sages prophètes, était autrefois associée à la femme, écrit Eisler. Les registres archéologiques de Mésopotamie nous apprennent qu'Ishtar de Babylone... était encore connue sous les noms de « Dame des visions », « Celle qui dirige les oracles », et « La Prophétesse ». En Égypte, où il existe de nombreuses preuves de l'existence de reines puissantes et de femmes pharaons, les documents montrent que « l'image du cobra était le signe hiéroglyphique représentant le mot *déesse* et que le cobra était connu comme l'œil, *uzait*, un symbole de vision et de sagesse mystiques... »

Abordant la Grèce, Eisler souligne que « le renommé temple de l'Oracle de Delphes se situait aussi en un lieu anciennement associé au culte de la Déesse. Et même à l'époque grecque classique, après qu'il eut été remplacé par le culte d'Apollon, l'oracle s'exprimait encore par l'entremise d'une femme ».

Les documents archéologiques des pays du Proche-Orient et de la Méditerranée orientale soulignent une propension à associer aux femmes la justice (le droit) et la médecine (le pouvoir de guérison). Apparemment, on associait la déesse égyptienne Isis à ces traits. « Même un écrit sumérien, dont on a tenu pour acquis pendant longtemps qu'il datait d'environ 3 200 av. J.-C., semble avoir des racines bien antérieures et peut-être féminines. Les tablettes sumériennes décrivent la déesse Nidaba comme le scribe du paradis sumérien et comme l'inventeur à la fois des tablettes d'argile et de l'art de l'écriture. Dans la mythologie indienne, on attribue à la déesse Sarasvâti l'invention du premier alphabet. »

La société minoenne a laissé des documents artistiques et archéologiques qui indiquent une vie quotidienne centrée sur le culte de la Déesse. « Les preuves révèlent qu'en Crète, le pouvoir était d'abord associé à la responsabilité de la maternité », écrit Eisler en plaidant que la Crète minoenne présentait un « modèle de société en partenariat homme-femme dans laquelle les femmes et les traits associés aux femmes n'étaient pas systématiquement dévalués ». La démocratie était déjà pratiquée avant son émergence à Athènes, les arts florissaient, la paix régnait et la culture affichait un amour de la vie qui incluait ce que Eisler appelle un « lien de plaisir » entre mâles et femelles. Selon elle et plusieurs autres chercheurs, les vêtements et l'art mettaient en lumière une sexualité décontractée et sans inhibitions. Certains érudits suggèrent que la civilisation minoenne était particulièrement prospère, artistique, riche et paisible parce que les tendances agressives de ses mâles étaient bien canalisées dans les sports, la danse extatique, la musique et le sexe plutôt que dans la guerre.

Tandis que d'autres cultures vouées au culte de la Déesse abandonnaient leurs déités femelles pour des dieux mâles de la guerre, la Crète d'il y a quatre mille ans s'accrochait à ces traditions liées aux déesses. Comme l'écrit Eisler, c'est peut-être la raison pour laquelle « dans l'île de Crète, où la Déesse était toujours suprême, il n'y avait aucun signe de guerre. Ici, l'économie prospérait et les arts étaient florissants ». La Déesse est demeurée au centre de la pratique religieuse et rituelle de la société minoenne pendant encore des centaines d'années avant qu'elle ne soit abandonnée elle aussi et que des dieux mâles prennent les devants. La déchéance de la Déesse est un processus qui pourrait bien avoir des échos dans l'histoire de l'expérience chrétienne et la façon dont l'Église des premiers temps, et même celle d'aujourd'hui, a traité Marie-Madeleine. Langdon, Teabing et Saunière sont sans aucun doute tombés sur l'une des plus importantes histoires de dissimulation écrites par des hommes.

Si vous allez à Knossos, le palais minoen en Crète, les fresques de calcaire racontent encore de nos jours l'histoire de la Déesse, de ses prêtresses et de ses pratiques sacrées et mystiques, y compris ses pratiques sexuelles sacrées. Ces découvertes archéologiques et d'autres nous donnent plusieurs indices nous permettant de comprendre que le fait de chercher le « Féminin sacré » dans l'inconscient collectif de la pensée occidentale ou dans l'expérience judéo-chrétienne constitue une tâche intrigante, productive et historiquement importante.

Deuxième partie

Les échos d'un passé voilé

Les Évangiles perdus

Ce que je trouve intéressant à propos du livre de Dan Brown, c'est qu'il soulève une question très importante : si les dirigeants de l'Église ont supprimé une si grande part de l'histoire chrétienne des premiers temps, quoi d'autre ignorons-nous ? Qu'y a-t-il d'autre à connaître ? En tant qu'historienne, je pense qu'il s'agit d'une question réellement importante parce que la réponse signifie beaucoup.

Elaine Pagels

Les idées religieuses qui structurent l'édifice de l'intrigue de Dan Brown reposent sur les fondations de l'histoire chrétienne des premiers temps et, en particulier, sur l'ensemble des Évangiles gnostiques trouvés en 1945 près de la ville égyptienne de Nag Hammadi. Ces documents, qui ont mené à de remarquables découvertes sur l'autre interprétation du christianisme, forment l'arrière-plan d'un autre mélange artistique de faits et de fiction dans le *Da Vinci Code*. Au chapitre 58, qui se situe dans la somptueuse bibliothèque de Leigh Teabing, Sophie Neveu et Robert Langdon se font remettre une copie de ces Évangiles perdus dans « un gros volume folio relié plein cuir » pour démontrer à l'aide de preuves irréfutables que le mariage de Jésus et Marie-Madeleine fait partie des annales historiques.

Comme l'expliquent plus en profondeur les extraits qui suivent et les interviews de quelques-uns des principaux spécialistes mondiaux, les textes de Nag Hammadi ont généré une mine de documents permettant une interprétation plus riche, plus nuancée et peut-être plus radicale des paroles de Jésus, du rôle de ses disciples et de la chrétienté des premiers temps. Ils contribuent à éclairer une époque où plusieurs écoles de culte chrétien opposées s'entrecroisaient et durant laquelle des canons définitifs n'avaient pas encore été établis. Plus précisément, ils nous donnent un aperçu d'une tradition différente (la tradition gnostique) qui entrait en conflit avec l'interprétation des enseignements de Jésus qu'on trouve aujourd'hui dans l'orthodoxie du Nouveau Testament. De manière plus provocatrice encore, en ce qui concerne l'histoire de l'Église, ils laissent entendre que Marie-Madeleine tenait un rôle beaucoup plus important en tant que disciple et *compagne* intime de Jésus. Ils suggèrent aussi un intérêt plus grand pour la recherche de la connaissance intérieure et du développement de soi que ce que nous comprenons habituellement de la philosophie du Nouveau Testament. Et les gnostiques de Nag Hammadi semblaient avoir moins besoin d'églises et de prêtres. Ils semblaient tout à fait capables d'interpréter leurs propres Évangiles et livres sacrés sans intermédiaire, une idée que la chrétienté institutionnalisée trouvait menaçante.

Dans ce chapitre, nous invitons les lecteurs à participer à la recherche de la signification et des implications de ces Évangiles perdus. De toute évidence, ils mettent l'accent sur l'équilibre entre le masculin et le féminin, le bien et le mal dans l'humanité et l'importance de Marie-Madeleine en tant qu'apôtre. Au-delà de cela, le mot compagne signifiait-il *épouse* ou Marie-Madeleine n'était-elle qu'une compagne de voyage ? Que penser de la référence, en apparence claire dans l'*Évangile de Philippe*, au fait que Jésus embrassait souvent Marie-Madeleine sur la bouche ? S'agit-il de la description d'un fait ou d'une métaphore ? Et s'il s'agit d'une métaphore, c'est la métaphore de quoi ? Ces Évangiles gnostiques nous disent-ils vraiment qu'il existait une tradition plus humaine, plus « intérieure », fortement anti-autoritaire et proféminine que les historiens chrétiens « vainqueurs » auraient volontairement marginalisée en tant qu'hérésie ?

Entre les mains de spécialistes qui ont passé toute leur vie professionnelle à étudier ces documents, le lecteur sera guidé dans le labyrinthe des recherches sur le sujet de même que dans les traductions des documents originaux qui jouent un rôle si important dans le *Da Vinci Code*.

UNE DÉCOUVERTE STUPÉFIANTE

Les clés de la tradition alternative et leur signification actuelle

par Elaine Pagels

Elaine Pagels enseigne la théologie à l'Université Princeton et est l'auteur des livres à succès *Beyond Belief* ainsi que de *The Gnostic Gospels*, qui a remporté le National Books Critics Circle Award et le National Book Award.

La grotte dans laquelle ont été découverts les manuscrits

En décembre 1945, un paysan arabe a fait une étonnante découverte archéologique en Haute-Égypte. Des rumeurs ont obscurci les circonstances entourant cette découverte, peut-être parce qu'elle était accidentelle et que sa vente sur le marché noir était illégale. Pendant des années, même l'identité du découvreur est demeurée inconnue. Une rumeur affirme que l'homme aurait été un assassin ; une autre, qu'il avait fait la découverte près de la ville de Nag Hammadi au pied de Jabal al-Tarif, une montagne criblée de plus de cent cinquante grottes. À l'origine naturelles, certaines de ces grottes avaient été sculptées et peintes, et on les utilisait comme sites mortuaires à une époque aussi lointaine que celle de la sixième dynastie, il y a quelque 4 300 ans.

Trente ans plus tard, le découvreur lui-même, Mohamed Ali al-Samman, raconta ce qui s'était passé. Peu avant que lui et ses frères aient vengé le meurtre de leur père dans une vendetta, ils sellèrent leurs chameaux et se rendirent à la montagne pour ramasser du *sabakh*, un sol tendre qu'ils utilisaient pour fertiliser leurs champs. Alors qu'ils creusaient autour d'un énorme rocher, ils trouvèrent un vase de terre rouge de près d'un mètre de hauteur. Mohamed Ali hésita à briser le vase en songeant qu'un *djinn*, un esprit, pouvait vivre à l'intérieur. Mais réalisant qu'il pouvait aussi contenir de l'or, il souleva sa pioche, fracassa le vase et découvrit à l'intérieur treize papyrus reliés en cuir. Retournant chez lui à al-Qasr, Mohamed Ali jeta les livres et les feuilles éparses de papyrus sur la paille empilée par terre près du four. La mère de Mohamed, Umm-Ahmad, admit qu'elle avait brûlé une bonne partie des papyrus dans le four avec la paille qu'elle utilisait pour allumer le feu.

Quelques semaines plus tard, comme le raconte Mohamed Ali, lui et ses frères vengèrent la mort de leur père en assassinant Ahmed Ismail. Leur mère avait averti ses fils de garder leurs pioches bien aiguisées : quand ceux-ci apprirent que l'ennemi de leur père était tout près, ils saisirent cette occasion, « découpèrent ses membres, lui arrachèrent le cœur et le dévorèrent pour accomplir l'acte ultime de vengeance familiale ».

Craignant que les enquêteurs de police ne cherchent la maison et ne découvrent les livres, Mohamed Ali demanda au prêtre al-Qummus Basiliyus Abd al-Masïh d'en garder quelques-uns chez lui. Pendant l'interrogatoire sur le meurtre dont Mohamed Ali et ses frères étaient accusés, un professeur d'histoire de l'endroit vit les livres et présuma qu'ils étaient précieux. En ayant reçu un de al-Qummus Basiliyus, Raghib l'envoya à un ami du Caire pour déterminer sa valeur.

Vendus sur le marché noir des marchands d'antiquités du Caire, les manuscrits attirèrent rapidement l'attention des fonctionnaires du gouvernement égyptien. En des circonstances extrêmement dramatiques, comme nous le verrons, ils en achetèrent un, puis confisquèrent dix livres et demi sur les treize livres reliés en cuir, appelés codex, et les confièrent au Musée copte du Caire. Mais une grande partie du treizième codex, qui contenait cinq textes extraordinaires, fut sortie d'Égypte en contrebande puis mise en vente aux États-Unis. Le professeur Gilles Quispel, célèbre historien des religions d'Utrecht, aux Pays-Bas, entendit bientôt parler de ce codex. Emballé par cette découverte, il incita la Fondation Jung de Zurich à acheter le codex. Mais découvrant alors que quelques pages manquaient, il s'envola pour l'Égypte au printemps de 1955 pour essayer de les trouver au Musée copte. Dès son arrivée au Caire, il se rendit au musée, emprunta les photographies de certains des textes et les ramena en hâte à son hôtel pour les déchiffrer. Alors qu'il traçait la première ligne, il fut d'abord étonné, puis incrédule en lisant ce qui suit : « Ceci contient les paroles secrètes que prononça Jésus vivant, et que le jumeau, Judas Thomas, rédigea.» Quispel savait que son collègue H.-C. Puech avait, en utilisant les notes d'un autre chercheur français du nom de Jean Doresse, reconnu dans les premières lignes des fragments un *Évangile de Thomas* rédigé en grec et découvert en 1890. Mais la découverte de l'ensemble du texte soulevait de nouvelles questions: Jésus avait-il un frère jumeau, comme le laisse entendre ce passage? Le texte pourrait-il être un registre authentique des paroles de Jésus? D'après son titre, il contenait l'*Évangile selon Thomas*, mais pourtant, contrairement aux Évangiles du Nouveau Testament, il se qualifiait d'Évangile *secret*. Quispel découvrit également qu'il contenait plusieurs citations connues du Nouveau Testament; mais ces paroles, placées dans des contextes peu familiers, suggéraient d'autres significations. Quispel découvrit que d'autres passages différaient totalement de toutes les traditions chrétiennes connues: le «Jésus vivant», par exemple, utilisait des phrases aussi énigmatiques et fascinantes que les *koans zen*:

> Jésus dit: «Lorsque vous produirez ceci en vous-mêmes, ce que vous avez vous sauvera. Si vous n'avez pas ceci en vous, ce que vous n'avez pas en vous vous tuera.»

Ce que Quispel tenait entre ses mains, l'*Évangile de Thomas*, n'était qu'un seul des cinquante-deux textes découverts à Nag Hammadi. Relié dans le même ouvrage se trouvait également l'*Évangile de Philippe*, qui attribue à Jésus des gestes et des paroles passablement différents de ceux du Nouveau Testament:

> [...] et la compagne du Fils est Marie-Madeleine. Le Seigneur l'aimait plus que tous les disciples et il l'embrassait souvent sur la bouche. Les disciples le voyaient et ils lui dirent: Pourquoi l'aimes-tu plus que nous tous? Le Sauveur répondit et leur dit: Comment se fait-il que je ne vous aime pas autant qu'elle?

D'autres paroles de cette collection critiquent des croyances chrétiennes courantes, telles l'Immaculée Conception et la résurrection du corps, comme étant des malentendus naïfs. Relié aussi à ces Évangiles, on trouvait l'*Aprocryphon* (littéralement, «livre secret») de *Jean*, qui débute en proposant de révéler «les mystères et les choses voilées de silence» que Jésus avait enseignés à son disciple Jean.

Mohamed Ali admit plus tard que certains des textes avaient été perdus, brûlés ou jetés. Mais ce qui reste est stupéfiant: cinquante-deux textes des premiers siècles de l'ère chrétienne, y compris une collection d'Évangiles chrétiens des premiers temps, auparavant inconnus. En plus de l'*Évangile de Thomas* et de l'*Évangile de Philippe*, la découverte comprenait l'*Évangile de la vérité* et l'*Évangile aux Égyptiens*, décrit comme « le livre sacré du Grand esprit invisible ». Un autre groupe de textes contient des écrits attribués aux disciples de Jésus comme le *Livre secret de Jacques*, *l'Apocalypse de Paul*, la *Lettre de Pierre à Philippe* et *l'Apocalypse de Pierre.*

Il devint bientôt évident que les textes qu'avait découverts Mohamed Ali à Nag Hammadi étaient des traductions coptes, réalisées il y a environ 1 500 ans, de manuscrits encore plus anciens. Les textes originaux avaient été écrits en grec, la langue du Nouveau Testament: comme Doresse, Puech et Quispel avaient pu s'en rendre compte, une partie de l'un d'entre eux avait été découverte par des archéologues une cinquantaine d'années plus tôt, lorsqu'ils avaient trouvé quelques fragments d'une version grecque originale de l'*Évangile de Thomas*.

Il y a peu de doutes sur la datation des manuscrits eux-mêmes. L'examen des papyrus utilisés pour épaissir les reliures de cuir et celui des caractères coptes permettent de les situer autour de 350 à 400 apr. J.-C. Mais les chercheurs ne s'entendent pas du tout sur la datation des textes originaux. Certains d'entre eux peuvent difficilement avoir été rédigés plus tard que les années 120 à 150 apr. J.-C., puisque Irénée, l'évêque orthodoxe de Lyon qui écrivait autour de 180, déclare que les hérétiques « se vantent de posséder plus d'Évangiles qu'il n'en existe vraiment » et déplore qu'à son époque, de tels écrits connaissent une vaste popularité — de la Gaule jusqu'à Rome, en passant par la Grèce et l'Asie mineure.

Quispel et ses collaborateurs, qui ont en premier publié l'*Évangile de Thomas*, laissaient entendre que l'original datait d'environ 140 apr. J.-C. Certains jugeaient que, comme ces Évangiles étaient hérétiques, ils devaient avoir été écrits plus tard que les Évangiles du Nouveau Testament qui datent d'environ 60 à 110. Mais récemment, le professeur Helmut Koester de l'Université Harvard a suggéré que les collections de dictons dans l'*Évangile de Thomas*, bien que compilées vers 140, pourraient contenir certaines traditions encore *plus vieilles* que les

Évangiles du Nouveau Testament, « vraisemblablement aussi lointaines que la deuxième moitié du premier siècle », c'est-à-dire aussi anciennes, ou davantage, que les Évangiles de Marc, de Mathieu, de Luc et de Jean.

Les chercheurs qui étudiaient la découverte de Nag Hammadi ont découvert que certains des textes racontent l'origine de la race humaine en des termes très différents du texte habituel de la Genèse : *Le Témoignage véritable*, par exemple, raconte l'histoire du jardin d'Éden du point de vue du serpent ! Ici, le serpent, connu depuis longtemps dans la littérature gnostique comme le principe de la Sagesse divine, convainc Adam et Ève de partager la Connaissance pendant que « le Seigneur » les menace de mort en tentant jalousement de les empêcher d'atteindre la Connaissance et les chasse du paradis lorsqu'ils l'atteignent. Un autre texte, mystérieusement intitulé *Le Tonnerre, Intellect parfait*, présente un poème extraordinaire récité par une puissance divine féminine :

> [Traduction libre]
> Car je suis la première et la dernière.
> Je suis celle qu'on honore et celle qu'on méprise.
> Je suis la putain et la sainte.
> Je suis l'épouse et la vierge
> Je suis celle qui est stérile
> et qui a plusieurs fils
> Je suis le silence incompréhensible
> Je suis l'expression de mon nom.

Ces textes renferment donc à la fois des Évangiles secrets, des poèmes et des descriptions quasi philosophiques de l'origine de l'univers, des mythes, de la magie et des instructions concernant les pratiques mystiques.

Pourquoi ces textes ont-ils été enterrés et pourquoi sont-ils demeurés pratiquement inconnus pendant deux mille ans ? Leur élimination en tant que documents bannis et leur enfouissement dans la falaise de Nag Hammadi faisaient partie, semble-t-il, d'une lutte capitale pour la formation de la chrétienté des premiers temps. Les textes de Nag Hammadi et d'autres documents semblables qui ont circulé au début de l'ère chrétienne ont été dénoncés comme hérétiques par les chrétiens orthodoxes du milieu du IIe siècle. Nous savons depuis longtemps que plusieurs des premiers disciples du Christ étaient condamnés comme hérétiques par d'autres chrétiens, mais tout ce que nous savions d'eux nous venait de ce que leurs opposants avaient écrit en les attaquant. L'évêque Irénée, qui dirigeait l'Église de

Lyon autour de 180, a écrit cinq volumes intitulés *Dénonciation et réfutation de la gnose au nom menteur*, qui commençaient par cette promesse:

> Nous rapporterons brièvement et clairement la doctrine de ceux qui enseignent l'erreur en ce moment même en montrant que leurs dires sont absurdes, inconsistants et en désaccord avec la vérité. Ainsi informé de ces doctrines, tu les feras connaître à ton tour à tous ceux qui sont avec toi et tu engageras ceux-ci à se garder de l'« abîme » de la déraison et du blasphème contre Dieu.

Il dénonce comme particulièrement « rempli de blasphèmes » un célèbre Évangile appelé l'*Évangile de vérité*. Irénée fait-il référence au même *Évangile de vérité* découvert à Nag Hammadi? Quispel et ses collaborateurs, qui ont été les premiers à publier l'*Évangile de vérité*, affirment qu'il s'agit du même; un de leurs critiques maintient que la première ligne (qui commence par « l'*Évangile de vérité* ») n'est pas un titre. Mais Irénée utilise la même source qu'au moins un des textes découverts à Nag Hammadi, l'*Apocryphon* (livre secret) *de Jean*, comme munition pour sa propre attaque contre une telle « hérésie ». Cinquante ans plus tard, Hippolyte, un enseignant de Rome, écrivait une autre *Réfutation de toutes les hérésies*, une œuvre considérable, pour « exposer et réfuter les blasphèmes vicieux des hérétiques ».

Cette campagne contre l'hérésie impliquait une reconnaissance involontaire de son pouvoir de persuasion; pourtant les évêques ont eu le dessus. Au moment de la conversion de l'empereur Constantin, alors que le christianisme devenait une religion officiellement approuvée au IVe siècle, les évêques chrétiens, auparavant victimes de la police, étaient maintenant aux commandes. La possession de livres dénoncés comme hérétiques devint un crime. On brûla et détruisit des exemplaires de tels livres. Mais en Haute-Égypte, quelqu'un, probablement un moine d'un monastère voisin de Saint-Pacôme, prit les livres bannis et les cacha dans un vase où ils demeurèrent enterrés pendant 1 600 ans.

Mais les personnes qui ont rédigé ces textes et les ont mis en circulation ne se considéraient pas elles-mêmes comme « hérétiques ». La plupart des écrits utilisent une terminologie chrétienne, assurément liée à un héritage juif. Plusieurs affirment présenter des traditions secrètes concernant Jésus, des traditions cachées aux yeux « de la multitude » qui constituait ce qui est devenu, au deuxième siècle, « l'Église catholique ». On qualifie maintenant ces chrétiens de gnostiques, du mot grec *gnosis*, qu'on traduit habituellement par « connaissance ». Car, comme on appelle agnostiques (littéralement, « qui ne savent pas ») ceux qui affirment ne rien savoir de l'ultime réalité, on appelle gnostique (« qui sait ») ceux qui affirment connaître de telles choses. Mais *gnosis* ne fait pas référence à la connaissance rationnelle. La langue grecque établit une distinction entre la connaissance scientifique ou issue de la réflexion (« il connaît les mathématiques ») et la connaissance acquise par l'observation ou l'expérience (« il me connaît »), que représente la *gnosis*. Puisque les gnostiques utilisaient le terme, nous pourrions le traduire par « connaissance intérieure », parce que *gnosis* implique un processus intuitif de connaissance de soi. Et se connaître, affirment-t-ils, c'est connaître la nature humaine et la destinée humaine. D'après l'enseignant gnostique Théodote, qui écrivait en Asie mineure autour de 140 à 160, le gnostique est celui qui en est venu à comprendre qui nous étions et ce que nous sommes devenus ; où nous étions, vers où nous nous pressons ; de quoi nous sommes libérés ; qu'est-ce que la naissance, et qu'est-ce que la renaissance.

Et, au plus profond niveau, se connaître soi-même, c'est en même temps connaître Dieu ; c'est là le secret de la *gnosis*. Un autre enseignant gnostique, Monoimus, disait :

> Abandonnez la recherche de Dieu et de la création et d'autres sujets semblables. Cherchez-le en revenant au point de départ. Apprenez qui, en vous, s'approprie tout et dit : « Mon Dieu, mon esprit, ma pensée, mon âme, mon corps. » Apprenez quelles sont les sources de la peine, de la joie, de l'amour, de la haine si vous examinez attentivement ces sujets, vous le trouverez *en vous-mêmes*.

Ce que Mohamed Ali a découvert à Nag Hammadi, c'est, selon toute apparence, une bibliothèque d'écrits presque tous gnostiques. Bien qu'ils affirment présenter un enseignement secret, plusieurs de ces textes font référence aux Écritures de l'Ancien Testament et d'autres, aux Épîtres de Paul et aux Évangiles du Nouveau Testament. Dans plusieurs de ces livres figurent les mêmes *dramatis personae* que dans le Nouveau Testament, à savoir Jésus et ses disciples. Pourtant, les différences sont frappantes.

Premièrement, les juifs orthodoxes et les chrétiens insistent pour dire qu'un gouffre sépare l'humanité de son créateur : Dieu est complètement autre. Mais certains gnostiques qui ont écrit ces Évangiles contredisent ce point de vue : la connaissance de soi est la connaissance de Dieu ; le soi et le divin sont identiques.

Deuxièmement, le « Jésus vivant » de ces textes parle d'illusion et d'illumination, et non de péché et de repentir comme le Jésus du Nouveau Testament. Plutôt que de venir nous sauver du péché, il vient en tant que guide qui ouvre les portes de la compréhension spirituelle. Mais quand le disciple atteint l'illumination, ce n'est plus Jésus qui lui sert de maître spirituel : ils deviennent égaux et même identiques.

Troisièmement, les chrétiens orthodoxes croient que Jésus est le Seigneur et le Fils de Dieu d'une façon particulière : il demeure pour toujours distinct du reste de l'humanité qu'il est venu sauver. Pourtant, l'*Évangile de Thomas*, un texte gnostique, raconte qu'aussitôt que Thomas reconnaît Jésus, Jésus lui dit que leur existence provient de la même source :

> Jésus dit : « Je ne suis pas ton maître. Parce que tu as bu, tu es devenu ivre à cause du flot bouillonnant que j'ai mesuré celui qui boira de ma bouche deviendra comme je suis : je deviendrai moi-même lui et les choses cachées lui seront révélées. »

Un tel enseignement — l'identité du Divin et de l'humain, la préoccupation concernant l'illusion et l'illumination, le fondateur présenté non comme le Seigneur, mais comme un guide spirituel — ne semble-t-il pas plus oriental qu'occidental ? Certains chercheurs ont suggéré que si les noms étaient changés, le « Bouddha vivant » pourrait dire avec justesse ce que l'*Évangile de Thomas* attribue au Jésus vivant. Est-il possible que la tradition hindoue ou bouddhiste ait influencé le gnosticisme ?

Edward Conze, chercheur britannique spécialisé dans le bouddhisme, croit que c'est le cas. Il fait remarquer que « les bouddhistes étaient en contact avec les chrétiens thomasiens (c'est-à-dire les chrétiens qui connaissaient et utilisaient les écrits comme l'*Évangile de Thomas*) au sud de l'Inde ». Les routes commerciales entre le monde gréco-romain et l'Extrême-Orient s'ouvraient au moment où florissait le gnosticisme (80 à 200 apr. J.-C.) ; pendant des générations, des missionnaires bouddhistes ont prêché à Alexandrie. Nous notons aussi qu'Hippolyte, un chrétien de Rome qui parlait le grec (autour de 225), connaissait les brahmines indiens et incluait leur tradition parmi les sources de l'hérésie.

Se pourrait-il que le titre d'*Évangile de Thomas*, nommé d'après le disciple qui, selon la tradition, est allé en Inde, suggère l'influence de la tradition hindoue ? Ces indices en exposent la possibilité, mais notre preuve n'est pas concluante. Puisque des traditions parallèles peuvent émerger à différents endroits à différents moments, de telles idées pourraient s'être développées de manière indépendante. Ce que nous appelons les religions orientales et occidentales, et que nous avons tendance à considérer comme des flux séparés, n'étaient pas clairement identifiées il y a deux mille ans. Les recherches sur les textes de Nag Hammadi ne font que commencer : nous attendons impatiemment les travaux de chercheurs qui peuvent étudier ces traditions de manière comparée pour découvrir si on peut réellement les faire remonter aux sources indiennes.

Même dans ce cas, les idées que nous associons aux religions orientales sont apparues aux premiers siècles par l'entremise du mouvement gnostique en Occident, mais des polémistes comme Irénée les ont supprimées et condamnées. Pourtant, ceux qui qualifiaient le gnosticisme d'hérésie adoptaient, consciemment ou non, le point de vue du groupe de chrétiens qui se nommaient eux-mêmes chrétiens orthodoxes. Un hérétique pourrait être une personne dont quelqu'un d'autre déteste l'attitude ou la dénonce. D'après la tradition, un hérétique est une personne qui s'écarte de la vraie foi. Mais qu'est ce qui définit la « vraie foi » ? Qui l'appelle ainsi et pour quelles raisons ?

C'est un problème que nous connaissons bien. Le mot « chrétienté », particulièrement depuis la Réforme, a représenté une gamme étonnante de groupes. Ceux qui affirment représenter la « vraie chrétienté » au XXe siècle peuvent être aussi bien un cardinal catholique du Vatican, un prêcheur épiscopal méthodiste d'Afrique lançant un mouvement de renouveau à Detroit, ou un missionnaire mormon en Thaïlande, qu'un membre d'une église de village sur la côte grecque. Pourtant, les catholiques, les protestants et les orthodoxes s'entendent pour dire qu'une telle diversité est récente et déplorable. D'après la légende chrétienne, l'Église des premiers temps était différente. Les chrétiens de toute confession jettent un regard vers l'Église primitive pour découvrir une forme plus simple et plus pure de foi chrétienne. Au temps des apôtres, tous les membres de la communauté chrétienne partageaient leur argent et leurs biens; tous croyaient au même enseignement et priaient ensemble; tous vénéraient l'autorité des apôtres. Ce n'est qu'après cet âge d'or que l'hérésie est apparue. C'est ce qu'affirme l'auteur des Actes des apôtres qui se qualifie lui-même de premier historien de la chrétienté.

Mais les découvertes de Nag Hammadi ont complètement modifié ce portrait. Si nous admettons que quelques-uns de ces cinquante-deux textes sont des formes primitives de l'enseignement chrétien, nous devons peut-être reconnaître que le christianisme des premiers temps était beaucoup plus diversifié que ce que l'on croyait avant les découvertes de Nag Hammadi.

Le christianisme contemporain, aussi diversifié et complexe que nous le trouvions, pourrait en réalité afficher une plus grande unanimité que les Églises chrétiennes des premier et deuxième siècles, car pratiquement tous les chrétiens de cette époque, catholiques, protestants ou orthodoxes, partagent les mêmes prémisses fondamentales. Premièrement, ils acceptent le canon du Nouveau Testament; deuxièmement, ils partagent le même credo apostolique; et, troisièmement, ils soutiennent des formes déterminées d'institutions ecclésiastiques. Mais chacun de ces éléments — le canon des Écritures, le credo et la structure institutionnelle — ne sont apparus dans leur forme actuelle que vers la fin du IIe siècle. Avant cette époque, comme l'attestent Irénée et d'autres, de nombreux Évangiles circulaient parmi les différents groupes chrétiens, de ceux du Nouveau Testament, Mathieu, Luc, Marc et Jean, jusqu'à des écrits comme l'*Évangile de Thomas*, l'*Évangile de Philippe* et l'*Évangile de vérité*, de même que plusieurs autres enseignements secrets, mythes et poèmes attribués à Jésus et à ses disciples. Il semble qu'on en ait découvert quelques-uns à Nag Hammadi, mais plusieurs autres ont été perdus. Ceux qui s'identifiaient comme chrétiens observaient plusieurs croyances et pratiques religieuses radicalement différentes. Et les communautés dispersées dans tout le monde connu s'organisaient de façon considérablement différente d'un groupe à l'autre.

Mais en 200 apr. J.-C., la situation a changé. Le christianisme est devenu une institution dirigée par une triple hiérarchie d'évêques, de prêtres et de diacres qui se considéraient comme les gardiens de la seule « vraie foi ». La majorité des Églises, parmi lesquelles celle de Rome, ont adopté un rôle dirigeant, ont rejeté tous les autres points de vue en les qualifiant d'hérétiques. Déplorant la diversité du mouvement d'origine, l'évêque Irénée et ses partisans insistaient sur le fait qu'il ne pouvait y avoir qu'une seule Église et qu'en dehors de cette Église, « il n'y a point de salut ». Les membres de cette seule Église sont des chrétiens orthodoxes (littéralement : « pensée catégorique »). Et, affirmaient-ils, cette Église doit être *catholique*, c'est-à-dire universelle. Quiconque mettait en doute ce consensus en défendant d'autres formes d'enseignements chrétiens était déclaré hérétique et expulsé. Quand les orthodoxes ont obtenu un soutien militaire, quelque temps après que l'empereur Constantin se fut converti au christianisme pendant le IVe siècle, le châtiment pour cause d'hérésie est devenu plus sévère.

Les efforts de la majorité visant à détruire toute trace de « blasphèmes » hérétiques se sont révélés si efficaces que, jusqu'aux découvertes de Nag Hammadi, presque tous les renseignements que nous possédions sur les autres formes du christianisme des premiers temps provenaient des violentes attaques des orthodoxes contre elles. Même si le gnosticisme représente sans doute le type le plus précoce et le plus menaçant d'hérésie, les chercheurs n'avaient connu qu'une poignée de textes gnostiques originaux, dont aucun n'avait été publié avant le XIXe siècle. Le premier est apparu en 1769, lorsqu'un touriste écossais du nom de James Bruce a acheté un manuscrit copte près de Thèbes (maintenant Luxor) en Haute-Égypte. Publié seulement en 1892, ce manuscrit affirme contenir les conversations de Jésus avec ses disciples, un groupe qui comprend ici à la fois des hommes et des femmes. En 1773, un collectionneur a trouvé dans une librairie londonienne un texte ancien, également en copte, qui contenait un dialogue sur les « mystères » entre Jésus et ses disciples. En 1896, un égyptologue allemand, alerté par des publications précédentes, achetait au Caire un manuscrit qui, à sa grande surprise, contenait l'*Évangile de Marie* (Madeleine) et trois autres textes. Les livres gnostiques découverts à Nag Hammadi cinquante ans plus tard contenaient aussi trois exemplaires de l'un d'eux, l'*Apocryphon* (livre secret) de *Jean*.

Mais même les cinquante-deux textes découverts à Nag Hammadi ne présentent qu'un aperçu de la complexité du mouvement chrétien des origines. Nous commençons maintenant à voir que ce que nous appelons le christianisme — et que nous tenons pour la tradition chrétienne — ne provient en fait que d'un petit nombre de sources particulières, choisies parmi des douzaines d'autres. Qui a fait cette sélection et pour quelles raisons? Pourquoi ces autres écrits ont-ils été exclus et bannis pour cause d'« hérésie » ? Qu'est-ce qui les rendait si dangereux? Maintenant, pour la première fois, nous avons la possibilité de découvrir des renseignements sur la plus ancienne hérésie chrétienne ; pour la première fois, les hérétiques peuvent eux-mêmes se faire entendre.

Sans aucun doute, les chrétiens gnostiques exprimaient des idées que les orthodoxes détestaient. Par exemple, certains de ces textes gnostiques remettent en question le fait que toute souffrance, tout labeur et toute mort découlent du péché humain, ce qui, dans la version orthodoxe, entachait une création originale parfaite. D'autres parlent de l'élément féminin du Divin, célébrant Dieu en tant que Père *et* Mère. D'autres encore laissent entendre qu'il faut comprendre la résurrection du Christ de manière symbolique et non littérale. Quelques textes radicaux dénoncent même les catholiques chrétiens comme des hérétiques qui, même s'ils « ne comprennent pas le mystère se vantent que le mystère de la vérité n'appartient qu'à eux seul ». De telles idées gnostiques fascinaient le psychanalyste C. G. Jung : il pensait qu'elles exprimaient « l'autre côté de l'esprit », les pensées spontanées, inconscientes que toute orthodoxie demande à ses partisans de réprimer. Pourtant, le christianisme orthodoxe, comme le définit le credo apostolique, contient certaines idées que plusieurs d'entre nous pourraient aujourd'hui trouver encore plus étranges. Par exemple, le credo exige que les chrétiens admettent la perfection d'un Dieu qui a pourtant créé un monde où règnent la douleur, l'injustice et la mort ; que Jésus de Nazareth est né d'une mère vierge ; et qu'après avoir été exécuté sur l'ordre du procureur romain Ponce Pilate, il est sorti de sa tombe « le troisième jour ».

Pourquoi le collectif des Églises chrétiennes non seulement accepte-t-il ces points de vue surprenants mais les établit-il également comme la seule véritable doctrine chrétienne? Par le passé, les historiens nous ont dit que les orthodoxes rejetaient les points de vue gnostiques pour des raisons religieuses et philosophiques. C'est bien ce qu'ils faisaient, mais l'étude des sources gnostiques récemment découvertes suggère une autre dimension concernant la controverse. Elle laisse entendre que ces débats religieux — les questions sur la nature de Dieu ou du Christ — comportent en même temps des implications sociales et *politiques* essentielles à l'évolution du christianisme en tant qu'institution religieuse. En termes plus simples, les idées comportant des implications contraires à cette évolution ont fini par être qualifiées d'« hérétiques » ; les idées qui la soutenaient implicitement sont devenues « orthodoxes ».

En analysant les textes de Nag Hammadi en même temps que des sources connues depuis plus d'un millier d'années provenant de la tradition orthodoxe, nous pouvons voir comment la politique et la religion coïncident dans l'évolution du christianisme. Nous pouvons voir, par exemple, les implications politiques de doctrines orthodoxes comme la résurrection du corps, et comment les points de vue gnostiques sur la résurrection comportent des implications contraires. Ce faisant, nous pouvons acquérir une perspective étonnamment nouvelle sur les origines du christianisme.

Ce que nous apprennent les textes de Nag Hammadi sur le christianisme « libéré »

Entretien avec James M. Robinson

James Robinson est professeur émérite de théologie à la Claremont Graduate University et directeur général de publication de la bibliothèque de Nag Hammadi. Il fait partie des principaux spécialistes mondiaux qui ont étudié les débuts du christianisme et il a supervisé l'équipe de chercheurs et de traducteurs qui ont redonné vie aux Évangiles perdus.

En tant que l'un des principaux chercheurs sur ce que l'on appelle les Évangiles perdus, quelle est votre réaction en voyant ces éléments historiques projetés sur la liste des plus grands succès de librairie grâce à la popularité du Da Vinci Code*?*

Le type de succès sensationnaliste qu'a eu ce livre inquiète les chercheurs comme moi qui tentent de s'en tenir aux faits. Je pense qu'il existe un certain problème inhérent au caractère romanesque de ce livre et que l'auteur présente comme une fiction tout en utilisant suffisamment de faits, de noms connus et de choses comme la découverte de Nag Hammadi pour donner une impression d'exactitude factuelle. Le public néophyte ne parvient pas à distinguer exactement où commence la fiction et où s'arrêtent les faits. Donc, en se fondant strictement sur ce point de vue, c'est extrêmement trompeur.

Qui plus est, il me semble évident que Dan Brown ne connaît pas grand-chose au côté spécialisé de mon domaine et qu'il esquive les preuves pour rendre le tout plus sensationnel que ça ne l'est. Par exemple, il mentionne que des « rouleaux » ont été découverts à Nag Hammadi, mais c'est faux. Ce sont des codex, des livres avec des pages distinctes. En fait, c'est le plus vieil exemple que nous ayons de livres reliés en cuir. Ailleurs, Dan Brown fait référence à l'*Évangile Q* et écrit qu'il s'agit, semble t-il, d'un livre qui contient les enseignements de Jésus, rédigés de sa propre main. Ce qui est intéressant, c'est que même s'il le mentionne, il n'en discute pas, peut-être parce que cela ne contribuerait pas à renforcer son argument puisque nous savons que Jésus ne l'a pas écrit. Ce ne sont là que quelques idées intégrées au roman qui sont davantage sensationnelles que factuelles.

Alors, comment décririez-vous les textes de Nag Hammadi?

Les Évangiles canoniques, ceux de Mathieu, Marc, Luc et Jean, constituent une sorte de biographie théologique de Jésus. Par contre, les Évangiles de Nag Hammadi ne sont pas des Évangiles au sens traditionnel du terme, celui d'une histoire narrative, mais ce sont plutôt ce que nous appelons des Évangiles de dictons. L'*Évangile de Philippe*, par exemple, est un ramassis de documents qui ne constituent pas un document original, mais une sorte de collection d'extraits de diverses sources. L'*Évangile de vérité* est un traité théologique quasi philosophique, mais il ne raconte d'aucune façon l'histoire de Jésus. Le seul texte dont nous avons la certitude qu'il représente en un certain sens ce que nous pourrions appeler un Évangile est le quatrième texte de

Nag Hammadi (l'*Évangile de Thomas*), qui utilise le mot *Évangile* comme titre secondaire en annexe. Toutefois, l'introduction du texte parle de « dictons secrets ». C'est une collection de dictons comme les dictons attribués à Mathieu et à Luc, qu'on appelle de manière théorique *Q*, et qui est mentionné une fois dans le *Da Vinci Code.*

Connaissons-nous quoi que ce soit des auteurs de ces textes ?

Ils ont sans doute été écrits par différentes personnes à différentes époques. S'ils avaient été écrits aux deuxième et troisième siècles, les auteurs auraient été probablement des gnostiques et auraient fait partie d'un mouvement gnostique qui était en concurrence avec l'orthodoxie chrétienne émergente pour déterminer le bon type de christianisme. Le mouvement orthodoxe possédait des livres appelés Évangiles que nous connaissons comme ceux de Mathieu, Marc, Luc et Jean. Les gnostiques ont attaché le mot Évangile à quelques-uns de leurs propres recueils, qui n'étaient pas des Évangiles comme ceux du Nouveau Testament puisque les Évangiles canoniques sont des récits évoquant la biographie théologique de Jésus. Les Évangiles de Nag Hammadi sont plutôt une collection d'extraits éparpillés.

Pourriez-vous expliquer davantage cette idée de christianismes concurrents ?

Les rédacteurs de ces codex tentaient d'influencer ce que nous pourrions appeler l'aile gauche du christianisme, qu'on pourrait en un sens comparer au phénomène du Nouvel Âge à notre époque. Ils croyaient que l'Église dominante de l'époque (que le *Da Vinci Code* appelle l'Église catholique romaine) était trop terre à terre, trop matérialiste, trop temporelle et qu'elle n'avait pas compris la signification secrète spirituelle, allégorique, supérieure et céleste de tout cela. Et c'est ce qu'ils soutenaient.

En parlant du Nouvel Âge, le mot compagne *dans l'*Évangile de Philippe *indique-t-il à vos yeux, comme c'est le cas pour certaines personnes qui étudient ces documents, que Jésus et Marie ont été mariés et même qu'ils s'embrassaient ?*

Non, ça ne signifie pas automatiquement qu'ils étaient mariés ou qu'ils ne l'étaient pas. Le mot *compagne* n'est pas nécessairement relié au sexe tel que nous pourrions l'interpréter à notre époque. Il me semble que c'était peut-être simplement une façon de rendre l'histoire plus intéressante, plus intrigante. En lisant tout l'*Évangile de Philippe*, il devient évident que le rédacteur méprise le sexe physique et le considère comme bestial, le comparant littéralement à la sexualité animale. Dans l'Église des premiers temps, on considérait le baiser comme une métaphore de l'accouchement. Et on a tiré beaucoup trop de conclusions de ce baiser. On l'appelait aussi Baiser de paix, comme on le pratique dans une messe moderne où on vous demande de serrer la main de tout le monde et de dire « Que la paix du Christ soit avec vous ».

En ce qui concerne la désignation de Marie-Madeleine comme compagne de Jésus, Brown affirme que les érudits araméens savaient que ce mot signifie « épouse ». Mais l'*Évangile de Philippe* est en copte traduit du grec, alors il n'y a pas de mot que les érudits araméens puissent examiner dans le texte.

Je crois que le seul texte pertinent duquel on peut tirer des renseignements historiques sur Marie-Madeleine est le Nouveau Testament, qui ne va pas plus loin qu'affirmer qu'elle faisait partie du cercle des femmes qui accompagnaient Jésus itinérant et ses disciples masculins. À mon avis, les sept démons que Jésus a chassés d'elle pourraient faire référence à quelque problème neurologique ou maladie mentale comme l'épilepsie. Elle traversait une époque difficile, il l'a aidée et elle est devenue une disciple, fidèle jusqu'au bout. Je pense aussi qu'elle était seule après l'exécution parce que les autres disciples étaient lâches. Il était probable qu'ils soient arrêtés. Les Romains estimaient que les femmes n'étaient pas suffisamment importantes pour les arrêter, alors ils ont laissé Marie pleurer sa mort en pensant qu'elle disparaîtrait bientôt dans la foule. Il n'y a pas de doute que le Nouveau Testament présente un portrait exact de toutes ces Marie qui étaient là au moment de sa crucifixion et le dimanche de Pâques, dans la mesure où on accorde du crédit à toutes les histoires de tombeau vide.

Même si vous semblez croire que son rôle était plus restreint que n'aimeraient le croire certains radicaux, seriez-vous d'accord pour dire que les personnes qui ont écrit les Évangiles gnostiques éprouvaient davantage de sympathie pour les femmes et leur rôle dans la vie spirituelle, ce qui n'était pas le cas dans la tradition orthodoxe ?

Oui, certainement. Je pense que les gnostiques étaient plus libérés — si je peux utiliser cette expression moderne — en ce qui concerne certaines questions. Leur opinion sur les femmes au sein de l'Église, par exemple, se fondait davantage sur la qualité de leur expérience religieuse telle qu'on la percevait que sur les relations entre un évêque et un supplicant ou d'autres formes d'autorité. Ils croyaient que les femmes vivaient des expériences religieuses, qu'elles possédaient une profondeur spirituelle et qu'elles avaient même des visions. L'idée selon laquelle les hommes gardaient les femmes à leur place correspond, je pense, à une description historique exacte de ces premiers siècles, et le fait que certaines femmes tentaient de se faire accepter de tous (y compris des hommes) en tant que partenaires égales est un fait historique des deuxième et troisième siècles. L'*Évangile de Marie* constitue une bonne source documentaire à ce sujet.

Cela dit, les gens ne devraient pas confondre ce qu'on sait avec ce qui ne peut être qu'objet d'hypothèses. Même avec ces textes en main, on ne doit pas interpréter le rôle particulier de Marie au-delà de ce que nous savons d'elle par l'entremise du Nouveau Testament — et le Nouveau Testament ne dit pas que Jésus a passé plus de temps avec Marie qu'avec les autres disciples. Ainsi, nous commençons à nous rapprocher de ce que nous pourrions appeler la pensée magique, à propos de laquelle les historiens doivent être prudents. Ce n'est pas une méthode de spécialiste que d'avoir recours à la pensée magique pour soupeser les preuves dans un sens ou dans l'autre — sainte ou pécheresse, mariée ou non. Ce n'est pas une méthode que nous, historiens, pouvons utiliser.

CE QUI ÉTAIT PERDU EST RETROUVÉ

Une vision élargie du christianisme et de ses origines

Entretien avec Elaine Pagels

Elaine Pagels enseigne la théologie à l'Université Princeton et est l'auteure des livres à succès *Beyond Belief* ainsi que de *The Gnostic Gospels*, qui a remporté le National Books Critics Circle Award et le National Book Award.

Pourquoi croyez-vous que Da Vinci Code *a tant captivé le public?*

Ce que je trouve intéressant au sujet du livre de Dan Brown, c'est qu'il soulève une question très importante : s'ils (les dirigeants de l'Église) ont supprimé une si grande part de l'histoire chrétienne des premiers temps, quoi d'autre ignorons-nous ? Qu'y a-t-il d'autre à connaître ? En tant qu'historienne, je pense qu'il s'agit d'une question réellement importante parce que la réponse signifie beaucoup. Alors, je préférerais ne rien dire de négatif sur son livre. Je ne suis tout simplement pas une spécialiste en la matière, mais j'aimerais dire qu'il soulève une importante question.

Mais que savons-nous maintenant de la chrétienté des premiers temps et de ses racines que nous ne savions pas il y a une génération ou plus ?

Les récits les plus anciens concernant Jésus de Nazareth ont été écrits au plus tôt vingt ans après sa mort et ils sont tirés de lettres. Puis nous avons les Évangiles du Nouveau Testament, qui ont été écrits peut-être de quarante à soixante-dix ans après sa mort. Tout ce que nous avons provient donc de récits postérieurs. Ces récits ne sont pas neutres ; ils ont été rédigés soit par des gens dévoués à Jésus soit par des gens qui lui étaient hostiles, comme l'historien romain Suétone, le sénateur et historien romain Cassiodore, et quelques sources polémistes juives vers la fin du Ier siècle. Ainsi, il est intéressant de noter que nous ne possédions rien à part des récits postérieurs, qu'ils soient très positifs ou très négatifs.

Grâce aux découvertes de Nag Hammadi en 1945, nous voyons maintenant que le mouvement chrétien était à l'origine beaucoup plus vaste et diversifié, et que les points de vue sur Jésus variaient bien davantage que nous ne l'avions cru jusqu'alors. Cela s'applique aussi bien aux points de vue classiques de ses disciples, un élément particulièrement intéressant en ce moment, qu'au point de vue développé plus tard selon lequel Marie-Madeleine était une prostituée. Mais avec les sources que nous avons maintenant, qui comprennent les *Évangiles de Marie-Madeleine*, *de Thomas* et *de Philippe*, nous détenons des preuves anciennes que Marie était considérée non seulement comme une des femmes étroitement associées à Jésus, mais aussi comme une partisane et disciple importante. Nous savons aussi qu'il y en avait d'autres.

N'y a-t-il pas une contradiction ici ? Le système social et les croyan-

ces religieuses judaïques de l'époque n'auraient-ils pas milité contre le fait que les femmes jouent un rôle indépendant en tant que prêcheurs ?

Au sein des groupes juifs, il aurait été très peu courant qu'une femme participe aux activités des hommes et qu'elle apprenne et voyage avec eux. Je vois le cercle autour de Jésus comme un cercle autour d'un rabbin itinérant charismatique, et ce groupe, semble t-il, comprenait des femmes aussi bien que des hommes. Cela aurait été inhabituel. La plupart des sources rabbiniques — qui sont postérieures — indiquaient qu'il n'était pas du tout approprié d'enseigner aux femmes les écritures divines. Dans les cercles gréco-romains, seuls les philosophes épicuriens et quelques autres admettaient des femmes parmi leurs étudiants, mais il y en avait peu. La plupart du temps, il n'y avait que des hommes. Peut-être que la réputation de prostituée de Marie s'est développée parce que l'idée qu'une femme voyage, ou simplement qu'elle passe du temps en compagnie d'un groupe d'hommes, aurait été extrêmement inhabituelle et, de toute évidence, suspecte.

*Est-il possible qu'elle ait été plus proche de Jésus que les autres disciples et au courant de connaissances secrètes, comme le laisse entendre l'*Évangile de Marie *?*

Nous ne connaissons pas beaucoup de détails, mais oui, elle doit avoir eu une certaine relation importante avec Jésus. L'*Évangile de Marie* en donne quelques indices lorsqu'il mentionne que Jésus lui disait des choses qu'il ne disait pas aux autres et qu'il avait pour elle un amour particulier. En ce qui concerne l'hypothèse que Jésus lui ait dit des choses qu'il ne disait pas aux autres, nous ne pouvons en être certains, mais il existe des indices en ce sens. S'agissait-il d'une relation sexuelle ? Je n'en vois pas de preuve dans les sources que je connais. Dan Brown a emprunté à l'*Évangile de Philippe* un passage qui suggère que Jésus aimait Marie plus que tous les autres disciples, ce qu'il interprète comme une relation sexuelle. Toutefois, si vous lisez le reste de l'*Évangile de Philippe*, de nombreux chercheurs pensent que le langage sexuel qui s'y trouve suggère une union plus mystique que littérale. Il décrit Marie comme un symbole de sagesse divine dans certaines parties du texte et, dans d'autres sections, comme l'Église, en tant qu'épouse du Christ. On la voit donc comme la contrepartie spirituelle de Jésus.

Pourrait-il exister d'autres documents toujours inconnus qui éclaireraient davantage la relation entre Marie et Jésus, et entre la tradition orthodoxe et cette tradition perdue? Et, si oui, pourquoi a-t-on conservé certains Évangiles et non les autres?

Il y avait probablement un nombre incalculable de gens qui conservaient des copies de ces textes. Mais parce que le papyrus se détériore et pourrit, sauf dans des endroits du monde extrêmement secs comme cette région d'Égypte où on a trouvé les textes de Nag Hammadi, la plupart des exemplaires n'auraient pas résisté au passage du temps. En ce qui concerne les raisons pour lesquelles certains Évangiles se sont transmis au fil de l'histoire et pour lesquelles d'autres ont été cachés, j'ai écrit *The Gnostic Gospels* pour tenter de résoudre cette question.

Je pense qu'au fur et à mesure que la tradition orthodoxe a évolué et qu'elle est devenue plus populaire, certains de ses dirigeants ont cru qu'il fallait faire un tri parmi ce qui représentait réellement les bons enseignements de Jésus et ce qui ne l'était pas. Ils tentaient d'unifier une très vaste population rassemblée dans ce qui est aujourd'hui la Turquie, l'Afrique, l'Espagne, la France, l'Angleterre, l'Italie et l'Égypte, un territoire que les Romains considéraient comme le monde connu. Certains dirigeants, quelques évêques, par exemple, disaient: « Eh bien, choisissons les enseignements fondamentaux sur lesquels nous nous entendons. Puis, jetons un coup d'œil à tous ces autres documents, les textes mystiques, et disons seulement qu'ils sont hors de propos. Nous n'en avons pas besoin, ils sont trompeurs, ils font en sorte que les gens créent leurs propres groupes, ce que nous ne voulons pas, parce qu'après tout, nous sommes les évêques.» Il existe également une raison plus grave. Le mouvement chrétien faisant l'objet de persécutions et de destructions de la part de l'État romain, il essayait de se consolider et de s'unifier. Mais nous n'avons pas réellement de détails concernant ce processus et devons donc tenter de le reconstruire. C'est difficile, mais c'est ce que j'essaie de faire dans mes livres.

Compte tenu de ce processus de reconstruction, que pensez-vous des différences de culte entre les adeptes des textes rejetés et ceux qui se conformaient aux textes canoniques du Nouveau Testament?

Je crois que les Évangiles de Nag Hammadi ont été écrits par des gens qui pensaient avoir des visions, des révélations et une compréhension plus approfondie. Au centre de l'Égypte du IIe siècle, un chrétien baptisé pourrait avoir eu besoin d'un maître spirituel qui allait au-delà de l'orthodoxie, qui disait: «Oui, je peux te mener plus loin. Je peux t'initier aux mystères plus profonds et tu peux recevoir le Saint-Esprit pour avoir tes propres révélations.»

Ainsi, ce groupe plus restreint, qui se consacrait à la prière extatique et aux visions, pourrait avoir affaibli l'allégeance des gens envers des évêques locaux, ce que ces derniers n'auraient pas apprécié parce qu'ils croyaient que les révélations et les visions menaçaient l'unité de l'Église. Ce problème demeure: aujourd'hui, si un catholique se présentait soudain, décrivait une vision de la Vierge Marie et disait: «La Vierge Marie m'a dit que les femmes devraient pouvoir devenir prêtres», cette personne serait sûrement qualifiée d'hérétique.

Pourtant, le christianisme n'aurait pas pu s'étendre sans révélation. Les Évangiles du Nouveau Testament, en particulier celui de Luc, foisonnent de rêves et de révélations. Le mouvement est saturé d'affirmations concernant des visions et des révélations. Mais plus tard, celles-ci sont devenues problématiques parce que les dirigeants de l'Église ont répondu: «Attendez un instant. Quelles sont les bonnes et quelles sont les mauvaises?» Alors il a fallu établir des normes d'orthodoxie. Les textes qu'on a trouvés, comme l'*Évangile de Philippe* et l'*Évangile de Marie*, ont été découverts en Égypte dans la bibliothèque d'un monastère. Et c'est un évêque qui avait ordonné aux moines de les détruire.

Pouvez-vous résumer les textes gnostiques pour nous?

Même si nous avons l'habitude de qualifier ces textes de gnostiques, ce terme est souvent associé à un point de vue négatif, dualiste, sur le monde, qu'on ne retrouve pas dans ces textes. Je n'emploie donc plus le terme gnosticisme et n'appelle plus ces textes gnostiques. Je préfère les regarder un par un.

L'*Évangile de Thomas* présente l'idée suivante: si vous faites ressortir ce qui est en vous, ce qui est en vous vous sauvera, mais si vous ne le faites pas, ce qui est en vous vous détruira. Et l'idée sous-jacente, c'est que si vous pouvez ramener à la surface ce qui est en vous, ce qui est inhérent à l'être humain, vous pourrez accéder à Dieu.

Dans les faits, l'*Évangile de Marie* recommande de rechercher le Fils de l'Homme en vous-même; autrement dit, de regarder à l'intérieur de vous afin de trouver la source divine plutôt que de regarder Jésus l'homme-Dieu. Vous pouvez trouver la source divine en vous-même, et il s'agit de la même source que Jésus. Cela ressemble davantage à un enseignement bouddhiste et, aux yeux des prêtres, c'est bien sûr une hérésie. Le prêtre doit affirmer que la seule façon d'accéder à Dieu passe par l'Église. Mais ces Évangiles laissent entendre que vous pouvez vous débrouiller seul et découvrir le divin en vous. Vous pourriez ne pas avoir besoin de l'Église. Vous pourriez ne pas avoir besoin d'un prêtre. Vous pourriez simplement aller méditer et avoir votre propre vision.

Est-il possible, comme le suggère Dan Brown, qu'une partie de la chrétienté ait subi l'influence des cultes des mystères?

Oui, Dan Brown a raison sur le fait que certains cultes des mystères, comme celui de la Déesse Mère, impliquaient les mystères de la sexualité, de la mort et de la transcendance de la mort. Mais je ne vois aucune preuve en ce sens dans les textes que nous avons trouvés. Ils sont passablement différents. Il peut bien y avoir, dans les rituels chrétiens, une influence des cultes des mystères, mais je ne vois pas de rituel sexuels ici. Je pense que ça produit un bon roman, mais je ne connais simplement aucune preuve.

La question de la sexualité était-elle essentielle aux yeux des premiers dirigeants de l'Église?

Oui, c'était certainement une question importante pour Paul, seulement vingt ans après la mort de Jésus. Il croyait qu'il était préférable d'être célibataire, comme lui, pour pouvoir mieux évangéliser les populations. Plusieurs personnes pensent qu'il était veuf et qu'il avait été marié auparavant. Pierre était marié et avait des enfants. C'était, bien sûr, normal pour les partisans de Jésus parce qu'ils avaient été élevés dans la tradition juive et considéraient cela comme une valeur sacrée.

À mon avis, ce qui s'est produit, c'est que ces partisans de Jésus, même ceux qui n'étaient pas juifs, ont adopté des attitudes juives concernant la sexualité: elle était destinée à la procréation et toute relation sexuelle entre un homme et une femme pouvait fort bien engendrer des enfants. Une relation sexuelle entre personnes de même sexe était considérée comme une abomination par de nombreux juifs. L'avortement était interdit, tout comme l'infanticide, qu'on pratiquait couramment comme mesure de contrôle des naissances aux premiers siècles. Ainsi, comme il était interdit aux chrétiens de tuer des nourrissons ou de tenter des avortements, ou même d'adopter des mesures de contraception, s'ils avaient décidé de se consacrer au Royaume de Dieu et d'avoir une vie exempte des fardeaux de la famille et des enfants et de devoir gagner de l'argent, alors il leur fallait être célibataires.

Pour revenir à aujourd'hui, qu'est-ce qui, à votre avis, explique l'immense fascination que suscitent ces questions spirituelles à une époque qu'on pourrait facilement qualifier d'ère de la rationalité et du scepticisme?

Premièrement, c'est ce que je pense et ce que pensent aussi beaucoup d'autres personnes, il y a une soif ardente de comprendre et de trouver une voie spirituelle. Et c'est vrai pour plusieurs, que les gens soient évangélistes — je n'aime pas le mot *fondamentaliste* —, baptistes du sud, mystiques catholiques romains ou athées. Nombre de gens s'intéressent aux questions spirituelles parce que, à mon avis, elles constituent une part importante de la vie humaine et que nous en avons besoin. Une personne peut croire que le monde a été créé en six jours tandis qu'une autre peut adhérer à une autre philosophie, mais je pense que nos cœurs, nos émotions et nos attitudes envers les autres sont au centre de cette tradition.

Croyez-vous que ces textes et vos travaux permettent aux gens qui éprouvent des problèmes concernant leur foi de dire: «Oh, il existe une autre dimension ici»?

À mes yeux, c'est extrêmement important, parce que si vous essayez d'avaler la foi chrétienne telle qu'elle est souvent enseignée, elle est indigeste. Il y a là un élément qui, s'il doit être pris au sens complètement littéral, soulève des questions chez la plupart des gens. Jésus est-il vraiment né d'une vierge? Qu'entendons-nous par la résurrection d'entre les morts? Alors oui, mes travaux et ce que j'essaie de faire dans mes livres sont une invitation à dire: «Nous pouvons réfléchir à ces choses.» Nous pouvons les regarder du point de vue historique. Nous pouvons regarder la Bible, non pas comme quelque chose qui est simplement descendu du Ciel dans un nuage doré, mais comme une collection, laborieusement réunie par une multitude de gens, qui contient quelques vérités très puissantes. Mais ça ne signifie pas que nous devions considérer tout cela comme littéralement vrai et simplement tenter de l'avaler. Nous pouvons y réfléchir ; nous pouvons en discuter. Comme le dit Jésus : « Que celui qui cherche n'arrête pas avant d'avoir trouvé. Quand il trouvera, il sera troublé. Quand il est troublé, il est surpris. » De toute évidence, Jésus nous invite à entreprendre un processus d'exploration et non simplement à accepter ou à rejeter un ensemble de croyances. Nous pouvons nous en tenir aux éléments qui nous plaisent et dire que pour d'autres personnes, c'est peut-être différent. Et je pense que ces nouvelles preuves constituent une occasion remarquable.

L'Évangile de Thomas

Présenté par Thomas O. Lambdin

Les extraits de l'*Évangile de Thomas*, de l'*Évangile de Philippe*, de l'*Évangile de Marie*, et de *Sophia of Christ* sont tirés de la bibliothèque de Nag Hammadi en anglais, IIIe édition, édition complète mise à jour par James M. Robinson, directeur de publication.

L'*Évangile de Thomas* est une collection de paroles traditionnelles de Jésus. Ces paroles, ou petits groupes de paroles, sont introduites dans la plupart des cas par « Jésus (leur) dit », parfois par une question ou une déclaration des disciples. Il n'existe qu'un seul cas où une parole est devenue un long dialogue entre Jésus et les disciples.

On attribue cet Évangile à Didyme Judas Thomas, c'est-à-dire Judas « le jumeau ». Dans l'Église syrienne, (Judas) Thomas était connu comme le frère de Jésus qui avait fondé les Églises en Orient, en particulier celle d'Édesse (selon une tradition ultérieure, il aurait même voyagé jusqu'en Inde). On a attribué au même apôtre d'autres écrits chrétiens des Églises d'Orient.

De très nombreuses paroles de l'*Évangile de Thomas* se retrouvent aussi dans les Évangiles du Nouveau Testament, les Évangiles synoptiques (Mathieu, Marc et Luc) aussi bien que l'Évangile de Jean (avec lequel les points communs sont particulièrement frappants). Le thème de la reconnaissance de soi est davantage élaboré dans des paroles qui traitent de la connaissance de l'origine divine d'une personne que même Adam ne partageait pas, bien qu'il soit « né d'une grande puissance ». Les disciples doivent « se détourner » de la présente existence corruptible. L'existence du disciple gnostique idéal se caractérise par l'expression « le solitaire », qui décrit celui qui a abandonné tout ce qui relie les êtres humains au monde. Même les femmes peuvent atteindre cet objectif si elles réussissent à reproduire le « caractère mâle » de l'existence solitaire.

L'Évangile de Thomas

Traduit par Jean Druel

Voici les paroles secrètes que Jésus le Vivant a dites et que Didyme Judas Thomas a écrites.

1) Et il a dit : « Celui qui trouvera les interprétations de ces paroles ne goûtera jamais la mort. »

2) Jésus a dit : « Que celui qui cherche ne cesse pas de chercher, jusqu'à ce qu'il trouve. Et quand il aura trouvé, il sera troublé ; quand il sera troublé, il sera émerveillé, et il règnera sur le Tout. »

3) Jésus a dit : « Si ceux qui vous guident vous disent : "Voici, le Royaume est dans le ciel", alors les oiseaux du ciel vous précéderont ; s'ils vous disent qu'il est dans la mer, alors les poissons vous précéderont. Mais le Royaume est à l'intérieur de vous, et il est à l'extérieur de vous. Lorsque vous vous connaîtrez, alors on vous connaîtra ; et vous saurez que c'est vous les fils du Père vivant. Si au contraire vous ne vous connaissez pas, alors vous êtes dans la pauvreté, et c'est vous la pauvreté. »

5) Jésus a dit : « Reconnais ce qui est devant ta face, et ce qui t'est caché te sera dévoilé. Car il n'y a rien de caché qui ne sera manifesté. »

16) Jésus a dit: « Peut-être les hommes pensent-ils que je suis venu jeter la paix sur le monde; ils ne savent pas que je suis venu jeter les divisions sur la Terre: feu, épée et guerre. Car il y en aura cinq dans une maison: trois contre deux et deux contre trois, le père contre le fils et le fils contre le père; et ils se tiendront debout, en étant un seul. »

37) Ses disciples dirent: « Quand est-ce que tu te manifesteras à nous et quand pourrons-nous te voir? »

Jésus répondit: «Lorsque, pareils à de petits enfants, vous vous déshabillerez sans avoir honte et que vous prendrez vos vêtements et les piétinerez, c'est alors que vous verrez le fils du Vivant; et vous n'aurez pas peur. »

70) Jésus a dit: « Lorsque vous produirez ceci en vous-mêmes, ce que vous avez vous sauvera. Si vous n'avez pas ceci en vous, ce que vous n'avez pas en vous vous tuera. »

114) Simon-Pierre leur dit: « Que Marie nous quitte, car les femmes ne sont pas dignes de la Vie. » Jésus dit: « Voici que moi je l'attirerai pour la rendre mâle, de façon qu'elle aussi devienne un esprit vivant semblable à vous, mâles. Car toute femme qui se fera mâle entrera dans le Royaume des cieux. »

L'Évangile de Philippe

Présenté par Wesley W. Isenberg

L'Évangile de Philippe est une compilation d'énoncés concernant surtout la signification et la valeur des sacrements dans le contexte d'une conception valentinienne de la condition humaine et de la vie après la mort [les valentiniens rejetaient la façon dont la plupart des partisans du christianisme interprétaient la Bible qu'ils jugeaient trop littérale].

Comme le canon des *Évangiles du Nouveau Testament*, ces énoncés utilisent une variété de styles littéraires: aphorismes, analogies, paraboles, parénèses, polémiques, dialogues narratifs, dictons dominicaux, exégèses bibliques et propositions dogmatiques. Toutefois, l'*Évangile de Philippe* est différent des Évangiles du Nouveau Testament.

Bien sûr, il cite à l'occasion des paroles ou des actes de Jésus. Mais ces quelques dictons et histoires concernant Jésus ne se situent dans aucune structure narrative semblable aux Évangiles du Nouveau Testament. En fait, l'*Évangile de Philippe* n'est pas organisé d'une façon qu'on puisse facilement décrire. Bien qu'il y ait une suite d'associations d'idées, de contrastes ou de slogans, la ligne de pensée est chaotique et décousue. Les changements complets de sujet sont courants.

L'ÉVANGILE DE PHILIPPE

[Il s'agit de l'Évangile célèbre pour son passage « Il l'embrassait fréquemment », qui est reproduit en caractères gras.]

L'*Évangile de Philippe*. Les fragments comme celui-ci sont tout ce qui reste des autres Évangiles trouvés dans le désert égyptien de Nag Hammadi en 1945. La nature fragmentaire de l'*Évangile de Philippe* le rend particulièrement attrayant. Ce passage mentionne le fait apparemment bien connu (dans les cercles gnostiques de l'époque) que Jésus embrassait fréquemment Marie-Madeleine sur la bouche. La première lettre du mot copte signifiant « bouche » vient ensuite, puis la déchirure dans le fragment rend illisible le reste du mot. INSTITUTE FOR ANTIQUITY AND CHRISTIANITY, CLAREMONT, CALIFORNIE.

Le Christ est venu en racheter quelques-uns, délivrer les uns, sauver les autres. Ceux qui étaient étrangers, il les a rachetés et il les a fait siens. Et il a séparé les siens, ceux qu'il donna comme garantie de ses intentions. Ce n'est pas seulement lorsqu'il se manifesta qu'il livra son âme volontairement, mais depuis que le monde existe, il l'a livrée. Lorsqu'il le voulut, il vint alors pour la délivrer puisqu'elle était gardée en otage. Elle se trouvait au milieu des brigands et elle avait été emmenée prisonnière et il la sauva. Et il racheta les bons et les méchants qui sont dans le monde.

La lumière et les ténèbres, la vie et la mort, la droite et la gauche sont sœurs les unes des autres ; elles sont inséparables. C'est pourquoi ni les bons sont bons ni les méchants sont méchants, ni la vie est vie ni la mort est mort. En conséquence, chacun sera dissous dans sa nature originelle. Mais ceux qui sont supérieurs

ⲙⲉⲡⲉ ⲇⲓⲁ ⲧⲟⲩⲧⲟ [...] ⲡⲣⲱ-
ⲛⲁϥϩⲁ ⲧⲉϩⲏ ⲉⲙⲡⲁⲧⲟ[ⲩ]ϣⲱⲱⲧ ⲙ̄ⲡⲣⲱ-
ⲙⲉ ⲛⲉⲩϣⲱⲱⲧ ⲛ̄ϩⲛ̄ⲑⲏⲣⲓⲟⲛ ⲛⲉϩⲛ̄ⲛⲟⲩ-
ⲧⲉ ⲅⲁⲣ ⲁⲛ ⲛⲉ ⲛⲉⲧⲟⲩⲥⲱⲱⲧ ⲛⲁⲩ
ⲛ̄ⲥⲕⲉⲩⲟⲥ ⲛ̄ⲛⲁⲃⲁ̄ⲑⲏⲉⲓⲛ ⲙⲛ̄ ⲛ̄ⲥⲕⲉⲩⲟⲥ
ⲃ̄ⲃⲁϫⲉ ϣⲁⲩϣⲱⲡⲉ ⲉⲃⲟⲗ ϩⲓⲧⲙ̄ ⲡⲕⲱϩⲧ
ⲁⲗⲗⲁ ⲛ̄ⲥⲕⲉⲩⲟⲥ ⲛ̄ⲛⲁⲃⲁ̄ⲑⲏⲉⲓⲛ ⲉⲩϣⲁ-
ⲟⲩⲱϭⲡ ⲡⲁⲗⲓⲛ ϣⲁⲩⲧⲁⲙⲓⲟⲟⲩ ⲛ̄ⲧⲁⲩ-
ϣⲱⲡⲉ ⲅⲁⲣ ⲉⲃⲟⲗ ϩⲛ̄ ⲟⲩⲡ̄ⲛ̄ⲁ̄ ⲛ̄ⲥⲕⲉⲩⲟⲥ
ⲇⲉ ⲃ̄ⲃⲁϫⲉ ⲉⲩϣⲁⲟⲩⲱϭⲡ ϣⲁⲩⲧⲁⲕⲟ
ⲛ̄ⲧⲁⲩϣⲱⲡⲉ ⲅⲁⲣ ⲭⲱⲣⲓⲥ ⲛⲓϥⲉ ⲟⲩⲉⲓⲱ
ⲉϥⲕⲱⲧⲉ ϩⲁ ⲟⲩⲱⲛⲉ ⲁϥⲛ̄ ϣⲉ ⲙ̄ⲙⲓⲗⲟⲥ (ⲛ̄ⲛⲁⲩ)
ⲉⲃⲟⲗ ⲉϥⲙⲟⲟϣⲉ ⲛ̄ⲧⲁⲣⲟⲩⲕⲁⲁϥ ⲉⲃⲟⲗ
ⲁϥϩⲉ ⲉⲣⲟϥ ⲟⲛ ⲉϥϩⲙ̄ ⲡⲓⲙⲁ ⲡⲓⲙⲁ
ⲟⲩⲛ ϩⲣ̄ⲣⲱⲙⲉ ϣⲟⲟⲡ ϣⲁⲩⲛ̄ϩⲁϩ ⲙ̄ⲙⲟ-
ⲟϣⲉ ⲉⲃⲟⲗ ⲁⲩⲱ ⲙ̄ⲡⲟⲩⲡⲣⲟⲕⲟⲡⲧⲉ ⲉ-
ⲗⲁⲁⲩ ⲙ̄ⲙⲁ ⲛ̄ⲧⲁⲣⲉ ⲣⲟⲩϩⲉ ϣⲱⲡⲉ ⲉⲣⲟ-
ⲟⲩ ⲟⲩⲧⲉ ⲙ̄ⲡⲟⲩⲛⲁⲩ ⲉⲡⲟⲗⲓⲥ ⲟⲩⲧⲉ
ⲕⲱⲙⲏ ⲟⲩⲧⲉ ⲕⲧⲓⲥⲓⲥ ⲟⲩⲧⲉ ⲫⲩⲥⲓⲥ ⲙⲛ̄
ⲇⲩⲛⲁⲙⲓⲥ ⲙⲛ̄ ⲁⲅⲅⲉⲗⲟⲥ ⲉⲓⲕⲏ ⲁⲛ ⲧⲁⲗⲁⲓ-
ⲡⲱⲣⲟⲥ ϩⲓⲥⲉ ⲧⲉⲩⲭⲁⲣⲓⲥⲧⲉⲓⲁ ⲡⲉ ⲓ̄ⲥ̄ ⲥⲉ-
ⲙⲟⲩⲧⲉ ⲅⲁⲣ ⲉⲣⲟϥ ⲙ̄ⲙⲛ̄ⲧⲥⲩⲣⲟⲥ ϫⲉ ⲫⲁ-
ⲣⲓⲥⲁⲑⲁ ⲉⲧⲉ ⲡⲁⲉⲓ ⲡⲉ ⲡⲉⲧⲡⲟⲣϣ ⲉⲃⲟⲗ
ⲁ ⲓ̄ⲥ̄ ⲅⲁⲣ ⲉⲓ ⲉϥⲥⲧⲁⲩⲣⲟⲩ ⲙ̄ⲡⲕⲟⲥⲙⲟⲥ
ⲁⲡϫⲟⲉⲓⲥ ⲃⲱⲕ ⲉϩⲟⲩ[ⲛ ⲉⲡ]ⲙⲁ ⲛ̄ϫⲱϭⲉ
ⲛ̄ⲗⲉⲩⲉⲓ ⲁϥϥⲓ ϣⲃⲉ ⲥⲛⲟⲟⲩⲥ ⲛ̄ⲭⲣⲱⲙⲁ
ⲁϥⲛⲟϫⲟⲩ ⲁⲧⲣⲟⲩϩⲧⲉ ⲁϥⲛ̄ⲧⲟⲩ ⲉϩⲣⲁⲓ̈
ⲉⲩⲟⲃϣ ⲧⲏⲣⲟⲩ ⲁⲩⲱ ⲡⲉϫⲁϥ ϫⲉ ⲧⲁⲉⲓ
ⲧⲉ ⲑⲉ ⲛ̄ⲧⲁϥⲉⲓ ⲙ̄ⲙⲟ[...]ϭ[...] ⲡϣⲏⲣⲉ ⲙ̄-
ⲡⲉϣⲏⲣⲉ ⲙ̄ⲡⲣⲱ[...] ⲛⲁ[...]ⲧⲥⲟ-
ⲫⲓⲁ ⲉⲧⲟⲩⲙⲟⲩ[...]ⲭⲉ ⲧⲉⲥⲧⲓⲣⲁ ⲛ̄
ⲧⲟⲥ ⲧⲉ ⲧⲙⲁ[...]ⲅⲉⲗⲟⲥ ⲁⲩ[...]
ⲛⲱⲛⲟⲥ ⲙ̄ⲡⲥ[...]ⲁ ⲧⲙⲁ-
ⲗⲏⲛⲏ ⲛⲉⲣⲉ ⲡ[...]ⲙ̄
ϩⲟⲩⲟ ⲁ ⲙ̄ⲙⲁⲑⲏ[...]
ⲁⲥⲡⲁⲍⲉ ⲙ̄ⲙⲟⲥ ⲁⲧⲉ[...]
ⲛ̄ⲥⲟⲡ ⲁⲡⲕⲉⲥⲉⲉⲡⲉ[...]

au monde sont indissolubles, éternels.

Plusieurs disent que Marie a conçu de l'Esprit. Ils se trompent, ils ne savent pas ce qu'ils disent. Quand une femme a-t-elle jamais conçu d'une femme? Marie est la vierge qu'aucune force naturelle n'a souillée. Elle est un grand anathème pour les Hébreux, qui sont les apôtres et les apostoliques. Cette vierge qu'aucune force n'a souillée est immaculée... et les forces naturelles se souillent. Et le Seigneur n'aurait pas dit: «Mon Père qui est dans les cieux», s'il n'avait pas eu un autre père. Il aurait dit simplement: Mon père.

La foi reçoit, l'amour donne. Personne ne peut recevoir sans la foi. Personne ne peut donner sans l'amour. C'est pourquoi nous avons la foi afin de recevoir, et nous devons aimer afin de donner vraiment, car celui qui donne sans amour n'en a aucun profit. Celui qui n'a pas reçu le Seigneur est encore un Hébreu.

Et la compagne du fils est Marie-Madeleine. Le Seigneur l'aimait plus que tous les disciples et il l'embrassait souvent sur la bouche. Les disciples le voyaient et ils lui dirent: «Pourquoi l'aimes-tu plus que nous tous?» Le sauveur répondit et leur dit: «Comment se fait-il que je ne vous aime pas autant qu'elle?» Un aveugle et quelqu'un qui voit, quand ils sont tous deux dans l'obscurité, ne se distinguent pas l'un de l'autre. Si la lumière vient, alors celui qui voit verra la lumière alors que celui qui est aveugle demeurera dans l'obscurité.

Grand est le mystère du mariage! Sans lui le monde ne serait pas. En effet, la persistance du monde, c'est l'homme, et la persistance de l'homme est le mariage. Mais apprenez que la relation immaculée possède une grande force. Son image en est la forme extérieure impure.

Parmi les esprits impurs, il y en a des masculins et des féminins. Les masculins s'unissent aux âmes qui habitent une forme extérieure féminine et les féminins sont ceux qui s'unissent aux âmes qui ont une forme extérieure masculine, parce qu'elles ont été séparées. Et nul être humain ne peut y échapper lorsqu'ils le tiennent, à moins qu'il ne reçoive une force à la fois masculine et féminine, c'est-à-dire la force du fiancé et de la fiancée.

La chambre nuptiale n'est pas pour les animaux, ni pour les esclaves, ni pour les femmes impures, mais pour les hommes libres et les vierges.

Le monde est apparu à la suite d'une faute. En effet, celui qui le créa voulait le faire incorruptible et immortel. Mais il échoua et ne réalisa pas son désir. Car le monde ne fut jamais impérissable ni, pour la même raison, celui qui fit le monde.

Les choses ne sont pas incorruptibles, mais les fils le sont. Personne ne recevra l'incorruptibilité à moins de devenir d'abord un fils.

Mais celui qui n'a pas le pouvoir de recevoir, combien davantage sera-t-il incapable de donner.

L'Évangile de Marie

Présenté par Karen King

Le seul texte conservé de l'*Évangile de Marie* peut facilement se diviser en deux parties. La première partie (7, 1-9, 24) décrit le dialogue entre le Sauveur (ressuscité) et les disciples. Il répond à leurs questions concernant la matière et le péché. En fait, le Sauveur affirme que le péché n'est pas une catégorie morale, mais une catégorie cosmologique. Cela découle du mélange inapproprié du matériel et du spirituel. À la fin, chaque chose retrouvera ses racines. Après avoir fini son discours, le Sauveur les salue, les avertit de se méfier de toute personne qui pourrait tenter de les détourner de leur voie et leur commande d'aller et de prêcher l'*Évangile du Royaume.* Après son départ, toutefois, les disciples sont chagrinés, ils doutent fortement et sont consternés. Marie-Madeleine les rassure et détourne leur cœur vers le Bien et un examen des paroles du Sauveur.

La deuxième section du texte contient une description par Marie de la révélation particulière que lui a faite le Sauveur. À la demande de Pierre, elle révèle aux disciples des choses qui leur avaient été cachées. Sa connaissance se fonde sur une vision du Seigneur et sur un entretien privé avec lui. Malheureusement, il manque ici quatre pages du texte, si bien que nous n'avons que le début et la fin de la révélation de Marie.

La révélation est livrée sous forme de dialogue. Marie demande d'abord au Sauveur comment une personne perçoit une vision. Le Sauveur réplique que l'âme voit à travers l'intellect qui se trouve entre l'âme et l'esprit. C'est à cet endroit que le texte s'interrompt. Quand le texte reprend, Marie est en train de décrire la révélation du Sauveur concernant l'ascension de l'âme au-delà des quatre puissances. On doit sans doute interpréter les quatre puissances comme les expressions essentielles des quatre éléments physiques. L'âme illuminée, maintenant libérée de ses liens, s'élève au-delà des quatre puissances, les terrassant de sa *gnosis*, et elle atteint le repos éternel, silencieux.

Quand Marie a fini de raconter sa vision aux disciples, André, puis Pierre, la défient sur deux points. Premièrement, dit André, ces enseignements sont étranges. Deuxièmement, Pierre demande si le Sauveur aurait pu dire de telles choses à une femme tout en les cachant à ses disciples masculins. Lévi reproche à Pierre de se battre avec la femme comme si elle était un adversaire et il reconnaît que le Sauveur l'aimait plus que les autres disciples. Il les enjoint d'avoir honte, de mieux se comporter et d'aller et prêcher comme le Sauveur le leur a demandé. Ils partent immédiatement prêcher et le texte se termine.

La confrontation entre Marie et Pierre, un scénario qu'on retrouve également dans l'*Évangile de Thomas*, la *Pistis Sophia* et l'*Évangile des Égyptiens*, reflète certaines tensions au sein de la chrétienté du IIe siècle. Pierre et André représentent des positions orthodoxes qui nient la validité de la révélation ésotérique et nient aux femmes le droit d'enseigner. L'*Évangile de Marie* attaque de front ces deux positions par sa description de Marie-Madeleine. Elle est la bien-aimée du Sauveur, elle possède des connaissances et un enseignement supérieurs à celui de la tradition apostolique publique. Sa supériorité se fonde sur sa vision et sur une révélation privée, et elle s'illustre par sa capacité à rassurer les disciples hésitants et à les remettre sur la voie du Bien.

L'*Évangile de Marie* a d'abord été écrit en grec, à un moment quelconque du IIe siècle. Malheureusement, les deux exemplaires conservés de l'*Évangile de Marie* sont extrêmement fragmentaires.

L'Évangile de Marie

Pierre lui dit : « Puisque Tu te fais l'interprète des éléments et des événements du monde, dis-nous : Qu'est-ce que le péché du monde ? » Le Maître dit : « Il n'y a pas de péché. C'est vous qui faites exister le péché lorsque vous agissez conformément aux habitudes de votre nature adultère, là est le péché. Voilà pourquoi le Bien est venu parmi vous ; Il a participé aux éléments de votre nature afin de l'unir de nouveau à ses racines. » Il continua et dit: «Voici pourquoi vous êtes malades et pourquoi vous mourrez, c'est la conséquence de vos actes; vous faites ce qui vous éloigne. Comprenne qui pourra!»

«L'attachement à la matière engendre une passion contre nature. Le trouble naît alors dans tout le corps; c'est pourquoi je vous dis: "Soyez en harmonie..." Si vous êtes déréglés, inspirez-vous des représentations de votre vraie nature. Que celui qui a des oreilles pour entendre entende.»

Ayant dit cela, Il partit. Les disciples étaient dans la peine; ils versèrent bien des larmes, disant: «Comment se rendre chez les païens et annoncer l'*Évangile du Royaume du Fils de l'Homme*? Ils ne l'ont pas épargné, comment nous épargneraient-ils?» Alors, Marie se leva, elle les embrassa tous et dit à ses frères: «Ne soyez pas dans la peine et le doute, car Sa Grâce vous accompagnera et vous protégera: louons plutôt Sa grandeur, car Il nous a préparés. Il nous appelle à devenir pleinement des êtres humains.» Par ces paroles, Marie tourna leurs cœurs vers le Bien; ils s'éclairèrent aux paroles du Maître.

Pierre dit à Marie: «Sœur, nous savons que le Maître t'a aimée différemment des autres femmes. Dis-nous les paroles qu'Il t'a dites, dont tu te souviens et dont nous n'avons pas la connaissance...» Marie leur dit: «Ce qui ne vous a pas été donné d'entendre, je vais vous l'annoncer: j'ai eu une vision du Maître, et je Lui ai dit: "Seigneur, je Te vois aujourd'hui dans cette apparition." Il répondit: "Bienheureuse, toi qui ne te troubles pas à ma vue. Là où est l'intellect, là est le trésor." Alors, je Lui dis: "Seigneur, dans l'instant, celui qui contemple Ton apparition, est-ce par l'âme qu'il voit? Ou par l'esprit?" Le Maître répondit: "Ni par l'âme ni par l'esprit; mais l'intellect étant entre les deux, c'est lui qui voit et c'est lui qui [...]"»

Après avoir dit cela, Marie se tut. C'est ainsi que le Maître s'entretenait avec elle. André prit alors la parole et s'adressa à ses frères: «Dites, que pensez-vous de ce qu'elle vient de raconter? Pour ma part, je ne crois pas que le Maître ait parlé ainsi; ces pensées diffèrent de celles que nous avons connues.»

Pierre ajouta: «Est-il possible que le Maître se soit entretenu ainsi, avec une femme, sur des secrets que nous, nous ignorons? Devons-nous changer nos habitudes, écouter tous cette femme? L'a-t-Il vraiment choisie et préférée à nous?»

Alors Marie pleura. Elle dit à Pierre: «Mon frère Pierre, qu'as-tu dans la tête? Crois-tu que c'est toute seule, dans mon imagination, que j'ai inventé cette vision? Ou qu'à propos de notre Maître je dise des mensonges ? » Lévi prit la parole : « Pierre, tu as toujours été un emporté ; je te vois maintenant t'acharner contre la femme, comme le font nos adversaires. Pourtant, si le Maître l'a rendue digne, qui es-tu pour la rejeter ? Assurément, le Maître la connaît très bien. Il l'a aimée plus que nous. Ayons donc du repentir, et devenons l'être humain dans son intégrité ; laissons-Le prendre racine en nous et croître comme Il l'a demandé. Partons annoncer l'Évangile sans chercher à établir d'autres règles et d'autres lois en dehors de celles dont Il fut le témoin. »

Dès que Lévi eut prononcé ces mots, ils se mirent en route pour annoncer l'Évangile.

Présentation de la Sophia de Jésus-Christ

par Douglas M. Parrott

Dans sa forme, la *Sophia de Jésus-Christ* est un discours de révélation que le Christ ressuscité a fait pour répondre aux questions de ses disciples. Ce texte nous permet de voir le processus par lequel un traité non chrétien a été modifié et transformé en un texte gnostique chrétien. Il serait étonnant qu'il ait été composé peu après l'avènement du christianisme en Égypte, dans la seconde moitié du Ier siècle. Le ton relativement peu polémique du traité appuie cette possibilité.

La *Sophia de Jésus-Christ* visait un public pour lequel le christianisme était un élément ajouté à leur environnement religieux [c'est-à-dire qu'il n'était pas le plus important]. Dans ce texte, le Sauveur (le Christ) vient d'une région au-delà des Cieux. *Sophia* est responsable de la chute des gouttes de lumière du Royaume divin dans le monde visible ; et il existe un Dieu qui, avec ses pouvoirs subalternes, règne directement sur ce monde au détriment de ceux qui viennent du Royaume divin. Le sexe, suggère-t-il, est le moyen par lequel se perpétue l'asservissement aux puissances. Mais le Sauveur (le Christ) a brisé les liens qu'imposaient les puissances et il a appris aux autres à faire de même. De plus, il convient de remarquer que les disciples nommés dans la *Sophia de Jésus-Christ*, Philippe, Mathieu, Thomas, Bartholomé et Marie, reflètent une tradition gnostique, des disciples qui sont clairement gnostiques et qu'on met en opposition, avec une certaine régularité et de diverses façons, avec les disciples « orthodoxes » ou avec les disciples « orthodoxes devenus gnostiques » (principalement Pierre et Jean).

La Sophia de Jésus-Christ

Traduction libre

Après qu'il fut ressuscité d'entre les morts, ses douze disciples et sept femmes sont demeurés ses partisans et se rendirent en Galilée sur la montagne appelée « Divination et Joie ». Lorsqu'ils se rassemblèrent et qu'ils se posèrent des questions sur la réalité sous-jacente de l'univers et le Plan, et la sainte Providence, et le pouvoir des autorités, et sur tout ce que le Sauveur envisageait pour eux dans le secret de son Plan saint, le Sauveur leur apparut, non sous sa forme antérieure, mais sous celle de l'Esprit invisible. Il ressemblait à un grand ange de lumière. Mais je ne dois pas décrire son apparence. Aucun mortel ne pourrait la supporter, mais seulement la chair pure et parfaite, comme celle dont il nous a parlé sur le mont des Oliviers, en Galilée. Et Il dit : « Que la paix soit avec vous ! Je vous donne ma paix ! » Et ils furent tous émerveillés et craintifs.

Le Sauveur rit et leur dit : « À quoi pensez-vous ? Pourquoi êtes-vous perplexes ? Que cherchez-vous ? » Philippe dit : « La réalité sous-jacente de l'univers et du Plan. »

Le Sauveur leur dit : « Je veux que vous sachiez que tous les hommes nés sur la Terre depuis la fondation du monde jusqu'à maintenant, étant poussière, même s'ils ont posé des questions sur Dieu, ce qu'Il est et à quoi Il ressemble, ne l'ont pas trouvé. Maintenant, les plus sages d'entre eux ont réfléchi sur l'ordre du monde et son mouvement. Mais leur réflexion n'a pas atteint la vérité. Car il est dit que l'ordre est régi de trois façons par tous les philosophes, et ils ne s'entendent donc pas. Car certains d'entre eux affirment que le monde se dirige lui-même. D'autres, que c'est la Providence (qui le dirige). D'autres, que c'est le destin. Mais ce n'est aucun de ceux-là. Une fois de plus, des trois voies que je viens de mentionner, aucune ne s'approche de la vérité et elles viennent de l'homme. Mais moi, qui suis venu de la Lumière infinie, je suis ici — car je la connais (la Lumière) — pour pouvoir vous parler de la nature précise de la vérité. Car tout ce qui vient de soi-même est une vie polluée, s'est construit par lui-même. La Providence ne contient pas de sagesse. Et le destin n'a aucun discernement.»

Mathieu lui dit: «Seigneur, personne ne peut trouver la vérité sauf à travers vous. Enseignez-nous donc la vérité.» Le Sauveur dit: «Celui Qui Est est ineffable. Aucun principe ne l'a touché, aucune autorité, aucune subjection, ni aucune créature de la fondation du monde jusqu'à maintenant, sauf Lui seul, et toute personne à qui Il veut faire une révélation par l'entremise de celui qui vient de la Première lumière. À partir de maintenant, je suis le Grand Sauveur. Car Il est immortel et éternel. Maintenant Il est éternel, n'étant pas né; car tous ceux qui sont nés périront. Il n'a pas été engendré et n'a pas eu de commencement; car tous ceux qui ont un commencement ont une fin. Puisque personne ne règne sur Lui, Il n'a pas de nom, car quiconque a un nom est la création de quelqu'un d'autre et Il a sa propre apparence, non pas comme celle que vous avez vue et reçue, mais une apparence étrange qui dépasse toutes choses, et Il est meilleur que l'univers. Il regarde de tous les côtés et se voit à partir de lui-même. Puisqu'Il est infini, Il sera toujours incompréhensible. Il est impérissable et ne ressemble à rien. Il est toujours bon. Il est sans faute. Il est éternel. Il est béni. Il n'est pas connu, mais Il se connaît toujours. Il est impossible à mesurer. Il est impossible à retracer. Étant sans défaut, Il est parfait. Il est béni à tout jamais. On l'appelle le Père de l'Univers.»

Mathieu lui dit: «Seigneur, comment l'Homme a-t-il été révélé?»

Le Sauveur parfait répondit: «Je veux que vous sachiez que Celui qui est apparu avant l'univers dans l'infinité, Celui qui s'est élevé lui-même, le Père qui s'est construit lui-même, étant rempli de lumière brillante et ineffable, au commencement, quand Il a décidé de devenir une grande puissance, immédiatement le principe (ou le commencement) de cette Lumière apparut comme un Homme androgyne immortel, pour qu'à travers cet homme immortel ils puissent obtenir leur salut et sortir de l'oubli grâce à l'interprète qui a été envoyé, qui est avec vous jusqu'à la fin de la pauvreté des voleurs.

«Et son épouse est la grande Sophia, qui dès le début lui était destinée par le Père qui s'est engendré, par l'Homme immortel, "qui est apparu comme le Premier, la divinité et le royaume", pour le Père qu'on appelle "l'Homme, le Père qui s'est engendré", a révélé cela. Et Il a créé un temps infini, dont le nom est

Ogdoad, pour sa propre majesté.

« Tous ceux qui sont venus au monde, comme une goutte de la Lumière, sont envoyés par Lui dans le monde du Tout-Puissant, pour qu'Il puisse les garder. Et le lien de son oubli le relie à la volonté de Sophia, pour que la matière puisse être à travers elle révélée au monde entier dans la pauvreté, concernant son (le Tout-Puissant) arrogance et aveuglement et l'ignorance qu'il était nommé. Mais je suis venu des endroits supérieurs par la volonté de la grande Lumière, moi qui me suis libéré de ce lien ; j'ai mis fin à l'œuvre des voleurs ; j'ai éveillé cette goutte envoyée par Sophia, pour qu'elle puisse engendrer beaucoup de fruits à travers moi et être rendue parfaite et ne plus être déficiente, mais pouvoir atteindre l'honneur et la gloire et monter vers leur Père et connaître les paroles de la Lumière masculine. Et vous avez été envoyés par le Fils qui a été envoyé pour que vous puissiez recevoir la Lumière et vous éloigner de la négligence des autorités et qu'elle ne puisse pas à nouveau apparaître à cause de vous, le frottement impur né du feu craintif découlant de la chair. Foulez aux pieds leur intention malicieuse. »

Ce sont les choses que le Sauveur béni a dites, et Il disparut à leur vue. Puis, tous les disciples ressentirent une grande et ineffable joie de l'esprit à partir de ce jour. Et ses disciples commencèrent à prêcher l'Évangile de Dieu, l'Esprit éternel, impérissable. Amen.

Le paysan Mohammed Ali Samman qui a découvert les textes

LES PREMIERS JOURS DES CHRISTIANISMES

Un type de christianisme est sorti vainqueur des conflits des IIe et IIIe siècles. Les tenants de cette forme unique *de christianisme ont choisi quelles perspectives chrétiennes étaient «justes» et qui pourrait exercer une autorité sur les croyances et les pratiques chrétiennes; et ils ont déterminé quelles formes de christianisme seraient marginalisées, écartées, détruites. Ils ont aussi décidé quels livres deviendraient l'Écriture canonique et quels livres seraient écartés comme «hérétiques» parce qu'ils enseignaient de fausses idées.*

Seulement vingt-sept des premiers livres chrétiens ont été intégrés au canon, copiés par les scribes à travers les âges, finalement traduits en anglais, et maintenant sur les tablettes de bibliothèque de pratiquement tous les foyers. D'autres livres ont par la suite été rejetés, méprisés, diffamés, attaqués, brûlés, pratiquement oubliés — perdus.

BART D. EHRMAN

Au début, il n'y avait pas qu'un christianisme, mais plusieurs. Et parmi ceux-ci, il y avait une tradition bien établie de gnosticisme, une des principales «hérésies» sur lesquelles Dan Brown a construit l'intrigue du *Da Vinci Code*.

Des racines sacrées et vingt siècles de primauté dans le monde occidental ont engendré le point de vue généralement dominant selon lequel le christianisme moderne a évolué de manière plus ou moins linéaire et directe. Le portrait que la civilisation occidentale a eu tendance à voir montre une progression naturelle : commençant avec Jésus, suivi par les prêches des apôtres tels que les décrit le Nouveau Testament, puis par la fondation de l'Église par Pierre, protégée par Constantin et le concile de Nicée, et se perpétuant à partir de ce moment dans tout l'Empire romain, l'Europe et jusque dans le monde moderne. S'il est question de débats, de conflits et d'hérésie dans la pensée chrétienne, nos cours d'histoire et de sciences humaines ont tendance à se tourner vers l'expérience relativement récente de la Réforme.

Le *Da Vinci Code* de Dan Brown veut faire connaître au lecteur le côté moins connu, et même caché, de l'Histoire, les questions qui n'ont pas trouvé de réponses sur les premiers temps du christianisme :

- Qui était Jésus ?
- Qui était Marie-Madeleine ?
- Pourquoi les gens ont-ils accepté les concepts de naissance virginale ou de résurrection ?
- Jésus et ses concitoyens juifs tentaient-ils de définir une voie différente pour le judaïsme ou cherchaient-ils à créer une nouvelle religion ?
- Dans quelle mesure les quatre Évangiles acceptés sont-ils crédibles alors que leurs récits se contredisent ?
- Que devons-nous penser de tous les autres récits qui n'ont pu se retrouver dans le Nouveau Testament ?

L'histoire des premiers temps de la chrétienté se poursuit en un récit désordonné, ponctué de détails inexpliqués, d'inconnues, d'intrigues à la fois politiques et personnelles, d'ironie et de doses considérables de ce que l'on pourrait appeler en langage politique d'aujourd'hui des « manipulations ». En fin de compte, l'histoire du christianisme est composée d'interprétations largement et parfois étonnamment différentes sur ce qui constitue une croyance chrétienne correcte, et montre un zèle immense pour identifier et persécuter ceux réputés penser incorrectement. Ces divergences, variantes et différences peuvent même remonter au tout début du mouvement de Jésus. Comme nous le constatons tout au long de ce livre, les divergences entre Pierre et les autres, la question du rôle de Marie-Madeleine et les questionnements intérieurs de Jésus lui-même deviennent tous beaucoup plus apparents, compte tenu des recherches, des analyses textuelles et de l'archéologie, qu'ils ne l'étaient à un quelconque moment pendant les seize derniers siècles.

Les chercheurs savent depuis longtemps qu'il existe un fossé d'une quarantaine d'années (peut-être moins, mais peut-être beaucoup plus) entre la mort de Jésus et la rédaction du premier Évangile. Pendant cette période, les partisans de Jésus consolidaient leurs croyances au moyen de la tradition orale et décidaient qui était Jésus et ce que signifiaient sa vie et sa mort. Chaque Évangile représentait la version de l'auteur évangéliste de l'histoire à partir d'un point de vue quelque peu différent, fondé sur la propre situation du raconteur et de son public. En fin de compte, quatre Évangiles et vingt-trois autres textes ont été canonisés (c'est-à-dire déclarés Écritures saintes) pour former la Bible. Toutefois, cela ne s'est produit qu'au VIe siècle.

Comme le fait remarquer Deirdre Good dans ses conférences sur Marie-Madeleine et le *Da Vinci Code*, « dans le Nouveau Testament, on devrait considérer pratiquement tous les personnages comme juifs à moins de pouvoir apporter des preuves du contraire ». La plupart des spécialistes s'accordent pour dire que Jésus était juif. Les récits du Nouveau Testament décrivent fréquemment sa participation à la vie du temple juif, de sa compréhension précoce de l'office quand il était enfant jusqu'à son attaque contre les vendeurs du Temple à l'âge adulte. En tout état de cause, c'est au temple juif traditionnel qu'il se sent lié, et c'est celui-là qu'il tente de faire changer selon sa vision des choses.

En fait, il y avait une telle effervescence au sein du judaïsme de cette époque — différents cultes, sectes, clans, tribus, prophètes, faux prophètes, rabbins, maîtres, influencés par les Grecs, influencés par les Romains — que le mouvement de Jésus pourrait ne pas être apparu comme terriblement nouveau ou différent lorsqu'il a émergé. Les communautés juives éparpillées en Égypte, en Turquie, en Grèce, en Syrie, en Irak et ailleurs avaient toutes leurs propres traditions de croyances et d'influences modifiées, tirées de leur propre culture environnante. À cette époque, le judaïsme était une immense tente même si, sous ce toit, l'atmosphère était souvent désordonnée, hargneuse, amère et même tout à fait divisée.

Il semble que pendant un long moment après la mort de Jésus, ses partisans n'étaient pas nécessairement perçus comme des croyants en une religion fondamentalement différente. Ce qui est devenu la chrétienté était au départ des juifs qui prêchaient à d'autres juifs un type de judaïsme de plus en plus différent. Parfois appelés Nazaréens par les juifs et chrétiens par les gentils (non juifs), certains cercles de l'entourage de Jésus exigeaient que les mâles soient circoncis et que le rituel et les lois alimentaires juives soient respectés. Pourtant, ils affirmaient croire que Jésus est le Fils de Dieu et la seule voie vers le salut, des croyances qui, elles, ne correspondaient pas à l'orthodoxie juive. Les Ébionites, décrits récemment comme des « chrétiens qui s'extirpent encore de leur coquille juive », insistaient sur le fait que pour faire partie de leur mouvement, il fallait être juif. Pourtant, comme l'affirme Bart Ehrman, le spécialiste contemporain des croyances et Écritures chrétiennes perdues, les Ébionites croyaient fermement en Jésus, mais ils le considéraient comme le « messie juif envoyé par le Dieu juif au peuple juif pour que s'accomplissent les Écritures juives ». Les Ébionites croyaient que Jésus était un homme mortel si vertueux que Dieu l'avait adopté comme son fils et avait permis que son sacrifice rachète les péchés de l'humanité.

Saül, un grec juif, s'opposait vivement aux Nazaréens, mais sur la route de Damas il eut une vision dans laquelle Jésus lui disait de passer le reste de sa vie à faire connaître l'Évangile aux gentils. Saül changea son nom pour Paul. Ses croyances différaient considérablement de celles des autres personnes appartenant aux groupes qui émergeaient alors de la tradition juive : Paul croyait que les convertis mâles ne devraient pas être circoncis et qu'il n'était pas nécessaire de suivre la loi juive, donnant naissance ainsi à un des plus vieux conflits chrétiens. Paul concentra ses efforts sur la conversion des gentils, alors que d'autres tentaient de convertir de l'intérieur la communauté juive. Paul voyagea beaucoup et fonda des Églises chrétiennes dans toute la Méditerranée orientale. Les Marcionites, encore plus zélés que les Paulines, cherchaient à se débarrasser complètement de leur héritage juif, au point même de considérer le Dieu juif comme un Dieu qui avait échoué.

Les apôtres, et plus tard leurs partisans, sont partis répandre « la Bonne Nouvelle », les Évangiles. La diffusion du christianisme s'est révélée un processus très long, compliqué et tout à fait désordonné qu'on doit étudier dans le contexte du monde politique des premiers siècles de notre ère. C'était l'époque de l'Empire romain. Au fur et à mesure que l'Empire s'étendait géographiquement, il intégrait des populations dont les croyances religieuses étaient surtout païennes et naturalistes, des croyances liées aux mythologies grecque et égyptienne. Celles-ci existaient côte à côte, l'État ne favorisant ni l'une ni l'autre.

C'est de cette marmite théologique que le christianisme a émergé. Contrairement aux religions dominantes polythéistes, le christianisme et le judaïsme étaient monothéistes et prônaient une relation entre l'homme et Dieu (par opposition à la relation entre l'homme et les dieux) ainsi qu'une voie vers le salut complètement différentes. En cours de route, des interprétations nombreuses et diverses du système de croyances chrétiennes firent surface, certaines empruntant des éléments des traditions païennes environnantes et d'autres donnant simplement des interprétations différentes des principales croyances doctrinales.

Dans ce contexte troublé, une autre tendance émergea — une tendance particulièrement pertinente pour ceux qui s'intéressent au véritable contexte de la version historique à laquelle se réfère le *Da Vinci Code*. Il s'agit du gnosticisme. Les gnostiques tentaient d'atteindre la connaissance dans un sens mystique, cosmologique et secret. Ils avaient tendance à associer le christianisme en tant que philosophie à des éléments grecs, égyptiens, mythiques et même orientaux. Les gnostiques paraissent avoir été très instruits et avoir hérité d'un mélange des traditions grecques et rabbiniques consistant à former des écoles pour mettre les connaissances en commun et discuter. En gardant à l'esprit le fait qu'à cette époque la religion, la science, la philosophie, la politique, la poésie, la cosmologie et le mysticisme se déversaient principalement dans une soupe primordiale, les gnostiques produisirent une riche variété de documents, d'Écritures et d'Évangiles. Voyant qu'ils représentaient une variante du christianisme en opposition radicale avec les chrétiens pauliniens de plus en plus dominants, on déclara qu'ils étaient des hérétiques qu'il fallait combattre et éliminer.

Certains gnostiques vivaient en communauté au sommet de montagnes ou dans des déserts, loin des foules agitées, immergés dans d'autres courants de pensée. Ils pourraient avoir agi ainsi par désir de pureté pour conserver intact leur objectif ou par crainte que leurs croyances ne soient considérées comme une abomination par les tendances chrétiennes et romaines traditionnelles, à un point tel qu'ils avaient besoin de refuges sécuritaires pour exercer leurs pratiques.

Au cours des deux premiers siècles, le christianisme est passé d'une croyance enseignée par des évangélistes itinérants à de petites communautés de croyants organisées en Églises locales, chacune possédant ses propres dirigeants, écrits et croyances, sans autorité supérieure ou hiérarchie. Lentement au début, puis de manière de plus en plus accélérée, une hiérarchie officielle s'est constituée et avec elle, la nécessité d'uniformiser la doctrine. Les évêques se sont rencontrés dans des synodes afin de fixer des règles sur le plan de la doctrine. Les autres points de vue étaient des hérésies qu'il fallait éradiquer.

En 313, l'empereur Constantin déclara qu'il était « salutaire et tout à fait convenable » que l'Empire romain accorde une « tolérance complète » à toute personne qui s'était « convertie au culte des chrétiens » ou à tout autre culte semblable. La persécution officielle du christianisme et des chrétiens était censée s'arrêter avec cet édit de Milan. On a souvent dit que Constantin s'était converti au christianisme, mais la plupart des chercheurs estiment que cela ne s'est produit que beaucoup plus tard, à l'approche de sa mort. Selon plusieurs historiens, la décision de Constantin était astucieuse sur le plan politique, car c'était un geste qui tenait compte du pouvoir grandissant du christianisme et une façon de mettre ce pouvoir à sa disposition. Qui plus est, cette décision était faite d'un mélange fascinant de tendances mystiques, superstitieuses, militaires et philosophiques en plus de se fonder sur des motifs politiques. Comme le souligne l'historien Paul Johnson, Constantin était un « adorateur du Soleil, un des nombreux cultes païens récents dont certaines pratiques correspondaient à celles des chrétiens. Ainsi, les partisans d'Isis adoraient une « Madone nourrissant son enfant sacré », et les partisans de Mithra, dont plusieurs étaient des militaires de grade supérieur, célébraient leur déité de façon très semblable à celle des chrétiens célébrant le Christ. « Constantin était presque certainement un mithraïste... De nombreux chrétiens ne distinguaient pas clairement entre ce culte du Soleil et le leur. Ils faisaient référence au Christ conduisant son chariot à travers le ciel » et tenaient une célébration, le 25 décembre, qu'ils considéraient comme l'anniversaire du soleil au solstice d'hiver. Quelle qu'ait été la réalité, il s'agit d'un point tournant dans l'histoire du christianisme. Lorsque l'État devint chrétien, au moins en théorie, les évêques qui présidaient devinrent des autorités en matière de droit, d'administration et d'Écritures. Constantin et l'Église accrurent ainsi tous deux leurs pouvoirs.

La controverse qui se poursuivait avec les partisans d'Arius (les ariens), qui contestaient l'idée selon laquelle Jésus était de la même substance que le Père, était un problème important pour Constantin. Seul le Père est Dieu, affirmaient Arius et ses partisans, le Christ n'est pas une déité. Dans le but de régler la question, Constantin convoqua, en 325, le concile de Nicée, qui déclara que l'arianisme était une hérésie. Du point de vue de l'Église primitive, on devait toujours combattre l'hérésie (voir chapitre 5), ce fut le cas de l'hérésie sabellienne qui affirmait que le Père et le Fils étaient les différents aspects d'un même être plutôt que des personnes distinctes, jusqu'à l'Inquisition et aux procès de Salem. Même si les diverses nuances d'opinion des ariens et des donatistes et autres groupes hérétiques sont aujourd'hui confuses pour nous, les documents historiques montrent clairement que Constantin est intervenu et qu'il a personnellement présidé le concile de Nicée, allant même jusqu'à formuler une partie des textes qui sont issus de cette rencontre et les considérant comme la déclaration ultime sur les controverses. Ce qui s'est produit et ce qui ne s'est pas produit au concile de Nicée constitue un sujet de débat entre Dan Brown dans le *Da Vinci Code* et ce que croient plusieurs pratiquants et chercheurs. Mais la version de Dan Brown présente beaucoup d'attraits, car elle montre qu'il s'agissait d'une lutte de pouvoir concernant l'infrastructure intellectuelle qui allait superviser la majeure partie de la politique et de la pensée européennes au cours des millénaires suivants. Le concile de Nicée ne s'intéressait ni à la vérité ni à la véracité d'un point de vue religieux ou moral. La conservation de certaines idées et l'élimination d'autres étaient liées fondamentalement à la politique et au pouvoir. Il semble, rétrospectivement du moins, que les interventions de Constantin à Nicée jusqu'à celles du pape Grégoire près de trois siècles plus tard (et beaucoup entre les deux) n'aient visé qu'à développer la structure intellectuelle et politique de l'Europe pour les millénaires suivants. On pourrait dire qu'il s'agissait d'élaborer le code.

Ce chapitre aidera le lecteur à mieux déchiffrer la documentation, et à mieux comprendre les suppositions et les scénarios à partir desquels Dan Brown a construit son intrigue, des fondements païens de la théologie moderne jusqu'au bref épanouissement des gnostiques avant qu'ils soient « acculés » à la clandestinité.

LES MYSTÈRES PAÏENS QUI SOUS-TENDENT LES DÉBUTS DU CHRISTIANISME

par Timothy Freke et Peter Gandy

Durant toute notre vie, nous avons partagé une obsession à l'égard du mysticisme mondial, ce qui nous a incités à explorer divers éléments de la spiritualité dans l'Antiquité. La compréhension populaire accuse un certain retard sur les recherches les plus récentes et, comme la plupart des gens, nous avions au départ un point de vue inexact et dépassé sur le paganisme. On nous a enseigné à imaginer des superstitions primitives, faites d'idolâtrie et de sacrifices sanglants, aux côtés de philosophes austères portant la toge et cheminant aveuglément vers ce que nous appelons aujourd'hui la *science.* Nous connaissions bien les mythes grecs qui montraient la nature partisane et capricieuse des dieux et des déesses olympiens. Dans l'ensemble, le paganisme nous paraissait primitif et foncièrement étranger. Toutefois, grâce à plusieurs années d'étude, notre compréhension s'est considérablement modifiée.

En fait, la spiritualité païenne était le produit raffiné d'une culture fortement développée. Les religions d'État, tout comme le culte grec des dieux de l'Olympe, représentaient à peine un peu plus qu'une solennité et des cérémonies d'apparat. La véritable spiritualité de la population s'exprimait au moyen de « religions à mystères » dynamiques et mystiques. Au début, ces cultes étaient des mouvements clandestins et hérétiques ; ils se sont répandus ensuite dans tout l'ancien monde méditerranéen, inspirant les plus grands esprits du monde païen qui les considéraient comme la source même de la civilisation.

Chaque tradition des mystères comportait des mystères extérieurs formés de mythes que tous connaissaient, et des rituels ouverts à tous ceux qui voulaient y participer. Il y avait aussi des mystères intérieurs ésotériques, qui constituaient un secret sacré connu seulement de ceux qui avaient subi une profonde initiation. Les initiés aux mystères intérieurs se voyaient révéler la signification mystique des rituels et des mythes, un processus qui entraînait une transformation personnelle et une illumination spirituelle.

Les philosophes de l'Antiquité étaient des maîtres spirituels des mystères intérieurs. C'étaient des mystiques et des faiseurs de miracles, comparables à des gourous hindous bien plus qu'à des académiciens poussiéreux. À titre d'exemple, on se souvient aujourd'hui du grand philosophe grec Pythagore pour son théorème mathématique, mais peu de gens le voient tel qu'il était réellement: un sage flamboyant qu'on croyait capable d'immobiliser le vent et de ressusciter les morts.

Au cœur des mystères se trouvaient plusieurs mythes concernant un homme-dieu mort et ressuscité, et connu sous divers noms. En Égypte, c'était Osiris; en Grèce, Dionysos; en Asie mineure, Attis; en Syrie, Adonis; en Italie, Bacchus; en Perse, Mithra. Fondamentalement, tous ces hommes-dieux symbolisent le même être mystique. Nous utiliserons le nom combiné d'Osiris-Dionysos pour souligner sa nature universelle et composite, et des noms particuliers pour évoquer une tradition précise des mystères.

À partir du Ve siècle av. J.-C., les philosophes comme Xénophane et Empédocle ont ridiculisé le fait de prendre au pied de la lettre les histoires de dieux et de déesses. Ils les voyaient comme des allégories de l'expérience spirituelle humaine. On ne devrait donc pas considérer les mythes d'Osiris-Dionysos comme de simples contes fascinants, mais comme la transcription d'un langage symbolique qui encode les enseignements mystiques liés aux mystères intérieurs. Pour cette raison, même si les détails ont été élaborés et adaptés au fil du temps par différentes cultures, le mythe d'Osiris-Dionysos est fondamentalement demeuré le même.

Les divers mythes liés aux différents hommes-dieux des mystères partagent tous ce que le grand mythologiste Joseph Campbell appelait «la même anatomie». Tout comme chaque être humain est physiquement unique mais qu'il y a une anatomie générale du corps humain, il est possible de voir à la fois le caractère unique de ces différents mythes et leur ressemblance fondamentale. La relation entre le *Roméo et Juliette* de Shakespeare et le *West Side Story* de Bernstein constituerait peut-être une comparaison utile. L'une est une tragédie anglaise du XVIe siècle mettant en scène de riches familles italiennes alors que l'autre est une comédie musicale du XXe siècle montrant des gangs de rue new-yorkais. À première vue, elles semblent très différentes et pourtant, il s'agit de la même histoire. De même, les récits sur les hommes-dieux des mystères païens sont à peu près les mêmes, bien qu'ils adoptent des formes distinctes.

Plus nous étudiions les diverses versions du mythe d'Osiris-Dionysos, plus il devenait évident à nos yeux que l'histoire de Jésus comportait toutes les caractéristiques de ce récit éternel. Événement par événement, nous avons découvert que nous pouvions construire la présumée biographie de Jésus à partir des éléments mythiques antérieurement liés à Osiris-Dionysos :

> Isiris-Dionysos est Dieu incarné, le Sauveur et « Fils de Dieu ».
>
> Son père est Dieu et sa mère, une vierge mortelle.
>
> Il est né dans une grotte ou dans une humble étable le 25 décembre devant trois bergers.
>
> Il offre à ses partisans la possibilité de renaître grâce aux rites du baptême.
>
> Il change miraculeusement l'eau en vin au cours d'une cérémonie de mariage.
>
> Il entre triomphalement dans la ville sur un âne pendant que les gens agitent des feuilles de palmier en son honneur.
>
> Il se sacrifie à Pâques pour les péchés du monde.
>
> Après sa mort, il descend aux enfers puis, le troisième jour, il ressuscite d'entre les morts et monte au Ciel auréolé de gloire.
>
> Ses partisans attendent son retour au Jugement dernier.
>
> Sa mort et sa résurrection sont célébrées par un repas rituel de pain et de vin, qui symbolisent son corps et son sang.

Ce ne sont là que quelques points communs entre les contes d'Osiris-Dionysos et la vie de Jésus. Pourquoi ces remarquables similitudes ne sont-elles pas connues de tous ? Parce que, comme nous l'avons découvert plus tard, l'Église romaine des premiers temps a fait tout ce qui était en son pouvoir pour nous empêcher de les percevoir. Elle a systématiquement détruit la littérature sacrée païenne dans le cadre d'un programme brutal d'éradication des mystères, une tâche qu'elle a remplie entièrement, à tel point qu'on considère aujourd'hui le paganisme comme une religion « morte ».

Même si la chose nous paraît aujourd'hui surprenante, pour les auteurs des premiers siècles apr. J.-C., ces similitudes entre la nouvelle religion chrétienne et les anciens mystères étaient tout à fait évidentes. Les critiques païens du christianisme, comme le satiriste Celse, déploraient que cette nouvelle religion ne soit rien de plus qu'un pâle reflet de leurs propres enseignements anciens. Les premiers « Pères de l'Église » comme Justin Martyr, Tertullien et Irénée, étaient inévitablement troublés et avaient recours à l'affirmation désespérée selon laquelle ces similitudes étaient le fruit d'une imitation diabolique. Utilisant un des arguments les plus absurdes jamais mis de l'avant, ils accusaient le Diable de « plagiat par anticipation », c'est-à-dire de malicieusement copier la véritable histoire de Jésus avant qu'elle se soit réellement produite, dans le but de tromper les crédules. À notre avis, ces Pères de l'Église n'étaient pas moins retors que le Diable qu'ils espéraient incriminer !

D'autres commentateurs chrétiens ont affirmé que les mythes des mystères étaient comme des « pré-échos » de la venue réelle de Jésus, comme des prémonitions et des prophéties. Il s'agit d'une version plus généreuse de la théorie de l'imitation diabolique, mais elle ne nous semble pas moins ridicule. Il n'y avait rien d'autre qu'un préjugé culturel pour nous faire voir l'histoire de Jésus comme l'apogée littérale de ses nombreux précurseurs mythiques. Considérée de manière impartiale, elle semblait n'être qu'une autre version de la même histoire de base.

L'explication évidente est que le christianisme des premiers temps est devenu le pouvoir dominant dans le monde auparavant païen et que les éléments populaires de la mythologie païenne ont été greffés à la biographie de Jésus. C'est une possibilité que même de nombreux théologiens chrétiens mettent de l'avant. La naissance virginale, par exemple, est souvent considérée comme un ajout ultérieur, étranger au sujet, qu'on ne devrait pas prendre au pied de la lettre. De tels éléments ont été « empruntés » au paganisme de la même façon que les festivals païens ont été adoptés en tant que jours saints chrétiens. Cette théorie est courante parmi les personnes qui recherchent le « véritable » Jésus caché sous le poids des débris mythologiques accumulés.

Même si elle présente un attrait à première vue, cette explication nous semble inadéquate. Nous avons réuni un ensemble si exhaustif de similitudes qu'il ne demeure pratiquement aucun élément important de la vie de Jésus que nous n'ayons trouvé préfiguré par les mystères. De plus, nous avons découvert que même les enseignements de Jésus n'étaient pas originaux, car les sages païens les avaient anticipés. S'il y avait eu un « véritable » Jésus quelque part sous cet amoncellement, nous devrions admettre que nous ne pourrions absolument rien connaître de lui puisque tout ce qui nous restait, c'était les accumulations païennes ultérieures ! Une telle position semblait absurde. Il y avait certainement une solution plus élégante à cette énigme.

Les gnostiques

Pendant que nous nous questionnions sur ces découvertes, nous avons commencé à douter de l'image que nous avions reçue de l'Église des premiers temps et à examiner nous-mêmes les preuves. Nous avons découvert que loin de former la congrégation unie des saints et des martyrs à laquelle l'histoire traditionnelle voulait nous faire croire, la première communauté chrétienne était constituée de toute une gamme de groupes distincts qu'on peut généralement classer en deux écoles différentes. D'une part, il y avait les *littéralistes*, ainsi appelés parce qu'ils considéraient l'histoire de Jésus comme un récit littéral d'événements historiques. C'est cette école de christianisme que l'Empire romain adopta au IVe siècle et qui est devenue le catholicisme romain et toutes ses filiales subséquentes. Par ailleurs, il y avait également des chrétiens radicalement différents qu'on appelait *gnostiques*.

Plus tard, l'Église romaine littéraliste a persécuté ces chrétiens oubliés avec une telle minutie que jusqu'à récemment, nous ne connaissions d'eux que peu de choses à l'exception des écrits de leurs détracteurs. Seule une poignée de textes originaux a survécu, et aucun de ces textes n'a été publié avant le XIXe siècle. Cependant, cette situation a changé radicalement grâce à la remarquable découverte d'un paysan arabe qui a trouvé par hasard, en 1945, une bibliothèque entière d'Évangiles gnostiques cachés dans une grotte près de Nag Hammadi en Égypte. Ainsi, les chercheurs ont pu avoir accès à de nombreux textes largement répandus parmi les premiers chrétiens, mais qui avaient été volontairement exclus du canon du Nouveau Testament : les *Évangiles* attribués à *Thomas* et *Philippe*, des textes relatant les actes de Pierre et des douze disciples, les apocalypses attribuées à Paul et à Jacques, et ainsi de suite.

Il nous a semblé extraordinaire qu'une bibliothèque entière

de documents chrétiens des premiers temps, contenant ce qui semblerait être les enseignements du Christ et de ses disciples, ait été découverte et que si peu de partisans modernes de Jésus en connaissent même l'existence. Pourquoi tous les chrétiens ne se sont-ils pas précipités pour lire ces paroles du Maître récemment découvertes ? Qu'est-ce qui les a confinés au petit nombre d'Évangiles choisis pour faire partie du Nouveau Testament ? Il semble que même si deux millénaires ont passé depuis l'élimination des gnostiques, une période pendant laquelle l'Église romaine s'est divisée en protestantisme et en un millier d'autres groupes alternatifs, on ne considère toujours pas le gnosticisme comme une voix légitime au sein du christianisme.

Ceux qui examinent réellement les *Évangiles gnostiques* découvrent une forme de christianisme assez étrangère à la religion qui leur est familière. Nous nous sommes retrouvés à étudier de curieux recueils ésotériques aux titres insolites comme L'*hypostase des Archons* et *La pensée de Noréa*. Nous avions l'impression de nous trouver dans un épisode de *Star Trek*, et d'une certaine façon, nous y étions. Les gnostiques étaient véritablement des « psychonautes » qui exploraient avec audace les dernières frontières de l'espace intérieur en cherchant les origines et la signification de la vie. Ces gens étaient des mystiques et des libres-penseurs créatifs. Les raisons pour lesquelles les évêques de la hiérarchie de l'Église littéraliste les détestaient nous semblaient évidentes.

Aux yeux des littéralistes, les gnostiques étaient de dangereux hérétiques. Dans de nombreuses œuvres anti-gnostiques — un témoignage involontaire sur le pouvoir et l'influence du gnosticisme au sein du christianisme des premiers temps —, ils les ont décrits comme des chrétiens « redevenus indigènes ». Ils affirmaient qu'ils avaient été contaminés par le paganisme qui les entourait et qu'ils avaient abandonné la pureté de la vraie foi. D'autre part, les gnostiques se considéraient comme les héritiers de la tradition chrétienne authentique et ils voyaient les évêques orthodoxes comme une « imitation de l'Église ». Ils affirmaient connaître les mystères intérieurs secrets du christianisme, que les littéralistes ne possédaient pas.

Au fur et à mesure que nous examinions les croyances et les pratiques des gnostiques, nous étions convaincus que les littéralistes avaient eu raison sur au moins un point : les gnostiques étaient peu différents des païens. Comme les philosophes des mystères païens, ils croyaient en la réincarnation, rendaient un culte à la déesse *Sophia* et baignaient dans la philosophie mystique grecque de Platon. *Gnostiques* signifie « ceux qui connaissent », un nom qu'ils avaient acquis parce que, comme les initiés des mystères païens, ils croyaient que leurs enseignements secrets avaient le pouvoir d'accorder la *gnose* : une « connaissance de Dieu » obtenue par l'expérience directe. Tout comme un païen initié avait pour but de devenir un dieu, pour les gnostiques, l'objectif de l'initié chrétien était de devenir un Christ.

Ce qui nous a particulièrement frappé, c'est que les gnostiques ne s'intéressaient pas au Jésus historique. Ils considéraient l'histoire de Jésus de la même façon que les philosophes païens voyaient les mythes d'Osiris-Dionysos, c'est-à-dire comme une allégorie encodant les enseignements mystiques secrets. Cette perspective nous a fait prendre conscience de l'existence d'une possibilité remarquable. Sans doute l'explication des similitudes entre les mythes païens et la biographie de Jésus était-elle à notre portée pendant tout ce temps, mais nous étions tellement imprégnés des façons traditionnelles de penser que nous n'avions pu la voir.

Le christianisme traditionnel des premiers temps ne signifiait pas simplement « suivre Jésus »

par Lance S. Owens

Lance S. Owens est en même temps médecin dans une clinique et prêtre. Il s'occupe également du site Internet www.gnosis.org. © 2004 par Lance S. Owens. Reproduit avec autorisation.

Pendant le premier siècle de l'ère chrétienne, le mot *gnostique* a fini par qualifier un segment hétérodoxe de la nouvelle communauté chrétienne diversifiée. Il semble que parmi les premiers partisans du Christ, des groupes se démarquaient eux-mêmes de la grande Église officielle en proclamant non seulement une croyance à l'égard du Christ et de son message, mais à l'égard d'un « témoignage particulier » ou d'une expérience révélatrice du Divin. C'est cette expérience, ou gnose, qui les a, selon eux, distingués des autres en tant que vrais partisans du Christ. Stephan Hoeller explique que ces chrétiens étaient « convaincus qu'une connaissance directe, personnelle et absolue des vérités authentiques de l'existence était accessible aux êtres humains et qu'en plus, l'atteinte d'une telle connaissance devait toujours constituer l'accomplissement suprême de la vie humaine».

Nous passerons brièvement en revue ci-après la nature des «vérités authentiques de l'existence» qu'affirmaient les gnostiques, mais il serait d'abord utile de faire un survol historique de l'Église des premiers temps. Pendant le premier siècle et demi de l'existence du christianisme, période pendant laquelle nous trouvons pour la première fois une référence aux chrétiens «gnostiques», aucun type unique et acceptable de pensée chrétienne n'avait encore été défini. Durant cette période formatrice, le gnosticisme ne représentait qu'un des nombreux courants dans les eaux profondes de la nouvelle religion. À ce moment, le cheminement ultime du christianisme, et de la culture occidentale avec lui, n'avait pas encore été arrêté. Le gnosticisme était une des influences majeures façonnant cette destinée.

Que le gnosticisme ait, au moins brièvement, fait partie du christianisme conventionnel, est illustré par le fait que l'un de ses maîtres les plus influents, Valentin, ait été pressenti au milieu du IIe siècle pour l'élection de l'évêque de Rome. Né à Alexandrie vers l'an 100, Valentin s'est distingué très jeune en tant qu'enseignant et chef de file extraordinaire au sein de la communauté chrétienne très éduquée et diversifiée d'Alexandrie. Au milieu de sa vie, il a quitté Alexandrie pour s'installer dans la capitale de l'Église, Rome, en pleine évolution, où il a joué un rôle dynamique dans les affaires publiques de l'Église. L'affirmation des gnostiques selon laquelle ils étaient les gardiens des traditions sacrées, des Évangiles, des rituels, des successions et autres matières ésotériques auxquelles de nombreux chrétiens n'étaient pas convenablement préparés, ou simplement à l'égard desquels ils étaient peu enclins, était une des principales caractéristiques des gnostiques. Valentin, fidèle à sa prédilection gnostique, disait avoir apparemment reçu une mission apostolique spéciale par l'entremise de Theudas, un disciple et initié de l'apôtre Paul, et il affirmait être un gardien des doctrines et des rituels négligés par ce qui allait devenir l'orthodoxie chrétienne. Même s'il avait été un membre influent de l'Église romaine au milieu du IIe siècle, Valentin avait été forcé, à la fin de sa vie, de se retirer de la vie publique et l'Église orthodoxe en pleine évolution l'avait qualifié d'hérétique.

Les détails historiques et théologiques sont beaucoup trop complexes pour être expliqués convenablement ici, mais on pourrait dire que le vent de l'histoire a tourné contre le gnosticisme au milieu du IIe siècle. Après Valentin, aucun gnostique n'allait venir près de prendre une telle importance dans l'Église. L'importance qu'accordait le gnosticisme à l'expérience personnelle, aux révélations continuelles et à la production de nouvelles Écritures, de même qu'à l'ascétisme et aux positions libertines paradoxales faisait que toutes ces choses devenaient l'objet de soupçons croissants. En 180, Irénée, évêque de Lyon, publiait ses premières attaques contre le gnosticisme en tant qu'hérésie, une œuvre qu'allaient poursuivre avec une ardeur croissante les Pères de l'Église, tout au long du siècle suivant.

Le christianisme orthodoxe fut profondément influencé par ses luttes contre le gnosticisme aux IIe et IIIe siècles. Les formulations de plusieurs traditions fondamentales de la théologie chrétienne ont vu le jour sous forme de réflexion dans la foulée de cette confrontation avec la gnose. Mais à la fin du IVe siècle, le combat était pratiquement terminé : les dirigeants de l'Église en évolution avaient ajouté le pouvoir de la rectitude politique à la dénonciation dogmatique, et, avec cette épée, la prétendue hérésie fut douloureusement coupée du corps chrétien. En tant que tradition chrétienne, le gnosticisme fut pratiquement éradiqué, ses derniers maîtres ostracisés et ses livres sacrés détruits. Tout ce qui est resté pour que les étudiants puissent comprendre le gnosticisme au cours des siècles suivants furent les dénonciations et les fragments préservés lors des procès en hérésie. Ainsi en fut-il jusqu'au milieu du XXe siècle.

Des points de vue opposés sur les débuts mythiques

La Genèse n'était-elle que l'Histoire avec une morale ou un mythe avec une signification ?

Par Stephan A. Hoeller

Tiré de *Gnosticism: New Light On the Ancient Traditions of Inner Knowing*.

La plupart des Occidentaux tiennent pour acquis que la culture occidentale n'a qu'un seul mythe de la Création : celui des trois premiers chapitres de la Genèse. Peu d'entre eux sont conscients qu'il existe une autre vision : le mythe de la création des gnostiques. Ce mythe peut nous sembler nouveau et étonnant, mais il offre des points de vue sur la Création et sur nos vies qui méritent qu'on s'y attarde.

William Blake, le poète gnostique du début du XIXe siècle, écrivait : « Nous lisons tous deux la Bible jour et nuit, mais vous la lisez d'un point de vue et je la lis d'un autre. » Les premiers gnostiques pourraient avoir tenu le même discours sur leurs opposants issus du judaïsme et de la chrétienté. Au début de la chrétienté, le point de vue non gnostique, ou orthodoxe, considérait la plus grande partie de la Bible, en particulier la Genèse, comme une histoire comportant une morale. Adam et Ève étaient des personnages historiques dont la tragique transgression avait entraîné la Chute et, à cause de leur chute, les humains qui les ont suivis ont dû apprendre de solennelles leçons de morale. Il est résulté de cette lecture de la Genèse une situation ambivalente, et même pire pour les femmes, car elles furent considérées comme les co-conspiratrices d'Ève qui avait désobéi au Paradis. Tertullien, un des Pères de l'Église qui méprisait les gnostiques, écrivit ceci à un groupe de femmes chrétiennes :

> Vous êtes la porte d'entrée du diable. Vous êtes celles qui avez persuadé celui que le diable n'osait pas attaquer. Savez-vous que chacune d'entre vous est une Ève ? La punition de Dieu sur votre sexe se poursuit encore ; la culpabilité, nécessairement, vit toujours aussi. (*De Cultu Feminarum* 1,12)

Les gnostiques chrétiens, dont nous découvrons la littérature sacrée dans la splendide bibliothèque de Nag Hammadi, interprètent la Genèse non comme une histoire ayant une morale, mais comme un mythe ayant une signification. Plutôt que de voir Adam et Ève en tant que personnages historiques, ils les considéraient comme les représentants de deux principes intrapsychiques présents en chaque être humain. Adam était l'incarnation dramatique de la psyché ou « âme » : le complexe esprit/émotion d'où naissent la pensée et le sentiment. Ève représentait la *pneuma*, ou « esprit », c'est-à-dire la conscience supérieure, transcendantale.

Il existe deux récits bibliques concernant la création de la première femme. L'un nous dit qu'Ève a été créée à partir d'une côte d'Adam (Genèse 2,21) ; l'autre, que Dieu a créé le premier couple humain, mâle et femelle, à sa propre image (Genèse 1,26-27). Le deuxième récit laisse entendre que Dieu, le Créateur lui-même, possède une nature dyadique, combinant des caractéristiques mâles et femelles. De façon générale, les gnostiques acceptaient cette version et ils en ont élaboré diverses interprétations. Cette version accorde l'égalité à la femme, alors que la version de la côte d'Adam l'assujettit à l'homme.

Pour les anciens gnostiques, l'image conventionnelle d'Ève n'est pas crédible. L'image la présente comme celle que le méchant serpent a détournée de sa voie et qui, grâce à son charme féminin, a persuadé Adam de désobéir à Dieu. Selon leur point de vue, Ève n'était pas une cmauvaise élève devenue tentatrice convaincante ; elle était plutôt une femme sage, une vraie fille de *Sophia*, la Sagesse céleste. À ce titre, c'est elle qui a réveillé Adam. Ainsi, dans l'*Apocryphon de Jean*, Ève dit :

> Je suis entrée au milieu d'un donjon qui est la prison du corps. Et je parlai ainsi : « Celui qui entend, laissons le sortir du sommeil profond. » Et Adam pleura et répandit des larmes. [...] Il parla, demandant : « Qui m'appelle par mon nom et d'où cet espoir a-t-il surgi en moi, alors que je suis enchaîné dans cette prison ? » Et je parlai ainsi : « Je suis la connaissance anticipée de la lumière pure ; je suis la pensée de l'esprit inviolé.[...]Lève-toi et souviens-toi [...] et agis selon ton origine qui est moi [...] et méfie-toi du sommeil profond. »

Un autre texte, *De l'origine du monde*, présente Ève comme la fille, en particulier la messagère, de la divine *Sophia*. C'est en tant que messagère qu'elle vient instruire Adam et le tire de son sommeil de l'inconscience. Dans la plupart des Écritures gnostiques, Ève apparaît comme supérieure à Adam. La conclusion tirée de ces textes est de toute évidence différente de celle des Pères de l'Église comme Tertullien : l'homme doit à la femme de lui avoir donné la vie et de l'avoir rendu conscient. On ne peut éviter de se demander comment l'attitude occidentale envers les femmes pourrait avoir évolué si le point de vue gnostique sur Ève avait été largement accepté.

Des serpents et des hommes

D'après le point de vue orthodoxe, l'erreur d'Ève a été d'écouter le vil serpent, qui la persuada que le fruit de l'arbre les rendrait tous deux, elle et Adam, sages et immortels. Un traité de la collection gnostique de Nag Hammadi, le *Testament de vérité*, renverse cette interprétation. Loin d'être l'incarnation du mal, le serpent y est considéré comme la créature la plus sage du Paradis. Le texte vante la sagesse du serpent et s'en prend vivement au Créateur en demandant: « Quelle sorte de Dieu est-ce donc ? » Il répond que l'interdiction de Dieu concernant le fruit de l'arbre est motivée par l'envie, parce qu'il ne veut pas que les humains s'éveillent à la Connaissance supérieure.

Ni les menaces ni la colère du Dieu créateur de l'Ancien Testament ne sont laissées sans reproche. Le *Testament de vérité* nous dit qu'il s'est comporté comme un « calomniateur envieux », un Dieu jaloux qui inflige à ceux qui lui déplaisent une punition cruelle et injuste. Le texte ajoute : « Mais ce sont les choses qu'il a dites (et faites) à ceux qui croient en Lui et le servent. » L'implication évidente est qu'avec un Dieu comme celui-là, on n'a pas besoin d'ennemis, et peut-être pas de diable non plus.

Un autre texte de la même collection, *L'hypostase des Archons*, nous informe que la divine *Sophia* n'avait pas inspiré et guidé seulement Ève, mais aussi le serpent. *Sophia* a permis à la sagesse de pénétrer le serpent, qui est ainsi devenu un maître puis a appris à Adam et Ève leur véritable origine. Ils en sont venus à comprendre qu'ils n'étaient pas des êtres inférieurs créés par le Démiurge (dans ce cas, le Créateur dans l'histoire de la Genèse) mais plutôt que leur être spirituel venait d'au-delà de ce monde, dans la plénitude de la divinité ultime.

Bien que la version conventionnelle de la Genèse affirme qu'Adam et Ève, après avoir mangé le fruit défendu, sont tombés en disgrâce au Paradis, la version gnostique affirme que « leurs yeux se sont ouverts » — une métaphore de la *gnose*. Ainsi, les premiers humains ont pu voir pour la première fois que les déités qui les avaient créés avaient une apparence horrible, qu'elles avaient des visages d'animaux et qu'elles reculaient d'horreur à leur vue. Même si le Démiurge et ses Archons les avaient maudits, les deux premiers humains avaient acquis la capacité de voir la *gnose* et ils pourraient la transmettre à leurs descendants qui seraient enclins à la recevoir. Ève transmit ainsi son don concernant la *gnose* à sa fille Noréa, et Adam fit de même avec son troisième fils, Seth.

La nature de l'exégèse gnostique

Pour quelles raisons les interprètes gnostiques de la Genèse ont-ils proclamé des versions aussi inhabituelles de la Création? Désiraient-ils seulement critiquer amèrement le Dieu d'Israël comme les Pères de l'Église voudraient nous le faire croire? Les nombreuses raisons éventuelles ne s'excluent pas nécessairement l'une l'autre et, dans certains cas, elles se complètent.

Premièrement, les gnostiques, de même que certains autres chrétiens des premiers temps, considéraient le Dieu de l'Ancien Testament comme une source d'embarras. Les membres des échelons plus intellectuels du début de la chrétienté étaient des gens possédant une certaine subtilité spirituelle. Les personnes habituées aux enseignements de Platon, de Philo, de Plotin et d'autres maîtres semblables devaient avoir eu de la difficulté à s'identifier à un Dieu qui exprimait l'esprit de vengeance, la colère, la jalousie, la xénophobie tribale et des prétentions dictatoriales.

Deuxièmement, comme nous l'avons souligné précédemment, les gnostiques avaient tendance à interpréter les Écritures anciennes de manière symbolique. Les théologiens modernes, comme Paul Tillich, affirment que l'histoire de la Chute était un symbole de la condition existentielle humaine et non le récit d'un événement historique.

Les gnostiques considéraient l'histoire de la Création dans la Genèse comme mythique, et les mythes sont nécessairement sujets à des interprétations. Les philosophes grecs considéraient souvent leurs mythes comme des allégories, alors que les gens du peuple les voyaient comme une sorte de quasi histoire, et les *mystae* (les initiés) des *Mystères d'Éleusis* et d'autres mystères donnaient vie aux mythes à l'aide de visions. Il n'y a aucune raison de croire que les gnostiques abordaient les mythes d'une manière substantiellement différente. Comme l'enfant est le père de l'homme, ainsi les mythes de création de diverses cultures laissent leur empreinte sur les histoires des peuples et des nations. Apparemment, les gnostiques ont vaillamment tenté de libérer la jeune culture occidentale de leur époque de l'ombre du mythe judéo-chrétien de la Création. Si l'autre mythe qu'ils proposent nous semble radical, c'est seulement parce que nous avons été habitués à la version de la Genèse pendant tant de siècles. En fait, plusieurs implications de la version gnostique pourraient être utiles à la culture du XXIe siècle.

Erreurs d'omission et de d'interprétations religieuses dans le *Da Vinci Code*

par Bart D. Ehrman

1. De toute évidence, la vie de Jésus n'a pas été « attestée par des milliers de partisans de partout ». Il n'avait pas des milliers de partisans, encore moins de partisans instruits.

2. Il est faux de prétendre que quatre-vingts Évangiles « ont été envisagés pour le Nouveau Testament ». On croirait qu'il s'agit d'un concours auquel on participe par la poste.

3. Il est absolument faux de prétendre que Jésus n'était pas considéré comme divin jusqu'au concile de Nicée, qu'auparavant on ne le considérait que comme un « prophète mortel ». La vaste majorité des chrétiens du début du IVe siècle reconnaissaient son caractère divin.

4. Constantin n'a pas commandé une « nouvelle Bible » qui omettait les références aux caractéristiques humaines de Jésus. Premièrement, il n'a aucunement commandé une nouvelle Bible. Ensuite, les livres qui en faisaient déjà partie foisonnent de références à ses caractéristiques humaines (il a faim, il est fatigué, il est en colère ; il se fâche ; il saigne, il meurt).

5. *Les Manuscrits de la mer Morte* n'ont pas été « trouvés au cours des années 1950 », mais plutôt en 1947. Et les documents de Nag Hammadi ne racontent pas du tout l'histoire du Graal ; non plus qu'ils mettent l'accent sur les caractéristiques humaines de Jésus. Au contraire.

6. La « bienséance juive » n'interdisait d'aucune façon à « un homme juif d'être célibataire ». En fait, la majeure partie de la communauté que concernent *les Manuscrits de la mer Morte* était constituée d'hommes célibataires.

7. *Les Manuscrits de la mer Morte* ne figurent pas parmi les « plus anciens registres chrétiens ». Ils sont

juifs et ne comportent rien de chrétien.
8. Nous n'avons aucune idée concernant la lignée de Marie-Madeleine ; rien ne la relie à la « maison de Benjamin ». Et même si elle en faisait partie, cela ne ferait pas d'elle une descendante de David.
9. Marie-Madeleine était enceinte au moment de la crucifixion !?! En voilà une bonne.
10. Le document « Q » n'est pas une source ayant survécu cachée par le Vatican et ce n'est pas non plus un livre qui aurait été écrit par Jésus lui-même. C'est un document hypothétique qui, selon les chercheurs, aurait été à la disposition de Mathieu et Luc — principalement une collection des paroles de Jésus. Les chercheurs catholiques romains en pensent la même chose que les non-catholiques ; il n'y a rien de secret à ce propos.

Bart D. Ehrman est professeur de théologie à l'université de la Caroline du Nord et auteur de *Lost Christianities : The Battle for Scripture and the Faiths We Never Knew*.

Consolidation ou dissimulation ?

La fondation de la seule vraie foi

Un des principaux intervenants dans cette opération de dissimulation était un personnage appelé Eusèbe qui, au début du IVe siècle, a compilé à partir de légendes, de fabrications et de sa propre imagination, la seule histoire des débuts du christianisme qui existe encore aujourd'hui. Tous ceux qui avaient une perspective différente ont été qualifiés d'hérétiques et éliminés. Ainsi, les faussetés compilées au IVe siècle nous sont parvenues comme des faits établis.

Timothy Freke et Peter Gandy

Le « philosophe théologien » Yogi Berra a dit un jour: « Quand vous arrivez à une bifurcation de la route, prenez-la. » La jonction métaphorique de la théologie chrétienne et la lutte pour la domination de l'Église se présentaient comme une série de bifurcations sur la route pendant les cinq ou six cents premières années après la mort du Christ. Où ces routes menaient-elles, comment se sont-elles opposées et quelle signification, manifeste ou cachée, en a découlé constituent les questions auxquelles s'intéresse ce chapitre.

Pour atteindre la primauté, les premiers Pères de l'Église croyaient qu'ils devaient transformer le christianisme en une force afin d'unir et de renforcer l'Empire, une force qui corresponde aux valeurs, à la politique et à l'infrastructure sociale et militaire de cet empire. Ceux qui ont dirigé l'Empire romain dans cette entreprise croyaient qu'il était important de distiller une idéologie et une cosmologie de base à partir de toutes les idées qui composaient le message chrétien. Ce faisant, ils ont choisi de glorifier certains récits évangéliques qui appuyaient leur version du message chrétien — choisissant même ceux qui devaient faire partie de la Bible et dans quel ordre — en même temps qu'ils rejetaient vigoureusement, pour cause d'hérésie, tout ce qui, à leur avis, déviait des conventions politiques ou textuelles.

Éloignés des grands centres urbains de Rome et de Constantinople, les gnostiques se sont retrouvés sur la défensive dans cette bataille. Comme l'affirment Timothe Freke et Peter Gandy, l'Église éliminait systématiquement les influences gnostiques et les autres influences « hérétiques », même celles qui pouvaient avoir été plus proches des croyances et des pratiques de la révolution d'origine que Jésus avait déclenchée, en faveur de celles qui contribuaient à consolider une Église normalisée, hiérarchisée, puissante. D'un côté, il y avait les mystiques vivant des expériences extatiques dans le désert, et de l'autre, de puissants papes, des cathédrales centralisées, des paysans façonnant leur vie sur fond de ciel et d'enfer, et des soldats chrétiens prêts à marcher contre l'ennemi.

Comme le souligne Bart Ehrman dans un entretien qui figure dans ce chapitre: « Lorsque Constantin se convertit au christianisme, il se convertit à une forme orthodoxe de christianisme, et quand l'État possède le pouvoir et que l'État est chrétien, alors l'État commence à exercer son influence sur le christianisme. Ainsi, à la fin du IVe siècle, il existait effectivement des lois contre les hérétiques. Et l'Empire, qui jusqu'alors était tout à fait antichrétien, devient non seulement chrétien, mais essaie aussi de dicter la forme que doit prendre le christianisme. »

Le présent chapitre présente cet argument. On y trouvera l'illustration du combat contre les présumés hérétiques dans les extraits de textes d'influents auteurs des IIe et IIIe siècles: Tertullien, Irénée et Eusèbe.

Ces individus étaient des personnages réels des premiers temps de l'Église et leur existence est bien documentée sur le plan historique. Ils ont joué un rôle capital, quoique parfois involontaire, dans le choix des Évangiles et des textes qui allaient devenir le Nouveau Testament et le canon chrétien moderne, de même que dans la destruction intellectuelle, idéologique et physique des mouvements chrétiens « hérétiques » de cette époque. Bien que leurs noms soient méconnus aujourd'hui de la majorité des chrétiens, ils ont détenu un pouvoir extraordinaire quand il s'est agi de déterminer le contenu final du christianisme moderne. Ils étaient, pour ainsi dire, les réviseurs de la Bible. Réagissant comme ils le faisaient à la violente répression des chrétiens dont ils avaient été témoins, ces dirigeants de l'Église ont développé leurs propres préjugés et nous devons les comprendre dans le contexte qui était le leur. Quand vous lirez dans ce chapitre certains de leurs discours, vous comprendrez à quel point leur époque était sombre et craintive.

Grâce à une perspective acquise lors des seize derniers siècles, certains spécialistes voient maintenant les gnostiques « hérétiques » que dénonçaient les dirigeants de l'Église primitive comme des gens qui se trouvaient sur une voie spirituelle plus humaniste, plus significative, plus féministe et plus « chrétienne » que ceux qui ont finalement triomphé. S'il y eut un exemple de vainqueurs qui ont pu écrire l'histoire telle qu'ils la concevaient, c'est celui-là. De ce processus qui définissait une époque sont issus un petit nombre de vérités évangéliques d'un côté, et un grand nombre de documents hérétiques de l'autre.

Le prolongement extrême des arguments de l'Église contre les hérésies d'il y a seize siècles allait être récupéré mille ans plus tard dans le cadre de l'Inquisition. *Malleus Maleficarum*, écrit en 1487 en tant que plateforme politique de l'Inquisition, tire son origine des batailles précédentes contre les présumées hérésies ; nous en reproduisons ici certains passages qui donnent froid dans le dos.

On peut trouver dans les textes de Timothy Freke et Peter Gandy, parmi plusieurs autres commentateurs post-modernes, le terme « odieux », ce cri théologique et passionné qu'ont lancé ceux qui avaient choisi la deuxième route — principalement exprimée dans le gnosticisme. Freke et Gandy considèrent que les racines spirituelles, mythiques, poétiques, romantiques, axées sur le culte de la Déesse, les racines féminines sacrées du christianisme, ont été piétinées par ces virulentes campagnes antihérésie. Ils vont jusqu'à affirmer qu'il n'existe aucune preuve que Jésus a existé. Jésus n'était qu'un autre personnage dans une longue succession d'hommes-dieux mythiques, qui étaient censés exister en harmonie avec la Déesse. Ils considèrent les efforts pour choisir les vérités évangéliques et réviser la riche histoire des origines chrétiennes en les transformant en une immense bêtise comme la destruction de l'aspect féminin de l'évolution, comme une brisure des liens avec l'inconscient collectif et le passé collectif. « Certaines paroles que nous attribuons à Jésus sont en réalité des paroles que la

Déesse avait prononcées à l'origine», affirment-ils.

Deux éminents chercheurs en théologie présentent leur point de vue sur cette bataille d'interprétation. Elaine Pagels examine la façon dont la parole de Dieu est devenue la parole de l'Homme lorsqu'on a choisi les Évangiles qui devaient faire partie de la Bible. Bart Ehrman passe en revue les «autres christianismes» et les implications religieuses, politiques et culturelles de la victoire de l'Église et de la défaite des gnostiques.

Divers autres points de vue sont présentés en cours de route, à mesure que nous commençons à découvrir une à une les couches de ce que Leigh Teabing appelle, en s'adressant à Sophie Neveu, «la plus grande dissimulation de l'histoire humaine».

Les mystères entourant Jésus

par Timothy Freke et Peter Gandy

Tiré de *The Jesus Mysteries: Was The «Original Jesus» a Pagan God?* par Timothy Freke and Peter Gandy.

La version traditionnelle de l'histoire que nous ont transmise les dirigeants de l'Église romaine affirme que le christianisme est issu des enseignements d'un messie juif et que le gnosticisme en est une déviation ultérieure. Qu'arriverait-il, nous sommes-nous demandé, si l'image était inversée et que nous considérions le gnosticisme comme le christianisme authentique, tel que l'affirmaient eux-mêmes les gnostiques? Se pourrait-il que le christianisme orthodoxe soit une déviation ultérieure du gnosticisme, et que celui-ci soit une synthèse du judaïsme et du culte païen des mystères? C'était le début de la thèse sur les mystères de Jésus.

En langage clair, voici l'image qui s'est présentée à nous. Nous savions que la plupart des anciennes cultures méditerranéennes avaient adopté les mystères anciens, les avaient adaptés à leur sensibilité locale et avaient créé leur propre version du mythe de l'homme-dieu mort et ressuscité. De la même manière, certains juifs ont peut-être adopté les mystères païens et créé leur propre version des mystères que nous connaissons maintenant sous le nom de gnosticisme. Peut-être que les initiés aux mystères juifs avaient adapté le symbolisme puissant des mythes d'Osiris-Dionysos pour en faire leur propre mythe, dont le héros était Jésus, l'homme-Dieu juif mort et ressuscité.

Si les choses se sont passées ainsi, alors l'histoire de Jésus n'était aucunement une biographie, mais un véhicule consciemment construit pour les enseignements spirituels encodés qu'avaient conçus les gnostiques juifs. Comme dans les mystères païens, l'initiation aux mystères intérieurs révélerait la signification allégorique du mythe. Les personnes initiées aux mystères intérieurs en étaient peut-être venues par erreur à considérer le mythe de Jésus comme un fait historique et c'est ainsi que fut créé le christianisme littéraliste. Peut-être les mystères intérieurs du christianisme, que les gnostiques enseignaient mais dont les littéralistes niaient l'existence, révélaient-ils que l'histoire de Jésus n'était pas un récit factuel de la seule et unique visite de Dieu sur la planète Terre, mais une histoire d'enseignement mystique conçue pour aider chacun d'entre nous à devenir un Christ.

L'histoire de Jésus contient toutes les caractéristiques d'un mythe, alors se pourrait-il que ce soit exactement cela ? Après tout, personne n'a lu les Évangiles gnostiques récemment découverts et nul n'a considéré comme littéralement vraies leurs histoires fantastiques que l'on considère déjà comme des mythes. Seule la familiarité et les préjugés culturels nous empêchent de voir les Évangiles du Nouveau Testament sous le même éclairage. Si ces Évangiles avaient été perdus puis tout récemment découverts, qui lirait ces contes pour la première fois et croirait qu'il s'agit du récit historique d'un homme né d'une vierge, qui a marché sur l'eau et qui est revenu d'entre les morts ? Pourquoi devrions-nous considérer comme des fables les histoires d'Osiris, de Dionysos, d'Adonis, d'Attis, de Mitras et des autres sauveurs des mystères païens, et pourtant rencontrer la même histoire racontée dans un contexte juif et croire qu'elle représente la biographie d'un charpentier de Bethléem ?

Nous avons tous deux été élevés dans la religion chrétienne et nous avons été surpris que, malgré des années d'exploration spirituelle réalisée avec ouverture d'esprit, nous ayons encore l'impression, d'une certaine façon, qu'il était dangereux de même oser avoir de telles pensées. L'endoctrinement en bas âge a de profondes racines. Dans les faits, nous disions que Jésus était un dieu païen et le christianisme, un produit hérétique du paganisme ! Cela semblait scandaleux. Pourtant, cette théorie expliquait d'une façon simple et élégante les similitudes entre les histoires d'Osiris, de Dionysos et de Jésus-Christ. Ce sont des parties d'un mythe en évolution.

La thèse des mystères de Jésus répondait à plusieurs questions embêtantes, mais elle engendrait aussi de nouveaux dilemmes. Existe-t-il des preuves historiques indiscutables de l'existence de l'homme appelé Jésus ? Et comment le gnosticisme pourrait-il représenter le christianisme d'origine lorsque saint Paul, le plus ancien chrétien que nous connaissions, est si vigoureusement antignostique ? Et est-il vraiment possible de croire qu'un peuple aussi étroit d'esprit et antipaïen que le peuple juif pourrait avoir adopté les mystères païens ? Et comment se peut-il qu'un mythe consciemment créé soit devenu, aux yeux de certains, une histoire authentique ? Et si le gnosticisme représente le vrai christianisme, pourquoi le littéralisme chrétien en est-il venu à dominer le monde en tant que religion la plus influente de tous les temps ? Toutes ces questions difficiles devraient recevoir une réponse satisfaisante avant que nous puissions accepter de tout cœur une théorie aussi radicale que celle de la thèse des mystères de Jésus.

La Grande Dissimulation

Notre nouveau récit des origines du christianisme ne semblait improbable que parce qu'il contredisait le point de vue dominant. Or, au fur et à mesure que nous poussions notre recherche, l'image traditionnelle a commencé à s'effilocher complètement autour de nous. Nous avons été entraînés dans un monde de schisme et de lutte de pouvoir, de documents contrefaits et de fausses identités, de lettres qui avaient été révisées et auxquelles on avait ajouté des éléments, et de destruction massive de documents historiques. De manière scientifique, nous nous sommes concentrés sur les quelques faits dont nous pouvions être presque certains, comme si nous étions des détectives sur le point de résoudre une énigme sensationnelle, ou peut-être plus exactement comme si nous découvrions une erreur judiciaire. Car, à de multiples reprises, quand nous examinions ce qu'il restait de preuves réelles, nous découvrions que l'histoire de la chrétienté, telle qu'elle nous a été léguée par l'Église romaine, était une grave déformation de la vérité. En fait, les preuves appuyaient totalement la thèse des mystères de Jésus. Il devenait de plus en plus évident que nous avions été volontairement trompés, que les gnostiques étaient réellement les premiers chrétiens et que leur mysticisme anarchique avait été détourné par une institution autoritaire qui avait créé une religion dogmatique sur cette base et avait brutalement mis en œuvre la plus grande dissimulation de l'histoire.

Les mystères de Jésus

Un des principaux intervenants dans cette opération de dissimulation était un personnage nommé Eusèbe qui, au début du IVe siècle, a compilé à partir de légendes, d'inventions et de sa propre imagination, la seule histoire des débuts du christianisme qui existe encore aujourd'hui. Tous ceux qui avaient une perspective différente ont été qualifiés d'hérétiques et éliminés. Ainsi, les faussetés compilées au IVe siècle nous sont parvenues comme des faits établis.

Eusèbe travaillait pour l'Empereur romain Constantin, qui a fait du christianisme la religion d'État de l'Empire et accordé à la chrétienté littéraliste le pouvoir dont elle avait besoin pour entreprendre l'élimination finale du paganisme et du gnosticisme. Constantin voulait avoir « un seul dieu, une seule religion » pour consolider sa prétention à « un Empire, un empereur ». Il a supervisé la composition du Credo de Nicée, résumé des articles de foi que l'on a répété dans les églises jusqu'à ce jour, dont on sait que les chrétiens qui refusaient d'y adhérer étaient bannis de l'Empire ou autrement réduits au silence.

Puis, cet empereur « chrétien » est revenu de Nicée et a fait étouffer sa femme avant d'assassiner son fils. Il a refusé le baptême jusque sur son lit de mort afin de poursuivre ses atrocités tout en pouvant encore se faire pardonner ses péchés et s'assurer une place au Ciel en étant baptisé au dernier moment. Même si Eusèbe, son « manipulateur d'opinions », a composé pour lui une biographie convenablement obséquieuse, c'était en vérité un monstre, tout comme de nombreux empereurs avant lui. Est-il réellement surprenant qu'une « histoire » des origines du christianisme élaborée par un employé au service d'un tyran romain ne soit qu'un tissu de mensonges ?

Il est vrai que ce sont les vainqueurs qui écrivent l'histoire. L'élaboration d'une histoire appropriée a toujours fait partie de l'arsenal de la manipulation politique.

Jésus a-t-il réellement existé ?

Entretien avec Timothy Freke

Au chapitre 2, Timothy Freke traitait des archétypes du Féminin sacré. Ici, dans la suite de cette interview, il remet en question l'existence du Jésus historique.

À votre avis, existe-t-il une quelconque preuve de l'existence de Jésus ?

Absolument aucune. La seule preuve que nous ayons est contrefaite. J'affirmerais catégoriquement qu'il n'existe aucune preuve de l'existence historique de Jésus, mais qu'il en existe une multitude d'autres qui suggèrent que l'histoire biblique est un mythe. Si quelqu'un trouvait l'histoire de Jésus dans une grotte, comme les textes de Nag Hammadi, et disait : « Voici. J'ai trouvé cette histoire sur un homme, il est né d'une vierge, marche sur l'eau, transmet ses étonnants enseignements spirituels, puis meurt et revient d'entre les morts », je pense que tout le monde dirait : « C'est certainement un autre mythe, il y en a des milliers comme celui-là. » C'est seulement parce qu'il nous est si familier que nous ne pouvons pas le considérer comme tel. Il y a cent cinquante ans, bon nombre de gens pensaient qu'Adam et Ève avaient vraiment existé, et certaines personnes le croient encore. Mais les gens instruits savent que ce n'est pas le cas. C'est un mythe, un mythe allégorique puissant et important sur une transformation. Ce n'est pas de l'histoire et on constatera probablement la même chose dans quelques décennies à propos de l'histoire de Jésus. Nous sommes en ce moment si imprégnés de cette histoire que nous sommes incapables de la voir telle qu'elle est. Et quand les gnostiques chrétiens ont été éliminés au IVe siècle, ces mystères ont effectivement survécu dans des sociétés secrètes. C'est sûrement ainsi que sont nées plusieurs sociétés secrètes auxquelles Dan Brown fait allusion. Et il a raison à ce sujet, mais je pense que là où il se trompe, c'est que cela n'a rien à voir avec la lignée des rois et des reines.

Vous qualifiez de littéraliste *l'aile du christianisme qui a survécu et prospéré. Quelles ont été les conséquences de l'interprétation littéraliste de l'histoire de Jésus ?*

L'héritage du christianisme littéraliste a été abominable. Ce fut d'une part l'holocauste pour l'amour de Dieu et d'autre part, l'holocauste des femmes, les procès pour sorcellerie. C'est ce qui est arrivé en excluant le féminin ; ironiquement, l'Église a qualifié les gnostiques de « personnes qui avaient renoncé au monde », alors qu'en fait, c'est elle qui a damné les femmes, qui a condamné le sexe, qui a fondé des communautés de moines au sein desquelles les hommes devaient s'éloigner des femmes et du monde, et qui a encouragé tous ces gens à se flageller au Moyen Âge. Tout cela nous vient du littéralisme romain, parce que vous voulez souffrir de la même façon que Jésus a souffert, plutôt que de comprendre que tout cela est métaphorique et allégorique. La manière de traiter les femmes n'a changé qu'au cours des derniers siècles — d'une manière radicale ces dernières décennies — et c'est aussi d'une grande ironie parce que ceux qui sont à l'origine de l'histoire de Jésus appartenaient à la tradition pythagoricienne célèbre pour sa façon de bien traiter les gens. On attribue à des femmes plusieurs des premières œuvres gnostiques chrétiennes et les maîtres gnostiques étaient souvent des femmes, de même que leurs dirigeants. Mais cette tradition fut détruite par cette terrible révolte romaine et nous avons perdu le Féminin divin, ce qui n'est pas néfaste que pour les femmes, mais aussi pour les hommes. En tant qu'homme, il est très difficile d'avoir une relation érotique avec le divin sans une image féminine à laquelle se référer.

LE VERBE DE DIEU OU LES MOTS DES HOMMES ?

Par Elaine Pagels

Un siècle après la mort de Jésus, certains de ses plus loyaux partisans ont décidé d'exclure une vaste gamme de sources chrétiennes, en plus de faire des emprunts à d'autres traditions religieuses même si, comme nous l'avons vu, cela se produisait fréquemment. Mais pourquoi et en quelles circonstances les premiers dirigeants de l'Église croyaient-ils que cette mesure était nécessaire à la survie du mouvement ? Et pourquoi ceux qui proclamaient Jésus comme le « seul fils engendré par Dieu », tel que le révèle l'Évangile de Jean, ont-ils dominé la tradition ultérieure, alors que d'autres points de vue chrétiens, comme celui de Thomas, lequel encourageait les disciples à se reconnaître, ainsi que Jésus, comme des « enfants de Dieu », ont été supprimés ?

Les théologiens chrétiens ont toujours affirmé que « le Saint-Esprit guide l'Église en toute vérité », une déclaration qu'on interprète souvent au sens où tout ce qui subsiste doit être correct. Certains historiens des religions ont rationalisé cette conviction en laissant entendre que, dans l'histoire chrétienne comme dans l'histoire de la science, les idées faibles ou fausses meurent tôt, alors que les idées fortes et valables subsistent. Raymond Brown, un éminent chercheur du Nouveau Testament et prêtre sulpicien catholique romain aujourd'hui décédé, proposait crûment cette perspective : ce que les chrétiens orthodoxes ont rejeté n'était que « les immondices du IIe siècle » et, ajoutait-il, « ce sont encore des immondices ». Mais de telles polémiques ne nous apprennent rien sur la façon dont les premiers dirigeants de l'Église ont énoncé les principes fondamentaux de l'enseignement chrétien ni sur leurs raisons. Pour comprendre ce qui s'est produit, nous devons jeter un regard sur les obstacles et les dangers particuliers auxquels se heurtaient les croyants pendant les années critiques autour de 100 à 200 après Jésus-Christ, et comment ceux qui sont devenus les architectes de la tradition chrétienne ont relevé ces défis. L'Africain converti Tertullien, qui vivait dans la ville portuaire de Carthage en Afrique du Nord environ quatre-vingts ans après que les Évangiles de Jean et de Thomas eurent été écrits vers l'année 190 (ou, comme pourraient l'avoir dit Tertullien et ses contemporains, pendant le règne de l'empereur Commode), reconnaissait que le mouvement chrétien attirait des foules de nouveaux membres et que les personnes étrangères à ce mouvement s'en inquiétaient :

> Les gens se plaignent que l'État pullule de chrétiens — ils sont dans les champs, dans les villes, dans les îles ; et les gens de l'extérieur déplorent, comme s'il s'agissait d'une quelconque calamité, que les hommes et les femmes de tous âges et de toutes conditions, même de rang élevé, se mettent à professer la foi chrétienne.

Tertullien ridiculisait la majorité non chrétienne pour ses soupçons fantaisistes et dénonçait les magistrats qui les croyaient :

> On nous traite de monstres et on nous accuse de pra-

> tiquer un rituel secret au cours duquel nous tuons et mangeons un petit enfant; rituel dans lequel, après le repas, nous pratiquons l'inceste pendant que les chiens, nos souteneurs, éteignent les lumières et nous donnent l'obscurité impudique pour satisfaire notre luxure. *C'est ce dont les gens nous accusent constamment*, et pourtant vous ne faites pas d'efforts pour trouver la vérité.[...] *Eh bien, vous pensez que le chrétien est capable de tous les crimes — qu'il est un ennemi des dieux, de l'Empereur, des lois, de la morale, de toute la nature.*

Tertullien était affligé du fait que dans tout l'Empire, de sa ville natale en Afrique jusqu'en Italie, en Espagne, en Égypte, en Asie Mineure et dans les provinces de la Germanie jusqu'en Gaule, les chrétiens soient devenus les cibles de vagues sporadiques de violence. Des magistrats romains fermaient souvent les yeux sur ces incidents et y participaient parfois. À Smyrne, sur la côte d'Asie Mineure, par exemple, des foules hurlant « Attrapez les athées ! » ont battu le converti Germanicus et exigé — avec succès — que les autorités arrêtent et tuent immédiatement Polycarpe, un éminent évêque.

Ce que les gens de l'extérieur voyaient dépendait beaucoup de ceux qu'ils rencontraient parmi les groupes chrétiens. Pline, gouverneur de Bithynie, région située en Turquie aujourd'hui, ordonna à ses soldats d'arrêter les gens qu'on accusait d'être chrétiens en même temps qu'il essayait d'empêcher des groupes d'abriter des personnes subversives. Pour recueillir des renseignements, ces soldats torturèrent deux femmes chrétiennes, toutes deux esclaves, qui révélèrent que les membres de ce culte particulier « se rencontraient régulièrement avant l'aube d'un certain jour pour chanter un hymne au Christ comme s'il était un dieu ». Même si la rumeur courait qu'ils mangeaient de la chair humaine, Pline découvrit qu'ils ne mangeaient en réalité que « des aliments ordinaires, inoffensifs ». Il fit un rapport à l'empereur Trajan, affirmant que, bien qu'il n'ait trouvé aucune preuve d'un crime réel, « j'ai ordonné qu'on les emmène et qu'on les exécute car, quoi qu'ils aient admis, je suis convaincu que leur entêtement et leur obstination inébranlables ne devraient pas rester impunis ». Mais vingt ans plus tard à Rome, Rusticus, le préfet de la cité, interrogea un groupe de cinq chrétiens qui, à ses yeux, ressemblaient plus à des participants à un colloque de philosophie qu'à des membres d'un culte. Le philosophe Justin

Martyr, arrêté avec ses élèves, admit devant le préfet qu'il avait, dans son appartement « au-dessus des bains de Timothée », rencontré des croyants qui pensaient comme lui afin de discuter « de philosophie chrétienne ». Quoi qu'il en soit, Rusticus, comme Pline, soupçonnait une trahison. Quand Justin et ses élèves refusèrent d'obéir à son ordre de faire un sacrifice aux dieux, il les fit battre puis décapiter.

Trente ans après la mort de Justin, un autre philosophe du nom de Celse, qui détestait les chrétiens, écrivit un livre intitulé Le *discours véritable*, lequel dénonçait leur mouvement et accusait certains d'entre eux d'agir comme des dévots déments de dieux étrangers tels Attis et Cybèle, et d'être possédés par des esprits. D'autres, d'après Celse, pratiquaient des incantations et jetaient des sorts, comme les magiciens ; d'autres encore suivaient ce que plusieurs Grecs et Romains considéraient comme les barbares coutumes orientales des juifs. Celse rapportait également que, dans de vastes propriétés de la campagne chrétienne, des éleveurs de moutons, des cordonniers et des lavandières, des gens qui, disait-il, « ont généralement peur de parler en présence de leurs supérieurs », rassemblaient néanmoins les personnes crédules — esclaves, enfants et « femmes stupides » — de leurs domaines dans leurs ateliers pour qu'elles y entendent comment Jésus avait fait des miracles et, après sa mort, comment il était sorti du tombeau. Aux yeux des citoyens respectables, les chrétiens suscitaient les mêmes soupçons de violence, de promiscuité et d'extrémisme politique que beaucoup associent aujourd'hui aux cultes secrets, surtout ceux qui craignent que leurs amis ou parents ne soient embrigadés dans ces sectes.

En dépit des formes diverses de la chrétienté des premiers temps — et peut-être à cause d'elles —, le mouvement s'étendit rapidement, si bien qu'à la fin du IIe siècle les groupes chrétiens proliféraient dans tout l'Empire, malgré les tentatives visant à les arrêter. Tertullien se vantait auprès des gens de l'extérieur, disant : « Plus vous nous exterminez, plus nous nous multiplions ; le sang des chrétiens est une semence ! » Toutefois, la rhétorique provocante ne pouvait résoudre le problème auquel lui et les autres dirigeants chrétiens se heurtaient : comment pourraient-ils renforcer et unifier ce mouvement immense et si diversifié de manière qu'il survive à ses ennemis ?

Irénée, un contemporain plus jeune de Tertullien, qu'on identifie souvent comme l'évêque de Lyon, a lui-même vécu l'hostilité dont parle Tertullien, premièrement dans sa ville natale de Smyrne (Izmir, dans la Turquie actuelle) et dans la dure ville provinciale de Lyon, en Gaule (maintenant la France). Irénée a aussi été témoin de la mauvaise humeur qui divisait les groupes chrétiens. Lorsqu'il était jeune, il vivait dans la maison de son maître Polycarpe, le vénérable évêque de Smyrne, que même ses ennemis appelaient le maître de l'Asie Mineure. Même s'il savait qu'ils étaient éparpillés en plusieurs petits groupes dans le monde, Irénée partageait l'espoir de Polycarpe que les chrétiens de partout en viendraient à se considérer comme les membres d'une seule Église qu'ils appelaient « catholique », ce qui signifie « universel ». Pour unifier cette communauté mondiale, Polycarpe exhortait ses membres à rejeter tous les déviants. D'après Irénée, Polycarpe aimait raconter comment son propre mentor, « Jean, le disciple du Seigneur » — la même personne que la tradition vénère comme auteur de l'Évangile de Jean — se rendit un jour aux bains publics d'Éphèse mais, voyant Cérinthus, qu'il considérait comme un hérétique, sortit de l'endroit sans s'être baigné en s'exclamant : « Fuyons pour éviter que l'immeuble des bains publics ne s'effondre parce que Cérinthus, l'ennemi de la vérité, est à l'intérieur. » Quand Irénée racontait cette histoire, il en ajoutait une autre pour montrer de quelle façon Polycarpe traitait lui-même les hérétiques. Lorsque l'enseignant Marcion, un chrétien influent mais controversé, comparut devant l'Évêque et lui demanda : « Me reconnais-tu ? » Polycarpe répliqua : « Oui, je te reconnais, premier-né de Satan ! »

Irénée affirme qu'il raconte ces histoires pour montrer « l'horreur que suscitait chez les apôtres et leurs disciples l'idée même de parler à ceux qui corrompent la vérité ». Mais ces histoires montrent également ce qui troublait Irénée : que même deux générations après que l'auteur de l'Évangile de Jean eût nuancé les prétentions des chrétiens partisans de Pierre et affronté les chrétiens partisans de Thomas, le mouvement demeurait querelleur et divisé. Polycarpe lui-même dénonçait les gens qui « portent le nom de chrétiens d'une manière trompeuse et malfaisante », car ce qu'ils enseignent diffère souvent de ce qu'il a appris de ses propres maîtres. Irénée, quant à lui, croyait qu'il pratiquait le vrai christianisme parce qu'il pouvait établir un lien direct entre lui-même et l'époque de Jésus par l'entremise de Polycarpe, lequel avait personnellement entendu les enseignements de Jésus de la bouche même de Jean, « le disciple du Seigneur ». Convaincu que ce disciple avait écrit l'Évangile de Jean, Irénée fut parmi les premiers à défendre cet Évangile et à le lier pour toujours à ceux de Marc, Mathieu et Luc. Son contemporain Tatien, un brillant étudiant syrien de Justin Martyr le philosophe, qui allait être assassiné par Rusticus, adopta une approche différente : il essaya d'unifier les divers Évangiles en les réécrivant tous et en les rassemblant en un seul texte. Irénée laissa les textes intacts, mais déclara que seuls les Évangiles de Mathieu, Marc, Luc et Jean *collectivement* — et *seulement* ces Évangiles — constituaient l'Évangile *entier*, qu'il appelait les « quatre Évangiles formés ». Irénée croyait que seuls ces quatre Évangiles avaient été écrits par les témoins oculaires d'événements au moyen desquels Dieu avait accordé le salut à l'humanité. Ce canon des quatre Évangiles devait devenir une arme puissante dans la campagne d'Irénée visant à unifier et à consolider le mouvement chrétien pendant sa vie, et il est demeuré un fondement de l'enseignement orthodoxe depuis.

Quand Irénée rencontra à Rome un ami d'enfance de Smyrne du nom de Florin, qui comme lui-même avait étudié avec Polycarpe dans son jeune âge, il fut choqué d'apprendre que son ami s'était joint à un groupe dirigé par Valentin et Ptolémée — des théologiens savants qui, malgré tout, comme les nouveaux prophètes, se fiaient souvent aux rêves et aux révélations. Même s'ils s'appelaient eux-mêmes des chrétiens spirituels, Irénée les considérait comme de dangereux déviants. Espérant persuader son ami de changer d'idée, Irénée lui écrivit une lettre affirmant que « ces idées, Florin, sont malsaines, c'est le moins qu'on puisse en dire ; elles ne correspondent pas à la pensée de l'Église et entraînent leurs adeptes dans les pires impiétés et même dans l'hérésie ». Irénée fut peiné d'apprendre qu'un nombre croissant de chrétiens instruits suivaient la même voie.

À son retour de Rome en Gaule, Irénée retrouva sa propre communauté dévastée ; une trentaine de personnes avaient été brutalement torturées et tuées dans l'arène publique au cours d'une journée de spectacles prévus pour divertir les habitants. L'évêque Pothinus mort, les derniers membres de son groupe demandèrent à Irénée de les diriger. Conscient du danger, il accepta tout de même, déterminé à unifier les survivants. Mais il voyait que les membres de son propre « troupeau » étaient divisés en divers groupes souvent opposés, chacun affirmant être inspiré par le Saint-Esprit.

Comment pourrait-il faire le tri parmi ces affirmations contradictoires et imposer un semblant d'ordre ? La tâche était énorme et compliquée. Irénée croyait certainement que le Saint-Esprit avait fondé le mouvement chrétien. À partir de ses débuts, cent ans plus tôt, Jésus et ses partisans affirmaient avoir fait l'expérience des effusions, des rêves, des visions, des histoires, des dictons, de la parole extatique du Saint-Esprit — plusieurs transmis oralement, beaucoup d'autres écrits — traduisant le dynamisme et la diversité du mouvement. Les Évangiles du Nouveau Testament foisonnent de visions, de rêves et de révélations, comme celle qui, d'après Marc, fut à l'origine de l'activité publique de Jésus :

> Et il arriva, en ces jours-là, que Jésus vint de Nazareth de Galilée, et fut baptisé par Jean au Jourdain. Et [s'éloignant] aussitôt de l'eau, il monta, *et vit les cieux se fendre, et l'Esprit comme une colombe descendre sur lui. Et il y eut une voix qui venait des cieux* : Tu es mon Fils bien-aimé ; en toi j'ai trouvé mon plaisir.

Luc ajoute à sa version de cette histoire un récit de la naissance de Jésus dans lequel une vision précède chaque événement du drame, à partir du moment où l'ange Gabriel apparut au prêtre Zacharie vieillissant et plus tard, à Marie, jusqu'à la nuit où « un ange du Seigneur » apparut aux bergers pour leur dire que Jésus était né et les terrifiait avec une brillance soudaine qui illumina le ciel nocturne.

Irénée affirme avoir ardemment essayé, à la demande d'un ami, d'étudier les enseignements de Marcus pour le dénoncer comme un intrus et un imposteur parce qu'en attirant des disciples, en effectuant des initiations et en offrant des enseignements particuliers aux chrétiens spirituels, Marcus compromettait les efforts d'Irénée pour rassembler tous les chrétiens de la région au sein d'une Église homogène. Irénée accusait Marcus d'être un magicien, « le héraut de l'antéchrist », un homme aux visions fabriquées et dont la prétention en matière de pouvoir spirituel masquait sa véritable identité, celle d'apôtre de Satan. Il ridiculisait les affirmations de Marcus selon lesquelles il investiguait « les choses profondes de Dieu » et se moquait de lui parce qu'il exhortait les initiés à chercher leurs propres révélations :

> Pendant qu'ils disent de telles choses sur la création, chacun d'eux génère quelque chose de nouveau chaque jour selon ses aptitudes ; car personne parmi eux n'est

considéré comme « mûr » (ou « initié ») qui n'invente pas quelques énormes mensonges.

Irénée était consterné par le fait que de nombreux autres maîtres, également au sein des communautés chrétiennes, « présentent un nombre indescriptible d'écrits secrets et illégitimes qu'ils ont fabriqués eux-mêmes pour perturber les esprits stupides qui ignorent les vraies Écritures ». Il cite quelques-uns de leurs écrits, notamment une partie du texte fort connu et influent intitulé *Livre secret de Jean* (découvert parmi les prétendus Évangiles gnostiques à Nag Hammadi en 1945), et il en mentionne plusieurs autres dont un *Évangile de vérité* (peut-être celui découvert à Nag Hammadi) qu'il attribue au maître de Marcus, Valentin, et même un *Évangile de Judas*. Irénée décida que tarir ce flot d'*écrits secrets* constituerait un premier pas essentiel vers l'élimination de la prolifération de « révélations » qu'il soupçonnait n'être qu'illusoires ou, pire encore, inspirées par le démon.

Pourtant, les découvertes de Nag Hammadi montrent à quel point était répandue la volonté de « chercher Dieu », non seulement parmi ceux qui rédigeaient de tels « écrits secrets », mais parmi beaucoup d'autres qui les lisaient, les copiaient et les vénéraient, notamment les moines égyptiens qui les considéraient encore comme des trésors de leur bibliothèque monastique deux cents ans après qu'Irénée les eût dénoncés. Mais en 367, Athanase, évêque zélé d'Alexandrie et admirateur d'Irénée, rendait publique une lettre de Pâques dans laquelle il demandait aux moines égyptiens de détruire tous ces écrits, à l'exception de ceux qu'il jugeait particulièrement « acceptables » et même « canoniques », une liste qui constituait pratiquement l'ensemble du « Nouveau Testament » actuel. Mais quelqu'un, peut-être un moine du monastère de Saint-Pacôme, rassembla des douzaines de livres qu'Anastase voulait faire brûler, les retira de la bibliothèque du monastère, les scella dans un lourd vase de deux mètres et, dans le but de les cacher, les enterra dans une colline proche de Nag Hammadi. C'est à cet endroit qu'un villageois égyptien du nom de Mohamed Ali les trouva seize siècles plus tard.

Maintenant que nous pouvons lire nous-mêmes certains écrits qu'Irénée détestait et qu'Anastase interdisait, nous pouvons voir que plusieurs d'entre eux ont exprimé l'espoir de recevoir une révélation et qu'ils ont encouragé « ceux qui cherchent Dieu ». L'auteur du *Livre secret de Jacques*, par exemple, *réinterprète* la scène d'ouverture que nous avons soulignée dans les « Actes du Nouveau Testament », où Luc raconte comment Jésus est monté au Ciel.

Mais ceux qui critiquent de telles « preuves découlant de prophéties » laissent entendre que les chrétiens comme Justin argumentent de manière fallacieuse, en interprétant, entre autres, une traduction trompeuse comme un miracle. L'auteur de l'*Évangile de Mathieu*, par exemple, lisant la prophétie d'Isaïe dans sa traduction grecque, l'interpréta comme la promesse qu'une « vierge (*parthénos* en grec) concevra ». Justin lui-même reconnaît que les interprètes juifs qui défendaient les partisans de Jésus soutenaient que le prophète avait réellement écrit dans le texte hébreu original qu'une « *jeune femme* (*ammahl*) concevra et portera un fils » — prédisant apparemment les événements immédiats auxquels on s'attendait par rapport à la succession royale.

Pourtant, Justin et Irénée, comme de nombreux chrétiens jusqu'à aujourd'hui, n'ont pas été convaincus par de tels arguments et croyaient plutôt que les anciennes prophéties prédisaient la naissance, la mort et la résurrection de Jésus, et que des événements réels avaient apporté la preuve de leur inspiration divine. Certains non-croyants trouvent souvent ces preuves exagérées, mais aux yeux des croyants, elles illustrent « l'histoire du salut » de Dieu. Justin a mis sa vie en jeu pour une telle conviction, et il croyait qu'il avait abandonné les spéculations philosophiques pour une vérité aussi empiriquement vérifiable que celles des scientifiques dont les expériences se produisent finalement comme prévu.

Puisque Irénée considérait les preuves découlant de prophéties comme une façon de résoudre le problème qui consistait à déterminer quelles prophéties et quelles révélations venaient de Dieu, il ajouta certains écrits des « apôtres » à ceux des « prophètes » car, comme Justin, il croyait que ces textes dans leur ensemble constituaient des témoignages indispensables de la vérité. Comme d'autres chrétiens de leur époque, Justin et Irénée, lorsqu'ils parlaient des « Écritures », avaient surtout à l'esprit la Bible hébraïque : ce que nous appelons le Nouveau Testament n'avait pas encore été assemblé. Leur conviction selon laquelle la vérité divine se révèle dans les événements de l'histoire du salut fournit le lien essentiel entre la Bible hébraïque et ce que Justin appelait « les mémoires des apôtres », que nous connaissons comme les Évangiles du Nouveau Testament.

Pour autant que nous puissions l'affirmer, Irénée est devenu le principal architecte de ce que nous appelons le canon des quatre Évangiles, le cadre qui inclut dans le Nouveau Testament l'ensemble des Évangiles de Mathieu, Marc, Luc et Jean. Irénée dénonce d'abord divers groupes chrétiens qui ne choisissent qu'un Évangile, comme les chrétiens ébionites qui, déclare-t-il, n'utilisent que Mathieu, ou les partisans de Marcion, qui n'utilisent que Luc. Il poursuit en affirmant que ceux qui invoquent plusieurs Évangiles sont également dans l'erreur. Certains chrétiens, dit-il, « se vantent d'avoir plus d'Évangiles qu'il en existe réellement mais en vérité, ils n'ont aucun Évangile qui ne soit rempli de blasphèmes ». Irénée avait pris la résolution d'abattre la forêt d'Écrits « apocryphes et illégitimes » — tel le *Livre secret de Jacques* et l'*Évangile de Marie* — et ne laissa debout que quatre « piliers ». Il déclara crûment que « l'Évangile » qui contient toute la vérité ne peut être soutenu que par ces quatre « piliers », à savoir les Évangiles qu'on attribuait à Mathieu, Marc, Luc et Jean. Pour défendre son choix, il déclara qu'« il est impossible qu'il puisse en exister plus ou moins que quatre », parce que « tout comme il y a quatre régions de l'univers et quatre vents principaux », l'Église elle-même n'a besoin « que de quatre piliers ». De plus, tout comme le prophète Ézéchiel imaginait le trône de Dieu porté par quatre créatures vivantes, ainsi la Parole divine de Dieu est soutenue par les « quatre Évangiles constitués ». (Dans le même ordre d'idées, les chrétiens des générations futures allaient adopter les visages de ces quatre « créatures vivantes » — le lion, le taureau, l'aigle et l'homme — comme symboles des quatre évangélistes.) Ce qui rend ces Évangiles fiables, affirmait-il, c'est que leurs auteurs, qui selon lui comptaient parmi les disciples de Jésus, Mathieu et Jean, avaient réellement été témoins des faits qu'ils relataient ; de même, ajoutait-il, Marc et Luc étant les successeurs de Pierre et de Paul, n'avaient écrit que ce qu'ils avaient entendu de la bouche même des apôtres.

Peu de spécialistes contemporains du Nouveau Testament seraient d'accord avec Irénée ; nous ne savons pas qui a réellement écrit ces Évangiles, pas plus que nous ne savons qui a écrit les *Évangiles de Thomas* ou de *Marie* ; tout ce que nous savons c'est que ces « Évangiles » sont attribués aux disciples de Jésus. Quoi qu'il en soit, comme l'illustreront les prochains chapitres, Irénée a non seulement arrimé l'*Évangile de Jean* aux Évangiles beaucoup plus largement cités de Mathieu et de Luc, mais il a fait l'apologie de l'*Évangile de Jean* en le considérant comme le plus grand. Pour Irénée, l'Évangile de Jean n'était pas le *quatrième* Évangile, comme les chrétiens l'appellent aujourd'hui, mais le *premier* et *le plus important* des Évangiles, parce qu'il croyait que Jean était le seul à avoir compris la véritable nature de Jésus, à savoir Dieu sous une forme humaine. Ce que Dieu a révélé à ce moment extraordinaire quand il « s'est fait chair » dépassait de loin toutes les révélations qu'avaient reçues de simples êtres humains, même celles des prophètes et des apôtres, sans parler de nous.

Bien sûr, Irénée ne pouvait empêcher les gens de chercher les révélations de la vérité divine et il n'avait pas non plus, comme nous l'avons vu, l'intention d'essayer. Après tout, les traditions religieuses survivent grâce à leurs adeptes, à la manière dont ils les vivent et les imaginent au fil du temps et, ce faisant, les transforment continuellement. Mais, de son époque jusqu'à aujourd'hui, Irénée et ceux qui lui ont succédé à la direction de l'Église ont réellement fait des efforts pour exhorter tous les croyants à se soumettre au « quadruple Évangile » et à ce qu'ils appelaient la tradition apostolique. Par la suite, toutes les « révélations » qu'appuieraient les dirigeants chrétiens devraient être conformes aux Évangiles réunis dans ce qui est devenu le Nouveau Testament. Tout au long des siècles, évidemment, ces Évangiles ont suscité une gamme impressionnante d'œuvres d'art, de musique, de poésie, de théologie et de légendes chrétiennes. Même les saints les plus doués de l'Église, comme Thérèse d'Avila et Jean de la Croix, prendront soin de ne pas transgresser ces limites, encore moins de les transcender. À ce jour, de nombreux chrétiens traditionalistes continuent de croire que tout ce qui s'éloigne des lignes directrices canoniques n'est que « mensonge » et « méchanceté », et provient soit du côté mauvais du cœur humain, soit du diable.

Malgré cela, Irénée reconnaissait que la mise au ban de tous les « écrits secrets » et l'institution d'un canon des récits des quatre Évangiles ne pouvaient pas, à eux seuls, sauvegarder le mouvement chrétien. Qu'arriverait-il si on lisait les « bons » Évangiles de la mauvaise façon ou de *plusieurs* mauvaises façons ? Qu'arriverait-il si les chrétiens interprétaient ces mêmes Évangiles dans le but d'inspirer — ou comme l'aurait dit l'évêque, d'engendrer de nouvelles « hérésies » ? — C'est ce qui s'est produit dans la congrégation d'Irénée et il a répondu en s'efforçant de construire ce qu'il appelait la chrétienté orthodoxe (littéralement, « pensée conventionnelle »).

La lutte pour les Écritures et les religions que nous n'avons pas eu la chance de connaître

Entretien avec Bart D. Ehrman

Bart D. Ehrman est président de la faculté d'études religieuses de l'Université de la Caroline du Nord à Chapel Hill. Une autorité concernant l'Église des premiers temps et la vie de Jésus, son plus récent livre s'intitule *Lost Christianities: The Battle for Scripture and the Faiths We Never Knew.*

Selon le concept central du Da Vinci Code, *une importante tradition différente de celle de l'Église catholique — une partie de l'argument entourant la signification de la vie de Jésus — a été perdue pour nous pendant deux mille ans. Comment voyez-vous cette question?*

Au sein de la chrétienté, cette tradition différente comportait en réalité plusieurs aspects différents, mais on peut sans doute trouver les meilleurs exemples en examinant les trois variantes du christianisme des premiers temps: les ébionites, les marcionites et les gnostiques. Toutes sont des sectes au sein de la chrétienté, mais toutes sont très différentes les unes des autres.

Les ébionites étaient des juifs chrétiens qui accordaient une grande importance au fait d'être à la fois juifs et chrétiens. Les marcionites étaient antijuifs et présumaient que tout ce qui était juif appartenait réellement au Dieu de l'Ancien Testament, qui, selon eux, n'était pas le vrai Dieu. Les gnostiques croyaient en l'existence de plusieurs dieux différents.

Tous ces groupes, qui affirmaient remonter à Jésus, sont probablement apparus peu après sa mort et sa résurrection ou, à tout le moins, dans les quelques décennies qui ont suivi. Par exemple, les ébionites prétendaient que leurs enseignements leur venaient de Jacques le Juste, frère de Jésus.

Qui, mieux que son propre frère, aurait pu savoir ce que Jésus enseignait? Et, de fait, ils avaient peut-être raison; ils adhéraient sans doute à des croyances que Jacques avait enseignées. Cependant, leur foi ne s'est pas beaucoup répandue, peut-être en partie parce que la croyance selon laquelle les gentils devaient d'abord devenir juifs pour devenir chrétiens, signifiait que les hommes devaient se faire circoncire et que, en conséquence, bien peu étaient prêts à se convertir.

Les ébionites mettaient l'accent sur le caractère juif du christianisme. Qu'en est-il des marcionites?

Les marcionites étaient des partisans de Marcion, un philosophe et enseignant grec du milieu du IIe siècle, qui avait passé cinq ans à Rome pour édifier son système théologique. Selon les marcionites, l'apôtre Paul avait l'opinion la plus juste sur le christianisme, car il faisait une distinction entre la loi et l'Évangile. Marcion a poussé ce point de vue jusqu'à l'extrême en soutenant que s'il y avait une séparation entre la loi et l'Évangile, c'est parce que l'une et l'autre auraient été donnés à l'humanité par deux dieux différents — le dieu qui avait donné la loi étant le dieu de l'Ancien Testament tandis que le dieu qui avait sauvé les gens de la loi était le dieu de Jésus. De même, le dieu colérique de l'Ancien Testament était le dieu créateur du monde qui avait choisi Israël et lui avait donné sa loi, alors que le dieu de Jésus était celui qui avait sauvé les hommes en mourant pour leurs péchés.

Marcion avait une foule de partisans, même après son excommunication (il pourrait avoir été le premier à la subir), se rendant en Asie Mineure, dans la Turquie moderne, pour fonder des Églises. En vérité, le christianisme marcionite était une véritable menace pour les autres types de christianisme : il a presque absorbé le christianisme dans son ensemble.

Qu'en est-il des gnostiques?

Aujourd'hui, les chercheurs classent en tant que gnostiques toutes sortes de groupes. Ils étaient si différents les uns des autres que certains chercheurs, comme l'historienne Elaine Pagels, se demandent si on devrait encore les appeler ainsi. En règle générale, les gnostiques croient que le monde physique dans lequel nous vivons a subi une catastrophe cosmique et que, d'une façon ou d'une autre, des étincelles du Divin ont été emprisonnées dans ce monde physique et doivent s'en échapper, mais qu'elles ne peuvent s'échapper qu'en acquérant la véritable connaissance de leur situation. Et le système gnostique leur procure la connaissance dont elles ont besoin pour s'échapper. Ainsi, le salut vient en obtenant la véritable connaissance nécessaire au salut.

Il est difficile de préciser l'origine intellectuelle du gnosticisme. Il semble provenir d'une sorte d'amalgame de diverses religions, notamment le judaïsme et la chrétienté ainsi que la philosophie grecque, en particulier celle de Platon. Les gnostiques auraient adopté des éléments de ces diverses religions et philosophies et les auraient combinés de façon à instituer un important système religieux. Nous savons qu'il existait au IIe siècle, probablement au début ou au milieu de ce siècle, un système gnostique généralisé, à une époque très proche de celle où a vécu Marcion.

Il est difficile de savoir si le gnosticisme est né à Alexandrie ou en Palestine, et où précisément, mais nous possédons des preuves qu'il y avait des gnostiques en Syrie et en Égypte. Ils se sont finalement rendus jusqu'à Rome.

Alors, comment se sont éteints les gnostiques et ces autres sectes? Ont-elles seulement disparues?

On pourrait invoquer plusieurs raisons historiques et culturelles, mais la plupart de ces groupes sont probablement disparus parce qu'ils ont subi des attaques réussies sur le plan théologique et que leurs propres campagnes de propagande n'étaient pas, et de loin, aussi efficaces. Ils n'ont pas réussi à recruter de nouveaux convertis au moment où les groupes orthodoxes possédaient une structure solide, effectuaient des campagnes de lettres et d'autres moyens pour répandre leurs points de vue, et que leur rhétorique convainquait les gens.

Mais ce qui a réellement renforcé la victoire, c'est lorsque l'empereur romain Constantin s'est converti au christianisme. Naturellement, il s'est converti au type de christianisme qui dominait à l'époque. Lorsque Constantin se convertit à une forme orthodoxe de christianisme, et quand l'État possède le pouvoir et que l'État est chrétien, alors l'État commence à exercer son influence sur le christianisme. Ainsi, à la fin du IIe siècle, il existait effectivement des lois contre les hérétiques. Et l'Empire, qui jusqu'alors était tout à fait antichrétien, devint non seulement chrétien, mais essaya de dicter la forme que devait prendre le christianisme.

Les conséquences de ce revirement de situation sont, bien sûr, énormes. Il a complètement changé la façon dont le monde occidental se comprend, et comment les gens comprennent le monde et toute chose.

Pensez seulement au concept de la culpabilité: si d'autres groupes avaient remporté la victoire, les choses auraient pu être complètement différentes.

Le débat a-t-il cessé quand l'Église s'est unifiée lors du concile de Nicée ?

Les débats n'ont pas pris fin, mais ils ont changé. Au moment du concile de Nicée, il n'y a tout simplement plus de grands groupes de gnostiques ou de marcionites ou d'ébionites. Ils font maintenant partie de l'histoire ancienne. Mais cela n'arrêtera pas les débats. Ils sont seulement devenus plus raffinés et plus vifs. À titre d'exemple, le concile de Nicée avait à se pencher sur un type de christianisme appelé arianisme qui, selon les normes des IIe ou IIIe siècles, était tout à fait orthodoxe. Au IVe siècle, toutefois, alors que les théologiens raffinaient leurs croyances, l'arianisme devint une importante hérésie. Ces ariens croyaient que Jésus devait être assujetti au Père ; après tout, il lui adresse des prières et agit selon sa volonté. Il est donc une déité subordonnée. Mais les ariens ont été vaincus par les chrétiens qui maintenaient que le Christ n'est pas une déité subordonnée, mais qu'il a toujours été divin, qu'il a toujours existé en relation avec Dieu.

Alors le Christ n'est pas un être humain engendré : il a toujours été divin et de la même substance que Dieu le Père lui-même.

Les changements en matière de théologie n'ont pas été aussi considérables que lorsque Constantin est devenu chrétien. Dirigeant *politique* autoritaire, il pouvait décider quel type de christianisme était acceptable et lequel ne l'était pas. Soudain, tout ce qui était lié à l'Église devint une question politique aussi bien qu'une question religieuse. Certains pensent que Constantin s'est converti au christianisme précisément parce qu'il croyait que l'Église chrétienne pourrait contribuer à unifier l'Empire car, contrairement aux païens qui vénéraient de nombreux dieux de plusieurs façons différentes, les chrétiens ne croyaient qu'en un seul dieu et d'une seule façon. C'est pourquoi Constantin a sans doute convoqué le concile de Nicée : si l'Église devait jouer le rôle d'unificatrice de l'Empire, elle-même devait être unifiée. Voilà donc quand, pourquoi et comment cela est devenu une question politique.

L'empereur Constantin

LES HÉRÉTIQUES, LES FEMMES, LES MAGICIENS ET LES MYSTIQUES

Le combat pour devenir la seule vraie foi

La première histoire du christianisme était orale plutôt qu'écrite, transmise au début par les apôtres aux disciples, de personne à personne, de génération en génération et, dans certains cas, d'une langue à une autre. Il n'y avait pas d'églises ni de lieux de rencontre officiels et la Parole ne pouvait voyager que par lettres et par l'entremise de croyants itinérants. Il n'y avait pas une Église unique. Il n'y avait pas de hiérarchie ecclésiastique. Des petits groupes, dans des endroits reculés, croyaient à divers degrés en plusieurs versions du message que transmettaient les apôtres et les disciples de Jésus, ou en une des centaines de variantes du mélange de paganisme, d'anciens systèmes de croyances et de nouveaux enseignements.

L'absence d'une doctrine cohérente à laquelle les croyants pourraient adhérer convenait à beaucoup, mais non à tous. Bientôt, la minorité s'organisa. Ses membres formèrent des groupes, instituèrent des hiérarchies et transmirent activement la Parole aux « non-croyants » grâce aux apôtres. À la fin du Ier siècle déjà, certains affirmaient savoir ce qui était correct et ce qui ne l'était pas, tout le reste donc n'était pas seulement mauvais mais dangereux et devait être exterminé d'urgence. Ces premières mesures pour débarrasser l'Église de l'hérésie préfigurent les croisades et l'Inquisition.

De façon générale, les hérésies sont les points de vue qui ne s'accordent pas avec la version doctrinale officielle. La croyance fervente d'un homme correspond à l'hérésie d'un autre homme et il en est ainsi pour Irénée, Tertullien et Eusèbe, trois des premiers ecclésiastiques qui ont contribué à définir ce qui était chrétien et à éliminer ce qui ne l'était pas. De là, il n'y avait qu'un pas à franchir, par-delà un millénaire, jusqu'au gouffre du *Malleus Maleficarum* — le livre, comme le dit Dan Brown, qui a « endoctriné le monde contre les " dangers des femmes libres-penseurs " et montré au clergé comment les repérer, les torturer et les détruire ».

À la recherche de la piété, les premiers rédacteurs, de même que ceux du *Malleus*, s'entendaient à différents degrés en affirmant que les femmes représentaient la plus grande menace pour l'Église. Alors que quelques femmes, comme la mère de Jésus et, plus tard, la martyre sainte Perpétue, ont sans doute été mises sur un piédestal, plus encore ont été déconsidérées parce qu'elle affichaient des traits, des croyances et des inclinations à frayer avec le mal proprement dangereux. Une large part du paganisme et beaucoup d'éléments du gnosticisme tournaient autour de l'équilibre des forces, mâle et femelle, dans la chrétienté des premiers temps, mais le rôle des femmes était très différent, plus ambivalent, comme l'illustreront les extraits qui suivent.

La mentalité du « eux contre nous » pourrait avoir trouvé ses premières bases religieuses officielles dans les écrits d'Irénée. Celui-ci était un théologien et un polémiste du IIe siècle qui menait des campagnes vociférantes contre le « faux savoir ». Par exemple, dans *Contre les hérésies* écrit en 187, il a contribué à produire la première présentation organisée du système de croyances de la chrétienté catholique — credo, canon et succession apostolique.

Tertullien, un des premiers Pères de l'Église dont la vie a croisé celle d'Irénée, conduisit le caractère sacré de l'Évangile un peu plus loin en déclarant que les Évangiles étaient inspirés par Dieu, qu'ils contenaient *toute* la vérité et procuraient la coupe dans laquelle l'Église « boit sa foi ». Il vociférait, encore plus qu'Irénée, contre les gnostiques.

Eusèbe (mort vers 357) systématisa ce savoir et d'autres connaissances dans un grand compendium connu sous le nom de *Histoire ecclésiastique*. Il fut plus tard si célèbre et respecté qu'on lui demanda de devenir un des principaux participants au concile de Nicée (en 325). La « confession » qu'il proposa devint le fondement du Credo de Nicée.

Malgré ces premières tentatives d'unification et d'élimination, les hérésies continuèrent à augmenter, particulièrement au Moyen Âge et au début de la Renaissance quand, en 1487, le *Malleus Maleficarum* fut publié pour la première fois — le summum du « eux contre nous ». Bien que la réunion de ces trois ecclésiastiques simplifie exagérément l'histoire d'une Église tentant d'obtenir un pouvoir et une influence sans rival par des moyens à la fois théologiques et politiques, les extraits suivants de leurs écrits montrent à quel point le niveau de discipline et de vigilance a augmenté à mesure que les menaces contre la vraie foi semblaient croître davantage. La prose utilisée dans les extraits peut sembler aride au lecteur moderne, mais ces passages constituent la meilleure approche de cette époque et une façon de réellement « entrer dans la tête » de certains des premiers chrétiens.[12]

Irénée

L'œuvre principale d'Irénée, *Contre les hérésies*, connut une diffusion et une influence si larges que certains chercheurs la jugent responsable à elle seule — pour le meilleur ou pour le pire, selon le système de croyances de chacun — d'avoir éliminé le gnosticisme en tant que grave menace théologique à la primauté de la chrétienté catholique.

Dans son livre, il alerte premièrement ses lecteurs contre le mal qui se cache dans le cœur de l'humanité :

> Rejetant la vérité, certains introduisent des discours mensongers et « des généalogies sans fin, plus propres à susciter des questions, comme le dit l'apôtre, qu'à bâtir l'édifice de Dieu fondé sur la foi ». Par une vraisemblance frauduleusement agencée, ils séduisent l'esprit des ignorants et les réduisent à leur merci, falsifiant les paroles du Seigneur et se faisant les mauvais interprètes de ce qui a été bien exprimé. Ils causent ainsi la ruine d'un grand nombre, en les détournant, sous prétexte de « gnose », de Celui qui a constitué et ordonné cet univers : comme s'ils pouvaient montrer quelque chose de plus élevé et de plus grand que le dieu qui a fait le ciel, la terre et tout ce qu'ils renferment ! De façon spécieuse, par l'art des discours, ils attirent d'abord les simples à la manie des recherches ; après quoi, sans plus se soucier de vraisemblance, ils perdent ces malheureux, en inculquant des pensées blasphématoires et impies à l'endroit de leur Créateur à des gens incapables de discerner le faux du vrai. (*Contre les hérésies*, Préface)

Puis il s'attaque à ceux qui, par leurs « vraisemblances frauduleusement agencées », les entraînent à croire aux paroles et non aux documents écrits, commettant ainsi un blasphème volontaire.

> En effet, lorsqu'ils se voient convaincus à partir des Écri-

12. Plusieurs de ces textes sont accessibles sur Internet.

> tures, ils se mettent à accuser les Écritures elles-mêmes : elles ne sont ni correctes ni propres à faire autorité, leur langage est équivoque, et l'on ne peut trouver la vérité à partir d'elles si l'on ignore la Tradition. Car, disent-ils, ce n'est pas par des écrits que cette vérité a été transmise, mais de vive voix, ce qui a fait dire à Paul : « Nous "parlons" sagesse parmi les parfaits, mais sagesse qui n'est pas celle de ce siècle. » Et cette sagesse, chacun d'eux veut qu'elle soit celle qu'il a découverte par lui-même, autrement dit une fiction de son imagination. Aussi est-il normal que, d'après eux, la vérité soit tantôt chez Valentin, tantôt chez Marcion, tantôt chez Cérinthe, puis chez Basilide, ou encore chez quelque autre disputeur n'ayant jamais pu prononcer une parole salutaire. Car chacun d'eux est si foncièrement perverti que, corrompant la règle de vérité, il ne rougit pas de se prêcher lui-même. Tels sont les gens qu'il nous faut combattre. Glissant comme des serpents, ils cherchent à s'échapper de tous côtés.

Comme on pouvait s'y attendre, la solution consistait, pour les chrétiens, à s'unifier en vertu d'une seule foi, d'un seul Dieu et d'un seul groupe d'apôtres :

> En effet, l'Église, bien que dispersée dans le monde entier jusqu'aux extrémités de la terre, ayant reçu des apôtres et de leurs disciples la foi en un seul Dieu, Père tout-puissant, « qui a fait le ciel et la terre et la mer et tout ce qu'ils contiennent », et en un seul Christ Jésus, le Fils de Dieu, qui s'est incarné pour notre salut, et en l'Esprit-Saint, qui a proclamé par l'entremise des prophètes les « économies », la venue, la naissance du sein de la Vierge, la Passion, la résurrection d'entre les morts et l'ascension vers les cieux du bien-aimé Christ Jésus notre Seigneur et sa parousie du haut des cieux dans la gloire du Père, pour « récapituler toutes choses ». (*Contre les hérésies*, 1,10)

Tertullien

Tertullien, comme Irénée, était un des premiers Pères de l'Église qui attaqua les gnostiques et certains le considèrent (voir les extraits de Freke et Gandy au début de ce chapitre) comme l'un des principaux auteurs de la tentative de l'Église de dissimuler l'existence d'une forte contre-tradition. De plusieurs manières, les gnostiques posaient le plus grave problème, parce que le gnosticisme intégrait quelques idées clairement préchrétiennes (pour ne pas dire païennes) *et* que son nom même faisait référence au concept de la connaissance secrète.

Les femmes portaient un fardeau de péchés encore plus grand. « La sentence de Dieu sur ce sexe vit encore de nos jours, insistait Tertullien. Il faut que ce crime demeure comme un opprobre éternel. Ô femme ! Tu es la porte par où le démon est entré dans le monde. » Puis il ajoute : « Et on devrait souligner qu'il y avait un défaut dans la formation de la première femme car elle a été formée à partir d'une côte recourbée, c'est-à-dire une côte de la poitrine, qui est recourbée dans le sens contraire de celle d'un homme. Et comme, à cause de ce défaut, elle est un animal imparfait, elle agit toujours de manière trompeuse. »

Tertullien est né en Afrique (vers 150 à 160 av. J.-C.) et il était le fils d'un soldat romain. Il a écrit trois livres en grec et pratiqué le droit. Il fut considéré comme un païen jusqu'au milieu de sa vie, « partageant les préjugés païens » et « s'adonnant comme les autres à des plaisirs honteux », d'après l'*Encyclopédie Catholique*. Tertullien se convertit au christianisme en 197 et pour citer une fois de plus l'*Encyclopédie Catholique*, « embrassa la Foi avec toute l'ardeur de sa nature impétueuse ». Toutefois, une décennie plus tard, il abandonna l'Église catholique et devint un chef de file et un défenseur passionné du montanisme, qui affirmait que de nouvelles révélations allaient venir par l'entremise de Montius et de deux prophétesses. Quoi qu'il en soit, Tertullien continua de combattre l'hérésie telle qu'il la voyait.

En tant que chrétien, il croyait que nous ne connaîtrions Dieu qu'en pratiquant une discipline et une austérité strictes. La force qui menaçait de pervertir cette impulsion chez l'homme était la femme, qui, écrivait Tertullien, a apporté le péché dans le monde. « Ne savez-vous pas, demande Tertullien de manière rhétorique, que chacune d'entre vous est une Ève ? »

> La sentence de Dieu sur ce sexe vit encore de nos jours. Eh bien, oui, qu'elle vive ; il faut que ce crime demeure comme un opprobre éternel. Ô femme ! Tu es la porte par où le démon est entré dans le monde ; tu as découvert l'arbre la première ; tu as enfreint la loi divine ; c'est

> toi qui as séduit celui que le démon n'eut pas le courage d'attaquer en face ; tu as brisé sans efforts l'homme, cette image de Dieu ; c'est enfin pour effacer la peine que tu as encourue, c'est-à-dire la mort, que le Fils de Dieu lui-même dut mourir ; et tu songes encore à charger d'ornements tes tuniques de peau ?(*L'ornement des femmes*, Livre I)

Les hérétiques, croyait-il, avaient été placés sur la Terre pour mettre à l'épreuve la foi des hommes. Ces hérésies sont nées pour deux raisons. La première était la tentation qu'offraient les philosophes comme Platon qui voulaient s'engager dans des questionnements sans fin plutôt que de simplement accepter la Parole :

> Ce sont là les doctrines des hommes et des démons, nées de l'esprit de la sagesse mondaine pour les oreilles en prurit. Le Seigneur a traité cette sagesse de folie et il a choisi ce qui est folie selon le monde pour confondre la philosophie du monde même. Car c'est la philosophie qui fournit sa matière à la sagesse mondaine, en se faisant l'interprète téméraire de la nature divine et des plans divins. En un mot, les hérésies elles-mêmes reçoivent leurs armes de la philosophie. Ce sont les mêmes sujets qui sont agités chez les hérétiques et chez les philosophes, les mêmes enquêtes enchevêtrées. D'où vient le mal, et quelle en est la cause ? D'où vient l'Homme, et comment est-il venu ? D'où vient Dieu ? [Ils ont une] sagesse humaine qui se pique de chercher la vérité, ne fait que la corrompre et, par la diversité de sectes irréductibles l'une à l'autre, se partage en une foule d'hérésies dont elle est la source. Tant pis pour ceux qui ont mis au jour un christianisme stoïcien, platonicien, dialecticien ! Nous, nous n'avons pas besoin de curiosité après Jésus-Christ, ni de recherche après l'Évangile. Dès que nous croyons, « nous ne désirons rien croire » au-delà. Car « ce que nous croyons en premier lieu », c'est que nous ne devons rien croire au-delà. (*Traité de la prescription contre les hérétiques*, chapitre 7)

En conséquence, tenez la bride de votre curiosité, à moins que vous ne vouliez finir comme les hérétiques qui « s'en vont pervertissant les voies du Seigneur ». Et, plus particulièrement, tenez la bride de vos curiosités concernant leur comportement de pécheurs — particulièrement les femmes :

> Je ne dois pas oublier de décrire aussi la conduite des hérétiques, combien elle est futile, terrestre, purement humaine, sans gravité, sans autorité, sans discipline, tout à fait assortie à leur foi. Et chez les femmes hérétiques elles-mêmes, quelle impudence ! N'osent-elles pas enseigner, disputer, exorciser, promettre des guérisons, peut-être même baptiser ? Leurs ordinations se font au hasard, sans sérieux, sans suite ; elles installent tantôt des néophytes, tantôt des hommes qui travaillent, tantôt nos apostats pour se les attacher par l'ambition, puisqu'ils ne le peuvent par la vérité.

Eusèbe

Eusèbe était évêque de Césarée en Palestine (où il a rencontré Constantin pendant qu'il réécrivait la Bible) et on le mentionne souvent comme « le père de l'histoire de l'Église » parce qu'il a méticuleusement consigné par écrit l'évolution des Évangiles, le rôle des apôtres et les hérésies auxquelles s'était heurtée l'Église chrétienne primitive. On dit aussi qu'il a trouvé dans les registres d'Édesse les lettres censées avoir été écrites alternativement par son roi Abgar et Jésus-Christ.

Pour Eusèbe, la doctrine devrait être inséparable de la vie quotidienne ; la clé de la foi était donc de savoir quelles Écritures on devrait adopter.

Pour ce faire, il fallait savoir quelles « Écritures divines » étaient acceptables et lesquelles ne l'étaient pas. Eusèbe choisit donc les nombreux Évangiles et autres livres qui représentaient des Écritures valables ; cette liste, avec de légères variations, fut plus tard canonisée et devint la Bible.

Eusèbe entreprit aussi de classer les hérésies des gnostiques de manière plus méthodique qu'on ne l'avait fait auparavant tout en louangeant la puissance et l'ampleur croissantes de l'Église catholique :

> Il y avait une autre hérésie qu'on appelait l'hérésie des gnostiques, qui ne souhaitait plus transmettre les arts magiques de Simon dans le secret, mais ouvertement. Car ils se vantaient — comme de quelque chose de grand — des potions d'amour qu'ils préparaient minutieusement

et que certains démons leur envoyaient des rêves et leur accordaient leur protection, ainsi que d'autres relations; et, conformément à leurs abominations, de pratiquer les pires types d'atrocités, en croyant qu'ils pourraient échapper aux puissances cosmiques, comme ils les appelaient, simplement en déchargeant sur eux leurs obligations par une conduite infâme. [...] De nouvelles hérésies surgissaient les unes après les autres, et les premières s'éteignaient toujours, maintenant à un moment, maintenant à un autre, maintenant d'une façon, maintenant d'une autre, et se perdaient en différentes idées et sous différentes formes. Mais la splendeur de l'Église catholique, la seule vraie Église, qui était toujours la même, devint plus grande et plus puissante et transmit sa piété, sa simplicité et sa liberté, et la modestie ainsi que la pureté de sa vie et de sa philosophie à toutes les nations grecques et barbares. (*L'histoire de l'Église*, 3,25)

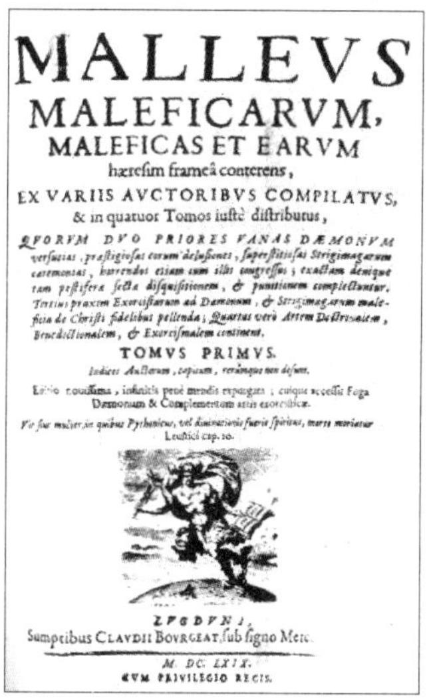

MALLEVS
MALEFICARVM,
MALEFICAS ET EARVM
hæresim frameâ conterens,
EX VARIIS AVCTORIBVS COMPILATVS,
& in quatuor Tomos iustè distributus,
TOMVS PRIMVS.
LVGDVNI,
Sumptibus CLAVDII BOVRGEAT, sub signo Merc.
M. DC. LXIX.
CVM PRIVILEGIO REGIS.

Malleus Maleficarum

Il existe de considérables différences d'années et de lieux entre les écrits d'Eusèbe et ceux qu'on trouve dans le *Malleus Maleficarum* (*Le marteau des sorcières*), rédigé par deux moines, Heinrich Kramer et James Spenger en Allemagne, en 1486. Pourtant, sur le plan théorique, les chercheurs ont raison: ils ont un lien. L'argument avance que la distance est courte entre la tolérance, la condamnation et l'exil forcé, puis l'élimination systématique.

Des hérésies naissaient toujours, particulièrement à l'époque médiévale et au début de la Renaissance et, au fur et à mesure que leur expression devenait de plus en plus puissante, la réaction le devenait aussi. Pourtant, même si les âmes sensibles d'aujourd'hui pourraient être surprises, et même choquées, en lisant les écrits des premiers Pères de l'Église, elles seront sans doute horrifiées par le classement méticuleux des crimes et des châtiments des sorcières qu'on trouve dans le *Malleus* Maleficarum.

Le *Marteau des sorcières* était peut-être mieux connu à son époque que le *Da Vinci Code* à la nôtre (toutes proportions gardées) et il a fait partie de la «liste des best-sellers» encore plus longtemps. Et il était loin d'être aussi inoffensif. Rapidement, le livre connut plusieurs éditions dans toute l'Europe et l'Angleterre. On a pu constater les répercussions de l'œuvre — utilisée au fil du temps à la fois par les catholiques et par les protestants — dans les procès pour sorcellerie sur le continent pendant près de deux cents ans. Dans l'Amérique coloniale, on a utilisé ce livre comme base dans les procès des sorcières de Salem.

Malleus Maleficarum se divise en trois sections. La première entendait démontrer que la sorcellerie existait (et que les femmes étaient, plus que les hommes, attirées par cet appât de Satan). La deuxième section décrit les types de sorcelleries (de la destruction des récoltes jusqu'à la question de savoir si les démons pouvaient engendrer des enfants avec une sorcière), alors que la troisième section présente un «guide» détaillé sur la détection, le procès et le châtiment.

Il est certain que les femmes avaient davantage tendance à être sorcières et, d'après le *Malleus Maleficarum*, la raison était évidente: «En ce qui concerne les raisons pour lesquelles on trouve un plus grand nombre de sorcières dans le sexe féminin fragile que chez les hommes, c'est un fait qu'on peut difficilement contredire, parce qu'il a été vérifié par l'expérience, sans compter les témoignages verbaux de témoins crédibles.»

Ce point de vue erroné sur les femmes imprègne le *Malleus*. Plus loin, il affirme:

> D'autres encore ont proposé d'autres raisons pour lesquelles il y a plus de femmes superstitieuses que d'hommes. Et la première est qu'elles sont plus crédules; et puisque le but principal du démon est de corrompre la

> foi, il s'attaque plutôt à elles. La deuxième raison est que les femmes sont naturellement plus impressionnables et plus enclines à subir l'influence d'un esprit désincarné ; et que lorsqu'elles utilisent bien cette qualité, elles sont très bonnes, mais quand elles l'utilisent de vile façon, elles sont mauvaises. [...] La troisième raison, c'est qu'elles ont la langue bien pendue et sont incapables de cacher aux autres femmes ces choses qu'elles apprennent par les arts maléfiques ; et, comme elles sont faibles, elles trouvent dans la sorcellerie une manière facile et secrète de se justifier. (Partie I, question 6)

Il *existe*, bien sûr, des femmes bonnes. Le *Malleus* mentionne : « En ce qui concerne les femmes bonnes, il y a tant de louanges, nous lisons qu'elles ont apporté la béatitude aux hommes et qu'elles ont sauvé des nations, des territoires et des villes, comme il est évident dans le cas de Judith, Déborah et Esther. » De toute évidence, on retrouve partout dans la mythologie chrétienne la dichotomie bien/mal, bon/mauvais, vierge/putain.

Comme Tertullien avant lui, le *Malleus* défend le concept selon lequel tout a changé en pire avec Ève : « Ainsi, à cause de sa nature même, la foi d'une femme malfaisante vacille plus rapidement et, en conséquence, elle abjure plus facilement sa foi, ce qui est la base de la sorcellerie. »

La dernière partie du *Malleus Maleficarum* aborde la manière dont une affaire peut aboutir à un procès, procédure par laquelle le procès se déroule (la rumeur publique suffit à entraîner le procès d'une personne et une défense vigoureuse de sa part signifie la culpabilité ; des pointes de fer rougies et d'autres tortures peuvent être utilisées pour soutirer des confessions) et, dans seize chapitres, les divers niveaux de culpabilité et les châtiments requis.

Il était facile d'accuser :

> Ainsi, la première question consiste à déterminer la meilleure méthode pour instituer un procès contre les sorcières au nom de la foi. En réponse à cette question, on doit dire que le droit canon en autorise trois. Dans la première, quelqu'un se présente devant un juge pour accuser une personne du crime d'hérésie ou de celui de protéger des hérétiques ; elle offre des preuves et consent, si elles ne sont pas convaincantes, à se soumettre au châ-

timent du talion. Dans la seconde méthode, quelqu'un dénonce une personne, mais sans offrir de preuves et sans vouloir se mêler de l'affaire, tout en affirmant agir ainsi par zèle de croyant, par suite d'une sentence d'excommunication infligée par l'ordinaire ou son vicaire, ou par crainte du châtiment temporel qu'inflige le juge séculier aux personnes qui refusent de révéler des informations.

La troisième méthode implique une inquisition; il n'y a alors ni accusé ni informateur, mais une rumeur selon laquelle il y a des sorcières dans quelque ville ou quelque lieu; le juge doit alors engager une procédure, non pas à la demande d'une quelconque partie, mais simplement en vertu de sa charge. (Partie 3, question 1)

Ce qui ne veut pas dire qu'il n'existait pas de normes. Les règles stipulaient qu'une sorcière ne pouvait être exécutée que si elle confessait son crime, « car la justice commune demande de ne pas condamner une sorcière à mort à moins qu'elle ne soit reconnue coupable de son propre aveu ».

Bien sûr, elles ne passaient pas toujours tout de suite aux aveux.

Et ici, à cause des graves problèmes qu'entraîne le silence entêté des sorcières, il y a plusieurs points que le juge doit noter. Premièrement, il ne doit pas soumettre trop rapidement une sorcière à l'examen, mais porter attention à certains signes qui suivront. Et il ne doit pas agir trop rapidement pour cette raison: à moins que Dieu, par l'entremise d'un saint ange, n'oblige le Diable à renoncer à l'aide que lui apporte la sorcière, elle sera si insensible aux douleurs de la torture qu'elle préférera être déchirée membre après membre plutôt que de confesser une quelconque partie de la vérité.

Mais il ne faut pas négliger la torture pour cette raison parce qu'elles ne possèdent pas toutes ce pouvoir et que le Diable, parfois de sa propre volonté, leur permet de confesser leurs crimes sans qu'elles y soient obligées par un saint ange.

Et en fin de compte, tout cela peut se terminer par

> des pleurs, car dans le cas où le juge veut découvrir si la sorcière possède le pouvoir de garder le silence, il doit noter si elle est capable de verser des larmes en sa présence ou lorsqu'elle subit la torture. Car les paroles d'hommes appréciés depuis longtemps et notre propre expérience nous enseignent qu'il s'agit là d'un signe indubitable, et on a découvert que même si on l'exhorte par des conjurations solennelles à verser des larmes, si c'est une sorcière, elle ne sera pas capable de pleurer : elle prendra parfois une attitude peinée et elle maculera ses joues et ses yeux de salive pour faire croire qu'elle pleure. En conséquence, les personnes présentes doivent la surveiller étroitement.
>
> En prononçant sa sentence, le juge ou le prêtre peut avoir recours à une des méthodes suivantes pour qu'elle verse de vrais pleurs si elle est innocente, ou pour qu'elle retienne de fausses larmes. Il place sa main sur la tête de l'accusée et dit : « Je te conjure par les larmes amères que notre Sauveur le Seigneur Jésus-Christ a versées sur la croix pour le salut du monde, et par les larmes brûlantes que verse le soir sur ses blessures la très glorieuse Vierge Marie, sa mère, et par toutes les larmes qui ont été versées dans ce monde par les saints et les élus de Dieu, dont Il a maintenant essuyé toutes les larmes, de verser maintenant des pleurs si tu es innocente, mais si tu es coupable tu ne le feras d'aucune manière. Au nom du Père et du Fils et du Saint-Esprit, amen. »

Les sorcières étaient dangereuses et les juges « ne doivent pas se laisser toucher physiquement par la sorcière, et doivent en particulier éviter tout contact avec leurs bras ou leurs mains nus ». Les juges, d'après les conseils du Malleus *Maleficarum*,

> doivent toujours porter sur eux du sel consacré le dimanche des Rameaux et certaines herbes bénites. Car on peut les mettre ensemble dans de la cire bénite et les porter autour de son cou, comme nous l'avons montré dans la deuxième partie alors que nous discutions des remèdes contre les maladies engendrées par la sorcellerie ; et nous savons, non seulement par le témoignage des sorcières, mais par les usages et les pratiques de l'Église, qui exorcise et bénit de tels objets dans ce but propre, comme le

> montre la cérémonie de l'exorcisme, au moment où on dit « Pour bannir toute la puissance du démon, etc. », que ceux-ci possèdent de merveilleuses vertus protectrices.
>
> Mais n'allons pas penser que le contact physique des articulations ou des membres est la seule chose contre laquelle il faille se garder ; car parfois, avec la permission de Dieu, elles sont capables, à l'aide du démon, d'ensorceler le juge par le seul bruit de leurs paroles, en particulier au moment où elles subissent la torture. (Partie 3, question 15)

Finalement, le *Malleus Maleficarum* prévient que les sorcières accusées doivent être traitées avec soin lorsqu'on les conduit devant le juge.

> Et, si la chose est possible, la sorcière devrait être amenée à reculons devant le juge et ses examinateurs et on devrait raser toutes les parties de son corps. La raison est la même que celle, déjà mentionnée, pour laquelle on lui enlève ses vêtements ; car pour conserver leur pouvoir de demeurer silencieuses, elles ont l'habitude de cacher quelque objet superstitieux dans leurs vêtements, dans leurs cheveux, ou même dans les parties les plus secrètes de leur corps qu'on ne doit pas nommer. (Partie 3, question 15)

Dans le *Da Vinci Code*, Robert Langdon se souvient du *Malleus Maleficarum* quand il se tient debout devant la *Mona Lisa* dans la salle des États du Louvre. Il songe au *Malleus* comme étant « peut-être la publication la plus sanglante de l'histoire humaine ». Dan Brown évalue le nombre de victimes à cinq millions, d'autres ont évalué les morts dus à l'Inquisition dans le monde de six cent mille à neuf millions de personnes. La plupart, nous disent les chercheurs, étaient des femmes, des personnes âgées, des jeunes, des sages-femmes, des juifs, des poètes et des gitans, soit quiconque ne souscrivant pas aux préceptes de son époque pour être un chrétien pieux.

POURQUOI LES GNOSTIQUES REPRÉSENTAIENT-ILS UNE TELLE MENACE ?

Par Lance S. Owens

Lance S. Owens est à la fois médecin dans une clinique et prêtre. Il s'occupe également du site Internet www.gnosis.org. Cet extrait est tiré d'un essai qu'il a écrit pour le site.

Qu'est-ce qui faisait des gnostiques des hérétiques si dangereux ? Les complexités du gnosticisme sont légion, ce qui rend sagement suspecte toute généralisation. Au fil des années, de nombreux systèmes visant à généraliser et à catégoriser le gnosticisme ont été proposés, mais aucun n'a été accepté par tous. Quoi qu'il en soit, on s'est généralement entendu sur quatre éléments composant les caractéristiques générales de la pensée gnostique.

La première caractéristique essentielle est que le gnosticisme affirme qu'une « connaissance directe, personnelle et absolue des vérités authentiques de l'existence est accessible aux êtres humains » et que l'atteinte d'un tel savoir constitue la réalisation suprême de la vie humaine. La gnose ne représente pas une compréhension rationnelle, commode, logique, mais plutôt un savoir acquis grâce à l'expérience. Les gnostiques ne s'intéressaient pas beaucoup au dogme non plus qu'à la théologie cohérente et rationnelle, un élément qui rend particulièrement difficile l'étude du gnosticisme pour les personnes ayant une « mentalité de comptable ». On ne peut tout simplement pas encoder le gnosticisme dans des affirmations dogmatiques. Les gnostiques chérissaient la force permanente de la révélation divine. La gnose était l'expérience créative de la révélation, une progression accélérée de la compréhension et non un credo statique.

Dans son étude intitulée *The American Religion*, le renommé critique littéraire Harold Bloom suggère une deuxième caractéristique du gnosticisme qui pourrait nous aider à circonscrire de manière conceptuelle son cœur mystérieux. Le gnosticisme, affirme Bloom, « est un savoir découlant d'un soi non créé ou d'un soi dans le soi, et cette connaissance engendre la liberté ». Parmi toutes les perceptions liées aux révélations qu'un gnostique pouvait atteindre figurait en première place l'éveil qui venait avec la connaissance que quelque chose en lui était non créé. Les gnostiques l'appelaient le « soi non créé », la semence divine, la perle, l'étincelle du savoir : conscience, intelligence, lumière. Et la semence de l'intellect était la même que la substance de Dieu. C'était la réalité authentique de l'homme, la gloire de l'humanité comme de la dignité. Selon toutes les perceptions rationnelles, l'homme n'était manifestement pas Dieu et pourtant, fondamentalement, il était divin. Cette énigme constituait un mystère gnostique, et sa connaissance était leur trésor.

Cela nous amène au troisième élément important de notre résumé du gnosticisme : sa vénération des textes et des Écritures que refusait le clan orthodoxe. L'expérience gnostique était mythopoétique : dans l'histoire et la métaphore, et peut-être aussi dans les reconstitutions rituelles, le gnosticisme cherchait l'expression d'idées subtiles, visionnaires, qui ne pouvaient s'illustrer par des propositions rationnelles ou des affirmations dogmatiques. Irrité par leur profusion de « textes inspirés » et de mythes, Irénée déplore, dans son classique du IIe siècle intitulé *Réfutation du gnosticisme* que « chacun d'entre eux enfantait chaque jour, autant qu'il le peut, quelque chose de nouveau : car nul n'est " parfait ", chez eux, s'il n'a " fructifié "en de plantureux mensonges ».

La quatrième caractéristique est la plus difficile des quatre à démêler succinctement et c'est aussi une des plus troublantes pour ce qui allait devenir la théologie orthodoxe. C'est l'image de Dieu en tant que dyade ou dualité. Tout en affirmant l'unité et l'intégralité ultimes du divin, le gnosticisme soulignait, dans sa rencontre expérimentale avec le sacré, des manifestations et des qualités opposées. Dans plusieurs des textes gnostiques de Nag Hammadi, Dieu est représenté comme une dyade d'éléments masculins et féminins. Plusieurs tendances au sein du gnosticisme voyaient en Dieu une union de deux natures distinctes, union bien illustrée par le symbolisme sexuel. Les gnostiques vénéraient la nature féminine et, dans le même ordre d'idées, Elaine Pagels affirme que les femmes gnostiques chrétiennes jouissaient d'un degré beaucoup plus élevé d'égalité sociale et ecclésiastique que leurs sœurs orthodoxes. Jésus lui-même, enseignaient certains gnostiques, préfigurait cette relation mystique ; le disciple qu'il aimait le mieux était une femme, Marie-Madeleine, son épouse.

Jésus est venu redresser cette situation et réunir ces deux éléments. Il ne nous reste que notre imagination poétique pour réfléchir à ce que cela pourrait signifier. Même si les polémistes orthodoxes accusaient fréquemment les gnostiques de comportements sexuels non orthodoxes, la façon exacte dont ces idées et ces images ont joué un rôle dans les affaires humaines demeure incertaine sur le plan historique.

LA SOLUTION DU DA VINCI CODE

Le divin Jésus et la divine Parole découlaient d'un jeu de pouvoir du IVe siècle ? Soyons réalistes !

par Collin Hansen

Le livre *Da Vinci Code* de Dan Brown a connu un succès enviable, inspirant une émission spéciale à la télévision, de même que des débats sur la légitimité de l'histoire occidentale et chrétienne.

Alors que l'émission télévisée a mis l'accent sur la fascination qu'exerce sur Brown un supposé mariage entre Jésus et Marie-Madeleine, *Da Vinci Code* contient beaucoup d'autres affirmations (également douteuses) sur les origines historiques du christianisme et son évolution théologique. La principale affirmation qu'avance le roman de Brown sur le christianisme est qu'« à peu près tout ce que nos pères nous ont enseigné sur le Christ est faux ». Pourquoi ? À cause d'une seule rencontre ou réunion d'évêques en 325, dans la ville de Nicée en Turquie moderne. À ce moment, plaide Brown, les dirigeants de l'Église qui voulaient consolider l'assise de leur pouvoir (il l'appelle, de manière anachronique, « le Vatican » ou « l'Église catholique romaine ») ont créé un Christ divin et des Écritures infaillibles, deux caractéristiques qui n'avaient jamais existé auparavant pour les chrétiens.

Brown a raison de dire que dans l'histoire de la chrétienté, peu d'événements ont été plus importants que le concile de Nicée de 325. Quand l'empereur romain Constantin nouvellement converti a convoqué les évêques du monde entier en ce qui est aujourd'hui la Turquie, l'Église était arrivée à un carrefour théologique. Dirigée par un théologien d'Alexandrie nommé Arius, une école de pensée affirmait que Jésus avait été, à n'en pas douter, un remarquable chef de file, mais qu'il n'était pas Dieu incarné. Dans le *Da Vinci Code*, Brown adopte apparemment Arius en tant que représentant de toute la chrétienté pré-nicéenne. Faisant référence au concile de Nicée, Brown prétend que « jusqu'à ce moment de l'histoire, ses partisans considéraient Jésus comme un prophète mortel ; un homme grand et puissant, mais malgré tout un homme ».

En réalité, la grande majorité des premiers chrétiens vénéraient Jésus-Christ comme leur Sauveur et Seigneur ressuscité. Par exemple, les chrétiens adoptèrent le mot grec *kyrios*, signifiant « divin », et l'appliquèrent à Jésus dès les premiers jours de l'Église.

Le concile de Nicée ne mit pas fin complètement à la controverse sur les enseignements d'Arius et cette réunion n'a pas imposé à l'Église une doctrine étrangère de la divinité du Christ. Les évêques présents n'ont fait qu'affirmer les croyances chrétiennes historiques et classiques, érigeant un front uni contre les futures mesures visant à diluer le don du salut du Christ.

Comme la Bible joue un rôle essentiel dans le christianisme, la question de la véracité historique des Écritures comporte d'immenses implications. Brown affirme que Constantin a mandaté et payé des gens pour trafiquer les textes existants de manière à diviniser le Christ humain. Mais, pour plusieurs raisons, les hypothèses de Brown tombent à plat. Brown souligne avec justesse que « la Bible n'est pas venue du Ciel par télécopieur ». De fait, la composition et la consolidation de la Bible peuvent paraître un peu trop humaines aux yeux de certains chrétiens. Mais Brown néglige le fait que le processus humain de canonisation existait depuis des siècles avant Nicée, ce qui a donné un canon presque complet d'Écritures avant Nicée ou même avant la légalisation du christianisme par Constantin en 313.

Ironiquement, le processus de collecte et de consolidation des Écritures s'est amorcé lorsqu'une secte rivale a produit son propre canon quasi biblique. Autour de 140, un dirigeant gnostique du nom de Marcion commença à répandre une théorie selon laquelle le Nouveau Testament et l'Ancien Testament ne partageaient pas le même dieu. Marcion affirmait que le dieu de l'Ancien Testament représentait la loi et la colère, alors que celui du Nouveau Testament, représenté par le Christ, illustrait l'amour. Marcion rejeta donc l'Ancien Testament et les écrits du Nouveau Testament manifestement juifs, y compris Mathieu, Marc, les *Actes* et les *Hébreux*. Il trafiqua d'autres livres pour atténuer leurs tendances juives. Bien que, en 144, l'Église de Rome eût déclaré ses opinions hérétiques, l'enseignement de Marcion donna naissance à un nouveau culte. Mis au défi par la menace de Marcion, les dirigeants de l'Église commencèrent à examiner en hâte leurs propres points de vue et à dresser une liste définitive des livres scripturaux, notamment l'Ancien Testament et le Nouveau Testament.

À l'époque de Nicée, les dirigeants de l'Église débattirent de la légitimité de seulement quelques livres que nous acceptons aujourd'hui, *Hébreux* et *Révélations* étant les plus importants parmi eux, parce qu'on ne pouvait affirmer avec certitude qui en étaient les auteurs. En fait, la paternité des textes était une des plus importantes considérations aux yeux des personnes qui œuvraient à consolider le canon. Pour les premiers dirigeants de l'Église, les lettres et les récits de témoins oculaires ne faisaient autorité et n'étaient obligatoires que s'ils avaient été écrits par un apôtre ou par un disciple proche d'un apôtre. Ainsi, ils pouvaient être assurés de la fiabilité des documents. En tant que pasteur et prêcheur, ils regardèrent aussi quels étaient les livres qui contribuaient dans les faits à l'édification de l'Église — un bon signe, à leurs yeux, que ces livres étaient une Écriture inspirée. Les résultats parlent d'eux-mêmes. Les livres que contient la Bible aujourd'hui ont permis au christianisme de s'étendre, de prospérer et de demeurer vivant dans le monde entier.

Les sociétés secrètes

Les choses cachées sont à l'Éternel, notre Dieu, et les choses révélées sont à nous et à nos fils, à toujours.

— DEUTÉRONOME 29,29

Comme dans tout bon roman d'espionnage, l'intrigue du *Da Vinci Code* passe d'un secret renversant à un autre, d'un message codé au suivant, d'un ancien complot à un complot moderne, tout en explorant certains des secrets les plus fondamentaux du passé archaïque de la culture humaine, et même des époques archaïques du cerveau lui-même, où s'ébattent les mythes primordiaux et les archétypes jungiens, et où résident les peurs secrètes, les compulsions et les anciens traumatismes.

Dan Brown a dit de Robert Ludlum qu'il figure parmi ses écrivains favoris et on peut percevoir dans *Da Vinci Code* une touche du Ludlum d'origine : commencez par des secrets incroyablement convaincants et puissants, jetez un homme ordinaire (et une belle femme) dans de l'action rapide aux enjeux élevés pour qu'il découvre ces secrets malgré une menace imminente contre la civilisation, confrontez les personnages à des sociétés secrètes obscures et puissantes dont personne ne soupçonnait l'existence jusqu'alors, concentrez leur esprit sur des complots si complexes que le lecteur ne pourra jamais établir un plan de l'intrigue, et enrobez le tout d'action suffisamment rapide pour que le lecteur oublie les personnages de papier mâché et les lacunes de l'intrigue.

Qu'il s'agisse des romans de Ludlum, de Le Carré, de J. K. Rowling, de J. R. R. Tolkien ou de Dan Brown, il ne faut pas minimiser le rôle des sociétés secrètes dans de telles intrigues.

Dans ce chapitre, nous examinons plus particulièrement trois sociétés secrètes à l'œuvre dans le *Da Vinci Code* : les Chevaliers du Temple, le Prieuré de Sion et l'Opus Dei. Au fil des pages, nous abordons divers autres rites et pratiques secrets, des gnostiques contemporains qui célèbrent les rites du *hieros gamos* à New York, jusqu'à une pléthore de sociétés secrètes générées par le massacre des Templiers au XIVe siècle.

Comme le souligne le *Da Vinci Code*, tout le monde aime un bon complot. Tout le monde trouve intéressant de découvrir un secret ahurissant. En ce qui concerne les trois plus importantes sociétés secrètes du *Da Vinci Code* — les Templiers, le Prieuré et l'Opus Dei —, chacune constitue en elle-même un monde fascinant. Le roman comprime l'essence de ces cultures secrètes en un arrière-plan matériel facile à comprendre. Mais il poursuit en exagérant beaucoup le pouvoir, l'influence et l'histoire de chacune d'elles.

À titre d'exemple, les Templiers ont peut-être usé, à l'époque médiévale, de certaines pratiques semblables à un culte qu'on pourrait interpréter comme des rites sexuels sacrés. Marie-Madeleine pourrait avoir été une figure plus importante dans leur culture que dans la chrétienté contemporaine. Et ils pourraient bien avoir trouvé un trésor à Jérusalem et mis sur pied un réseau de pouvoir et d'influence. Mais il est extrêmement douteux qu'ils aient pu se soucier beaucoup de la théorie du Féminin sacré ou qu'ils aient cru que le Saint-Graal ait quoi que ce soit à voir avec l'utérus de Marie-Madeleine et la lignée royale des descendants qu'elle peut avoir eus ou non.

Le Prieuré de Sion, même s'il est intéressant de formuler des hypothèses à son propos, peut ne jamais avoir existé autrement que comme branche politique mineure des Templiers pendant leur âge d'or. En ce qui a trait à l'ère moderne, l'idée du Prieuré pourrait n'être qu'un canular dans son incarnation du XXIe siècle. Il se peut que Léonard de Vinci ait pu être lié à des sectes secrètes, à des philosophies hérétiques et à des pratiques sexuelles inhabituelles, et qu'il ait cherché, par ses peintures, à transmettre un savoir secret (ou tout au moins à faire des plaisanteries personnelles) aux générations futures. Mais il est tout à fait improbable qu'il ait joué le rôle de « Grand Maître » d'une organisation secrète sans laisser d'indice ou d'élément de preuve documentaire dans les dizaines de milliers de pages de carnets qu'il a laissées à la postérité. On pourrait dire la même chose concernant les autres supposés Grands Maîtres. Avec tout ce que nous savons sur les vies de Victor Hugo, de Jean Cocteau, d'Isaac Newton et de

Claude de Debussy, ne pensez-vous pas qu'il devrait y avoir des fragments de preuve quelque part? Et pour une organisation censée tenir en si haute estime le Féminin sacré (à tout le moins, d'après le roman), pourquoi n'y a-t-il pas de femmes importantes sur la liste?

L'Opus Dei est certainement une organisation riche, puissante et impénétrable. Elle pourrait bien avoir adopté une philosophie religieuse particulière ou un ensemble d'objectifs politiques que plusieurs trouvent abominables. Il pourrait y avoir eu une intéressante histoire de participations inexpliquées à des activités de la CIA, aux finances du Vatican et aux brigades de la mort de la droite dans les guerres civiles latino-américaines. Mais il était hors de question qu'elle ait envoyé des moines albinos dans les rues de Paris pour assassiner des gens à cause d'anciens secrets religieux.

Il ne s'agit pas de nier les préoccupations et les peurs que certaines personnes peuvent nourrir à l'égard de ce groupe ou de quelque autre groupe ou complot secret. C'est tout le contraire: Dan Brown, comme plusieurs romanciers, exagère à l'extrême et laisse son imagination déborder dans le seul but de trouver les bonnes métaphores et la bonne idée audacieuse qui lui permettront de s'élever au-dessus de cet amoncellement de renseignements et de ce monde saturé de divertissements. De toute évidence, son approche a eu beaucoup de succès. Son livre a éveillé notre intérêt à l'égard des sociétés secrètes et du savoir ésotérique dont nous avions vaguement entendu parler, mais au sujet desquels nous savions peu de choses.

Bienvenue dans le monde étrange des sociétés secrètes du *Da Vinci Code*.

SOUVENIRS D'UNE MESSE GNOSTIQUE

par John Castro

John Castro est un écrivain installé à New York.

Je me tiens dans un corridor éclairé de lumière fluorescente, j'ai froid et je suis rempli d'appréhension.

Je ne porte pas de chaussures.

Un homme habillé de denim noir vient de demander à tous les gens rassemblés d'enlever leurs chaussures pour montrer leur respect envers le temple dans lequel ils vont entrer. Nous faisons ce qu'on nous demande. Quand nous avons fini, l'homme nous prie d'attendre que la cérémonie commence. Pendant que j'attends, j'écoute. Il y a des couples, des groupes d'amis, des gens qui semblent se connaître depuis des années, qui se souhaitent la bienvenue. Je me concentre sur quelques conversations pour tuer le temps.

Une belle jeune femme hispanique, âgée probablement de vingt et un ou vingt-deux ans, bavarde sur son téléphone cellulaire: « Oui, oui, oui. Non, c'est ma quatrième fois. Je vais devenir disciple de Minerve à la prochaine initiation. »

Un homme mince et musclé, à la chevelure gominée et avec une petite barbichette, remonte le corridor et se joint au reste d'entre nous. Il attend quelques instants, repère une jeune femme à l'air sérieux qui porte un pentacle sur une chaîne autour du cou et amorce une conversation avec elle. « Quatre-vingt-treize », dit-il.

« Quatre-vingt-treize », répond-elle en souriant.

Têtes penchées, ils commencent à converser à voix basse.

« *Man*, j'ai entendu dire que Jimmy Page vient ici quand il est à New York », dit un adepte du *heavy metal* portant une longue queue de cheval et qui semble avoir dans la trentaine. Son ami, petit et trapu, répond d'un hochement de tête avec une nonchalance lasse. Je me tiens debout en silence — je suis tout seul ici — et j'attends de pouvoir entrer.

Ce sont là mes souvenirs d'une cérémonie à laquelle j'ai assisté à la fin de 2002. J'étais un observateur et un participant étonnamment nerveux, dans le cadre d'un rituel présidé par l'Ordo Templis Orientalis, une organisation dirigée par Aleister Crowley pendant plusieurs années. *Le* Aleister Crowley, poète, magicien, iconoclaste, toxicomane et fléau moral de la Grande-Bretagne, le mage ésotérique qui parlait de lui-même comme de la Grande Bête 666.

En lisant le *Da Vinci Code*, plusieurs souvenirs me sont revenus en mémoire. Ces souvenirs datent de presque deux ans. Je sais que j'ai omis des détails et je peux m'être souvenu incorrectement d'autres détails. Pourtant, comme Sophie Neveu, mes impressions sur ce que j'ai vu sont demeurées intenses et claires.

Le temple se trouve dans une petite pièce. Les murs sont peints en noir, la pièce à peine éclairée par de petites lampes en forme de bol pendant du plafond et des douzaines de chandelles au pied d'un autel du côté droit de la pièce. C'est une large structure avec trois marches qui y conduisent et une dalle de pierre ornée de hiéroglyphes à son sommet. L'autel est entouré d'une longue tringle soutenant un rideau ouvert.

À l'opposé de l'autel, il y a une boîte allongée de la hauteur et de la largeur d'un homme de grande taille, avec un petit rideau qui recouvre le devant. Sont placés sur le sol, à égale distance entre l'autel et le cercueil, deux boîtes noires, chacune portant un brûleur d'encens, des livres et un bol à mélanger.

De chaque côté de ce corridor se trouvent des rangées de chaises pour la congrégation. Nous entrons tous lentement, maladroitement, environ une soixantaine de personnes en tout, et plaçons bruyamment nos chaussures, nos sacs et nos manteaux sous nos chaises.

Je n'ai plus froid. En fait, je commence à transpirer. Après nous être assis, nous nous trouvons entassés, la pièce est bondée, et nous ressentons tous la chaleur des chandelles et des autres fidèles. Je suis surpris par le nombre et la diversité des fidèles — de tous âges, de différentes ethnies, vêtus de vêtements qui varient du yuppie bien habillé à l'archétype de « Donjons et Dragons ».

Un homme à la barbe mince, vêtu d'une toge, se tient debout devant l'autel. Il fait le signe de la croix sur son front, sa poitrine et ses épaules ; chaque fois qu'il se touche, il prononce des paroles qui semblent être en hébreu.

Il étire ses bras vers l'avant, joint les mains et commence lentement à déambuler à grands pas autour de la pièce. Il respire lourdement, son visage est pincé, concentré, et il regarde au-delà des murs du temple. À quatre endroits de la pièce, il s'arrête et prononce un mot ou une phrase — je ne sais pas en quelle langue — et, avec de grands gestes, il dessine un pentagramme dans l'air.

Après avoir dessiné un pentagramme aux quatre coins, il se place de nouveau devant l'autel. Il récite le nom des anges: Gabriel, Michael, Raphaël et Uriel. Il fait encore une fois le signe de la croix, se tourne vers les fidèles et étend largement les bras en prenant une profonde inspiration. Il retient son souffle, le relâche lentement, puis se détend et sourit. Une musique que dispense un joueur de cithare flotte dans l'air sombre.

L'homme barbu à la toge blanche entonne: « Fais ce que tu veux sera la seule loi. »

Les fidèles répondent: « L'Amour est la Loi, l'Amour selon la Volonté. »

L'homme récite un texte qui me rappelle un élément familier de la messe catholique: une liste de croyances qui évoquent le Credo de Nicée. Au milieu du credo, il récite un passage qui me donne froid dans le dos, même si je ne sais pas pourquoi:

> « Et je crois au Serpent et au Lion, au Mystère du Mystère, en son nom BAPHOMET. »

Une femme vêtue de bleu et de blanc avance lentement le long de l'allée, les yeux rivés au plancher, suivie d'un homme en toge noire et d'une femme en blanc. Elle porte au côté une épée dans son fourreau. C'est une femme charnue, attirante, d'une quarantaine d'années, aux cheveux foncés brun roux. Elle se tient devant la boîte allongée et écarte les rideaux avec son épée.

Un jeune homme corpulent sort de la boîte, vêtu d'une toge blanche et portant devant lui une longue lance.

La femme saisit alors un brûleur d'encens suspendu au bout d'une chaîne et le lui apporte. Ils parlent pendant tout ce temps, l'homme à la lance proclamant qu'il n'est pas digne d'administrer les rites, la femme l'invitant, dans un murmure, à avoir un corps et une âme purs. Elle promène ses mains ouvertes au-dessus du corps de l'homme, sans le toucher, puis se lève, le drape dans une toge rouge et dépose une couronne sur sa tête. Il penche la lance vers l'avant en regardant l'autel plus loin.

Elle s'agenouille et, paumes ouvertes, promène ses mains le long du manche de la lance une douzaine de fois. Son attitude est déférente, tranquille. « Le Seigneur est parmi nous », s'exclame-t-elle.

Les fidèles sont maintenant agenouillés sur le sol, bras dans les airs, mains unies à celles de leurs voisins. Une jeune femme aux longs cheveux blonds se trouve à ma droite et, à ma gauche, se tient un Afro-Américain presque chauve, avec une barbe sel et poivre. Tous les autres fidèles se tiennent dans la même position, les mains jointes. Mes bras commencent à me faire mal. Je me demande si les autres pensent à la douleur intense dans leurs bras et leur dos. Je cherche du regard un peu de sympathie, mais n'en trouve aucune — la plupart des fidèles regardent l'autel ou sont en admiration tranquille, les yeux clos. Mine de rien, j'essaie en vain de m'adosser à ma chaise; mes voisins ne bougent pas. J'essaie plutôt de me concentrer sur l'autel.

L'homme à la lance se tient sur la première marche menant à l'autel. Le rideau est fermé; l'instant d'avant, la femme à l'épée était assise sur l'autel, mais maintenant elle est cachée.

L'homme à la lance récite de la poésie à la femme derrière le rideau; et après un moment, la femme lui répond à travers le voile.

Je ne réussis pas à me concentrer. Je commence à transpirer et la seule chose à laquelle je puisse penser à part le feu qui habite mes bras et mon dos est que la sueur de mon bras pressé contre le bras de la femme à ma droite commence à s'écouler aussi le long du sien.

Il y a une femme nue sur l'autel.

Nous nous remettons debout, fixant la femme. L'homme à la lance vient d'écarter le rideau, et la femme à l'épée, complètement nue, est assise sur l'autel et nous fait face, ses jambes pendant sur le côté. J'essaie de contempler la scène dans son ensemble, mais mes yeux ne cessent de regarder ailleurs.

Une petite voix dans ma tête — les vestiges de mon éducation catholique, un mélange de communions, de confessions et de cours d'éducation religieuse chaque mercredi après l'école — devient plus forte, plus insistante: *Il y a une femme nue sur l'autel. Qu'est-ce que tu fais donc là?*

L'homme lui présente sa lance. Elle la prend, l'embrasse peut-être une douzaine de fois, puis la presse contre ses seins. L'homme se laisse tomber sur les genoux devant elle, place les bras sur l'autel le long des jambes de la femme. Penché, en adoration, il commence lentement à lui embrasser les genoux et les cuisses.

Quand j'étais jeune, j'étais terrifié à l'idée de saboter la communion. Quelle main dois-je mettre sur quelle main? Quelles paroles dois-je dire au prêtre? Je faisais presque la même chose ce soir-là.

Les fidèles se faufilent entre les rangées de chaises et avancent le long de l'allée centrale jusqu'à l'autel où ils reçoivent l'hostie des mains de la prêtresse nue. Ils marchent lentement, de manière solennelle, les bras croisés sur la poitrine. Je fais comme eux.

Quand j'atteins finalement l'autel, je me concentre sur les yeux de la femme nue; je ne veux pas la gêner en la fixant du regard. Ça n'a pas d'importance. C'est bien plus mon problème que le sien et je trébuche presque en montant les marches. Ses yeux se fixent de façon béate sur les miens, avec un tendre regard de bienvenue et de réconfort tout à fait sincère. Je prends l'hostie: un morceau de pain sucré et difficile à mâcher, à peu près de la taille d'un vingt-cinq cents et, avant de le mastiquer, je prononce les paroles que les autres fidèles ont entonnées:

« Il n'y a aucune partie de moi qui ne soit issue des dieux. »

La dernière partie de la messe dont je me souviens est un poème que chantait la congrégation. C'était un texte de Crowley et je ne me souviens que de ces quelques lignes:

> Hommes: Gloire à Toi de la tombe dorée!
> Femmes: Gloire à Toi du ventre qui attend!
> Hommes: Gloire à Toi de la terre non cultivée!
> Femmes: Gloire à Toi de la vierge avouée!

En réalité, c'était très émouvant. Les fidèles connaissaient le texte par cœur; l'effet de semi-chorale était enchanteur.

Maintenant, je réfléchis rétrospectivement aux liens avec le *Da Vinci Code.*

Il y avait des rapports évidents entre les sujets: la mention de Baphomet, un lien avec les Chevaliers du Temple; les rituels de cérémonies rappelant les pratiques orthodoxes; des indices plus profonds d'une synthèse de plusieurs traditions égyptiennes, hébraïques et grecques plus anciennes; des échos de la franc-maçonnerie et de l'ordre rosicrucien. Finalement, et plus important encore, étaient la volonté de placer une femme au centre de la cérémonie et les références évidentes et franches à la sexualité dans la symbolique de l'événement.

L'Ordo Templis Orientalis est une société secrète (bien qu'un site lui soit consacré sur Internet, incluant tous les textes de la messe gnostique). Comme tant de sociétés occultes ou ésotériques mentionnées dans le *Da Vinci Code*, il est nécessaire de l'observer de l'intérieur pour la comprendre. Même si les ornements de la messe peuvent avoir un lien avec les sujets de ce livre, je reconnais que la « véritable » signification de la messe — la signification pour les membres eux-mêmes — dépasse mon entendement. Et ce sera toujours le cas, à moins d'en devenir moi-même un participant silencieux.

Je sais une chose : ce que j'ai vu était une célébration d'une croyance et d'une dévotion sincères de la part de la congrégation. Quand je me rappelle ma réaction à cet événement, je me demande : Quelles réactions instables les premiers chrétiens ont-ils ressenties à Rome, quels rires nerveux ou d'inconfort ont-ils retenus ? Et n'est-ce pas toujours de cette façon que les choses se passent devant un nouveau dieu ?

LA RÉVÉLATION DES TEMPLIERS

par Lynn Picknett et Clive Prince

Lynn Picknett et Clive Prince, qui vivent à Londres, sont écrivains, chercheurs et donnent des conférences portant sur le paranormal, l'occulte, et les mystères historiques et religieux. Leur livre intitulé *The Templar Revelation*, duquel est tiré le passage qui suit, est l'un des principaux livres de la bibliographie du *Da Vinci Code* et la source de plusieurs théories mises de l'avant par ce roman sur de Vinci, les Templiers et le Prieuré de Sion. © 1997 par Lynn Picknet et Clive Prince. Reproduit avec l'autorisation de Simon & Schuster Adult Publishing Group à partir de *The Templar Revelation* par Lynn Picknett et Clive Prince.

Les noms de Léonard de Vinci et de Jean Cocteau figurent sur la liste des Grands Maîtres du Prieuré de Sion, qui est considéré comme l'une des plus vieilles et des plus influentes sociétés secrètes d'Europe. Extrêmement controversée, l'existence même du Prieuré a été remise en question et, par conséquent, ses présumées activités ont souvent fait l'objet de plaisanteries et ses implications n'ont jamais été prises au sérieux. De prime abord, ce type de réaction suscitait notre sympathie, mais les enquêtes que nous avons menées plus tard ont révélé que la question n'était pas aussi simple.

Ce n'est qu'en 1982 que le Prieuré de Sion a captivé l'intérêt du monde anglophone grâce au livre à succès *The Holy Blood and the Holy Grail* de Michael Baigent, Richard Leigh et Henry Lincoln, bien que chez lui, en France, des rapports sur son existence aient été progressivement rendus publics à partir des années 1960. Il s'agit d'un ordre quasi maçonnique ou chevaleresque ayant certaines ambitions politiques et, semble-t-il, une influence considérable dans les coulisses. Cela dit, il est difficile de classer le Prieuré, probablement parce qu'il existe quelque chose de tout à fait chimérique en ce qui concerne toute cette histoire.

Le pouvoir sous-jacent du Prieuré de Sion vient au moins en partie de sa réputation selon laquelle ses membres seraient, et auraient toujours été, les gardiens d'un grand secret, secret qui, s'il était rendu public, ébranlerait les fondations mêmes de l'Église et de l'État. Les représentants du Prieuré de Sion, qui porte parfois le nom de l'Ordre de Sion ou de l'Ordre de Notre-Dame de Sion de même que d'autres noms secondaires, affirment qu'il a été fondé en 1099, pendant la première croisade, et que, même à cette époque, il ne s'agissait que de donner une existence officielle à un groupe qui gardait déjà depuis bien plus longtemps ce savoir explosif. Ils affirment avoir été à l'origine de la création des Chevaliers du Temple — ce curieux rassemblement de soldats-moines médiévaux de sinistre réputation. Selon eux, le Prieuré et les Templiers sont devenus pratiquement une même organisation, ayant le même Grand Maître, jusqu'à ce qu'ils subissent un schisme et se séparent en 1188. Le Prieuré survécut sous le protectorat d'une série de Grands Maîtres, notamment quelques-uns des plus illustres noms de l'histoire comme Sir Isaac Newton, Sandro Philipepi (connu sous le nom de Botticelli), Robert Fludd, philosophe occulte britannique et, bien sûr, Léonard de Vinci qui, suppose-t-on, présida à la destinée du Prieuré pendant les neuf dernières années de sa vie. Parmi ses plus récents dirigeants, on compte Victor Hugo, Claude Debussy et l'artiste, écrivain, dramaturge et réalisateur de films Jean Cocteau. Bien que ceux-ci n'aient pas été de Grands Maîtres, le Prieuré a, selon ce qu'il affirme, attiré d'autres figures de proue au cours des siècles, telles Jeanne d'Arc, Nostradamus (Michel de Notre-Dame) et même le pape Jean XXIII.

En plus de telles célébrités, l'histoire du Prieuré de Sion comptait parmi ses membres, on suppose, quelques-unes des plus grandes familles royales et aristocratiques d'Europe, génération après génération. Parmi eux, les d'Anjou, les Habsbourg, les Sinclair et les Montgomery.

Le but du Prieuré était de protéger les descendants de l'ancienne dynastie des rois mérovingiens sur le territoire de ce qui est maintenant la France, dynastie qui régna du Ve siècle jusqu'à l'assassinat de Dagobert II à la fin du VIIe siècle. Mais des critiques prétendent que le Prieuré de Sion n'existe que depuis les années 1950 et qu'il ne regroupe qu'une poignée de mythomanes n'ayant aucun pouvoir réel — des royalistes entretenant des illusions illimitées de grandeur.

Ainsi, nous avons d'une part les propres affirmations du Prieuré concernant sa généalogie et sa raison d'être et, d'autre part, les prétentions de ses détracteurs.

Tout mystère lié au Prieuré de Sion implique aussi ces guerriers-moines (les Templiers), qui font donc partie intégrante de cette enquête.

On a retrouvé dans le Languedoc un tiers de toutes les propriétés des Templiers européens et leurs ruines ne font qu'ajouter à la beauté sauvage de la région. Selon une des légendes locales les plus pittoresques, chaque fois que le treize octobre tombe un vendredi (jour et date de l'élimination soudaine et brutale de l'Ordre), des lumières étranges apparaissent dans les ruines et on peut y apercevoir des figures sombres qui se déplacent. Malheureusement, les vendredis où nous nous sommes trouvés dans cette région, nous n'avons rien vu ni entendu sauf les grognements alarmants de sangliers sauvages; mais l'anecdote montre à quel point les Templiers font maintenant partie de la légende locale.

Ils ont survécu dans la mémoire des gens de l'endroit et ces souvenirs sont loin d'être négatifs. Même aujourd'hui, la célèbre chanteuse d'opéra Emma Calvé, originaire d'Aveyron au nord du Languedoc, écrivait dans ses mémoires que des habitants de l'endroit disaient, parlant d'un garçon particulièrement beau et intelligent: « C'est un vrai fils de Templier. »

Les principaux faits concernant les Chevaliers du Temple sont simples. Officiellement connus sous le nom de l'Ordre des Pauvres Chevaliers du Temple de Salomon, ils ont été formés en 1118 par le noble français Hugues de Payens en tant qu'escorte à cheval des pèlerins qui s'en allaient en Terre sainte. Pendant les neuf premières années, ils n'étaient que neuf. Puis l'Ordre s'est ouvert et s'est bientôt établi, devenant une force dont il fallait tenir compte, non seulement au Moyen-Orient, mais dans toute l'Europe.

Après que l'Ordre eut été reconnu, Hugues de Payens entreprit lui-même un voyage à travers l'Europe, demandant à la royauté et à la noblesse des terres et de l'argent. Il visita l'Angleterre en 1129 et y fonda cette année-là le premier site des Templiers, à l'endroit où se trouve aujourd'hui la station de métro Holborn à Londres.

Comme tous les autres moines, les Chevaliers faisaient serment de pauvreté, de chasteté et d'obéissance, mais ils faisaient partie du monde et en étaient issus, et ils juraient d'utiliser l'épée si nécessaire contre les ennemis du Christ — ainsi l'image des Templiers est-elle devenue indissociable des croisades organisées pour chasser les infidèles de Jérusalem et conserver la ville chrétienne.

C'est en 1128 que le concile de Troyes reconnut officiellement les Templiers en tant qu'ordre religieux et militaire. Le principal acteur derrière cette décision était Bernard de Clairvaux, directeur de l'Ordre cistercien, qui fut plus tard canonisé. Mais, comme l'écrit Bamber Gascoigne dans *The Christians*:

> Il était agressif, il était injurieux. [...] Et c'était un politicien pervers assez peu scrupuleux concernant les méthodes qu'il utilisait pour abattre ses ennemis.

En fait, Bernard de Clairvaux écrivit la *Règle des Templiers* — qui se fondait sur celle des cisterciens — et c'est un de ses protégés, le pape Innocent II, qui déclara en 1139 qu'à partir de ce moment, les Chevaliers ne seraient responsables que devant la papauté. Comme l'Ordre des Templiers et celui des cisterciens ont évolué parallèlement, on peut discerner une certaine part de coordination volontaire entre les deux; par exemple, le seigneur d'Hugues de Payens, le comte de Champagne, donna à saint Bernard le territoire de Clairvaux sur lequel il édifia son « empire » monastique. Et, fait important, André de Montbard, un des neuf chevaliers fondateurs, était l'oncle de Bernard de Clairvaux. On a laissé entendre que les Templiers et les cisterciens agissaient de concert selon un plan établi auparavant, afin de prendre le pouvoir dans la chrétienté, mais ce plan n'a jamais réussi.

Il est difficile d'exagérer le prestige et le pouvoir financier des Templiers quand ils étaient à l'apogée de leur influence en Europe. Il n'existait pratiquement pas de grands centres de la civilisation où ils n'avaient pas un précepteur, tel que le montre le vaste éventail de lieux existant encore aujourd'hui en Angleterre qui portent des noms comme Temple Fortune, Temple Bar (à Londres) et Temple Meads (à Bristol). Mais au fur et à mesure que leur empire s'étendait, leur arrogance augmentait et commença à envenimer leurs relations avec les chefs d'État temporels et séculiers.

La richesse des Templiers découlait en partie de leur Règle. Tous les nouveaux membres devaient remettre leurs biens à l'Ordre et ils amassèrent une fortune considérable grâce aux dons immenses de terres et d'argent de plusieurs rois et nobles. Bientôt, leurs coffres se mirent à déborder, surtout grâce à l'ingéniosité financière impressionnante qu'ils avaient également développée, qui fit d'eux les premiers banquiers internationaux et ceux de qui dépendaient les taux de crédit des autres créanciers. C'était une façon sûre de devenir une puissance importante. En l'espace de quelques années, leur titre de « Pauvres Chevaliers » devint une coquille vide, même si les plus humbles étaient sans doute demeurés impécunieux.

En plus de leur richesse immense, les Templiers étaient célèbres pour leurs talents et leur courage dans la bataille, allant parfois jusqu'à la témérité. En tant que combattants, ils devaient observer des règles particulières qui régissaient leur conduite : par exemple, il leur était interdit de se rendre à l'ennemi, à moins que les pronostics contre eux soient supérieures à trois contre une et, même à ce moment-là, ils devaient obtenir l'approbation de leur commandant. Ils étaient les services spéciaux de leur époque, une armée d'élite avec Dieu — et l'argent — de leur côté.

Malgré leurs plus vigoureux efforts, la Terre sainte tomba aux mains des Sarrasins morceau par morceau jusqu'à ce qu'en 1291, le dernier territoire chrétien, la ville d'Acre, passe aux mains de l'ennemi. Les Templiers n'avaient rien d'autre à faire que de retourner en Europe et de préparer leur éventuelle reconquête mais, malheureusement, les divers rois qui pouvaient les financer avaient perdu la motivation nécessaire pour de telles campagnes. Leur principale raison d'être fut réduite à néant. Au chômage, mais toujours riches et arrogants, ils suscitaient la colère parce qu'ils étaient exemptés d'impôt et n'avaient d'allégeance qu'envers le pape et lui seul.

Ainsi survint leur inévitable déchéance en 1307. Le très puissant roi français Philippe le Bel commença à organiser la chute des Templiers de concert avec le pape qui, de toute façon, était à sa merci. Des ordres secrets furent délivrés aux représentants aristocratiques du roi et, le vendredi 13 octobre 1307, les Templiers furent encerclés, arrêtés, torturés et brûlés.

C'est du moins l'histoire telle qu'elle est racontée dans la plupart des œuvres conventionnelles sur le sujet. On reste avec l'idée que l'Ordre tout entier a été éliminé de manière horrible en ce jour lointain et que les Templiers ont effectivement été rayés à tout jamais de la surface de la Terre. Pourtant, c'est loin d'être la vérité.

En tout premier lieu, relativement peu de Templiers ont été réellement exécutés, bien que la plupart de ceux qui ont été capturés aient été « soumis à la question », un euphémisme répandu pour désigner une atroce torture. Relativement peu ont été brûlés, même s'il faut noter que leur Grand Maître, Jacques de Molay, fut rôti sur le bûcher dans l'île de la Cité, à l'ombre de la cathédrale Notre-Dame à Paris. Parmi les milliers d'autres, seuls ceux qui ont refusé d'admettre leurs crimes ou se sont rétractés ont été exécutés.

Les récits des confessions des Templiers sont, c'est le moins qu'on puisse dire, hauts en couleur. Nous lisons qu'ils ont adoré un chat, ou se sont adonnés à des orgies homosexuelles dans le cadre de leurs devoirs de Chevaliers, ou qu'ils ont vénéré un démon du nom de Baphomet et/ou une tête séparée du corps. On dit également qu'ils auraient piétiné la croix et auraient craché dessus au cours d'un rite d'initiation.

C'est peu surprenant, vu le nombre minime de victimes torturées qui réussissent à résister et à nier les paroles que leur attribuent leurs tortionnaires. Mais dans ce cas, il y a plus qu'il n'y paraît à première vue. D'une part, certains ont suggéré que toutes les accusations formulées à l'encontre des Templiers avaient été fabriquées par des personnes envieuses de leur richesse et exaspérées par leur pouvoir, et qu'en saisissant leurs biens ils fournissaient une bonne excuse au roi de France pour se tirer de ses difficultés financières du moment. D'autre part, même si les accusations peuvent ne pas avoir été strictement vraies, il existe des preuves selon lesquelles les Templiers préparaient quelque projet mystérieux et peut-être obscur au sens occulte du terme.

Le débat sur les accusations portées contre les Templiers et sur leurs confessions a fait couler beaucoup d'encre. Ont-ils réellement commis les crimes dont ils se sont confessés ou les inquisiteurs ont-ils inventé les accusations et simplement torturé les Chevaliers jusqu'à ce qu'ils les admettent ? (Certains Chevaliers ont, par exemple, témoigné qu'on leur avait dit que Jésus était un « faux prophète ».) Il est impossible de tirer une conclusion certaine.

Nous savons que le Prieuré de Sion affirme avoir présidé à la création des Chevaliers du Temple : si c'est le cas, alors il s'agit d'un des secrets les mieux gardés de l'histoire. Pourtant, on dit qu'il était pratiquement impossible de distinguer les deux ordres jusqu'à leur schisme en 1188. À tout le moins, il semble y avoir eu une sorte d'énigme concernant la création des Templiers. Le sens commun suggère qu'il aurait fallu davantage que les neuf Templiers d'origine pour protéger tous les pèlerins qui visitaient la Terre sainte et leur fournir un refuge, *particulièrement pendant neuf ans*, et de plus, il y a peu de preuves qu'ils aient jamais sérieusement tenté de le faire.

Un autre mystère lié à leurs origines touche plus particulièrement le fait qu'il n'existe pas de preuves concernant l'existence réelle de l'Ordre avant 1118, bien que les raisons pour lesquelles la date aurait été falsifiée demeurent obscures. Plusieurs commentateurs ont suggéré que le premier récit de leur création — par Guillaume de Tyr — rédigé plus de cinquante ans après l'événement — n'était qu'une couverture. (Même si Guillaume était profondément hostile à l'endroit des Templiers, il racontait, on suppose, l'histoire comme il la comprenait.) Mais une fois de plus, ce que cela recouvrait réellement reste du domaine des hypothèses.

Hugues de Payens et ses neuf compagnons venaient tous soit de la Champagne, soit du Languedoc. Et il semble bien qu'ils soient allés en Terre sainte en ayant à l'esprit une mission particulière. Peut-être, comme on l'a suggéré, cherchaient-ils l'Arche d'Alliance, ou d'autres trésors ou documents anciens qui auraient pu les y mener, ou encore quelque savoir secret qui les auraient rendu maîtres des gens et de leurs biens.

À la recherche des secrets les plus sombres de la civilisation occidentale

Entretien avec Lynn Picknett et Clive Prince

Tout au long de cet ouvrage, le lecteur trouve des contributions de Lynn Picknett et Clive Prince, dont l'œuvre faisait partie des sources documentaires de Dan Brown lorsqu'il a écrit *Da Vinci Code*. Pour les besoins de ce livre, nous les avons tous deux interviewés par courrier électronique pour assurer le suivi de certaines des questions que les lecteurs pourraient se poser après avoir lu leurs documents. Voici des extraits de cette entrevue.

Quels sont les Dossiers secrets *qui se trouvent dans la Bibliothèque nationale de Paris et pourquoi Dan Brown leur accorde-t-il tant d'importance dans le* Da Vinci Code*?*

L'expression Dossiers secrets, adoptée par Baigent, Leigh et Lincoln dans *L'énigme sacrée*, convient bien à la série des sept documents connexes de diverses longueurs — en tout, moins de cinquante pages — déposés à la Bibliothèque entre 1964 et 1967.

Ils traitent de sujets comme le Prieuré de Sion, le mystère de Rennes-le-Château, Marie-Madeleine et les Mérovingiens. Ces documents ont pour but de démontrer l'existence du Prieuré de Sion et son rôle en tant que gardien de documents secrets historiques et ésotériques, mais les *Dossiers secrets* ne font que donner des indices quant à leur nature.

Quiconque possède une carte de membre de la Bibliothèque nationale peut lire les textes originaux. Il existe aussi des fac-similés, publiés par le chercheur français Pierre Jarnac dans les années 1990. Ces éditions peuvent être épuisées, mais on en trouve encore en France.

Dans The Templar Revelation, *vous dites que les* Dossiers secrets, *que Dan Brown utilise en tant que clé pour établir des liens entre plusieurs des grands secrets du* Da Vinci Code, *semblent complètements absurdes. Pourquoi?*

Nous affirmons cela parce qu'à notre point de vue et au premier regard, ils semblent *réellement* être un ramassis d'absurdités. Comme tant d'éléments qu'ils contiennent contredisent l'histoire officielle, il est tentant de seulement les rejeter comme de la pure fantaisie. Mais ce n'est pas aussi simple que cela. Bien qu'une partie des renseignements soient manifestement faux et d'autres, volontairement trompeurs, certains, étonnamment, semblent authentiques.

De plus, les *Dossiers* sont extrêmement décevants. Ce ne sont *pas*, comme Dan Brown l'affirme, de vieux parchemins romantiques, mais plutôt des documents simplement dactylographiés ou d'une composition de qualité inférieure. Il est difficile d'imaginer que de grands secrets puissent être révélés sur des morceaux de papier d'aussi piètre apparence.

Quel est le lien direct entre les Chevaliers du Temple et le Prieuré de Sion ?

Le principal paradoxe du Prieuré de Sion réside dans le fait qu'on ne trouve pas de preuve de son existence avant 1956 et que, malgré tout, il affirme avoir existé depuis le Moyen Âge. Toutefois, ces dernières années, il a modifié son histoire, prétendant avoir été fondé au XVIIIe siècle.

La conclusion à laquelle nous en sommes venus après avoir écrit *The Templar Revelation* est que le Prieuré de Sion, qui a révélé son existence au monde en 1956, *a été* inventé à ce moment là. Mais en tant que paravent d'un réseau de sociétés secrètes et d'ordres ésotériques liés entre eux, il a *effectivement* des antécédents réels. Cette couverture lui a permis de faire certaines choses d'une manière semi-publique sans révéler qui ou quoi se cache derrière lui.

Dans les *Dossiers secrets*, le Prieuré de Sion prétendait qu'il était une organisation sœur des Chevaliers du Temple, mais il n'existe aucune preuve d'un tel lien. De toute façon, le Prieuré de Sion s'est rétracté depuis (s'il a été fondé au XVIIIe siècle, il n'y avait de toute évidence aucun rapport !).

Il existait à Jérusalem un Ordre de Notre-Dame du Mont-de-Sion, appartenant à l'abbaye du même nom, qui avait un certain lien avec les Templiers ; le Prieuré de Sion a déclaré qu'il était la continuation de cet ordre, mais malheureusement cela ne va pas plus loin.

D'autre part, il existe un lien étroit entre le Prieuré de Sion *moderne* et les sociétés secrètes qui affirment être issues des Templiers du Moyen Âge. On peut faire remonter l'histoire de ces néo-Templiers jusqu'à une société du XVIIIe siècle appelée Stricte Observance Templière, dont les membres affirmaient, de manière assez justifiée, être les héritiers authentiques des secrets des Templiers du Moyen Âge. Et l'organisation que dirigeait Pierre Plantard (célèbre Grand Maître du Prieuré de Sion à une époque plus récente) servait de couverture à ces groupes.

Qu'est-ce qui a rendu les Templiers si célèbres ? Quels renseignements secrets sont-ils censés garder ?

Du point de vue historique, c'est un fait accepté que les Templiers avaient des aptitudes exceptionnelles dans les domaines de la médecine, de la diplomatie et des arts militaires, car ils étaient les troupes d'élite de leur époque. Ils avaient acquis une grande part de ce savoir pendant leurs voyages, en particulier au Moyen-Orient, et beaucoup appris également de leurs ennemis, les Sarrasins, qui étaient particulièrement réputés pour leurs connaissances scientifiques. (Une des raisons pour lesquelles les Sarrasins étaient tellement en avance sur les Européens est que l'Église avait interdit toute expérimentation scientifique.)

Il n'y a pas de doute que les Templiers cherchaient à obtenir un savoir ésotérique et spirituel, même si on trouve peu de renseignements sur cet aspect de leur raison d'être dans les textes historiques conventionnels. Les Templiers étaient si jaloux de leurs secrets qu'on ne connaît rien avec certitude de leurs projets cachés : c'est là matière à réflexion pour des spécialistes. Ils ont été liés à tout, de l'Arche d'Alliance au Saint-Graal, jusqu'aux Évangiles perdus et au Suaire de Turin. Mais personne n'en est réellement certain.

Toutefois, notre recherche indiquait que les Templiers constituaient dans une large mesure une société à l'intérieur d'une société : la masse des Chevaliers impécunieux n'étant ni plus ni moins que les bons chrétiens qu'ils étaient censés être. Mais les chevaliers fondateurs et le cercle intérieur qui s'est perpétué semblaient avoir des projets différents et très hérétiques. Nous savons qu'un grand secret entourait Baphomet, la tête tranchée que les initiés des Templiers étaient censés adorer. Baphomet était-il réellement une tête — une tête barbue et tranchée, comme l'affirmaient certains Chevaliers ? Et si c'est le cas, que pouvait-elle bien représenter ?

De quelle façon les Francs-maçons sont-ils liés à tout cela ?

La franc-maçonnerie a connu tant de schismes, d'évolutions et de réinventions qu'il ne convient pas vraiment de parler des « Francs-maçons » — une telle chose n'existe pas étant donné le si grand nombre de variantes. Nous croyons que le lien entre les Templiers et les origines de la franc-maçonnerie — parmi les Templiers qui sont entrés dans la clandestinité après la suppression de l'Ordre — est aussi bien démontré que n'importe quoi d'autre dans ce domaine. Le réseau d'ordres derrière le Prieuré de Sion s'enchevêtre étroitement avec certaines formes de franc-maçonnerie, comme le Rite Écossais Rectifié.

Quel est le but ou l'objectif principal des Francs-maçons ?

De nos jours, cela dépend de quel ordre maçonnique vous parlez. La plupart affirmeraient n'être rien d'autre qu'un organisme caritatif, philosophique et éthique, alors que leurs critiques disent qu'ils ne s'intéressent qu'à des progrès commerciaux ordinaires. À l'origine, les Francs-maçons avaient pour but d'acquérir, d'étudier et de transmettre le savoir, surtout ésotérique (l'illumination). Certains ordres perpétuent cette tradition.

Qui est Pierre Plantard ?

Pierre Plantard (alias Pierre Plantard de Saint-Clair) était, jusqu'à sa mort en 2000, le Grand Maître du Prieuré de Sion. Il en était le porte-parole. Avec lui, le Prieuré de Sion est entré dans le domaine public, surtout grâce aux entretiens qu'il a accordées à Michael Baigent, Richard Leigh et Henry Lincoln, auteurs de *L'énigme sacrée*, qui a mené indirectement à l'écriture du livre de Dan Brown. Nous ne savons pas qui est le Grand Maître aujourd'hui, ni même s'il en existe un.

Il est important de souligner qu'il [Plantard] n'a jamais dit quoi que ce soit au sujet de la lignée de Jésus et de Marie-Madeleine. C'était l'hypothèse de Baigent, Leigh et Lincoln. Après la sortie de leur deuxième livre, *The Messianic Legacy* (au Royaume-Uni en 1986), Plantard a clairement rejeté cette idée. (Dan Brown ne semble pas être au courant de cela !)

En se basant sur l'histoire des personnages célèbres qu'on dit avoir été Grands Maîtres du Prieuré de Sion, à qui songerait-on aujourd'hui pour occuper cette fonction ?

Si le Prieuré de Sion constitue une couverture pour d'autres sociétés politico-ésotériques, il n'a pas de membres à proprement parler. Divers noms ont été évoqués, jusqu'au président François Mitterrand, mais le problème avec une société secrète est justement de prouver que quelqu'un en est membre. Sont-ils les gardiens d'un grand secret historique, comme le laisse entendre Dan Brown? Ou ont-ils quelque objectif politique qu'ils ne veulent pas révéler?

Qu'est-ce que la lignée mérovingienne et quel lien peut-on faire avec Jésus?

Les Mérovingiens représentaient une dynastie de rois francs qui ont régné entre les Ve et VIIIe siècles sur des territoires qui correspondent aujourd'hui au nord de la France, à l'Allemagne et à la Belgique. Ils ont été renversés par les Carolingiens de concert avec l'Église.

Les *Dossiers secrets* affirment principalement que la lignée mérovingienne ne s'est pas éteinte, comme le prétendent les documents historiques, et que le Prieuré de Sion a protégé ses descendants au fil du temps jusqu'à aujourd'hui. On a laissé entendre qu'ils seraient les rois légitimes de France et que le Prieuré de Sion aurait eu comme objectif de les replacer sur le trône de France. Il s'agit d'un monceau d'absurdités. Si les Mérovingiens avaient survécu, ce qui semble extrêmement douteux, ils n'auraient absolument aucune prétention au trône — qui de toute façon n'existe plus dans la République française.

La principale théorie de *L'énigme sacrée* est le secret de la lignée mérovingienne et le fait qu'elle serait issue des enfants de Jésus et Marie-Madeleine. C'est surtout cette idée qui a inspiré *Da Vinci Code*. Nous ne soulignerons jamais assez qu'il *ne* s'agit *que* de l'hypothèse de Baigent, Leigh et Lincoln. Elle n'*apparaît* nulle part dans les *Dossiers secrets*, ni dans aucun autre document lié au Prieuré, et Pierre Plantard en a très clairement rejeté l'idée.

Sur quoi se base-t-on pour penser que le Saint-Graal représente la lignée de Jésus par le biais du ventre de Marie-Madeleine?

Baigent, Leigh et Lincoln plaident que le Saint-Graal, le « récipient » qui contenait le sang et la semence de Jésus, constitue une référence codée au ventre dans lequel Marie-Madeleine a porté ses enfants. C'est une hypothèse fascinante, mais très discutable, en particulier parce que l'idée du Graal en tant que « récipient » ne correspond pas à sa forme d'origine. Les premiers récits ne décrivaient le mystérieux Saint-Graal d'aucune façon particulière, ou alors on croyait qu'il s'agissait d'une *pierre*.

Nous sommes tout à fait en désaccord avec la théorie selon laquelle le Graal représenterait le ventre de Madeleine. Le Prieuré de Sion lui-même a *clairement* rejeté cette idée, qui constitue la principale erreur à la fois de *L'énigme sacrée* et, moins gravement, du *Da Vinci Code*, qui, après tout, est une œuvre de fiction.

Pouvez-vous nous parler un peu de Léonard de Vinci et de son lien avec une société secrète ?

Historiquement, on sait que de Vinci était un hérétique et qu'il s'intéressait à l'ésotérisme. Le Prieuré de Sion prétendait qu'il avait été leur neuvième Grand Maître, mais il est impossible de dire si c'est vrai, même si c'est très peu probable. Il n'existe aucun document contemporain qui établisse un tel lien, mais si nous parlons d'une société secrète, il n'y en aurait pas, n'est-ce pas ?

Ce qui est certain, c'est que de Vinci a intégré à ses œuvres des éléments symboliques qui correspondent aux thèmes des *Dossiers secrets*, démontrant à tout le moins que les deux adhéraient à la même tradition.

Selon nous, comme nous l'expliquons dans notre livre *The Templar Revelation : Secret Guardians of the True Identity of Christ*, le principal élément est le fait que de Vinci ait élevé Jean-Baptiste au point qu'il semble supérieur à Jésus et même au « véritable Christ ». Ironiquement, le chapitre de notre livre que nous intitulons « Le code secret de Léonard de Vinci » (ça vous rappelle quelque chose ?) ne concernait *pas* la prétendue lignée de Jésus, mais plutôt son hérésie « johannite », sur la prédominance de Jean-Baptiste.

Le sang sacré et le Saint-Graal

par Michael Baigent, Richard Leigh et Henry Lincoln

Michael Baigent, Henry Lincoln et Richard Leigh, auteurs de *The Messianic Legacy*, ont passé plus de dix ans sur leur propre quête du Saint-Graal dans l'histoire secrète des débuts de la France, pour écrire *Holy Blood, Holy Grail*, publié au Royaume-Uni en 1982 et traduit l'année suivante en France sous le titre «*L'énigme sacrée*». Tiré de *Holy Blood, Holy Grail*, par Henry Lincoln, Michael Baigent et Richard Leigh. Reproduit avec l'autorisation de Dell Publishing, une division de Random House inc.

L'énigme sacrée est le livre qui a «tout déclenché», particulièrement en ce qui a trait à l'intérêt exprimé à la fin du XXe siècle pour les secrets et les complots enchevêtrés au sujet du mariage de Jésus et Marie-Madeleine, de leur prétendue lignée, des Évangiles perdus, des Templiers, du Prieuré de Sion, de Léonard de Vinci, des *Dossiers secrets*, du mystère de Rennes-le-Château et de l'abbé Saunière. En lisant *L'énigme sacrée*, on peut presque relever les passages où Dan Brown pourrait avoir souligné quelque chose ou avoir collé une note et dit: «Ah! Ah! Il faut que j'utilise cela!»

Toutefois, comme le soulignent plusieurs articles du présent ouvrage, *L'énigme sacrée* a été sérieusement remis en question en ce qui a trait à ses recherches, à ses méthodes, à ses conclusions et ainsi de suite. La plupart des chercheurs qui possèdent une expertise dans les domaines qu'aborde le livre ne lui accordent, au mieux, aucune crédibilité, ou bien trouvent qu'il appuie le canular que constitue, aux yeux de nombreux spécialistes, le Prieuré de Sion.

L'énigme sacrée mérite sans aucun doute l'attention du lecteur. Que ce soit vrai ou non, ou quelle que soit la mesure dans laquelle ce pourrait être vrai, nous laisserons à chaque lecteur le soin d'en juger. Disons seulement que Dan Brown a eu une bonne idée quand il a décidé d'intégrer cette matière fascinante dans une œuvre de fiction.

Le texte qui suit ne constitue qu'un échantillon des nombreux éléments fascinants qu'on trouve dans le livre. Une bonne part du document est obscure et difficile à suivre pour qui n'a pas lu les passages qui précèdent. Ce que nous voulons faire ici, c'est éveiller l'intérêt des lecteurs pour ce texte. S'il vous intéresse, allez acheter *L'énigme sacrée* et lisez-le en entier!

Guillaume (de Tyr) nous fournit certains éléments de base, et c'est sur ces renseignements que se fondent tous les récits ultérieurs sur les Templiers, toute explication sur leur création, toutes les histoires sur leurs activités. Mais parce que Guillaume est demeuré vague et qu'il a donné peu de détails, étant donné l'époque à laquelle il écrivait (1175-1185), à cause de la rareté des sources documentaires, c'est une assise précaire sur laquelle tracer un portrait définitif. Les chroniques de Guillaume sont certainement utiles. Mais c'est une erreur — une erreur à laquelle de nombreux historiens ont succombé — de les considérer comme inattaquables et entièrement exactes. Même ses dates, comme le souligne Sir Steven Runciman « sont confuses et parfois manifestement inexactes[13] ».

Selon Guillaume de Tyr, l'Ordre des pauvres chevaliers du Christ et du Temple de Salomon fut fondé en 1118. On dit que son fondateur était un certain Hugues de Payens, un noble de Champagne et vassal du comte de Champagne. Un jour, Hugues se présenta sans invitation avec huit camarades au palais de Beaudoin Ier, roi de Jérusalem, dont le frère plus âgé, Godefroy de Bouillon, avait «délivré» la ville sainte dix-neuf ans plus tôt. Il semble que Beaudoin les ait reçus de manière fort cordiale, tout comme le patriarche de Jérusalem, chef de file religieux du nouveau royaume et émissaire spécial du pape.

L'objectif avoué des Templiers, poursuit Guillaume de Tyr, était que « dans la mesure où leur force le leur permettait, ils devaient maintenir la sécurité sur les chemins et les routes en tenant compte tout particulièrement de la protection des pèlerins[14] ». Cet objectif avait une telle valeur, apparemment, que le roi fit évacuer une aile entière de son palais et la mit à la disposition des Chevaliers. Et malgré le vœu de pauvreté qu'ils avaient fait, les Chevaliers ont déménagé dans cet endroit luxueux. Selon la tradition, l'aile où se trouvaient ces quartiers avait été construite sur les fondations de l'ancien temple de Salomon et c'est de là que l'ordre novice aurait tiré son nom.

Pendant neuf ans, nous dit Guillaume de Tyr, les neuf chevaliers n'admirent aucun nouveau candidat au sein de leur ordre. Ils étaient toujours censés vivre dans la pauvreté — une pauvreté telle, que le sceau officiel montre deux chevaliers sur une seule monture, ce qui symbolise non seulement la fraternité, mais

13. Runciman, *History of the Crusades*, vol. 2, p. 477.

14. Guillaume de Tyr, *Histoire des choses faites outre-mer*, vol. 1, p. 525 et suivantes.

également une indigence qui ne permettait pas d'avoir deux chevaux pour deux cavaliers. On considère souvent ce genre de sceau comme l'emblème le plus célèbre et le plus distinctif des Templiers puisqu'il aurait été créé aux premiers temps de l'Ordre. Toutefois, son origine remonte en fait à un siècle plus tard, alors que les Templiers n'étaient plus pauvres, si jamais ils l'avaient été.

Selon Guillaume de Tyr, qui écrivit un demi-siècle plus tard, l'Ordre des Templiers a été fondé en 1118 et s'est installé dans le palais du roi — les Templiers quittaient prétendument ce lieu pour aller protéger les pèlerins sur les routes et les chemins écartés de la Terre sainte. Pourtant, il y avait alors un historien officiel au service du roi, du nom de Fulk de Chartres, et il n'écrivait pas cinquante ans après la présumée fondation de l'Ordre, mais à la même époque. Curieusement, Fulk de Chartres ne mentionne nulle part Hugues de Payens, pas plus que ses compagnons ou quoi que ce soit d'autre qui ait été lié, même de loin, aux Chevaliers du Temple. En fait, il règne un silence assourdissant concernant les activités des Templiers aux premiers jours de leur existence. Il n'existe certainement aucun registre — pas même ultérieurement — indiquant qu'ils faisaient quoi que ce soit pour protéger les pèlerins. Et on ne peut s'empêcher de se demander comment un si petit nombre d'hommes pouvait espérer exécuter une tâche aussi gigantesque qu'il se serait imposée. Neuf hommes pour protéger les pèlerins sur toutes les voies de circulation de la Terre sainte ? Seulement neuf ? Et *tous* les pèlerins ? Si c'était là leur objectif, on s'attendrait sûrement à ce qu'ils accueillent avec joie de nouvelles recrues. Pourtant, d'après Guillaume de Tyr, ils n'ont admis aucun nouveau candidat pendant neuf ans.

Quoi qu'il en soit, en l'espace d'une décennie, il semble que la célébrité des Templiers se soit étendue jusqu'en Europe. Les autorités ecclésiastiques avaient une haute opinion d'eux et vantaient leur dévouement chrétien. En 1128 ou peu après, un opuscule célébrant leurs vertus et leurs qualités fut produit par nul autre que saint Bernard, supérieur de l'abbaye de Clairvaux et principal porte-parole de la chevalerie, qui déclarait que les Templiers constituaient l'exemple suprême et l'apothéose de la chrétienté de l'époque. L'opuscule de Bernard était intitulé « Éloge de la nouvelle Chevalerie ».

Au bout de neuf ans, en 1127, la plupart des neuf chevaliers rentrèrent en Europe et reçurent un accueil triomphant, principalement par saint Bernard. En janvier 1128, un concile de l'Église se réunit à Troyes — à la cour du comte de Champagne, seigneur de Hugues de Payens — au cours duquel saint Bernard faisait à nouveau office de guide. Durant ce concile, les Templiers furent officiellement reconnus en tant qu'ordre religieux et militaire, et leur organisation fut formée. On attribua à Hugues de Payens le titre de Grand Maître. Lui et ses subordonnés devaient devenir des guerriers-moines, des soldats-mystiques, alliant l'austère discipline du cloître au zèle guerrier frisant le fanatisme, une « milice du Christ », comme on l'appelait à l'époque. Et c'est une fois de plus saint Bernard qui contribua à rédiger, dans une préface enthousiaste, la règle de conduite que devaient suivre les Chevaliers — une règle s'inspirant de celle de l'Ordre monastique des cisterciens au sein duquel Bernard lui-même avait une très forte influence.

Les Templiers faisaient vœu de pauvreté, de chasteté et d'obéissance. Ils devaient se couper les cheveux, mais il leur était interdit de se raser la barbe, ce qui les différenciait à une époque où la plupart des hommes étaient rasés de près. Le régime alimentaire, l'habillement et d'autres aspects de la vie quotidienne étaient strictement réglementés conformément aux normes établies par la routine monastique militaire. Tous les membres de l'Ordre devaient porter des survêtements et des capes en tissu blanc, une tenue rapidement devenue la marque distinctive des Templiers. « Personne n'est autorisé à porter des vêtements blancs ou à avoir des manteaux blancs, sauf les Chevaliers du Christ[15]. » Ainsi le prescrivait la règle de l'Ordre, qui définissait ainsi la symbolique de cet habillement : « À tous les Chevaliers reconnus, hiver comme été, nous donnons, si on peut les obtenir, des vêtements blancs afin que ceux qui ont rejeté derrière eux une vie d'obscurité puissent savoir qu'ils doivent se recommander à leur créateur par une vie pure et blanche[16]. »

Outre ces détails, la règle établissait une hiérarchie et un appareil administratif peu structurés. De plus, le comportement des Chevaliers sur le champ de bataille était rigoureusement contrôlé. Par exemple, si des Templiers étaient capturés, ils n'étaient pas autorisés à demander grâce ni à offrir de rançon ; ils devaient combattre jusqu'à la mort. Il ne leur était pas permis non plus de battre en retraite à moins que les chances contre

15 Addison, *History of the Knight Templars*, p. 19.

16 Ibid.

eux ne soient supérieures à trois contre une.

En 1139, le pape Innocent II, ancien moine cistercien de Clairvaux et protégé de saint Bernard, émit une bulle papale. D'après celle-ci, les Templiers ne devraient allégeance à aucune puissance séculaire ou ecclésiastique autre que le pape lui-même. Autrement dit, ils devinrent totalement indépendants de tous les rois, princes et prélats, et de toute interférence à la fois des autorités politiques et des autorités religieuses. Dans les faits, ils étaient devenus un groupe qui n'obéissait qu'à une seule loi, la sienne, un empire international autonome.

Pendant les deux décennies qui ont suivi le concile de Troyes, l'Ordre prit une expansion extraordinaire. Quand Hugues de Payens se rendit en Angleterre à la fin de 1128, il fut reçu « avec une grande vénération » par le roi Henri Ier. Dans toute l'Europe, les plus jeunes fils de familles nobles se précipitaient pour s'enrôler dans les rangs de l'Ordre et, de tous les coins de la chrétienté, parvinrent d'immenses dons en argent, en biens et en terres. Hugues de Payens céda ses propres biens, et toutes les nouvelles recrues devaient en faire autant. Lorsqu'il était admis dans l'Ordre, un homme était encouragé à céder par écrit toutes ses possessions.

[...] Nombre de leurs contemporains croyaient qu'ils [les Templiers] frayaient avec des puissances impures. Aussi tôt qu'en 1208, au début de la croisade albigeoise, le pape Innocent III avait reproché aux Templiers leur comportement peu chrétien en les accusant clairement de nécromancie. Par ailleurs, certains les louangeaient avec un enthousiasme extravagant. À la fin du XIIe siècle, Wolfram von Eschenbach, le plus grand des romanciers médiévaux, fit un voyage spécial outre-mer pour voir l'Ordre en action. Et lorsque, entre 1195 et 1220, Wolfram composa son épopée *Parzival*, il conféra aux Templiers un statut très élevé. Dans le poème de Wolfram, les chevaliers qui gardent le Saint-Graal, le château du Graal et la famille du Graal sont des Templiers[17].

Après l'effondrement de l'Ordre, le caractère mystique qui les entourait persista. Le dernier acte enregistré de l'histoire de l'Ordre fut l'exécution sur le bûcher du Grand Maître Jacques de Molay en mars 1314. Alors que la fumée chassait lentement la vie de son corps, on dit que Jacques de Molay aurait jeté une malédiction à travers les flammes. D'après la tradition, il enjoi-

17. Wolfram von Eschenbach, *Parzival*, p. 251.

gnit à ses persécuteurs, le pape Clément et le roi Philippe, de venir le rejoindre et de se défendre devant le tribunal de Dieu au cours de l'année à venir. Un mois plus tard, le pape Clément mourait d'une prétendue attaque de dysenterie. À la fin de l'année, Philippe était mort lui aussi de causes qui demeurent obscures encore aujourd'hui. Bien sûr, il n'est pas nécessaire de chercher des explications surnaturelles. Il y avait certainement assez de gens autour d'eux — des Chevaliers réfugiés voyageant incognito, des sympathisants de l'Ordre ou des parents de compagnons persécutés — pour exécuter la vengeance annoncée. Quoi qu'il en soit, la réalisation apparente du sort qu'avait jeté le Grand Maître donnait du crédit aux pouvoirs occultes de l'Ordre. Et le mauvais sort ne s'arrêta pas là. Selon la légende, il devait, beaucoup plus tard, avoir des effets sur la lignée royale française. Et c'est ainsi que les échos du prétendu pouvoir mystique des Templiers se sont répercutés tout au long des siècles.

Au XVIIe siècle, diverses confraternités secrètes et semi-secrètes louangeaient les Templiers en tant que précurseurs et initiés mystiques. De nombreux francs-maçons de l'époque affirmaient descendre des Templiers. Certains « rites » ou « célébrations » maçonniques proviendraient en droite ligne de l'Ordre, de même que la garde autorisée de ses secrets ésotériques. Certaines de ces affirmations sont absolument grotesques. D'autres — qui reposent, par exemple, sur la survie possible de l'Ordre en Écosse — peuvent avoir un fondement valide, même si les éléments connexes sont fallacieux.

En 1789, les légendes entourant les Templiers avaient atteint des proportions franchement mythiques et leur réalité historique était obscurcie par un voile de faux-fuyants et de romantisme. On considérait les Chevaliers du Temple comme des adeptes de l'occultisme, des alchimistes illuminés, des mages et des sages, des maîtres maçons et des initiés supérieurs, soit de véritables surhommes possédant un immense arsenal de pouvoirs et de connaissances ésotériques. On les considérait aussi comme des héros et des martyrs, des précurseurs de l'esprit anticlérical de l'époque, et plusieurs francs-maçons français, lorsqu'ils complotaient contre Louis XVI, avaient l'impression d'aider à exécuter le sort que Jacques de Molay avait jeté à la lignée française en mourant. Quand la guillotine trancha la tête du roi, on dit qu'un inconnu a sauté sur l'échafaud, qu'il a trempé sa main dans le sang du monarque, en a éclaboussé la foule et a crié : « Jacques de Molay, tu es vengé ! »

Depuis la Révolution française, l'aura entourant les Templiers ne s'est pas dissipée. Au moins trois organisations contemporaines s'appellent ainsi et prétendent avoir un arbre généalogique qui remonte à 1314 et à des personnages dont l'authenticité n'a jamais été démontrée. Certaines loges maçonniques ont adopté le grade de « Templiers », de même que des rituels et des appellations provenant, on suppose, de l'Ordre initial. Vers la fin du XIXe siècle, un ordre, sinistre, de nouveaux Templiers fut fondé en Allemagne et en Autriche, qui prit entre autres pour emblème la croix gammée. Des personnages comme H. P. Blavatsky, fondateur de la théosophie, et Rudolf Steiner, fondateur de l'anthroposophie, parlaient d'une « tradition de sagesse » ésotérique qui remontait, par le biais des rosicruciens et des cathares, jusqu'aux Templiers — qui, disait-on, gardaient des secrets encore plus anciens. De tous les documents privés déposés à la Bibliothèque nationale, le plus important est une compilation d'articles intitulés collectivement *Dossiers secrets*. Cette compilation, dont le numéro de catalogue est 4° lm[1] 249, se trouve maintenant sur microfiche. Jusqu'à récemment, toutefois, elle comprenait un volume mince, hétéroclite, espèce de fichier à couverture rigide qui contenait des documents, assemblés pêle-mêle, apparemment sans lien entre eux — des coupures de presse, des lettres collées au verso de feuilles, des opuscules, plusieurs arbres généalogiques et, ici et là, quelques pages imprimées tirées de quelque autre œuvre. À certaines périodes, on retirait des pages, à d'autres, on en ajoutait. Sur certaines pages, on faisait parfois des corrections et des ajouts écrits à la main en tout petit. Plus tard, ces pages étaient remplacées par des nouvelles, imprimées et intégrant toute les modifications précédentes.

La majeure partie des *Dossiers*, qui renferme des arbres généalogiques, est attribuée à un certain Henri Lobineau, dont le nom apparaît sur la page titre. Deux éléments supplémentaires dans le fichier déclarent qu'Henri Lobineau est un pseudonyme — peut-être tiré d'une rue, la rue Lobineau, qui longe l'église Saint-Sulpice à Paris — et que les généalogies sont en réalité l'œuvre d'un homme du nom de Léo Schidlof, historien et antiquaire autrichien qui aurait vécu en Suisse et serait mort en 1966. Nous fondant sur ces renseignements, nous avons cherché à apprendre quelque chose sur Léo Schidlof.

En 1978, nous avons réussi à localiser la fille de Léo Schidlof, qui vivait en Angleterre. Son père, nous dit-elle, était effectivement Autrichien. Toutefois, il n'était ni généalogiste, ni historien, ni antiquaire, mais un marchand de miniatures qui, spécialiste en la matière, avait écrit deux livres sur le sujet. En 1948, il s'était établi à Londres, où il avait vécu jusqu'à sa mort survenue à Vienne en 1966 — année et endroit précisés dans les *Dossiers secrets.*

Mlle Schidlof maintenait avec insistance que son père n'avait jamais eu d'intérêt pour la généalogie, la dynastie mérovingienne ou les mystérieuses activités dans le sud de la France. Et pourtant, avait-elle ajouté, certaines personnes croient fermement qu'il s'y intéressait. Au cours des années 1960, par exemple, il avait reçu de nombreuses lettres et appels téléphoniques venant d'Europe et des États-Unis de personnes anonymes qui souhaitaient le rencontrer et discuter de sujets auxquels il ne connaissait strictement rien. À sa mort en 1966, arriva une autre avalanche de messages, dont la plupart posaient des questions sur ses articles.

Quelle que soit l'affaire à laquelle le père de Mlle Schidlof a été mêlé à son insu, elle semble avoir touché une corde sensible du gouvernement américain. En 1946, dix ans après que les *Dossiers secrets* eurent été prétendument compilés, Léo Schidlof fit une demande de visa pour entrer aux États-Unis. La demande fut refusée pour, on le suppose, des motifs d'espionnage ou un autre type d'activité clandestine. En fin de compte, il semble que la question fut réglée et le visa émis, et que Léo Schidlof fut admis aux États-Unis. Peut-être ne s'agissait-il que d'une erreur bureaucratique commune. Mlle Schidlof semblait cependant soupçonner qu'il existait, d'une façon ou d'une autre, un lien avec les préoccupations ésotériques si étrangement attribuées à son père.

L'histoire de Mlle Schidlof nous avait fait réfléchir. Le refus de délivrer un visa américain pourrait avoir été davantage qu'une coïncidence, car il y avait parmi les articles des *Dossiers secrets* des références qui établissaient un lien entre le nom de Léo Schidlof et un certain type d'espionnage international. Toutefois, un nouvel opuscule était apparu entre-temps à Paris, dont d'autres sources confirmèrent l'existence au cours des mois suivants. D'après cet opuscule, le mystérieux Henri Lobineau n'était pas Léo Schidlof, mais un aristocrate français issu d'une famille distinguée, le comte Henri de Lénoncourt.

La question de l'identité réelle de Lobineau n'était pas la seule énigme associée aux *Dossiers secrets*. Il y avait également un autre article qui mentionnait « la serviette de cuir de Léo Schidlof ». Cette serviette contenait prétendument plusieurs documents secrets liés à Rennes-le-Château entre 1600 et 1800. On dit que peu de temps après la mort de Schidlof, la serviette passa aux mains d'un messager, un certain Fakhar ul Islam, qui, en février 1967, devait rencontrer en Allemagne de l'Est un « agent délégué par Genève » et la lui remettre. Avant que la transaction n'ait lieu, toutefois, on dit que Fakhar ul Islam fut expulsé d'Allemagne de l'Est et qu'il rentra à Paris « pour attendre d'autres ordres ». Le 20 février 1967, on retrouva son corps sur la voie ferrée de Melun. Il avait été jeté de l'express Paris-Genève. La serviette était probablement disparue.

Nous entreprîmes de vérifier la véracité de cette sordide histoire. Une série d'articles dans les journaux français du 21 février confirmait la majeure partie de l'histoire[18]. On avait effectivement trouvé, sur la voie ferrée à Melun, un corps décapité. Il fut identifié comme celui d'un jeune Pakistanais du nom de Fakhar al Islam. Pour des raisons qui demeurent obscures, l'homme avait été expulsé d'Allemagne de l'Est et voyageait de Paris à Genève, exerçant, semble-t-il, des activités quelconques d'espionnage. Selon les journaux, les autorités soupçonnaient quelque chose de louche et la DST (Direction de la Surveillance du Territoire) menait l'enquête.

D'un autre côté, les journaux ne mentionnaient ni Léo Schidlof, ni serviette de cuir, ni quoi que ce soit qui pouvait relier cet événement aux mystères de Rennes-le-Château. En conséquence, nous nous sommes heurtés à plusieurs questions. D'une part, il était possible que la mort de Fakhar al Islam soit liée à Rennes-le-Château — en fait, cet article des *Dossiers secrets* tirait profit de « renseignements internes » auxquels les journaux n'avaient pas accès. D'autre part, l'article des *Dossiers secrets* pouvait avoir été le fruit d'une mystification délibérée. On n'avait qu'à trouver n'importe quelle mort inexpliquée ou suspecte après le fait, et l'attribuer au dada de n'importe qui. Mais si c'était le cas, quel était le but de l'exercice ? Pourquoi quelqu'un tenterait-il délibérément de créer une atmosphère de sinistre intrigue autour de Rennes-le-Château ? Quel profit pourrait-on tirer de la création d'une telle atmosphère ? Et qui pourrait en tirer profit ?

Ces questions nous intriguaient d'autant plus que la mort de Fakhar ul Islam n'était apparemment pas un incident isolé. Moins d'un mois plus tard, un autre livre imprimé de façon pri-

18. *Le Monde*, 21 février 1967, p. 11. *Le Monde*, 22 février 1967, p. 11, *Paris-Jour*, 21 février 1967, n° 2315, p. 4.

vée fut déposé à la Bibliothèque nationale. Il s'intitule *Le Serpent rouge* et il était daté, de manière assez symbolique et importante, du 17 janvier. Sa page titre l'attribuait à trois auteurs: Pierre Feugère, Louis Saint-Maxent et Gaston de Koker.

Le Serpent rouge est une œuvre singulière. Elle contient une généalogie mérovingienne et deux cartes de France de l'époque mérovingienne, de même qu'un commentaire superficiel. Elle contient aussi un plan du rez-de-chaussée de l'église Saint-Sulpice à Paris, qui délimite les chapelles des divers saints qu'on y trouve. Mais la majeure partie du texte consiste en treize courts poèmes en prose d'une qualité littéraire remarquable, dont plusieurs rappellent l'œuvre de Rimbaud. Chacun de ces poèmes ne dépasse pas un paragraphe, correspond à un signe du zodiaque — un zodiaque à treize signes, le treizième représentant Ophiuchus ou le porteur de serpent inséré entre le Scorpion et le Sagittaire.

Écrits à la première personne, les treize poèmes en prose constituent une sorte de pèlerinage symbolique ou allégorique commençant avec le signe des Poissons et se terminant avec celui du Capricorne qui, comme le texte l'indique explicitement, préside au 17 janvier. Dans le texte par ailleurs mystérieux se trouvent des références familières à la famille Blanchefort, aux décorations de l'église de Rennes-le-Château, à certaines inscriptions de Saunière à cet endroit, à Poussin et au tableau *Les Bergers d'Arcadie* ainsi qu'à la devise sur le tombeau «*Et in Arcadia Ego*». À un certain endroit, on mentionne un serpent rouge, «cité dans les parchemins», qui se déroule au fil des siècles — une allusion explicite, semble-t-il, à une lignée ou à une descendance. Et en ce qui concerne le signe astrologique du Lion, il y a un paragraphe énigmatique qu'il vaut la peine de citer en entier:

> De celle que je désirais libérer, montaient vers moi les effluves du parfum qui imprégnèrent le sépulcre. Jadis les uns l'avaient nommée: ISIS, reine des sources bienfaisantes, VENEZ À MOI VOUS TOUS QUI SOUFFREZ ET QUI ÊTES ACCABLÉS ET JE VOUS SOULAGERAI, d'autres: MADELEINE, au célèbre vase plein d'un baume guérisseur. Les initiés savent son nom véritable: NOTRE-DAME DES CROSS[19].

La signification de ce paragraphe est extrêmement intéres-

19. Feugère, Saint-Maxent et Koker, *Le Serpent rouge*, p. 4.

sante. Isis est, bien sûr, la Déesse-mère égyptienne, protectrice des mystères — la « Reine-Blanche » sous ses aspects bienveillants, la « Reine-Noire » sous ses aspects malveillants. De nombreux auteurs qui ont écrit sur la mythologie, l'anthropologie, la psychologie et la théologie ont suivi la trace du culte de la Déesse-mère de l'époque païenne jusqu'à l'époque chrétienne. Et d'après ces auteurs, elle aurait survécu pendant le christianisme sous l'apparence de la Vierge Marie — la Reine des Cieux, comme l'appelait saint Bernard, une appellation attribuée dans l'Ancien Testament à la Déesse-mère Astarté, l'équivalent phénicien d'Isis. Mais, selon le texte du *Serpent rouge*, la Déesse-mère de la chrétienté ne semble pas avoir été la Vierge. Au contraire, il semblerait que ce soit Madeleine, à qui est dédiée l'église de Rennes-le-Château et à qui Saunière avait consacré sa tour.

Les Grands Maîtres et le courant clandestin

Les Dossiers secrets contiennent les noms des personnes suivantes qui se sont succédées comme Grands Maîtres du Prieuré de Sion ou, pour utiliser le terme officiel, *nautonniers*, vieux mot français signifiant « navigateur » ou « timonier » :

Jean de Gisors	1188-1220
Marie de Saint-Clair	1220-1266
Guillaume de Gisors	1266-1307
Édouard de Bar	1307-1336
Jeanne de Bar	1336-1351
Jean de Saint-Clair	1351-1366
Blanche d'Évreux	1366-1398
Nicolas Flamel	1398-1418
René d'Anjou	1418-1480
Yolande de Bar	1480-1483
Sandro Filipepi	1483-1510
Léonard de Vinci	1510-1519
Connétable de Bourbon	1519-1527
Ferdinand de Gonzague	1527-1575
Louis de Nevers	1575-1595
Robert Fludd	1595-1637
J. Valentin Andrea	1637-1654
Robert Boyle	1654-1691

Isaac Newton 1691-1727
Charles Radclyffe 1727-1746
Charles de Lorraine 1746-1780
Maximilien de Lorraine 1780-1801
Charles Nodier 1801-1844
Victor Hugo 1844-1885
Claude Debussy 1885-1918
Jean Cocteau .... 1918-[20]

Cette liste a immédiatement suscité notre scepticisme lorsque nous l'avons vue la première fois. D'une part, elle contient plusieurs noms qu'on s'attendrait à trouver sur une telle liste, soit les noms de personnages célèbres associés à l'« occultisme » et à l'« ésotérisme ». D'autre part, elle comprend un certain nombre de noms illustres et improbables, des personnes que, dans certains cas, on ne pourrait imaginer à la tête d'une société secrète. En même temps, plusieurs de ces derniers noms représentent précisément le type de personnage que des organisations du XXe siècle ont souvent tenté de s'approprier, établissant ainsi une espèce de « généalogie » fallacieuse. Il existe, par exemple, des listes publiées par l'AMORC (Ancient Mystical Order Rosae Crucis), rosicruciens modernes installés en Californie, qui comprennent à peu près tous les personnages importants de l'histoire et de la culture occidentales dont les valeurs, ne serait-ce que de manière indirecte, coïncident avec leurs propres valeurs. Et souvent, des dédoublements hasardeux ou des convergences d'attitude sont interprétés comme des signes d'appartenance à un groupe. Ainsi, on apprend que Dante, Shakespeare, Goethe pour ne citer que ceux-là, étaient des « rosicruciens », laissant entendre qu'ils avaient des cartes de membre et qu'ils payaient régulièrement leur contribution !

Notre réaction face à cette liste était également cynique. Encore une fois s'y retrouvaient des noms prévisibles, soit des noms associés à l'« occultisme » et à l'« ésotérisme ». À titre d'exemple, Nicolas Flamel est sans doute le plus célèbre des alchimistes médiévaux sur lequel nous possédons beaucoup de renseignements. Robert Fludd, philosophe du XVIIe siècle, était un défenseur de la pensée hermétique et d'autres sujets ésotériques. Johann Valentin Andrea, contemporain allemand de Fludd, a composé entre autres créations certaines des œuvres

20. Henri Lobineau, *Dossiers secrets*, planche n° 4, Ordre de Sion.

qui ont donné naissance au mythe de la fabuleuse rose-croix chrétienne. Il y a aussi des noms comme Léonard de Vinci et Sandro Filipepi, mieux connu sous le nom de Botticelli. Il y a les noms de distingués scientifiques, comme Robert Boyle et Sir Isaac Newton. Pendant les deux derniers siècles, on prétend que figuraient parmi les Grands Maîtres du Prieuré de Sion d'importants personnages du domaine littéraire et culturel tels Victor Hugo, Claude Debussy et Jean Cocteau.

En contenant de tels noms, la liste des *Dossiers secrets* ne pouvait paraître autrement que suspecte. Il était pratiquement inconcevable que certaines de ces personnes aient dirigé une société secrète — qui plus est, une société secrète ayant des intérêts « occultes » et « ésotériques ». Boyle et Newton, par exemple, ne sont pas des noms que les gens du XXe siècle associent à l'« occultisme » et à l'« ésotérisme ». Et même si Hugo, Debussy et Cocteau étaient préoccupés par de telles questions, ils sont si connus des chercheurs que, s'ils avaient été les « Grands Maîtres » d'un ordre secret, il serait étonnant qu'on n'en ait entendu parler. La liste ne comporte pas que des noms célèbres. La plupart des autres noms appartiennent à des familles nobles européennes, dont plusieurs sont peu connues, peu familières aux yeux du lecteur général et même à ceux d'un historien professionnel. Il y a, par exemple, Guillaume de Gisors, dont on dit qu'en 1306 il avait transformé le Prieuré de Sion en « franc-maçonnerie hermétique ». Et il y a aussi le grand-père de Guillaume, Jean de Gisors, dont on dit qu'il fut le premier Grand Maître indépendant de Sion, assumant les responsabilités de ce poste après l'« abattage de l'orme » et la séparation du temple en 1188. Il n'y a pas de doute que Jean de Gisors a existé. Il est né en 1133 et mort en 1220. On le mentionne dans des chartes et il était, à tout le moins, seigneur symbolique de la célèbre forteresse en Normandie où avaient habituellement lieu les rencontres entre les rois anglais et français, tout comme l'abattage de l'orme en 1188. Jean semble avoir été un propriétaire extrêmement puissant et prospère et, jusqu'en 1193, un vassal du roi d'Angleterre. On sait aussi qu'il a possédé des biens en Angleterre, dans le Sussex, ainsi que le manoir de Titchfield dans le Hampshire[21]. Selon les *Dossiers secrets*, il aurait rencontré Thomas Becket à Gisors en

21. Loyd, *Origin of Anglo-Norman Families*, p. 45 et suivantes, et Powicke, *Loss of Normandy*, p. 340.

22. Roger de Hoveden, *Annals*, vol. I, p. 322.

1169, bien que nous ne possédions aucune indication sur l'objet de cette réunion. Nous avons pu vérifier que Becket se trouvait réellement à Gisors en 1169[22], et il est donc probable qu'il ait eu quelque contact avec le seigneur de la forteresse ; mais nous n'avons pu trouver aucun document faisant état d'une véritable rencontre entre les deux hommes.

Bref, Jean de Gisors, à l'exception de quelques détails insignifiants, s'est révélé pratiquement introuvable. Il semble n'avoir laissé absolument aucune marque dans l'histoire, à l'exception de son existence et de son titre. Nous n'avons pu trouver aucune indication de ce qu'il a fait, rien qui puisse l'avoir rendu célèbre ou assurer sa prétention au titre de Grand Maître de Sion. Si la liste des supposés Grands Maîtres de Sion était authentique, qu'est-ce que cet homme a pu faire, nous sommes-nous demandé, pour y mériter une place ? Et si la liste était une invention ultérieure, pourquoi prendre la peine d'y inclure un personnage aussi obscur ?

Il nous semblait n'y avoir qu'une seule explication possible, laquelle, en fait, ne résolvait pas grand-chose. Comme d'autres noms d'aristocrates sur la liste des Grands Maîtres de Sion, Jean de Gisors figurait dans les généalogies complexes qu'on retrouvait ailleurs dans les « documents du Prieuré ». Au même titre que ces autres nobles, il appartenait apparemment à la même forêt dense d'arbres généalogiques, descendant ultimement, suppose-t-on, de la dynastie mérovingienne. Il nous est donc apparu évident que le Prieuré de Sion — du moins dans une large mesure — était une affaire intérieure. D'une certaine façon, l'Ordre semblait intimement associé à une lignée et à une descendance. Et c'était peut-être leur lien avec cette lignée ou cette descendance qui expliquait les divers noms titrés sur la liste des Grands Maîtres.

Selon la liste citée plus haut, il semblerait que les Grands Maîtres du Prieuré aient alterné entre deux groupes de personnes essentiellement distincts. D'une part, il y a les personnages d'une stature monumentale qui, par le biais de l'ésotérisme, des arts ou des sciences, ont eu une certaine influence sur la tradition, l'histoire et la culture en Occident. D'autre part, il y a les membres d'un réseau de familles spécifiques et interreliées, des familles nobles et parfois royales. Jusqu'à un certain point, cette curieuse juxtaposition donnait une certaine plausibilité à la liste. Si quelqu'un souhaitait simplement « concocter une généalogie », il n'aurait eu aucune raison d'y inclure de si nombreux aristocrates inconnus ou depuis longtemps oubliés. Il ne vaudrait pas la peine, par exemple, d'y inscrire un nom comme Charles de Lorraine, maréchal autrichien du XVIIIe siècle et beau-frère de l'impératrice Marie-Thérèse, qui avait montré un manque de talent considérable sur le champ de bataille et qui fut constamment battu à plates coutures par Frédéric le Grand de Prusse.

Dans ce cas, tout au moins, le Prieuré de Sion paraît à la fois modeste et réaliste. Il ne prétend pas avoir été dirigé par de grands génies, des « maîtres » surhumains, des « initiés » illuminés, des saints, des sages ou des immortels. Au contraire, il reconnaît que ses Grands Maîtres étaient des êtres humains faillibles, un segment représentatif de l'humanité : quelques génies, quelques notables, quelques « spécimens moyens », quelques personnes insignifiantes et même quelques fous.

Nous ne pouvions pas nous empêcher de nous demander pourquoi une liste contrefaite ou inventée comporterait une telle gamme de personnes. Si quelqu'un veut dresser une liste de Grands Maîtres, pourquoi ne pas faire figurer uniquement des noms illustres ? Si l'on veut concocter une généalogie comprenant de Vinci, Newton et Hugo, pourquoi ne pas y inclure Dante, Michel-Ange, Goethe et Tolstoï plutôt que des gens peu connus comme Édouard de Bard et Maximilien de Lorraine ? Qui plus est, pourquoi y a t-il tant de personnages de moindre envergure sur la liste ? Pourquoi un écrivain relativement mineur comme Charles Nodier, plutôt que des contemporains comme Byron ou Pouchkine ? Pourquoi un « excentrique » apparent comme Jean Cocteau plutôt que des hommes qui avaient un prestige international comme André Gide ou Albert Camus ? Et pourquoi omettre des individus comme Poussin, dont les liens avec le mystère avaient déjà été établis ? Ce genre de questions nous agaçait et nous a incités à examiner davantage la liste avant de la rejeter comme une fraude éhontée.

Nous avons donc entrepris une étude longue et détaillée sur les Grands Maîtres, leurs vies, leurs activités et leurs réalisations. Dans la mesure du possible nous avons, en menant cette étude, essayé de soumettre chaque nom de la liste à certaines questions critiques :

1) Y a-t-il eu des contacts personnels, directs ou indirects, entre chaque supposé Grand Maître, son prédécesseur immédiat et son successeur immédiat ?

2) Y avait-il un quelconque lien, de parenté ou autre, entre chaque supposé Grand Maître et les familles qui figurent sur les généalogies des « documents du Prieuré » — avec l'une ou l'autre des familles, soi-disant de descendance mérovingienne, en particulier la maison ducale de Lorraine ?

3) Chacun des supposés Grands Maîtres était-il, d'une façon ou d'une autre, lié à Rennes-le-Château, Gisors, Stenay, Saint-Sulpice ou d'autres sites mentionnés plusieurs fois au cours de notre enquête précédente ?

4) Si le Prieuré se définissait lui-même comme une « franc-maçonnerie hermétique », chaque supposé Grand Maître affichait-il un penchant pour la pensée hermétique ou pour une participation aux activités de sociétés secrètes ?

Bien qu'il ait été difficile, parfois même impossible, d'obtenir des renseignements sur les présumés Grands Maîtres d'avant 1400, notre enquête sur les personnages ultérieurs a apporté une cohérence et conduit à des résultats étonnants. Nombre d'entre eux étaient associés, d'une manière ou d'une autre, à un ou davantage des sites qui semblaient pertinents, comme Rennes-le-Château, Gisors, Stenay ou Saint-Sulpice. La plupart des noms sur la liste étaient soit liés par le sang à la maison de Lorraine, soit associés à celle-ci d'une autre façon ; même Robert Fludd, par exemple, a servi de tuteur aux enfants d'Henri de Lorraine. À partir de Nicolas Flamel, en passant par tous les noms de la liste sans exception, ces personnes trempaient dans la pensée hermétique et étaient aussi souvent associées à des sociétés secrètes, même des hommes qu'on n'associerait pas d'emblée à de telles choses, comme Boyle et Newton. Et, à une seule exception près, chaque supposé Grand Maître avait des contacts — parfois directs, parfois par l'entremise d'amis intimes — avec celui qui l'avait précédé et celui qui lui avait succédé.

L'OPUS DEI

par James Martin, S.J.

James Martin, S. J., est rédacteur associé au magazine catholique *America* et prêtre à l'église Saint-Ignace de Loyola, à Manhattan. *Opus Dei In the United States* par James Martin a été d'abord publié dans *America* le 25 février 1995. Bien qu'écrit il y a presque une décennie, son article est un des textes les meilleurs et les plus équilibrés sur l'Opus Dei, organisation à laquelle appartient Silas, le moine albinos assassin dans le *Da Vinci Code*. L'article de Martin est révélateur. Pour obtenir des renseignements sur l'abonnement, visitez le site www.americamagazine.org.

L'Opus Dei est le groupe le plus controversé dans l'Église catholique de nos jours. Pour ses membres, ce n'est rien de moins que l'œuvre de Dieu, l'inspiration du bienheureux Josémaria Escriva, qui a permis à l'œuvre du Christ de progresser en faisant la promotion de la sainteté du quotidien. D'après ses critiques, il s'agit d'une organisation semblable à un culte, puissante et même dangereuse, qui utilise le secret et la manipulation pour faire avancer ses projets. Parallèlement, de nombreux catholiques admettent en savoir bien peu sur ce groupe influent.

Cet article jette un coup d'œil sur les activités de l'Opus Dei aux États-Unis. Il se fonde sur des documents rédigés par l'Opus Dei et par ses critiques de même que sur des entrevues avec des membres actuels et anciens de l'Opus Dei, ainsi qu'avec des prêtres, des laïcs religieux, des ministres de campus, des chercheurs et des journalistes qui ont eu affaire à l'Opus Dei aux États-Unis.

Mgr Josémaria Escriva

Quelques éléments de base

Toute recherche sur l'Opus Dei doit commencer avec Mgr Josémaria Escriva de Balaguer, prêtre espagnol qui fonda le groupe le 2 octobre 1928. Ce jour-là, selon les documents de l'Opus Dei, au moment où il était en retraite à Madrid, « tout à coup, alors que les cloches sonnaient dans une église voisine, cela devint clair : Dieu lui fit voir l'Opus Dei ». Mgr Escriva, que les membres désignèrent invariablement comme « le Fondateur », voyait l'Opus Dei comme un moyen d'encourager les laïcs à aspirer à la sainteté sans changer leur position sociale ou leurs occupations dans la vie. De nos jours, l'Opus Dei considère qu'il est au diapason de Vatican II et de l'accent renouvelé qu'il a mis sur la laïcité.

On peut trouver ici et là certains éléments sur la spiritualité du groupe dans les nombreux écrits d'Escriva, notamment dans son livre de 1939 intitulé *The Way*. Il s'agit d'une collection de neuf cent quatre-vingt-dix-neuf maximes, allant de sermons chrétiens traditionnels (« la prière n'est jamais un monologue ») jusqu'à des dictons qui pourraient facilement venir d'un almanach populaire (« Ne remettez pas votre travail à demain »).

Ses membres sont devenus rapidement plus nombreux, s'étendant de l'Espagne aux autres pays européens, et le groupe bénéficia en 1950 de la reconnaissance du Saint-Siège en tant que premier « institut séculier » au cours des deux décennies suivantes. L'Œuvre, comme l'appellent les membres, s'est déplacée en Amérique latine et aux États-Unis.

En 1982, le pape Jean-Paul II accordait à l'Opus Dei le statut de « prélature personnelle », un terme canonique signifiant que la juridiction couvre les personnes qui font partie de l'Opus Dei plutôt qu'une région particulière. Autrement dit, l'organisation fonctionne juridiquement à peu près comme les ordres religieux, sans égard aux frontières géographiques. Cette reconnaissance exceptionnelle — il s'agit de la seule prélature au sein de l'Église — illustrait la haute estime dans laquelle la tenait Jean-Paul II, de même que le statut de l'Opus Dei dans les cercles du Vatican. Mais cette reconnaissance a également poussé les critiques à se demander pourquoi une organisation prétendument laïque avait besoin d'un tel statut. Aujourd'hui, l'Opus Dei compte 77 000 membres (y compris 1500 prêtres et 15 évêques dans plus de 80 pays).

En 1992, l'organisme a reçu une autre preuve de la faveur du Vatican et une légitimité accrue lorsque Escriva fut béatifié dans une cérémonie à laquelle assistaient 300 000 partisans sur la Place Saint-Pierre. Mais, ne survenant que quelques années après la mort d'Escriva en 1975 et sans tenir compte de personnalités comme le pape Jean XXIII, la béatification était controversée, c'est le moins qu'on puisse dire. « La sainteté accordée trop rapidement au fondateur d'un groupe catholique influent ? » titrait un numéro du *New York Times* en janvier 1992, faisant écho à d'autres articles critiques parus à la même époque. Un article du *London Spectator*, par exemple, contenait des allégations d'anciens associés intimes sur le comportement d'Escriva qui n'avaient rien à voir avec la sainteté : « Il avait un tempérament épouvantable, disait quelqu'un, et des tendances pronazis, mais ils n'ont jamais mentionné cela. »

L'Opus Dei aux États-Unis

Il existe plus de 3 000 membres de l'Opus Dei aux États-Unis, avec 64 centres ou résidences pour les membres dans 17 villes (1 500 membres en France). Chaque centre loge habituellement de dix à quinze membres et les centres pour hommes sont séparés de ceux pour femmes. L'Opus Dei parraine également d'autres programmes, comme des maisons de retraite, des projets concernant les catholiques mariés et des programmes d'animation extérieure pour les pauvres, comme son programme d'éducation destiné aux enfants du quartier de South Bronx, à New York.

Compte tenu de sa présence croissante dans ce pays, j'ai communiqué avec chacun des sept cardinaux américains et avec un archevêque pour solliciter des commentaires sur l'Opus Dei en vue de cet article. Aucun d'entre eux n'a voulu émettre de commentaires, qu'ils soient positifs ou négatifs. La majorité d'entre eux ont affirmé n'avoir aucune connaissance substantielle à ce sujet ou n'avoir aucun contact avec cette organisation, bien que l'Opus Dei exerce ses activités dans pratiquement chaque grand archidiocèse du pays.

Caractère secret et vie privée

Il est difficile de lire sur l'Opus Dei sans tomber sur des récits concernant son prétendu caractère secret. (« Le pape béatifie le fondateur d'un groupe secret et conservateur », titrait le *New York Times* en 1992.) De fait, bien que quelques membres de l'Opus Dei soient bien connus, comme le chargé des relations avec la presse du Vatican, Joaquin Navarro-Valls, la plupart d'entre eux ne le sont pas. Les critiques signalent également que la plupart des organismes de l'Opus Dei ne sont pas clairement identifiés comme des filiales de l'Opus Dei.

L'Opus Dei nie tout cela. « Ce n'est pas une organisation secrète, affirme le directeur des communications Bill Schmitt, c'est un organisme privé. Il y a là une grande différence. » Monsieur Schmitt décrit la vocation de l'Opus Dei comme une question privée, une relation personnelle avec Dieu. On connaît les membres par leurs amis, leurs familles, leurs voisins, leurs collègues de travail. Même Escriva, dans une interview donnée en 1967, disait : « Les membres détestent le secret. »

Mais la plupart des critiques ne s'inquiètent pas du fait que les membres annoncent ou non publiquement leur appartenance à l'Opus Dei. Quand les critiques parlent de « caractère secret », ils font plutôt référence aux difficultés à obtenir des réponses sur les activités et les pratiques collectives de base de l'Opus Dei.

J'ai fait face à une telle difficulté au cours de ma recherche. Au début, j'avais demandé à Bill Schmitt une copie des documents constitutifs de l'Opus Dei. Je croyais qu'en les lisant, je pourrais mieux comprendre l'Opus Dei et laisser tomber quelques préjugés. Il me donna une copie des statuts de 1982. Mais ils étaient rédigés en latin et, qui plus est, dans un latin « ecclésiastique » technique. Pourrais-je avoir un exemplaire de la traduction anglaise ? « Il n'y en a pas », me répondit-il. Pourquoi pas ? Il affirma d'abord que l'Opus Dei n'avait pas eu suffisamment de temps pour les traduire. Je répliquai que cela semblait étrange, étant donné que les statuts existaient depuis douze ans et que *The Way* avait déjà été traduit en trente-huit langues.

Devant mon insistance, il me donna une deuxième explication. « C'est un document ecclésiastique, dit-il. Il ne nous appartient pas. Le Saint-Siège veut qu'il soit en latin. » Mais comment les membres anglophones pouvaient-ils examiner leurs propres statuts ? « Les membres les étudient en profondeur, expliqua-t-il. Tout cela devrait être évident pour eux dans le cadre de leur formation. »

Malgré tout, comme cela semblait toujours étrange, je les ai demandés à M. Schmitt encore une fois. Je reçus la même réponse : « Les documents appartiennent au Saint-Siège et le Saint-Siège ne veut pas les traduire. Je suis certain qu'il y a une raison. »

J'ai demandé à trois spécialistes du droit canonique quelle

pourrait en être la raison. L'un d'eux me répondit : « Propriété du Saint-Siège ? Je n'ai jamais entendu parler d'une telle chose. » Un autre, John Martin, S. J., professeur de droit canonique au Regis College de Toronto, fit remarquer que les ordres religieux et les associations laïques publiaient toujours leurs statuts dans la langue locale et que, pour autant qu'il le sache, « il n'existe pas d'interdiction ecclésiastique générale concernant la traduction de documents d'ordre religieux ». Il semble donc que ce soit l'Opus Dei, et non le Saint-Siège, qui empêche de traduire les statuts.

Ann Schweninger, 24 ans, ancien membre de l'Opus Dei, vit maintenant à Columbus, en Ohio où elle travaille pour le diocèse de Columbus. Elle n'a pas été étonnée d'apprendre les difficultés que j'avais à trouver un sens logique à tout cela. « L'Opus Dei joue selon ses propres règles, dit-elle. Si les autorités ne veulent pas qu'un document devienne public, elles ne le rendront pas accessible. » Faisant référence au temps qu'elle avait passé dans l'Opus Dei, elle dit : « On ne m'a jamais montré les statuts et ils n'ont jamais été accessibles. Ils sont mentionnés, mais on n'en discute pas. » D'après Mme Schweninger, le seul document officiel accessible est le catéchisme de l'Opus Dei, que même les membres ne peuvent lire qu'avec la permission du directeur local. « On le garde sous clé. » Elle m'apprit aussi que pendant les cours de catéchisme, on l'encourageait à prendre des notes « en code », au cas où des non-membres les liraient.

Une institution laïque

Rencontrer l'Opus Dei, c'est rencontrer des catholiques dévoués, dynamiques, engagés dans diverses occupations. C'est aussi rencontrer une variété parfois étonnante de prêtres, de numéraires, de surnuméraires, de coopérateurs, d'associés, de directeurs et d'administrateurs. Selon l'Opus Dei, les divers types de membres reflètent différents niveaux d'engagement vis-à-vis de la mission. Les critiques maintiennent que l'Opus Dei, avec l'importance qu'il attache à la hiérarchie de même qu'au célibat et à l'obéissance, reproduit simplement la vie religieuse tout en professant la spiritualité laïque.

Voici quelques termes de base : les numéraires sont des membres qui font vœu de célibat et vivent normalement dans des « centres ». Les numéraires remettent à l'organisation leurs revenus et reçoivent un traitement pour leurs dépenses personnelles. Les numéraires (qui comptent environ pour vingt pour cent des membres) suivent le « plan de vie », un ordre quotidien comprenant la messe, des lectures pieuses, des prières privées et, selon la personne, la mortification physique. Les numéraires assistent aussi à des cours d'été sur l'Opus Dei. Chaque année, ils s'engagent verbalement envers l'Opus Dei et, après cinq ans, prêtent serment de « fidélité », un engagement à vie. Il y a des centres pour hommes séparés de ceux pour femmes, chacun ayant à sa tête un directeur. On encourage les numéraires de sexe masculin à envisager la prêtrise. Après dix ans de formation, ceux qui se sentent appelés sont envoyés au séminaire de l'Opus Dei à Rome, le Collège romain de la Sainte-Croix.

La plupart des membres sont des surnuméraires, c'est-à-dire des personnes mariées qui apportent une contribution financière et parfois exécutent des travaux collectifs, par exemple dans des écoles. Les associés sont des personnes célibataires qui ont « moins de disponibilité », demeurant à la maison à cause d'autres engagements, comme des responsabilités envers des parents âgés. À proprement parler, les coopérateurs ne sont pas des membres « parce qu'ils n'ont pas encore la vocation divine ». Ils coopèrent au moyen de travaux, d'aide financière et de prières.

Selon deux anciens numéraires, les femmes numéraires doivent nettoyer les centres pour hommes et y faire la cuisine. Quand les femmes arrivent pour nettoyer, expliquaient-ils, les hommes sortent pour ne pas se trouver en contact avec elles. J'ai demandé à Bill Schmitt si c'était un problème pour les femmes. « Non. Pas du tout. » C'est un travail rémunéré de la « famille » de l'Opus Dei, mais on le considère comme un apostolat. « C'est tout à fait faux », dit Ann Schweninger. Je n'avais pas le choix. Quand l'Opus Dei demande, il ordonne. »

Un recrutement à grande échelle

Mais c'est la façon dont l'Opus Dei attire de nouveaux membres qui suscite les attaques les plus vigoureuses de la part de ses critiques. Un homme qui fréquentait l'Université Columbia au début des années 1980 et qui a demandé l'anonymat, décrivait le processus de recrutement de l'Opus Dei. « Ils ont demandé à quelqu'un de devenir mon ami », dit-il sans ménagement. Un jour, après la messe, il fut contacté par un autre étudiant avec qui il se lia bientôt d'amitié. Après un certain temps, il fut invité au Riverside Study Center près du campus de Columbia. Il n'était pas certain de ce que c'était exactement. « Je pensais qu'il s'agissait d'étudiants qui constituaient un groupe de réflexion ou quelque chose du genre. » Après le repas, un prêtre prononça un court discours. Il fut plus tard invité à se joindre au « cercle », qu'il décrivit comme une sorte de groupe de prières informel. Peu après, l'Opus Dei lui suggéra de prendre comme directeur spirituel un des prêtres du centre.

Après s'être engagé davantage — à ce moment-là il rencontrait le groupe fréquemment —, il décida de faire sa propre enquête. Il parla à quelques prêtres et professeurs à Columbia et fut surpris qu'ils en sachent si peu : « Je ne connaissais rien du caractère secret, des numéraires, des surnuméraires et de tout cela. Et je ne savais pas que certaines personnes faisaient vœu de célibat. J'étais un peu vexé parce que j'en savais si peu sur eux. Je pensais qu'ils n'étaient ni honnêtes, ni directs par rapport à ce qu'ils étaient réellement. Je me sentais très indigné. »

À la réunion suivante du cercle, il souleva quelques questions sur des sujets qui le troublaient, par exemple la présence des femmes et des minorités au sein de l'Opus Dei. « Ils n'avaient pas vraiment de réponse et il m'ont demandé de ne pas revenir. » Et, plus troublant encore : « Je n'ai plus jamais entendu parler de mon ami. J'ai été complètement mis à l'écart. »

Selon deux anciens numéraires, si cet homme avait continué de faire partie du cercle, les membres de l'Opus Dei l'auraient fortement encouragé à se joindre à eux. Tammy DiNicola a raconté son expérience. « Ils ont mis en scène une crise de vocation pour moi, dit-elle. À cette époque, je n'ai pas pris conscience que c'était une mise en scène, mais c'est une pratique courante. La personne qui s'occupe de vous consulte le directeur et deux d'entre eux décident du meilleur moment pour poser à la recrue la question sur la vocation. »

Pourquoi s'agit-il d'une crise ? « Eh bien, ils en font une crise pour vous ! dit Ann Schweninger, et tout est orchestré. Ils vous disent que c'est une décision que vous devez prendre maintenant, que Dieu frappe à votre porte et que vous devez avoir la force et le courage de dire oui. » Tammy DiNicola s'est fait dire que c'était sa seule chance de réaliser une vocation. « Fondamentalement, il s'agit d'une occasion unique : si vous ne la saisissez pas, vous ne bénéficierez plus de la grâce de Dieu pendant le reste de votre vie. »

L'Opus Dei voit cela d'un autre œil, soulignant le fait que

toutes les relations s'établissent librement. « Il n'y a aucun recrutement à l'Opus Dei », affirme Bill Schmitt.

Pourtant, même les écrits d'Escriva soulignent à tout le moins l'idée de faire du recrutement. Dans le magazine interne *Cronica*, il écrivait en 1971 : « Cette sainte coercition est nécessaire, *compelle intrare*, nous dit le Seigneur. » Et : « Vous devez vous battre à mort pour le prosélytisme. »

Ann Schweninger trouve que cela se rapproche davantage de son expérience : « Quand vous faites partie de l'Opus Dei, vous faites du recrutement. »

À l'université

L'Opus Dei est de plus en plus présent sur les campus des collèges américains. Par le passé, les efforts des membres pour attirer de nouvelles recrues les ont menés dans les collèges et les universités, ce qui a parfois provoqué des conflits avec d'autres groupes.

Donald R. McCrabb est directeur général de la Catholic Campus Ministry Association (CCMA), organisme qui regroupe mille des mille huit cents aumôniers catholiques des États-Unis. Que disaient ses membres sur l'Opus Dei ? « Nous sommes conscients que l'Opus Dei est présent sur plusieurs campus d'un bout à l'autre du pays. Je sais aussi que certains prêtres de campus trouvent leurs activités contre-productives. » L'accent que mettait l'Opus Dei sur le recrutement, supporté par un financement apparemment solide, l'inquiétait. « Ils n'assument pas la responsabilité plus large d'un prêtre sur un campus. » Il avait aussi d'autres préoccupations. « J'ai entendu dire de la bouche de ministres du campus qu'il y avait un directeur spirituel attaché au candidat, qui doit, rigoureusement, approuver chaque geste que fait cette personne, y compris lire son courrier, connaître les cours qu'elle prend ou ne prend pas, savoir ce qu'elle lit ou ne lit pas. »

L'ancien étudiant de Columbia s'exprime de la même façon : « Ils m'ont dissuadé de lire certains livres, en particulier de la documentation marxiste, et demandé d'utiliser plutôt leur version édulcorée. Je trouvais cela étrange : je devais faire dans le cadre d'un cours ! »

Directeur du ministère du campus de l'Université Stanford de 1984 à 1992, Russell J. Roide, S. J., aborda l'Opus Dei avec un esprit ouvert. Toutefois, les étudiants commencèrent à venir le voir en se plaignant du recrutement de l'Opus Dei.

« Ils n'arrêtaient pas de harceler les étudiants. Ceux-ci venaient me voir et disaient : « S'il vous plaît, débarrassez-nous-en. » Il avait l'impression que son seul recours concernant l'Opus Dei était de donner de l'information à ses étudiants, notamment à propos des articles critiques. C'est ainsi que des numéraires de l'Opus Dei rendirent visite au père Roide pour lui dire qu'il « contrecarrait leurs projets ». En fin de compte, à cause des plaintes répétées des étudiants au sujet du recrutement, « j'ai décidé de ne plus les laisser s'approcher du campus ». Il les décrit aujourd'hui comme des personnes sournoises et perfides.

L'Opus Dei Awareness Network

Dianne DiNicola, mère de Tammy, connaît certaines choses qu'elle aimerait changer dans ce qui a trait à l'Opus Dei. En 1991, elle lançait l'Opus Dei Awareness Network (réseau de prise de conscience sur l'Opus Dei), organisme se décrivant comme un groupe de soutien engagé à joindre les familles dont un enfant fait partie de l'Opus Dei.

Quelques années plus tôt, madame DiNicola avait remarqué que Tammy, alors étudiante au Boston College, « semblait subir un changement de personnalité ». D'après Mme DiNicola, elle devenait « froide et secrète » et ne voulait plus passer de temps avec sa famille, ce qui n'avait jamais été le cas auparavant. « J'avais seulement le sentiment que quelque chose n'allait pas. »

Quand Tammy écrivit une lettre à sa mère lui annonçant qu'elle ne rentrerait plus à la maison, elle s'est vraiment inquiétée. Finalement, elle découvrit que Tammy avait rejoint les rangs de l'Opus Dei en tant que numéraire et qu'elle vivait dans un de leurs centres à Boston. « Notre fille, se souvient-elle, s'est complètement éloignée de la famille. Je ne peux vous décrire les bouleversements que cela a provoqués. Nous tentions de rester en contact avec elle, mais c'était comme si elle était devenue une personne complètement différente. »

Tentant d'abord d'accepter la décision de sa fille, elle rencontra des représentants de l'Opus Dei et des représentants diocésains pour obtenir plus d'information. « J'essayais simplement de me sentir mieux à l'égard de l'Opus Dei. J'aime ma religion. Je veux dire, on ne parle pas ici de disciples de Moon, il s'agit de quelque chose qui est lié à l'Église catholique. » Mais la situation se détériora et Mme DiNicola eut le sentiment que l'Église ne pouvait ou ne voulait pas l'aider.

Finalement, M. et Mme DiNicola embauchèrent un « conseiller » et demandèrent à Tammy de revenir à la maison pour sa remise de diplôme en 1990. Ils découvrirent plus tard que cela aurait dû être la dernière fois qu'elle serait venue à la maison, car on lui avait déjà demandé de couper tout lien avec sa famille. L'intervention du conseiller a permis à Tammy de réfléchir pour la première fois de manière critique sur l'Opus Dei.

Après la séance de consultation psychologique qui dura vingt-quatre heures, Tammy a décidé de quitter l'Opus Dei. « Ce fut assez tumultueux », se rappelle Tammy, maintenant âgée de 26 ans. Comme l'Opus Dei « avait bloqué » toutes ses émotions, elle dit avoir vécu quantité d'émotions après son départ. Maintenant, Mme DiNicola a mis sur pied l'Opus Dei Awareness Network (ODAN) qui doit permettre d'éviter à d'autres la souffrance qu'elle et sa famille ont éprouvée.

Si l'Opus Dei inquiète l'ODAN, l'ODAN inquiète aussi l'Opus Dei. « Laissez-moi insister sur le fait qu'on ne conseille jamais à personne de ne plus parler à ses parents, affirme Bill Schmitt. N'oubliez pas que certains parents n'acceptent pas la foi ou qu'ils ont d'“ autres” projets pour leurs enfants. Je n'ai pas besoin de vous faire remarquer que les méthodes utilisées par ces gens sont extrêmement répréhensibles. Mais nous n'avons pas poussé l'affaire plus loin. »

D'après Mme DiNicola, elle aurait été impuissante à retenir sa fille si celle-ci avait décidé de demeurer dans l'Opus Dei : « Nous n'allions certainement pas la retenir de force. »

À Riverside, un numéraire affirme que son sang bout quand il entend parler de l'ODAN. « Nous avons l'approbation du Saint-Siège ! Nous ne sommes pas une secte. Ces gens (qui ont reçu des conseils) ont tout simplement été bernés. Nous prions pour eux, bien sûr. Il y a une multitude de malentendus et les parents deviennent irrationnels. »

« C'était très difficile pour moi, se rappelle Mme DiNicola. Je veux dire, j'essaie en ce moment de justifier tout cela. Comment cela pouvait-il se produire au sein même de l'Église catholique ? C'est une organisation approuvée par le pape, Escriva a été béatifié et les familles subissent de tels dommages à cause de cette organisation ! Ce n'est donc pas facile de faire la paix avec cette idée. »

LA RÉPONSE DE L'OPUS DEI AU *DA VINCI CODE*

par la prélature de l'Opus Dei

Extrait de *The Da Vinci Code, the Catholic Church and Opus Dei : A Response to The Da Vinci Code from the Prelature Of Opus Dei in the United States.* © 2004 Bureau d'information de l'Opus Dei sur Internet, http://www.opusdei.org. Le site officiel de l'Opus Dei aux États-Unis a répondu à ce qu'il considère comme une description injuste de ses croyances et activités, faite dans *Da Vinci Code*, en publiant un texte étonnamment long et détaillé regroupant les réponses à un ensemble de questions fréquemment posées. L'Opus Dei qualifiant d'étrange et d'inexact le portrait que Brown a fait de leur groupe répond, dans ce document, à plusieurs des impressions que le roman a fait naître à leur propos. Ci-après, nous présentons des parties de deux réponses et intégrons d'autres documents fournis par l'Opus Dei et d'autres spécialistes et représentants religieux. Pour obtenir toutes les réponses aux questions fréquemment posées, on peut visiter le site Internet de l'Opus Dei à l'adresse : http://www.opusdei.org.

Est-il vrai, comme l'affirme Da Vinci Code, *que l'Opus Dei est une secte catholique ?*

Da Vinci Code décrit faussement l'Opus Dei comme une secte catholique, ce qui n'a aucun sens puisque l'Opus Dei a toujours fait partie intégrante de l'Église catholique. L'Opus Dei a reçu sa première approbation officielle de l'évêque de Madrid en 1941 et le Saint-Siège l'a confirmée en 1947. Puis, en 1982, le Saint-Siège en a fait une prélature personnelle qui constitue une des structures organisationnelles de l'Église. (Les diocèses et les ordinariats sont d'autres exemples de structure organisationnelle de l'Église.) De plus, la fidélité au pape et aux enseignements de l'Église est un des signes distinctifs de l'Opus Dei. Toutes les croyances, les pratiques et les coutumes de l'Opus Dei sont celles de l'Église. L'Opus Dei entretient aussi d'excellentes relations avec les autres institutions de l'Église catholique et considère comme une chose merveilleuse la grande variété d'expressions de la foi catholique. Appeler l'Opus Dei une secte est tout simplement inexact.

Cardinal Christoph Schönborn, O. P.: « Personne n'a besoin d'avoir étudié la théologie pour reconnaître une contradiction fondamentale dans l'expression "secte à l'intérieur de l'Église". L'existence présumée d'une secte au sein de l'Église est un reproche adressé indirectement au pape et aux évêques, à qui il incombe d'enquêter pour savoir si les enseignements et les pratiques des groupes ecclésiastiques sont en accord avec la foi de l'Église. D'un point de vue théologique et ecclésiastique, on décrète qu'un groupe est une secte quand il n'est pas reconnu par l'autorité religieuse compétente de l'Église.[…] Il est donc incorrect que les institutions, les particuliers ou les journalistes qualifient de sectes des communautés qui ont été approuvées par l'Église.[…] On ne devrait pas appeler "sectes" les communautés et les mouvements approuvés par l'Église puisque leur approbation ecclésiastique confirme qu'ils appartiennent à l'Église et qu'ils relèvent d'elle». *L'Osservatore Romano*. 13/20 août 1997. [Le cardinal Schönborn est archevêque de Vienne et rédacteur en chef du Catéchisme de l'Église catholique.]

Pape Jean-Paul II: «Avec beaucoup d'espoir, l'Église tourne son attention et ses soins maternels vers l'Opus Dei, que — par inspiration divine — le Serviteur de Dieu Josémaria Escriva de Balaguer fonda à Madrid le 2 octobre 1928, pour qu'elle puisse demeurer un instrument efficace de la mission salvatrice que l'Église réalise pour la vie du monde. Dès ses débuts, cette institution s'est efforcée, non seulement d'éclairer d'une nouvelle lumière la mission de la laïcité dans l'Église et dans la société, mais l'a également mise en pratique.» Ut Sit, novembre 1982.

L'Opus Dei encourage-t-il la pratique de la mortification corporelle tel que le décrit Da Vinci Code*?*

Comme il fait partie de l'Église catholique, l'Opus Dei adhère à tous ses enseignements, y compris ceux qui concernent la pénitence et le sacrifice. L'enseignement de l'Église sur la mortification repose sur le fait que Jésus-Christ, par amour pour l'humanité, a accepté volontairement la souffrance et la mort (sa «passion») comme moyen de racheter les péchés du monde. On demande aux chrétiens d'imiter le grand amour de Jésus et, entre autres choses, de se joindre à lui dans sa souffrance rédemptrice. Ainsi, on demande aux chrétiens de «mourir à eux-mêmes». L'Église exige certaines mortifications, telles jeûner et s'abstenir de manger de la viande, comme pénitences de carême. Certaines personnes dans l'histoire de l'Église se sont senties appelées à de plus grands sacrifices: le jeûne fréquent, le recours à la chemise en poil de chèvre, au cilice ou à la discipline, comme on peut le constater dans les vies de plusieurs personnes clairement reconnues par l'Église à titre de modèles de sainteté, comme saint François d'Assise, sainte Thérèse d'Avila, saint Ignace de Loyola, saint Thomas More, saint François de Sales, saint Jean Vianney et sainte Thérèse de Lisieux. De toute façon, la pratique de la mortification telle qu'on la vit dans l'Opus Dei met davantage l'accent sur les sacrifices quotidiens que sur ces sacrifices plus grands et ne ressemble pas à la description déformée et exagérée du *Da Vinci Code.*

New Catholic Encyclopedia (2003): Mortification. Restriction volontaire qu'une personne impose à ses impulsions naturelles pour les assujettir de plus en plus à la sanctification au moyen de l'obéissance à la raison illuminée par la foi. Jésus-Christ demandait une telle renonciation à tous ceux qui souhaitaient le suivre (Luc 9,29). Ainsi, la mortification, ou ce que saint Paul appelle la crucifixion de la chair avec ses vices et ses concupiscences (Gal. 5,25), est devenue une marque distinctive de ceux qui appartiennent au Christ. Tous les théologiens s'accordent à dire que la mortification est nécessaire au salut parce que l'homme est si fortement enclin au mal par la triple concupiscence du monde, de la chair et du démon qui, si on ne lui résiste pas, nous entraîne dans de graves péchés. La personne qui veut sauver son âme doit, à tout le moins, fuir les occasions de péché mortel. Une telle fuite implique en soi une mortification.

Le pape Paul VI: «Toutefois, la vraie pénitence ne peut jamais venir de l'ascétisme physique. [...]La nécessité de la mortification de la chair se révèle clairement si nous tenons compte de la fragilité de notre nature dans laquelle, depuis le péché d'Adam, la chair et l'esprit ont des désirs opposés. Cet exercice de mortification physique — loin d'être une quelconque forme de stoïcisme — n'implique pas une condamnation de la chair que le Fils de Dieu a daigné assumer. Au contraire, la mortification vise la «libération de l'homme». Constitution Apostolique *Paenitemini*, 17 février 1966.

Troisième partie

Pour que les secrets restent secrets

Le mystère des codes

Car il n'y a rien de secret qui ne deviendra manifeste, ni rien de caché qui ne sera connu.

— Luc 8, 17

En 1997, dans le film *Le Complot*, Mel Gibson incarne Jerry Fletcher, un chauffeur de taxi paranoïaque de New York, passionné des complots, qui collectionne des articles du *New York Times* contenant, croit-il, des renseignements codés sur les projets secrets de la NASA, de l'ONU, et même d'Oliver Stone visant à détruire les États-Unis. Malheureusement, et tout à fait au hasard, une des théories du complot se révèle exacte et comme pour le garçon qui criait au loup, les loups finissent par l'attaquer. Ce film illustrait dans quelle vaste mesure les théories du complot en général, et les codes secrets aux significations cachées en particulier, ont pénétré l'esprit de l'époque moderne. Cette croyance généralisée en l'existence de complots — du sentiment qu'il « existe une force cachée qui tente de taire certaines choses et de ne révéler que ce qu'elle veut bien au public », pour citer Mel Gibson lui même et non son personnage — possède aujourd'hui une certaine assise dans la réalité. (Non, ce qui suit n'est pas un message codé sur ce que nous pensons du film controversé *La Passion du Christ*, réalisé par Mel Gibson, ce n'est qu'une allusion tout à fait ordinaire au monde de la culture populaire.)

Après tout, le gouvernement a réellement comploté si on pense aux scandales du Watergate et de l'Iran-Contra, et l'Église a réellement supprimé des preuves d'agressions sexuelles commises par ses prêtres. C'est un fait que la liste des complots réels, avérés en politique et devant les tribunaux, sur lesquels ont enquêté des journalistes, donne froid dans le dos.

En ce qui a trait aux codes secrets, on n'a pas besoin de croire, comme le Jerry Fletcher de Gibson ou le schizophrène John Nash dans *Un homme d'exception*, que le magazine *Life* ou le journal *New York Times* insèrent des messages cachés dans leurs articles pour admettre à quel point les codes secrets sont devenus omniprésents et importants dans la vie quotidienne. Sans eux, le monde des affaires et de la finance s'immobiliserait, nos militaires et notre gouvernement ne pourraient pas fonctionner efficacement ou défendre la nation contre ses ennemis, et aucun citoyen ne pourrait faire des achats sur Internet ou retirer de l'argent comptant dans un guichet automatique. De nos jours, le caractère secret des messages codés fait quotidiennement la une des journaux, qu'il s'agisse d'avertissements concernant la protection de notre numéro de sécurité sociale ou de notre numéro d'identification personnel, ou de débats à propos des personnes autorisées ou non à copier les codes de logiciel qui définissent la musique et les images numériques.

Chaque fois qu'il se produit un événement bouleversant ou une tragédie à grande échelle, quelqu'un surgit pour faire état d'un code secret et supposer l'existence d'un complot. Les attentats du 11 septembre en sont un bon exemple. D'une part, des milliers de personnes ont discuté sur Internet de signes et de codes secrets — il y avait de tout, de la signification de la date elle-même (911, un indicatif américain presque universel pour les urgences) jusqu'aux couvertures d'albums rock et aux scènes de films qui, dans notre société violente à l'extrême, montrent des édifices en train d'exploser; d'autre part, des personnes par ailleurs apparemment intelligentes ont affirmé que l'administration Bush savait que les événements du 11 septembre allaient se produire mais que, comme le président Roosevelt lors de l'attaque de Pearl Harbor, elle « voulait » que cela arrive pour inciter le pays à entreprendre une guerre, ou encore que d'une façon ou d'une autre les événements du 11 septembre étaient un « complot juif » conçu pour… Eh bien, aucune personne affichant ce point de vue ne peut en réalité ajouter quoi que ce soit de suffisamment sensé pour finir la phrase. Les théoriciens du complot, cependant, considèrent les motifs de complots comme irrationnels ou sans importance. Ainsi, même avec tous les débats et les discussions que le *Da Vinci Code* a suscités, presque personne n'a songé à quel point les raisons invoquées par le Maître pour assassiner Saunière et les autres sénéchaux sont irrationnelles et illogiques, et dans quelle mesure cette intrigue est magnifiquement improbable étant donné qu'elle est fondée sur une alliance impie entre les dévoués chasseurs du Saint-Graal et les personnes les plus opposées à la divulgation du « secret » entourant le Saint-Graal.

« À la fin d'un siècle épuisant, écrivait récemment *Newsweek*, le complot constitue une manière facile de trouver un sens au désordre du monde dans lequel nous vivons actuellement ; une sorte de supermarché à guichet unique pour chaque explication : les choses ne s'effondrent pas d'elles-mêmes, il y a forcément quelqu'un qui *les fait* s'effondrer. »

Le public est assoiffé de héros et d'héroïnes comme Langdon et Neveu (notez les deux moitiés égales de l'unité mâle-femelle qu'ils constituent, ce type de statut véritablement égal étant rare dans un roman de ce genre). Compte tenu de tous les renseignements fantaisistes et contradictoires qui nous assaillent tous les jours, nous souhaitons tous pouvoir être ces super héros du Nouvel Âge en découvrant ce qui se produit réellement et ce que tout cela signifie, et agir de manière intelligente et héroïque, mentalement et physiquement, pour résoudre les problèmes et prévenir les désastres. Dans cet exercice de déchiffrage de codes sans fin, Robert et Sophie marchent dans les pas de Thésée, d'Ulysse, de Moïse, de Job, de Jésus, de Frodon et d'Harry Potter — et de centaines d'autres personnages du monde mythique et archétypal des héros. Il faut absolument qu'ils déchiffrent le code avant qu'il ne soit trop tard !

Dans ce contexte, nous présentons les articles de la journaliste Michelle Delio et du professeur Brendan McKay, qui décrivent le rôle que jouent les codes secrets dans l'histoire, de même que dans le *Da Vinci Code*.

De Vinci : le père de la cryptographie

par Michelle Delio

Cet article est tiré du numéro d'avril 2003 du magazine *Wired*. Michelle Delio est une journaliste qui a fréquemment écrit sur l'encryptage, la sécurité sur Internet, les pirates informatiques, les spams, la vie privée et autres sujets connexes. Reproduit à partir de Wired News, à l'adresse www.wired.com.

Da Vinci Code traite, par-dessus tout, de l'histoire de l'encryptage — les nombreuses méthodes élaborées au fil du temps pour mettre les renseignements privés à l'abri des yeux inquisiteurs. Le roman commence au moment où Robert Langdon, un symbologiste de Harvard, reçoit en fin de soirée un appel urgent: le vieux conservateur du Louvre a été assassiné à l'intérieur du musée.

Près du corps, la police a découvert un message secret. Avec l'aide d'une cryptologue douée, Langdon résout l'énigme. Mais ce n'est là qu'un premier jalon, posé le long d'une route parsemée d'indices, cachés dans les œuvres de Léonard De Vinci. Si Langdon ne déchiffre pas le code, un secret ancien se perdra à tout jamais.

Les personnages de Brown sont fictifs, mais il jure que « toutes les descriptions de monuments, d'œuvres d'art, de documents et de rituels secrets évoqués sont avérées ». L'auteur détaille le contexte qui forme l'assise historique du roman sur son site Internet, mais il suggère aux lecteurs de terminer le livre avant de parcourir le site, car il y dévoile plusieurs énigmes du récit.

La publicité du livre suggère que l'histoire met à nu « le plus important complot des deux derniers millénaires ». Peut-être... mais quiconque s'intéresse aux théories sur les complots ne trouvera rien de nouveau ici.

Là où le *Da Vinci Code* brille, c'est en ce qui a trait à son exploration de la cryptologie, particulièrement les méthodes d'encodage élaborées par Léonard de Vinci, dont les œuvres d'art et les manuscrits foisonnent de symboles intrigants et de codes excentriques.

Brown, qui se spécialise dans l'écriture de livres faciles à lire portant sur la vie privée et la technologie, considère de Vinci comme un défenseur méconnu du droit à la vie privée et un pionnier de l'encryptage.

Tout au long de l'histoire, le fait de confier une missive personnelle à un messager a engendré des problèmes. À l'époque de Léonard de Vinci, on craignait surtout que le messager soit payé davantage pour vendre ses renseignements à des adversaires plutôt qu'au destinataire prévu.

Pour résoudre ce problème, Brown écrit que de Vinci a inventé, il y a plusieurs siècles, une des premières formes rudimentaires d'encryptage à clé: un contenant portable pour protéger les documents.

L'invention cryptographique de De Vinci est un tube avec des boutons sur lesquels une lettre est inscrite. On doit tourner les disques dans un ordre précis, en suivant le mot de passe, pour que le cylindre s'ouvre. Une fois le message « encrypté » à l'intérieur, seule une personne possédant le mot de passe peut l'ouvrir.

Il était physiquement impossible de pirater cette méthode d'encryptage: si quelqu'un essayait d'ouvrir le contenant de force, les renseignements à l'intérieur se détruisaient.

De Vinci y est parvenu en écrivant son message sur une feuille de papyrus qu'il a enroulée autour d'un fragile flacon de verre rempli de vinaigre. Si quelqu'un tentait d'ouvrir le contenant de force, le flacon se brisait et la feuille de papyrus en s'imbibant de vinaigre se dissolvait presque instantanément.

Brown emmène aussi le lecteur dans les profondeurs de la cathédrale des codes, une chapelle en Grande-Bretagne (la chapelle Rosslyn, en Écosse) dont le plafond comporte des centaines de blocs de pierre en saillie. Chaque bloc affiche un symbole sculpté qui, lorsqu'il forme une combinaison avec d'autres, crée, pense-t-on, le plus grand code secret du monde.

« Les cryptographes modernes n'ont jamais pu déchiffrer ce code et on offre une récompense à quiconque pourrait déchiffrer le mystérieux message », écrit Brown sur son site.

« Ces dernières années, les ultrasons utilisés en géologie ont révélé la présence étonnante d'une immense voûte souterraine cachée sous la chapelle. Cette voûte ne semble avoir ni entrée ni sortie. Les conservateurs de la chapelle n'ont toujours pas accordé de permission pour procéder à une excavation. »

Brown se spécialise dans l'excavation littéraire. Ses livres précédents comportaient tous des secrets — certain conservés, d'autres déchiffrés — et traitaient du conflit entre le droit à la vie privée et la sécurité nationale ou les intérêts institutionnels.

Il a écrit sur le National Reconnaissance Office, organisme qui conçoit et construit les satellites de reconnaissance américains et en assure le fonctionnement. Il a également écrit sur le Vatican et la National Security Agency.

Le premier roman de Brown, *Digital Fortress*, publié en 1998, décrit en détail une attaque de pirates informatiques contre le superordinateur top secret de la NSA, Transltr, qui surveille et décode les courriers électroniques que s'échangent les terroristes.

« Mais l'ordinateur peut aussi intercepter clandestinement les courriers électroniques échangés par des particuliers. Un pirate découvre l'ordinateur et le démonte, puis demande que la NSA admette publiquement l'existence de Transltr, sinon il vendra aux enchères, au plus offrant, l'accès à l'ordinateur. »

Dieu est-il un mathématicien ?

Entretien avec Brendan McKay

Brendan McKay, professeur de sciences informatiques à l'Australian National University, est devenu célèbre il y a quelques années en démythifiant la théorie sur le code de la Bible. L'auteur Michael Drosnin, qui appuyait tout particulièrement cette théorie, affirme que le texte hébraïque de la Bible contient des coïncidences intentionnelles (apparaissant comme des lettres à espacement égal) qui prédisent une gamme impressionnante d'événements historiques, des assassinats jusqu'aux tremblements de terre. McKay a démontré qu'en appliquant les mêmes techniques mathématiques que les partisans de *The Bible Code* à d'autres livres, on pouvait trouver de semblables prédictions « renversantes » (de fait, McKay faisait remarquer qu'une « analyse » mathématique de *Moby Dick* découvrait même une « prédiction » sur la mort de Michael Drosnin. Comme le soulignait McKay à l'époque, « Notre enquête très approfondie révèle que les prétendues preuves scientifiques concernant les codes de la Bible ne sont que des bêtises. »

Au cours des années 1990, *The Bible Code* a créé une aussi forte impression que le *Da Vinci Code* aujourd'hui. Bien que *The Bible Code* ne soit pas mentionné dans le *Da Vinci Code*, l'expérience de McKay constitue une étude de cas sur la nécessité de demeurer sceptique et d'avoir une pensée critique à l'endroit des messages sacrés, des symboles et des codes de l'époque biblique.

Comment vous êtes-vous d'abord intéressé à l'analyse du code de la Bible ?

Je m'intéresse à l'étude de la pseudo-science en tant que discipline. Et, comme je suis mathématicien, il était naturel que j'examine la théorie du code biblique comme exemple mathématique de pseudo-science que je définis comme quelque chose ayant une apparence scientifique, mais qui, après examen, ne repose sur aucun principe scientifique. Ce qui était intrigant à propos de la théorie du code biblique, c'était que des scientifiques qualifiés, dont les travaux — du moins en apparence — semblaient très convaincants et valables du point de vue scientifique, en avaient apporté des preuves.

Qu'a révélé votre enquête?

Nos résultats indiquent que les séries de mots et les apparentes prédictions de la Bible ne sont que des effets du hasard et qu'on peut trouver des séries de mots semblables dans tous les livres.

Il importe aussi de prendre conscience qu'au fil du temps, la Bible a beaucoup changé. En particulier aux premiers temps d'avant le Christ, il y a eu sans doute des modifications considérables. Qui plus est, la manière d'orthographier l'hébreu dans la Bible d'aujourd'hui — que les partisans du code biblique utilisent pour fonder leur présumée découverte de messages cachés — n'est pas conforme à celle en usage au moment où la Bible aurait été écrite. Elle a été réécrite en utilisant des règles d'orthographe mises à jour; pour cette raison, tous les messages qui auraient pu avoir été encodés dans le tout premier texte ont été effacés. Toute la base de la théorie du code biblique en est faussée. Du point de vue scientifique, nous pouvons dire que nous n'avons découvert aucune série de mots, ni aucun message caché dans la Bible, sauf ceux que vous vous attendriez à trouver par hasard. Nous avons démontré de manière convaincante qu'on peut faire la même chose avec pratiquement n'importe quel texte.

Mais il y a bien sûr des gens qui ne veulent pas se laisser convaincre! Alors le débat n'a pas de fin.

Pourquoi, à votre avis?

C'est comme tout autre type de croyance occulte ou les choses comme les théories du complot. Il n'y a pratiquement rien que vous puissiez faire pour empêcher les gens de croire en une bonne théorie du complot. Puisque les gens aiment réellement croire en de telles choses, cela répond à un besoin.

Mais qu'en est-il de la géométrie sacrée ou de la Divine Proportion dont parle Da Vinci Code, *qui décrit le curieux phénomène des proportions dites «parfaites» dans la conception d'objets créés par l'homme et que l'on trouve même dans la nature (par exemple le rapport de la longueur de votre main avec celle de votre avant-bras) et qui semblent se conformer à un certain modèle universel (phi ou 1,61804)?*

Je crois qu'il existe une explication naturelle à cela. L'univers fonctionne selon un ensemble de règles, et si les physiciens ont raison, ces règles sont peu nombreuses et assez simples. Cela implique presque automatiquement que certains aspects de la nature, y compris ses éléments de base, apparaîtront de façon répétée sous diverses apparences. Ainsi, le fait qu'une chose comme la Divine Proportion apparaisse à plusieurs endroits — dans la forme des rivages, dans les feuilles qui poussent sur les plantes et une multitude d'autres choses — ne devrait pas nous surprendre. Cela n'indique pas qu'il y ait derrière tout cela une main qui guide. Cela signifie seulement que l'univers fonctionne selon un ensemble de règles assez restreint.

Qu'en est-il de la suite de Fibonacci qui joue un rôle si important dans le livre de Dan Brown?

Il y a de bonnes raisons pour que la suite de Fibonacci se retrouve souvent dans la nature. C'est une suite mathématique extrêmement simple. Chaque nombre représente la somme des deux précédents. Donc, chaque fois que vous avez un système en évolution — une plante qui pousse et davantage de feuilles qui en sortent, chaque nouvelle croissance dépendant des précédentes et des autres avant elles — vous retrouvez cette suite. Et cette suite est conforme à beaucoup d'autres propriétés mathématiques qui pourraient correspondre au mode de fonctionnement de la nature.

Alors, Dieu est-il un mathématicien?

Disons les choses ainsi. D'après la science moderne, la nature tout entière fonctionne selon des principes mathématiques. Alors, toute personne qui souhaite promouvoir des raisons

« divines » ou mystiques pour lesquelles les choses sont comme elles sont essaiera naturellement de les traduire dans un jargon mathématique, pseudo scientifique. Oui, ils feront de Dieu un mathématicien.

LE PLAISIR DE L'ANAGRAMME

Dans le *Da Vinci Code*, la résolution et le décodage d'anagrammes sont des activités importantes pour Robert Langdon et Sophie Neveu. Heureusement, tous les deux ont du talent dans ce domaine. Mais si vous lisez le livre et vous demandez ce que vous auriez fait à leur place, vous pouvez vous calmer ! Vous auriez pu utiliser un logiciel d'anagrammes sur n'importe quel ordinateur portable conventionnel tout en parcourant rapidement les galeries du Louvre. En utilisant un logiciel informatique, nous avons produit des milliers d'autres anagrammes pour chacune des phrases qui suivent. Nous n'en présentons ici qu'un mince échantillon pris au hasard.

Notre couple de héros doit décoder l'anagramme : **O, Draconian devil ! Oh lame saint !** (O diable draconien ! Oh saint boiteux !) En fin de compte, il s'agit bien sûr de : *Leonardo Da Vinci ! The Mona Lisa !* Mais ç'aurait pu être n'importe laquelle parmi des milliers de phrases :

Havre con de la mondialisation

Holà, mâle. Considération ! Divan ?

Code de la normalisation « H » vain

Atlas amérindien « Ô lac Nid-Vooh

Nord,canadianisme, halo violet

Localisation Havane ; demi nord.

Au cas où vous vous poseriez la question, en réorganisant les lettres de *Mona Lisa*, on trouve ces noms de code :

La maison

Salon ami

Os animal

Mois à l'an

On a mis la

Mon alias

La main os

Plus tard dans le roman, le cryptographe et le symbologiste doivent décoder la phrase suivante : « **Sa croix grave l'heure** ». Notre logiciel d'anagrammes présente entre autres ces suggestions :

Sexe gaucher riva l'or

Si recharge, lave roux

Le gravier, chaux rose

Holà ! cri graveur sexe

Héros galaxie ver cru

Vélo gris axe charrue

Et puis, on se demande si certaines autres phrases que mentionnent le livre sont des anagrammes signifiantes. Par exemple, on fait beaucoup de cas du griffonnage : « **P.S. Trouvez Robert Langdon.** » Si on avait voulu que ce soit une anagramme, voici ce que cela aurait pu donner :

Pdg nez or, bar tournesol

P.s. trouvez bol argent nord

Prolongez nord-est av. brut

Lut : observez grand proton

Transportez bord long vue

De Vinci et ses secrets

La sagesse est fille de l'expérience.

— Leonardo da Vinci

Léonard de Vinci est le disciple de l'expérience.

— Leonardo da Vinci

L'ombre de Léonard de Vinci plane sur le récit du *Da Vinci Code*, dans les murs du Louvre, du début à la fin. On le retrouve partout dans le roman de Dan Brown, surveillant l'intrigue avec les yeux de la Joconde qui, de la page de couverture du livre, observent. Le peintre a t-il intégré un message secret codé dans *La Dernière Cène* ? Si cela était le cas, était-ce concernant Marie-Madeleine et son mariage avec Jésus ? Était-ce, de façon plus générale, à propos des femmes et de la sexualité ? S'agissait-il d'une blague entre hérétiques ? Était-ce un message gay secret ? Ou était-ce quelque chose d'encore plus obscur à nos yeux concernant l'importance relative de Jean l'Évangéliste et de Jésus-Christ ?

De Vinci était-il un adepte secret des Templiers et vraisemblablement un Grand Maître du Prieuré de Sion ? Savait-il autre chose sur le Saint-Graal que ce que connaissaient les hommes instruits de la Renaissance ? Croyait-il que le Saint-Graal n'était pas littéralement un calice mais le ventre métaphorique ou réel de Marie-Madeleine ? Croyait-il au culte du Féminin sacré ? (Les aphorismes cités plus haut suggèrent qu'il attribuait, tout comme les gnostiques, un caractère sacré à la sagesse et à la connaissance.)

Pourquoi écrivait-il en code ? Qui était la Joconde ? Était-ce en réalité un autoportrait ? Qu'est-il arrivé vers la fin de sa vie lorsqu'il s'est installé en France ? Pourquoi le plus grand des artistes a-t-il peint si peu de tableaux ? Où a-t-il pris ses connaissances sur la physique, l'anatomie, la médecine, la théorie de l'évolution, la théorie du chaos, l'aviation et d'autres sujets sur lesquels sa réflexion était en avance de plusieurs centaines d'années sur les grands penseurs et inventeurs de son époque ?

Il existe beaucoup de mystères autour de Léonard de Vinci, et il y aurait là matière à de nombreux autres romans à suspense et à d'autres envolées d'imagination postmoderne longtemps encore.

Dans les opinions présentées ici, nous avons essayé d'illustrer deux écoles de pensée fondamentales. Le point de vue conventionnel, qu'ont adopté la plupart des chercheurs sur de Vinci et les historiens de l'art, laisse entendre que bien qu'il existe des mystères et des questions innombrables concernant la vie et l'œuvre de Léonard de Vinci, il n'existe pas de preuves à l'appui d'hypothèses aussi variées que les idées selon lesquelles le personnage de Jean dans *La Dernière Cène* serait en réalité Marie-Madeleine, de Vinci aurait dirigé le Prieuré de Sion, ou il aurait laissé des messages codés dans ses œuvres d'art avec l'intention qu'ils soient déchiffrés à des époques ultérieures.

Un autre point de vue — bien exprimé ici par Lynn Picknett et Clive Prince, et encore davantage documenté dans leurs livres — est certainement beaucoup plus intéressant, même si les preuves sont minces. Leur point de vue offre des réponses fascinantes à une partie de ce que des spécialistes plus reconnus ne peuvent décrire que comme une longue liste de questions. Ce genre de réflexion sur de Vinci pourrait n'avoir que peu de fondement dans la réalité, elle peut toutefois offrir beaucoup sur les plans métaphorique et conceptuel.

En lisant Picknett et Prince, vous pouvez voir tourner les rouages de l'esprit de Dan Brown se disant intérieurement : « Qu'arriverait-il si je prenais une partie de ce fil, une partie de celui-là et que je tissais une intrigue comme ceci ? »

LE CODE SECRET DE LÉONARD DE VINCI

par Lynn picknett et Clive Prince

Lynn Picknett et Clive Prince sont des écrivains vivant à Londres. Leurs nombreux livres, que ce soit sur Marie-Madeleine, Léonard de Vinci et les Templiers, figurent en bonne place dans la recherche de Dan Brown pour le *Da Vinci Code* et font partie de la bibliographie de Brown. Bien que la plupart des spécialistes universitaires et des chercheurs traditionnels ne soient pas d'accord avec Picknett parce qu'ils estiment peu fondée son interprétation des symboles dans l'œuvre de Léonard de Vinci, on ne peut nier que ses idées intrigantes et uniques, et certains liens fascinants qu'elle établit, aient ébranlé le statu quo du débat académique suscité par plusieurs de ces questions. L'extrait qui suit en est un exemple parfait. Reproduit avec l'autorisation de Simon & Schuster Adult Publishing Group à partir de *The Templar Revelation* par Lynn Picknett et Clive Prince.

Pour vraiment commencer cet article, nous devons revenir à *La Dernière Cène* de De Vinci et l'examiner avec un autre regard. Ce n'est pas le moment de la voir dans le contexte artistiques et historiques familiers. Il faut la regarder comme le ferait un nouveau venu devant cette scène archiconnue, le moment de laisser tomber nos préjugés et, peut-être pour la première fois, la regarder réellement.

Le personnage central est celui de Jésus, que de Vinci appelait « le Rédempteur » dans ses notes sur l'œuvre. (Même ainsi, nous avertissons le lecteur qu'il ne doit ici formuler aucune des hypothèses évidentes.) Son regard contemplatif est dirigé vers le bas et un peu à gauche, ses mains sont tendues sur la table devant lui comme s'il présentait quelque cadeau à l'observateur. Comme il s'agit du dernier repas pendant lequel, nous dit le Nouveau Testament, Jésus a institué le sacrement du pain et du vin, exhortant ses disciples à les partager comme sa « chair » et son « sang », on pourrait raisonnablement s'attendre à ce qu'il ait devant lui un calice ou une coupe de vin que le geste englobe. Après tout, aux yeux des chrétiens, ce repas avait lieu juste avant la « Passion » dans le Jardin des Oliviers où il priait avec ferveur pour que « cette coupe passe loin de moi », une autre allusion au vin et au sang, ainsi qu'avant sa mort par crucifixion, lorsque son sang a été versé pour l'humanité. Pourtant, il n'y a pas de vin devant Jésus (et seulement une infime quantité sur toute la table). Se pourrait-il que ses mains tendues accomplissent ce qui est, selon les artistes, véritablement un geste vide ?

À la lumière du vin absent, le fait qu'il y ait seulement quelques morceaux seulement du pain de la table qui aient été découpés n'est peut-être pas non plus une coïncidence. Parce que Jésus comparait le pain à son propre corps qui devait être rompu au moment du sacrifice suprême, doit-on voir quelque message transmis sur la vraie nature de la souffrance de Jésus?

Ce n'est toutefois que la pointe de l'iceberg de l'hétérodoxie dépeinte dans ce tableau. Dans le récit biblique, c'est le jeune saint Jean — qu'on appelle «le bien-aimé» — qui était à cette occasion si proche de Jésus qu'il se penchait «sur sa poitrine». Pourtant, de Vinci ne représente pas cette jeune personne penchée selon la «direction de plateau» de la Bible, mais s'éloignant plutôt de façon exagérée du Rédempteur, la tête inclinée vers la droite de manière presque coquette. Et ce n'est pas tout en ce qui a trait à ce seul personnage, car on pourrait pardonner aux personnes qui découvrent ce tableau de conserver de curieuses incertitudes sur le prétendu saint Jean. Il est vrai que, selon ses propres penchants, l'artiste avait tendance à représenter le summum de la beauté masculine d'une manière quelque peu efféminée, et pourtant, *c'est sûrement une femme que nous voyons là*. Tout en «lui» est étonnamment féminin. Même si la fresque est vieille et usée, on peut quand même discerner les mains minuscules et graciles, les traits jolis et délicats, la poitrine clairement féminine et le collier d'or. Cette femme, car il s'agit sûrement d'une femme, porte aussi des vêtements illustrant son caractère particulier. Ils sont l'image inversée de ceux du Rédempteur: l'une porte une robe bleue et une écharpe rouge alors que l'autre porte une robe rouge et une écharpe bleue du même style. Personne d'autre à la table ne porte ainsi des vêtements aux couleurs inversées de ceux que portent Jésus. Mais, de toute façon, il n'y a aucune autre femme à la table. La configuration que forment ensemble Jésus et cette femme, un grand «M» écarté, presque comme s'ils étaient littéralement liés par la hanche, alors qu'ils s'étaient disputés ou s'étaient éloignés l'un de l'autre, revêt une importance particulière dans l'ensemble du tableau. À notre connaissance, aucun chercheur n'a mentionné ce personnage féminin autrement qu'en l'appelant saint Jean, et le «M» leur a aussi échappé. Nous avons découvert au cours de nos recherches que de Vinci était un excellent psychologue. Il s'amusait en présentant à ses clients qui lui commandaient des tableaux de scènes religieuses conventionnelles des images fort peu orthodoxes, sachant que le spectateur contemplerait l'hérésie la plus surprenante sans réagir puisque, selon lui, les gens ne voient généralement que ce qu'ils s'attendent à voir. Si on vous demande de peindre une scène chrétienne conventionnelle et que vous présentez au public quelque chose qui y ressemble de manière superficielle, il ne remettra jamais en question son symbolisme douteux. Et pourtant de Vinci doit avoir espéré que d'autres, qui partageaient son interprétation inhabituelle du message du Nouveau Testament, reconnaîtraient sa version ou que quelqu'un, quelque part, quelque observateur objectif prendrait conscience de l'image de cette femme mystérieuse liée à la lettre « M » et poserait des questions flagrantes du style : Que signifiait ce « M » et pourquoi était-il si important ? Pourquoi de Vinci mettrait-il en jeu sa réputation — et même sa vie à cette époque de bûchers flamboyants — pour intégrer cette femme à cette importante scène chrétienne ?

Qui qu'elle soit, son destin semble peu sûr, car on entrevoit une main devant son cou, gracieusement incliné, dans ce qui semble être un geste menaçant. Le Rédempteur, lui aussi, est menacé par un index dressé devant son visage avec une véhémence évidente. Jésus et « M » semblent totalement inconscients de ces menaces, chacun d'eux apparemment perdu dans ses propres pensées, chacun à sa façon serein et posé. Mais c'est comme si on utilisait des symboles secrets, non seulement pour prévenir Jésus et sa compagne de leurs destins séparés, mais également pour signaler à l'observateur (ou peut-être le lui rappeler) quelque renseignement qu'il serait autrement dangereux de rendre public. De Vinci utilise-t-il cette peinture pour véhiculer quelque croyance personnelle qu'il aurait été pratiquement insensé de partager avec un auditoire plus vaste d'une quelconque manière plus évidente ? Et se pourrait-il que cette croyance comporte un message qui s'adresse à beaucoup plus de gens que son cercle immédiat, peut-être même à nous, aujourd'hui ?

Examinons de plus près cette œuvre étonnante. À la droite de l'observateur de la fresque, un grand homme barbu se penche fortement vers l'avant pour parler au dernier disciple à la table. Ce faisant, il a presque complètement tourné le dos au Rédempteur. C'est ce disciple — saint Thaddeus ou saint Jude — pour lequel de Vinci lui-même a reconnu avoir servi de modèle. Rien de ce que peignaient les artistes de la Renaissance n'était accidentel ou simplement joli, et cet exemple particulier de l'époque et du métier était reconnu comme rigoriste sur le plan du sous-entendu visuel. (Sa volonté d'utiliser le modèle qui convenait à chacun des disciples peut se retrouver dans la suggestion ironi-

Ce que certaines personnes interprètent dans *La Dernière Cène*

1. Un couteau flotte dans les airs, apparemment empreint de significations symboliques, car il est dissocié du reste de l'image.

2. *Da Vinci Code* laisse entendre que le personnage à la droite de Jésus, qu'on croit généralement être Jean, est en réalité une femme et non un homme. Ce personnage correspond à la vision qu'avait de Vinci de Marie-Madeleine, occupant la place la plus importante près de Jésus.

3. La main de Pierre fendant l'air de façon menaçante dans la direction de «Marie-Madeleine» pourrait être un geste indiquant la rivalité entre Pierre et Marie-Madeleine au sujet de la direction qu'a pris le mouvement de Jésus après sa mort et la jalousie de Pierre concernant la place importante que Jésus pourrait avoir accordée à Marie-Madeleine au sein du mouvement.

4. L'angle de 45° entre Jésus et Marie-Madeleine évoque un V. D'après *Da Vinci Code*, il s'agirait du symbole archétypal du calice, du vagin, du ventre et de la sexualité féminine.

Scala/Art Resources, NY

5. La ligne qui contourne les silhouettes de Jésus et «Marie-Madeleine» forme un «M». D'après un autre argument que propose *Da Vinci Code*, ce «M» pourrait signifier soit «Marie-Madeleine», soit «mariage».

6. Les vêtements de Jésus et de «Marie» sont les images inversées des tissus rouge et bleu qu'ils portent.

7. La couleur bleue signifie l'amour spirituel, la fidélité et la vérité. Le rouge et le bleu sont considérés comme les couleurs royales, suggérant peut-être dans ce cas le thème du «sang royal» et un lien entre la maison royale de Benjamin (dont on dit que Marie est une descendante) et la maison de David (dont Jésus est censé descendre).

8. Malgré ce qu'en pensent la plupart des gens, il n'y a pas, au centre de *La Dernière Cène*, de calice ou de coupe de vin. Chacun des personnages à la table possède sa propre petite coupe de vin.

que qu'il avait formulée en indiquant que le prieur agaçant du monastère Santa-Maria incarnerait lui-même le personnage de Judas !) Alors, pourquoi de Vinci s'est-il peint lui-même portant son regard, de manière si évidente, dans la direction opposée à Jésus ?

Mais plus encore. Une main suspecte pointe une dague en direction de l'estomac du deuxième disciple à la droite de « M ». Même avec la plus folle imagination, on ne saurait concevoir que cette main appartienne à une des personnes assises à la table, car il est physiquement impossible pour les personnes proches de se tordre au point de tenir la dague dans cette position. Toutefois, ce qui étonne vraiment avec cette main désincarnée, ce n'est pas son existence, mais le fait que dans toutes nos lectures sur de Vinci, nous n'en ayons trouvé que deux mentions, lesquelles montrent toutes deux une curieuse réticence à y trouver quoi que ce soit d'inhabituel. Même chose à propos de saint Jean, qui en réalité est une femme, rien ne pourrait être plus évident — et plus étrange — une fois qu'on nous l'a fait remarquer, et pourtant, l'œil et l'esprit de l'observateur l'ignorent complètement tellement cette présence est surprenante et scandaleuse.

Nous avons souvent entendu dire que de Vinci était un vieux chrétien dont les œuvres religieuses traduisaient la profondeur de la foi. Comme nous l'avons vu jusqu'à maintenant, au moins un de ses tableaux comporte une imagerie fort douteuse par rapport à l'orthodoxie chrétienne et, comme nous le verrons plus loin, nos autres recherches révèlent que rien ne pourrait être davantage éloigné de la vérité que l'idée selon laquelle de Vinci était un vrai croyant, c'est-à-dire un croyant dont la foi est acceptée ou acceptable. Déjà, les caractéristiques curieuses et anormales que nous avons observées dans seulement l'une de ses œuvres semblent indiquer qu'il tentait de nous transmettre un autre message par cette scène biblique familière, de nous faire connaître un autre monde de croyances au-delà de la configuration classique de cette fresque peinte au XVe siècle, près de Milan.

Quoi que puissent signifier ces conclusions, elles étaient, nous ne pouvons que le souligner vivement, totalement en désaccord avec le christianisme orthodoxe. Il n'y a là rien de neuf aux yeux de plusieurs matérialistes/rationalistes modernes, car pour eux, Léonard de Vinci était le premier véritable scientifique, un homme qui n'avait pas de temps à perdre avec les superstitions et la religion sous une quelconque forme, et qui était l'exacte antithèse du mystique ou de l'occultiste. Pourtant, eux non plus n'ont pas su voir l'évidence qu'ils avaient devant les yeux. Peindre *La Dernière Cène* sans y figurer une importante quantité de vin revient à illustrer le moment capital d'un couronnement sans couronne : c'est passer complètement à côté de la question ou en démontrer une tout autre, au point de considérer le peintre comme un hérétique avec certes des croyances religieuses, mais en conflit, peut-être même en guerre, avec les croyances de l'orthodoxie chrétienne. Et comme nous l'avons découvert, les autres œuvres de Léonard de Vinci soulignent ses propres obsessions hérétiques lorsqu'il se sert d'une imagerie minutieusement appliquée et cohérente, chose qui n'arriverait pas si l'artiste était simplement un athée occupé à gagner sa vie. Ces constatations et ces symboles déplacés ont bien davantage de sens que la réponse satirique d'un sceptique à une telle commande — autrement dit, ce n'est pas comme si l'artiste peignait un nez rouge à saint Pierre, par exemple. Ce que nous regardons, dans *La Dernière Cène* et ses autres œuvres, c'est le code secret de Léonard de Vinci qui, croyons-nous, est d'une pertinence saisissante pour le monde contemporain.

[Picknett et Prince poursuivent en nous faisant part de leurs réflexions sur une autre peinture de Léonard de Vinci, la *Vierge aux rochers*. Ce tableau occupe aussi une place prépondérante dans l'intrigue du *Da Vinci Code*. Après que Sophie Neveu a déchiffré l'anagramme *So dark the con of man* et constaté que les lettres forment l'expression *Madonna of the Rocks* (Vierge aux rochers), elle trouve la clé de la voûte de la banque suisse cachée derrière cette peinture. Ce fragment de message déchiffré donne à Robert Langdon l'occasion d'expliquer à Sophie certaines idées concernant la peinture — des idées, de toute évidence, tirées des écrits de Picknett et Prince, comme le passage qui suit.]

On peut également observer ce renversement apparent des rôles habituels de Jésus et de Jean dans l'une des deux versions existantes de la *Vierge aux rochers* de De Vinci. Les historiens de l'art n'ont jamais expliqué de façon satisfaisante pourquoi il y en avait deux ; quoi qu'il en soit, l'un des tableaux est actuellement exposé à la National Gallery de Londres et l'autre, à nos yeux beaucoup plus intéressant, se trouve au Louvre à Paris.

La commande originelle provenait d'une organisation appelée la Confraternité de l'Immaculée-Conception et ne concernait que le tableau central d'un triptyque pour l'autel de sa chapelle dans une église de San Francesco Grande à Milan. (Les deux autres tableaux formant le triptyque devaient être exécutés par d'autres artistes.) Le contrat, daté du 25 avril 1483, existe toujours, et il jette un éclairage intéressant sur l'œuvre que les membres de la Confraternité s'attendaient à recevoir — et sur ce qu'ils ont réellement reçu. Dans ce contrat, la Confraternité précisait minutieusement la forme et les dimensions du tableau qu'elle désirait, un élément essentiel puisque la structure du triptyque existait déjà. Curieusement, les deux versions terminées par Léonard de Vinci respectent ces spécifications, mais on ne sait pas pourquoi le peintre en a fait deux. Nous pouvons toutefois avancer l'hypothèse que ces interprétations divergentes ont peu à voir avec le perfectionnisme de l'artiste, mais plutôt avec leur potentiel explosif.

Le contrat précisait également le thème du tableau : il devait représenter un événement qu'on ne trouve pas dans les Évangiles, mais qui fait depuis longtemps partie des légendes chrétiennes. Cet événement illustre comment, pendant leur fuite en Égypte, Joseph, Marie et Jésus enfant ont trouvé refuge dans une grotte du désert où ils ont rencontré le jeune Jean-Baptiste protégé par l'ange Uriel. Ce qui importait dans cette légende, c'est qu'elle permettait d'éviter une des questions les plus criantes et les plus embarrassantes soulevées par l'histoire évangélique du baptême de Jésus. Pourquoi un Jésus censément sans péché devrait-il recevoir le baptême, puisque ce rituel correspond au geste symbolique de faire laver ses péchés et marque l'engagement à une dévotion future ? Pourquoi le Fils de Dieu lui-même aurait-il dû se soumettre à ce qui constitue clairement un geste d'autorité de la part de Jean-Baptiste ?

La légende raconte comment, au moment de cette rencontre remarquablement accidentelle entre les deux enfants bénis, Jésus conféra à son cousin Jean le pouvoir de le baptiser lorsqu'ils seraient tous deux adultes. Pour plusieurs raisons, il nous semble qu'il s'agit d'une commande extrêmement ironique de la part de la Confraternité, mais on pourrait également supposer que de Vinci a été ravi de la recevoir — et de peindre sa propre interprétation, au moins dans l'une des deux versions.

Selon le style de l'époque, les membres de la Confraternité avaient commandé, pour remplir l'espace du triptyque, une peinture somptueuse comportant des ornements en feuilles d'or et quantité de chérubins ainsi que de fantomatiques prophètes de l'Ancien Testament. Ce qu'ils ont obtenu en fin de compte était passablement différent, au point où les relations entre la Confraternité et l'artiste sont devenues acrimonieuses, se terminant par une poursuite judiciaire qui a duré une vingtaine d'années.

De Vinci choisit de représenter la scène de la façon la plus réaliste possible, sans personnages étrangers au sujet : il n'y a ni chérubins, ni mystérieux prophètes. En fait, les *dramatis personnae* ont peut-être été excessivement simplifiés parce que même si cette scène illustre, on le suppose, la fuite en Égypte de la Sainte Famille, Joseph n'y figure nulle part.

La version du Louvre, la plus ancienne, montre une Vierge en robe bleue passant un bras protecteur autour d'un enfant, l'autre enfant se trouvant avec Uriel. Curieusement, les deux enfants sont identiques mais, plus étrange encore, c'est l'enfant près de l'ange qui bénit l'autre, alors que l'enfant de Marie est agenouillé dans une attitude de déférence. C'est la raison pour laquelle les historiens de l'art en sont venus à tenir pour acquis que de Vinci avait choisi de faire figurer l'enfant Jean auprès de Marie. Après tout, aucune étiquette ne nous permettant d'identifier les personnes, on peut s'attendre à ce que Jésus soit l'enfant qui a le pouvoir de bénir.

Toutefois, il y a d'autres manières d'interpréter le tableau, des manières qui non seulement suggèrent l'existence de messages subliminaux et fort peu orthodoxes, mais qui confèrent également plus de crédibilité aux codes utilisés dans les autres œuvres de Léonard de Vinci. Peut-être la similitude entre les deux enfants suggère-t-elle que de Vinci mêlait délibérément leurs identités à ses propres fins. Et tandis que Marie passe un bras gauche protecteur autour de l'enfant (il s'agit de Jean selon toute vraisemblance), son bras droit est tendu au-dessus de la tête de Jésus dans ce qui semble être un geste de pure hostilité. C'est ce que Serge Bramly, historien de l'art, traduit comme « évoquant les griffes d'un aigle ». Uriel montre du doigt l'enfant de Marie mais, fait important, il regarde aussi de manière énigmatique l'observateur — c'est-à-dire loin de la Vierge et de l'enfant. Bien qu'il puisse être plus facile et plus acceptable d'interpréter ce geste comme une indication de celui qui deviendra le Messie, il existe d'autres significations possibles.

Qu'en est-il si l'enfant auprès de Marie, dans la version du Louvre de la *Vierge aux rochers*, est Jésus — comme on pourrait logiquement s'y attendre — et si le plus jeune des deux auprès d'Uriel est Jean ? Dans ce cas, c'est Jean qui bénit Jésus alors que celui-ci se soumet à son autorité. Uriel, en tant que protecteur particulier de Jean, évite même de regarder Jésus. Et Marie, protégeant son fils, fait un geste menaçant de sa main au-dessus de la tête de l'enfant Jean. Plusieurs centimètres directement sous sa main tendue, on peut voir la main d'Uriel tranchant l'image, comme si les deux gestes englobaient quelque indice secret. C'est comme si de Vinci indiquait qu'un objet, une chose importante mais invisible, devrait combler l'espace entre eux. Dans ce contexte, il n'est pas du tout insensé de comprendre que la main tendue de Marie devrait être perçue comme si elle était placée au-dessus d'une tête invisible, puisque l'index d'Uriel traverse l'espace précisément où devrait se trouver le cou. Cette tête fantomatique flotte juste au-dessus de l'enfant qui est avec Uriel. Ainsi, cet enfant est effectivement identifié après tout, car lequel des deux était destiné à mourir décapité ? Et s'il s'agit vraiment de Jean-Baptiste, c'est lui qui est en situation d'autorité, celui qui accorde la bénédiction.

Pourtant, lorsque nous regardons la version plus récente de la National Gallery, nous découvrons que tous les éléments nécessaires pour arriver à ces déductions hérétiques manquent — mais seulement ces éléments. Les deux enfants ont une apparence fort différente et celui qui est avec Marie porte la croix traditionnelle à longue hampe de Jean-Baptiste (bien qu'elle puisse avoir été ajoutée plus tard par un autre artiste). Ici, la main de Marie est toujours tendue au-dessus de l'autre enfant, mais cette fois, il ne semble pas y avoir de menace. Uriel ne montre plus du doigt et ne regarde plus ailleurs. C'est comme si de Vinci nous invitait à remarquer la différence, comme s'il nous mettait au défi de tirer nos propres conclusions concernant les détails anormaux.

Ce type d'examen de l'œuvre de Léonard de Vinci met en lumière une quantité de courants provocateurs et dérangeants sous-jacents. Il semble y avoir une répétition au moyen de plusieurs symboles ingénieux et signaux subliminaux liés au thème de Jean-Baptiste. Encore une fois, les images qui le dépeignent l'élèvent au-dessus du personnage du Christ.

Il y a quelque chose de contraint dans cette insistance, surtout lorsqu'on observe la complexité même des images que de Vinci a utilisées et que l'on constate le risque qu'il a couru en présentant au monde une hérésie aussi astucieuse et subliminale. Peut-être, comme nous l'avons déjà laissé entendre, était-ce la raison pour laquelle il a achevé si peu de ses travaux malgré son perfectionnisme, étant pleinement conscient de ce qui pourrait lui arriver si une personne de haut rang décelait le pur « blasphème » derrière la mince couche d'orthodoxie. Ce géant intellectuel et physique qu'était de Vinci était peut-être même un peu inquiet de se mettre les autorités à dos, une fois lui ayant suffi.

Toutefois, il n'aurait sûrement pas mis sa vie en péril et inclus de tels messages hérétiques dans ses œuvres s'il n'y avait pas cru passionnément. Comme nous l'avons vu, loin d'être le matérialiste athée dont rêvèrent de nombreux modernes, de Vinci était profondément engagé dans un système de croyances qui entrait en contradiction avec ce qui, à l'époque et encore aujourd'hui, constitue le christianisme traditionnel. C'est ce que plusieurs choisiraient de qualifier d'« occulte ».

Pour la plupart des gens de notre époque, ce mot a une connotation très négative. On l'associe la plupart du temps à la « magie noire », aux ébats de charlatans dépravés ou aux deux. En fait, le mot « occulte » signifie simplement « caché », et on l'utilise couramment en astronomie pour décrire un corps céleste qui en « occulte » un autre ou qui l'éclipse. En ce qui concerne Léonard de Vinci, il faut reconnaître que même si certains éléments de sa vie et de ses croyances ont des échos de rites sinistres et de pratiques magiques, ce que cet homme voulait avant tout, c'était la connaissance. Cependant, une grande partie de ce qu'il cherchait avait effectivement été « occultée » par la société — en particulier par une organisation omniprésente et puissante. Dans toute l'Europe de cette époque, l'Église désapprouvait les expérimentations scientifiques et prenait des mesures radicales pour réduire au silence les individus qui rendaient publics leurs points de vue hétérodoxes ou trop personnels.

Cependant, la ville de Florence — où de Vinci est né et a grandi, et à la cour où sa carrière a vraiment commencé — était un centre florissant qui accueillait ouvertement une nouvelle vague de savoir. Chose étonnante, c'était parce que cette ville était un refuge pour de très nombreux occultistes et magiciens influents. Les premiers clients de Léonard de Vinci, la famille de Médicis qui régnait sur Florence, favorisaient activement les études sur l'occultisme et parrainaient même des chercheurs dans leurs démarches pour trouver et traduire certains manuscrits perdus.

Cette fascination pour l'ésotérisme n'était pas l'équivalent, pendant la Renaissance, de l'intérêt qu'on porte aujourd'hui aux horoscopes des journaux. Même si certaines des recherches qu'on entreprenait alors nous sembleraient aujourd'hui naïves ou relevant de la superstition, plusieurs constituaient une tentative sérieuse de comprendre l'univers et la place de l'homme dans celui-ci. Toutefois, le magicien, lui, cherchait à aller un peu plus loin et à découvrir le moyen de maîtriser les forces de la nature. Dans ce contexte, il n'est peut-être pas si étonnant qu'un homme tel que de Vinci ait pu, comme nous le croyons, participer activement à la culture occulte de son pays et de son époque. La distinguée historienne Frances Yates va même jusqu'à suggérer que l'explication profonde du génie visionnaire de Léonard de Vinci pourrait résider dans des idées contemporaines sur la magie.

On peut lire, dans nos livres précédents, les détails des philosophies qui prévalaient au sein de ce mouvement occulte florentin. Cependant, le centre d'intérêt de tous les groupes de l'époque était l'hermétisme, qui tire son nom d'Hermès Trismégiste, le grand et légendaire mage égyptien dont les livres présentaient un système de magie cohérent. Au cœur de la pensée hermétique se trouvait l'idée selon laquelle l'homme était d'une certaine manière littéralement divin, un concept en soi très menaçant pour l'Église, qui avait une telle emprise sur les cœurs et les esprits de ses ouailles qu'elle le jugeait anathème.

La vie et l'œuvre de Léonard de Vinci illustraient certainement les principes hermétiques, mais à première vue, il semble y avoir une contradiction flagrante entre ses idées philosophiques et cosmologiques raffinées et les concepts hérétiques qui, malgré tout, soulignaient l'importance de personnages bibliques. (Nous devons préciser que les croyances hétérodoxes de De Vinci et de son entourage ne provenaient pas seulement d'une réaction contre l'Église corrompue et naïve. Comme l'histoire l'a démontré, il y avait effectivement une forte opposition, et certainement pas clandestine, à l'Église de Rome, rassemblée dans le mouvement «protestant». Mais si de Vinci vivait aujourd'hui, nous ne le trouverions pas dans *ce* type d'Église non plus.)

Cependant, il existe de nombreuses preuves selon lesquelles les hermétistes pourraient aussi avoir été de purs hérétiques. Giordano Bruno (1548-1600), prêcheur fanatique de l'hermétisme, proclamait que ses croyances venaient d'une ancienne religion égyptienne d'avant le christianisme, qui l'avait éclipsée.

Les alchimistes faisaient partie de ce monde occulte florissant, mais ils se sentaient trop menacés par la désapprobation de l'Église pour former autre chose qu'un mouvement clandestin. Encore une fois, il s'agit d'un groupe qui fait les frais d'un préjugé moderne. Aujourd'hui, on les ridiculise en les traitant de fous ceux qui passaient leur vie à essayer vainement de transformer de vulgaires métaux en or; en fait, cette image constituait un paravent utile aux alchimistes sérieux qui s'intéressaient beaucoup aux expérimentations scientifiques — mais aussi à la transformation personnelle et à la maîtrise implicite et totale de leur propre destin. Une fois de plus, il semble tout à fait plausible qu'une personne aussi assoiffée de connaissances que Léonard de Vinci ait pu faire partie d'un tel mouvement et, peut-être même, en être un des principaux auteurs. Il n'existe pas de preuve sûre de sa participation, mais on sait qu'il fréquentait des occultistes engagés de toutes appartenances et nos propres recherches portant sur son faux Suaire de Turin suggèrent fortement que l'image était le résultat de ses propres expériences « alchimiques ».

Pour dire les choses simplement : il est fort peu probable que de Vinci n'ait pas eu accès aux différents systèmes de connaissances en usage à son époque, mais parallèlement et, compte tenu des risques liés au fait d'y adhérer ouvertement, il est également peu probable qu'il en ait laissé des preuves écrites. Pourtant, comme nous l'avons vu, les symboles et les images qu'il utilisait constamment dans ses œuvres prétendument chrétiennes ne sont pas vraiment des symboles et des images que les autorités de l'Église auraient appréciés si elles avaient constaté leur véritable nature !

Même dans ce cas, une fascination pour l'hermétisme pourrait sembler, au moins superficiellement, presque à l'opposé d'une préoccupation concernant Jean-Baptiste — et de l'éventuelle importance de « M ». En fait, c'est cet écart qui nous a à ce point étonnés quand nous avons approfondi le sujet. Bien sûr, on pourrait plaider que tout ce que signifient ces index dressés se réduit à une obsession d'un génie de la Renaissance pour Jean-Baptiste. Mais est-il possible qu'une signification plus profonde se cache derrière les propres croyances de Léonard de Vinci ? Est-il possible que le message qui apparaît dans ses tableaux soit *vrai* d'une quelconque façon ?

Il est certain que les cercles occultes reconnaissaient à leurs maîtres un savoir secret. Quand nous avons commencé nos recherches sur son rôle dans l'affaire du Suaire de Turin, nous sommes tombés sur plusieurs rumeurs provenant de personnes suggérant que non seulement l'artiste avait participé à sa création, mais qu'il était également un mage célèbre. Il existe même une affiche parisienne du XIXe siècle annonçant le Salon de la Rose et de la Croix — un lieu de réunion pour les occultistes férus d'art — qui dépeint de Vinci comme le Gardien du Saint-Graal (ce qui, dans de tels cercles, peut être interprété comme un message codé signifiant « Gardien des Mystères »). Encore une fois, ces rumeurs et la licence artistique n'ont pas une si grande signification en soi, mais considérées ensemble à la lumière des précisions apportées plus haut, elles nous ont poussé à en apprendre davantage sur ce de Vinci méconnu.

Jusqu'ici, nous avons isolé l'élément majeur de ce qui semblait être l'obsession de Léonard de Vinci : Jean-Baptiste. Bien qu'il ait été tout à fait naturel que l'artiste reçoive des commandes pour peindre ou sculpter ce saint pendant qu'il vivait à Florence — un endroit dédié à Jean — il n'en demeure pas moins que lorsqu'il en avait le loisir, de Vinci choisissait de représenter des thèmes pour son propre plaisir. Après tout, le dernier tableau qu'il a peint avant sa mort en 1519 et qui n'était pas une commande, mais qu'il a réalisé pour des raisons personnelles, était le portrait de Jean-Baptiste. Peut-être voulait-il avoir cette image sous les yeux pendant qu'il mourrait ? Et même quand il était payé pour peindre une scène chrétienne orthodoxe, il accordait toujours beaucoup d'importance, s'il le pouvait, au rôle que pouvait jouer Jean-Baptiste dans la scène.

Comme nous l'avons vu, les images de Jean ont toujours été élaborées de manière à transmettre un message précis, même si on ne comprend qu'imparfaitement ce message et de façon subliminale. Jean est dépeint comme un personnage important, ce qui n'a rien d'étonnant puisqu'il était un précurseur, un héraut et un parent de Jésus, et qu'il semble tout à fait naturel de reconnaître son rôle en ce sens. Pourtant de Vinci ne nous dit pas que Jean-Baptiste était, comme le font tous les autres, inférieur à Jésus. Dans sa *Vierge aux rochers*, on dirait que l'ange pointe un doigt vers *Jean* qui bénit Jésus et non l'inverse. Dans son *Adoration des mages*, les personnages le splus sains vénèrent les racines du caroubier — l'arbre de Jean — au lieu de s'intéresser à la Vierge et à l'enfant qui semblent bien incolores. D'autre part, le « geste de Jean », cet index dressé et tendu devant le visage de Jésus dans *La Dernière Cène* en un mouvement qui n'apparaît pas clairement affectueux ou secourable, semble à tout le moins dire d'une manière directement menaçante : « Souviens-toi de Jean. » Et cette œuvre parmi les moins connues de Léonard de Vinci, le Suaire, comporte le même type de symbolisme, avec son image d'une tête, apparemment tranchée, placée « au-dessus » d'un corps crucifié de manière classique. Les très nombreux indices démontrent, sans l'ombre d'un doute, qu'aux yeux de De Vinci en tous cas, Jean-Baptiste était véritablement supérieur à Jésus.

Tout cela peut donner l'impression que de Vinci a prêché dans le désert. Après tout, de nombreux grands esprits ont été excentriques, c'est le moins qu'on puisse dire. Peut-être, dans la vie de Léonard, s'agissait-il là d'un autre domaine où il s'écartait des conventions de son époque, demeurant incompris et seul. Mais nous savions aussi, même au début de notre recherche à la fin des années 1980, que des preuves récentes — bien que de nature très controversée — le liaient à une société secrète sinistre et puissante. Cette organisation, qui existait apparemment bon nombre de siècles avant la naissance de Léonard de Vinci, regroupait des individus et des familles parmi les plus influents de l'histoire européenne et, selon certaines sources, elle existerait encore aujourd'hui. Non seulement les membres de l'aristocratie étaient les principaux acteurs de cette organisation, mais certains des personnages contemporains les plus éminents dans la vie politique et économique de l'époque la maintenaient aussi en vie à leurs propres fins.

Une pensée bien marginale

D'autres réflexions de Lynn Picknett sur de Vinci

Le De Vinci homosexuel — l'autoportraitiste de La Joconde — Les phallus et la Vierge

Si vous avez été intéressé par les idées de Lynn Picknett dans le dernier extrait sur de Vinci, la *Dernière Cène* et la *Vierge aux rochers*, vous aimerez sans doute jeter aussi un coup d'œil à ses plus récentes réflexions sur ces sujets dans son livre de 2003 intitulé *Mary Magdalene*, dont voici quelques brefs extraits. © Lynn Picknett 2003. Reproduit avec l'autorisation de la maison d'édition Carroll & Graf Publishers, une filiale de Avalon Publishing Group.

Qui était *Mona Lisa*? Pourquoi ce sourire ou cet air narquois? En fait, est-ce qu'elle sourit vraiment, a-t-elle un air narquois ou cette impression est-elle due simplement au génial coup de pinceau de De Vinci, qui crée un effet subtil, presque de lumière mouvante? Et s'il s'agit du portrait de quelque dame italienne ou française, pourquoi sa famille ne l'a-t-elle jamais réclamé?

La réponse à ces questions peut être simple et, comme d'habitude au sujet de cet artiste en particulier, presque scandaleuse. Bien que célèbre pour son art et ses idées d'inventions en avance sur leur temps, comme le char d'assaut et même la machine à coudre, Léonard de Vinci pourrait tout aussi bien être célèbre pour ses blagues et ses canulars.

À son époque, de Vinci était bien connu pour sa finesse d'esprit et ses farces, comme lorsqu'il effrayait les dames de la cour avec des lions mécaniques et qu'il convainquait un pape terrifié qu'il possédait un dragon dans une boîte! Mais parfois, apparaissait un aspect sombre, incisif et, d'une certaine manière, vicieux dans ses plaisanteries, dont certaines sont devenues d'importants projets, éclipsant peut-être ses commandes en termes d'engagement, de temps et de ressources.

Il semble que la *Mona Lisa* ait été un autoportrait, tout comme le saint Jude de *La Dernière Cène* (Picknett croit que le personnage de Judas dans *La Dernière Cène* était aussi un autoportrait, au même titre que le visage qu'on croit être celui de Jésus sur le Suaire de Turin, à propos duquel elle a beaucoup écrit), au même titre que d'autres personnages dans ses œuvres qui ont survécu. Cette hypothèse étonnante — en vérité, sensationnelle et extraordinaire — a été avancée, au cours des années 1980, par deux chercheurs travaillant chacun de son côté, les docteurs Digby Quested, du Maudsley Hospital de Londres, et Lilian Schwartz, des prestigieux Laboratoires Bell aux États-Unis. Tous les deux ont remarqué que les traits du visage « féminin » de la Mona Lisa étaient exactement les mêmes que l'autoportrait de l'artiste en vieillard de 1514, dessiné à la craie rouge, qui se trouve aujourd'hui à Turin.

Si, comme cela semble être le cas, de Vinci *était* à la fois la *Mona Lisa* et le visage du Suaire, alors il a réussi un exceptionnel coup double : il est non seulement devenu l'image universellement reconnue du Fils de Dieu, mais également la « plus belle femme du monde ». Il n'est donc pas étonnant qu'« elle » ait eu ce mystérieux sourire narquois !

Au fil des années on a laissé entendre, parfois même sérieusement, que la *Mona Lisa* était en fait le portrait d'une amante inconnue de Léonard de Vinci, suggestion beaucoup moins vraisemblable que l'hypothèse de l'autoportrait, compte tenu du fait qu'il était presque certainement homosexuel.

Si l'image insaisissable de la femme énigmatique était réellement un autoportrait, pourquoi a-t-il fait cela et pourquoi l'a-t-il conservée avec lui jusqu'à sa mort ? La réponse peut être qu'il pensait simplement avoir réalisé un chef-d'œuvre et qu'il voulait garder à ses côtés son meilleur travail. Peut-être aimait-il cette image de lui avec un visage de femme, imberbe et en vêtements féminins. Peut-être ce portrait le faisait-il immanquablement sourire, tout comme celui de la peinture. Pourtant, il existe des raisons de présumer qu'il avait, comme pour tout ce qu'il a fait d'autre, un motif plus profond.

Comme Marie-Madeleine, le Léonard illégitime, et probablement homosexuel, était un étranger, un génie tourmenté sans grande éducation à qui les grands de ce monde faisaient plaisir et dispensaient des flatteries, mais qui toujours était dépendant de ses clients, toujours sur ses gardes, la plupart du temps seul et jamais en sécurité. Toujours l'artiste «prostitué», payé pour produire un portrait, un trophée ou une fresque religieuse (et encore, parfois livrée en retard). En tant qu'étranger, il rejoint à travers les siècles obscurs une autre personne: peut-être le de Vinci en vêtements de femme, avec son buste étrange, était-il supposé représenter Madeleine elle-même. Cela ne serait nullement étonnant de sa part, parce que, comme nous le verrons, il éprouvait un fort sentiment envers la très diffamée sainte.

Avant d'aborder la question des sources secrètes de Léonard de Vinci, nous devrions porter un regard neuf sur une autre de ses « magnifiques œuvres religieuses » : la *Vierge aux rochers*. Un autre point doit être signalé, même s'il existe de bonnes raisons pour qu'un auteur qui souhaite être pris au sérieux évite de le mentionner.

Un nouveau venu dans le monde de ces révélations pourrait admettre, même en mettant de côté poliment son incrédulité, que les tableaux de De Vinci ont un lien avec Jean-Baptiste et que la subtilité et l'audace du peintre sont dignes d'admiration lorsqu'il présente une telle imagerie osée au regard du public. Mais depuis la publication de *The Templar Revelation*, un autre exemple de l'extraordinaire campagne de Léonard de Vinci contre le christianisme s'est dévoilée aux yeux de Clive [Prince, collaborateur de madame Picknett] et de moi-même. La révélation qui suit est si sensationnelle et si ridicule en apparence qu'elle semble le produit d'une illusion freudienne ou d'une fantaisie d'enfant. Pourtant, on devrait se souvenir que de Vinci était d'abord un joueur de tours, un farceur et un illusionniste, et qu'il détestait la sainte Famille. Dans le contexte de ses plaisanteries, il est plus sage d'oublier tout ce qui a été écrit ou enseigné sur les œuvres « sérieuses » de l'artiste; c'est un élément qui n'a rien à voir avec l'Histoire de l'Art élitiste ou avec les tableaux plus nobles qui ont attiré des générations de visiteurs dans les musées. Clive et moi avons écrit dans *The Templar Revelation* que de Vinci faisait preuve de subtilité lorsqu'il présentait son code secret hérétique « destiné à ceux qui ont des yeux pour voir » et qu'il ne faisait rien d'aussi visible que « l'équivalent de peindre un nez rouge sur le visage saint Pierre ». Mais, comme nous l'avons découvert récemment, nous avions tout à fait tort.

Ne pensez pas à l'agitation révérencieuse dans les grandes galeries d'art lorsque les visiteurs s'avancent à petits pas vers une toile de Léonard de Vinci vieille de 500 ans. Pensez plutôt à des enfants farceurs faisant des gribouillis coquins sur les murs de leur école... On peut entrevoir cette caractéristique dans la *Vierge aux rochers* qui se trouve au Louvre aussi bien que dans celle de la National Gallery, mais elle est beaucoup plus claire dans celle du Louvre, incontestablement la plus hérétique des deux œuvres. Le titre de la peinture laisse percer un indice: « rochers » était un mot du jargon italien signifiant testicules, l'équivalent moderne de « couilles ». Et c'est ainsi que le prétexte de l'amas de rochers au-dessus de la sainte Famille devient si brutalement évident.

Il y a, émergeant presque de la tête de la Vierge, deux magnifiques « rochers » mâles — surmontés d'un immense phallus qui monte jusqu'à la ligne du ciel — couvrant pas moins que la moitié du tableau. L'objet offensant sort de la masse de rochers, mais il est clairement discernable, et même impudemment surmonté d'une petite touffe d'herbe. Peut-être est-ce là l'équivalent d'une forme d'« œil magique » qui prend du temps à parvenir à la conscience, selon le degré de résistance d'une personne à cette idée, mais la ressemblance est faible par rapport à celle qui permet d'apercevoir des formes d'animaux dans les nuages. Il n'est pas nécessaire d'avoir beaucoup d'imagination; il faut simplement pouvoir regarder la peinture avec un regard neuf, sans préjugés ni attentes: c'est le de Vinci farceur, l'hérétique dans son attitude la plus audacieuse et la plus acerbe. Il a délibérément reproduit des attributs mâles grotesques, sans aucun doute inspiré de manière perverse et sauvage par l'organisme qui l'avait embauché, la Confraternité de l'Immaculée-Conception. Avec un pénis géant qui lui sort de la tête de Marie, il dit clairement « à ceux qui ont des yeux pour voir » qu'il ne s'agit pas là d'une vierge.

UNE TENTATIVE POUR COMPRENDRE LA « TACHE DÉCOLORÉE » DE DE VINCI

Une entrevue avec Denise Budd

Denise Budd est diplômée de l'université Columbia. Sa thèse de doctorat sur Léonard de Vinci met en évidence la réinterprétation des preuves documentaires provenant de la première partie de la carrière de l'artiste.

Sait-on quelque chose sur de Vinci qui laisserait supposer qu'il était membre du Prieuré de Sion ou d'une autre société secrète semblable ?

Il n'existe aucune preuve que Léonard de Vinci ait été membre du Prieuré de Sion ou de toute autre organisation secrète. Les documents sur lesquels Dan Brown s'est surtout fondé ont été découverts, semble t-il, dans la Bibliothèque nationale de Paris au cours des années 1960 et semblent être des contrefaçons du XXe siècle.

À part le fait d'écrire de gauche à droite, de Vinci utilisait-il des codes ou une codification ?

Il y a des preuves de l'existence de codes dans certains de ses écrits ; le soi-disant Mémorandum de Ligny, dans lequel il plaçait ici et là des noms de personnes et de lieux en lettres codées, en est un exemple. Et il pourrait avoir été espion lorsqu'il était ingénieur militaire pour César Borgia. Mais l'écriture à reculons n'est pas particulièrement difficile à décoder. Cela venait juste du fait que Léonard de Vinci était gaucher.

De Vinci est renommé pour parsemer ses travaux de symboles et, d'après certains, d'idées hérétiques, dans ses tableaux de la Vierge aux rochers, *par exemple. Êtes-vous d'accord ?*

Non. La *Vierge aux rochers* était une commande religieuse de la Confraternité de l'Immaculée-Conception destinée à l'église de San Francesco Grande à Milan, et non à des religieuses, comme l'affirme Brown. Léonard de Vinci a reçu cette commande en 1483. Il y avait certaines questions juridiques complexes au sujet de cette œuvre et de sa copie, notamment des questions de paiements à de Vinci et à son associé Ambrogio de Predis. L'une des raisons poussant Dan Brown à prétendre que la peinture est hérétique vient du fait qu'il a mal interprété l'œuvre, confondant le personnage de saint Jean-Baptiste avec le Christ et vice-versa. Le tableau montre Marie — la main suspendue au-dessus de son fils, ce qui crée un axe dominant —, son bras tenant le cousin du Christ, saint Jean, agenouillé en signe de vénération. Jean-Baptiste est le premier à reconnaître la divinité du Christ, ce qu'il fait alors même qu'il est dans le ventre de sa mère, et cette peinture correspond donc complètement aux normes de la tradition.

Avec l'élément ajouté de l'ange Uriel, de Vinci combine en fait deux moments distincts: cette scène de l'enfance du Christ avec la scène où Jean-Baptiste (qui vit comme un enfant ermite auprès de l'ange Uriel, selon un texte apocryphe) rend visite à la sainte Famille en fuite vers l'Égypte. De Vinci nous guide dans le tableau grâce au jeu des mains, qui unissent les personnages les uns aux autres. On peut supposer que le sujet avait fait l'objet d'une discussion avec la Confraternité, ce qui a dû jouer un rôle important dans le choix de l'iconographie, faisant, sans doute, référence à la question de la virginité de Marie, question qui n'était pas encore réglée au sein de l'Église. A la Renaissance, on ne donnait généralement pas carte blanche à un artiste lorsqu'il s'agissait de commandes importantes. Il doit y avoir eu des directives particulières. Et de Vinci a sans doute travaillé dans ce cadre.

Pouvez-vous formuler des commentaires sur la présumée homosexualité de Léonard de Vinci? De quelle façon aurait-elle pu jouer un rôle dans son œuvre?

Il existe peu de preuves en ce qui a concerne l'identité sexuelle d'une personne à cette époque, mais voici ce que nous savons: à deux reprises, de Vinci a été anonymement accusé de sodomie à Florence en 1476, alors qu'il vivait avec le peintre Verrocchio. Cette même accusation incluait un membre du clan Médicis, ce qui pourrait certainement laisser supposer un motif politique. Les accusations ont été abandonnées. De Vinci ne s'est pas marié, ce qui était le cas d'une multitude d'artistes de la Renaissance, qu'il s'agisse de Michel-Ange, de Donatello, de Brunelleschi, de della Robbia et d'autres. La présomption d'homosexualité de Léonard de Vinci repose surtout sur des documents ultérieurs au XVIe siècle, rédigés après sa mort, ainsi que sur son attirance pour de jeunes assistants d'atelier souvent peu talentueux qui, plutôt que de partir après leur traditionnelle période de travail à l'atelier, y demeuraient durant plusieurs années. De Vinci était-il homosexuel? Probablement. Mais je ne crois pas que ce fait ait un quelconque rapport avec sa manière de peindre. Sans tenir compte de ses portraits, ses femmes sont parmi les plus belles de l'époque.

Dans l'un des dessins que contiennent ses carnets, on peut voir une étude anatomique de l'acte sexuel. Son commentaire est que si les gens représentés sur cette page n'avaient pas d'aussi beaux visages, la race humaine s'éteindrait, car leurs organes, en tant que tels, sont très peu attrayants. Cependant, comme on devrait s'y attendre, ses œuvres ne nous donnent réellement aucun indice sur sa sexualité.

Que pensez-vous de la thèse de Dan Brown concernant La Dernière Cène *?*

Il n'y a pas de main désincarnée, comme le laisse entendre Dan Brown. La main qui tient le couteau, celle qui, d'après Dan Brown, « menace Marie-Madeleine », c'est la main de Pierre. Et Pierre ne menace pas Marie-Madeleine et n'essaie pas non plus d'éliminer le côté féminin de l'Église. Pierre tient le couteau, ce qui est une prémonition de la réaction violente qu'il aura au moment de l'arrestation du Christ, quand il coupera l'oreille du soldat romain. Il s'agit donc d'un outil iconographique assez conséquent.

Dan Brown se sert de l'absence du calice pour faire entrer en scène Marie-Madeleine. Pourtant, si vous regardez la peinture, vous verrez que les mains du Christ sont au-dessus de la table. Sa main droite est sur le point de saisir un morceau de pain et sa gauche, de toute évidence, est tendue vers une coupe de vin. Et c'est la main qui pointe vers le bas. L'institution de l'Eucharistie est clairement représentée par le pain et le vin. Il ne s'agit pas d'un calice en soi, comme le calice de nos cérémonies religieuses modernes, mais bien d'une coupe de vin. Et c'est ce qu'on s'attendrait à voir sur une représentation de la dernière Cène.

Et que pensez-vous de l'idée selon laquelle la peinture représente Marie-Madeleine au lieu de Jean-Baptiste ?

En ce qui concerne Marie-Madeleine, il n'y a manifestement pas matière à conflit. Ce personnage, c'est l'évangéliste Jean. Saint Jean est le disciple favori du Christ et on le montre toujours assis près de Jésus. La principale différence entre *La Dernière Cène* de Léonard de Vinci et les exemples antérieurs, c'est que de Vinci place Judas parmi les disciples et non de l'autre côté de la table. Mais le personnage de Jean est toujours aux côtés du Christ, il est toujours imberbe et toujours beau. Dans certains cas, il est si insouciant qu'au moment où le Christ annonce qu'il sera trahi, Jean sommeille. On peut également voir dans la *Crucifixion* de

Raphaël, peint vers 1500, qui se trouve à la National Gallery de Londres, un exemple parfait de cette illustration « féminine » de Jean.

Deuxième point à mentionner, l'état lamentable du tableau fait qu'on ne peut, d'aucune manière fiable, examiner *La Dernière Cène* autrement qu'à partir de sa composition de base présumément conservée. Il a été qualifié de désastre seulement vingt ans après sa réalisation, alors que de Vinci était encore vivant, et à de multiples reprises, on l'a décrit comme à peine visible. Au XVIe siècle, Vasari l'a qualifié de « tache décolorée ». Il fut restauré en 1726 et en 1770 ; accroché dans une pièce qui a servi de caserne, puis d'étable, aux troupes de Napoléon en 1799 ; endommagé au cours d'une inondation en 1800 ; on a percé une porte dans sa partie inférieure ; on a essayé de le retirer du mur en 1821. Il a ensuite été restauré en 1854-1855, 1907-1908, 1924, 1947-1948, 1951-1954 et tout au long des années 1980 et 1990. Les visages ne sont plus suffisamment clairs pour qu'on puisse véritablement les identifier. Le visage du Christ, par exemple, a été repeint de manière tout à fait moderne.

« Non, je ne crois pas qu'il y ait une femme dans *La Dernière Cène.* »

Entretien avec Diane Apostolos-Cappadona

Diane Apostolos-Cappadona est professeur adjoint d'arts religieux et d'histoire culturelle au Center for Muslim-Christian Understanding et professeur adjoint ainsi que professeur principal à la faculté des arts et de la culture, au programme d'études libérales à l'Université Georgetown. Avec Dierdre Good, elle a présenté une série d'ateliers et de conférences spéciales sur le thème de « la vérité dans le *Da Vinci Code* ».

Comme vous le savez, certaines personnes, dont Dan Brown, semblent voir dans La Dernière Cène *toutes sortes de choses que ne décèlent pas les historiens de l'art et les chercheurs traditionnels. Que voyez-vous quand vous regardez cette peinture ?*

Ce que de Vinci nous présente dans ce tableau de *La Dernière Cène* est ce qu'il fait dans l'ensemble de ses œuvres : il humanise l'art. C'est l'un de ses plus grands attraits. Selon ma manière de lire l'art chrétien, cette peinture est importante du point du vue iconographique parce que de Vinci modifie le centre d'intérêt de l'iconographie. Historiquement, dans les premiers dessins et les premières sculptures à l'extérieur et à l'intérieur des cathédrales, sur les vêtements liturgiques, ainsi que dans les peintures, les sculptures et les enluminures manuscrites de *La Dernière Cène*, l'artiste met en évidence soit l'identification du traître, qui constitue pour la plupart des gens le moment clé du récit évangélique, soit l'institution de l'eucharistie qui constitue, du point de vue liturgique, le moment le plus important de *La Dernière Cène.*

Ce que fait de Vinci, c'est mettre en scène l'annonce de ce qu'il pressent — « je vais être trahi » — et les conséquences qui en découlent. Les disciples sont ébahis. Ils se regardent les uns les autres, se montrant du doigt avec des gestes exagérés comme pour dire « Ça ne peut pas être moi, ça doit être toi, mais qui cela pourrait-il être, se pourrait-il que ce soit l'un d'entre nous ? » et Jésus dit non seulement « Je sais qu'on me trahira », mais également « Je sais lequel d'entre vous va le faire. »

Dans le contexte plus large de l'œuvre de Léonard de Vinci, les gestes sont à la fois humanisants et symboliques. Dans ce tableau plus précisément, les gestes indiquent la surprise, l'incrédulité, l'accusation et la stupéfaction ou l'émerveillement. C'est ce qui importe dans cette œuvre. Le personnage de Jésus est représenté dans une attitude qui diffère des autres personnages, abasourdis. Il est à la fois celui qui annonce et celui qui est trahi.

Que pensez-vous plus précisément de l'hypothèse de Da Vinci Code *selon laquelle le personnage de Jean serait en réalité Marie-Madeleine ?*

Au départ, je trouve qu'affirmer la présence d'une femme à la table est une interprétation très intéressante. Cela correspond fort bien à la théologie féministe ou à l'ère post-féministe de la théologie. Toutefois, ça n'en fait pas une vérité.

Si vous examinez l'histoire de *La Dernière Cène* dans l'art chrétien, vous voyez le personnage de Jésus parfois assis au centre de la table, parfois au bout. La table peut être ronde, carrée ou rectangulaire selon les traditions culturelles et sociales de l'époque. Il en est de même en ce qui concerne l'espacement artistique entre les personnages. Parallèlement, vous voyez régulièrement le personnage de Jean l'Évangéliste (connu également comme Jean le Divin ou Jean le disciple bien-aimé) tout près de Jésus. Il existe une tradition qui consiste à voir Jean avec nos yeux — nos yeux de la fin du XXe siècle et du début du XXIe siècle — comme un être doux, féminin et jeune.

Toutefois, si vous regardez attentivement le tableau de De Vinci, vous remarquerez d'autres disciples qui n'ont pas de barbe ou dont on pourrait dire qu'ils ont des traits féminins. Cependant, dans le même ordre d'idées que mes travaux en études des genres, j'avancerais l'idée que l'identité sexuelle est un concept conditionné par la culture et la société. Ce que vous et moi acceptons aujourd'hui comme masculin ou féminin n'est sans doute pas ce qu'on acceptait comme tel à Florence ou à Milan au XVe siècle. Si vous examinez soigneusement l'art chrétien, en particulier les illustrations traditionnelles du corps, des visages ou des gestes d'hommes et de femmes, alors *La Dernière Cène* n'a rien d'extraordinaire !

Pouvez-vous être plus précise ?

Si vous regardez l'histoire des anges dans l'art de la Renaissance à l'époque de Léonard de Vinci ou que vous examinez d'autres peintures de De Vinci, ces corps angéliques sont censés être de sexe masculin. Pourtant, certains de mes étudiants s'interrogent lorsque je leur montre des diapositives de peintures du Moyen Âge et de la Renaissance représentant des anges. Déconcertés, ils demandent : « Pourquoi a-t-il les cheveux longs ? Pourquoi a-t-il des boucles ? Son visage semble si jeune. » Nous devons nous arrêter et nous demander quels sont nos préjugés concernant le genre sexuel.

Non, je ne crois pas qu'il y ait une femme dans *La Dernière Cène* et je ne crois d'aucune façon que ce personnage puisse être Marie-Madeleine. Je pense que le V qui apparaît là, celui que Dan Brown affirme être un symbole de féminité, existe pour attirer l'attention sur le personnage du Christ et pour souligner le réalisme de la perspective dans la fresque.

Quel rôle jouent dans ce tableau la forme et la perspective artistiques ?

La perspective est extrêmement importante dans l'art de la Renaissance en général et dans l'art de De Vinci en particulier.

Les apôtres sont tous regroupés en formation triangulaire. Par exemple, on peut voir le triangle que forment le personnage de la supposée Marie-Madeleine/Jean, le personnage à la barbe grise derrière (Judas) et le personnage à l'avant-plan (Pierre). Dan Brown n'a aucunement tenu compte de la composition pyramidale dans l'œuvre de Léonard de Vinci, de l'importance des quatre regroupements triangulaires permettant de créer un équilibre de composition par rapport au personnage triangulaire central qui représente Jésus. Placé au centre, Jésus est dans une position pyramidale et c'est cette composition pyramidale qui constitue l'un des plus importants cadeaux de Léonard de Vinci à l'art occidental.

De nos jours, nous pouvons admirer *La Dernière Cène* dans l'atmosphère d'un musée, mais l'œuvre a été réalisée sur un mur, dans un réfectoire où mangeaient des moines. Ils regardaient ce tableau ou ceux consacrés à la crucifixion sur le mur opposé selon ce qu'on leur disait, ce qu'on leur donnait à manger ou les prières qu'ils devaient réciter.

C'est ainsi que l'importance accordée à la peinture variait selon les jours du calendrier liturgique. Dan Brown ignore totalement ce contexte monastique d'origine.

Temples de symboles, cathédrales de codes

Le langage secret du symbolisme architectural

Une demoiselle portait un graal à deux mains et s'avançait avec les jeunes gens : elle était belle, gracieuse et élégamment habillée. Quand elle fut entrée dans la pièce avec le graal qu'elle portait, il y eut une si grande lumière que les chandelles semblèrent plus sombres, comme les étoiles ou la lune quand le soleil commence de briller. Une autre demoiselle venait derrière elle : elle portait un plat en argent. Le graal qui était à la tête de la procession était de l'or le plus pur et incrusté de pierres précieuses de toutes sortes parmi les plus riches et les plus rares qui existent sur terre et dans la mer. Les pierres précieuses du graal dépassaient toutes les autres, cela ne fait pas de doute.

Chrétien de Troyes

Le défi n'est pas de trouver le lien occulte entre Debussy et les Templiers, tout le monde l'a fait. Le problème est de trouver le lien occulte entre, par exemple, la cabale et la bougie d'allumage d'une automobile.[…]

Umberto Eco

Depuis que les premières interprétations artistiques du sentiment humain du sacré ont été peintes sur les murs des grottes, les signes visuels et les symboles sont devenus la clé d'une partie de l'expérience et de l'expression du sacré, du divin, du ritualisme et du religieux.

Dans le *Da Vinci Code*, nous passons la majeure partie du temps à l'intérieur d'églises — Saint-Sulpice, l'église du

Temple, l'abbaye de Westminster, la chapelle Rosslyn —, en plus du Musée du Louvre, une véritable « église », selon Jacques Saunière. Nous entendons aussi parler de Notre-Dame et de Chartres, du temple du roi Salomon à Jérusalem, et plus encore. Nous entendons aussi Robert Langdon, le symbologiste, expliquer ses théories sur la manière dont l'architecture des églises fut conçue pour refléter le Féminin sacré dans plusieurs aspects architecturaux et conceptuels.

Les Égyptiens, les Grecs et les Romains ont tous exprimé leur cosmologie religieuse dans la conception et la réalisation de leurs bâtiments. En vérité, les Templiers et les francs-maçons, les maîtres d'œuvre, exprimaient également leurs systèmes de croyances dans leurs travaux architecturaux.

Dans ce chapitre, nous explorons de manière virtuelle les principaux thèmes du *Da Vinci Code* tels qu'ils s'expriment dans les symboles architecturaux et visuels.

PARIS

Sur les traces du *Da Vinci Code*

par David Downie

David Downie est écrivain indépendant, éditeur et traducteur établi à Paris. L'article qui suit est paru dans le *San Francisco Chronicle* du 25 janvier 2004. Ici, il entraîne le lecteur dans une visite rapide des repères, des symboles et des jalons de Paris, qui ont suscité un nouvel intérêt touristique depuis la publication du *Da Vinci Code*.

Paris — Qu'ont en commun la place Vendôme, *la Mona Lisa*, l'astronome François Arago et un évêque médiéval appelé Sulpice ? C'est simple : *Da Vinci Code*, le roman haletant de cinq cents pages de Dan Brown sur la recherche du Saint-Graal dont l'action se déroule principalement à Paris.

Le héros du roman, le professeur Robert Langdon, est un symbologiste de Harvard assez chanceux pour être logé à l'élégant Ritz de la place Vendôme à mille dollars la nuit lorsque l'intrigue commence, tout près du Louvre. Le directeur du musée, le Grand Maître d'une société secrète chargé de protéger le Graal, est assassiné à trente mètres de la mystérieuse *Joconde* de Léonard de Vinci, une des clés de l'histoire. Une ligne nord-sud invisible sépare le Louvre de Saint-Sulpice, une église au sud de la Seine. Cette ligne est le méridien de Paris, tracé pour la première fois en 1718, recalculé avec précision au début des années 1800 par Arago, et précédant la création du méridien de Greenwich. Depuis 1994, il est jalonné de cent trente-cinq disques de cuivre.

Les autres lieux, dispersés dans le paysage parisien quelque peu surréaliste du livre, comprennent le Palais Royal, les Champs-Élysées, le Jardin des Tuileries, les espaces verts du Bois-de-Boulogne et la gare Saint-Lazare.

Mais c'est le Louvre, imprégné de sang, et la sombre église Saint-Sulpice, ainsi que la chasse aux disques de cuivre d'Arago, qui attirent surtout les escadrons de chercheurs du Graal, plusieurs d'entre eux voyageant avec à la main un exemplaire écorné du *Da Vinci Code*.

Jusqu'en 1645 se trouvaient une église romane et son cimetière, là où l'imposante structure à colonnades de Saint-Sulpice s'élève aujourd'hui, entre la rive gauche du Jardin du Luxembourg et le Boulevard Saint-Michel. Connue pour son orgue imposant de 6588 tuyaux et pour le ténébreux tableau *Jacob combattant l'Ange* d'Eugène Delacroix, l'église Saint-Sulpice est approximativement de la même dimension (120 mètres de longueur sur 60 de largeur et 35 de hauteur) que la cathédrale Notre-Dame. Les pèlerins du Graal se rassemblent désormais là pour admirer le gnomon (le cadran solaire) qui apparaît continuellement dans le roman. Sa signification est double : révéler le lieu de la clé de voûte secrète et faire connaître le méridien de Paris au lecteur. L'auteur qualifie le méridien de « ligne de la rose ». Apparemment, les roses symbolisent le Graal et donc Marie-Madeleine.

Conçu pour calculer l'équinoxe du printemps (et ainsi, le jour de Pâques), le gnomon possède une tige de cuivre qui traverse la plateforme du transept et grimpe le long d'un obélisque de pierre dans un axe nord-sud. À midi, les rayons du soleil passent à travers un oculus (œil-de-bœuf) sur le mur sud du transept concentré sur la tige, indiquant la date qui correspond au calendrier solaire. Pâques (une fête mobile d'origine pré-chrétienne) se célèbre le premier dimanche après l'équinoxe, le gnomon établissant avec précision la date de la fête.

Dans le livre de Brown, un moine albinos assassin nommé Silas, à la recherche de la clé de voûte, brise le carreau situé à la base de l'obélisque en cherchant la clé de voûte, puis bat à mort une religieuse chargée de la protéger. Au cours d'une récente visite sur le site, on pouvait apercevoir des pèlerins du Graal, à genoux et frappant le sol devant l'obélisque. D'autres écoutaient les explications des guides de l'église sur le fonctionnement du gnomon ou cherchaient à l'étage l'endroit où habitait la religieuse malchanceuse.

En réalité, le méridien de Paris passe tout près, mais ne correspond pas réellement à l'axe du gnomon. Le livre ne mentionne aucunement le tombeau de Sulpice, dans la ville provinciale française de Bourges, que traverse le méridien.

Le sacristain Paul Roumanet rejette l'affirmation de Brown selon laquelle un temple d'Isis se trouve sous le sanctuaire. En faisant une visite guidée de la crypte un dimanche après-midi, un groupe de lecteurs du roman n'a découvert aucun temple, quoique des murs romans et des colonnes subsistent.

Toutefois, les théoriciens du complot seront heureux d'apprendre qu'une sous-crypte interdite au public contenait effectivement cinq tombeaux. De plus, selon le *Guide du Paris mystérieux*, c'est dans le cimetière de l'église romane qu'en 1619 trois sorcières ont tenté d'invoquer le diable et que, pendant plusieurs années, les résidants ont tenu des « danses macabres » sur les pierres tombales renversées.

L'ensemble des disques de cuivre d'Arago représente une construction artistique intitulée *Hommage à Arago*, réalisée par le Néerlandais Jan Dibbets. Suivant un méridien imaginaire, ces disques vont vers le nord à partir du numéro 28 de la rue de Vaugirard (près de Saint-Sulpice) jusqu'au boulevard Saint-Germain, à la rue de la Seine, au Quai Conti et au Port des Saints-Pères. De l'autre côté de la Seine, au Louvre, trois disques traversent l'aile Denon du musée (dans la section des antiquités romaines, sur un escalier et dans un corridor). Cinq autres traversent en pointillé la Cour Carrée derrière la principale pyramide de verre conçue par I.M. Pei sur les ordres de l'ancien président français François Mitterrand.

Dans l'épilogue du livre, le professeur Langdon sent que les disques d'Arago l'attirent vers le sud par-delà le palais Royal jusqu'au Passage Richelieu, convergeant finalement vers la pyramide (laquelle, selon Brown, compte 666 losanges, un nombre symbolique de Satan). C'est ici que la « ligne de la rose » tourne carrément vers l'ouest et traverse le hall commercial souterrain du Carrousel pour arriver jusqu'à une « pyramide inversée » suspendue au plafond.

Dans l'esprit du personnage, cette pyramide à l'envers est un métaphorique calice du Graal, symbolisant le Féminin sacré, pour la première fois vénéré en ce lieu dans les rites des déesses de la Terre de l'antiquité. Au sol, sous le puits de lumière, est posée une petite pyramide de pierre représentant une lame ou un phallus. Les extrémités des pyramides pointent l'une vers l'autre, suggérant qu'au-dessous, une voûte cachée pouvait contenir des coffres d'anciens documents et le tombeau de Marie-Madeleine — le Saint Graal.

Quatre-vingt-dix pour cent des six millions de visiteurs annuels du Louvre vont directement à la *Joconde*. Il est ainsi plus difficile de repérer les pèlerins du Graal qui recherchent des taches de sang ou des messages près du célèbre tableau. Mais les nombreux symbologistes en herbe comptant les carreaux de la pyramide de Mitterrand, ou s'agenouillant sous le puits de lumière inversé, attirent l'attention.

Ne serait-ce la déclaration de l'auteur affirmant que toutes les descriptions d'œuvres d'art et de monuments sont exactes, il serait déloyal de révéler que le nombre 666 ne peut être réparti également sur les quatre côtés de la pyramide, ou encore d'affirmer que les païens n'ont jamais dansé autour du Carrousel et qu'il n'y a pas de chambre sous le phallus. La miraculeuse « ligne de la rose », capable de tourner à quatre-vingt-dix degrés, n'est rien d'autre que la « Voie triomphale », une perspective aménagée en 1670 par Le Nôtre, l'architecte paysagiste de Louis XIV.

Toutefois, il reste encore des choses à découvrir à Paris sur la quête du Graal. La Voie triomphale passe devant l'ancien obélisque égyptien de la Place de la Concorde, et Mitterrand aurait bien pu appartenir à une ou deux sociétés secrètes. Qui sait ce que les symbologistes découvriront quand le souterrain du Louvre sera modifié en 2007 afin d'offrir un accès plus rapide aux boutiques du musée et à la *Joconde* ?

La « symbologie » du *Da Vinci Code*

Entretien avec Diana Apostolos-Cappadona

Dans le chapitre précédent, Diane Apostolos-Cappadona a traité des références de Brown à propos de Léonard de Vinci. Ici, elle s'intéresse à la façon dont Brown utilise le symbolisme. Bien que, comme elle le souligne ci-après, elle n'ait jamais entendu le mot *symbologie* (le supposé champ d'expertise de Robert Langdon à Harvard) jusqu'à ce qu'elle lise le livre de Brown, elle est aussi près qu'on puisse l'être d'une symbologiste professionnelle.

Quelle est l'importance des symboles dans le christianisme — et dans la religion en général?

Les symboles sont une forme de communication. Toutefois, il s'agit d'un mode de communication à plusieurs niveaux, ou plusieurs couches, en ce sens qu'il n'existe pas d'échange mutuel égal. C'est ce qui les rend à la fois fascinants et difficiles, et même déconcertants. Les symboles fonctionnent à divers niveaux: ils font des « choses simples » comme enseigner les idées ou l'histoire de la foi ou de la tradition, ils permettent également d'enseigner les histoires des traditions religieuses ou sociétales, ou encore d'enseigner la doctrine religieuse et d'expliquer le comportement, les gestes ou la position à adopter durant les services liturgiques. Ils vous parlent de la communication avec les membres de votre communauté et de quelle façon vous pouvez vous identifier à l'intérieur de cette communauté. Il est admis que les symboles — ce principe vaut pour toutes les religions du monde, pas seulement le christianisme — sont une manière de communiquer une identité incarnée de la connaissance et une identité incarnée de ce qu'est cette communauté. Ainsi, le symbolisme et les symboles font partie intégrante du processus de socialisation.

La signification des symboles a-t-elle tendance à changer avec le temps?

Oui, la signification des symboles peut changer à la suite de modifications dans la théologie, la doctrine, les styles artistiques, les situations politiques et économiques. Par exemple, des changements considérables dans le symbolisme ont eu lieu pendant la Réforme, qui était un ensemble complexe de transformations économiques, politiques et sociales, autant qu'une révolution religieuse. C'est là le problème des symboles et, en même temps, la raison de la fascination qu'ils exercent; ce n'est jamais aussi simple qu'un feu rouge signifiant d'arrêter et qu'un feu vert signifiant d'avancer.

Quel symbole chrétien a changé au fil du temps?

Le poisson a connu de multiples liens et significations, de la dernière Cène jusqu'à la résurrection du Christ. Il apparaissait dans la description originale de la dernière Cène. On lui a reconnu diverses significations au début du christianisme puis, il a pratiquement disparu de la conscience chrétienne pour revenir vers la fin du XXe siècle quand le ichthyus fut récupéré, ou redécouvert, en tant que symbole. Ainsi, le poisson, et non la croix, fut le premier symbole de l'identité chrétienne. Celle-ci n'est devenue un symbole identitaire et visuel que vers le IVe ou Ve siècle. Le poisson, du grec *ichthys*, se retrouve comme une anagramme dans la première prière de la tradition chrétienne. Ainsi en grec, la première lettre de chaque mot de la prière « Jésus-Christ, Fils de Dieu et Sauveur », forme le mot ICHTHYS — poisson. Plusieurs liens entre le poisson et le Messie ont été relevés dans les Écritures hébraïques et chrétiennes. Par exemple, la relation verbale aux « pêcheurs d'hommes » ainsi que d'autres références à l'eau, au poisson, à la pêche et aux bateaux, au début de la chrétienté.

Quels sont les symboles historiquement liés à Marie-Madeleine?

Le plus important est le flacon d'huile,qui la désigne comme celle qui oint et la rattache symboliquement, sinon métaphoriquement, aux autres femmes qui ont oint dans les Écritures, y compris celles qui ont oint les pieds et la tête de Jésus avant la crucifixion. Dans les cultures méditerranéennes, il était courant que la femme prépare — lave, oigne et habille le corps du défunt. Les personnes qui oignaient étaient toujours des femmes. Ce rôle, tabou pour les hommes, a toujours été dévolu aux femmes. Parce qu'elles étaient considérées comme « impures », ce rôle leur convenait bien; il peut s'agir d'une interprétation négative à propos des femmes. Toutefois, vous pouvez relier cette activité a une explication jungienne — chaque homme a trois femmes dans sa vie: sa mère, son épouse et sa fille. Chacune l'initie dans une période de sa vie, et une des fonctions de la fille était de purifier et d'oindre le corps de ses parents après leur mort. Pendant des siècles, de merveilleuses légendes entourant le flacon d'huile de Marie-Madeleine ont circulé. Mon histoire préférée provient de *Arabic Gospel of the Infancy of the Savior* (chapitre 5). Marie de Magdala achète un flacon d'huile pour oindre le corps de Jésus de Nazareth. Il s'avère que c'est le flacon qui fut déposé là après la naissance de cet enfant appelé Jésus et qui contient son cordon ombilical. C'est ainsi que l'onction de son corps devient profondément symbolique; faisant de lui un être pur et entier, le rattachant à sa mère à la fin de sa vie.

Que dire du pentacle, utilisé comme un important symbole dans le Da Vinci Code*?*

Le pentacle possède cinq côtés. La signification symbolique fait référence au calcul, à la numérologie et à l'importance du chiffre cinq. Dans la chrétienté, cinq est le nombre de blessures du Jésus crucifié (ses deux mains, ses deux pieds et son côté transpercé). Le cinq établit fondamentalement un rapport avec « l'humain » — deux bras, deux jambes et une tête. Les nombres ont plusieurs significations. Il y a les nombres mystiques, généralement impairs et, donc, indivisibles. Par exemple, sept est le nombre de l'accomplissement ; il y a sept jours dans l'histoire de la création. Trois est un nombre mystique au même titre que cinq et sept.

Qu'en est-il de la rose, un autre important symbole dans le Da Vinci Code*?*

J'ai des réserves à l'endroit des descriptions de la rose comme symbole dans le roman. Je n'y vois pas la même interprétation que Brown, particulièrement en ce qui a trait à la génitalité. Il laisse entendre que la rose a toujours été le symbole principal de la sexualité féminine. Je pense qu'il a tiré cette information de dictionnaires des symboles. Je ne pense pas que ce soit là la signification de la rose dans la chrétienté occidentale. Dans les cultures méditerranéennes classiques, la rose était la fleur sacrée liée à Vénus ou à Aphrodite, ce qui pourrait avoir conduit Brown à établir un lien avec la sexualité féminine. Toutefois, Vénus ou Aphrodite représentent beaucoup plus que le sexe ou la sexualité, soit l'amour romantique et l'amour à divers degrés, pas seulement le rapport sexuel. Comme symbole de l'amour romantique, la couleur de la rose devient importante. Au départ, le symbolisme entourant la rose était plus simple qu'aujourd'hui avec tout cet étalage de nuances qu'on peut trouver chez le fleuriste. Pour les premiers chrétiens et pour ceux du Moyen Âge, on ne comptait que quatre couleurs de roses : le blanc pour l'amour innocent ou l'amour pur ; le rose pour le premier amour ; le rouge pour l'amour vrai et le jaune qui voulait dire « oublie-le, c'est fini ».

Cependant, l'importance de la rose et sa relation avec Marie sont contenues dans l'épine. La croyance populaire — il s'agit d'une légende, et non pas de l'Écriture sainte — vient du fait que les roses et les rosiers du Jardin d'Éden ne possédaient pas d'épines. Ainsi, toutes les représentations de Marie, plus particulièrement celle de Marie et l'Enfant se tenant près d'un rosier, représentaient le paradis, car c'est Marie qui avait amorcé le processus de notre retour au paradis, cet endroit où les roses n'avaient pas d'épines. Ainsi la rose devint un symbole et un indicateur, si on veut, du rôle de Marie dans le salut des êtres humains. Symbole de grâce, la mosaïque de roses fut créée pour glorifier Marie, mère de Jésus, et non pas Marie-Madeleine. Les roses étaient associées à différentes saintes, mais Marie-Madeleine n'en faisait pas partie.

Puis il y a la fleur de lys, qui joue un rôle de premier plan dans le livre de Brown.

À la fois symbole de la France et de la ville de Florence, la fleur de lys représente la trinité dans le christianisme. Selon la tradition, le roi Clovis — dont le baptême en a fait le premier roi chrétien de France — a commencé à utiliser la fleur de lys comme symbole de purification de sa propre spiritualité (après avoir été baptisé) et de la purification de la France. Emblème de la royauté française, elle devint plus tard un autre attribut de plusieurs saints français, dont Charlemagne. C'est un élément important dans le *Da Vinci Code* parce que la clé modelée dans une fleur de lys serait rattachée à la purification de la France.

Dans certains cas, comme celui-ci, Dan Brown utilise très bien les symboles. Ce sont ces éléments qui rendent le *Da Vinci Code* crédible à la fois aux yeux de celui qui possède une connaissance des symboles et absolument fascinant pour ceux qui n'ont aucune idée de ce que ces signes veulent dire. La fleur de lys ressemble au lys, qui a eu plusieurs significations dans le christianisme, particulièrement à propos de la femme, de la pureté, de l'innocence, de la royauté. L'arôme des fragrances du lys satisfait les sens. Traditionnellement, le lys était dédié à la Vierge et à la Déesse-mère dans le monde méditerranéen, bien avant le christianisme. Puis, il devint un symbole important de Marie. Une légende populaire voulait que le lys ait jailli des larmes qu'Ève avait versées lorsqu'elle fut chassée du jardin d'Éden. Toutes ces significations entremêlées, ajoutées à la pertinence de ce symbole dans l'histoire de la France, fournissent à Brown un symbole puissant qu'il peut utiliser. Quoique je le soupçonne de s'en servir parce qu'il s'agit du symbole de la royauté française.

Cela soulève la question du présumé séjour en France de Marie-Madeleine.

Il existe plusieurs légendes et traditions à propos de Madeleine qui la décrivent comme une missionnaire en France, protectrice de la France, sauvant la France, christianisant la France, vivant ses derniers jours en France et reposant en France. Faites votre choix: vous pouvez aller chez les dominicains ou les bénédictins, à Vézelay ou à Aix-en-Provence. Vous trouvez toute une tradition à cet égard, allant même jusqu'à la préparation de madeleines, servies seulement le 22 juillet, jour de l'anniversaire de la sainte dans le calendrier romain. Ces biscuits à saveur de citron, en forme de coquillage, évoquent à la fois le lieu où elle aurait vécu dans le sud de la France et les légendes pieuses entourant sa pénitence dans le désert. Parce que si Marie-Madeleine a effectivement vécu à Sainte-Baume pendant trente années (ou cinquante, selon les légendes que vous lisez), elle n'y aurait mangé aucune nourriture. Elle aurait plutôt survécu grâce à la fragrance des citronniers et à la nourriture sacrée qu'elle recevait chaque jour lors de la communion. Mais les motifs qui poussent une femme ayant toute sa tête à vivre dans le sud de la France sans rien manger pendant trente ou cinquante ans m'échappent...

Pensez-vous que le Saint-Graal soit une métaphore ou un objet réel... ou les deux?

Je pense qu'il y a eu — et qu'il y aura toujours — une mythologie à propos du Saint-Graal. D'ailleurs, on a traditionnellement cru que le Graal était un objet réel, un objet physique qui pouvait être touché, que les chrétiens avaient en grande dévotion et qui a disparu pour une raison quelconque. Selon certaines légendes et traditions populaires, le Graal a disparu et est réapparu en Angleterre, apporté là, à ce qu'on dit, par Joseph d'Arimathie. L'endroit où est réapparu le Graal en Angleterre est le lieu qu'on identifie à Camelot. Évidemment, le principe important demeure que la quête du Graal est une métaphore illustrant la recherche spirituelle. En conséquence, pour être honnête, ma réponse est que le Graal est à la fois une métaphore et un objet réel.

Un article dans *Newsweek* intitulé *Decoding The Da Vinci Code* (*The Bible's Lost Stories*, 12/08/03) montre des images de la dernière Cène et un des calices de l'abbé Suger maintenant à la National Gallery of Art de Washington. On a cru que la partie en albâtre du calice était le Saint-Graal. L'abbé Suger l'avait enveloppé d'or et serti de bijoux à la manière contemporaine, et il fut utilisé lors de la première messe qu'il célébra à la cathédrale Saint-Denis à Paris, première cathédrale gothique. La construction de celle-ci eut lieu, évidemment, pendant la période des croisades et des pèlerinages en Terre sainte, quand les pieux chrétiens rapportaient autant d'importantes reliques qu'ils le pouvaient. Le calice a été analysé — grâce à la méthode du carbone 14 — et il est daté de cette période. Toutefois, je perçois davantage le Saint-Graal comme une métaphore parce que quand Jésus de Nazareth et ses disciples prirent leur dernier repas ensemble, ils n'étaient pas dans une situation, financière ou autre, où ils pouvaient posséder une vaisselle d'une telle qualité et d'autres objets du genre. S'ils l'avaient été, auraient-ils utilisé un calice? Ou auraient-ils utilisé un verre, un pichet ou une petite urne?

Le Saint-Graal est une métaphore très importante dans la littérature et la peinture préraphaélite du XIXe siècle, avivée par le retour en force de Dante et des romans arthuriens. On trouve le Graal dans une variété de productions littéraires, musicales et théâtrales, du *Cycle de l'Anneau* de Wagner au *Seigneur des Anneaux*, tous deux livre et film. La même histoire revient encore et encore: c'est une quête de salut spirituel. L'objet tangible tant recherché prend diverses formes. Ainsi dans ces opéras et les ouvrages de Tolkien, il s'agit plutôt d'un anneau que d'une coupe. En ce sens, c'est une métaphore.

Que dire de l'idée avancée dans le Da Vinci Code *qui suggère que le Saint-Graal est en réalité Marie-Madeleine?*

C'est une lecture très jungienne de Marie-Madeleine — la femme réceptrice et réceptacle, la femme récipient. Mais historiquement, cette association date d'avant Jung. On retrouve ce symbolisme dans les mythologies classiques. Il y a ici diverses métaphores. Le lien mystérieux concernant les rapports sexuels est l'une des plus importantes. La femme reçoit le mâle durant le rapport sexuel. De cette façon, elle conçoit un enfant, le garde dans son récipient sacré, puis l'en expulse. Je pense que si on est jungien, on peut tenter de démontrer que Marie-Madeleine est le Saint-Graal. Toutefois, j'ai ma propre façon de lire les symboles, et pour moi, celui-là ne fonctionne pas. Je pense que Marie-Madeleine a une importance sacramentale, mais qu'il ne s'agit pas là de sa principale importance. Qui elle fut demeure un mystère et c'est ce qui en fait un grand sujet de littérature. En l'an 3 000, les gens discuteront autant qu'ils le font aujourd'hui de ce qu'elle est ou était. Par cela, j'entends que le débat ne porte pas sur son statut de prostituée, de femme de pouvoir, de pauvre femme ou de femme sexuée, mais plutôt qu'elle est probablement la seule dans la chrétienté à refléter tous les aspects de l'humanité. La seule chose qu'elle ne soit pas, c'est une mère ou une épouse, pour autant que l'on sache.

Quelle est la signification de Jésus qui apparaît d'abord à Marie-Madeleine après la résurrection?

Je ne pense pas que l'on puisse affirmer que c'était parce qu'ils étaient amoureux ou mariés, comme le suggère Brown. Je pense plutôt que Marie-Madeleine personnifie le témoin — celle pour qui voir est suffisant pour croire, à l'opposé de Thomas, qui, lui, avait dû toucher les blessures et le corps de Jésus — c'est-à-dire obtenir des preuves empiriques — pour croire en la résurrection de Jésus. Je pense que certaines interprétations des Écritures présentent Jésus comme très féministe. L'une d'elles montre que ce sont les femmes qui continuent de croire en lui, qui lui sont fidèles au-delà de la mort et qui accomplissent les rituels concernant sa mort: son agonie, ses vêtements de deuil, son enterrement; et ce sont des femmes qui reviennent et qui ne sont pas effrayées. Pour moi, elles représentent cette partie de l'humanité qui ne perd jamais la foi, ne perd jamais espoir et pour qui l'acte de voir suffit pour comprendre. Selon moi, c'est là que réside le pouvoir des femmes et de la féminité. L'intuition est plus importante que la raison. Les Marie-Madeleine de ce monde ont confiance en leur intuition, les Thomas, non.

Dans quelle mesure trouvez-vous exacte la description que fait Brown de l'église Saint-Sulpice à Paris, où a lieu la scène principale du roman, et de ses icônes?

Il est vrai que le christianisme a construit des églises, des

La chapelle Rosslyn : Cathédrale des codes et des symboles

Vers la fin de le *Da Vinci Code*, les indices de Saunière conduisent Robert Langdon et Sophie Neveu à la chapelle Rosslyn en Écosse. Quand ils pénètrent dans la chapelle pour trouver le Graal, ils découvrent que la signification de la légende s'avère plus compliquée qu'ils ne l'avaient d'abord imaginé.

La chapelle Rosslyn est un endroit réel, qui possède une histoire fascinante. Les travaux de la chapelle — aussi connue sous le nom de Cathédrale des codes — commencent en 1446, sur l'ordre de Sir William Saint-Clair, ou Sinclair, Grand Maître héréditaire des francs-maçons d'Écosse, descendant putatif de la lignée mérovingienne. Sir William exerçait un contrôle personnel sur la construction de la chapelle et les travaux furent interrompus peu de temps après sa mort en 1484. Seul le chœur — la partie de l'église occupée par le chœur et le clergé, où les services étaient célébrés — est terminé.

L'église est remplie d'images religieuses qui ont fini par donner lieu à des hypothèses sans fin de la part des écrivains ésotériques, des passionnés du Graal et des théoriciens du complot. Il n'y a rien d'étonnant au fait que Brown situe la dernière scène du *Da Vinci Code* dans cette chapelle que les occultistes du monde entier vénèrent.Rosslyn a la réputation d'être une copie approximative du concept de l'ancien Temple de Salomon et elle est ornée d'innombrables gravures comportant des symboles judaïques, celtiques, nordiques, des symboles des Templiers et des francs-maçons, en plus d'images

de la chrétienté traditionnelle. Les différents signes et symboles de plusieurs cultures qu'elle renferme, une architecture certainement unique à cette époque, ont contribué à lui donner son surnom de « Cathédrale des codes ».
Les conservateurs de la chapelle Rosslyn montrent, avec beaucoup de fierté, un code griffonné sur les murs de la crypte, code prétendument laissé par les francs-maçons. La légende affirme que ce code indique la présence d'un grand secret ou d'un trésor caché à l'intérieur des murs de la chapelle, que, jusqu'à présent, personne n'a pu décoder. La technologie peut, finalement, résoudre plusieurs des mystères de la chapelle. En janvier 2003, le grand messager de la branche locale des Templiers écossais — les successeurs autoproclamés des moines-guerriers qui se sont enfuis en Écosse au XIVe siècle pour échapper aux persécutions religieuses — a annoncé que les Chevaliers utilisaient maintenant une nouvelle technologie de balayage « capable d'effectuer des lectures à partir du sol jusqu'à un mille de profondeur ». Ils espèrent découvrir, sous la chapelle, des voûtes anciennes contenant le célèbre trésor de Rosslyn.

Le pilier des apprentis

basiliques et des cathédrales sur les emplacements des premiers édifices religieux. Des églises à Rome, à Athènes et en France sont érigées sur les lieux des temples de Mithra, d'Athéna et d'autres dieux et déesses antérieurs. La mieux connue est l'église de Rome appelée Santa Maria Sopra Minerva — Marie au-dessus de Minerve. Cependant, le rapport est habituellement plus qu'architectural ; c'est l'église de Marie construite sur celle de Minerve parce qu'il y a un rapport entre Marie et Minerve, toutes deux déesses de la sagesse.

Pour moi, suggérer que l'église Saint-Sulpice est construite sur un temple ou un tombeau d'Isis n'a pas de sens, puisque Isis se rattache bien plus à Marie qu'à Marie-Madeleine. Si des chapitres du *Da Vinci Code* correspondaient davantage à Marie la Mère, je serais disposée à reconnaître le lien avec Isis. Par exemple, le culte de la Madone noire établit un rapport entre Marie la Mère et Isis ; ainsi la majorité des églises avec des Madones noires furent construites sur des emplacements des tombeaux d'Isis. Alors, oui, il y a toute cette tradition au sein du christianisme.

Dans le Da Vinci Code, *le héros de Dan Brown se prétend* symbologiste. *Existe-t-il une telle discipline universitaire ?*

L'étude des symboles religieux est habituellement appelée iconographie ou arts religieux, et non symbologie. En fait, la première fois que j'ai vu le mot *symbologiste*, c'était dans *Angel & Demons* de Dan Brown. J'ai lu son premier livre dans sa série de polars qui avaient pour héros Robert Langdon.

Si le terme « symbologie » est un titre disciplinaire ou universitaire, il correspond en partie à ce que je fais. Je ne suis pas une pure universitaire. Pure en ce sens que je ne me limite pas aux recherches ou aux méthodes interdisciplinaire et multidisciplinaire. J'ai aussi recours aux arts, à l'histoire de l'art, à la culture historique, à l'histoire des religions, à la théologie, aux études sur les différences sexuelles et aux religions du monde, donc je n'ai pas une discipline universitaire pure. Par contre, je ne connais personne qui se présente comme symbologiste et il n'y a pas, à ma connaissance, d'études universitaires de ce nom. Il pourrait bien y en avoir dorénavant, si le livre de Brown devient populaire.

LIVRE II

Le code de De Vinci révélé

Première partie

Vingt-quatre heures, deux villes et l'avenir de la civilisation occidentale

APOCRYPHES ET RÉVÉLATIONS

> *Fait: La société secrète du Prieuré de Sion a été fondée en 1099, après la première croisade. On a découvert en 1975, à la Bibliothèque nationale, des parchemins connus sous le nom de* Dossiers Secrets, *où figurent les noms de certains membres du Prieuré, parmi lesquels on trouve Sir Isaac Newton, Botticelli, Victor Hugo et Léonard de Vinci. Toutes les descriptions de monuments, d'œuvres d'art, de documents et de rituels secrets évoqués sont avérées.*
>
> — DAN BROWN, *Da Vinci Code*

Cette déclaration de Dan Brown a suscité chez les lecteurs un pouvoir de suggestion considérable. Après tout, le *Da Vinci Code* est un roman. Autrement dit, une œuvre de fiction. L'œuvre de fiction n'exige pas que chaque détail soit fondé et exact. En fait, la fiction est censée être le domaine de l'imagination narrative. Quiconque achète des romans le sait. Et pourtant, d'une façon ou d'une autre, la combinaison du réalisme extrêmement bien rendu et détaillé dans plusieurs passages, avec de multiples péripéties et des questions historiques au sujet desquelles chaque lecteur a le sentiment qu'il devrait en savoir davantage, avec la logique convaincante de la théorie du complot (autrement dit la raison pour laquelle vous ignorez une chose parce que des forces puissantes vous ont intentionnellement tenu dans son ignorance), tous ces ingrédients ont fait en sorte que les lecteurs ont pris cette œuvre de fiction particulièrement au sérieux, de façon aussi sérieuse que s'il s'agissait d'une œuvre non romanesque.

À cause de la fascination exercée sur le lecteur lorsqu'il tente de distinguer la réalité de la fiction, le déchiffrage du *Da*

Vinci Code s'est lui-même transformé en une sorte de quête du Saint-Graal. Pour rendre cette quête plus intéressante, *Les Secrets du code Da Vinci* a dressé une liste des questions que se posent la plupart des lecteurs et a transmis la liste au journaliste d'enquête David Shugarts, un auteur particulièrement attaché aux détails, fasciné lui-même par le *Da Vinci Code* mais troublé par des détails ennuyeux de l'intrigue qui lui semblaient ici et là incorrects. Shugarts a joint à ses propres questions celles des lecteurs et s'est empressé d'y trouver des réponses.

Voici, dès le départ, un avertissement : Nous savons que le *Da Vinci Code* est une œuvre de fiction. Nous apprécions à sa juste valeur l'esprit créatif de Dan Brown qui a intégré bon nombre de faits intéressants et autant de concepts historiques au genre que constitue le polar-roman à énigmes-livre d'action. Mais compte tenu de l'affirmation de l'auteur sur la nature factuelle de la documentation, compte tenu aussi de la manière dont certains ont pris au sérieux le débat qu'a suscité le roman, nous avons pensé qu'il serait agréable de partager avec nos lecteurs les nombreuses lacunes de l'intrigue qu'a découvertes Shugarts. Il est intéressant aussi de voir que certains des détails fascinants qu'il a repérés dans le texte sont exacts ou provocateurs, mais que le lecteur occasionnel pourrait les avoir ratés à la première lecture. Pour en savoir davantage sur les découvertes de Shugarts au-delà de ce que nous présentons ici, visitez notre site Internet à l'adresse www.secretsofthecode.com.

Remarque : Dans ce commentaire, la numérotation des pages renvoie à l'édition française grand format du *Da Vinci Code*, publiée en 2004 chez Lattès.

LES LACUNES DE L'INTRIGUE ET LES DÉTAILS FASCINANTS DU *DA VINCI CODE*[23]

par David Shugarts

PAGE 11 : *Silas a « (...) une peau d'un blanc cadavérique. Sous les cheveux rares et sans couleur, deux pupilles rouge sombres entourées d'iris luisaient dans l'ombre. » Est-ce là la description d'un albinos ?*

L'albinisme est une déficience de la pigmentation de la peau qui touche environ une personne sur dix-sept mille. Même si cette déficience peut prendre diverses formes (et donner différentes couleurs de peau), on a tendance à cataloguer les gens, alors on décrit souvent les albinos comme des personnes ayant la peau et les cheveux blancs et les yeux roses.

D'après la National Organization for Albinisim and Hyperpigmentation (NOAH), « le fait que, par définition, les gens atteints d'albinisme aient les yeux rouges est un mythe très répandu. En réalité, il existe plusieurs types d'albinismes et la quantité de pigments dans les yeux varie. Bien que certaines personnes atteintes d'albinisme aient les yeux rougeâtres ou violets, la plupart ont les yeux bleus. Certains même ont les yeux noisette ou bruns. »

Dans presque tous les cas, ce trouble occasionne une mauvaise vision et peut même entraîner une cécité reconnue en droit. « Dans le cas de l'albinisme moins pigmenté, les cheveux et la peau sont de couleur crème et la vision se situe souvent dans la moyenne de 20/200. Chez les types à pigmentation plus légère, les cheveux paraissent plus jaunes ou teintés de rouge et la vision atteint souvent 20/60 », d'après la NOAH. Ainsi, Silas aurait peut-être dû avoir une mauvaise vision et porter d'épaisses lunettes.

La NOAH a constamment attiré l'attention sur le stéréotype hollywoodien de l'albinos inhumain, mauvais ou dérangé. Dans le *Da Vinci Code*, Silas en est un parfait exemple. Soit dit en passant, une des raisons pour lesquelles l'organisation utilise l'acro-

23. (*N.d.T* : Ce texte fait référence aux numéros de pages de la version française grand format du *Da Vinci Code*. Comme certains noms de lieux, de rues ou d'immeubles ont été modifiés dans cette traduction française, certains éléments du présent texte ne pouvaient plus s'appliquer. En conséquence, ils ne figurent pas ici.)

nyme NOAH[24] vient de la Bible où on affirme que ce personnage était, selon certains, un albinos.

Page 11 : *Silas abat Saunière dans l'obscurité à une distance de cinq mètres. Est-ce possible, compte tenu de l'acuité visuelle restreinte de Silas ?*

Une personne ayant une bonne vue qui en abat une autre avec un pistolet dans l'obscurité serait déjà fort chanceuse d'atteindre sa cible. Il est donc peu probable que Silas ait pu le faire sans ses lunettes, qui par ailleurs ne sont jamais mentionnées. Il est très rare qu'un albinos ait une bonne vision.

Page 13 : *Silas fait feu une première fois et atteint Saunière à l'estomac. Il vise la tête de Saunière et appuie sur la détente une autre fois, mais « le clic de la détente résonna dans le chargeur vide ». Silas « ... jeta sur son arme un regard presque amusé. Il hésita à sortir un second chargeur mais se ravisa avec un rictus méprisant dirigé vers la chemise ensanglantée de Saunière ».*

Silas avait tué trois personnes plus tôt dans la soirée. Toutes les victimes ont, semble t-il, été surprises par leur assassin. Son arme est un Heckler and Koch USP 40 à treize coups (voir *Da Vinci Code*, page 97). La compagnie s'appelle en fait Heckler & Koch. Mais la vraie question, c'est: Comment se fait-il que le chargeur soit vide ? Faut-il douze coups pour tuer trois vieillards ? Ou a-t-il commencé la soirée avec une arme à moitié chargée ?

Dan Brown ne donne aucune explication. Mais peut-être Silas compense t-il sa mauvaise vue en tirant plus de balles.

Page 13 : *Saunière est atteint par une balle plusieurs centimètres sous la cage thoracique. Comme il « avait fait la guerre d'Algérie », il savait qu'il « lui restait environ un quart d'heure avant que l'écoulement des sucs gastriques acides ait terminé ses dégâts ». Est-ce vraiment comme ça que les gens meurent de blessures par balle à l'estomac ? Un homme de cet âge pourrait-il survivre quinze à vingt minutes avec une telle blessure ?*

Nous avons consulté des ouvrages médicaux. Le taux global de mortalité résultant de blessures par balle à l'abdomen est d'environ 12 %. Toutefois, en l'absence d'une blessure vasculaire, le taux de mortalité atteint moins de 5 %. Cela comprend une vaste gamme d'organes qui pourraient avoir subi des blessures. Les organes qui subissent le plus fréquemment des blessures par

24. En français, Noah signifie Noé (N.d.T).

balle au bas de l'abdomen sont le petit intestin, le côlon, le foie/système biliaire, la rate, le système vasculaire et l'estomac.

La mort dépend beaucoup de l'organe qui se trouve sur le passage de la balle. Si, par exemple, une artère est atteinte ou la rate endommagée, une perte de sang rapide peut causer un choc et la mort.

Mais la perforation de l'estomac, à elle seule, ne tue pas rapidement une personne. Cela peut prendre des heures. Si Saunière est en bonne forme et n'a pas d'autres blessures, il n'y a pas de raison pour qu'il ne puisse pas vivre jusqu'à ce que les gardiens de sécurité ouvrent la barrière. Pour les mêmes raisons, il a sans doute suffisamment de temps (et non pas quinze minutes, ce qui semble improbable) pour tituber dans le Louvre en laissant des messages secrets.

Page 13: *Saunière « avait fait la guerre d'Algérie ». À soixante-seize ans, peut-il avoir participé à la guerre d'Algérie?*

Oui. La guerre d'indépendance de l'Algérie a duré de 1954 à 1962. En supposant que l'action de *Da Vinci a Code* se passe en 2001 ou 2002, Saunière serait né au milieu des années 1920. Il aurait été à la fin de la vingtaine ou au début de la trentaine pendant la guerre.

Page 25: *L'air vif d'avril s'engouffre par la fenêtre de la Citroën pendant que Langdon est conduit de son hôtel au Louvre. Quel jour d'avril l'action se déroule-t-elle et en quelle année?*

Les indices sont contradictoires. On en trouve un dans le livre précédent de Dan Brown, *Angels & Demons*. Ce livre se déroule aussi sur une période de vingt-quatre heures au mois d'avril — dans ce cas, à Rome. Robert Langdon, dont la vie en tant que personnage de Dan Brown a débuté avec *Angels & Demons*, se souvient dans le *Da Vinci Code* que son autre expérience avait eu lieu « un peu plus d'un an auparavant » (page 20). Cela situerait l'action du *Da Vinci Code* plus tard en avril que *Angels & Demons* puisque c'est « un peu plus » d'un an auparavant. Nous tenions aussi pour acquis que l'action se situait vers la fin d'avril parce que Pâques est arrivé tôt en avril 2001, ce qui aurait eu une influence sur les mentions de foule, de trafic, etc.

Avril 2001 semble convenir pour plusieurs raisons. Nous apprendrons plus tard que c'était assez longtemps après le tournant du millénaire, probablement une année. C'est parce que l'intrigue mise en branle par Teabing et développée grâce aux manipulations de l'Opus Dei et du Vatican, comme nous finirons par l'apprendre, a pris forme pendant une rencontre entre Aringarosa et les gens d'Église à Castel Gandolfo cinq mois plus tôt (page 187). La raison qui motivait Teabing à agir était que le Prieuré de Sion, dont on s'attendait qu'il révèle le secret du Graal vers le tournant du siècle, ne l'avait pas fait.

Les attentats du 11 septembre 2001 ont créé une onde de choc dans le monde entier et ont eu d'importantes conséquences sur les mesures de sécurité dans toute l'Europe. Si Brown avait consciemment essayé de situer l'action du livre en avril 2002, alors que le souvenir du 11 septembre était encore frais dans toutes les mémoires, il aurait été obligé de traiter de terrorisme, de fondamentalisme religieux, des tensions religieuses au Moyen-Orient et de complexités multiples liées au 11 septembre. Bien sûr, nous n'aurions pas constaté la même attitude permissive des douaniers quand ils ont permis à Teabing d'entrer en Angleterre, par exemple. Plusieurs autres aspects de l'intrigue, notamment les mesures de sécurité dans une banque suisse à l'intérieur d'un édifice public, auraient sans aucun doute été affectés.

Mais le livre comporte aussi des preuves contradictoires. Langdon a dans sa poche des euros. Cette unité monétaire n'a été mise en circulation que le premier janvier 2002, ce qui semblerait favoriser avril 2002. Autre élément : l'article du *New York Times Magazine* sur le spécialiste de l'art Maurizio Seracini (mentionné dans *DVC* à la page 210) était un article réel sur les significations secrètes de certaines œuvres de Léonard de Vinci et il a été publié le 21 avril 2002. Langdon n'aurait donc pas pu l'avoir connu l'année précédente. Donc, l'action a-t-elle lieu en avril 2002, et le symbologiste renommé ignore-t-il simplement les signes et les symboles de la tragédie du 11 septembre qui s'est produite si récemment (il n'existe dans le livre aucune référence directe à cet événement) ? Ou bien *DVC* se déroule-t-il en avril 2001 et le célèbre symbologiste a-t-il des prémonitions concernant l'euro et l'article du *New York Times Magazine* qui apparaîtront une année plus tard ?

Page 26 : *L'air embaumait le jasmin. Est-ce que le jasmin pousse dans cette région et fleurit-il en avril ?*

Il y a des arbustes de jasmin aux Tuileries, situées tout près, mais le jasmin est une plante qui fleurit en été, environ à partir de juillet, et c'est au mois d'août que son odeur est la plus forte.

PAGE 28: *Un visiteur devrait prendre, estime-t-on, cinq semaines «pour admirer de près les soixante-cinq mille trois cent œuvres d'art qu'il abritait»* (le Musée du Louvre).

Songez-y un peu. Si vous passiez en moyenne une minute devant chaque œuvre d'art, sans dormir, il vous faudrait quarante-cinq jours de vingt-quatre heures. On pourrait difficilement parler d'«apprécier» les œuvres d'art. Heureusement, ce ne sont pas l'ensemble des soixante-cinq mille pièces qui sont exposées, alors vous n'avez pas besoin d'essayer. Le nombre d'œuvres exposées est tout de même remarquable: environ vingt-quatre mille quatre cents. Si vous y consacrez six journées de huit heures par semaine en regardant chaque œuvre pendant une minute, il vous faudra quand même plus de huit semaines.

PAGE 32: *Langdon affirme «qu'à la demande explicite de François Mitterrand la pyramide comportait exactement 666 losanges de verre». Il s'agissait d'une étrange requête qui avait fait l'objet de vives discussions parmi les amateurs de complots, «ce chiffre étant traditionnellement associé à Satan». Combien de losanges comporte réellement la pyramide?*

Pour répondre à cette question, nous avons communiqué avec les bureaux de l'architecte, le célèbre I.M. Pei. Une porte-parole nous a affirmé que la pyramide comptait en réalité 698 losanges, selon un des architectes qui a travaillé à ce projet et les a comptés. Elle nous a dit que l'hypothèse selon laquelle le président Mitterrand aurait précisé le nombre de losanges «ne se fonde pas sur des faits».

Elle a ajouté que certains journaux français ont publié, au milieu des années 1980, des rumeurs concernant le chiffre 666. Son commentaire: «Si vous ne trouvez que ces vieux articles et n'essayez pas d'approfondir les faits, et que vous êtes extrêmement crédules, vous pourriez croire l'histoire du 666.»

Nous avons également communiqué avec Carter Wiseman, dont la biographie de I.M. Pei se trouve parmi les œuvres citées dans la bibliographie de Dan Brown. Wiseman souligne que I.M. Pei est un architecte qui s'intéresse presque exclusivement aux modèles et abstractions géométriques. Supposer qu'il ait pu introduire un contenu symbolique dans son œuvre reviendrait à passer complètement à côté de sa vision esthétique, affirme Wiseman.

PAGE 35: *Fache porte une* crux gemmata. *Quelle est l'origine de ce terme?*

C'est une croix à treize pierres précieuses, décrite par Brown comme un symbole de « Jésus et ses douze apôtres ». À plusieurs endroits, l'orthodoxie chrétienne exige une simple croix de bois ou une croix avec le corps du Christ. Les croix incrustées de pierres précieuses ont fait leur apparition dans certaines églises médiévales et ont été interprétées comme des signes de la résurrection. Toutefois, cette croix gemmée peut être considérée aussi bien comme un signe de fierté, de puissance et de richesse que de dévotion.

PAGE 37 : *Brown affirme que les caméras de sécurité du Louvre sont fausses et que la plupart des grands musées ont recours à « une technique de "d'emprisonnement". » Est-ce vrai?*

C'est faux. L'idée des barrières qui tombent du plafond et emprisonnent un voleur s'inspire de *La panthère rose* ou de *L'affaire Thomas Crown*, des films de genre, et non de la réalité. En fait, le Louvre ne croit pas seulement aux caméras de sécurité, mais il a récemment effectué une importante mise à jour de son système de sécurité en utilisant les services du conglomérat français Thales, et les caméras vidéo forment une part importante de ce système. Thales Security & Supervision gère « au total mille cinq cents lecteurs de contrôle d'accès de proximité, dix mille macarons de sécurité photosensibles, huit cents caméras de surveillance, y compris cent quatre-vingt-quinze dotées d'un système d'enregistrement numérique et plus de mille cinq cents points d'alerte d'intrusion », d'après la compagnie.

PAGE 38 : *Langdon remarque « qu'on avait relevé la grille de sécurité d'une soixantaine de centimètres. (...) Il s'allongea à plat ventre et se glissa tant bien que mal sous la grille non sans faire un accroc à sa veste de tweed. Il se cogna aussi la tête à un barreau ». Est-ce possible?*

Non. Dans *Angels & Demons*, on dit que Langdon « a un corps de nageur, athlétique, de près de deux mètres, qu'il entretenait avec régularité grâce à cinquante longueurs par jour dans la piscine de l'université ». Une personne en bonne forme physique ne mesurerait environ que vingt-trois ou vingt-cinq centimètres d'épaisseur. Si Langdon s'est allongé à plat ventre sur le plancher et s'est glissé, il est peu probable que son veston ou sa tête aient pu toucher la grille qui se trouvait à au moins soixante centimètres du sol.

PAGE 39 : *Brown affirme que la maison mère de l'Opus Dei se trouve à* Murray Hill Place, *au 243, Lexington Avenue, à New York. La tour de quarante-cinq mille mètres carrés, construite au coût de quarante-sept millions de dollars, est ornée de briques rouges et de pierres calcaires blanches. Conçue par May & Pinska, elle abrite plus de cent chambres, six salles à manger, et des chapelles aux deuxième, huitième et seizième étages. Le dix-septième étage est entièrement réservé aux résidences privées. Les hommes entrent par les portes principales donnant sur Lexington Avenue. Les femmes entrent par une rue latérale et sont constamment isolées des hommes, « sur le plan visuel comme acoustique » à l'intérieur de l'immeuble. Est-ce vrai ?*

Presque. D'après une autre source, l'Opus Dei « n'a que quatre-vingt-quatre mille membres dans le monde — trois mille aux États-Unis — mais son nouvel immeuble de cinquante-cinq millions de dollars et de dix-sept étages au centre-ville de Manhattan reflétait une puissance bien au-delà de ces chiffres ».

PAGE 40 : *Brown affirme qu'Escriva, fondateur de l'Opus Dei, a publié La Voix en 1934, que l'œuvre comportait 999 points de méditation pour réaliser l'œuvre de Dieu dans une vie. D'après lui, il circule maintenant plus de quatre millions d'exemplaires en quarante-deux langues.*

C'est vrai dans l'ensemble. En fait, le titre d'origine en 1934 était *Considérations spirituelles*. Le livre a fait l'objet de plusieurs révisions. Selon un site Internet de l'Opus Dei (www.josemariaescriva.info), il « a été traduit en quarante-cinq langues et il s'en est vendu 4,5 millions d'exemplaires dans le monde ». Et La Voix comporte vraiment 999 points de méditation.

PAGE 42 : *Brown parle d'une organisation appelée* Opus Dei Awareness Network *(www.odan.org), qui surveille les activités de l'Opus Dei. Ce groupe existe-t-il ?*

Oui, l'ODAN existe et c'est bien l'adresse de son site.

PAGE 42 : *Brown affirme que le traître du FBI Robert Hanssen était une personnalité importante de l'Opus Dei.*

C'est vrai. Le frère de Bonnie Hanssen est un prêtre de l'Opus Dei à Rome dont les bureaux sont situés à quelques pas de ceux du pape. Une des filles de Bob et Bonnie est une numéraire de l'Opus Dei, une femme qui a fait vœu de célibat tout en demeurant laïque.

Bob Hanssen s'est lié d'amitié avec l'auteur de romans d'espionnage à succès James Bamford et, après lui avoir soutiré des renseignements sur des entrevues qu'il a eues avec des dirigeants soviétiques, il l'aurait invité à assister aux réunions de l'Opus Dei. « Il était quelque peu obsédé par cela. Bob pestait contre le mal au sein d'organisations comme *Planned Parenthood* et contre l'immoralité de l'avortement », se rappelait Bamford.

PAGE 45: *Fache et Langdon sont à l'extrémité est de la Grande galerie et passent devant une toile du Caravage. Est-ce à cet endroit que se trouvent les tableaux du Caravage?*

Non. Ils sont beaucoup plus loin, le long de la Grande galerie, tout près du cadavre de Saunière.

PAGE 48: *Saunière s'est servi de son index gauche pour dessiner le pentacle sur son corps. Est-il gaucher?*

Oui. Tout au long du livre, des indices révèlent que Saunière est gaucher. Ce fait appuie une supposée affinité avec Léonard de Vinci, que certains experts pensent avoir été gaucher. (Voir *Les secrets du code*, chapitre 8)

PAGE 49: *Brown écrit: « La cagoule blanche du* Ku Klux Klan *rappelle la haine raciale aux États-Unis alors que la même coiffe symbolise la foi religieuse en Espagne. » Est-ce vrai?*

Pendant la Semaine sainte, les pénitents portent de longs vêtements sombres et des cagoules dans toute l'Espagne, mais nulle part de façon aussi spectaculaire qu'à Séville. Des milliers de pénitents représentant cinquante-sept fraternités forment une procession à la chandelle en l'honneur de la Vierge Marie pour symboliser la souffrance du Christ. Ils portent une cagoule parce qu'on ne doit pas pouvoir deviner l'identité des pécheurs qui veulent obtenir le pardon. Chacune des fraternités choisit ses propres couleurs de cagoules et de robes. D'habitude, les membres du *Ku Klux Klan* portent des cagoules blanches, mais elles ne sont pas aussi pointues que celles des pénitents espagnols. On ne sait pas s'il existe un quelconque lien entre les deux.

Fait intéressant, le *KKK* fut fondé à Polaski, au Tennessee, en 1866, par six officiers confédérés. L'un d'eux, premier sorcier impérial du *KKK*, Nathan Bedford Forrest, était un ancien général confédéré et un franc-maçon. Curieusement, Forrest faisait partie des personnages de Winston Groom, dans le livre *Forrest*

Gump, qui a été adapté au cinéma et a remporté un Oscar en 1994. On dit que le héros du livre est un homonyme de Forrest, un parent éloigné.

PAGE 50 : *Langdon affirme que le pentacle « représente la part féminine de l'univers, concept que les historiens de la religion appellent le* Féminin sacré *ou* la Grande Déesse ». *Est-ce vrai ?*

Non. Le pentacle représente à la fois le masculin et le féminin, exactement comme le yin et le yang.

PAGE 50 : *Rares sont ceux qui savent que c'est en hommage à ce cycle sacré de quatre ans qu'a été instaurée la fréquence des olympiades, encore en vigueur de nos jours. Et seuls quelques initiés savent que le pentacle fut le premier symbole des Jeux olympiques, avant que les cinq pointes soient remplacées par cinq anneaux entrelacés qui reflétaient mieux l'esprit solidaire des Jeux.*

C'est en partie vrai, en partie faux. La question est beaucoup plus compliquée. Les Grecs n'organisaient pas les Olympiades pour rendre hommage à Vénus. Les Olympiades étaient dédiées à Zeus.

Plutôt qu'une décennie, les Grecs avaient des cycles de calendrier de huit années. Chaque cycle s'appelait *octaeteris* et fut plus tard divisé en périodes de quatre ans appelées olympiades.

La principale raison du cycle de huit ans était que les Grecs observaient une étroite correspondance entre quatre-vingt-dix-neuf cycles lunaires et huit cycles terrestres. Plus que tout autre corps céleste, la lune gouvernait sans doute ce qui représentait un mois dans toutes les anciennes cultures. (Toutefois, ils savaient que Vénus effectue cinq cycles périodiques pendant la même durée de huit ans.) La coïncidence entre le quatre-vingt-dix-neuf et le huit leur permettait d'avoir cinq années de douze mois et trois années de treize mois, les mois ajoutés étant intercalés pendant les troisième, cinquième et huitième mois. Au fur et à mesure que les Grecs amélioraient leur calendrier, ils ont pu diviser l'*octaeteris* en deux parties de cinquante et quarante-neuf cycles lunaires, qu'on a finalement appelés les olympiades. Ce n'était pas parfait, mais c'était un calendrier !

Le Grec moyen n'aurait pas pu le détecter, mais un astronome patient serait en mesure de noter les cinq nœuds du voyage de Vénus dans le ciel. Par rapport à la latitude de la Grèce, le pentacle aurait été très irrégulier.

Les cinq anneaux sont un symbole moderne. Ils ont été

inventés en 1913 par Pierre de Coubertin, président du Comité international olympique. Au départ, il voulait que les anneaux symbolisent les cinq premiers jeux, mais l'interprétation fut plus tard modifiée, les cinq anneaux représentant maintenant les cinq continents.

Le symbole des cinq anneaux a été par erreur attribué à des origines anciennes lorsque la réalisatrice de films de propagande nazie des célèbres Jeux de 1936 (auxquels assista Hitler) fit sculpter une pierre à cinq anneaux qu'elle filma avec Delphes en arrière-plan.

PAGE 51 : *Langdon affirme: « Les symboles sont extrêmement tenaces et c'est l'Église catholique primitive qui a fait du pentagramme un symbole démoniaque. Il s'agissait pour le Vatican d'éradiquer les traditions païennes pour convertir les masses au christianisme. »*

Brown, de façon commode, ne tient nullement compte du fait que l'empereur chrétien Constantin, qui ailleurs dans ses livres passe pour le pire ennemi des traditions gnostiques, des traditions liées à la Déesse et des traditions païennes, utilisait le pentagramme avec le symbole *Chi-Rho* (formé des deux premières lettres *X* et *P* du mot grec signifiant Christ) sur son sceau et son amulette.

PAGE 62 : *Brown affirme que de Vinci « avait accepté des centaines de commandes lucratives du Vatican sur des thèmes chrétiens (...) pour financer son train de vie et ses recherches scientifiques, plus que pour illustrer ses croyances personnelles ». Est-ce vrai ?*

Non, ce n'est pas vrai. La production de Léonard de Vinci était énorme. Il avait toujours du mal à achever ses travaux, qui se prolongeaient sur de longues périodes. Le nombre de tableaux qu'il a terminés est extrêmement faible par rapport à la plupart des grands artistes de l'histoire de l'art.

PAGE 71 : *Le code personnel du répondeur de Sophie est 454. Ce numéro a-t-il une importance pour Dan Brown ou est-ce un numéro choisi au hasard ?*

Nous ne le savons pas, mais le livre de l'édition américaine originale se termine à la page 454.

PAGE 77 : *Silas quitte la maison à sept ans, après que son père a tué sa mère et que lui-même a tué son père. Il est mis en prison à l'âge de dix-huit ans et libéré par un tremblement de terre à trente. Aringarosa le surnomme « Silas ». D'après Dan Brown, il a oublié*

« le nom que ses parents lui avaient donné ».

Il est difficile de croire qu'il ait réellement pu oublier son nom. De toute façon, comment s'est-il appelé pendant vingt-trois ans ? Comment les autorités l'ont-elles appelé lorsqu'elles ont décidé qu'il était trop dangereux pour demeurer à Marseille et au moment où elles l'ont emprisonné ? Comment ses geôliers l'appelaient-ils pendant douze ans ?

PAGE 78 : *Brown affirme que le chapitre 16 des Actes des apôtres parle de Silas comme d'un prisonnier, nu et battu, couché dans sa cellule et chantant des hymnes à Dieu lorsque le tremblement de terre le libère. Par pure coïncidence, l'albinos a été libéré par un tremblement de terre, alors l'évêque le nomme Silas. Quel est le rapport entre les deux ?*

Dans les Actes des apôtres, Paul et Silas étaient emprisonnés ensemble à cause de fausses accusations. Le tremblement de terre avait libéré tous les prisonniers, mais Paul et Silas sont restés. Ils ont d'abord converti leur geôlier au christianisme et l'ont baptisé, puis ils ont refusé de partir jusqu'à ce que leurs accusateurs viennent et s'excusent, et les mènent hors de la prison.

PAGE 82 : *Sophie déchiffre les séries numériques et trouve les chiffres 1-1-2-3-5-8-13-21, lesquels, dit-elle, représentent la suite de Fibonacci, « l'une des séquences mathématiques les plus célèbres de l'histoire ». A-t-elle raison ?*

Non. Les mathématiciens s'entendent pour dire que la suite de Fibonacci comprend le zéro. Ainsi, la séquence serait 0-1-1-2-3-5-8-13-21... Remarquez qu'une séquence mathématique s'écrit ordinairement avec une ellipse à la fin, indiquant que la série continue indéfiniment.

PAGE 89 : *Sophie parle à Langdon de « l'émetteur GPS ». Il le décrit comme « cette petite rondelle métallique [qui] transmet en continu sa situation, par satellite, au moniteur de surveillance de la DCPJ, à moins d'un mètre près, sur toute la surface du globe ». Un tel système existe-t-il ?*

Oui, mais c'est beaucoup plus volumineux que Sophie l'affirme. Par exemple, les appareils qui aident à suivre des animaux sauvages ont été réduits à des colliers de gros chiens (ou à des colliers d'oiseaux ou de poissons). Ils connaissent leur position grâce à un GPS dont l'émetteur transmet l'information à des satellites, qui ne sont pas des satellites de positionnement global.

Ce sont plutôt des satellites Argos ou Global Star. (Les satellites de positionnement global ne reçoivent pas de signaux des récepteurs GPS.) Malheureusement, vous ne pouvez pas utiliser continuellement un satellite Argos en un point précis de la terre parce qu'il est en orbite et disparaît de la vue.

Mais on peut construire des appareils plus petits pour une surveillance en continu, si on accepte le fait qu'ils n'ont pas besoin de transmettre l'information à des satellites. Ceux-ci comportent des petits transmetteurs radio, qui fonctionnent jusqu'à une vingtaine de kilomètres, et si vous demeurez dans ce rayon, vous pouvez les suivre vingt-quatre heures par jour, sept jours par semaine. Mais le plus petit de ces appareils est quand même une dizaine de fois plus grand que le supposé émetteur GPS que Sophie décrit.

Tous ces appareils nécessitent des antennes, et il y a une relation entre la taille de l'antenne et la qualité de réception ou la capacité de transmission. Vous devriez donc avoir une antenne de sept à neuf centimètres même s'il était possible de réduire la taille du transmetteur.

PAGE 103 : *La fenêtre des toilettes donne sur « l'extrémité de l'aile Denon, au-dessus du quai » du Louvre. Sophie regarde par la fenêtre et voit qu'« un trottoir étroit longeait le Musée. Voitures et camions de livraison défilaient, momentanément arrêtés par le feu rouge du Carrousel ». Ce point de vue est-il exact ?*

Les toilettes des hommes ne sont pas situées à l'extrémité de l'aile Denon et cette partie de l'immeuble n'est pas ouverte au public, mais faisons comme si c'était le cas. La place du Carrousel ne longe pas le Musée. Et ce n'est pas non plus une grande artère avec des files de camions qui attendent.

PAGE 104 : *Sophie affirme que l'ambassade américaine « se trouve à moins d'un kilomètre d'ici ». Est-ce exact ?*

Presque. C'est à environ huit cents mètres et vous pouvez la voir de la fenêtre des toilettes des hommes, mais Sophie la manquera tout de même quand elle tentera de s'y rendre !

PAGE 108 : *Fache a un pistolet Manurhin MR-93. Est-ce une arme utilisée par les autorités françaises ?*

Oui, c'est l'arme de la police française. C'est un revolver extrêmement solide, qui a un style particulier.

PAGE 111 : *Brown écrit : « La minute qui venait de s'écouler était confuse dans l'esprit de Langdon. » Puis il décrit Sophie qui jette l'émetteur GPS par la fenêtre. Puisque pendant ce temps Fache courait le long de la Grande galerie, à quelle vitesse pouvait-il courir ?*

Inscrivez-le dans l'équipe olympique française ! Il pourrait courir le 1 000 mètres en moins de trois minutes !

PAGE 112 : *Brown écrit que le camion passait à moins de trois mètres du trottoir (à l'extrémité ouest de l'aile Denon du Louvre). Il se dirige vers le sud en traversant la Seine. En jetant l'émetteur GPS sur le camion, ils font croire à la police française que Langdon a sauté de la fenêtre dans le camion. Est-ce possible ?*

Non. Premièrement, les toilettes publiques de la Grande galerie du Louvre ne sont pas situées à l'angle de l'immeuble. Mais même s'il y avait des toilettes pour hommes à cet endroit, la place du Carrousel se trouve à plus de quinze mètres du mur de l'immeuble. Personne ne peut sauter et atteindre la rue, même sa bordure la plus proche. Comme les Parisiens conduisent du côté droit de la rue, le trafic qui se dirige vers le sud serait le plus éloigné de la façade du Louvre, ce qui ajoute six autres mètres. On peut douter que Fache ait pu croire Langdon capable de faire un tel saut.

PAGE 119 : *Brown affirme que les jeux de tarot contiennent vingt-deux cartes, dont une qui se nomme Pentacle, de même que trois cartes qui se nomment la Papesse, l'Impératrice et l'Étoile. Est-ce une description juste d'un jeu de tarot ?*

Oui et non. Pour un homme censé connaître les sciences occultes, Brown passe à côté de faits importants ici. Il y a en réalité soixante-dix-huit cartes dans les jeux de tarot les plus répandus. Il y a vingt-deux arcanes (figures) majeures et cinquante-six arcanes mineures. On peut considérer les arcanes majeures comme des cartes maîtresses, mais en réalité, elles se divisent en secrets majeurs et secrets mineurs.

Les quatre couleurs sont les bâtons, les coupes, les pentacles et les épées. La couleur appelée « coupe », que Brown ne mentionne qu'à la fin du livre, est une référence claire au calice.

La légende complète du tarot, que n'importe qui peut embellir à sa guise, comprendra (au moins) la franc-maçonnerie, les gnostiques, la papesse, le Saint-Graal et bien davantage, mais tous ne seront pas toujours interreliés de la façon décrite dans *Da Vinci Code*. La carte de l'arcane majeure qu'on connaît sous le nom de

Grande prêtresse viendrait d'un jeu plus ancien et d'une légende concernant la papesse Jeanne.

D'après une légende médiévale très répandue, une femme du nom de Jeanne s'est déguisée en homme, est devenue prêtre et finalement pape. Mais devenue enceinte d'un prêtre, non seulement elle ne pouvait pas le cacher, mais elle donna naissance à son enfant dans la rue, avec pour conséquence que la foule reconnut sa tricherie et la mit en pièces. Il existe une autre histoire concernant une papesse italienne plus proche de l'époque de la Renaissance.

Quoi qu'il en soit, autour de 1450, la célèbre famille Visconti commanda plusieurs jeux de tarot, notamment un jeu reconnu comme l'un des plus anciens existant encore aujourd'hui: le Visconti-Sforza. Ce jeu comporte une des premières papesses.

Page 120: *Brown a recours au contexte d'une salle de classe pour parler de la Divine Proportion. Il félicite un élève qui reconnaît le nombre 1,618 comme PHI. Est-ce exact?*

Quelqu'un doit avoir dit à Dan Brown qu'il y avait deux nombres, un en haut de casse et un autre en bas de casse, et il a pensé qu'ils signifiaient *PHI* et *phi*. En fait, les nombres s'écrivent ainsi: *PHI* signifie la Divine Proportion et *phi* signifie sa réciproque.

Mais nous sommes extrêmement surpris qu'un célèbre symbologiste comme Robert Langdon n'utilise pas les symboles liés à cette paire numérique, le haut de casse grec « Ø » et le bas de casse « ø ». Compte tenu de tous les autres symboles du livre, l'éditeur n'aurait-il pas pu faire composer les lettres grecques?

En vérité, le nombre *PHI* peut dériver de la suite de Fibonacci, se trouver souvent dans la nature, les mathématiques et l'architecture et porter des noms comme « Règle d'or », « Nombre d'or », etc.

PHI est un nombre irrationnel (la suite continue à l'infini après le point décimal). Si vous voulez l'allonger, vous n'avez qu'à effectuer le calcul — 1,618033988 représente *PHI* à la neuvième décimale, par exemple, et certaines personnes l'ont calculé jusqu'à des milliers de décimales.

Page 121: — *Attendez!, demanda une jeune fille au premier rang. Je suis licenciée en biologie et je n'ai jamais entendu parler de cette Divine Proportion dans la nature!*

— Ah non? rétorqua Langdon. Vous n'avez jamais étudié le rapport entre les populations mâle et femelle d'une ruche?

— Bien sûr. Les femelles y sont toujours plus nombreuses que les mâles.

— C'est exact. Mais savez-vous que si l'on divise le nombre des ouvrières par celui des faux-bourdons, on obtient toujours la même proportion ?

— Ah bon ?

— PHI !

Brown commet une erreur grossière. La population d'une ruche change tout au long des saisons et les saisons changent partout dans le monde, alors il ne peut y avoir un moment où toutes les ruches du monde ont la même proportion de mâles et de femelles. Mauvaise nouvelle pour les mâles : à l'automne, pratiquement tous les faux-bourdons (les mâles) sont chassés de la ruche pour mourir, alors leur population approche de zéro.

Au printemps et à l'été, il y aura des faux-bourdons. Mais les spécialistes des abeilles ont compté des populations de ruches et les nombres qu'ils obtiennent n'ont rien à voir avec la Divine Proportion. Par exemple, une ruche moyenne en activité aura une reine, environ trois cent à mille faux-bourdons (mâles) et cinquante mille travailleuses (femelles). Si vous faites ce que dit Langdon et divisez le nombre de femelles (50 001) par le nombre de mâles (nous utiliserons mille), vous obtenez cinquante, résultat qui ne se rapproche vraiment pas de 1,618.

PAGE 126 : *Brown affirme : « Certains rois français de la Renaissance étaient tellement persuadés de leur pouvoir magique qu'ils engageaient des spécialistes chargés d'analyser les possibilités anagrammatiques de certains documents pour les aider à prendre leurs décisions. »*

Nous ne croyons pas qu'il y ait eu des rois français passionnés d'anagrammes pendant la Renaissance, une période qui s'est étendue d'environ 1483 à 1610. Mais Louis XIII, qui a régné de 1610 à 1643, s'est rendu célèbre en nommant un anagrammiste royal, Thomas Billon. Toutefois, il n'existe pas beaucoup d'indices montrant que Billon jouait un rôle important dans la prise de décisions. On disait que Billon avait pour fonction « de divertir la cour avec des anagrammes amusantes sur le nom des gens ».

On trouve cette citation partout où les mordus d'anagrammes mentionnent leur histoire. Louis XIII est monté sur le trône à neuf ans, mais nous ne savons pas à quel moment il a nommé Billon. Au début, le jeune roi était sous la gouverne de sa mère, puis plus tard, il a subi l'influence considérable de conseillers comme le Cardinal de Richelieu.

Page 126 : *Brown affirme : « Les Grecs anciens qualifiaient d'*Ars Magna *— le Grand Art — la pratique des anagrammes. »*

Les romains parlaient-ils anglais ? *Anagram* est le mot anglais qu'on peut réorganiser pour en faire *ars magna*. Le mot latin signifiant anagramme est *anagrammat* ou *anagramma*, dérivé d'anciens termes grecs.

Page 127 : *Saunière écrivit une fois le mot* planets *et dit à Sophie « qu'il existait soixante-deux autres mots, de différentes longueurs, qui se composaient des mêmes lettres ». Est-ce exact ?*

Il est surprenant que Saunière n'ait pas proposé un chiffre plus élevé. Nous arrivons sans peine à cent un mots et nous ne sommes pas si doués...

Page 136 : *Brown affirme : « Aujourd'hui encore, cet outil de navigation s'appelle rose du compas. La direction du nord y était désignée par une flèche... ou plus symboliquement par une fleur de lys. » Est-ce vrai ?*

Peut-être avez-vous vu un film dans lequel la rose du compas affiche une fleur de lys dans le coin supérieur d'une carte au trésor. Vous aimeriez croire qu'on la voit sur les cartes modernes mais non, ce n'est pas le cas. Il est difficile de dire laquelle des roses du compas utilisée sur les cartes modernes est la plus répandue. Mais nous pouvons répondre en ce qui concerne les cartes de l'aviation et de la marine américaines. Elles n'ont pas de fleur de lys.

Les cartes aériennes comportent une simple flèche qui indique le nord et elles sont déjà orientées vers le nord magnétique. Les cartes nautiques affichent un gros marqueur pour le nord géographique sur le cercle extérieur et une flèche plus petite indiquant le nord magnétique dans le cercle intérieur. L'indicateur du nord géographique ? Étonnamment, c'est une étoile à cinq pointes. Les marins reconnaissent immédiatement en elle le symbole de l'étoile polaire, Polaris.

Comme la plupart des gens n'utilisent pas de compas pour se situer sur des cartes routières, qui sont sans doute les cartes les plus répandues, celles-ci n'ont pas de rose de compas. Elles n'ont habituellement qu'une flèche indiquant le nord. Les anciennes cartes — en particulier les cartes dessinées par ces maîtres cartographes qu'étaient les Portugais — ont habituellement une fleur de lys indiquant le nord. Fait intéressant, elles ont aussi souvent une croix — habituellement une croix de Malte — pour indiquer l'est. C'est parce qu'à cette époque, on pensait que Jérusalem se situait dans cette direction. Ainsi Dan Brown a raté une occasion de formuler des commentaires sur un autre usage du symbole des Chevaliers du Temple.

PAGE 136: *Dan Brown affirme: «Bien avant l'établissement du méridien de Greenwich comme longitude de référence, la longitude zéro passait par Paris. Et par Saint-Sulpice. C'est Greenwich qui l'avait emporté en 1888, mais la ligne de la rose d'origine restait visible dans l'église du VIe arrondissement.»*

Paris n'était pas le premier méridien de référence. Il s'en est fallu de quatorze cents ans. La première tentative connue pour fixer une référence fut faite au IIe siècle av. J.-C. lorsque Hipparque de Rhodes proposa de mesurer toutes les distances à partir d'un méridien traversant l'île de Rhodes, tout près de la côte méridionale de Turquie. Une tentative plus précise fut effectuée par le Grec Ptolémée, entre 127 et 141 apr. J.-C., proposant un méridien de référence qui traversait les îles Canaries. Les travaux de Ptolémée, ravivés par le moine bénédictin allemand Nicholas Germanus autour de 1470, ont beaucoup influencé et inspiré Christophe Colomb.

Comme plusieurs pays prenaient possession de territoires partout dans le monde, grâce aux voyages d'exploration, ils essayaient souvent d'imposer leur propre méridien de référence. Il y a eu à ce sujet des centaines d'années de confusion, avant que l'Angleterre apparaisse finalement comme le chef de file mondial en matière de cartographie et de navigation. Par conséquent, si vous vouliez imprimer des cartes exactes, vous deviez indiquer où commencent les lignes zéro.

Le tohu-bohu s'est terminé en 1884 lorsque le président Chester A. Arthur a convoqué une conférence à Washington pour obtenir un accord international sur le méridien de référence et une journée universelle de vingt-quatre heures. À l'époque, les navires qui essayaient de déterminer leur position en mer se trouvaient aux prises avec onze méridiens nationaux de référence: Greenwich, Paris, Berlin, Cadix, Copenhague, Lisbonne, Rio, Rome, Saint-Pétersbourg, Stockholm et Tokyo. Mais, quelque soixante-douze pour cent de la navigation commerciale s'orientait par rapport à Greenwich, alors que seulement huit pour cent utilisait celui de Paris.

Les vingt-cinq pays votèrent à vingt-deux contre un pour Greenwich. Les deux abstentions venaient du Brésil et, vous l'aurez deviné, de la France. Celle-ci est demeurée fidèle au méridien de Paris en tant que rival de Greenwich jusqu'en 1911 à des fins de mesure du temps et jusqu'en 1914 à des fins de navigation.

Page 155 : *Le professeur Langdon « révèle » l'union du côté masculin et du côté féminin qu'aurait fait de Vinci secrètement en réorganisant les lettres de* Mona Lisa *en* Amon l'Isa, *une possible union androgyne. De Vinci pourrait-il avoir voulu faire un pareil jeu de mots ?*

Tout repose sur le nom de la peinture, *Mona Lisa.* Comme de Vinci ne l'a jamais appelée ainsi, c'est complètement absurde. Pendant la vie de Léonard de Vinci, cette peinture ne portait pas de titre. On l'appelait de diverses façons, notamment « Une courtisane avec un voile de gaze ».

Page 155 : *Brown écrit : « Tout d'abord Langdon ne vit rien. Mais en s'agenouillant auprès d'elle, il remarqua une petite tache de liquide séché qui brillait sur le parquet. De l'encre fluorescente ? Il se rappela soudain la raison pour laquelle la police avait recours à la lumière noire. Une goutte de sang. » Est-ce plausible ?*

Dan Brown, si vous regardez *CSI-Les experts*[25], vous devez être très attentif ! Sous la lumière noire, le sang ne devient pas luminescent sans une aide chimique. Si vous utilisez le Luminol (un des produits préférés des *Experts*), vous n'avez pas besoin d'une lumière spéciale, seulement d'une pièce sombre. C'est pourquoi le réactif déclenche la chimioluminescence, en émettant son propre rayonnement quelque peu étrange.

Si vous utilisez la solution de Fluorescein (une solution de rechange pour les traces de sang à peine visibles), vous n'avez pas besoin d'une lumière ultraviolette. Premièrement, vous vaporisez la surface qui vous intéresse avec une solution de Fluorescein fraîchement préparée, puis avec une solution de peroxyde d'hydrogène. Sophie n'avait ni le temps ni les instruments pour le faire.

Page 165 : *Sophie trouve une clé à l'arrière du tableau* La Vierge aux rochers *de De Vinci. Brown décrit le tableau comme suit : « le*

25. Série télévisée américaine qui met en scène l'équipe d'un laboratoire scientifique de la police de Las Vegas.

tableau qu'elle observait maintenant mesurait presque deux mètres de hauteur». Plus tard, il dit que Sophie «avait décroché [le] grand tableau qu'elle avait posé sur le sol devant elle. Sa silhouette disparaissait presque entièrement derrière l'énorme cadre (...) la toile commençait à se gonfler par l'arrière. Sophie Neveu enfonçait son genou au centre de la toile par derrière.»

Ce tableau mesure plus de deux mètres, sans compter le cadre. De plus, il mesure 140 centimètres de large. Il aurait fallu que Sophie soit une géante pour être visible derrière cette peinture, et qu'elle soit incroyablement forte pour la retirer du mur et la poser sur le sol sans l'endommager.

PAGE 171 : *«C'est une Smart, un litre aux cent kilomètres!» [annonça Sophie].*

Désolé. La Smart est coquette et économique, elle fait beaucoup de kilomètres au litre, mais elle n'atteint pas cent kilomètres, loin de là ! Le kilométrage peut varier, mais dix-neuf kilomètres au litre représentent sans doute une moyenne. Pendant plusieurs années, la Smart, construite en Allemagne et en France, et maintenant propriété de Daimler Chrysler sous la marque Mercedes-Benz, a fait fureur en Europe.

Il existe une série de Smart dans une version à deux sièges au style branché (dessinée à l'origine par Swatch). Mesurant moins de trois mètres, deux voitures peuvent se garer dans un espace de stationnement normal. Ces voitures à deux sièges sont introuvables en Amérique, mais nouvelles versions à quatre sièges seront sur le marché américain en 2006.

PAGE 183 : *Dan Brown affirme que l'«*Architectural Digest *avait salué en cet édifice un flambeau du catholicisme, parfaitement intégré à son environnement moderne». Cette citation est-elle exacte ?*

Nous nous sommes renseignés sur cette question auprès de l'*Architectural Digest*. On nous a laconiquement répondu : «*Architectural Digest* n'a jamais publié d'article sur le siège de l'Opus Dei.»

PAGE 199 : *Langdon décrit le complot ourdi par le pape Clément V et le roi Philippe IV de France pour arrêter et exécuter les Chevaliers du Temple dans un effort coordonné débutant à l'aube du vendredi 13 octobre 1307. Le texte laisse entendre qu'il s'agit de la source véritable et directe de la superstition moderne concernant le vendredi 13.*

Ce n'est que l'une des innombrables explications concernant la superstition selon laquelle le vendredi 13 est un jour malchanceux.

PAGE 207 : *L'évêque Aringarosa demande à Silas: « Ne sais-tu pas que Noé était albinos? » Est-ce logique de la part de l'évêque de dire cela?*

Ce n'est pas la Bible qui dit que Noé était un albinos, mais le *Livre d'Énoch* — un des livres apocryphes qui n'est pas dans la Bible — décrivant la naissance de Noé:

« Après quelque temps, Mathusala, mon fils, donna une femme à son fils Lamech. Celle-ci, devenue enceinte, mit au monde un enfant dont la chair était blanche comme la neige, et rouge comme une rose; dont les cheveux étaient blancs et longs comme de la laine, et les yeux de toute beauté. À peine les eut-il ouverts qu'il inonda de lumière toute la maison. Comme l'éclat même du soleil. »

Mais il s'agit en réalité d'une annexe ajoutée plus tard au *Livre d'Énoch*. De toute façon, il est difficile d'imaginer qu'un surnuméraire traditionnel de l'Opus Dei comme Aringarosa puisse décrire les Écritures d'un point de vue non officiel.

PAGE 210 : *La célèbre* Adoration des Mages *de Léonard de Vinci avait été peinte par le maître, mais coloriée par quelque artiste solitaire qui avait modifié l'œuvre. Cela fut révélé par des photos prises aux infrarouges et aux rayons X. Le spécialiste de l'analyse picturale Maurizio Seracini découvrit les secrets du tableau et l'histoire fut publiée dans le* New York Times Magazine.

C'est tout à fait vrai. Seracini est réellement un analyste pictural renommé. Cet article a été écrit par Melinda Henneberger et publié le 21 avril 2002.

Elle a mené une étude sur la principale recherche de Seracini afin de trouver la fresque perdue de De Vinci intitulée *La Bataille d'Anghiari*.

PAGE 213 : *Le tube de néon rouge sur la façade de la Banque de Zurich rappelle à Langdon que le drapeau national de la Suisse comporte une croix à branches égales.*

Non seulement la croix a-t-elle des branches égales, mais le drapeau officiel de la Suisse, contrairement à l'habitude, est un carré parfait (et non un rectangle), ce qui en accentue encore davantage la symétrie.

PAGE 193 : *Existe-t-il réellement une Banque Zurichoise de Dépôt ?*

Si vous utilisez le moteur de recherche Google, vous trouverez un site Internet qui donne l'impression, pendant une demi-seconde, qu'elle pourrait exister. Puis, vous découvrirez que le site fait partie de la chasse au trésor de Dan Brown et de son éditeur. C'est un site agréable à visiter, qui comporte de nombreuses blagues destinées aux lecteurs du roman. En cherchant « Robert Langdon » sur Google, vous trouverez un « faux site » également amusant.

PAGE 229 : *Vernet dit à Sophie qu'elle doit connaître le numéro de compte à dix chiffres. « Dix chiffres. Elle fit un rapide calcul. Dix milliards de possibilités. Même avec l'aide de tous les puissants ordinateurs de la DCPJ, il lui aurait fallu des semaines pour tester toutes les combinaisons. »*

Il y a au moins deux erreurs dans l'évaluation de Sophie. Premièrement, il n'est pas du tout difficile pour un ordinateur d'examiner une combinaison de dix milliards de chiffres : de nos jours, n'importe quel ordinateur personnel peut le faire en quelques minutes. Vous n'avez pas besoin d'ordinateurs performants. Bien sûr, si vous insistez pour imprimer tous les chiffres, vous devrez attendre longtemps devant votre imprimante laser et la facture pour le papier et l'encre sera énorme !

Mais il y a déjà longtemps qu'on ne fabrique plus de systèmes sécurisés qui autoriseraient un nombre infini de tentatives pour deviner un mot de passe. Parce que les gens font souvent des erreurs sur le clavier, certains systèmes proposent trois tentatives avant de se bloquer, mais la Banque Zurichoise de Dépôt a une politique plus stricte : vous n'avez droit qu'à une tentative, comme l'apprend Sophie à la page 234.

PAGE 250 : *Sophie réfléchit à propos du cryptex : « Si on écrasait avec un marteau le cylindre de marbre, le flacon se cassait et le vinaigre dissolvait immédiatement le rouleau de papyrus. Et on ne trouvait à l'intérieur qu'un amalgame de pâte molle. »*

Cela ne nous paraît pas plausible. Le papyrus lui-même est fait de bandes feutrées tirées de la plante du papyrus et enduite d'une pâte de farine (à laquelle on ajoute un peu de vinaigre pendant la fabrication). Les fibres sont surtout constituées de cellulose, un matériau très résistant qui ne se dissout pas instantanément au contact du vinaigre. Si on nous avait dit que le message sur le papyrus était écrit avec une encre qui se dissout dans le vinaigre, nous aurions été beaucoup plus enclins à le croire. Il faudrait plutôt souligner que le cryptex contenait sans doute du papyrus que Saunière a obtenu lui-même, fabriqué à sa propre époque, et non cinq cents ans plus tôt.

Page 279 : *Vernet téléphone au gardien de nuit de la banque pour lui demander de mettre en marche la balise du camion blindé. Le gardien se dirige vers le panneau de contrôle de la balise en précisant que cela alertera également la police. Vernet demeure au téléphone pour obtenir la localisation du camion. Est-ce ainsi que fonctionne une balise de ce genre ?*

Pas exactement. En France, ce système s'appelle « Traqueur ». Pour activer le transmetteur du véhicule, il faut appeler la police. Cela fait, ce sont les policiers, dans leurs voitures et leurs hélicoptères, qui utilisent l'appareil afin de localiser le véhicule. Vous ne pouvez obtenir la position exacte et immédiate à moins que les policiers ne soient alertés à l'avance et qu'ils aient coordonné leurs efforts. Cela peut prendre des heures. (Si vous voulez des résultats immédiats, il vous faudrait un système qui transmet ses propres coordonnées de positionnement global, comme le GPS à la page 89 de *DVC*.)

Le Traqueur comporte toutefois plusieurs avantages. Premièrement, il est largement répandu en France, qu'il couvre plus ou moins complètement avec plus de vingt-trois mille voitures de police et quarante-deux hélicoptères (une couverture beaucoup plus étendue qu'aux États-Unis, en fait). Deuxièmement, son signal codé discret permet à la police de se préparer tranquillement à procéder à l'arrestation plutôt que d'émettre un signal que n'importe qui pourrait décoder.

Page 283 : *Sophie affirme avoir « fait des études à Londres, au Royal Holloway Institute ». Est-ce qu'on y enseigne la cryptologie ?*

Oui, le Royal Holloway fait partie de l'Université de Londres et offre des programmes reconnus en mathématique et en informatique. On y propose une maîtrise et un doctorat en sciences, et l'endroit accueille l'Information Security Group, une réunion annuelle de chercheurs diplômés reconnus pour leurs travaux en cryptologie.

Page 291 : *« Vous êtes en train de me dire que la divinité de Jésus résulte d'un vote ? », dit Sophie. « Et, qui plus est, un vote assez serré », ajouta Teabing.*

C'est la pendaison de Saint-Chad... Le vote fut de 316 contre 2. Et c'est cela que Teabing considère comme un vote serré ? Soit dit en passant, il y a réellement eu un Saint-Chad. Il s'est humblement retiré en 669, à la suite d'un différend au sujet de celui qui avait réellement été ordonné évêque de York.

PAGE 305 : *« La notion préconçue que l'on a du tableau l'emporte sur nos capacités d'observation et empêche notre cerveau de remarquer ce qui ne cadre pas avec elle », enchaîna Teabing. « C'est un phénomène visuel qu'on appelle scotome », ajouta Langdon.*

C'est un intéressant syndrome, mais il n'est pas tout à fait exact. Les paroles de Teabing ne décrivent pas correctement le scotome, qui est une déficience ou une maladie réelle de la vision et non pas simplement un problème de perception.

La définition de scotome est : « lacune dans le champ visuel due à l'insensibilité de certains points de la rétine ». Médicalement parlant, les scotomes peuvent être centraux, s'ils sont causés par une maladie neurale maculaire ou optique, ou bien périphériques s'ils résultent de lésions ou de perforations de la rétine. Il existe même un phénomène associé aux migraines qu'on appelle « scotome scintillant » dans lequel des points aveugles au bords irréguliers clignotent.

PAGE 309 : *Sophie se souvint que son grand-père avait écrit un article dans lequel : « Il... critiquait la décision prise par les autorités françaises d'interdire la projection du film* La dernière tentation du Christ. »

Le gouvernement français n'a pas interdit le film. Le film de 1988, réalisé par Martin Scorsese, s'inspirait du roman de 1955 de Nikos Kazantzakis, bien connu pour avoir écrit aussi *Zorba le Grec*. Le film effectivement mettait en scène Jésus (Willem Dafoe) convoitant Marie-Madeleine (Barbara Hershey).

La publication du roman avait provoqué des manifestations et quelques interdictions (de la part du Vatican, bien sûr), mais pas en France. L'Église orthodoxe grecque excommunia Kazantzakis, qui en était théoriquement membre. Quand le film de Scorsese est sorti en salle, des manifestations eurent lieu pratiquement partout, un théâtre de Paris fut même incendié et il y eut des agressions contre des cinémas ailleurs en France. On fut témoin d'incidents violents partout dans le monde. Aux États-Unis, un protestataire emboutit un hall de théâtre à bord d'un autobus. Au moins deux gouvernements ont interdit le film (le Chili et Israël), mais pas la France.

Soit dit en passant, si Saunière doit se montrer discret, pourquoi écrit-il une telle lettre ? Et si Sophie est censée avoir trente-deux ans à ce moment-là, elle serait donc née autour de 1969-1970, pourquoi parle-t-elle à son grand-père du film de 1988 en se demandant, avec une naïveté enfantine, si Jésus avait une amoureuse ?

PAGE 340 : *La police trouve l'Audi de Silas. « Les plaques minéralogiques semblaient indiquer une voiture de location. Collet tâta le capot. Encore chaud. Presque brûlant, même. » De quelles plaques s'agit-il ?*

Il n'existe pas de plaques minéralogiques particulières pour les voitures de location, mais il y a un système de codage qui révèle parfois des informations qui pourraient être utiles à des voleurs, par exemple. Comme les taxes varient d'un département à l'autre, les entreprises de location se sont finalement fait connaître par des plaques dont les numéros se terminent par 92, 51 ou 26, où elles ont enregistré leurs voitures parce que les taxes y étaient les plus basses.

Les entreprises de location ont aujourd'hui éliminé cette pratique.

PAGE 366 : *« Les deux moteurs Garrett TFE-731 lancés à plein régime arrachèrent du sol le Hawker 731. »*

Nous comprenons à quel avion Dan Brown fait référence, mais en réalité, personne ne l'appelle « Hawker 731 ». C'est un Hawker-Siddeley HS-125 muni de moteurs Garrett 731, dont le HS-125-400-731 représente bien le modèle. Il était à l'origine construit par de Havilland, puis par British Aerospace, et il l'est maintenant par Raytheon.

PAGE 377 : *Dan Brown décrit l'achat de 30,8 millions de dollars de Bill Gates comme « dix-huit feuillets de papier » comprenant le carnet de Léonard de Vinci connu sous le nom de Codex Leicester.*

Les dix-huit feuillets comportent deux côtés pliés en deux, formant un livret de soixante-douze pages. Le richissime Armand Hammer a acheté le codex en 1980 pour la somme de 5,2 millions de dollars et l'a renommé Codex Hammer, mais Gates lui a redonné son nom de Codex Leicester.

Il se trouve au Musée d'art de Seattle et on lui a fait entreprendre une tournée mondiale qui a été enregistrée sur Cédérom interactif.

PAGE 416 : « *Les moteurs du Hawker tournaient encore. Il achevait sa rotation pour se présenter le nez face à la porte, prêt pour le prochain départ (…)* »

Aucun pilote d'avion à réaction ne tenterait cette manœuvre. Les pilotes ne conduisent tout simplement pas les avions à l'intérieur d'un hangar. Les tourbillons provenant des moteurs transformeraient en projectile tout ce qui n'est pas fixé au sol du hangar et la poussée en soufflerait probablement les murs. Un pilote de Biggin Hill nous affirme qu'il s'agirait même d'un motif de renvoi.

PAGE 429 : *D'après Dan Brown, Temple Church n'avait survécu que pour « … [être] endommagé par les bombes incendiaires de la Luftwaffe en 1940 ».*

En fait, les bombes incendiaires sont tombées pendant la nuit du 10 mai 1941.

PAGE 434 : *Auparavant Teabing avait affirmé que Temple Church abritait dix des tombeaux les plus effrayants qu'on puisse voir. Or, à la page 434, dans l'église, Langdon voit « dix chevaliers de pierre, cinq à gauche, cinq à droite. Les dix gisants de Templiers reposaient paisiblement, chacun sur leur socle de pierre. Tous en armure complète, avec épée et bouclier. (…) Les sculptures étaient assez abîmées, mais chacun des chevaliers se distinguait des autres. (…)* »

Mais ils sont tous étonnés de découvrir qu'il manque un des chevaliers.

Il ne manque aucun chevalier. Il n'y a que neuf chevaliers sculptés. Cela ne devrait pas étonner quiconque connaît Temple Church !

Une des principales raisons expliquant la mauvaise condition des chevaliers sont les dommages causés par la chute des débris lors du bombardement incendiaire des Allemands le 10 mai 1941. Le toit de Round Church a brûlé en premier, puis tout le bois de l'église.

PAGE 455 : *Dans le grenier de la grange à Villette se trouvent des prototypes d'un système d'écoute que la police française considère comme « très sophistiqué… Micros miniatures, cellules photoélectriques rechargeables, barrettes de mémoire RAM haute capacité… je ne suis pas sûr que nous soyons mieux équipés que lui. (…)* ».

Ils découvrent un récepteur radio et s'entendent pour dire que les micros espions « enregistraient dans la journée des conversations qu'ils retransmettaient la nuit, afin de ne pas être repérés, sous forme de fichiers audio compressés. Une fois ces fichiers transmis, le disque dur s'auto-effaçait et il était prêt à recommencer l'opération le lendemain ». Le tout était contenu sur des bandes audio. Qu'est-ce qui cloche dans cette scène ?

Vite ! Trouvez n'importe quel jeune de dix ans et demandez-lui s'il croit logique d'emmagasiner des fichiers MP3 sur des cassettes audio ! (Vous devrez d'abord lui expliquer ce qu'est une cassette audio et à quoi ressemble le magnétophone !)

Les fichiers audio compressés se lisent sur l'ordinateur et lils sont enregistrés directement sur le disque dur, on peut aussi les transférer sur un CD ou un DVD pour les conserver. Les cassettes audio prendraient énormément de temps et ne seraient vraimeent pas nécessaires.

Page 457 : *En se rendant de Temple Church à la bibliothèque de l'Institut de recherches religieuses, Langdon « (...) passa le tourniquet et s'enfonça dans les méandres de la lugubre station de métro Temple avec Sophie ». Le trajet en métro a-t-il du sens ?*

Non. Ce trajet comporte deux problèmes. Si vous voulez trouver l'Institut de recherches religieuses, vous devez vous rendre à la pièce 2E de l'immeuble Cresham sur Surrey Lane (le jour où les chercheurs de l'Institut se rencontrent). Si vous courez jusqu'à la station Temple, vous n'êtes qu'à un demi-pâté de maisons de l'immeuble Cresham et il n'est donc pas nécessaire de vous rendre dans une station de métro.

La pièce octogonale qu'on décrit comme la bibliothèque de l'Institut ne se trouve pas dans l'immeuble Cresham. Il s'agit plus probablement de la salle circulaire qui se trouve dans la bibliothèque Maugham du Kings College. Pour se rendre de cet endroit à partir de Temple Church, vous vous dirigez vers le nord, traversez le Strand et remontez Chancery Lane. Ce n'est qu'à un pâté de maisons. Si vous alliez vers la station de métro, vous prendriez la mauvaise direction.

Page 469 : *Dan Brown affirme qu'il y a un « Institut de recherche en théologie systématique » au Kings College de Londres. Est-ce vrai ?*

Oui. Le vénérable Institut est dirigé par le département de théologie et d'études religieuses. Mais ce n'est en réalité qu'une assemblée d'érudits qui se rencontrent régulièrement dans une salle et présentent souvent des conférences sur la théologie.

Page 469 : *Dan Brown écrit que l'Institut de recherches en théologie systématique de Kings College est une « vaste pièce octogonale ». Sophie et Langdon arrivent juste au moment où la bibliothécaire prépare le thé et amorce sa journée. Est-ce que cela a du sens ?*

La pièce qu'il décrit existe vraiment au Kings College, mais elle se trouve dans la bibliothèque Maugham sur Chancery Lane. Elle ne fait pas partie de l'Institut de recherches. Elle n'ouvre qu'à 9 h 30 le samedi et nous estimons que Sophie et Langdon y seraient arrivés à 8 h 30 au plus tard (même après s'être perdus pendant quelques minutes).

Page 472 : *Dan Brown écrit que l'Institut de recherches en théologie systématique de Kings College utilise depuis deux décennies « (...) des logiciels OCR à traducteur intégré permettant d'informatiser et de cataloguer une énorme quantité de textes, qu'ils proviennent d'encyclopédies des religions, de biographies, d'Écritures saintes, d'ouvrages historiques, de documents émis par le Vatican, de journaux et de revues spécialisées, bref tout ce qui touchait de près ou de loin à la spiritualité humaine ». Il affirme que les données sont accessibles par l'entremise d'un « ordinateur central [qui] numérisait les données à raison de 500 mégaoctets par seconde ». Est-ce que tout cela existe ?*

Non. Nous avons communiqué avec l'Institut de recherches. Les personnes à qui nous avons parlé étaient à la fois surprises et amusées d'apprendre qu'il y avait prétendument un ordinateur central et une immense base de données.

Un professeur nous a dit : « Nos installations informatiques, ce sont les ordinateurs de bureau du personnel (actuellement, des iMacs G3). Malheureusement, nous n'avons pas de ressources informatiques consacrées à l'assemblage d'une immense (ou même modeste) base de données sur les œuvres théologiques. » Puis il ajouta : « J'ai essayé un jour d'utiliser un logiciel de reconnaissance optique, mais l'expérience a été si désastreuse que, en fin de compte, j'ai dactylographié l'article moi-même. »

Page 489 : *En cherchant « Un chevalier (...)qu'un Pope enterra », Langdon obtient ce résultat de l'ordinateur de l'Institut de recherches : « Le jour de l'inhumation d'Isaac Newton à l'abbaye de Westminster, en présence de la famille royale et de nombreux membres de la noblesse, c'est Alexander Pope, ami et confrère du grand savant, qui prononça l'oraison funèbre.» Pope a-t-il vraiment présidé la cérémonie et lu l'eulogie?*

Non. Les funérailles de Newton, le 28 mars 1727, furent remarquables par les honneurs accordés à Sir Isaac. Il était pratiquement considéré comme un Dieu. D'après une chronique de l'époque, son corps a été conduit de la salle Jérusalem de l'abbaye de Westminster par une équipe de porteurs qui comprenait un lord, deux ducs et trois comtes. C'est Sir Michael Newton qui a dirigé la cérémonie, et l'évêque de Rochester qui a lu l'eulogie.

Même si Alexander Pope était probablement le poète le plus connu de cette époque, il n'a joué un rôle que plus tard, lorsque des personnes ont décidé d'ériger un monument à la mémoire de Newton, environ quatre ans après sa mort. Comme Pope avait la réputation d'écrire des épitaphes remarquables (et en tirait un bon revenu), on l'a choisi pour écrire l'épitaphe qui orne le monument. Elle est maintenant une des plus connues de tous les temps.

> ISAACUS NEWTONUS:
> *Quem Immortalem*
> *Testantur, Tempus, Natura Caelum*
> *Mortalem*
> *Hoc Marmo Fatetur.*
>
> La nature et les lois de la Nature étaient cachées dans la nuit. Et Dieu dit «Que Newton soit!» et tout s'illumina.

Page 493: *Sophie et Langdon semblent être arrivés à la bibliothèque de l'Institut au Kings College à 8 h samedi matin et l'avoir trouvée ouverte par Pamela Gettum, une employée amicale et efficace. Cela semble improbable. À quelle heure ces lève-tôt doivent-ils arriver à l'abbaye de Westminster pour qu'elle soit ouverte?*

D'après nos calculs, ils sont probablement arrivés à l'abbaye de Westminster vers 8 h 45. Même s'ils sont tout de suite entrés dans l'abbaye sans problème, il n'en demeure pas moins qu'elle n'ouvre ses portes qu'à 9 h 30. Il ne s'agit là que d'un des nombreux problèmes que nous avons trouvés concernant le déroulement du temps dans le *Da Vinci Code*. Il y a un autre problème avec les voyages aériens de l'évêque Aringarosa. À notre avis, les voyages de l'évêque ne correspondent pas au reste de la chronologie. En mettant les choses au pire, il semble qu'il ait été en vol pendant environ six heures entre Rome et Biggin Hill, avec des escales qui ne correspondent pas à ce trajet. Qui plus est, si on considère que les évènements du livre se produisent dans un ordre séquentiel, il serait arrivé instantanément au 5, Orme Court pour être abattu par Silas, alors qu'il lui aurait fallu environ cinquante minutes pour aller de Biggin Hill jusqu'au centre de Londres.

Nous avons élaboré une chronologie détaillée du *Da Vinci Code* et avons déterminé que, même si cela semble improbable, il est à tout le moins techniquement possible de rassembler toute l'action du livre en une seule journée de vingt-quatre heures. Si vous souhaitez obtenir plus d'informations à ce sujet, communiquez avec nous à l'adresse www.secretsofthecode.com.

Sur le chemin de la « ligne de la rose » de Rosslyn à Florence ?

Réflexions sur le dernier acte du *Da Vinci Code*

par Dan Burstein

David Shugarts, notre guide extrêmement compétent, nous a conduits à cette croisée des chemins. Il nous a guidés à travers cinq cent pages de détails sur l'intrigue du *Da Vinci Code* et ses lacunes. Dans le roman, ce sont huit heures extrêmement bien remplies qui se sont écoulées de 12 h 32, au moment où le téléphone de Robert Langdon le tire de ses rêves (rêves sans aucun consacrés au Féminin sacré...) dans son confortable lit de l'hôtel Ritz de Paris, jusqu'au moment, aux alentours de 8 h 45, où Robert et Sophie arrivent à l'abbaye de Westminster. C'est là que quelques-uns des plus insondables mystères de l'intrigue surgissent de derrière les gargouilles de l'abbaye. L'histoire du maître s'effondre. Ses motifs à l'origine de toute cette intrigue se révèlent irrationnels et invraisemblables. Le Prieuré de Sion semble se dégonfler devant l'héritage qui a occupé une si grande partie du livre. Puis l'effrayant Opus Dei semble humilié et peu enclin à mettre en branle de nouveaux complots et de nouvelles intrigues. Aux yeux de nombreux lecteurs, l'allusion au lieu de repos ultime du Saint-Graal semble un peu légère.

Toutefois, le choix était vaste, et ce qui suit est mon exemple favori d'un défaut de l'intrigue: tout nous portait à croire que Sophie, alias Princesse Sophie, cette petite-fille surdouée du Grand Maître et grand-père Saunière, était la descendante contemporaine de la lignée royale issue de l'union de Jésus-Christ avec Marie-Madeleine. Nous sommes brièvement poussés dans une autre direction au milieu du livre lorsque Sophie commence à prendre conscience qu'elle pourrait être la représentante moderne de la lignée de Jésus. Mais Langdon lui dit que puisque Saunière n'est pas un nom mérovingien, et puisque personne dans sa famille ne porte le nom de Plantard ou de Saint-Clair, qu'« il est impossible » que cette Sophie à la chevelure auburn soit la descendante contemporaine de Marie-Madeleine et de Jésus-Christ.

Pourtant, à la fin du livre, Dan Brown nous apprendra qu'il nous menait tout simplement en bateau. Marie Chauvel, femme de Saunière et grand-mère de Sophie, s'explique clairement lorsqu'elle révèle la vérité à Sophie: ses parents descendaient tous deux de familles mérovingiennes. Ils étaient des « descendants directs de Marie-Madeleine et de Jésus-Christ ». Pour se protéger, les parents de Sophie, longtemps auparavant, ont changé leurs noms Plantard et Saint-Clair et « ... leurs descendants directs, o[avaie]nt été jalousement protégés par le Prieuré de Sion ».

Une force ténébreuse et puissante (on présume que c'est l'Église) complote pour assassiner la famille de Sophie et éradiquer cette lignée sacrée une fois pour toutes. Mais Sophie et son frère survivent à l'accident d'auto qui devait éliminer la famille entière. Les parents sont morts et Saunière doit agir rapidement face à un grand danger. Il sépare les survivants, emmène la jeune Sophie avec lui, envoie sa femme et le frère de Sophie vivre une existence secrète en Écosse (à la chapelle Rosslyn), et coupe pratiquement toute communication avec le reste de la famille, en Écosse. Après avoir pris toutes ces précautions compliquées afin que l'avenir des derniers descendants de la lignée royale demeure brillant, Saunière entreprend d'élever Sophie et de la former à son futur rôle.

Puis, survient la malheureuse scène où Sophie se rend, de manière imprévue, à la maison de campagne de Saunière au retour du collège. Elle est si traumatisée par le rite du *hieros gamos* auquel elle assiste brièvement qu'elle refuse à tout jamais de reparler à son grand-père, de lire les lettres qu'il lui envoie et d'entendre toutes ses explications. Mais comment le brillant Saunière, un Léonard de Vinci moderne et Grand Maître de l'éminent Prieuré de Sion, n'a t-il pu se frayer un chemin jusqu'à sa petite-fille qu'il aime ? Pour protéger les secrets du Prieuré de Sion, des croisades et des guerres ont été menées, des gens ont été massacrés et des croyants ont été torturés à mort. Et là Saunière ne peut trouver un moyen de communiquer ses secrets à sa petite-fille ?

De plus, si la lignée et si le Saint-Graal concernent vraiment le *sang real* (le sang royal), comme on nous le rappelle si souvent dans le roman, comment se fait-il que Sophie et son frère — les deux derniers descendants sur terre de Jésus et Marie-Madeleine, dont la famille et les protecteurs des sociétés secrètes se sont efforcés d'exterminer la lignée depuis deux mille ans — soient si allègrement célibataires, libres et apparemment sans un quelconque indice de l'existence d'une conjointe ou d'un amoureux ? Sophie a, semble-t-il, trente-deux ans au moment où se déroule l'action du livre. Son horloge biologique s'accélère. Et pourtant, elle n'a pas d'enfant. À mon avis, il s'agit là d'un défaut extrêmement évident de l'intrigue. Est-ce que tout se termine ici ?

Eh bien, pas exactement. Langdon invite Sophie à le retrouver le mois suivant à Florence, où il donne une conférence. Ils pourront passer une semaine dans un hôtel de luxe que Langdon appelle le « Brunelleschi ». (On peut supposer que Dan Brown donne ce nom à l'hôtel en faisant allusion au dôme de Brunelleschi, le centre de Florence, et peut-être l'ultime métaphore architecturale du sein féminin.) Sophie ne veut voir ni musées, ni églises, ni tombeaux, ni œuvres artistiques ou reliques. Langdon se demande ce qu'ils pourraient faire d'autre. À ce moment, ils s'embrassent — sur la bouche — et il lui vient à l'esprit ce qu'ils pourraient faire d'autre à Florence pendant une semaine. Ainsi, nous laissons Sophie et Langdon rêvant de Florence, la ville de Léonard de Vinci, et de la chambre d'hôtel qui les attend.

En supposant que Langdon ne soit pas trop anxieux à l'idée de faire l'amour à une femme qui descend directement de Jésus-Christ — et il n'y a aucune raison de penser qu'il serait bloqué, compte tenu de sa croyance au Féminin sacré —, il pourrait donc encore y avoir une progéniture. Nous devrons attendre la suite.

Deuxième partie

Critiques et commentaires sur le *Da Vinci Code*

COMMENTAIRES, CRITIQUES ET OBSERVATIONS

Dieu, quelle salade!

— LE NOUVEL OBSERVATEUR, semaine du 8 avril 2004

Le spectaculaire succès du *Da Vinci Code* s'est traduit par des millions de lecteurs, d'admirateurs et de passionnés satisfaits d'une part, et une vaste gamme de critiques d'autre part.

D'habitude, quand il est question de réactions critiques à un roman, on pense à ce que disent les critiques littéraires dans les médias. Dans le cas du *Da Vinci Code*, ces critiques étaient, pour la plupart, très enthousiastes.

En le qualifiant de «polar érudit et jubilatoire» et de «roman à suspense intelligent, rempli de mystères et de codes à déchiffrer», Janet Maslin du *New York Times* affirmait qu'elle pouvait résumer sa réaction en un mot: «WOW». (Bien qu'à la manière de Dan Brown, elle ait obtenu un 20 sur 20 pour son commentaire soulignant que si vous tourniez le mot à l'envers, vous obtiendriez «MOM» [maman].) «Même s'il n'avait pas construit toute cette histoire comme une quête de l'essence du Féminin sacré perdu, les femmes, en particulier, aimeraient Monsieur Brown».

Patrick Anderson, du *Washington Post*, a qualifié de «grande réalisation» l'écriture «d'un polar théologique à la fois fascinant et amusant».

Plusieurs groupes religieux ont aussi réagi positivement — même si ce n'était pas à l'ensemble du livre, tout au moins ils ont saisi l'occasion qui leur était offerte de diffuser leur propre commentaire sur les sujets abordés par Dan Brown. Les Églises ont organisé des retraites et créé des groupes pour parler du livre et on s'arrachait aussi les spécialistes de questions jadis ésotériques (comme la biographie de Marie-Madeleine ou les idées que renferment les Évangiles gnostiques) avec des séries de conférences parrainées par des Églises.

Sur le site Internet explorefaith.org, John Tintera écrivait : « Bien qu'il soit quelque peu simpliste, sinon complètement faux, je pense que le contenu religieux du *Da Vinci Code* représente un cri d'alarme qui vient à point pour l'Église chrétienne. Ce faisant, il invite les chrétiens à jeter un regard neuf sur leurs origines et leur histoire, dans ce qu'elles ont de bien et de mal, une chose que nous ne faisons pas assez souvent. »

Toutefois, même si les lecteurs continuaient d'adorer les aventures de Robert Langdon et de Sophie Neveu, des critiques qui n'écrivent habituellement pas de comptes rendus de livres ont commencé à émettre des commentaires. On a commencé à entendre parler les groupes religieux qui se sentaient profondément offensés par ce qu'ils croyaient être le désir de Dan Brown d'attaquer ou de répandre des idées fausses sur le catholicisme ou le christianisme. Ils ont écrit de longs commentaires sur des sites Internet et dans des publications religieuses en commentant chaque idée qu'ils croyaient erronée dans le roman. Dans certains cas, ils avaient raison sur les faits et Dan Brown avait tort : sur des questions comme le moment où avaient été découverts les *Manuscrits de la mer Morte* ou sur certains détails de ce qui s'était produit au concile de Nicée. Mais, de diverses manières, les critiques religieux montraient aussi la justesse du point de vue de Dan Brown : ils étaient si effrayés par la popularité du roman et la possibilité qu'il puisse supplanter le dogme de l'Église en séduisant les cœurs et les esprits grâce à une autre vision du christianisme qu'ils ont cru devoir déclencher des polémiques avec un auteur de romans populaires.

L'idée selon laquelle Brown avait fait des recherches méticuleuses a également commencé à faire l'objet d'attaques quelques mois après la publication du livre. Certains considéraient que le *Da Vinci Code* s'éloignait beaucoup d'ouvrages comme *L'énigme sacrée* et *The Templar Revelation*, livres que Brown cite dans le *Da Vinci Code* et qu'il qualifie d'importants dans l'élaboration de sa recherche sur son site Internet. Comme le soulignent plusieurs commentaires, *L'énigme sacrée*, qui a connu une vaste diffusion depuis sa publication il y a plus de vingt ans, est généralement considéré comme un mélange occulte de mythes, de légendes et de canulars éhontés, entremêlés de détails historiques très intrigants.

Puis un autre auteur de romans à suspense a pris le devant de la scène. Il s'agissait de Lewis Perdue, qui a écrit un livre intitulé *The Da Vinci Legacy* en 1983 et un autre intitulé *Daughter of God*. Ces ouvrages présentaient des éléments d'intrigue et des personnages qui, comme l'a assuré Lewis Perdue, étaient remarquablement proches du *Da Vinci Code*. Parmi les similitudes, on trouve : un secret important des premiers temps de l'histoire chrétienne mettant en scène une messie gnostique nommée Sophia, des conservateurs de musée décédés, des banques suisses, Léonard de Vinci, Marie-Madeleine, des discussions sur les cultes des déesses, et bien davantage. Ces similitudes pourraient bien faire l'objet d'une bataille judiciaire. Mais, entre-temps, il semble qu'un autre affrontement se prépare à Hollywood où Ron Howard travaille sur une version cinématographique de *Da Vinci Code* pour Sony Pictures, alors que le créateur de *Survivor*, Mark Burnett, a proposé d'acheter les droits des romans de Perdue.

Dans les autres sections de ce chapitre, nous présentons divers commentaires, des essais critiques et d'intéressantes observations sur le *Da Vinci Code*. Nous invitons nos lecteurs à participer au débat en affichant leurs propres points de vue sur notre site Internet à l'adresse www.secretsofthecode.com.

Le vrai code de De Vinci

par Lynn Picknett et Clive Prince

Lynn Picknett et Clive Prince, coauteurs établis à Londres de *The Templar Revelation* (dont le nom figure dans *Da Vinci Code*), ont rédigé ce commentaire pour *Les Secrets du code Da Vinci*. © 2004 par Lynn Picknett et Clive Prince.

Il faut dire que le *Da Vinci Code* a été un fascinant cadeau d'anniversaire pour l'un de nous en 2003. À partir de sa scène d'ouverture dans le Louvre, nous étions accrochés, comme des millions d'autres, tournant fébrilement les pages, nous délectant du simple plaisir que nous procurait cette histoire.

Mais contrairement aux autres admirateurs fébriles, nous avions une raison supplémentaire d'être fascinés : ce n'est pas tous les jours que nous voyions le titre de notre livre de

1997, *The Templar Revelation*, cité dans les pages d'un roman à suspense au succès international comme l'une de ses principales sources de l'auteur. Ainsi, nous étions plus qu'heureux de nous laisser entraîner dans l'action du roman. Toutefois, à cause de notre participation évidente, nous étions également, dès le début, critiques.

Brown a certainement étoffé, dans un récit sombre et turbulent, tout le concept de la société clandestine, le Prieuré de Sion, avec ses supposés secrets sur la lignée de Jésus et Marie-Madeleine. De façon louable, il a fait connaître ces idées très différentes, qui ont pour la première fois vu le jour en 1982 dans *L'énigme sacrée*, à tout un nouveau public enthousiaste qui n'aurait probablement jamais lu ce livre. Cependant, il ne faut pas oublier que l'ouvrage de Dan Brown est un *roman* et qu'il se fonde largement sur d'autres travaux — non seulement le nôtre, mais également et surtout *L'énigme sacrée* de Michael Baigent, Richard Leigh et Henry Lincoln. Ce livre s'inspirait de documents publiés par l'énigmatique société secrète du Prieuré de Sion, documents indiquant que le Prieuré était le gardien de quelque grand mystère lié à la dynastie mérovingienne des rois francs et à Marie-Madeleine. Les auteurs affirment que ce secret réside dans le fait que Jésus et Marie-Madeleine étaient mariés et qu'ils ont eu des enfants qui ont grandi en France et dont les descendants ont fondé la lignée mérovingienne.

Même si la plupart des gens croient que c'est ce que prétend le Prieuré de Sion, en fait il s'agit de la propre interprétation de Baigent et Lincoln. Le Grand Maître du Prieuré de Sion, Pierre Plantard, pour qui l'importance des Mérovingiens réside dans le fait qu'ils sont les héritiers légitimes du trône de France (si jamais la France décidait d'avoir de nouveau des rois) a clairement désavoué cette idée.

Nous sommes loin d'être convaincus par la théorie de la lignée sainte. Nous reconnaissons qu'il existe d'abondantes preuves selon lesquelles Jésus et Marie-Madeleine avaient des relations physiques qui peuvent ou non avoir engendré une descendance, mais l'idée de les intégrer de force à l'histoire mérovingienne relève un peu trop de la naïveté. De toute façon, même si les descendants de Jésus existaient aujourd'hui, pourquoi devraient-ils être des gens spéciaux? Théologiquement, Jésus était unique, le seul et unique Fils de Dieu. Et en conséquence, ses enfants et leurs enfants tout au long des générations peuvent très bien ne rien avoir de divin !

Bon nombre de personnes, conquises par l'enthousiasme et le romantisme de tout cela, ont présumé que s'il y avait aujourd'hui des descendants de Jésus, ceux-ci devraient être dotés de qualités très particulières. En fait, *ce n'est pas* ce que Baigent, Leigh et Lincoln ont affirmé. À leurs yeux, ce qui était important, c'était que ces descendants seraient les héritiers légitimes de certains titres et pouvoirs, comme le trône de Jérusalem. Et la raison pour laquelle il a fallu que l'Église continue d'ignorer l'existence de ces descendants, c'est que leur existence même démontrerait que Jésus n'était rien de plus qu'un simple mortel.

Bon nombre de personnes sont passées à côté de cette question, ce qui a donné lieu à des théories selon lesquelles il y a quelque chose de profondément, et peut-être même de génétiquement différent, concernant cette lignée. Nous considérons cette idée comme potentiellement dangereuse, comme tout système élitiste qui privilégie certaines personnes en raison de leurs caractéristiques physiques. Cela peut prendre la forme de la race supérieure de Hitler ou des suprématistes blancs, ou de ceux qui croient que certaines personnes portent en elles le gène de Jésus, ce qui les rend automatiquement supérieurs au reste d'entre nous.

Cet aspect du livre de Dan Brown concernant la lignée sainte peut avoir des assises fragiles, mais nous sommes d'accord sur le fait que le « grand secret hérétique » que méprise et craint tant l'Église est effectivement la sexualité en tant que sacrement, le Féminin sacré. C'était un secret que l'Église se devait de protéger et il concernait *effectivement* Marie-Madeleine et Jésus. Son véritable rôle en tant que prêtresse constitue la clé de ce qui, si ce secret avait été révélé, aurait permis aux gens de mettre en cause les enseignements de l'Église, particulièrement ceux qui portent sur la position et la valeur des femmes. Il existe même un argument selon lequel Marie-Madeleine serait la plus importante femme de l'histoire et que, simplement par haine et par peur de son pouvoir réel, tel que l'illustrent les *Évangiles gnostiques*, l'Église a réprimé des générations de femmes et avili l'ensemble de la sexualité au nom de Marie-Madeleine.

Le *Da Vinci Code* se concentre aussi sur les œuvres de Léonard de Vinci, autre domaine dans lequel, à notre avis, Dan Brown se trompe. En essayant de combiner nos découvertes sur le « code » de De Vinci et la théorie principale de *L'énigme sacrée*, Brown a permis à une révélation beaucoup plus étonnante et choquante de traverser les mailles du filet. Le *véritable* code de De Vinci nous entraîne dans un monde plus sombre et intensément provocateur.

Brown résume notre découverte de l'étrange symbolisme de la peinture de De Vinci intitulée *La Vierge aux rochers* (la version parisienne de la toile ; il en existe une autre, moins intéressante, à la National Gallery de Londres) dans laquelle nous pouvons voir, plutôt que Jésus enfant avec sa mère et le jeune Jean-Baptiste avec son protecteur traditionnel, l'archange Uriel, ces enfants se trouvant avec, apparemment, les mauvais gardiens. C'est particulièrement intéressant parce que la scène est tirée d'une histoire que l'Église a inventée pour contourner la gêne suscitée par le fait que lorsque Jean baptisa Jésus, il devait avoir l'autorité pour agir ainsi. La scène du tableau décrit le moment (en tout cas c'est ce qu'on a voulu nous faire croire) où le jeune Jésus délègue son autorité à Jean en prévision de l'avenir. Effectivement, l'enfant se trouvant près d'Uriel lève la main en signe de bénédiction vers l'autre enfant, qui s'agenouille docilement. Toutefois, qu'arriverait-il si les enfants étaient avec leur *véritable* gardien ? Comme le souligne Brown, ce serait alors Jean qui bénirait Jésus, et Jésus qui s'agenouillerait docilement devant Jean. De fait, il existe dans cette peinture plusieurs autres éléments qui confirment cette vue des choses. Mais comment cette interprétation johannite (en faveur de Jean-Baptiste) s'intègre-t-elle à la thèse fondamentale de Brown sur la sainte lignée? Elle ne le fait pas. Elle se remarque comme le nez au milieu de la figure. C'est ce qui survient lorsqu'on tente de placer les secrets non digérés de Léonard de Vinci dans le mauvais contexte.

En plus d'une décennie de recherche, nous avons trouvé, de nombreuses preuves démontrant que chaque fois qu'il le pouvait, Léonard de Vinci plaçait Jean-Baptiste au-dessus de Jésus, montrant ainsi qu'il le considérait comme supérieur au Christ. Par exemple, dans la célèbre œuvre préliminaire de De Vinci intitulée *La Vierge et l'Enfant Jésus avec sainte Anne* (vers 1499-1500) à la National Gallery de Londres, le groupe comprend la Vierge Marie, Jésus, sainte Anne et le jeune Jean-Baptiste. Mais quand de Vinci peint la version finale, *Sainte Anne, la Vierge et l'Enfant Jésus* (1501-1507), nous retrouvons Jean-Baptiste remplacé par un agneau que Jésus saisit si brutalement par les oreilles que nous faisions de l'humour à ce sujet en nous disant qu'il faudrait appeler le tableau *L'arrachage des oreilles de l'agneau*. En fait, Jésus glisse également une jambe potelée autour du cou de l'agneau et on a la nette l'impression qu'il le *tranche*. Mais étant donné que Jésus est appelé « l'agneau de Dieu », comme Jean-Baptiste dans le Nouveau Testament, pourquoi de Vinci a-t-il présenté Jean lui-même comme un agneau ? Peut-être le secret réside-t-il dans la tradition qui consistait, chez les Chevaliers du Temple, à honorer Jean-Baptiste et à le représenter comme un agneau (comme sur le sceau des Templiers dans le sud de la France, par exemple). Nous devons souligner que ce fait est extrêmement révélateur : peu de gens autres que les Templiers songeraient à représenter Jean sous les traits d'un agneau. De Vinci était-il une sorte de Chevalier du Temple, même deux siècles après que l'ordre eut été brutalement supprimé ?

Peut-être. Nous savons avec certitude que les proches des Templiers conservaient une immense vénération — et d'après plusieurs, hérétique — envers Jean-Baptiste, un élément qui se retrouve dans plusieurs autres créations de De Vinci. La dernière œuvre de sa vie, qu'il a exécutée pour lui-même et non pour un quelconque client, était son étrange et sinistre *Saint Jean-Baptiste* qui, — avec la *Mona Lisa* — ornait les murs de sa chambre au moment de sa mort en France en 1519. Et sa seule sculpture qui ait survécu, une œuvre exécutée conjointement avec Giovanni Francesco Rustici (alchimiste connu, un peu sinistre et nécromancien) représente saint Jean-Baptiste et se trouve maintenant au-dessus de l'entrée du baptistère à Florence. Par coïncidence ou volontairement, Jean-Baptiste est présent partout dans la vie de De Vinci. Même si ses commandes n'exigeaient pas sa présence, d'une façon ou d'une autre, de Vinci s'arrangeait toujours pour y intégrer quelque symbole de Jean-Baptiste. C'est le cas avec le caroubier — qui lui est traditionnellement associé — dans son œuvre inachevée intitulée *L'adoration des Mages* (vers 1481), que révèrent des jeunes gens sains et vigoureux pendant qu'un groupe de vieux personnages aussi hideux que des morts-vivants louent, eux, à la sainte Famille. Et le jeune homme qui se tient debout tout près des racines du caroubier de Jean fait ce que nous en sommes venus à appeler le « geste de Jean » : l'index droit levé vers le ciel. Le Jean-Baptiste de la sculpture de De Vinci fait également ce geste, tout comme dans sa dernière œuvre, *Saint Jean-Baptiste* (1513-1516), et il est clairement utilisé pour représenter ou symboliser Jean-Baptiste qui peut être, ou pas, présent dans l'œuvre. Un des personnages de sa fresque mondialement connue *La Dernière Cène* (1495-

1497) exécute ce même geste de manière presque menaçante devant le visage de Jésus. (Cela pourrait, au moins en partie, faire référence à une relique possédée par les Templiers, probablement l'index de Jean-Baptiste lui-même, qui était gardé au temple de Paris. Mais ici, le geste pourrait avoir au moins deux significations.)

Nous avons découvert que de Vinci n'était pas le seul admirateur de Jean. En fait, plutôt que d'être fondamentalement chrétien, le Prieuré de Sion, quelles que soient ses croyances au sujet de l'histoire romancée de Marie-Madeleine, affiche une fascination semblable à l'égard de Jean-Baptiste. De fait, comme le Prieuré affirme que de Vinci faisait partie des siens, cela nous a semblé plus qu'une coïncidence. C'est notre premier contact avec le Prieuré qui était alors connu seulement sous le nom de Giovanni (Jean!), qui, en 1991, a attiré notre attention sur la fascination qu'exerçait Jean-Baptiste sur ses membres. Nous avons même réussi à remonter aux sources de cette croyance dans leurs documents, l'exemple le plus évident étant que leurs Grands Maîtres adoptaient toujours le nom de Jean (ou Giovanni) — selon leur propre liste, de Vinci était Jean IX. (Et le fait que le mot « Sion » lui-même se traduise en langue galloise par «Jean» n'est-il qu'une simple coïncidence?) Chose plus fascinante encore, le Prieuré a commencé à compter à partir de Jean II; Jean Ier, comme le disait Pierre Plantard, « étant symboliquement réservé au Christ ». Mais pourquoi le Christ devrait-il s'appeler Jean? Se pourrait-il qu'aux yeux des johannites, Jean-Baptiste soit le véritable Christ, un mot qui, après tout, signifie simplement «la personne bénie ou choisie»?

On retrouve encore davantage de cette vision johannite profondément troublante dans une publication parrainée par le Prieuré en 1982, dans laquelle on décrit les Templiers comme les « porteurs de glaive de l'Église de Jean », tout en déclarant qu'eux et le Prieuré constituaient plus ou moins, à un certain moment, la même organisation.

Grâce au dangereusement hérétique de Vinci — sans parler du Prieuré de Sion, quelle qu'ait été sa véritable nature —, nous avons été attirés dans des eaux plus profondes encore. Nous nous sommes bientôt retrouvés confrontés à l'extraordinaire révélation avançant qu'il y avait une ancienne tradition selon laquelle on vénérait Jean-Baptiste, Jésus étant considéré comme un être inférieur et parfois même honni.

Les universitaires et les autres chercheurs ont largement

ignoré cette Église johannite qui avait des ramifications non seulement dans l'Europe hérétique, mais aussi au Moyen-Orient. Pourtant, ce courant a toujours été là, sous la surface, ses secrets exprimés peut-être de plusieurs façons, certainement dans les œuvres du Grand Maître de la Renaissance, Léonard de Vinci. Et quelle que soit la façon dont on réagit à une si effroyable hérésie, son véritable « code secret » est beaucoup plus intéressant et provocateur que l'idée même selon laquelle Jésus et Marie-Madeleine auraient eu des enfants.

Pourquoi la jambe de l'enfant Jésus semble-t-elle trancher le cou de l'agneau ? *Pourquoi* est-il en train d'arracher les oreilles de l'agneau ? *Pourquoi* un disciple fait-il le geste menaçant de Jean devant le visage de Jésus dans *La Dernière Cène* ? *Pourquoi* les adorateurs de la sainte Famille dans *L'adoration des Mages* sont-ils des épaves à demi-mortes à l'allure méchante, alors que ceux qui vénèrent le caroubier de Jean resplendissent de santé et de jeunesse ? Existe-t-il un lien quelconque avec l'interprétation quelque peu différente de la relation entre Jésus et Jean que plusieurs théologiens modernes admettent maintenant, sans faire de bruit ?

FICTION RELIGIEUSE

par David Clinghoffer

Le plus récent livre de David Clinghoffer s'intitule *The Discovery of God : Abraham and the Birth of Monotheism* (Doubleday). Cet article est d'abord paru dans le numéro du 8 décembre 2003 du *National Review*. Il est reproduit avec l'autorisation du *National Review*, 215 Lexigton Avenue, New York, NY 10016.

Quand un roman demeure au sommet de la liste des best-sellers du *New York Times* pendant six mois, c'est qu'il se passe quelque chose d'intéressant. Un tel livre a fait résonner bruyamment la sonnerie de la porte d'entrée de la culture. Dans le cas du *Da Vinci Code* de Dan Brown, qu'y a-t-il au juste de si particulier ? Cela dépend des raisons qui rendent si fascinantes les théories sur les complots.

Dan Brown n'a pas inventé la théorie du complot dans ce livre immensément populaire (elle existe depuis des années), mais elle est audacieuse et il a su en faire le meilleur usage possible en créant un suspense très efficace à la fin de presque chacun de ses 105 chapitres. Vous êtes constamment tenu en haleine par l'histoire — un exploit en matière d'écriture qui mérite vraiment le qualificatif d'« art », quoi qu'en ait dit le critique littéraire de Yale Harrold Bloom en qualifiant récemment Stephen King (auteur également doué) d'« immensément inefficace » lorsqu'il a remporté un prix littéraire pour l'ensemble de son œuvre. Si vous ne croyez pas que ce genre d'écriture mérite d'être apprécié, essayez d'imaginer vous-même une intrigue comme celle du *Da Vinci Code* !

Brown est spirituel, succinct et intelligent, même si vous devez vous attendre à rencontrer plus d'une fois l'expression « le Féminin sacré ». Si cela vous met trop mal à l'aise, vous devriez laisser le livre de côté.

Mais le plus remarquable dans le *Da Vinci Code*, c'est que le complot est tout simplement passionnant. Qu'est-ce qui rend un complot remarquable ? Il n'est pas nécessaire qu'il soit véridique, et il ne l'est sûrement pas même si Brown a intégré au livre une préface audacieusement intitulée « LES FAITS ». Il faut d'abord une grande diversité de traditions. C'est le cas du livre qui présente de nombreux fragments historiques ou quasi historiques fascinants comme la signification symbolique de l'image de la rose, le phénomène mathématique appelé suite de Fibonacci, et l'ancienne série codée des Hébreux appelée *atbash*. De plus, il le fait en mettant l'accent sur les mystérieuses significations des tableaux et des dessins de Léonard de Vinci, tous intégrés avec art dans l'intrigue.

Par-dessus tout, un complot digne de ce nom doit présenter une chose dont vous ignoriez auparavant qu'elle nécessitait une explication, chose ayant aussi une relation avec une vérité, ou à tout le moins une pseudo-vérité d'une grande importance. Encore une fois, une pseudo-profondeur fera l'affaire : après tout nous parlons ici de divertissement. Le *Da Vinci Code* inclut tout cela.

Mais il ne s'adresse certainement pas à n'importe qui. Dans ce type de roman à suspense, il faut un enjeu particulièrement important. Ce qui est en jeu dans le *Da Vinci Code*, ce n'est rien moins que le christianisme traditionnel. Le Saint-Graal, nous dit-on, n'est pas une coupe sainte mais plutôt le sang sacré, la lignée de Jésus de Nazareth : le fondateur du christianisme a eu une fille, Sarah, avec Marie-Madeleine. Si elle était vraie, cette théorie bouleverserait quelques-unes des principales croyances chrétiennes.

Comme je suis un juif croyant, on ne peut certainement pas m'accuser de plaider en faveur du dogme chrétien. Cela devrait m'accorder une certaine crédibilité quand je dis que cette théorie du « sang sacré » — de Jésus ayant eu une descendance — est trop fantaisiste pour mériter une attention sérieuse; toute prétention selon laquelle un tel fait pourrait avoir été tenu secret pendant deux millénaires est absurde. Brown reconnaît effectivement que le christianisme comporte un certain mérite, une certaine vérité et une certaine beauté; mais ce mérite tel qu'il le voit est très éloigné de la foi des vrais croyants chrétiens. Tout chrétien qui se sentirait offensé par un roman contredisant directement sa foi devrait certainement éviter de lire ce livre.

Pourtant, si j'étais chrétien, je pense que je trouverais quelque peu dérangeant le fait que d'autres chrétiens voient dans ce roman une menace à leur foi. Quelques magazines catholiques ont publié des réfutations détaillées du *Da Vinci Code*. Ils croyaient nécessaire d'indiquer que de nombreux catholiques et de nombreux lecteurs ordinaires prennent ce livre beaucoup plus au sérieux qu'ils ne le devraient. Cela laisse également entendre que les problèmes d'éducation religieuse catholique sont vraiment aussi graves que ce que prétendent les conservateurs catholiques. Si les éducateurs professionnels faisaient leur travail, tout croyant catholique ayant dépassé l'âge de l'école élémentaire saurait que les affirmations du livre de Dan Brown sont totalement fausses.

Qu'en est-il de l'influence générale du livre? Il y a tout d'abord quelque chose de profondément religieux dans les complots, même les complots fictifs. Songez-y la prochaine fois que vous vous trouverez sur une plage lorsqu'il fait froid. Même si le ciel est nuageux et qu'il souffle un vent froid, vous verrez des gens assis sur le sable, le regard fixe tourné vers la mer. Pourquoi? Parce que, quand vous regardez l'océan, vous avez l'intuition que, juste sous la surface, existe un vaste monde caché avec des créatures exotiques. La conscience qu'il existe toute une vie en dessous — d'une certaine façon un miroir de notre propre monde sur la terre ferme, mais d'une autre façon très différent — est tout simplement fascinante. C'est ce qui fait que les gens fixent l'océan, même quand il ne semble absolument rien s'y passer.

C'est ce qui rend un complot captivant: la révélation d'une complexité cachée. C'est aussi ce qui nous pousse vers des questions spirituelles — le sentiment viscéral, puissant, d'une existence qui dépasse notre petite vie quotidienne. Le *Da Vinci Code* est peut-être ridicule mais, à sa façon, il est également captivant. Si sa popularité signifie que les gens réfléchissent aux réalités invisibles, c'est là une bonne nouvelle.

[Dans le *Da Vinci Code*, Sophie Neveu est surprise de découvrir que le livre *L'énigme sacrée*, une autre des nombreuses œuvres réelles sur les rayons de la bibliothèque de Leigh Teabing, était un « best-seller international » et que pourtant elle n'en avait jamais entendu parler.

« Vous étiez trop jeune, mais cet ouvrage a causé de sérieux remous dans les années 1980. Je trouve personnellement que ses auteurs ont mêlé quelques éléments douteux à leur analyse. Mais ils sont les premiers à avoir exposé la vraie nature du Graal au grand public. »

C'est une déclaration ironique pour plusieurs raisons. Premièrement Teabing lui-même est un personnage composite modelé sur les trois auteurs réels de *L'énigme sacrée*. De fait, son prénom vient de Richard Leigh et son nom de famille est une anagramme de Michael Baigent. En déclarant ouvertement « Je trouve personnellement que ses auteurs ont mêlé quelques éléments douteux à leur analyse », Teabing (et son créateur Dan Brown) semblent signaler qu'ils sont au courant des sujets de recherches controversées de *L'énigme sacrée*. Il s'agit des allégations de canular et de fraude qui ont entouré Pierre Plantard et plusieurs autres citoyens français prétendant incarner le Prieuré de Sion, ainsi que les tentatives de plusieurs écrivains d'inventer un Prieuré de Sion descendant directement des Templiers et des rois mérovingiens.

Malgré la préoccupation qu'exprime Teabing concernant de douteux actes de foi, on ne peut nier que *L'énigme sacrée* figurait en bonne place chez Dan Brown au moment où il construisait l'intrigue du *Da Vinci Code*. Pour aider les lecteurs du présent ouvrage à mieux comprendre les arguments de *L'énigme sacrée*, une partie de ce livre apparaît au chapitre 6. Toutefois, dans le texte qui suit, Laura Miller, du *New York Times Book Review*, manifeste son désaccord au sujet de *L'énigme sacrée* et du rôle que tiennent ses arguments au centre de l'intrigue du *Da Vinci Code*.]

L'ESCROQUERIE DE LÉONARD DE VINCI

par Laura Miller

La marée sans cesse croissante des ventes du *Da Vinci Code* a soulevé quelques étranges bateaux. Le plus étrange d'entre eux est le douteux et pourtant magistral livre *L'énigme sacrée* de Michael Baigent, Richard Leigh et Henry Lincoln. Best-seller des années 1980, *L'énigme sacrée* figure de nouveau au palmarès des livres de poche à cause de son lien avec le roman à suspense de Dan Brown (qui, à son tour, a inspiré une foule de nouveaux essais à paraître ce printemps, de *Breaking the Da Vinci Code* à *Les Secrets du Code Da Vinci*).

Le roman est une longue scène de poursuite dans laquelle les principaux personnages fuient un sinistre policier parisien et un moine assassin albinos, mais son suspense rudimentaire ne pourrait expliquer, à lui seul, un tel engouement. À intervalles réguliers, le livre met un frein à son intrigue enchevêtrée et présente une série d'informations concernant un complot vieux de plusieurs siècles au centre duquel on aurait sauvegardé un immense secret sur les origines de la chrétienté elle-même. Ces sources non romanesques donnent au *Da Vinci Code* sa touche d'authenticité, alors qu'une autre partie provient de *L'énigme sacrée*, une des plus grandes œuvres de pseudo-histoire populaire de tous les temps.

Mais ce qui semble de plus en plus clair (pour reprendre une expression favorite des auteurs de *L'énigme sacrée*), c'est que le *Da Vinci Code*, comme *L'énigme sacrée*, se fonde sur un célèbre canular.

Comme dans toutes les théories du complot, la trame des deux livres est extrêmement difficile à résumer. Les deux récits commencent sur un mystère qui entraîne les détectives dans des intrigues plus vastes et plus sinistres. Dans le roman de Brown, c'est le meurtre d'un conservateur du Louvre; dans *L'énigme sacrée*, c'est la richesse inhabituelle d'un prêtre dans un village du sud de la France.

À la fin des années 1960, Henry Lincoln, rédacteur de la télévision britannique, s'est intéressé à Rennes-le-Château, devenue l'équivalent français de Roswell[26] ou du Loch Ness[27] grâce à la popularité des livres de Gérard de Sède. Cet auteur a répandu une histoire concernant des parchemins trouvés, on le suppose, dans un pilier creux par le prêtre du village en 1890, parchemins qui contenaient des messages codés qu'il avait réussi à transformer en un tas d'argent. Lincoln a travaillé sur plusieurs documentaires du genre *Mystères non résolus* concernant Rennes-le-Château, puis il a embauché Baigent et Leigh pour mener une enquête plus approfondie.

Ce qui émergea finalement du fatras de noms, de dates, de cartes et de tableaux généalogiques rassemblés dans *L'énigme sacrée* est une longue histoire sur une société à la fois secrète et extrêmement influente appelée Prieuré de Sion, fondée à Jérusalem en 1099. Cette organisation est censée avoir gardé des documents et d'autres preuves affirmant que Marie-Madeleine aurait été la femme de Jésus (qui pourrait ou non être mort sur la croix) et qu'elle portait son enfant lorsqu'elle a fui vers la France actuelle après la crucifixion, devenant, au figuré, le Saint-Graal dans lequel était préservé le sang de Jésus. Leur descendance s'est mariée avec des gens de l'endroit et elle a, en fin de compte, fondé la dynastie mérovingienne des monarques francs. Bien que déposée au VIIIe siècle, la lignée mérovingienne n'est pas disparue; le Prieuré a gardé un œil sur ses descendants en attendant le moment propice pour révéler l'étonnante vérité et remettre le roi légitime sur le trône de France, ou peut-être même restaurer le Saint Empire romain.

Tout l'attirail habituel des histoires paranoïaques se retrouvent dans cette virée d'un bon millier d'années : les hérétiques cathares, les Chevaliers du Temple, les rosicruciens, le Vatican, les francs-maçons, les nazis, les *Manuscrits de la mer Morte*, les *Protocoles des sages de Sion*, l'Ordre de l'aube dorée — tout le monde sauf l'Abominable Homme des neiges semble faire partie du jeu. *L'énigme sacrée* est un chef-d'œuvre d'insinuations et de suppositions qui emploie toutes les techniques de la pseudo-histoire pour créer des effets symphoniques, justifiant ce tour de passe-passe en le présentant comme une « synthèse », considérée jusque-là comme trop « spéculative » par les personnes dont la pensée aurait été indûment façonnée par les « supposées lumières

26. Petite ville des États-Unis (au Nouveau-Mexique) où se serait écrasé un vaisseau extraterrestre en 1947. *(N.d.T.)*

27. Village d'Écosse situé près du lac où vivrait le monstre du même nom.

du XVIIIe siècle ». Se comparant aux journalistes qui ont révélé le scandale du Watergate[28], les auteurs maintiennent que « ce n'est qu'au moyen de telles synthèses qu'on peut discerner la continuité sous-jacente, le tissu unifié et cohérent qui gît au cœur de tout problème historique ». Pour ce faire, la personne doit réaliser « qu'il ne suffit pas de s'attacher exclusivement aux faits ».

Ainsi libérés, Lincoln et ses collaborateurs concoctent un argument qui n'est pas tant fondé sur les faits qu'*apparemment* fondé sur les faits. On compile des dizaines de détails crédibles les uns par-dessus les autres pour fournir un fondement légitime à cette pure absurdité. Des légendes banales (on pensait que les rois mérovingiens pouvaient guérir par le toucher, par exemple) sont qualifiées d'indices suggestifs ou de puzzles exigeant une solution. On présente des interprétations fortement contestées (selon lesquelles, par exemple, le Graal était gardé par les Templiers) comme des vérités établies. On qualifie certaines sources comme le Nouveau Testament de « douteuses » et on dit qu'elles sont peu originales lorsqu'elles contredisent la théorie du complot, puis on les examine au microscope pour trouver des incohérences à l'appui de cette théorie. Les auteurs inventent une conjecture après l'autre, formant un réseau suffisamment dense pour créer une illusion de solidité. Même si tout est faux, c'est un travail impressionnant.

Finalement, la légitimité de l'histoire du Prieuré de Sion repose sur des coupures de presse et des documents portant des pseudonymes, qui, même de l'avis des auteurs de *L'énigme sacrée*, ont été introduits dans la Bibliothèque nationale par un homme du nom de Pierre Plantard. Dès les années 1970, un des complices de Plantard admettait l'avoir aidé à fabriquer des documents, notamment des tableaux généalogiques présentant Plantard comme un descendant des Mérovingiens (et, on le sous-entend, de Jésus-Christ) ainsi qu'une liste des anciens « Grands Maîtres » du Prieuré. Ce catalogue, absolument ridicule, de célébrités intellectuelles met en vedette Botticelli, Isaac Newton, Jean Cocteau et, bien sûr, Léonard de Vinci. Il s'agit de la même liste que présente Dan Brown en grande pompe, avec la supposée généalogie du Prieuré, dans les premières pages du *Da Vinci Code* sous le titre « Les faits ». Il a finalement été révélé que Plantard était un escroc au casier judiciaire chargé, con-

28. Célèbre affaire de vol de documents politiques qui a entraîné la démission du président américain Richard Nixon en 1974.

damné pour fraude et affiliation avec des groupes antisémites et d'extrême droite. Le véritable Prieuré de Sion était un tout petit groupe inoffensif, formé en 1956 par des amis qui partageaient les mêmes opinions.

Le canular de Plantard fut démythifié par une série de livres français et, en 1996, par un documentaire de la BBC, mais, curieusement, ces révélations stupéfiantes n'ont pas joui d'une aussi grande popularité que le fantaisiste *L'énigme sacrée* ou que le *Da Vinci Code*. Il semble que la seule chose qui soit plus puissante qu'un complot mondial, ce soit notre désir de croire qu'il en existe un !

Détail du portail de l'église de Rennes-le-Château

La filière française

La part des faits et de la fiction dans l'étrange conte de Rennes-le-Château

par Amy Bernstein

Amy Bernstein est spécialiste en poésie française de la Renaissance. Pour *Les Secrets du code Da Vinci*, elle a passé en revue la documentation française récente et les discussions publiques pour savoir si le Prieuré de Sion, organisation secrète qui sous-tend une si grande partie de l'intrigue du *Da Vinci Code*, est une véritable organisation ou un canular du XXe siècle.

Tout comme une parfaite île flottante[29] dont on s'aperçoit en y goûtant qu'elle est constituée surtout d'air, l'histoire de Rennes-le-Château et du Prieuré de Sion est une magnifique confection française de pseudo-histoire construite sur une délicate assise de vérité. Plusieurs personnes ont analysé l'ensemble des faits et des légendes rattachés à cette histoire. Après avoir passé en revue les plus crédibles, j'en conclus que, au cours des années 1950, un petit groupe d'hommes aux penchants néo-chevaleresques, nationalistes et parfois antisémites a été en mesure de perpétrer ce qui représente presque certainement un canular merveilleusement complexe qui attire encore des gens aujourd'hui.

L'histoire de ce canular est meilleure que n'importe quel polar à succès. Il n'est donc pas surprenant que le *Da Vinci Code* — dont l'action se déroule principalement dans la France contemporaine — s'inspire largement de détails concernant l'affaire du Prieuré de Sion-Rennes-le-Château décrite dans le best-seller de 1982, *L'énigme sacrée*. En mettant en scène dans le premier chapitre du *Da Vinci Code* Jacques Saunière le conservateur de musée assassiné — un personnage qui porte le même nom de famille que le personnage central de l'énigme de Rennes-le-Château —, Dan Brown reprend le flambeau à l'endroit où s'arrête le conte d'origine. En agissant ainsi, il ne représente qu'une personne de plus parmi celles, nombreuses en France et en Angleterre, qui ont transformé en industrie locale un drame provincial survenu plus d'un siècle auparavant. Voici les grandes lignes de l'histoire originale de Rennes-le-Château et du Prieuré de Sion.

En 1885, l'abbé Bérenger Saunière, fils instruit d'une famille bourgeoise locale, est devenu le prêtre de l'église de Sainte-

29. Le fameux dessert.

Marie-Madeleine à Rennes-le-Château, village isolé du département de l'Aude dans le sud-ouest de la France, non loin de Le Bézu, une montagne de la région (laquelle inspire sans aucun doute le nom du chef de la police judiciaire, Bézu Fache, dans le *Da Vinci Code*).

L'année où l'abbé Saunière fut nommé prêtre paroissial a aussi été marquée par des élections nationales au cours desquelles les candidats devaient se prononcer sur la possibilité que la France redevienne une monarchie pro-catholique ; sinon elle demeurerait une république dont la constitution séparait l'Église de l'État. Pendant la campagne électorale, Béranger Saunière s'est retrouvé mêlé au débat, se forgeant une réputation de prêcheur enflammé qui appuyait le retour à une monarchie pro-catholique. C'est ainsi qu'il s'est vu accorder la protection de la comtesse de Chambord (veuve du prétendant au trône de France), qui, dit-on, lui aurait donné trois mille livres pour rénover son église.

Vers la fin des années 1880, pendant la rénovation des bâtiments, on raconte que Saunière a découvert des parchemins codés cachés dans un pilier creux soutenant le tableau d'autel. Sur les conseils de son évêque, Félix-Arsène Billiard, Saunière aurait apporté les parchemins à Paris pour les montrer à des spécialistes. Pendant qu'il était à Paris, il aurait fait la connaissance d'un cercle d'occultistes et de fervents d'ésotérisme, parmi lesquels Emma Calvé (avec qui il aurait eu une courte liaison). À son retour de Paris, il aurait soudainement, sans raison apparente, eu accès à d'importantes sommes d'argent grâce auxquelles il aurait financé plusieurs projets de construction. Ceux-ci comprenaient entre autres la rénovation de son ancienne église paroissiale et la construction d'une grande maison (la villa Béthanie) et d'une tour (la tour Magdala), qu'il utilisait comme étude et bibliothèque pour sa collection de livres de plus en plus vaste. Il a pu maintenir un style de vie luxueux malgré le peu de revenus qu'il avait en tant que prêtre. On dit qu'il a procédé de nuit à de nombreuses excavations dans l'église et autour de celle-ci. Selon une rumeur dont le fondement n'a jamais été démontré, il aurait trouvé un trésor enfoui sur les terres de l'église.

Il fut finalement démontré que l'abbé Saunière vendait des indulgences (des rémissions de pêchés accordées par les Saints) par la poste dans toute l'Europe, ce qui pourrait expliquer sa richesse. Il perdit son poste de prêtre paroissial et on lui interdit de dire la messe, puis il fut plus tard jugé et condamné par les autorités diocésaines de Carcassonne pour avoir fait le commerce de messes. Il mourut le 22 janvier 1917, laissant sa maison et la tour à Marie Dénardaud, sa femme de ménage et compagne de toujours (et, d'après certains, sa maîtresse).

Toutefois, la légende locale du trésor enfoui continua de susciter de l'intérêt et un article est parut à ce sujet dans le quotidien *La Dépêche du Midi* en 1956.

Entre alors en scène le Prieuré de Sion.

La même année, dans une autre région de France, un petit groupe d'amis formait, le 25 juin, à Annemasse (Haute-Savoie) un club de loisirs qui s'appelait le Prieuré de Sion — nom apparemment dérivé d'une montagne proche, le Col du Mont Sion. Le groupe fut dispersé l'année suivante, mais il prit bientôt une autre forme, politisée celle-là, sous la direction de Pierre Plantard. S'inspirant des principes néo-chevaleresques, utopiques, nationalistes et antisémites de Paul Le Cour qui avait eu une influence considérable sur Pierre Plantard dans les années 1930 et 1940, le Prieuré de Sion commença à publier un périodique appelé *Circuit*, qui parut par intermittence pendant les années 1950 et 1960.

Plantard avait, depuis les années 1930, entretenu des rapports avec des organisations nationalistes antimaçonniques et antisémites. Il tenta premièrement de créer une association appelée l'Union Française en 1937 pour « entreprendre la purification et le renouvellement de la France ». Ce groupe se voulait une opposition au gouvernement de gauche du Front populaire de Léon Blum, premier juif à occuper le poste de premier ministre de France. En 1941, Plantard tenta de fonder une autre organisation sous le nom de « Renouveau national français », mais les autorités françaises lui refusèrent une nouvelle fois la permission officielle. À cette époque, Plantard faisait déjà partie activement partie du Grand Ordre Alpha-Galates. D'après H. R. Kedward, professeur d'histoire à l'université Sussex, les Alpha-Galates faisaient partie d'une « société marginale de droite voulant promouvoir la tradition, la chevalerie, le catholicisme, le spiritualisme et ce qu'on ne peut que qualifier de type de nationalisme occulte. Un des très nombreux mouvements "occidentaux" qui mettaient en opposition ce qu'ils considéraient comme l'histoire et la culture françaises authentiques contre "l'Orient franc-maçonnique et juif". Ils ont tous surgi pendant la période de Vichy (1940-1941), ont perdu de leur élan en 1942 et se sont presque tous éteints politiquement au cours des années 1943-1944 ».

Les activités obscures de Plantard dans le cadre d'organisations de droite et nationalistes se sont poursuivies après la guerre jusqu'à la fondation du Prieuré. Pendant tout ce temps, l'homme ne semble avoir eu aucun emploi. Il a passé quatre mois à la prison de Fresnes au début des années 1950, après avoir été condamné pour fraude et détournement de fonds. En 1958, pendant la crise politique sur la guerre d'indépendance en Algérie, Plantard affirme avoir été membre des comités de sécurité publique ; c'était une époque où il utilisait le pseudonyme de « Colonel Way ».

Au début des années 1960, Plantard entreprenait délibérément de forger un ensemble de documents pour appuyer sa fausse prétention selon laquelle il était un descendant de la lignée royale mérovingienne et de composer les lettres de créances et la généalogie du Prieuré de Sion. À cette époque, on connaissait peu l'histoire de Rennes-le-Château, mais cela correspondait bien à ses propres inventions, compte tenu des penchants politiques de droite de l'abbé Saunière et de ses liens avec un cercle occulte à Paris. En fait, cela a servi de point de départ commode à l'imagination fertile de Plantard.

Pendant les années 1960, plusieurs faux documents furent déposés à différents moments à la Bibliothèque nationale de Paris par Pierre Plantard et ses associés sous divers pseudonymes. Le premier ensemble de documents, composé en 1965 et fabriqué par son complice Philippe de Chérisey, comprenait des parchemins prétendument découverts par Béranger Saunière à Rennes-le-Château, de même que d'autres textes concernant le Prieuré de Sion et des documents généalogiques sur les rois mérovingiens. On y trouvait une liste des membres du Prieuré, notamment des personnalités comme Léonard de Vinci, Isaac Newton et Jean Cocteau. L'étape suivante consistait à répandre le conte de fées.

Un des auteurs embauchés pour raconter la fabuleuse histoire était Gérard de Sède qui, semble-t-il, était un pion consentant du Prieuré. Il publia deux livres sur les *Dossiers secrets* et les contes de Rennes-le-Château : *L'Or de Rennes ou la vie insolite de Béranger Saunière, curé de Rennes-le-Château* (René Juilliard, Paris, 1967) et, en version longue, *Le Trésor maudit* (Éditions *J'ai*

Lu, Paris, 1968). Dans son premier livre, de Sède reproduisait les deux parchemins codés découverts par Béranger Saunière, dont un portait la signature « PS » le reliant au Prieuré de Sion. Comme le faisait remarquer plus tard le journaliste Jean-Luc Chaumeil, « les livres de Gérard de Sède ne représentaient, de manière générale, que l'instrument de base de Pierre Plantard ».

Après la publication de ces livres, toutefois, Plantard et de Sède entrèrent en conflit à propos des droits d'auteurs de *L'Or de Rennes*, et Plantard et de Chérisey commencèrent à raconter tranquillement que les parchemins avaient été contrefaits. Mais la rumeur se répandit très lentement. Plus ou moins à cette époque, Robert Charroux participait à la réalisation d'un documentaire pour l'ORTF (Office de la radiodiffusion-télévision française) et, en 1992, il publia un livre sur Rennes-le-Château intitulé *Le Trésor de Rennes-le-Château* qui prolongeait la fiction des parchemins. En 1973, toutefois, Jean-Luc Chaumeil, le journaliste qui s'était de plus en plus intéressé à Pierre Plantard, écrivit un article affirmant que les *Dossiers secrets* étaient un canular.

Au fur et à mesure que croissait l'intérêt pour Rennes-le-Château — alimenté de codes secrets symboliques dans les peintures de Poussin et Teniers et d'indices sur le lieu où se trouvait le Saint-Graal —, les historiens et les journalistes commencèrent à remettre aussi en question d'autres parties de l'histoire. En 1974, René Descadeillas, un historien sérieux, entreprit de démonter l'histoire du trésor de Rennes-le-Château dans un livre intitulé *Mythologie du Trésor de Rennes, ou l'histoire véritable de l'abbé Saunière, curé de Rennes-le-Château*, dans lequel il montrait que Saunière avait accumulé ses richesses en trafiquant des indulgences. L'année suivante, Gérard de Sède répondit avec *le vrai dossier* de l'énigme de Rennes, *Réponse à M. Descadeillas*, dans lequel il fit valoir l'argument affirmant que le coût d'une messe était si peu élevé et le temps qu'il fallait pour dire la messe, si long, que l'abbé Saunière n'aurait jamais pu amasser une telle somme, et il ajoutait : « le conte de fées de Descadeillas sur le trafic de messes, comme nous pouvons le voir, n'est rien de plus qu'une fantastique absurdité ».

Un producteur de films britannique, Henry Lincoln, s'interessa à l'histoire de Rennes-le-Château et produisit une série de trois documentaires pour la BBC : *The Lost Treasure of Jerusalem* (1992), *The Priest, the Painter and the Devil* (1974) et *The Shadow of the Templars* (1979). Aucun de ces documentaires n'abordait sérieusement la possibilité que les documents du Prieuré de Sion soient un canular élaboré même si, à ce moment, leur authenticité était déjà largement remise en question et qu'ils faisaient aussi l'objet d'allégations de pure fraude. En conséquence de l'énorme intérêt suscité par les émissions de la BBC, Henry Lincoln et deux autres personnes qui avaient participé aux documentaires (Michael Baigent et Richard Leigh) écrivirent leur livre, *L'énigme sacrée*, qui traitait non seulement des mystères entourant Rennes-le-Château mais également des affirmations selon lesquelles les rois mérovingiens de France étaient les descendants de Jésus et Marie-Madeleine. Le livre a connu un immense succès international qui a continué même après sa première publication en Angleterre en 1982 et il fut, bien sûr, l'un des textes de base de Dan Brown pour élaborer son intrigue du *Da Vinci Code*. Le best-seller britannique fut traduit et parut en France sous le titre *L'énigme sacrée* (Éditions Pygmalion, Gérard Watelet, Paris 1983).

De retour en France pendant les années 1970 et 1980, les premiers à remettre en question l'authenticité des parchemins apportèrent leur propre lumière sur le sujet. Dans *Le Trésor du Triangle d'Or* (A. Lefeuvre, Nice 1979 p. 80), Jean-Luc Chaumeil intégrait la confession de Chérisey qui déclarait que ses faux parchemins avaient été copiés à partir d'anciens textes trouvés dans le *Dictionnaire d'archéologie chrétienne et de liturgie* (15 volumes, Éd. Fernand Cabrol, Paris, Letouzey et Ane, 1907-1953). De la même façon, Pierre Jarnac, dans son *Histoire du Trésor de Rennes-le-Château* (Cabestany, 1985, p. 268-269) inclut une copie d'une lettre de Chérisey, postée à Liège, en Belgique, et datée du 29 janvier 1974, dans lequel il confessait avoir contrefait les parchemins.

Longtemps après avoir démasqué le canular, Gérard de Sède écrivit finalement son livre, *Rennes-le-Château: Le dossier, les impostures, les phantasmes, les hypothèses* (Les Énigmes de l'univers, Robert Laffont, 1988), dans lequel il admettait principalement que les dossiers avaient été fabriqués de toutes pièces et que la lignée mérovingienne n'existait plus aujourd'hui. En 1997, la BBC produisit aussi une autre émission dans laquelle on admettait que l'histoire n'était pas vraie. Mais le mythe se perpétue, surtout parce que les gens veulent qu'il se perpétue; et la liste de livres français sur Rennes-le-Château et les sujets connexes — sans parler du foisonnement des commentaires en langue anglaise dans les librairies et sur Internet — continue de s'allonger. En 1974, René Descadeillas avait bien résumé la situation lorsqu'il formulait le commentaire suivant dans son livre précédemment mentionné :

> La légende du trésor de Rennes découle — ni plus ni moins — de ce qui est arrivé un jour dans ce village pauvre, et à demi en ruines, à un prêtre dont la vocation correspondait peu à ses inclinations naturelles.
>
> Ainsi, à cause de tout cela, on nous a entretenu tour à tour du trésor de la Reine blanche d'Espagne, des cathares, du Temple et de Dagobert, tout cela mêlé à des archives secrètes de Dieu sait combien de sectes différentes. Après avoir rassemblé et mêlé tous ces différents trésors, les gens nous ont demandé de croire que le sol de Rennes cachait les preuves d'un complot visant à régénérer le gouvernement et la vie politique de France ! Un nombre incalculable d'hommes et de femmes ont visité Rennes. Certains ont même apporté avec eux des appareils dispendieux, ils ont enlevé les tuiles des murs, sondé les rochers avec des détecteurs électroniques, creusé des trous dans les rues et les parcs et excavé des tunnels.
>
> L'église a été mise sens dessus dessous à au moins quatre reprises et le cimetière a été profané. On a ouvert des tombes et exhumé des cadavres. D'innombrables rames de papiers ont été couvertes de gribouillages. Les journaux et les magazines ont été inondés d'articles, des tracts et des prospectus ont été imprimés, deux films ont été réalisés et trois livres écrits… Des hordes de journalistes se sont rassemblés, de France, d'Angleterre, d'Allemagne, de Belgique, de Suisse et d'ailleurs. Les gens sont remonté jusqu'à Benjamin, les juifs et les Écritures, en passant par Titus et Dagobert, le sac de Rome, les Wisigoths et Blanche de Castille, jusqu'à Pierre le Cruel, Nicolas Poussin et le surintendant Fouquet. Ils ont essayé d'y ajouter des empereurs, des rois, des archiducs, des princes, des archevêques, les Grands Maîtres de tous les ordres imaginables, des mages et des alchimistes, des philosophes, des historiens, des magistrats et d'humbles moines et prêtres. Ils ont donné vie à des gens dont l'existence est loin d'être certaine et donné naissance à

d'autres qui n'avaient jamais existé. Ils ont racolé des magiciens, fait défiler des médiums devant nous, évoqué des esprits et interrogé des voyants. Ils ont fabriqué des livres d'incantations, des arbres généalogiques et des testaments, et découvert des illégalités, des meurtres et des assassinats. Ils ont menti jusqu'à l'absurde et ils ont même — certainement le comble du ridicule — invoqué le nom du Diable !

Et tout cela pourquoi ? Absolument rien !

La fameuse tour Magdala de Rennes-le-Château

Un croisement entre Indiana Jones et Joseph Campbell

L'interviewer sur Internet Craig McDonald interroge Dan Brown

Craig McDonald s'occupe d'un site Internet consacré à des entretiens avec des auteurs intéressants. Alors que nous faisions des recherches pour *Les Secrets du code Da Vinci*, nous nous sommes rendu compte qu'il s'agissait d'une des entrevues les plus intéressantes que nous ayons trouvées avec Dan Brown, l'auteur du *Da Vinci Code*. Les extraits sont reproduits ici avec l'autorisation de Craig M. McDonald.

Vous avez enseigné l'anglais à Exeter, quels livres utilisiez-vous pour votre cours ?

J'enseignais la littérature et l'écriture. Nous nous servions de livres comme *L'Iliade*, *L'Odyssée* et *Des souris et des hommes*. Vous savez, n'importe quelle œuvre de Shakespeare ou de Dostoïevski. Les classiques.

Combien de temps vous a-t-il fallu pour vendre votre premier roman ?

J'ai été exceptionnellement chanceux. Mon manuscrit a trouvé preneur en vingt jours... Le premier éditeur qui l'a lu l'a acheté. Une partie de cette chance provient du fait qu'il traitait à l'époque d'un sujet extrêmement commercial, à savoir la sécurité nationale et le respect de la vie privée : déchiffrage de codes électroniques, courriers électroniques, National Security Agency (NSA). C'était une œuvre de fiction qui avait des liens avec le monde réel.

Écririez-vous Digital Fortress *de manière différente si vous le faisiez dans le monde d'après le 11 septembre et au milieu de certaines controverses autour des services de sécurité de votre pays ?*

Je ne le crois pas. Vous savez, ce qui est drôle c'est que quand j'ai commencé à écrire ce livre et que j'ai appris l'existence de la NSA, j'en pensé : « Oh mon Dieu, c'est une immense intrusion dans la vie privée. » J'ai communiqué avec un ancien cryptographe de la NSA et lui ai dit : « Vous savez ce que vous faites ? Surveiller les courriers électroniques et les téléphones cellulaires, c'est une intrusion dans la vie privée. » Ce gars a répondu de brillante façon. Il m'a faxé la transcription d'une audience devant le Sénat dans laquelle le directeur du FBI de l'époque, Louis Freeh, affirmait qu'en une seule année — je pense qu'il s'agissait de 1994 — l'écoute de communications civiles par la NSA avait empêché le crash de deux avions commerciaux américains et une attaque chimique sur le sol américain. Ce qui est drôle, c'est que je dois avoir réalisé 150 interviews radio après la parution de *Digital Fortress* et il qu'il y avait ces auditeurs qui appelaient en disant : « Je ne peux pas croire que vous souteniez la National Security Agency — c'est foncièrement comme dans le roman *1984* ». Et puis, après le 11 septembre, les gens appelaient pour dire : « Je me fiche de ce dont la NSA a besoin. S'ils mettent dans ma chambre à coucher une caméra vidéo permanente, c'est d'accord. Donnons-leur tout ce dont ils ont besoin pour arrêter cela. » Le sentiment à l'égard de la sécurité nationale en tant que priorité s'est complètement transformé. Maintenant la question est : « Sommes-nous allés trop loin ? » et nous passerons comme ça, d'un extrême à l'autre, j'en suis sûr.

Compte tenu du sujet et de la possibilité qu'il blesse certaines personnes sur le plan religieux, comment expliquez-vous que le Da Vinci Code *se vende si bien ?*

J'ai effectué beaucoup de recherches pour ce roman et j'avais vraiment le sentiment que c'était le genre d'histoire que les gens étaient prêts à entendre. Je suis surpris d'un succès d'une telle ampleur — le fait que ce livre batte tous les records. Je dois dire que lorsque le livre est paru, j'étais un peu nerveux concernant ce qu'il allait susciter. La réaction des prêtres, des religieuses, de toutes sortes de gens au sein de l'Église, pour la plupart, a été extrêmement positive. Quelques personnes ont été offensées ou se sont mises en colère, mais moins de un pour cent.

Robert Langdon apparaît dans vos deuxième et quatrième romans. Certaines déclarations laissaient entendre que vous aviez l'intention d'en faire un personnage de série. Souvent, des auteurs de polar ou de roman à suspense lancent une série, puis se plaignent du fait qu'ils ne peuvent plus suivre leur muse dans d'autres directions. Pourquoi allez-vous en sens contraire ?

Langdon est un personnage qui partage mes propres intérêts. Les mystères anciens me fascinent. L'histoire de l'art. Les codes. Quand vous passez un an, un an et demi à écrire un livre, vous devez être absolument certain que votre héros s'intéresse à des sujets qui vous enthousiasment. Aussi enthousiaste que j'aie pu l'être en ce qui concerne la NASA et les météores ou la National Security Agency, je sais que mes passions résident vraiment dans les anciens mystères et les codes, ce genre de choses.

Avez-vous toujours eu cet intérêt pour les choses secrètes?

Oui. J'ai grandi sur la côte est, en pleine Nouvelle-Angleterre, en quelque sorte au cœur des écoles élémentaires et des collèges bon chic bon genre avec leurs petites fraternités et leurs clubs de gourmets et leurs sociétés secrètes et tout ça. Je fréquente depuis longtemps des gens de la National Security Agency. Je crois que les secrets intéressent tout le monde et que le concept de sociétés secrètes — en particulier après que j'ai visité le Vatican — ont tout simplement captivé mon imagination.

Ah oui, vous êtes célèbre pour avoir sollicité une « audience avec le pape ».

Pleins de gens ont eu une audience avec le pape. Au fond, cela veut dire que vous êtes en sa présence et ce n'est qu'une façon compliquée et bête de dire les choses. J'étais dans une pièce avec un groupe d'autres personnes et c'est à peu près tout.

On dit aussi que vous avez eu un accès inhabituel aux bâtiments du Vatican.

C'est vrai. J'ai un très bon ami qui a un contact très haut placé au sein du Vatican. Les parties du Vatican que nous avons vues — comme la nécropole (...) ne sont accessibles qu'à une douzaine de personnes. C'était probablement l'endroit le plus sécurisé que nous ayons vu et c'était absolument mémorable. Dans l'histoire, il n'y a que trois Américains qui ont été autorisés à examiner les archives du Vatican. Je n'étais pas parmi eux. Deux étaient cardinaux et un était professeur d'études religieuses, je pense, à l'Université de Floride. Toutes les descriptions sont exactes, mais on ne m'a pas permis moi-même d'examiner les archives secrètes. On m'a permis d'entrer dans la bibliothèque du Vatican et de voir les archives du Vatican, mais pas les archives secrètes.

Pensez-vous qu'on vous y autoriserait encore après la publication de Angels & Demons *et* Da Vinci Code*?*

Les chances sont minces !

Quelqu'un a déclaré que vous aviez quelque chose comme une douzaine d'esquisses de futurs romans de Robert Langdon.

C'est vrai mais il est peu probable que j'aie le temps de tous les écrire.

Compte tenu de la complexité de l'intrigue de vos romans, je présume que vous devez rédiger un plan assez structuré ?

Certainement. Le plan du *Da Vinci Code* représentait plus d'une centaine de pages. Les histoires sont vraiment enchevêtrées et axées sur l'intrigue. Il y a un tas de retournements, un tas de codes. Un tas de surprises. Vous ne pouvez écrire tout ça à main levée, cela découle d'une planification minutieuse.

Vous avez dit que vous passiez environ un an et demi à rédiger un livre. Quelle proportion la recherche représente-t-elle ?

Environ la moitié.

Vous vous êtes attaqué dans vos livres à quelques organisations assez puissantes — l'Église catholique... les francs-maçons... diverses sociétés secrètes présumées et des agences gouvernementales. Commencez-vous à craindre pour votre propre sécurité ?

Pas vraiment. Je travaille très fort pour décrire ces organisations d'une manière juste et même claire, et je pense que j'ai réussi. Bien sûr, en ce qui concerne l'Opus Dei, comme je le dis dans le livre, il existe des gens pour qui l'Opus Dei a constitué un ajout merveilleux à leur vie. Et il y a ceux pour qui l'Opus Dei a été un cauchemar, et je parle des deux points de vue.

Pensez-vous que vous auriez écrit ces livres mettant en scène Langdon si vous n'aviez pas été marié avec une historienne de l'art ?

Ma femme a une énorme influence. Ses connaissances et sa passion pour ce sujet m'encouragent certainement quand le processus connaît des ratés. Il est extrêmement difficile d'écrire un livre, je ne souhaiterais pas ça à mon pire ennemi. Il y a incontestablement des jours où ça aide d'avoir quelqu'un autour de soi — particulièrement en ce qui concerne le *Da Vinci Code* — qui comprend l'art et Léonard de Vinci, et que le sujet passionne, et qui peut dire : « Tu sais, nous devrions faire une ballade et parler des raisons pour lesquelles nous nous sommes retrouvés dans cette situation : en quoi de Vinci et ses croyances sont-ils si fascinants ? » Alors je suis très chanceux à cet égard.

Pour revenir au 11 septembre 2001, j'ai lu une interview que vous avez accordée en 1998 et, rétrospectivement, elle semble particulièrement prophétique. Vous émettiez des commentaires concernant des projets en cours visant à surveiller les citoyens américains afin, précisément, d'empêcher des attaques terroristes, et vous disiez : « La menace est très réelle (...) les Américains détestent l'admettre, mais nous avons beaucoup d'ennemis ; nous sommes une cible privilégiée des terroristes et pourtant nous avons l'un des taux les plus bas d'attaques terroristes réussies sur notre sol sur la planète. » Vous aviez l'idée d'une telle attaque en tête avant la plupart des gens. Pourquoi ?

Je pense que c'est à cause du choc que j'ai éprouvé... Vous avez probablement lu l'histoire concernant ces hommes du service secret qui sont apparus sur le campus de Phillips Exeter.

Oui, un étudiant avait écrit quelque chose dans un courrier électronique et ils sont venus faire une enquête sur lui.

Oui. Il s'agissait de ma première rencontre avec des représentants de la National Security Agency. Plus je lisais sur eux, plus j'étais fâché. Et je ne pouvais pas croire que des civils américains, pour la plupart très entraînés, puissent tenter de se mêler de la vie privée d'autres civils. Ça n'avait pas de sens à mes yeux jusqu'à ce que je commence à étudier l'affaire de plus près et que je comprenne pourquoi cela arrivait et pourquoi, quoi que nous puissions dire ou désirer, cela continuera à exister. Et nous continuerons d'obtenir des listes d'attaques terroristes qui ne se sont jamais produites grâce à la NSA. J'ai commencé à me dire : « Oh mon Dieu, nous sommes attaqués presque quotidiennement et nous n'en entendons jamais parler. » Ce qu'il faut se rappeler à propos des terroristes, c'est que leur travail n'est pas nécessairement de tuer les gens, mais bien de susciter la terreur. S'il y avait une bombe sous la Maison Blanche ou, disons, une bombe à New York que la NSA désamorce trois secondes avant qu'elle n'explose, les agents essaieront de faire disparaître cette bombe en espérerant que personne ne découvre ce qui s'est passé, parce que, qu'elle explose ou non, à partir du moment où vous savez qu'elle a presque explosé, c'est *presque aussi angoissant*. Alors, on fait beaucoup pour maintenir notre ignorance/innocence.

En examinant les dates, immédiatement après le 11 septembre, vous vous rendiez à Deception Point *dans le cadre d'une tournée. N'est-ce pas ?*

Oui.

Comment était-ce ?

C'était terrible. Ça été une dure période. Le matin du 11 septembre, je travaillais sur le *Da Vinci Code*. J'ai un bureau dans lequel je n'ai ni téléphone, ni courrier électronique, rien de tout ça, où je ne vais que pour être complètement seul. Ma femme est entrée et elle a seulement dit : « Quelque chose de terrible a eut lieu », et j'ai su immédiatement que ça s'était finalement produit. Pendant les quelques mois qui ont suivi, c'était très difficile d'être motivé pour écrire de la fiction. Ça semblait totalement insignifiant. Quand tant d'événements se produisent dans le monde, comment pouvez-vous vous permettre le luxe de jouer avec des personnages fictifs dans un contexte fictif — vous savez, comment aidez-vous votre pays en faisant cela ? En fin de compte, vous aidez vraiment votre pays : en un sens, vous soulagez les gens de la douleur que provoque la réalité et vous les divertissez. C'est seulement dur de s'en souvenir.

Vous avez des antécédents musicaux. Avez-vous songé à utiliser des thèmes musicaux ou des éléments de ce genre dans vos romans ?

Oui. Un de mes prochains romans met en vedette un célèbre compositeur et ses liens avec une société secrète, tout cela fondé sur des faits.

J'ai entendu dire que l'action de votre prochain livre après le Da Vinci Code *se déroulera à Washington.*

C'est exact.

Et c'est quelque chose sur les francs-maçons… ?

Ouais… vous espérez que j'en dise plus ? [rires]

Je pensais laisser quelques vides ici en espérant que vous les rempliriez… mais ce n'est pas le cas.

C'est à peu près tout ce que je peux en dire.

Réussissez-vous à connaître votre lectorat grâce à vos conférences et à vos séances d'autographes ?

Vous savez, ça a été l'aspect le plus *satisfaisant* de la tournée de pormotion : regarder ces librairies et voir ces hommes, ces femmes et *beaucoup* d'adolescents. Les jeunes ont vraiment réagi, en particulier au *Da Vinci Code* et à *Angels & Demons*. Je crois que beaucoup de jeunes ont le sentiment qu'il s'agit d'une sorte de Harry Potter plus mûr. Ces romans traitent des éléments de mystères anciens que les gens aiment chez Harry Potter.

On retrouve cette comparaison dans le dossier de presse de votre éditeur.

La première fois que j'ai entendu cette analogie, elle venait de Janet Maslin dans le *New York Times*, qui avait écrit une critique absolument élogieuse. Les gens m'appelaient et me demandaient « Est-ce que Janet Maslin est ta mère ? Parce qu'elle n'écrit jamais des choses comme ça. » Elle évoquait le nom de Harry Potter et je crois qu'elle était la première. Je ne lis pas de romans sauf pour présenter à l'occasion celui d'un autre lorsque mon éditeur me le demande. On me donne presque quotidiennement des romans en disant « N'aimeriez-vous pas lire ceci et en faire une présentation publicitaire ? »

Je n'ai pas lu Harry Potter, mais dans mon esprit, tout ce qui fait en sorte que les jeunes soient emballés à l'idée de lire doit être vraiment bon. Je pense que c'est tout simplement fantastique.

Vous a-t-on déjà proposé d'adapter un de vos livres au cinéma ?

Toutes sortes de personnes me l'ont proposé. Comme Langdon est un personnage de série, j'hésite à vendre les droits pour un film. Ce qu'il y a de merveilleux avec la lecture, c'est que tout le monde se représente Langdon à sa façon. La seconde où vous intégrez un personnage à un scénario — quelle que soit la façon dont vous décrivez Langdon ou tout autre personnage —, ils voient Ben Affleck ou Hugh Jackman ou qui que ce soit d'autre, vous comprenez ? Alors j'hésite. Et aussi, Hollywood a une façon de prendre une histoire comme celle-là et de la transformer en une poursuite automobile dans les rues de Paris avec des mitraillettes et des combats de karaté. Alors je suis très hésitant et pourtant je m'entretiens avec quelques personnes dont je sais qu'elles pourraient en faire un film *intelligent*, et c'est seulement ainsi que je vendrais : si j'avais un niveau de contrôle exceptionnel.

L'étymologie latine du code de De Vinci

par David Burstein

David Burstein est étudiant en latin, au niveau secondaire, et dramaturge.

De nos jours, les œuvres populaires de fiction épique, de Harry Potter au *Da Vinci Code*, font souvent un riche usage du langage en intégrant des références à des langues anciennes et d'intéressants jeux de mots. Dan Brown a plusieurs raisons pour utiliser quelques vrais mots latins dans le *Da Vinci Code*. Premièrement il aime de toute évidence les mots et les jeux de mots, et il sait très bien dans quelle mesure la langue anglaise est basée sur le latin. Deuxièmement, c'est un ancien professeur d'Exeter, l'un des principaux collèges privés du pays. Et troisièmement, comme le *Da Vinci Code* lui-même a pour centre d'intérêt le débat sur l'Église catholique, les mots latins et les allusions latines sont particulièrement pertinents.

On considère le latin comme une langue morte. Mais Brown la rend très vivante et très présente dans son roman contemporain (de même que des fragments de grec, de français et d'autres langues ici et là). Pour certains éléments, comme l'Opus Dei (Œuvre de Dieu) ou *crux gemmata* (croix gemmée), le lecteur n'a besoin que d'un dictionnaire latin ordinaire. Toutefois, d'autres mots et phrases sont davantage sujets à interprétation.

Le moine albinos Silas, l'assassin, est un fervent catholique, membre de l'Opus Dei. On peut se souvenir de lui à cause de la couleur de sa peau (comme un personnage d'Homère qu'on appelle constamment par la même épithète, Brown fait souvent référence à Silas en l'appelant « le moine albinos »). Mais sa caractéristique la plus importante est sa qualité de pénitent. Le mot *pénitent* (*paenitit* en latin) vient de *paean*, faisant référence à « l'éloge des dieux ». Comme les vrais membres de l'Opus Dei, Silas croit que la meilleure façon de rendre hommage à Dieu est de souffrir soi-même. Fait intéressant, le mot latin signifiant cape (ou capuche), *paenula*, possède la même racine que *pénitent*. Cela suggére que le nom du vêtement caractéristique des moines a la même origine. La douloureuse ceinture de mortification que porte Silas s'appelle un *cilice*, qui pourrait venir du mot latin cicatrix qui signifie « *cicatrice* » et, bien sûr, la ceinture a pour but de lui causer une douleur physique (en laissant probablement une cicatrice) pour qu'il souffre de ses péchés. Mais le lien le plus intéressant est dans la proximité linguistique de *cilice* et *calice*. Calice est évidemment un autre mot pour désigner le Saint-Graal — un concept important du livre qui concerne la définition du Saint-Graal et la quête pour le trouver. Calice... cilice... Silas : bien que le « Maître » soit la tête dirigeante, c'est Silas qui commet les assassinats et autres basses besognes dans cette chasse au Saint-Graal.

Silas est le personnage qui utilise fréquemment des expressions latines. Quand il se flagelle, il dit : « *castigo corpus meum* ». En latin, cette expression signifie « fustiger » (ou « corriger » ou « punir ») mon corps. C'est un commentaire logique, rituel pour un pénitent religieux. Toutefois, il est intéressant de remarquer que *castigo*, qui signifie « punir » ou « corriger », est la racine de *castitas*, qui signifie « chasteté » ou « virginité ». Il y a évidemment là un lien avec la pureté de Jésus et de la Vierge Marie. Il y a aussi un lien avec un autre des principaux épisodes du livre : à savoir si Jésus-Christ et Marie-Madeleine avaient des relations sexuelles et, si c'était le cas, comment leurs contemporains voyaient la chose et comment les générations suivantes devraient la voir rétrospectivement. Si la théorie de Brown est vraie, Jésus n'était pas aussi pur qu'on l'a toujours imaginé et *castigo corpus meum* pourrait constituer un autre clin d'œil asur cette question.

O Draconian Devil ! Oh Lame Saint ! (O diable draconien ! Oh saint boiteux !) est un indice que laisse un vieillard à qui il ne reste que quinze minutes de sa vie pour orienter Robert Langdon et Sophie Neveu vers la première étape de leur chasse au Saint-Graal. Ces exclamations sont une anagramme de *Leonardo da Vinci ! The Mona Lisa !*, indiquant le tableau où se trouve la réponse à l'indice suivant. Un aspect intéressant de cette anagramme est le mot *draconien*, qui se réfère à des mesures très strictes ou sévères. En fait, Dracon n'avait rien d'un barbare cruel. C'était un législateur des premiers temps d'Athènes qui s'intéressait particulièrement à la rédaction de lois et aux conséquences des infractions. La loi passait toujours en premier, et c'est là la contribution de Dracon à la civilisation gréco-romaine. Sachant qu'il appliquait les lois de manière stricte, il est intéressant de constater que ce mot est maintenant associé au mal et à la cruauté. Langdon suggère même que ces mots pourraient constituer une violente attaque contre l'Église de la part de Saunière, en soulignant à la fois *draconien* et *diable*.

Langdon et Sophie réfléchissent au sens de la mystérieuse

clé qu'ils possèdent maintenant en présumant qu'elle est liée au Prieuré de Sion et Langdon insiste sur le fait que la croix était un type de croix carrée, à branches d'égale longueur. En tant que symbologiste, cet objet lui donne l'occasion d'exposer l'histoire et l'étymologie de la croix chrétienne, *croix* et *crucifix* venant du mot latin *cruciare*, qui signifie « torturer ». Un mot d'origine semblable, *cruor*, signifie « sang ».

Le *Da Vinci Code* est rempli d'anagrammes, dont plusieurs apparaissent dans le dernier message de Saunière à Sophie Neveu et à Robert Langdon. Brown, qui est de toute évidence un fervent adepte des anagrammes, fait référence à l'*ars magna*, qui signifie en latin « grand art » et que l'on considère comme faisant partie du symbolisme sacré de la culture romaine. En fait, c'est en réorganisant les lettres de *ars magna* que nous obtenons le mot anglais *anagrams.*

On a toujours pensé que le mot *hérétique* signifiait quelque chose de très négatif. En réalité, ce mot, que Dan Brown relie au latin *haereticus*, signifie « choix ». Ceux qui choisissaient de ne pas croire aux *Évangiles normalisés* — les documents et les principes que l'empereur romain Constantin tentait d'imposer au concile de Nicée et plus tard — en vinrent à être connus comme des hérétiques, c'est-à-dire des personnes qui avaient « choisi » une voie différente. Peu après, ils allaient être exploités, attaqués et torturés pour avoir fait ce choix mais, au départ, les qualifier d'hérétiques revenait à les appeler «*choisisseurs*» ou «*pro-choix*».

Brown se laisse aussi aller à une méditation sur la signification du mot *païen*. De nos jours, certaines personnes tiennent pour acquis que le mot *païen* a toujours été un mot religieux faisant référence à des déviants adorateurs du diable et opposés au christianisme. Brown avance que les païens étaient à l'origine des gens non endoctrinés venant des campagnes et qui s'accrochaient aux vieilles religions rurales d'adoration de la nature. Le mot vient du latin *paganus* qui signifie « habitant de la campagne ». Les paysans des campagnes de l'Empire romain se convertiront tardivement au christianisme en continuant à pratiquer leurs vieux rites gréco-romains et à adorer de nombreux dieux et déesses. Au fil du temps, le mot *païen*, à l'origine inoffensif comme *hérétique*, s'est teinté de connotations liées au diable et à son adoration.

D'après une autre discussion étymologique dans le *Da Vinci Code*, la même association avec la nature frustre, vile, des habitants de la campagne surgit dans le mot *vilain*. *Villa* est le mot latin qui signifie « maison de campagne ». Ces maisons de campagne abritaient des paysans ou des païens. Selon Brown, l'Église craignait ceux qui vivaient dans les *villes* rurales. En conséquence, le mot désignant un villageois — vilain — en est venu à signifier une âme méchante. Mais un article du chroniqueur linguistique du magazine *New York Times*, William Safire, remet en question cette interprétation de Brown. Il écrit que les villageois ne sont pas devenus des vilains parce que l'Église les craignait ; c'était sans doute seulement parce que les seigneurs du manoir méprisaient les classes inférieures et associaient leurs manières rudes à une moralité relâchée. Il y a là une nette distinction de classes. Les seigneurs féodaux qui habitaient les campagnes ne passaient pas pour des vilains. La première forme, française, du mot, vilein, fait référence aux serfs dans le système féodal du Moyen Âge.

Brown aborde aussi, brièvement, l'histoire linguistique du mot *vénérien*, suggérant qu'il a un lien avec la déesse de l'amour, Vénus. Cela semble logique, mais d'après l'*Oxford English Dictionary*, cet héritage pourrait être inexact. Selon ce dictionnaire, le mot viendrait du latin *venerabilis*, signifiant « honorer ». Bien qu'il puisse exister un lien entre l'adoration de Vénus et le mot latin signifiant « honneur », le dictionnaire ne va pas si loin.

Brown soulève un point intéressant concernant l'histoire du mot anglais *sinister* (sinistre). En latin, *sinistra* signifiait à l'origine le fait d'être gaucher et on a souvent considéré les gauchers comme des gens malchanceux. Selon Brown, il y a là un lien important avec la décision de l'Église des premiers temps d'associer la gauche au féminin. Dans le cadre des mesures que l'Église avait prises pour dissimuler le rôle du Féminin sacré et pour devenir une culture plus patriarcale, le mot signifiant *sinistre* a pris une signification extrêmement négative. (Plusieurs spécialistes croient que Léonard de Vinci était gaucher. Dans le roman, de nombreux indices donnent fortement l'impression que Jacques Saunière était également gaucher).

L'expression *sub rosa* occupe une place importante dans le *Da Vinci Code*. Sophie parle à Langdon des réunions que son grand-père organisait sous le signe de la rose qui, d'après Saunière et l'évolution de la langue latine, signifierait « en secret ». Toutefois, comme le souligne William Safire, Dan Brown est peut-être dans l'erreur lorsqu'il affirme aux lecteurs que l'expression *sub rosa* et l'usage du signe de la rose pour désigner une réunion confidentielle ont pris naissance dans des temps très anciens. Selon

Safire, la plus ancienne citation se trouve dans les archives officielles d'Henri VIII en 1546 et signifie en langage moderne : « Les "questions" ont été demandées avec autorisation, et devraient demeurer sous la rose… sans plus de répétition. »

Comme au sujet d'autres aspects du *Da Vinci Code*, les affirmations à propos des mots dérivés du latin ne sont pas toujours absolument exactes, mais l'histoire incite les lecteurs à échanger des idées de philosophie, de parler de religion, d'histoire — et même de latin — d'une manière exceptionnellement ludique.

Troisième partie

Sous la pyramide

La bibliothèque de Sophie

En jouant avec les noms des personnages du *Da Vinci Code*, nous tombons sur diverses significations cachées intéressantes que Dan Brown a laissées au lecteur afin qu'il les découvre.

Nous commençons avec une personne qui n'apparaît pas dans le *Da Vinci Code*, sauf à titre de souvenir et très brièvement (page 26 de l'édition grand format). Mais il constitue un pilier du temple de Robert Langdon : Vittoria Vetra, une des femmes de sa vie, et la seule dont nous sachions — à tout le moins par des références explicites — que ses relations avec Langdon n'étaient pas juste platoniques. L'histoire de Vittoria et l'aventure de Robert Langdon dans *Angels & Demons* éveilleront de si nombreux échos aux lecteurs du *Da Vinci Code* qu'il vaut la peine de s'attarder un peu sur ce personnage qui n'apparaît que comme un bref souvenir dans le roman suivant.

Une rose d'un tout autre nom

Annuaire des personnages apparaissant dans le *Da Vinci Code*

par David A. Shugarts

Vittoria Vetra

En italien, *Vittoria* signifie « Victoire », la déesse romaine de la victoire et l'équivalent de la déesse grecque Nike. *Vetra* est une place publique (piazza) à Milan, où Maifreda, la Papesse des Guglielmites, fut brûlée par les inquisiteurs en 1300. C'est à

Milan que se trouve aujourd'hui *La Dernière Cène* de Léonard de Vinci.

Dans le livre précédent de Dan Brown, *Angels & Demons*, Vittoria Vetra est la fille adoptive de Leonardo Vetra, brillant physicien du CERN (Conseil européen pour la recherche nucléaire). Elle est également physicienne et partenaire dans le laboratoire privé de son père. Dans *Angels & Demons*, dont l'action, comme dans le *Da Vinci Code*, se déroule en avril, Vittoria et Robert Langdon courent dans la ville de Rome à la recherche d'indices en terrassant les ennemis du Vatican. Dans le *Da Vinci Code*, qui se déroule un peu plus d'un an après, Langdon se souvient encore de son odeur et de son baiser — avant qu'il ne rencontre Sophie Neveu.

Leonardo Vetra aurait eu cinquante-huit ans une semaine après avoir été torturé et tué au début de *Angels & Demons*. Il se considérait comme un théophysicien et avait découvert une preuve selon laquelle toutes les molécules sont liées par une force unique. Lui et Vittoria avaient découvert comment produire et emmagasiner l'antimatière. Vittoria fut rappelée des Baléares où elle effectuait des recherches en biologie. Au cours de sa propre carrière, elle a réfuté une des théories d'Einstein en utilisant des caméras synchronisées au moyen d'atomes pour observer un banc de thons.

On la décrit comme une femme mince et gracieuse, grande, à la peau hâlée et à la longue chevelure noire. Son visage était, sans erreur possible, italien — pas ouvertement beau, mais montrait des traits épanouis qui, même à vingt mètres, semblaient dégager une sensualité brute. Elle avait des yeux profonds, couleur de sable. Robert Langdon remarque aussi son buste délicat et ses petits seins. C'est une stricte végétarienne et lune adepte du hatha yoga.

C'est à huit ans qu'elle a rencontré son père adoptif, Leonardo Vetra. Il était alors un jeune prêtre qui avait remporté des prix de physique alors qu'il étudiait à l'université. Vittoria vivait à l'Organotrofio di Siena, un orphelinat catholique près de Florence et elle avait été abandonnée par des parents qu'elle n'avait jamais connus.

Vetra reçut une bourse pour étudier à l'Université de Genève et adopta Vittoria tout juste avant son neuvième anniversaire. Elle fréquenta l'École internationale de Genève, puis, trois ans plus tard, elle fut embauchée au CERN, où elle se trouve donc depuis l'âge de douze ans.

À la fin de *Angels & Demons*, Vittoria et Robert se retrouvent au lit et la jeune femme lui demande s'il s'est déjà retrouvé au lit avec un maître de yoga. Dans le *Da Vinci Code*, on apprend que lui et Vittoria s'étaient promis de se rencontrer tous les six mois, mais un an a déjà passé.

Le nom Vetra est particulier, puisqu'il vient de *vetraschi*, les tanneurs de Milan, dont l'atelier donnait sur la place publique. Au XIIe siècle, lorsque les gnostiques et d'autres avaient un clergé féminin, une femme connue sous le nom de Guglielma de Bohême vint à Milan et se mit à prêcher. Après sa mort en 1281, comme cela arrivait souvent, un culte a pris naissance autour des reliques. Les fanatiques parmi les partisans de Guglielma croyaient qu'elle était une incarnation du Saint-Esprit et qu'elle reviendrait pour destituer le pape en établissant la première lignée de papesses et en lançant l'Ère de l'Esprit.

Les fanatiques finirent par trouver une jeune milanaise du nom de Maifreda di Pirovano et fixèrent une date pour le retour de Guglielma : lla Pentecôte de l'année 1300. Mais, le jour venu, les soldats du pape Boniface VIII se saisirent Maifreda di Pirovano et de ses partisans et les brûlèrent sur le bûcher de la Piazza Vetra.

Jacques Saunière

D'après la légende (ou le canular), l'abbé Bérenger Saunière, pauvre prêtre paroissial, effectuait des réparations en 1891 dans l'église de Rennes-le-Château, une petite ville du sud de la France lorsqu'il trouva des parchemins qu'il apporta à l'abbé de l'église Saint-Sulpice à Paris afin qu'ils soient déchiffrés.

Plus tard, l'abbé Saunière est devenu riche, et on a supposé que les parchemins contenaient des secrets précieux. Un Français, Pierre Plantard, était au cœur de ce que la plupart des spécialistes considèrent maintenant avec une quasi certitude comme un canular impliquant des documents qu'il avait créés et les légendes entourant Saunière et le Prieuré de Sion. Les documents de Plantard finirent par faire l'objet d'un documentaire d'Henry Lincoln pour la BBC.

En 1981, Lincoln fit équipe avec deux autres auteurs pour écrire *L'énigme sacrée*, dans lequel ils avançaient l'hypothèse suivante : les secrets protégés par le Prieuré de Sion étaient les reliques de Marie-Madeleine, femme du Christ et matriarche d'une lignée de rois mérovingiens de France. Dan Brown s'est fortement inspiré de *L'énigme sacrée* en écrivant le *Da Vinci Code.*

Le village de l'abbé Saunière, Rennes-le-Château, se situe au sud-est de la France, patrie des Mérovingiens et, plus tard, des Cathares.

Robert Langdon

Sur la page de remerciements de *Angels & Demons*, Dan Brown rend hommage à John Langdon, qui a créé les étonnants ambigrammes pour ce livre. On peut également voir les travaux de John Langdon sur le site Internet du *Da Vinci Code.*

Les ambigrammes sont des mots-images qui se lisent aussi bien à l'envers qu'à l'endroit. Dan Brown insiste sur leur appartenance à une symbologie « ancienne » et « mythique », mais John Langdon croit manifestement qu'il est celui qui a inventé ou découvert cette forme d'art particulière qu'il pratique. Un autre artiste, Scott Kim, a commencé de son côté à dessiner des ambigrammes à la même époque. Toutefois, Kim reconnaît que Langdon a été le premier à les utiliser, mais il affirme que c'est Douglas Hofstadter qui a inventé le mot *ambigramme.* John Langdon possède son propre site Internet, www.johnlangdon.net, où on peut trouver quelques-unes de ses œuvres les plus remarquables.

Le nom de Langdon évoque également le Languedoc, la région française où se situe une si grande partie de l'histoire de Marie-Madeleine et des Templiers. Langdon est aussi professeur à Harvard.

Bézu Fache

Le mont Bézu se situe près de Rennes-le-Château et comporte au moins deux aspects importants. Premièrement, une rumeur circule selon laquelle une forteresse des Templiers y aurait été construite. Le mont Bézu fait aussi partie d'un groupe de cinq sommets montagneux de cette région qui formeraient, paraît-il, un parfait pentacle. La Grande Fache est une montagne des Pyrénées, non loin de la ville d'Andorre (où Aringarosa avait rencontré Silas) et de Rennes-le-Château, village où a vécu l'abbé Saunière.

En français, le mot « fâche » qualifie certainement ce policier particulier...

Sophie Neveu

Comme l'auteur l'explique dans le *Da Vinci Code*, sofia signifie « sagesse » en grec et elle possède un avatar féminin dans la mythologie grecque, entre autres. Des journalistes ont suggéré que « neveu », en plus de se rapprocher du mot « nouveau », peut également suggérer « nouvelle Ève », avec toutes les résonances liées au personnage de la Bible et du mythe qui l'entoure. Le retour d'Ève, la renaissance du Féminin sacré, la déesse de la sagesse : ce sont là des particularités qui correspondent bien à Sophie Neveu.

On retrouve Sophia, décrite comme une épouse mystique du Christ, dans un livre de la bibliothèque de Nag Hammadi. Il s'appelle *La Sophia (Sagesse) de Jésus-Christ* et dans ce document, Sophia est la moitié femelle d'un Christ androgyne et connue sous le nom de « Première procréatrice Sophia, mère de l'Univers ». Certains l'appellent l'« Amour ».

On pourrait également considérer Sophie Neveu comme un Saint-Graal, selon les définitions du *Da Vinci Code* en tant que réceptacle de la lignée du Christ. À différents moments, l'auteur semble suggérer fortement que Sophie, de même que son frère, sont véritablement les descendants de Jésus et Marie-Madeleine. Mais en même temps, quelques phrases assez explicites affirment le contraire. Comme bien d'autres choses, cela reste un mystère.

L'évêque Manuel Aringarosa

En italien, *aringa rosa* signifie « hareng saur[33] ». Si Teabing est le cerveau derrière le complot, alors les activités d'Aringarosa et

33. En anglais, l'expression *red herring* signifie aussi « diversion ». (*N.d.T.*)

de son sous-fifre Silas constituent une diversion dans l'intrigue. Le nom comporte également le phonème « rose ». En anglais, le nom de l'évêque peut produire entre autres anagrammes les mots « *nausea or alarming* » (nausée ou inquiétant) — deux réactions plausibles devant cette intrigue.

Sir Leigh Teabing

En écrivant *Da Vinci Code*, Dan Brown s'est fortement inspiré du livre, *L'énigme sacrée* de Michael Baigent, Richard Leigh et Henry Lincoln. *Leigh* vient de Richard Leigh et *Teabing* est une anagramme de Baigent. Teabing a réalisé des documentaires pour la BBC, tout comme le troisième auteur de *L'énigme sacrée*. Il existe entre eux de nombreuses autres similitudes.

André Vernet

Apparemment, André Vernet, le nom du gérant de la banque suisse, existerait vraiment et son nom apparaît en effet sur la longue liste des remerciements du *Da Vinci Code*. Selon certaines sources, Vernet a été professeur à la Phillips-Exeter Academy, où Dan Brown a obtenu son diplôme en 1982 et a plus tard enseigné l'anglais.

Rémy Legaludec

Rémy est un prénom très courant en France. Legaludec est une sorte de jeu de mots sur le Languedoc, région du sud de la France où on retrouve plusieurs des noms importants du *Da Vinci Code*. Dans l'édition originale, nous trouvons également les mots « legal » et « duce » (« légal » et « duc ») qui pourraient avoir pour anagramme « *a glad clue* » (un joyeux indice).

Jonas Faukman

Jonas Faukman est l'éditeur de Robert Langdon dans le *Da Vinci Code*. Le véritable éditeur de Dan Brown est Jason Kaufman. Jusqu'en 2001, Kaufman travaillait pour Pocket Books — qui a publié deux des premiers livres de Dan Brown, *Digital Fortress* et *Angels & Demons*. Il a rejoint plus tard Doubleday (une division de Random House), et le *Da Vinci Code* fut sa première acquisition, avec un contrat, dit-on, d'un demi-million de dollars pour les deux livres.

Le Faukman du roman prononce une des phrases les plus

révélatrices du *Da Vinci Code* quand il parle à Robert Langdon de son désir d'écrire un livre sur le Féminin sacré : « Bon Dieu, tu es un historien de Harvard et non un maître de pacotille qui cherche à faire du fric facile. » Les paroles de Faukman sont peut-être la voix de la conscience de Dan Brown, compte tenu de l'importance qu'il attache aux idées qui sous-tendent le *Da Vinci Code* sur la voie du New Age et de la culture populaire de l'occulte.

Quelques remarques au hasard :

- Pamela Gettum, est libraire dans le roman. Outre l'attitude dynamique que suggère son nom[34], Pamela Gettum pourrait être à Robert Langdon ce que Pussy Galore est à James Bond.

- Edouard Desrochers est un nom qui apparaît brièvement sur une liste de gens dont Teabing écoutait les conversations ; c'est aussi le nom d'un ancien professeur de la Phillips-Exeter Academy.

- Colbert Sostaque, un autre nom figurant sur cette liste contient l'anagramme « *cobalt rose quest* » (cobalt rose quête). Les mystérieux parchemins découverts par Bérenger Saunière à Rennes-le-Château contenaient une phrase qui faisait référence à « des pommes bleues à midi ». Le déchiffrage de cette phrase insensée est devenu une des grandes quêtes liées à la légende du Prieuré et du Graal. Nous pensons que Dan Brown devait jouer quelque peu là-dessus. Notamment, une des plus grandes quêtes de tous les temps pour les phytogénéticiens est la mise au point d'une rose bleue. Les horticulteurs ont comparé cette quête à celle du Saint-Graal. Une équipe australienne travaille sur ce projet depuis plus de dix-sept ans.

- Silas, en plus d'être presque un homonyme de la ceinture de mortification qu'il porte (le cilice), assassine en silence et son nom lui vient d'un personnage de la Bible qui s'est également évadé de prison pendant un ouragan.

34. En argot anglais, ce mot est une contraction de *get them*, qui signifie « Attrape-les ! » (*N.d.T.*)

Glossaire

Le Code Da Vinci mot à mot

Adonai C'est l'un des noms donnés à Dieu en hébreu. Le nom original de Dieu — formé par les lettres YHWH dans l'alphabet hébraïque — était à ce point sacré qu'on croyait qu'il ne devrait jamais être prononcé à voix haute. Avec le temps, Adonai est devenu l'un des vocables de remplacement et les voyelles figurant dans Adonai ont été ajoutées à JHWH pour rappeler aux gens qu'il fallait plutôt dire Adonai. Cette combinaison de consonnes et de voyelles a créé la translittération française « Jéhovah ». Au début du livre de la Genèse, on donne à Dieu le nom d'Élohim (ce qui est intéressant en soi, puisque la terminaison de ce nom hébreu induit le pluriel). Plus loin dans la Genèse, et par la suite dans d'autres livres de la Torah, le nom d'Adonai fait son apparition. Il existe une théorie selon laquelle Élohim représente le concept de Dieu avant l'apparition de l'Homme et Adonai est le vocable adéquat pour désigner le Dieu d'après la Création. Certains spécialistes qui ont consacré leur vie à l'étude des conditions dans lesquelles la Bible a été écrite sont d'avis que le terme Élohim a désigné Dieu avant celui d'Adonai. Selon eux, certains documents des saintes Écritures ont eu pour rédacteur E (pour Élohim) et d'autres J (pour Jéhovah).

(L')Adoration des Mages Le chef-d'œuvre de Léonard de Vinci, *L'Adoration des Mages*, lui fut commandé au début de sa carrière, alors qu'il travaillait à Florence. Datée de 1481, *l'Adoration* est une œuvre qui a évolué. Certaines portions du tableau demeurent un « sous-dessin », c'est-à-dire l'esquisse sur laquelle l'artiste a appliqué la peinture. Cela semble indiquer que Léonard a abandonné son œuvre avant de pouvoir la terminer. Toutefois, en 2001 le « diagnostiqueur d'art » Maurizio Seracini a procédé à des examens à l'ultrason qui ont révélé que « la peinture de *L'Adoration* n'a pas été appliquée par Léonard. » Seracini présume qu'un artiste de bien moindre calibre a délibérément effacé certains éléments de la toile et en a ajouté d'autres.

Dan Brown laisse entendre obscurément dans le *Da Vinci Code* que le peintre anonyme qui a ajouté sa facture à l'esquisse de Léonard tentait délibérément de dissimuler quelque message se trouvant dans l'original. L'article de

Seracini, paru dans l'édition du 21 avril 2002 du *New York Times Magazine*, est mentionné par Robert Langdon dans le roman.

Albinos Silas, le consciencieux surnuméraire de l'Opus Dei du *Da Vinci Code*, est un albinos. Les albinos sont dépourvus, partiellement ou entièrement, de pigmentation dans les cheveux et les yeux ainsi que sur la peau. Les gens atteints d'albinisme souffrent généralement de graves carences de la vision et beaucoup d'entre eux sont considérés comme aveugles. Silas ne semble pas souffrir d'une telle affection ; en fait, l'évêque Aringarosa affirme que l'albinisme rend Silas unique et lui confère même un caractère de sainteté : « Ne comprends-tu pas que cela te rend spécial, unique ? Ne sais-tu pas que Noé était albinos ? » L'acronyme de l'organisme national qui défend les droits des albinos aux États-Unis est précisément NOAH.

Amon Bien qu'Amon soit évoqué dans le *Da Vinci Code* comme « le dieu égyptien de la fertilité », ses attributions étaient beaucoup plus larges, il fut même, à une certaine époque, la divinité suprême. Parce que l'Égypte était loin de former une entité politique unie au début de son histoire, plusieurs familles dirigeantes allaient ensuite prétendre au trône. Lorsque cela se produisit, chacune amena son propre groupe de dieux. Au cours des siècles suivants, les historiques de ces dieux ont été fréquemment modifiés et entremêlés. Amon (aussi appelé Amen et Amun) était mentionné dans les premiers textes immédiatement après Nounèt et Noun, les équivalents de l'infinité liquide d'où sont venues toutes choses. Cette association a placé Amon et sa compagne Amonet parmi la poignée de dieux qui se sont créés eux-mêmes ou, alternativement, sont issus de Thot en tant que l'un des huit dieux d'origine de la création. Jusque vers la douzième Dynastie, Amon n'était qu'un dieu thébain local ; puis les princes de Thèbes conquirent leurs rivaux et firent de leur ville la nouvelle capitale de la Haute-Égypte. C'est sans doute à ce moment qu'on a commencé à l'appeler le « Roi des Dieux ».

Le mot *amon* signifie « ce qui est caché ». Il s'agit d'une allusion à l'esprit invisible. Amon était également connu comme gardien de la justice, protecteur du pauvre et dieu du vent et de la fertilité. Il était représenté sous la forme humaine, avec deux hautes plumes ornant une coiffe rouge. On pouvait aussi le voir représenté sous la forme d'un homme à tête de grenouille ou encore à tête d'uraeus (cobra) et aussi sous les traits d'un singe et d'un lion accroupi au pied d'un piédestal.

Anagrammes Ces mots ou phrases créés à partir de la transposition de lettres ou d'un autre mot ou phrase, sont importants dans le *Da Vinci Code*. Par exemple, dans la version originale anglaise du roman, les mots que Saunière griffonne sur le plexiglas protégeant la *Joconde* — « So Dark the Con of Man » — sont l'anagramme du titre de la peinture de Léonard De Vinci, the *Madonna of the Rocks* (*La Vierge aux rochers*). Saunière laisse ainsi à l'intention de Sophie plusieurs anagrammes pour la guider dans sa recherche, dont une anagramme composé de chiffres : la complexe **séquence de Fibonacci**.

Androgynie Combinaison des racines grecques *andr* (masculin) et *gyn* (féminin), ce mot signifie : de genre indéterminé. Vers la fin de *Da Vinci Code*, alors qu'ils survolent la Manche, Langdon et Sophie ont une conversation sur le rituel dont elle avait été témoin quelques décennies auparavant et qui l'avait traumatisée et éloignée de son grand-père. « Ils portaient des masques ? demanda-t-il en contenant son excitation. Des masques androgynes ? » « Oui, identiques. Blancs pour les femmes, noirs pour les hommes. » L'androgynie est considérée par plusieurs autorités spécialisées dans les archétypes et mythes comme un concept évoquant l'unité de la nature divisée de l'espèce et de la psyché humaines, des dieux et des déesses.

Apôtres Les racines du mot *apôtre* renvoient à un mot grec signifiant « celui qui est envoyé ». Leur mission était de répandre la nouvelle du message chrétien. Le fait que **Marie-Madeleine** ait été la première personne que Jésus a rencontrée après sa résurrection (selon plusieurs comptes rendus des Évangiles) et qu'il lui ait précisément demandé de transmettre aux autres la Bonne Nouvelle, confirme son rôle comme « Apôtre parmi les Apôtres », un titre que l'histoire lui a reconnu. Certains spécialistes émettent l'hypothèse que les douze apôtres correspondent aux douze tribus d'Israël.

Arius C'est le personnage le plus couramment associé à une hérésie fortement contestée, soit l'arianisme. Au centre de l'arianisme, il y avait un débat sur la nature du Christ : était-Il de la même substance que le Père ou Lui était-Il inférieur, dans la mesure où Il était un être humain créé à l'instigation du Père et incapable, à ce titre, de partager Sa divinité ? Arius soutenait, quant à lui, que le Christ n'était pas de la même substance que le Père. Après des années de débats théologiques, il présenta les principes de sa doctrine au **concile de Nicée**. Son hérésie fut rejetée et l'opposition à l'arianisme fut inscrite dans le **Credo de Nicée**. Toutefois, l'arianisme continua de se répandre ; en fait, trente ans après l'avènement de **Constantin**, deux nouveaux conciles furent tenus pour disposer de la même question. Aucun ne réussit à mettre fin au débat. Dans le *Da Vinci Code*, les Wisigoths, une tribu médiévale arianiste, sont présentés comme les ancêtres de la dynastie des **Mérovingiens**. Le village de **Rennes-le-Château** était une place-forte historique des Wisigoths.

Atbash Le code Atbash est utilisé par Robert Langdon, Sophie Neveu et Leigh Teabing pour ouvrir le premier cryptex de Saunière au chapitre 72 du *Da Vinci Code*, ce qui entraîne un mystère supplémentaire, le second cryptex contenant une « carte » du Saint-Graal. Atbash est un code ancien et extrêmement simple créé par les scribes hébreux qui transcrivaient les livres de l'Ancien Testament. Dans ce code, la séquence de l'alphabet est inversée de façon que la dernière lettre de l'alphabet représente la première, la deuxième lettre remplaçant l'avant-dernière et ainsi de suite. En français, le code ferait de *a* l'équivalent de *z* (et vice versa) de *b* l'équivalent de *y*, de *c* celui de *x* et ainsi de suite. Donc, en code Atbash, wz ermxr xlwv signifierait « da vinci code ». Le nom Atbash est précisément dérivé des deux premières lettres de l'alphabet hébreu (*aleth*, *beth*, ou *a* et *b* en français) et de leurs équivalents dans le code (*tav*, *shin*, ou *t* et *s* en français). Le code Atbash et les autres codes utilisant des méthodes semblables sont appelés substitutions.

Langdon rêve tout haut du plus célèbre exemple du code Atbash en attendant que Sophie déchiffre le code du cryptex. Il s'agit de la référence à « sheshach » dans Jérémie 25, 26 et 51, 41. Le mot *sheshach* a causé d'énormes difficultés aux spécialistes de la Bible, mais l'application du code Atbash en a révélé le sens caché : *Babel*, aux yeux de plusieurs spécialistes, est l'équivalent de Babylone, la capitale de l'empire babylonien et foyer de nombreux juifs faits prisonniers après le pillage de Jérusalem en 600 avant J.-C.

בפומת

[tav] [mem] [vav] [pei] [beit]

שופיא

[alef] [yud] [pei] [vav] [shin]

Autel Ce mot, dérivé du latin *altius*, signifie « haut ». L'autel tire son origine de pratiques religieuses ayant cours avant l'ère chrétienne, lorsqu'qu'il était utilisé comme plate-forme servant aux offrandes sacrificielles. Au début du christianisme, il servait à commémorer la dernière Cène.

Baphomet Une idole dont on disait qu'elle avait la tête d'un bouc ; il est affirmé, dans certaines descriptions, qu'un **pentacle** figurait également sur sa tête. Bien qu'on ait souvent dit qu'il était l'idole des **Chevaliers du Temple**, cette attribution provient de confessions obtenues sous la torture par l'Inquisition. Elle est donc quelque peu suspecte. Plusieurs membres de l'Ordre du Temple, torturés par l'Inquisition, ont admis (que cela soit vrai ou non) vouer un culte à cette idole, décrite très fréquemment comme ayant « une tête de bouc et un corps d'âne ». Certains adeptes contemporains du paganisme conservent une croyance en Baphomet, le considérant comme le dieu des sorcières et l'héritier de Pan, dieu de la nature.

Boaz et Jachin Boaz et Jachin sont les noms des deux piliers soutenant le Temple de Salomon. Dans le *Da Vinci Code*, Langdon et Sophie remarquent des copies de ces piliers dans Rosslyn Chapel. Sophie a le sentiment de les avoir déjà vu auparavant. Langdon lui fait alors remarquer que ces piliers sont « les éléments architecturaux les plus reproduits au monde » et qu'ils sont identiques aux deux piliers qu'on retrouve dans n'importe quel temple maçonnique. Les noms proviennent de comptes rendus bibliques de la construction de son Temple par Salomon. Celui-ci avait écrit à Hiram de Tyr pour lui demander de lui envoyer des artisans « habiles en gravure et dans le travail de l'or, de l'argent, du bronze et du fer ainsi que dans la confection de vêtements de couleur bleue, pourpre et rouge ». Ces artisans contribuèrent à l'édification de deux piliers décorés de façon très élaborée. Le pilier situé du côté droit fut appelé Jachin (« établir », « stabilité ») et le pilier de gauche, Boaz (« force » ou « en lui est la force »). Selon la légende, Boaz était le nom d'un ancêtre de Salomon ; l'origine de Jachin n'est pas établie aussi clairement. Boaz et Jachin sont devenus d'importants symboles de la pratique maçonnique. Les maçons font remonter leurs anciennes origines à une représentation symbolique de la puissance du divin et adaptent fréquemment le symbole de la **fleur de lys** dans leurs édifices, en l'occurrence des capitales de bronze au sommet de chaque colonne. D'autres identifient les piliers à ceux dont on disait qu'ils soutenaient l'Ancien monde, l'un à Gibraltar et l'autre à Ceuta. Certains estiment qu'ils représentent plusieurs anciennes dualités : lumière et obscurité, féminin et masculin, positif et négatif et, à l'égard des éléments, le feu et l'eau.

Bois-de-Boulogne Langdon et Sophie filent à travers le Bois-de-Boulogne en route vers le 24, rue de Longchamp, l'adresse laissée par le grand-père de Sophie sur une mystérieuse clé découpée au laser. Langdon tente alors de rassembler ses pensées pour parler à Sophie du **Prieuré de Sion**, mais il est distrait par l'étrange faune nocturne du parc : travailleurs du sexe et prostituées en tous genres.

Le Bois-de-Boulogne est un immense parc parisien (plus de huit cent hectares) abondamment boisé et comprenant de nombreuses zones récréatives, dont un hippodrome, des pistes cyclables et sentiers pédestres ainsi que de charmants jardins. La nuit, le parc devient un quartier chaud bien connu. Le Bois-de-Boulogne n'est que le maigre vestige d'un domaine autrefois beaucoup plus vaste, la Forêt de Rouvray, qui s'étendait sur plusieurs kilomètres vers le nord à l'époque de l'invasion de la Gaule au premier siècle avant J.-C. Le roi Childéric II (un souverain **mérovingien** du VIIe siècle) légua la forêt à l'abbaye de Saint-Denis, qui projetait d'y construire des monastères et des abbayes. Au cours de la Guerre de Cent Ans, la forêt — déjà très dangereuse — devint un repaire de brigands avant d'être saccagée par les Parisiens. Sous le règne de Louis XI, le domaine fut reboisé et deux routes y furent ouvertes.

Brown mentionne que certains Parisiens parlent de ce secteur comme du « Jardin des délices terrestres », une allusion à un triptyque de Jérôme Bosch connu pour son contenu audacieux et son mystérieux symbolisme. Le tableau lui-même décrit l'Éden avant la chute sur le panneau de gauche, le Jardin des délices terrestres sur le plus large panneau central et une représentation de l'Enfer sur le panneau de droite. Bien que chacun des panneaux représente un lieu théologique différent, un élément commun traverse le triptyque. Les trois domaines, du jardin inviolé à l'enfer des damnés, montrent des scènes d'un surréalisme troublant.

L'Enfer est dépeint comme le domaine d'étranges créatures et de châtiments aussi inhabituels qu'extravagants, où des animaux à corps humains dévorent des pécheurs. Un immense corps sert de cave pour le châtiment des damnés et des symboles étranges (une paire d'oreilles entre lesquelles pointe un couteau) abondent. Toutefois, le surréalisme est aussi présent dans le *Jardin des délices terrestres* sur le panneau du centre et le *Jardin d'Éden* sur le panneau de gauche. Ces lieux mythiques sont libérés de l'imagerie bizarre et tortueuse de l'enfer, mais le surréalisme y est néanmoins présent : des hommes et des femmes nus folâtrent dans les structures fantastiques et animées du jardin et même cet Éden inviolé est infesté d'étranges animaux chimériques.

Bosch (1450-1516), un maître flamand, est presque un contemporain jumeau de **Léonard de Vinci** (1452-1519) et nourrissait lui aussi un intérêt marqué pour l'alchimie et les sociétés secrètes. La plupart de ses tableaux étaient chargés de symboles et de messages codés de toutes sortes ainsi que de références à la sexualité et au **Féminin sacré** beaucoup plus exotiques que tout ce qu'on peut trouver dans l'œuvre de Léonard. Et comme dans le cas de Léonard, il est difficile de déterminer si Bosch était un croyant fervent, un libre-penseur radical ou un adepte de cultes hérétiques. Certains biographes et historiens de l'art croient que Bosch a eu quelque contact avec les Adamites, une société secrète qui pourrait avoir intégré à ses pratiques certaines activités semblables au ***hieros gamos***.

Même si la controverse continue d'entourer la signification des symboles figurant dans les peintures de Bosch, une chose demeure claire. Pour Bosch, il existe une profonde ambiguïté et un vague danger associé aux lieux que nous considérons comme des paradis ; cela fait du Bois-de-Boulogne un homonyme adéquat pour le tableau de Bosch et un endroit digne de mention dans le *Da Vinci Code*.

Botticelli Dans l'ouvrage de Dan Brown, ce peintre est mentionné comme membre du **Prieuré de Sion**, selon les ***Dossiers secrets***. Botticelli est plus connu pour sa *Naissance de Vénus*, qui présente un lien évident avec le **Féminin sacré**. Il fut persécuté par les inquisiteurs et fondamentalistes florentins dirigés par Savonarole et finit d'ailleurs par leur céder. Cela, en plus de sa rivalité avec Léonard, fait en sorte qu'il est difficile de le considérer comme un membre de la même société ultra-secrète, même s'il est vrai que ses œuvres, dont la *Naissance de Vénus*, ont introduit un important élément d'érotisme dans la peinture de la Renaissance.

Calice Dans l'art chrétien, le calice est associé à la dernière Cène, au sacrifice de Jésus et à la foi chrétienne. Langdon explique à Sophie la nature du calice au cours de leur bref séjour au château de Leigh Teabing. Le calice est le symbole féminin le plus simple connu de l'homme, le symbole de l'utérus et de la féminité. Le **Saint-Graal** est une variante symbolique plus élaborée du

calice, associé à **Marie-Madeleine** en tant que gardienne de la sainte lignée.

Le symbole opposé, mais complémentaire, avec lequel il est parfois associé est appelé la lame (le calice et la lame). La lame est représentée comme un phallus ou encore par un couteau ou une lance. Il s'agit d'un symbole de masculinité et d'agression. La lame et le calice, lorsqu'ils sont joints, forment l'Étoile de David, que Langdon considère comme l'union parfaite de l'homme et de la femme et le principe le plus élevé du divin.

Les symboles du calice et de la lame ne nous ont jamais quittés et existent sous diverses formes dans la culture occidentale.

(Le) Caravage Dans une tentative désespérée pour se cacher de son agresseur, Jacques Saunière décroche du mur du **Louvre** une toile du Caravage. Ce geste déclenche l'alarme du musée et abaisse une grille de sécurité entre Saunière et son assaillant. Le plan fonctionne, mais pas de la façon dont Saunière l'avait espérée.

Le Caravage fut l'un des plus grands peintres de la période baroque. Né Michelangelo Merisi en 1573 dans une ville de Lombardie appelée Caravaggio (dont il tira son nom d'artiste), il mena une vie misérable. Lorsqu'il connut enfin le succès et la notoriété, il fut incapable de faire taire complètement la colère et le tempérament violent qu'avaient aiguisés ses années de pauvreté. Une série de querelles et de rixes se terminèrent par un meurtre. Par la suite, il erra de ville en ville, échappant souvent de peu à la prison. Au fil de son existence de fugitif, il s'arrêta à Malte où il devint **Chevalier de Malte**. Il mourut en 1610, dans l'attente d'un pardon papal qui fut accordé trois jours après sa disparition.

Le Caravage utilisait une lumière intense pour créer un effet spectaculaire dans des scènes donnant l'impression que le temps s'arrêtait. Ses éclairs de lumières dans des espaces sombres étaient particulièrement remarquables pour illustrer des moments de conversion, d'épiphanie, de choc ou de violence. Il n'est pas étonnant de constater que certains des tableaux les plus célèbres du Caravage décrivent des scènes où se mêlent tout à la fois violence et spiritualité, comme dans *La Crucifixion de saint Pierre*, *La Conversion de saint Paul*, *La Vocation de saint Mathieu* et *La Déposition de croix*. Il a peint des personnages religieux et mythologiques de façon « vulgaire », c'est-à-dire comme s'ils étaient des laboureurs ou des prostituées. Il faut dire qu'au début de sa carrière, ces personnes étaient souvent les seuls modèles qu'il avait à sa portée.

Castel Gandolfo Castel Gandolfo apparaît dans le *Da Vinci Code* comme le lieu des deux rencontres de l'évêque Aringarosa avec les fonctionnaires du Vatican. Le Castel est célèbre pour deux usages : celui de résidence d'été du pape et celui de centre du programme d'astronomie du Vatican. À une époque, il fut le site de la résidence d'été de l'empereur romain Domitien, qui régna entre

81 et 96 après J.-C. Domitien y construisit un somptueux palais, doté de son propre aqueduc, un théâtre pour la présentation de pièces et de concours de poésie ainsi qu'un cryptoportique, c'est-à-dire une longue structure semblable à un long tunnel aménagée dans l'une des collines environnantes, conçue spécialement pour protéger l'empereur du soleil durant ses longues marches.

Le palais tomba en ruine après sa mort et fut détruit et reconstruit plusieurs fois au fil des quatre siècles suivants, victime de la lutte acharnée que se livraient l'Église et diverses familles nobles. Le Vatican l'acquit enfin de son dernier propriétaire au début du XVIIe siècle. Urbain VIII (pape de 1623 à 1644) y entreprit d'importantes rénovations et Castel Gandolfo devint la résidence d'été officielle du pape en 1626. Le lieu est toujours reconnu pour son style simple et de bon goût ainsi que pour la beauté de ses jardins.

L'un des plus anciens centres d'astronomie au monde, l'Observatoire du Vatican — la Specola Vaticana — fut déplacé à Castel Gandolfo dans les années 1930. Lorsque les lueurs de Rome commencèrent à éclipser celles des étoiles observées à Castel Gandolfo, le Vatican fit construire un second centre d'astronomie, que les brillantes lumières de la capitale italienne ne pourraient pas atteindre. Ce centre est situé à Tucson en Arizona. Le site original de Castel Gandolfo, toutefois, est toujours la résidence d'été du pape.

Cathares Les Cathares étaient une secte chrétienne hérétique qui connut son heure de gloire aux douzième et treizième siècles après J.-C. Leur nom vient du grec *katharos*, qui signifie « pur ». Les Cathares étaient présents dans tout le sud de l'Europe — en particulier dans les régions où le rayonnement de l'Église catholique était le plus faible — mais ils étaient particulièrement bien représentés dans le Languedoc, en Provence, dans un secteur prospère du sud de la France qui a toujours été reconnu pour son indépendance politique et religieuse.

Les origines de l'hérésie cathare sont obscures, mais certains spécialistes sont d'avis que le dualisme qui était au cœur de leur foi fut introduit en Europe par des hérétiques originaires de l'Empire byzantin, à l'extrémité orientale du monde chrétien. Quoi qu'il en soit, les Cathares adhéraient à une idée **gnostique** commune, selon laquelle le monde avait été créé par un dieu malfaisant, un dieu du monde matériel qui dès le départ avait corrompu la création. Ainsi, toutes choses matérielles — y compris le corps humain lui-même — était fondamentalement mauvais et le salut se trouvait donc dans la capacité de transcender et d'échapper à la prison de la chair. Les Cathares croyaient que l'âme ou l'esprit était écartelé entre le bien spirituel et le mal matériel et que si l'individu décidait de se soumettre au monde matériel par le déni, il serait constamment réincarné jusqu'à ce qu'il prenne la bonne décision.

Les Cathares étaient également des protoféministes. Les femmes pouvaient accéder au rang de préfet tout aussi facilement que les hommes. L'âme n'avait pas de sexe ; le corps était simplement sa prison. Au plan spirituel, aucun genre ne pouvait prétendre à une supériorité naturelle sur l'autre. Les croyances hérétiques des Cathares effrayèrent l'église orthodoxe, qui répandit à leur sujet des rumeurs assez semblables à celles qui furent lancées contre les **Templiers**, à savoir qu'ils vouaient un culte au diable, qu'ils se nourrissaient des cendres de nourrissons brûlés vifs, qu'ils étaient des homosexuels invétérés. Constatant que ces calomnies ne réduisaient en rien la popularité croissante de la foi cathare, Rome organisa une croisade qui tira son nom de la petite ville d'Albi, un foyer de la vie cathare. La Croisade des Albigeois, qui dura de 1209 à 1229, fit un large usage de la force militaire pour écraser la foi naissante. Des villes et des cités entières soupçonnées d'abriter des communautés hérétiques furent pillées et détruites.

Cathédrale des Codes Nom informel de **Rosslyn Chapel**. **(Code de) César** Code de substitution (semblable au code Atbash) élaboré par Jules César pour communiquer avec ses généraux en temps de guerre. Dans l'alphabet français, le code de César substitue la troisième lettre suivante à la première. Ainsi, *d* remplace *a*, *e* remplace *b*, *f* remplace *c* et ainsi de suite. De cette façon, le nom Dan Brown s'écrirait « Gdq Eurzq ».

Château de Villette La somptueuse demeure française de Leigh Teabing, le Château de Villette est l'endroit où Sophie et Robert trouvent refuge après s'être échappés de la banque suisse en possession de la **clé de voûte** du prieuré. Le Château de Villette est un monument d'architecture situé à l'extérieur de Paris. Il fut conçu par François Mansart en 1668 à la demande de Jean Dyel, comte d'Aufflay et ambassadeur de France à Venise. Un autre Mansart, Jules Hardouin-Mansart, neveu de François et lui-même architecte de renom, mit la touche finale à Villette en 1696. Les plans de Versailles furent dessinés à la même époque par Hardouin-Mansart et les influences sur la célèbre résidence du roi de France sont apparentes dans son cousin de taille plus modeste. Ce château luxueux est construit en pierre et possède onze chambres avec salle de bains, une chapelle, une hôtellerie, des étables, des jardins, des courts de tennis et deux lacs. Aujourd'hui, il est possible de louer le château pour des vacances, des réunions ou des mariages.

Chevaliers de Malte Les seuls rivaux sérieux des **Templiers**, les Chevaliers de Malte (aussi appelés hospitaliers de Saint-Jean-de-Jérusalem et Chevaliers de

Rhodes) formaient un ordre militaire monastique fondé en Terre sainte au cours du XIe siècle. Cet ordre se consacrait à soigner les malades et les blessés et fonda des hôpitaux en Terre sainte pour offrir confort et aide aux pèlerins. L'ordre se considérait comme le vassal de ses patients; dans certains hôpitaux, les malades dormaient dans des draps et se sustentaient dans de la vaisselle d'argent. Il est donc assez paradoxal de constater que les Chevaliers de Malte se forgèrent aussi une réputation de combattants féroces, aussi bien sur terre que sur mer. Les hospitaliers sillonnèrent la Méditerranée, établissant des postes à Chypre, Rhodes et enfin

Malte après que la Terre sainte fut tombée aux mains des musulmans. À partir de ces forteresses insulaires, ils harcelaient les villes côtières occupées par les musulmans.

La saisie des propriétés des hospitaliers pendant la Réforme et la Révolution française priva les Chevaliers de leur indépendance financière et, affaiblis, ils cédèrent Malte à Napoléon en 1798. L'ordre renaît de ses cendres sous diverses formes tout au long du XIXe siècle, ranimant sa vocation hospitalière et offrant refuge aux malades et aux blessés. Les Chevaliers de Malte se chargèrent du soin des blessés dans le cadre de diverses guerres européennes et dirigèrent des hôpitaux pendant la Première Guerre mondiale. L'ordre survit encore aujourd'hui comme État souverain, un peu à la manière du Vatican. Son quartier général à Rome est extraterritorial, ce qu'il signifie qu'il peut émettre ses propres passeports et échanger des ambassadeurs avec d'autres pays (quarante jusqu'à maintenant). Il forme le plus petit État indépendant du monde.

Chevaliers du Temple Les Chevaliers du Temple sont mentionnés pour la première fois dans le *Da Vinci Code* au moment où Sophie et Langdon traversent le **Bois-de-Boulogne**. Langdon présente alors un résumé de leur histoire et précise la façon dont elle est reliée au **Prieuré de Sion**. Les Templiers jouent un rôle prépondérant dans le livre comme l'un des pivots historiques de l'intrigue : le Prieuré, affirme t-on dans le roman, créa les Templiers comme un bras armé chargé de recouvrer et de protéger les documents et reliques du **Saint-Graal**.

En 1119, neuf chevaliers, s'attribuant le nom d'Ordre des pauvres chevaliers du Christ, s'engagèrent à protéger les pèlerins voyageant vers les divers lieux saints de Jérusalem et de ses environs. Il s'agissait là d'un ordre d'un type nouveau : des hommes de Dieu à la fois guerriers et moines et pour qui c'était une joie de faire couler le sang au service de Dieu.

Le roi Beaudouin II les logea dans la mosquée al-Aqsa qui était construite, selon les croisés, sur le site de l'ancien **Temple de Salomon** (le débat subsiste encore aujourd'hui quant à la justesse de cette assertion). De leurs quartiers au-dessus du Temple, ils tirèrent leur nom : les Chevaliers du Temple de Salomon ou Chevaliers du Temple.

Comme le remarque Langdon, l'ascension rapide des Templiers après des débuts peu prometteurs est en effet étonnante. Mais les historiens conventionnels ne l'attribuent pas aux secrets ou aux trésors découverts sous la mosquée al-Aqsa ; le sentiment général est plutôt que leur zèle authentique pour le maintien de la Terre sainte entre des mains chrétiennes incita aussi bien les autorités séculaires que religieuses à consentir de généreuses donations aux Templiers. En outre, le pape **Innocent II** avait émis une bulle faisant en sorte que les Templiers n'étaient redevables qu'au souverain pontife. Cette exemption des lois séculières et religieuses — y compris les lois fiscales — accrut non seulement leur richesse mais aussi leur pouvoir.

Mais la destinée des Templiers étaient étroitement liée au sort de la Terre sainte, constamment menacée à l'est par les armées des royaumes musulmans. Lorsqu'elle tomba aux mains des musulmans en 1291, l'étoile des Templiers commença aussitôt à pâlir. Seize ans plus tard, les membres de l'ordre en France furent arrêtés en masse, accusés par le roi **Philippe Le Bel** d'hérésie, de blasphème, d'homosexualité et d'autres crimes contre l'Église et contre Dieu. Même si ces accusations étaient sans doute non fondées, les Chevaliers avouèrent sous la torture; ceux qui se rétractaient étaient brûlés vifs. L'ordre des Templiers cessa effectivement d'exister en 1314, lorsque son dernier Grand Maître, Jacques de Molay, qui avait renié sa confession initiale, périt sur le bûcher.

Cilice Ce mot est défini dans le dictionnaire comme une « ceinture de crin ou d'étoffe rude ». Tel que présenté dans le *Da Vinci Code*, toutefois, le cilice que porte au haut de sa cuisse Silas — le fidèle de l'**Opus Dei** chargé d'assassiner Saunière et ses collègues — est une chaîne hérissée de pointes. Le port du cilice est pratiqué par certains adeptes masculins et féminins (appelés surnuméraires) de l'Opus Dei. C'est un prolongement de la pratique de « mortification corporelle » traditionnellement prônée par l'Église catholique. Elle consiste à se punir afin de pouvoir s'identifier aux souffrances de Jésus et ainsi être en mesure de résister à la tentation et d'assurer son développement spirituel. Josemaría Escrivá, le fondateur de l'Opus Dei, croyait que l'expérience directe de la douleur permet au pécheur de se repentir. Dans son texte *La Voie*, fondamental aux yeux des adeptes de l'Opus Dei, il écrit: « Bénie soit la douleur. Aimée soit la douleur. Sanctifiée soit la douleur. Glorifiée soit la douleur » et « Ce qui a été perdu par la chair doit être rendu par la chair: sois généreux dans ta pénitence. » Parmi les exemples plus traditionnels de mortification figurent également des pratiques telles le jeûne et l'abstinence sexuelle.

Clef de voûte La clef de voûte est la pierre centrale d'une série de pierres (appelée voussoir) supportant une arche. En tant que pierre centrale, elle absorbe le poids des autres pierres et tient l'arche en place. Dans les plafonds en voûte des cathédrales, la clef de voûte est donc la pierre centrale qui reçoit le poids des nervures de l'arche. Les clefs de voûte sont souvent couvertes de dessins (appelés bossage). Dans le *Da Vinci Code*, la clef de voûte est la légendaire « tablette de pierre », créée par le Prieuré de Sion, qui, apparemment, mène au Saint-Graal. Langdon questionne Sophie afin de savoir si son grand-père lui a déjà confié quoi que ce soit à propos de la clef de voûte. Constatant sa confusion, il lui prodigue une brève leçon sur le sujet en lui apprenant que la clef de voûte représente un progrès architectural de première importance et qu'elle est profondément imprégnée dans le symbolisme des ordres maçonniques. Certains estiment que « l'arche royale » des maçons est une représentation graphique du zodiaque, appuyé sur une voûte et doté d'une clef de voûte proéminente à son sommet.

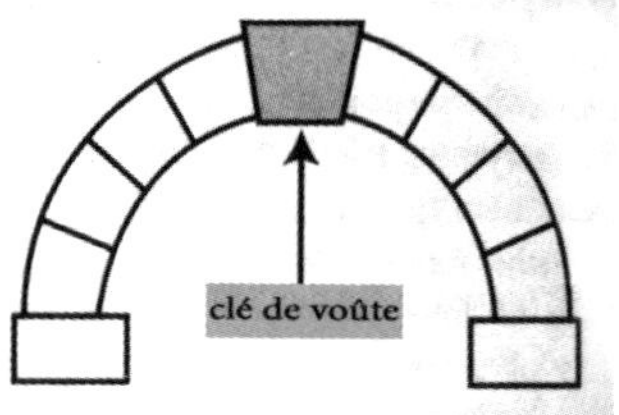

Clément V Le page Clément V est mentionné dans le bref résumé que fait Langdon de la persécution des **Templiers**, au moment où lui et Sophie traversent le **Bois-de-Boulogne**. Langdon affirme que le pape avait conçu un plan pour détruire les Templiers, parce qu'ils avaient accumulé trop de pouvoir et de richesse. **Philippe Le Bel** (Langdon l'appelle Philippe IV) agissait de concert avec le pape et, au jour prévu — le vendredi 13 octobre 1307 — les Templiers furent arrêtés en masse et soumis à un procès tristement célèbre pour ses stupéfiantes accusations d'hérésie et de blasphème, la brutalité de ses exécutions et son caractère fondamentalement injuste.

Même si le récit de Langdon semble assez fidèle au fait, certains détails sont néanmoins contestables. Ainsi, le roi Philippe est généralement reconnu comme le principal instigateur de la persécution des Templiers, mais certains spécialistes estiment que les premières arrestations furent effectuées à l'insu du pape Clément. Celui-ci fut en effet surpris et indigné par l'arrestation des membres d'un groupe qui n'avait légalement de comptes à rendre qu'au pape. « Vos agissements hâtifs sont considérés par chacun, et à juste titre, écrivit-il à Philippe, comme une expression de mépris envers nous-mêmes et l'Église de Rome. » Clément en vint finalement à considérer ces arrestations comme nécessaires, en particulier, dit-on, après la confession — arrachée sous la torture — de Jacques de Molay, dernier Grand Maître des Templiers. Cette justification en main, Clément reconnut publiquement la justesse du geste de Philippe.

Cocteau, Jean Artiste français, écrivain, poète, romancier (*Les Enfants terribles*) et cinéaste (*La Belle et la bête*) de renom. Jean Cocteau est évoqué comme « Grand Maître du **Prieuré de Sion** », selon les ***Dossiers secrets***, cette série de documents probablement concoctés par **Pierre Plantard** et Philippe de Chérisey. Les centres d'intérêt de Cocteau étaient fort vastes. Était-il un **Templier** du XXe siècle ou encore un adepte du ***hieros gamos***? Cela demeure un mystère. Il est présenté dans le *Da Vinci Code* comme le dernier grand maître du Prieuré de Sion. Son nom apparaît également sur la liste que l'inspecteur trouve en cherchant le **Château de Villette**.

Codex Le mot codex, que plusieurs associent au mot *code* et aux énigmes qu'il évoque, se rapporte en fait à une véritable révolution dans la tenue des registres qui remonte à l'époque romaine: il s'agit d'un livre composé de feuilles de papier individuelles, qui se distinguait à l'époque de la tradition précédente consistant à écrire sur des rouleaux ou des parchemins. Deux de ces anciens codex sont reliés directement à l'intrigue de le *Da Vinci Code.*

Le *Codex Berlin*, connu officiellement comme le « Papyrus Berolinens 8502 », contient l'exemplaire le plus complet de ***l'Évangile selon Marie***. Il fut acheté en 1896 par un érudit allemand, Karl Reinhardt et ne fut pas publié avant 1955, au moment où on découvrit que deux autres manuscrits avaient aussi été trouvés à **Nag Hammadi**. Deux autres petits fragments de *l'Évangile selon Marie* provenant d'éditions grecques distinctes furent également découverts plus tard en Haute-Égypte.

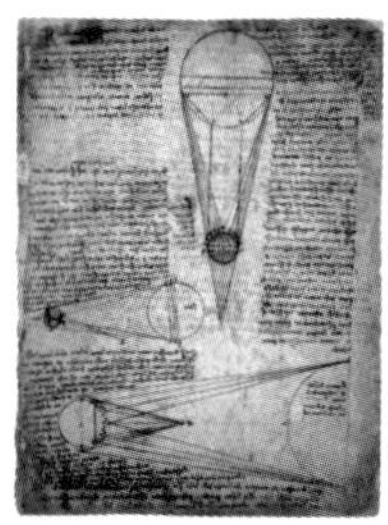

Le *Codex Leicester* n'est pas relié à des écrits religieux, mais au fertile génie artistique et à la curiosité technique de **Léonard de Vinci**, qui l'a écrit entre 1506 et 1510 en italien médiéval dans son inventive calligraphie nécessitant que le document soit lu dans un miroir. Son nom provient de son premier propriétaire, le comte de Leicester, qui en fit l'acquisition en 1717. Son propriétaire actuel, Bill Gates, l'acheta aux enchères pour la somme de 30,8 millions de dollars.

Alors qu'il tente de déchiffrer l'écriture cursive illisible de Saunière sur le vol entre la France et l'Angleterre, Langdon se souvient d'avoir vu le Codex Leicester au Fogg Museum de Harvard. Il se rappelle avoir été déçu par le texte qui, à première vue, était complètement illisible. Mais un guide lui tendit alors un miroir de poche qui l'aida à lire les pages du texte, écrit de droite à gauche comme Léonard le faisait pour dissimuler ses mots.

Constantin Ier Aussi appelé « le Grand », Constantin (qui régna de 306 à 337 après J.-C.) est reconnu comme le premier empereur chrétien de l'Empire romain. Bien que les historiens ne s'entendent pas sur les détails, il est largement responsable, en convoquant le **concile de Nicée,** d'avoir légitimé et installé l'Église comme l'autorité dominante sur ce qui restait de l'Empire romain.

Que Constantin ait embrassé sans réserve le christianisme comme sa propre foi demeure matière à débat. Ce qui demeure incontesté, toutefois, est le fait qu'en soutenant l'unification des éléments dispersés de l'Église naissante, il a assuré à celle-ci l'appui d'un empereur favorable à sa cause. Mais y a-t-il mis tout son cœur ? Il continua par exemple de faire graver des symboles païens sur ses pièces de monnaie, et fut également un adepte de Sol Invictus (Soleil Invincible), le dieu **païen** originaire de Syrie imposé aux Romains cent ans auparavant. Beaucoup de spécialistes sont d'avis qu'en fait, il s'est ménagé à la fois l'appui des chrétiens et des païens afin de s'assurer le plus large soutien possible.

Da Vinci Code va encore plus loin dans cette voie. Leigh Teabing affirme en effet à Sophie et à Langdon que Constantin « a passé toute sa vie dans le paganisme, mais a été baptisé sur son lit de mort, trop faible pour protester ». La seule raison pour laquelle il a choisi, puis imposé, le christianisme comme religion d'État est qu'il était, selon les mots de Teabing, « un homme d'affaires avisé ». Teabing soutient, en fait, que la grande entreprise de dissimulation de l'Église a commencé avec Constantin. Les spécialistes de la mouvance traditionnelle soulignent le rôle joué par Constantin dans plusieurs décisions relatives à des questions religieuses, comme par exemple sur le caractère divin ou humain du Christ. Dans le *Da Vinci Code*, Constantin est présenté comme celui qui a occulté le rôle du **Féminin sacré**, le mariage de Jésus et de **Marie-Madeleine**, portant ainsi un dur coup à la tradition gnostique, et défini les opposants à l'église dominante comme des hérétiques.

Concile de Nicée Premier concile œcuménique à être tenu par l'Église catholique, il fut convoqué en 325 par l'empereur **Constantin** dans le but de résoudre divers débats théologiques, des plus triviaux aux plus hautement théoriques. À ce moment de l'histoire chrétienne, les pratiques et doctrines de l'Église n'étaient pas uniformes ; le concile représentait donc une tentative de régler les différends une fois pour toutes. Il s'attaqua à la plupart des questions, de celle relative aux dates devant être réservées à la célébration de Pâques et d'autres questions : le Christ était-Il de la même substance que le Père ou Lui était-Il inférieur, dans la mesure où Il était un être humain créé à l'instigation du Père et incapable, à ce titre, de partager sa divinité, comme le croyaient les tenants de l'**arianisme** ? À un certain moment, s'il faut en croire la légende, le débat devint tellement enflammé que saint Nicolas — le personnage historique qui a inspiré notre Père Noël contemporain — s'en prit physiquement à Arius en raison de ses hérésies.

Quoi qu'il en soit, l'unité prévalut et tous les évêques présents, sauf trois, signèrent le **Credo de Nicée**, affirmation de l'orthodoxie de l'Église et un rejet de l'arianisme. Dans son ouvrage *The Mask of Jove*, le spécialiste Stringfellow Barr soutient que « Constantin [...] savait d'instinct que pour connaître le succès, la cité chrétienne autour de laquelle il avait prévu de rebâtir [l'Empire romain] devait avoir une unité d'esprit. »

Copte La langue copte, bien qu'hybride, est directement héritée de celle de l'Égypte ancienne. Elle apparaît au IIIe siècle avant J.-C., après la conquête de l'Égypte par les Grecs, et est utilisée par des Égyptiens christianisés pour traduire la Bible et les textes liturgiques. ***L'Évangile selon Marie*** et la majeure partie des ***Évangiles gnostiques*** ont été écrits en grec, mais la plupart ont survécu dans la traduction copte découverte à Nag Hammadi. La langue copte est encore utilisée de nos jours par les Coptes, une secte chrétienne d'Égypte.

Credo de Nicée La brève profession de foi établie au **concile de Nicée**, qui résume les croyances orthodoxes constituant l'épine dorsale des enseignements de l'Église. Le Credo rejette explicitement l'arianisme (voir **Arius**) :

> « En un seul Seigneur, Jésus-Christ, le Fils unique de Dieu, né du Père avant tous les siècles. (Il est Dieu, né de Dieu), Lumière née de la Lumière, vrai Dieu né du vrai Dieu, engendré non pas créé, de même nature que le Père et par Lui tout a été fait. »

Le Credo de Nicée est toujours récité dans le culte chrétien.

Croix L'historienne de l'art Diane Apostolos-Cappadona la décrit ainsi : « Un symbole ancien et universel de la conjonction d'éléments opposés, le trait vertical symbolisant les forces positives de la vie et de la spiritualité et la ligne horizontale les forces négatives de la mort et du matérialisme. Il existe plus de quatre cents variantes de ce symbole. » Le *Da Vinci Code* souligne que la croix existait comme symbole de première importance bien avant la crucifixion et met en lumière les différences entre la croix « carrée » (arborée par les **Templiers**) et la croix allongée traditionnelle des chrétiens.

Crux gemmata La « croix de gemmes », contenant treize pierres précieuses, est un idéogramme chrétien représentant le Christ et ses douze apôtres. La croix simple symbolise la crucifixion (elle est souvent ornée du corps de Jésus) alors que la *crux gemmata* symbolise la résurrection. Langdon la remarque sur l'épingle à cravate de Bézu Fache lorsqu'ils se rencontrent au **Louvre** après la mort prématurée de Saunière, ce qui dénote l'attachement et la fierté qu'il porte à ses convictions religieuses.

Dagobert II Dernier des rois-prêtres **mérovingiens**, il est évoqué dans les quatre parchemins découverts par Saunière et connus collectivement sous le nom de ***Dossiers secrets***. L'un des parchemins est censé contenir un message codé qui, lorsque déchiffré, affirme : « À Dagobert II et à Sion appartient ce trésor et il est la mort. » Ce lien avec le **Prieuré de Sion** est exploré dans le roman, tout comme l'est le meurtre de Dagobert, « tué dans son sommeil d'un coup de poignard dans l'œil », selon Sophie. Ce geste mit fin à la dynastie mérovingienne et à une lignée beaucoup plus associée à l'hérésie qu'à la fidélité au pape (Brown affirme que le fils de Dagobert, Sigisbert, réussit à s'échapper et à prolonger sa descendance, dont fut issu plus tard **Godefroy de Bouillon**, le fondateur présumé des **Templiers** et du Prieuré de Sion). Mais le lien entre ces diverses affaires de conspiration va encore plus loin. En effet, lorsque Dagobert se maria, il emménagea avec sa nouvelle épouse à **Rennes-le-Château**.

Selon la légende, l'assassinat de Dagobert par Pépin de Herstal fut commandée par le Vatican afin de permettre aux Carolingiens — une dynastie étroitement associée aux intérêts de l'Église — de prendre le pouvoir. Pépin est aussi connu sous le nom de Pippin, une variété de **pomme**, le protagoniste d'un roman de Steinbeck, une comédie musicale et, plus tard, le titre d'un film réalisé par Bob Fosse. Et pour épaissir davantage le mystère — ou la confusion — **Walt Disney** a donné le nom d'Oncle Dagobert à l'un de ses personnages de dessins animés, un canard originaire d'Écosse, le pays où est situé **Rosslyn Chapel**. Langdon va même jusqu'à suggérer que « ce n'est pas un hasard » si Walt Disney a « repris des contes comme *Cendrillon*, *La Belle au bois dormant* et *Blanche Neige* — trois allégories du **Féminin sacré** emprisonné. » Toutefois, il n'y a jamais eu de preuve que Walt Disney ait été membre du Prieuré de Sion, même si la rumeur en a couru.

DCPJ : Direction centrale police judiciaire Organisme judiciaire chargé de l'application de la loi en France et employeur du capitaine Bézu Fache et du lieutenant Jérôme Collet. Langdon décrit la DCPJ comme une sorte d'équivalent du FBI. La DCPJ est l'institution française chargée de l'application de la loi et vouée à la coordination des polices technique et judiciaire. Selon les terme officiels, elle est « responsable de la lutte contre le vol, le terrorisme, le crime organisé, la traite des blanches, le trafic de drogues, le vol et le recel d'œuvres d'art ainsi que de la contrefaçon de monnaie et la distribution de fausses devises. » Compte tenu de son statut, il semble improbable que Bézu Fache, un officier haut gradé de la DCPJ, ait été autorisé à mener une enquête armée, sans parler de la poursuite qu'il entreprend au Louvre, arme au poing, dans les toilette des hommes.

(La) Dernière Cène Avec *Mona Lisa (La Joconde)*, la *Dernière Cène* est l'un des tableaux les plus célèbres de **Léonard de Vinci**. Leigh Teabing se sert de la *Dernière Cène* pour illustrer sa leçon sur le **Saint-Graal** et les références codées à celui-ci dans l'art, la littérature et l'histoire de l'Occident. Teabing attire l'attention sur diverses particularités étranges du tableau : la figure féminine de **Marie-Madeleine**, généralement considérée comme celle de saint Jean, assise à la droite du Christ ; la main inconnue tenant un poignard dangereusement pointé vers Marie-Madeleine ; le calice et le symbole **M** formés par les corps de Marie et de Jésus. Aucun spécialiste digne de ce nom ne soutiendrait les affirmations de Teabing. Brown semble avoir puisé les théories non orthodoxes de Teabing dans l'ouvrage de Lynn Picknett *The Templar Revelation* et dans celui de Margaret Starbird *The Woman With the Alabaster Jar*.

Didachè La Didachè, ou doctrine des douze Apôtres, est considérée comme le plus ancien élément de la littérature non canonique, datant de 70 à 110 après J.-C. La Didachè est un guide à l'intention des nouveaux convertis et, bien qu'elle ne fasse pas partie des vingt-sept livres du Nouveau Testament, n'en est pas moins considérée comme partie intégrante de la sagesse et des enseignements des douze apôtres, bien qu'il soit douteux qu'aucun d'entre eux en soit directement l'auteur. Il y a beaucoup de conseils pratiques dans la Didachè, dont un long chapitre sur les prêtres itinérants. Ces religieux doivent être accueillis au même titre que le Seigneur. Ils peuvent rester un jour ou deux, mais s'ils restent plus longtemps, ce sont des faux prophètes ou des charlatans. Si, au moment de son départ, le religieux emporte avec lui autre chose que du pain, il est aussi considéré comme un faux prophète.

Disney, Walt Langdon affirme comme un fait que le célèbre créateur de dessins animés « avait constamment cherché à transmettre la symbolique du Graal » et le compare même à Léonard de Vinci dans la façon dont « il adorait glisser de messages et des symboles dans ses dessins animés », dont plusieurs étaient reliés à l'assujettissement de la Déesse. Parmi ces œuvres évoquées par Brown/ Langdon figurent *Cendrillon*, *La Belle au bois dormant*, *Blanche Neige*, le *Roi Lion* et *La Petite Sirène* dans laquelle, remarque Langdon, on aperçoit dans la demeure sous-marine d'Ariel la réplique de *La Madeleine repentante*, une toile de Georges de La Tour, un peintre français du XIe siècle, avec ses évidentes « références symboliques à la sainteté perdue d'Isis, de Pisces — la déesse Aphrodite changée en poisson —, d'Ève et, à plusieurs reprises, de **Marie-Madeleine** » (on sait que de La Tour a déjà peint Marie-Madeleine enceinte et occupe une place de choix dans les mystérieuses légendes entourant **Rennes-le-Château**). Dans le but évident de rendre hommage à Disney, Langdon, figure de proue de Harvard, ne porte pas une Rolex mais une montre Mickey Mouse. Un récent ouvrage très terre à terre, *The Gospel in Disney* (L'Évangile dans Disney) se propose de transmettre les principales leçons du christianisme par les intrigues des films animés de Disney. L'un des problèmes que soulève cette analyse est la distinction entre l'individu Walt Disney et le studio qui porte son nom. En effet, lorsque *Le Roi Lion* et *La Petite Sirène* sont sortis dans les salles de cinéma, le célèbre créateur de bandes dessinées était mort depuis longtemps. Est-ce que ses successeurs sont censés épouser ses vues religieuses aussi bien que professionnelles ? Est-ce qu'un enjeu de cette sorte qui a récemment dressé le conseil d'administration contre le directeur, Michael Eisner ? Faut-il ne voir qu'une pure coïncidence dans le fait que la rêverie de Langdon à propos de Disney soit interrompue par la froide réalité du cliquetis des béquilles de Teabing sur le plancher du grand vestibule ?

Divine proportion Également connue comme la Section dorée, le Nombre d'or et le Juste milieu, ce terme se rapporte à la proportion géométrique obtenue en divisant n'importe quelle ligne de façon à ce que le rapport entre la plus petite et la plus grande partie soit le même qu'entre la plus grande partie et l'ensemble de la ligne (voir **Phi**). Même si les mathématiciens ne s'entendent pas sur les origines de l'application rigoureuse du Nombre d'or en tant qu'élément géométrique, il semble qu'il fut utilisé pour la première fois au IVe siècle avant J.-C. Certaines sources anciennes attribuent sa découverte aux pythagoriciens, la société secrète de mathématiciens, qui avaient choisi le **pentacle** comme symbole de leur ordre.

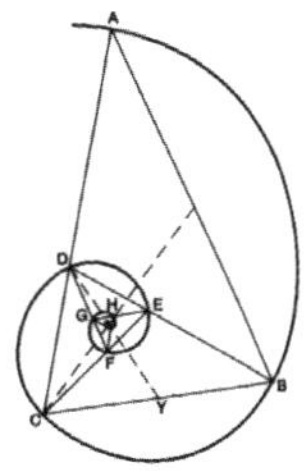

Les domaines dans lesquels le concept du Nombre d'or/Phi a été utilisé sont multiples dans l'art et dans la nature. Mais que cela soit littéralement vrai ou non, il n'en demeure pas moins que les connotations mystiques associées à la géométrie et au Nombre d'or n'ont jamais faibli. Elles demeurent, encore aujourd'hui, des éléments codifiés des sociétés et confréries secrètes modernes.

Dossiers secrets Les descriptions des *Dossiers secrets* contenues dans le *Da Vinci Code* ainsi que dans *L'énigme sacrée*, l'ouvrage écrit par Michael Baigent, Richard Leigh et Henry Lincoln (dont Dan Brown a tiré une grande part de son inspiration pour élaborer son intrigue) laisseraient croire aux lecteurs qu'ils forment un impressionnant pastiche littéraire composé à la fois d'arbres généalogiques, de plans complexes et de poésie allégorique. Les documents établissent une filiation entre les **Mérovingiens**, le **Prieuré de Sion** et les **Templiers**. Même si certains éléments des *Dossiers secrets* ont été déposés à la Bibliothèque nationale de France dans les années 1950 et 1960, ceux qui les ont étudiés ont généralement été déçus de découvrir qu'il s'agissait de documents du XXe siècle tapés à la machine et foisonnant de détails bizarres et de références occultes. La plupart des experts sont d'avis que les *Dossiers secrets*, tout comme le Prieuré de Sion lui-même, sont partie intégrante d'un immense canular imaginé par Pierre Plantard, qui s'est lui-même présenté comme le Grand Maître du Prieuré au milieu du XXe siècle.

Église de Saint-Sulpice L'un des plus passionnants épisodes des premières pages du *Da Vinci Code* a pour cadre l'Église de Saint-Sulpice, à l'origine l'église paroissiale du domaine de l'abbaye de Saint-Germain-des-Prés. Silas, persuadé qu'il a découvert la cachette de la clef de voûte du prieuré, pénètre dans l'église plein d'espoir, mais prend vite conscience qu'il est la victime d'une fausse piste.

Certains spécialistes affirment qu'il y a toujours eu une église sur le site de Saint-Sulpice. Néanmoins, la structure actuelle fut érigée en 1646. La première pierre fut d'ailleurs posée par Anne d'Autriche, épouse de Louis XIII, qui est l'un des personnages principaux des *Trois Mousquetaires*. La bâtisse fut complétée de façon intermittente au cours des soixante-dix années suivantes. Mais au terme de la construction, en 1721, l'une des deux tours était plus courte que l'autre de 5 ou 6 mètres. Parmi les éléments dignes d'intérêt de cette église figurent le « Méridien de Saint-Sulpice » (la **Rose** Ligne) que suit Silas pour trouver la **clef de voûte**, huit statues des apôtres disposées autour du chœur et la chapelle de la Vierge dédiée à Notre-Dame de Lorette.

De nombreux liens historiques rattachent Saint-Sulpice au Prieuré de Sion. Il semble notamment que **Bérenger Saunière** ait rencontré l'abbé Bieil, directeur du séminaire de Saint-Sulpice, avec en main les documents qu'il avait découverts dans l'église de **Rennes-le-Château**. Francis Ducaud-Bourget, qui aurait été Grand-Maître de Sion (à la suite de Jean Cocteau) étudia à ce même séminaire. Ce fut d'ailleurs, à la fin du XIXe siècle, un point de ralliement du mouvement catholique moderniste, une école de pensée axée sur la nécessité d'appuyer le savoir religieux catholique sur les méthodes critiques modernes.

Éphèse Ville d'une importance considérable à l'époque de l'Ancien Testament, Éphèse était située sur le territoire actuel de la Turquie. Il s'agissait de la deuxième plus grande ville de l'Empire romain et de la principale porte d'entrée vers l'Asie. Éphèse abritait le célèbre Temple d'Artémis (la déesse romaine Diane), le symbole grec de la fertilité. Artémis était souvent représentée avec de multiples seins et autres exagérations de ses attributs féminins. Le temple, composé de 127 piliers de 60 pieds chacun, était l'une des Sept Merveilles du Monde. Certains spécialistes croient que la Vierge Marie, vers la fin de sa vie, alla vivre à Éphèse accompagnée de saint Pierre (37 à 45 après J.-C.). Encore aujourd'hui, on peut y voir sa « maison ». Selon d'autres légendes, Marie serait allée vivre à Éphèse juste après la crucifixion.

Escrivá, Père Josemaría Le fondateur de l'**Opus Dei**, que Silas appelle le « Maître des maîtres », Escrivá (1902-1975) était un prêtre espagnol. Le 28 octobre 1928, il crée l'Opus Dei, organisation catholique aujourd'hui reconnue comme une « prélature personnelle » du pape, vouée à diffuser la réalité de Jésus-Christ même dans les moments les plus simples de la vie quotidienne. Certains ont durement critiqué cette organisation, décrite comme si autoritaire qu'elle confine au culte ; accusation qui est évidemment rejetée par l'Opus Dei. En plus de la fidélité au pape et d'une vive dévotion à la Vierge Marie, Escrivá a particulièrement prêché la nécessité pour chacun de s'élever vers Dieu dans les moments les plus ordinaires, au prix d'une vie de sacrifice dans laquelle la mortification était fortement recommandée. Selon certains rapports, Escrivá suivait d'ailleurs ses propres enseignements en pratiquant l'auto-flagellation. La nature exacte des rapports entre l'Opus Dei et le Vatican demeure toutefois nébuleuse. Il semble que l'Opus Dei ait été d'un précieux secours au Vatican au cours des scandales financiers qui acculèrent l'Église aux portes de la faillite et que cette prélature personnelle jouit, depuis, d'une haute estime de la part de Jean Paul II. D'ailleurs, la sainteté fut accordée au Père Escrivá de façon extrêmement rapide, à peine vingt-cinq ans après sa mort.

(Les) Évangiles gnostiques Nom sous lequel ont été popularisés les documents trouvés à Nag Hammadi, en Égypte, en 1947.

L'Évangile selon Marie est l'un des textes les plus connus parmi ces documents. Ce texte est présenté par Sir Leigh Teabing comme l'un des liens dans une chaîne d'arguments visant à persuader Sophie que le Graal est beaucoup plus qu'un vase sacré : cet évangile, affirme Teabing, prouve que Jésus voulait bâtir son Église sur Marie et non sur Pierre.

La conclusion que tire Teabing de *l'Évangile selon Marie* — si elle demeure sa principale source — semble quelque peu trompeuse. Contrairement à ce qu'il prétend, Jésus n'a jamais donné à Marie-Madeleine d'instructions précises sur la façon de poursuivre son œuvre après son départ, en tout cas pas dans cet évangile. Le point de vue de l'Évangile est celui-ci : bien que Marie ait entretenu une « relation particulière » avec Jésus et que les autres apôtres en aient ressenti de la jalousie à certains moments, rien n'indique que Jésus ait choisi Marie pour bâtir son Église ou qu'il lui ait donné des instructions particulières sur la façon de le faire.

L'Évangile de Philippe est également évoqué dans le discours de Teabing sur la nature du **Saint-Graal**. Teabing s'en sert comme source pour affirmer que Jésus et **Marie-Madeleine** étaient mariés, selon la traduction mentionnant que Marie était la « compagne » de Jésus et que la phrase « il l'embrassait sur la bouche » montre l'intimité de leurs relations. Comme il a été signalé dans des chapitres précédents de ce livre, plusieurs spécialistes et commentateurs adhèrent à cette interprétation, bien que certains autres considèrent ce baiser comme plus métaphorique que romantique.

L'Évangile de Thomas contient également beaucoup de parallèles avec les Évangiles orthodoxes du Nouveau Testament, dont plusieurs paroles et proverbes attribués à Jésus. Elles n'en offrent pas moins des tournures remarquablement énigmatiques par rapport aux textes canoniques classiques. Par exemple, Thomas dit, en citant Jésus : « Si deux font la paix entre eux dans une même maison, ils diront à la montagne : "éloigne-toi" et elle s'éloignera. » Autre exemple mystérieux : « Simon Pierre dit : "Que Marie sorte de parmi nous parce que les femmes ne sont pas dignes de la vie." Jésus répondit : "Voici que je la guiderai afin de la faire homme. Elle deviendra, elle aussi, un souffle vivant semblable à vous, hommes. Toute femme qui se fera homme entrera dans le Royaume de Dieu." » Cet *Évangile de Thomas* insiste aussi sur la connaissance, l'exploration et la remise en question de soi dans des passages qui rappellent vaguement les analectes bouddhistes.

La Sophia de Jésus-Christ est un texte hautement mystique traitant de la création des dieux, des anges et de l'univers en insistant sur la vérité infinie et mystique. Certains spécialistes sont d'avis qu'il pourrait être l'écho d'une conversation entre Jésus-Christ et ses disciples après la résurrection ; d'autres excluent d'emblée cette hypothèse. Le pivot de ce débat a trait à la date à laquelle ce texte aurait été écrit. S'il le fut à une date aussi lointaine que le premier siècle, il pourrait alors refléter les véritables paroles du Christ. Mais si ce texte remonte à une date ultérieure, cet assemblage de paroles et de proverbes pourrait simplement provenir de philosophes et de gnostiques d'une époque postérieure à celle de Jésus.

Elaine Pagels, une spécialiste de Princeton dont l'ouvrage *Gnostic Gospels* a fait connaître au public américain plusieurs aspects de cette question il y a plus de vingt ans. Tout comme d'autres spécialistes, dont James Robinson et Bart Ehrman, elle soutient que les documents trouvés à Nag Hammadi fournissent des faits précis et documentés concernant les débuts de l'histoire chrétienne, en plus de suggérer qu'il existait, dans les premiers siècles de notre ère, une diversité de pensées à l'égard de la religion et de la philosophie. La suppression de ces « écritures alternatives » a été le triomphe de ce que nous connaissons aujourd'hui comme la doctrine traditionnelle de l'Église sur une riche variété d'autres courants de pensée.

Féminin sacré Le Féminin sacré est un important élément thématique du *Da Vinci Code*, offrant des pistes aux divers personnages du roman en quête du **Graal**. Le **Prieuré** de Saunière vénère le féminin sacré, Langdon l'étudie et les fanatiques de l'**Opus Dei** tentent de s'assurer que la tradition du Féminin sacré demeure hors du christianisme, comme ce fut le cas des premiers dirigeants romains de l'Église, de Pierre à Constantin. Selon le roman, Jésus croyait en la notion du Féminin sacré, telle qu'héritée des Grecs, des Égyptiens et d'autres traditions de l'est méditerranéen. Le combat concernant le rôle de Marie-Madeleine parmi les apôtres et par la suite dans l'histoire de l'Église est considéré dans le roman comme faisant partie d'une « vaste opération de désinformation » sur les origines du christianisme dans un monde de dieux *et* de déesses.

La première mention du Féminin sacré dans *Da Vinci Code* survient lorsque Robert Langdon arrive sur la scène du meurtre de Jacques Saunière. Interrogé par le capitaine Fache, Langdon tente alors d'expliquer l'iconographie utilisée par Saunière pour « décorer » la scène de sa mort.

(Suite de) Fibonacci La suite de Fibonacci est utilisée par Saunière dans le message codé qu'il griffonne au moment de mourir. La séquence embrouillée incite sa petite-fille cryptographe, Sophie, à communiquer avec Robert Langdon.

La suite de Fibonacci commence avec 0 et 1 et crée les autres nombres en additionnant les deux derniers à la séquence. De sorte que celle-ci évolue de la façon suivante : 0, 1, 1, 2, 3, 5, 8, 13, 21, 34… Langdon, pendant un cours à ses étudiants de Harvard, explique que le rapport géométrique **Phi** provient de la suite de Fibonacci : en divisant n'importe quel nombre de la séquence par celui qui précède, on obtient un quotient qui s'approche lentement de 1,618. La suite de Fibonacci et le quotient Phi apparaissent, de façon apparemment spontanée, dans l'ensemble des créations naturelles et humaines (voir **Phi**). Mais ce ne sont pas les seuls nombres récurrents dans la nature. Ceux qui figurent dans la suite de Lucas, par exemple, proviennent de la même opération arithmétique que dans celle de Fibonacci, à cette exception près que les deux premiers chiffres sont 1 et 3 ; de sorte que la séquence s'établit ainsi : 1, 3, 4, 7, 11, 18, 29, 47, 76, 123.

Il reste à vérifier, cependant, si Phi est universellement applicable. Comme l'affirme H. S. M. Coxeter dans *Introduction to Geometry* : « On devrait admettre franchement que dans [les modèles de croissance] de certaines plantes, les nombres n'appartiennent pas à la suite de Fibonacci mais plutôt à celle de Lucas ou même à des suites encore plus irrégulières : 3, 1, 4, 5, 9... ou 5, 2, 7, 9, 16... Nous devons donc accepter le fait que [la suite de Fibonacci] ne représente vraiment pas une loi universelle, mais seulement une fascinante tendance dominante. »

Flamel, Nicolas *Da Vinci Code* place Nicolas Flamel à la tête du **Prieuré de Sion** entre 1398 et 1418. Flamel était un alchimiste de premier plan, dont le nom est réapparut sur le devant de la scène au cours des dernières années. Il est en effet évoqué dans la série des *Harry Potter*, une entreprise de biotechnologie utilise son nom et un nombre croissant de touristes s'arrêtent à l'auberge parisienne sur le site de laquelle s'élevait sa maison.

Fleur de lis, fleur de lys Dans le domaine politique, représente à la fois la France (la monarchie française en particulier) et la ville de Florence. Dans le symbolisme chrétien, elle est en relation avec la Trinité. Les experts débattent encore de la question de savoir si cette fleur est supposée représenter un lys ou un iris, deux plantes chargées de connotations symboliques. Dans le *Da Vinci Code*, elle est évoquée dans plusieurs contextes : traduite, Dan Brown affirme (en poussant un peu) que la phrase signifie « fleur de Lisa », une référence, prétend-il, à *Mona Lisa*. La fleur de lis en tant que symbole apparaît aussi sur la clé donnée à Sophie par son grand-père avec les mots « Elle ouvre une boîte... dans laquelle je conserve beaucoup de secrets. »

La traduction littérale est « fleur du lys », mais le lys est en fait un iris. Généralement, dans l'héraldique française, la fleur de lys est jaune, une couleur commune pour l'iris, alors que le lys est généralement blanc, en particulier dans sa représentation héraldique. En tant que symbole largement représenté sur les blasons, la fleur de lys comprend trois figures en forme de pétale réunies sur un trait horizontal. Parfois, la partie inférieure est coupée ou représentée par un simple triangle. La fleur de lys est devenue étroitement associée aux rois de France à partir du début du XIIIe siècle. Elle est également considérée chez les chrétiens comme un symbole puissant de la Trinité. Selon une légende, Clovis, l'un des premiers rois de France, cueillit un iris et l'accrocha à son heaume à la suite d'une victoire militaire en 507. (D'après une légende concurrente, c'est lorsqu'il se fit baptiser que le roi Clovis l'offrit comme symbole de purification à la fois pour lui et pour son pays.)

Le symbole lui-même est présent dans un vaste éventail de cultures anciennes et modernes et dans plusieurs formes d'expression : cylindres mésopotamiens, bas-reliefs égyptiens, monnaie gauloise, emblèmes japonais, etc. Cette figure stylisée a donc été utilisée comme ornement ou emblème dans presque toutes les civilisations de l'Ancien et du Nouveau monde.

Gnose Le mot vient d'un terme grec signifiant une combinaison de « savoir », d'« intuition » et de « sagesse ». La gnose s'entend comme une connaissance d'inspiration divine, intuitive et intime par opposition à la connaissance intellectuelle d'un champ de compétence ou d'une discipline particulière. La gnose est généralement l'objectif ultime d'une discipline spirituelle qui recherche l'union avec Dieu, l'infini ou l'absolu, soit la réalité au-delà de la perception ou, pour cette raison, de la doctrine religieuse. La gnose est presque toujours décrite comme une révélation ou une découverte personnelle.

Certains des groupes identifiés aujourd'hui comme gnostiques peuvent avoir cru que le **hyeros gamos**, une célébration du mariage sacré, ait été l'une des façons d'atteindre la gnose. Comme Langdon l'explique à Sophie au cours de leur vol au-dessus de la Manche, « l'union physique avec la femme était le seul moyen de trouver la plénitude spirituelle et de parvenir à la *gnose* — la connaissance du divin. »

L'historienne et spécialiste Elaine Pagels, dans son ouvrage *The Origin of Satan*, affirme à propos de la signification du mot : « Le secret de la gnose est que lorsqu'on en vient à se connaître au degré le plus achevé, on en vient à connaître Dieu comme la source de son existence. » L'expérience de la gnose et d'autres types de communication mystique avec le divin a toujours été considérée comme une menace par les institutions religieuses établies, des institutions qui préfèrent se considérer elles-mêmes comme la seule voie vers le divin.

Gnosticisme Ce terme décrit divers sectes et groupes religieux, principalement chrétiens mais aussi juifs et égyptiens dont la *gnose* est au cœur des croyances et des pratiques. Le gnosticisme en tant que force religieuse a probablement précédé le christianisme. James Robinson, un expert de la **Bibliothèque de Nag Hammadi**, affirme : « Les gnostiques étaient plus œcuméniques et syncrétiques à l'égard des traditions religieuses que l'étaient les chrétiens orthodoxes, dans la mesure où ils y ont trouvé des positions avec lesquelles ils se trouvaient en sympathie. »

Le gnosticisme devient en vogue au début de l'ère chrétienne comme grand rival de l'influence du christianisme apostolique. La communion personnelle avec le divin prônée par le gnosticisme, ses structures ecclésiales plutôt souples, l'explication secrète qu'il offre d'un savoir élevé et caché que la foi ne peut révéler; tout cela rendait le culte gnostique hautement problématiques pour l'orthodoxie catholique se voulant «universelle». Il en résulta une vague croissante de dénonciations et d'accusations d'hérésie qui s'avérèrent si efficaces que le gnosticisme, en tant que mouvement, marginalisa dès le cinquième siècle.

Quelques-uns des principaux axes du gnosticisme étaient la croyance selon laquelle la connaissance directe, intime et absolue du divin et de la vérité elle-même (*gnose*) est nécessaire à la plénitude spirituelle; la croyance en la découverte d'un « soi supérieur » identifié ou identique au divin et son union avec lui; et la croyance selon laquelle le monde avait été créé par un dieu inférieur, un démiurge responsable du mal qui lui est inhérent; que le seul moyen d'échapper aux maux de l'existence matérielle est la contemplation, la connaissance de soi, et la gnose avec une spiritualité non corrompue. Ce système de croyances a survécu jusqu'à nos jours. Ainsi, il existe aujourd'hui une Société de la gnose.

Godefroy de Bouillon Roi français de Jérusalem, commandant de la première croisade et fondateur du **Prieuré de Sion** à Jérusalem en 1099. Selon les renseignements généalogiques apparemment rassemblés dans le cadre des ***Dossiers secrets***, Godefroy était un descendant des rois mérovingiens. Comme Langdon l'explique à Sophie lorsqu'ils traversent le **Bois-de-Boulogne** en taxi, Godefroy « aurait découvert un grave secret concernant sa famille, dissimulé depuis l'époque du Christ». Pour protéger ce secret, il fonda une société secrète, le Prieuré de Sion, également dotée d'une aile militaire, les **Templiers**. Après une explication détaillée des tenants et aboutissants de cette histoire, Langdon révèle que Godefroy chargea les chevaliers du Temple de trouver des preuves de ce « grave secret » sous les ruines de l'ancien Temple de Salomon à Jérusalem et qu'ils y découvrirent ce qu'ils appelèrent leur trésor. Plusieurs en ont déduit que ce secret était composé d'informations relatives au Sang Real, mieux connu sous le nom de **Saint-Graal**, et que les Templiers trouvèrent le Graal — documents, preuves, reliques ainsi que les os de **Marie-Madeleine**, etc. — et en transportèrent les éléments en France.

Grégoire IX Né en 1145 sous le nom de comte Ugolino de Segni, Grégoire IX eut à présider, comme pontife, un turbulent conflit entre l'Église et l'empereur du Saint empire romain, Frédéric II de Hohenstaufen. Grégoire IX était bien connu pour sa vive opposition à toutes les hérésies et prit part aux dernières années de la croisade contre les Albigeois qui anéantit presque tous les **Cathares**, qui étaient concentrés dans la région de France appelée **Languedoc**.

Hanssen, Robert Ancien agent du FBI devenu espion pour le compte de la Russie. Pendant presque vingt-deux ans, pendant la période de la Guerre froide, Hanssen vendit aux Russes des renseignements d'une importance cruciale.

Hanssen était membre de l'**Opus Dei** et mit dans l'embarras non seulement son pays, mais aussi l'organisation dont il faisait partie. Il fut également engagé dans des pratiques sexuelles inhabituelles qui furent mises en lumière au cours de son procès, y compris la prise de photographies de ses ébats sexuels avec son épouse dans le but de les montrer à ses amis. En mai 2002, Hanssen fut condamné à la prison à vie sans possibilité de libération conditionnelle, le juge ayant déclaré, tel que cité par Dan Brown : « Une activité qui ne me semble pas relever des dévotions d'un catholique fervent. »

Hiéros gamos Le *hiéros gamos* est présenté dans le *Da Vinci Code* comme un ancien rite sexuel que Sophie avait vu son grand-père pratiquer en secret, ce qui avait provoqué un profond traumatisme. Au fond d'une chambre dans le sous-sol de sa maison, **Saunière** et un membre féminin du **Prieuré de Sion** font l'amour pendant que les autres membres, masqués et vêtus de robe, chantent des incantations en l'honneur de l'union sacrée. Sophie, cachée, contemple le spectacle puis s'enfuit de la maison et coupe tout contact avec son grand-père.

Il est probable que celui-ci se soit alors adonné au *hiéros gamos*, parfois connu sous le nom de théogamie ou hiérogamie, deux termes signifiant à peu près « mariage sacré » ou « mariage divin ». Ce mariage, selon les termes du spécialiste David H. Garrison, est « le mariage sacré, l'union de la déesse et du dieu qui fournit le paradigme de toute union humaine. » Ce mariage sacré a été reproduit, à divers degrés de réalisme, tout au long des premiers moments de l'histoire religieuse de l'humanité. Des vestiges de cette pratique subsistent encore aujourd'hui, comme on a pu le voir dans le film *Eyes Wide Shut*. Certaines croyances orientales ont des rites analogues, comme par exemple le tantrisme.

Hugo, Victor Évoqué dans le *Da Vinci Code* comme l'un des nombreux auteurs et artistes célèbres dont les œuvres clefs ont côtoyé la notion bannie du **Saint-Graal**, du **Féminin sacré**, et de Jésus et **Marie-Madeleine** en tant que mari et femme. Langdon cite *Notre-Dame de Paris* (ainsi que *La Flûte enchantée* de Mozart) comme une œuvre « chargée de symbolisme maçonnique et de secrets du Graal. » Hugo est souvent évoqué comme membre du **Prieuré de Sion**.

Hysope « Purge-moi par l'hysope et je serai purifié », s'écrie l'albinos Silas en citant les *Psaumes*, alors qu'il prie tout en lavant le sang séchant sur son dos après s'être flagellé. Jean (chapitre 19, verset 29) décrit ainsi les derniers moments de Jésus sur la croix : « Il y avait là un vase plein de vinaigre. Les soldats en remplirent une éponge et, l'ayant fixée à une branche d'hysope, ils l'approchèrent de sa bouche. » L'hysope a des usages culinaires aussi bien que médicinaux. Techniquement, il s'agit d'un légume présenté en salade dans les restaurants. Mais l'herbe biblique entre aussi dans la composition de la liqueur de Chartreuse.

(Vers) Ïambes Le poème ïambique alterne les vers longs et courts dont la longueur est mesurée en syllabes ou en pieds. Si un vers a cinq pieds, on le décrit comme un pentamètre ïambique. Même si le modèle consistant à placer l'accent tonique sur la deuxième syllabe du pentamètre ïambique est considéré comme une particularité de la langue anglaise, l'utilisation du vers ïambique a des origines grecques. Certains sont d'avis que l'universalité de ce type de mesure syllabique tient à sa similarité avec le battement du cœur humain.

Icône Du grec *eikon*, signifiant image, il s'agit de la représentation symbolique d'un élément réel. Une icône religieuse est une représentation artistique de tout ce qui est saint ou divin. Les chrétiens honorent mais n'adorent pas les icônes ; un tel culte fut d'ailleurs interdit par le second **concile de Nicée**.

Innocent II Pape de 1130 à 1143, il donna carte blanche aux **Templiers** pour édicter leurs propres lois, en dehors de toute autorité politique ou religieuse, s'il faut en croire Dan Brown. Selon certaines théories, les Templiers furent subornés par l'Église afin qu'ils gardent secrets les documents qu'ils auraient trouvés sous les ruines du **Temple de Salomon** et qui étaient apparemment susceptibles d'être une source d'embarras pour l'Église. D'autres croient plutôt que les Templiers eux-mêmes ont pris l'initiative et soumis Innocent II à un chantage.

Irénée Grand théologien et polémiste dont les arguments contre les sectes **gnostiques**, dans la deuxième partie du IIe siècle, contribuèrent à établir les normes doctrinales du catholicisme : principes, canon des Écritures et succession apostolique des évêques. Irénée et d'autres historiens de l'Église, tels Eusèbe et **Tertullien**, sont tous désignés, dans le roman, comme des conspirateurs qui ont réécrit l'histoire chrétienne et sont responsables de « la grande opération de désinformation ».

Isis L'une des plus anciennes et importantes déesses du panthéon égyptien, elle est décrite dans le *Da Vinci Code* comme l'une des premières expressions du **Féminin sacré**. Isis était considérée comme la patronne de la famille, de la fertilité féminine, de la médecine et de la magie. Conçue par le dieu de la Terre et la déesse du Ciel, Isis était mariée à son frère jumeau Osiris et tous deux régnaient ensemble sur le cosmos égyptien.

Langdon remarque la vaste collection de statues d'Isis réunies par Saunière dans le Louvre (il s'y trouve en effet beaucoup de statues de ce genre), attribuant cette abondance à sa croyance dans le féminin sacré. Isis est également évoquée dans des commentaires de Langdon sur ***Mona Lisa***. Le nom est en effet une anagramme de l'ancien nom pictographique d'Isis — L'ISA — joint à celui de sa contrepartie masculine, le dieu Amon. L'ISA + AMON=MONA LISA. Certains affirment qu'au départ, Léonard avait peint *Mona Lisa* portant un pendentif en lapis-lazuli représentant Isis, qu'il décida par la suite de gommer. Que cela soit vrai ou non, aucun doute n'est permis quant à la présence d'échos persistants d'Isis dans plusieurs représentations célèbres du **Féminin sacré**.

L'histoire d'Isis et d'Osiris est mentionnée pour la première fois dans les Textes des pyramides, hiéroglyphes religieux datant de 2600 avant J.-C. Son culte s'est prolongé jusqu'à une date avancée de l'époque romaine et certains spécialistes soupçonnent que l'histoire romantique et rédemptrice qui est au cœur de son mythe fournissait un contraste très pertinent par rapport à l'atmosphère sévère et distante de la religion romaine officielle. Le culte d'Isis était également fort répandu : les statues de la « Vierge noire » qu'on honore dans certaines cathédrales de France sont probablement des représentations d'Isis. D'ailleurs, d'anciens temples d'Isis ont été découverts sur les rives du Danube et de la Tamise. On dit même qu'à Paris, un temple d'Isis a existé sur le site actuel de l'abbaye de Saint-Germain-des-Prés. Cette église fut construite par le roi **mérovingien** Childebert pour y abriter des saintes reliques.

Des échos du mythe d'Isis hantent la mythologie et la symbolique de l'ère chrétienne. Ainsi, il est fort possible qu'elle soit l'archétype de la grande prêtresse du jeu de **tarot**. La représentation commune de la Vierge à l'Enfant présente aussi des ressemblances frappantes avec les innombrables images d'Isis allaitant Horus. On a également donné à Marie plusieurs titres attribués à Isis, dont ceux de « Siège de la Sagesse », « Étoile de la mer » et « Reine des cieux ». Enfin, l'histoire de la mort et de la résurrection d'Osiris est souvent considérée comme préfigurant la résurrection du Christ, mais avec une touche féminine supplémentaire. Isis — la représentation originale du féminin sacré — est la puissance qui ressuscite le dieu et prolonge sa lignée. Plusieurs adeptes du Nouvel Âge vouent encore aujourd'hui un culte à Isis, ce qui lui confère une durée de plus de cinq mille ans.

Léonard de Vinci Peintre, sculpteur, architecte, ingénieur, écrivain, naturaliste, mathématicien, géologue, anatomiste : tous ces mots décrivent l'incroyable diversité des intérêts et des compétences de Léonard de Vinci. Toutefois, ce sont d'abord ses tableaux qui, bien que remarquablement peu nombreux, lui ont assuré la célébrité. Pas plus de treize peintures connues sont généralement attribuées à Léonard.

On dispose de très peu de détails sur la vie de Léonard, en particulier sa jeunesse. Né en 1452, il était l'enfant illégitime d'une paysanne et du fils d'une famille professionnelle de Florence. Il fit son apprentissage auprès du maître florentin Andrea Verochio et pourrait avoir côtoyé dans son école un autre élève qui allait devenir célèbre : **Sandro Botticelli**, auteur de *La Naissance de Vénus* (tout comme Léonard, il fut associé au **Prieuré de Sion** et sa peinture est chargée de symbolisme).

Léonard de Vinci surpassa ses contemporains dans presque toutes les activités auxquelles il s'adonna. Pendant quatre décennies, il offrit ses services à divers seigneurs milanais et florentins, au roi de France et à l'Église. Il est mort, peut-être d'une crise cardiaque, en 1519 alors qu'il vivait et travaillait en France.

Certains des éléments soulevés par Dan Brown à propos de Léonard ont fait l'objet de nombreuses recherches de la part des experts. Les spécialistes traditionnels entretiennent des doutes quant à la présence de messages codés dans ses œuvres, ses liens avec des sociétés secrètes et même son homosexualité. Personne ne doute, toutefois, de la qualité de ses tableaux.

Louvre Le Louvre est l'alpha et l'oméga du *Da Vinci Code.* Le meurtre de Saunière a lieu dans la Grande Galerie du Louvre. Des indices sont cachés par le curateur à l'agonie dans certaines des plus célèbres œuvres du musée. Enfin, après une longue chevauchée dans les méandres d'un vaste complot, d'indices obscurs et de dangers dont il échappe de justesse, Robert Langdon, épuisé, connaît son épiphanie quant à la véritable nature du plus précieux trésor du Louvre.

L'histoire de l'endroit est extrêmement complexe. Monarques et gouvernements y ont laissé leur marque pendant presque huit cents ans. Au cours de ces siècles, le Louvre a subi de longues périodes de négligence tout autant que de gloire. Ce fut d'abord une forteresse construite en 1190 par Philippe Auguste qui ordonna par la suite la construction d'un rempart autour de Paris pour la protéger d'une attaque. Puis, sur les rives de la Seine, il fit bâtir un château, protégé par la forteresse surplombant le fleuve qu'il avait édifié quelques années plus tôt. La tour du Louvre abrita alors le trésor royal, tout en servant en même temps de prison. Tout au long de son histoire, le Louvre a été, comme Catherine Chaine et Jean-Pierre Verdet l'expliquent dans *Le Grand Louvre*, « une geôle, un arsenal, un palais, un ministère… [il] a abrité une ménagerie, une presse, un service postal, la loterie nationale, des ateliers et des académies ; il a été la résidence de rois, d'artistes, d'officiers prévôts, de gardes, de courtisans, de scientifiques et même de chevaux… Ces pièces — que la surprise ne peut plus animer — ont vu tous les mouvements de la vie, festivités, procès, complots, crimes ».

Le triomphe du président **François Mitterrand** est d'avoir réussi à faire de cet édifice massif, fatigué et labyrinthique le trésor national qu'il avait si souvent souhaité qu'il devienne. Lorsqu'il commença à envisager des changements complexes, le Louvre était en piteux état pour une institution culturelle de son cenvergure. L

'administration était négligée et le financement plutôt maigre. Bien qu'abritant plus de 250 000 œuvres, les galeries étaient disposées de telle façon que même les visiteurs les plus réguliers ne s'y retrouvaient pas. Les œuvres elles-mêmes en souffraient. La poussière s'accumulait sur les tableaux sans que personne les nettoie ; certaines pièces magnifiques languissaient dans des entrepôts, jamais montrées au public. Les fenêtres du Louvre étaient si sales qu'elles ne filtraient plus la lumière du jour. Les horaires de nettoyage des fenêtres extérieures et des fenêtres intérieures étaient déterminés par deux ministères différents !

François Mitterrand changea tout cela, réorganisant l'administration et assurant le financement pour des rénovations majeures qui allaient devenir l'un des « grands projets » de son deuxième septennat axés sur la restauration de plusieurs monuments culturels et publics de France. Le ministère des Finances quitta l'aile nord du musée, libérant ainsi de l'espace pour des galeries. On engagea l'architecte I.M. Pei, non seulement pour construire une nouvelle entrée commune pour le musée (voir **La Pyramide**), mais aussi pour revigorer les galeries existantes en réorganisant leur disposition et en augmentant la surface d'exposition. Les œuvres sont maintenant disposées de façon logique et ordonnée, faisant de la visite du musée une expérience agréable et non plus mystique.

Magdala Petite ville de Galilée que les spécialistes ont identifiée, selon toute probabilité, comme lieu d'origine de **Marie-Madeleine** (aussi appelée Marie de Magdala). Mais plusieurs autres l'identifient par ailleurs à un village connu dans le Talmud sous le nom de Magdala Nunayya, ou Magdala des Poissons, probablement nommé ainsi en raison de sa proximité avec le lac de Galilée. Magdala en hébreu signifie « tour » ou « forteresse ». Jésus s'est peut-être retiré à Magdala après la multiplication des pains et des poissons.

Malleus Maleficarum Littéralement « Marteau de la sorcière », une expression que Langdon se remémore dans un dialogue intérieur alors qu'il contemple l'anagramme « so dark the con of man » griffonné sur le plexiglas protégeant la *Joconde*. Le *Malleus Maleficarum* fut publié en 1486 et provoqua bien des souffrances en fournissant aux enquêteurs de l'Inquisition un guide d'identification des sorcières (voir chapitre 5). Ces personnes étaient poursuivies et généralement remises aux autorités civiles pour être brûlées vives sur le bûcher.

Manuscrits de la mer Morte *Manuscrits de la mer Morte* est un terme collectif désignant les vestiges d'environ huit cents manuscrits découverts dans des grottes calcaires à proximité de la mer Morte à Qumran. Des Bédouins qui exploraient le site en 1947 tombèrent sur les manuscrits et vendirent quelques-uns d'entre eux à des antiquaires et à des spécialistes, déclenchant ainsi une course au trésor pour déterminer qui allait découvrir le plus rapidement le plus grand nombre de documents de ces grottes enfouies dans les falaises. Entre 1948 et 1956, dix autres grottes furent découvertes et fouillées. Les Manuscrits de la mer Morte sont d'une incroyable diversité ; ils comprennent des textes sacrés et des écrits relatifs à la vie communautaire — des commentaires bibliques, des lois sur la vie en communauté, etc.

L'un de ces manuscrits — appelé « Manuscrit de cuivre » parce que, contrairement à l'autre, composé principalement de manuscrits sur parchemin, le texte est écrit sur une fine couche de cuivre — contient des instructions sur la façon de découvrir de grandes quantités de trésors cachés.

Avec les textes de **Nag Hammadi**, les Manuscrits de la mer Morte constituent l'une des plus importantes découvertes reliées à la compréhension moderne du judaïsme et du christianisme. De la même façon que les textes de Nag Hammadi éclairent les diverses facettes du mouvement chrétien à ses débuts, les Manuscrits de la mer Morte comportent des informations d'une valeur inestimable sur un groupe de juifs non orthodoxes vivant à une époque où, simultanément, le pouvoir de Rome était à son zénith et la chrétienté à ses tout débuts.

Plusieurs spécialistes croient que les Manuscrits de la mer Morte ont été écrits par une secte ascétique connue sous le nom d'Esséniens, mais une controverse subsiste à ce sujet. Les déviances contenues dans les manuscrits par rapport aux textes bibliques juifs ainsi que les similarités entre les enseignements du Christ et les prescriptions des manuscrits constituèrent un défi pour les spécialistes et les théologiens des fois juive et chrétienne. La controverse autour de l'identité de leurs auteurs, de leurs sources politiques et théologiques immédiates et des raisons pour lesquelles ces documents durent être dissimulés continue, encore aujourd'hui, de susciter des débats.

Marcion Hérétique du IIe siècle et fils de l'évêque de Sinope. Il est l'auteur d'une hérésie proclamant que le dieu de l'Ancien Testament était en fait un démiurge qui avait créé le monde matériel et lui avait transmis le mal qu'il portait en lui. Selon l'hérésie de Marcion, Jésus était le fils d'un autre dieu, plus grand que celui qui avait façonné le monde en sept jours. Ce dieu supérieur avait envoyé Jésus à l'humanité afin de la délivrer du mal inhérent au monde matériel. Donc Jésus ne pouvait en aucun cas être un homme, mais un être entièrement immatériel et non incarné.

Afin de résoudre les contradictions entre ses croyances et ceux des Évangiles officiels, Marcion modifia considérablement le Nouveau Testament, créant une version réduite de l'Évangile de Luc dont avaient été soustraites toutes les références à la naissance du Christ. Il ajouta également à ses œuvres canoniques dix épîtres de saint Paul, qu'il considérait comme le seul interprète pur des paroles du Christ. Il prônait le végétarisme et, selon certains rapports, l'abstinence sexuelle. Le marcionisme persista jusqu'au Ve siècle, avec des modifications importantes qui le rapprochèrent plus du gnosticisme traditionnel que Marcion l'aurait souhaité.

Marie-Madeleine Disciple du Christ, considérée par certains comme ayant été sa « compagne ». Ce que ce mot doit signifier demeure un thème récurrent au cœur du *Da Vinci Code*. La tradition orthodoxe a dépeint Marie-Madeleine comme une pécheresse, souvent comme une prostituée. Mais de nouvelles interprétations, dérivées principalement des Évangiles gnostiques trouvés à Nag Hammadi, la présente plutôt comme une compagne influente et intime de Jésus, peut-être même son épouse (voir chapitre 1).

Mérovingiens Les Mérovingiens, selon ce qu'en dit Leigh Teabing dans le *Da Vinci Code*, constituaient la famille royale provenant de la descendance de Jésus et de **Marie-Madeleine** et qui ont donc perpétué la sainte lignée. Celle-ci se serait prolongée jusqu'à **Godefroy de Bouillon**, le fondateur du **Prieuré de Sion**.

Les Mérovingiens faisaient remonter leurs origines à Mérovée, un personnage à moitié mythique né de deux pères : un roi nommé Clodio et un monstre marin qui avait séduit sa mère alors qu'elle nageait dans l'océan. En raison de leur ascendance, Mérovée et ses descendants étaient réputés posséder des pouvoirs surnaturels et jouir d'une longévité inhabituelle. Selon d'autres légendes, leurs origines remontaient à Noé et à d'autres patriarches ainsi qu'à l'ancienne ville de Troie. D'autres affirmations — comme par exemple celle selon laquelle les Mérovingiens descendaient d'extraterrestres, qu'ils formaient la progéniture de « nephilim » ou anges déchus ou encore que les frères George et Jeb Bush sont des descendants de Mérovée — ont reçu moins d'attention. Un hommage récent à ces monarques roux a presque fait du terme « Mérovingien » un nom familier : en effet, un personnage de la populaire série de films *Matrix* s'appelle « le Mérovingien ».

Au plan historique, le roi Clovis consolida la mainmise des Mérovingiens sur le territoire franc pendant la dernière partie du Ve siècle. Au cours d'une bataille contre une tribu rivale, Clovis fit le vœu de se convertir au catholicisme s'il en sortait victorieux. C'est ainsi que la France fut gagnée à la religion catholique. À partir de ce moment, la lignée mérovingienne devint de plus en plus répandue, établissant son autorité sur un groupe de petits pays guerriers. Le conflit entre ces groupes culmina avec l'assassinat de **Dagobert II**, le dernier véritable roi mérovingien. En quelques générations, le trône passa aux Carolingiens, en particulier sous le règne de Charlemagne. Ne négligeant aucun lien possible, les ***Dossiers secrets*** ont prétendu qu'un fils avait survécu à Dagobert et avait prolongé la lignée mérovingienne jusqu'à aujourd'hui, dans la famille de… **Pierre Plantard**.

Miriam Autre nom de **Marie-Madeleine**.

Mithras Teabing évoque Mithras comme un « dieu pré-chrétien » dont la mythologie ressemble énormément aux légendes créées par l'Église autour de Jésus. Mithras était un dieu populaire dans la Rome antique, particulièrement en vogue entre le IIe et le IVe siècle après J.-C. Mithras tirait son origine d'un dieu plus ancien du Moyen-Orient appelé Mitra ou Mithra qui faisait l'objet d'un culte dans l'ensemble de la Perse et de l'Inde. À l'origine, Mithra était un dieu mineur du dieu zoroastrien Ahura-Mazda.

Mithras était assimilé à la lumière du Soleil et souvent vénéré en compagnie de Sol Invictus, le Soleil invincible, un autre populaire dieu romain. La dévotion à Mithras était particulièrement répandue dans les troupes et garnisons romaines, que des séjours prolongés loin de leur territoire exposaient à de nouvelles idées et à de nouvelles divinités. Mithras était l'un des plus prospères dieux « importés ».

Les origines de plusieurs traditions concernant le Christ et les pratiques pieuses des chrétiens peuvent avoir été reliées au culte de Mithras. La fête du solstice d'hiver, la nativité du Soleil, qui était célébrée le 25 décembre, était au cœur du culte de Mithras. Dans plusieurs sociétés, Mithras était réputé être né d'une vierge et il était également, selon certaines traditions, membre d'une sainte trinité. Un baptême rituel ainsi qu'une légende relative à une dernière cène font aussi partie du culte de Mithras. Certains spécialistes estiment que la foi chrétienne naissante s'appropria les pratiques et croyances du mithraïsme, permettant ainsi à la nouvelle religion de supplanter l'ancienne.

(François) Mitterrand Alors qu'il se rend sans enthousiasme au Louvre en compagnie du lieutenant Collet, Langdon pense à l'ancien président français François Mitterrand. Il remarque que l'intérêt de Mitterrand pour la culture égyptienne lui a valu le surnom de « Sphinx ». Plus tard, à l'intérieur de la Pyramide, il se demande s'il devrait dire ou non au capitaine Fache que la structure devait comporter 666 losanges de verre selon la volonté du Président (une affirmation infirmée par les faits; voir chapitre 11), une assertion qui ne peut être vraie puisque la pyramide est composée de 698 losanges de verre.

Né en 1916, Mitterrand est une figure puissante de la politique française. Officier d'infanterie pendant la Seconde Guerre mondiale, il fut blessé et capturé par les Allemands. Après s'être échappé, il rentre en France et joint les rangs de la Résistance. Après la libération, Mitterrand devint le plus jeune ministre du nouveau gouvernement de la République française. Il abandonna peu à peu ses tendances conservatrices et devint le premier président socialiste de France à sa troisième tentative en 1981.

L'un des « grands projets » de Mitterrand — une série de rénovations articulées autour de la restauration et du rajeunissement de monuments culturels et historiques — était l'achèvement du grand Louvre. Le surnom de « Sphinx » donné à Mitterrand semble tirer son origine plus de son comportement de politicien énigmatique et insaisissable que de son amour pour l'art égyptien. Son principal surnom était « le Renard » ou « le Florentin » en raison de son habileté magistrale — certains diraient machiavélique — à manipuler ses adversaires. L'omniprésent **Pierre Plantard** a aussi fait circuler certaines histoires selon lesquelles il était membre du **Prieuré de Sion**.

Mona Lisa *La Joconde*, peut-être le chef-d'œuvre le plus admiré de Léonard de Vinci (il l'a conservé avec lui pendant des années) est considérée comme le tableau le plus connu au monde. Dans le *Da Vinci Code*, Jacques Saunière laisse une anagramme griffonnée sur cube de plexiglas protégeant la toile. Alors que Sophie et Langdon s'en approchent pour lire le message, Langdon pense à un cours qu'il avait donné à un groupe de prisonniers sur le mystère et la popularité entourant ce tableau.

Plusieurs spécialistes de renom s'entendent pour dire que la peinture est celle d'une jeune femme de Florence, Lisa Gherardini del Giocondo, épouse d'un marchand florentin. C'est du nom Giocondo (dont la signification fort à propos est « heureux ») que le tableau a reçu le nom *La Joconde* ou *La Gioconda*. Vers la fin de la vie de Léonard de Vinci, la toile fut vendue ou donnée au roi de France François Ier, protecteur du peintre, et demeura en possession de la famille royale de France qui la conserva au Louvre.

Langdon semble vouloir diminuer la maîtrise artistique de la toile, attribuant sa célébrité au secret qui se cache derrière le sourire du modèle. Bon nombre de spécialistes et d'historiens de l'art se sont livrés à diverses spéculation sur la nature de ce sourire et le secret qu'il dissimule. Certains soutiennent que le secret est dans l'identité du modèle : le tableau serait un autoportrait du peintre en travesti, une possibilité que Langdon évoque dans ses cours. D'autres suggèrent que Mona Lisa est une princesse Médicis, une duchesse espagnole et plusieurs autres femmes d'envergure historique. Les spécialistes ont plutôt tendance à écarter la prétention de Langdon selon laquelle *Mona Lisa* est une anagramme des noms réunis du dieu égyptien de la fertilité **Amon** et de la déesse égyptienne **Isis**. Il est également possible que l'attrait de Mona Lisa soit son caractère secret. Peut-être doit-elle sa popularité durable au fait qu'elle porte un secret dont nous ne connaîtrons jamais. La nature et l'ignorance de ce secret est plus fascinante que sa connaissance.

La *Mona Lisa* fut volée en 1911 dans le cadre d'une affaire de contrefaçon d'œuvres d'art ourdie par un remarquable escroc argentin du nom d'Eduardo de Valfierno. Le plan initial était qu'ne fois le tableau disparu, un talentueux restaurateur d'art nommé Yves Chaudron en aurait produit autant de copies que possible ; Valfierno les aurait alors vendues à des collectionneurs avides, puis aurait retourné l'original au Louvre.

La frénésie s'empara de Paris à la nouvelle de la disparition de *La Joconde*. Divers suspects furent arrêtés, dont la majorité du personnel du Louvre ainsi qu'un Pablo Picasso bouleversé, sur qui les soupçons s'étaient portés parce qu'il avait acheté deux sculptures d'un ami qui les avait volées au Louvre.

Le plan des voleurs fonctionna pendant un moment et des copies furent vendues ; mais l'un des ouvriers engagés par Valfierno pour dérober l'original tenta de le vendre à un marchand d'art parisien, qui le dénonça aussitôt aux autorités. La *Mona Lisa* fut retrouvée dans le double fond d'une malle en bois dans l'appartement de l'ouvrier, non loin du Louvre. Valfierno, qui n'avait pas révélé son identité à ses acolytes, empocha l'argent provenant de ses ventes illicites et vécut le reste de ses jours dans une opulence satisfaite, donnant ainsi peut-être à la *Mona Lisa* une autre raison de sourire.

Montanus Un converti au christianisme qui, vers l'année 156, affirma à ses disciples qu'il était un prophète et l'unique porteur des révélations divines. Montanus annonça le second avènement du Christ et imposa une très sévère forme d'ascétisme et de discipline pénitentielle. Montanus avait beaucoup d'adeptes et à mesure que sa popularité grandissait, l'opposition à ses enseignements devint aussi de plus en plus forte. Certains considéraient le montanisme comme une invention du démon et tentèrent de l'exorciser. Finalement, Montanus et ses disciplines rompirent avec l'Église.

Mozart, Wolfgang Amadeus Compositeur de renom de la fin du XVIIIe siècle, Mozart (1756-1791) fut un franc-maçon passionné et des éléments maçonniques apparaissent dans plusieurs de ses œuvres, dont l'une est carrément intitulée *Musique funéraire maçonnique.* Mozart passe aussi pour avoir été associé au **Prieuré de Sion**, en partie à cause d'œuvres comme *La Flûte enchantée.* Tout en appréciant la musique, plusieurs ne réalisent peut-être pas que les paroles de cet opéra explorent des thèmes appartenant au symbolisme chrétien reflétant le combat entre l'obscurité et la lumière, le bon et le mauvais et incorporant également des éléments égyptiens et hermétiques.

(Bibliothèque de) Nag Hammadi Nom de la ville où, en 1947, furent trouvés certains des plus importants textes reliés aux premiers moments du christianisme (voir **Évangiles gnostiques** ainsi que les chapitres 1 à 5). Les textes étaient liés en pages (contrairement aux œuvres écrites de l'époque qui se présentaient en manuscrits, comme les Manuscrits de la mer Morte) et munis de couvertures en cuir, le premier usage connu de ce matériaux dans la confection d'un livre. Même si ces **codex** ont énormément contribué à enrichir notre compréhension de cette époque, certains spécialistes estiment que seulement quinze pour cent de tous les textes de la première tradition chrétienne dont on est certain de l'existence ont effectivement été retrouvés. Beaucoup d'autres interprétations de l'histoire de Marie attendent peut-être d'être découvertes... et de devenir des best-sellers potentiels.

Newton, Sir Isaac Le nombre de titres que Newton (1642-1727) peut revendiquer — mathématicien, physicien, philosophe, naturaliste, théologien, penseur politique, pour ne nommer que ceux-là — suffirait à en faire une figure marquante de la vie intellectuelle à n'importe quelle époque. Mais la révolution qu'il déclencha en physique et en mathématiques établissent sa prééminence parmi les plus grands penseurs de l'histoire.

Les réalisations de Newton sont souvent présentées comme le triomphe des valeurs de raison et de science de l'époque des Lumières sur la conception médiévale « superstitieuse » de la science physique encore dominante à son époque. Malgré son identification aux valeurs intelligibles et scientifiques du siècle des Lumières, Newton était fortement engagé dans la recherche ésotérique et les sciences occultes. Avant ses découvertes marquantes en physique au milieu des années 1660, Newton était un scientifique de son époque, un alchimiste qui passa des années à tenter de percer les secrets divins du monde naturel par la chimie expérimentale, une discipline qui à cette époque ne se distinguait pas de la magie. Il n'y a donc pas de quoi s'étonner qu'il ait mené ces études en secret.

Newton est identifié dans le *Da Vinci Code* comme l'un des Grands Maîtres du Prieuré de Sion, probablement sur la foi des controversés ***Dossiers secrets***. Bien que cette assertion ne puisse être confirmée, Newton était connu pour entretenir des liens avec des figures de proue du maçonnisme et ses croyances présentent plusieurs ressemblances avec la doctrine maçonnique.

Bien qu'étant techniquement un hérétique qui niait la notion de sainteté, le roi Charles II lui accorda une exemption particulière lui permettant de mener des études sans avoir à y associer directement l'Église anglicane. Il tenta de percer ce qu'il considérait comme les secrets cachés de la Bible et essaya également de reconstituer le plan d'architecte du **Temple de Salomon**, qu'il voyait comme un symbole cryptogrammatique de l'univers lui-même. Il est fascinant de constater qu'un spécialiste a découvert ce qu'il croit être divers symboles chrétiens et hérétiques cachés dans les diagrammes des *Principia*, l'œuvre suprême de Newton en sciences physiques.

O'Keefe, Georgia Lorsque Teabing explique à Sophie et Langdon que la **rose** a été considérée pendant longtemps comme le « symbole par excellence de la sexualité féminine », il laisse entendre que le meilleur exemple pour comprendre en quoi « la rose épanouie symbolise le sexe féminin » se trouve dans les œuvres de Georgia O'Keefe, qui fut longtemps associée à ce thème. Toutefois, Mme O'Keefe a nié pendant longtemps qu'il y ait quelque symbolisme que ce soit dans son œuvre et soutenu que les thèmes sexuels et souvent érotiques contenus dans ses tableaux ne se trouvaient, en fait, que dans l'œil de ceux qui les regardaient.

Olympiques Les premiers Jeux olympiques eurent lieu en 776 avant J.-C., sous la forme d'un festival religieux célébrant Zeus, le plus grand dieu grec. Tenus d'abord à Olympie, non loin du sanctuaire de Zeus, les jeux ont des origines clairement païennes, ils avaient été conçus comme un événement unificateur parmi les villes-États grecques belliqueuses. Bien que les jeux de cette époque n'aient comporté qu'un seul événement, beaucoup de temps était consacré au festival religieux qui comprenait des sacrifices en l'honneur de divinités diverses, majeures et mineures. Ce modèle persista pendant douze siècles, jusqu'en 393 après J.-C., quand le chef du Saint empire romain, l'empereur Théodose, ordonna la fin des jeux. Les Jeux olympiques modernes furent ressuscités en 1896 à l'instigation d'un Français, le baron Pierre de Coubertin. C'est lui qui, en 1913, conçut les cinq anneaux entrelacés qui constituent aujourd'hui le symbole de l'Olympisme moderne. De Coubertin déclara que les anneaux représentaient les cinq continents participants et que les couleurs étaient celles des drapeaux de toutes les nations du monde. Certains voient plutôt dans le symbole olympique un hommage subtil à l'ère polythéiste pré-chrétienne.

Opus Dei Afin d'accroître l'intérêt pour son intrigue, Dan Brown a campé ce qu'on peut considérer comme les extrêmes des diverses trajectoires de la foi religieuse depuis l'époque de Jésus. D'un côté, celui du grand-père de Sophie et des mystères à élucider, se situe la tendance « radicale » de la tradition **gnostique** qui croit au mariage de Jésus et de Marie-Madeleine et reconnaît la longue tradition de **paganisme** de l'humanité. De l'autre côté se trouve l'orthodoxie catholique, représentée par ce que beaucoup considèrent comme sa voix la plus conservatrice, l'Opus Dei. Les deux camps recherchent les preuves du **Graal**, bien que pour des motifs opposés.

L'objectif de l'Opus Dei, selon ses propres mots, est « de collaborer à [la] mission d'évangélisation de l'Église, en promouvant parmi les fidèles chrétiens de toute condition une vie pleinement cohérente avec la foi, dans les circonstances ordinaires de l'existence, en particulier par la sanctification du travail ». Fondée en 1928 par **Josemaría Escrivá de Balaguer**, l'Opus Dei a été voué à l'idée que les catholiques laïcs peuvent atteindre la sainteté. Cette sainteté comprend la sanctification et la perfection de la vie « normale » des laïcs dans la mesure où chaque action est joyeusement sacrifiée à Dieu. Les membres de l'Opus Dei sont tenus d'observer rigoureusement les restrictions et enseignements du catholicisme.

L'Opus Dei a trouvé un puissant allié en la personne du pape Jean Paul II, qui a fait de l'organisation sa prélature personnelle. Ses membres sont sous l'autorité d'un prélat, lui-même soumis à une assemblée d'évêques, entièrement indépendante de toute situation géographique ou diocèse. De plus, le pape a canonisé le Père Escrivá en 2002. L'attention portée à cette organisation n'a pas été seulement reliée aux racines conservatrices que partageaient Jean Paul II et saint Josemaría, mais aussi à la popularité et à la puissance croissantes du groupe. On estime que l'Opus Dei compte entre 80 000 et 90 000 membres à travers le monde, dont de 3 000 à 50 000 aux États-Unis et 1 500 en France.

La controverse a poursuivi le groupe, surtout à cause de la pratique de mortification corporelle et de ce que certains critiques voient comme le contrôle sectaire qui serait exercé sur ses membres. Il existe deux catégories de membres de l'Opus Dei : les surnuméraires et les numéraires. Les surnuméraires représentent environ soixante-dix pour cent des membres ; ils se consacrent à la sanctification de leur travail et à leurs devoirs familiaux. Les numéraires, de leur côté, vivent souvent dans des centres de l'Opus Dei, isolés des membres du sexe opposé. Ils font vœu de chasteté et donnent tous leurs revenus au groupe. Ils pratiquent également la mortification corporelle, un auto-châtiment rituel destiné à les purger de leurs péchés et des tentations qui les y conduisent, à l'aide d'une haire (**cilice**) ou de discipline contraignante.

L'Opus Dei s'est défendue contre ce qu'elle estime être une critique non fondée de son système de croyances et, dans ce contexte, a mis en ligne sur son site Web (opusdei.fr) des articles critiquant l'interprétation que fait Dan Brown de la Bible en général et de l'organisation en particulier.

Opus Dei Awareness Network (ODAN) Le groupe anti-**Opus Dei** qui, comme il est mentionné dans *Da Vinci Code*, tente de prévenir le grand public contre les « effroyables » activités de l'Opus Dei. Il possède, lui aussi, son propre site Web.

Paganisme Dans son application la plus large, le paganisme est un ensemble de croyances religieuses qui reconnaît le polythéisme (plusieurs dieux). Le paganisme est antérieur au christianisme et passe pour lui avoir été lié, au moins à ses débuts. En effet, une bonne partie de l'histoire du christianisme s'est faite dans un combat pour s'imposer face aux forces du paganisme. Dans *Da Vinci Code*, la rupture entre Sophie et son grand-père survient lorsque, encore jeune, elle est témoin de sa participation à une cérémonie païenne. Ne comprenant pas la nature de ce dont elle est témoin — la reconstitution du rite païen appelé ***hieros gamos*** — elle est bouleversée par la participation de son grand-père à une activité sexuelle de groupe. Plus tard, Langdon lui explique que la relation sexuelle était considérée comme un acte par lequel l'homme et la femme parvenaient jusqu'à Dieu. L'union physique avec la femme demeurait le seul moyen pour un homme d'atteindre la plénitude spirituelle et, au bout du compte, d'accomplir la gnose. Depuis l'époque d'Isis, les rites sexuels ont été considérés pour l'homme comme l'unique voie d'accès entre la Terre et le Ciel.

Papesse Au cours d'une discussion avec Sophie au sujet du jeu de **tarot**, Langdon explique que ce jeu de carte médiéval était « truffé de symboles hérétiques cachés », dont une référence à une carte appelée Papesse. Dans le tarot, elle passe pour figurer le savoir occulte ou ésotérique et est généralement représentée comme une femme assise portant des vêtements cléricaux avec une triple couronne et tenant un livre ouvert sur ses genoux.

La principale source du peu que l'on sait à propos de la papesse est un moine dominicain, Martin Polonus, qui prétendait qu'un certain pape Jean, au XIIIe siècle, était en fait la papesse Jeanne dont la nature féminine ne fut découverte qu'au moment où elle accoucha en plein milieu d'une procession papale vers l'Église du Latran. Polonus affirme que les historiens de l'Église ont plus tard effacé son nom « à la fois parce qu'elle était une femme et en raison du caractère odieux de la situation ». Selon d'autres rapports, elle fut sur-le-champ lapidée à mort par la foule, dès que la supercherie fut découverte. D'après d'autres documents, Jeanne était une Anglaise éduquée en Allemagne qui s'habillait comme un homme afin de devenir moine. D'autres encore affirment qu'elle venait d'Athènes où elle avait fait preuve d'une connaissance approfondie des langues et de la théologie. Toutefois, aucune preuve historique n'a jamais pu confirmer l'existence de la papesse Jeanne et cette histoire a d'ailleurs été mise en cause par un historien protestant au milieu du XVIIe siècle. Cette légende peut aussi avoir tiré son origine d'une satire antipapale ayant pour thème les craintes de l'Église à l'égard des falsifications, l'autorité excessive dont auraient joui les femmes et l'éventualité d'un pape sexuellement actif. Quoi qu'il en soit, il existe toujours une carte de tarot représentant la papesse Jeanne. Un ouvrage consacré à la question a été écrit par Rosemary et Darroll Pardoe.

Pentacle Le pentacle apparaît d'abord dans le *Da Vinci Code* comme un symbole sanglant griffonné par Jacques Saunière sur son propre estomac juste avant son décès. Langdon, amené sur la scène du crime, explique sa signification comme symbole de Vénus, la déesse de l'amour et de la sexualité humaine et du lien qu'elle a toujours entretenu avec le culte de la nature.

Le pentacle est l'un des plus anciens symboles connus de l'être humain. Sa forme la plus commune est l'étoile à cinq branches dotée de bras équilatéraux et d'angles égaux à chacune de ses cinq pointes. Lorsqu'elle s'inscrit à l'intérieur d'un cercle, on l'appelle pentacle. Le pentacle était communément connu comme celui de Vénus ou celui d'Ishtar, selon la déesse à laquelle on vouait un culte.

Les origines du pentacle sont enfouies dans le lointain passé de l'humanité, mais des exemples de son usage sont évoqués dans des temps aussi reculés que l'époque sumérienne. Sa signification originelle et son développement font toujours aujourd'hui l'objet de conjectures, mais les spécialistes l'ont identifié comme l'un des premiers symboles du corps humain, des quatre éléments et de l'esprit et, enfin, de l'univers lui-même. Les pythagoriciens l'ont utilisé comme signe de reconnaissance et peuvent l'avoir identifié à Hygie, la déesse grecque de la santé.

Le pentacle en tant que symbole est toujours en usage de nos jours. Les Wiccans et autres organisations vouées à l'ésotérisme l'utilisent comme symbole dans leur culte et leurs rituels. Il apparaît aussi sur les décorations et les grades d'organisations militaires, comme symbole des cinq piliers de l'Islam et, de façon plus tristement répandue, comme symbole du culte du diable et autres forces diaboliques, un usage, fait remarquer Langdon, qui est incorrect.

Phi Phi est le nombre perpétuel qui ne se répète jamais : 1,6180339087. Il est mieux connu des non-mathématiciens comme le Nombre d'or, la Section d'or et, selon la terminologie de Brown, la **Divine proportion**. Il apparaît dans le *Da Vinci Code* comme le moment fort d'un cours que Langdon se souvient d'avoir donné, au moment où, en fuite, il descend les escaliers du Louvre en compagnie de Sophie Neveu. (Le fait que *phi* figure au centre du prénom de Sophie n'est certainement pas une coïncidence).

Langdon explique à ses étudiants que *phi* représente un « paramètre essentiel dans la nature », présent en toutes choses, des ruches au coquillage en spirale appelé nautile, des fleurs de tournesol au corps humain (par exemple, dans le rapport entre la longueur totale du corps et la distance du nombril au sol). En écho à cette beauté et à cette proportion naturelle, phi a été largement utilisé en art (La *Dernière Cène* de Dali), en architecture (le *Parthénon*) et en musique (Mozart, Bartok).

Bien que cette description générale soit conforme à la réalité, il y a cependant quelques précisions à apporter. Dan Brown, dans son livre, écrit toutes les lettres en majuscule : PHI. Mais en pratique, les mathématiciens écrivent « Phi » pour décrire la Divine proportion et « phi » pour décrire la réciproque. Les spécialistes de la symbolique, tels Langdon, inscriraient la paire par les lettres grecques Ø et ø. Langdon affirme également que « le nombre PHI provenait de la **suite de Fibonacci** », mais les registres historiques indiquent que ce nombre était connu bien avant que Fibonacci ne révèle sa fameuse séquence.

La première définition claire de ce qui allait être appelé beaucoup plus tard le Nombre d'or fut « établie vers 300 avant J.-C. par le fondateur de la géométrie en tant que méthode officielle de déduction, Euclide d'Alexandrie, » selon le scientifique Mario Livio. Les Grecs identifièrent le nombre par la lettre *tau*. Les noms « Section dorée » ou « Nombre d'or » n'ont probablement pas été utilisés avant le XIXe siècle. Le mot *Phi* n'apparaît pas avant d'être cité par le mathématicien américain Mark Barr, au début du XXe siècle, en hommage au sculpteur grec Phidias, qui compte parmi ses réalisations le Parthénon et le temple de Zeus à Olympie.

On dit que le Nombre d'or est une technique qui fut utilisée par Léonard de Vinci dans certaines de ses œuvres les plus célèbres. Tous les experts n'en sont pas convaincus. Le modèle mathématique de la Divine proportion ne fut pas connu en Italie avant d'être publié par Pacioli dans la dernière décennie du XVe siècle, après que Léonard eut créé plusieurs de ses œuvres les plus importantes.

Philippe le Bel (aussi connu sous le nom de Philippe IV) Philippe IV, roi de France (surnommé « le Bel » en raison de sa beauté remarquable), est mentionné dans le résumé que fait Langdon des persécutions dont furent victimes les **Templiers**, au moment où lui et Sophie traversent le **Bois-de-Boulogne**. Langdon affirme que le pape Clément VII avait conçu un plan pour provoquer la chute des Templiers parce que ceux-ci avaient accumulé trop de richesse et de pouvoir. Philippe le Bel (Langdon l'appelle Philippe IV) agit de concert avec le pape et, le jour prévu — le vendredi 13 octobre 1307 — les Templiers sont arrêtés en masse et soumis à un procès devenu tristement célèbre pour ses accusations sensationnelles d'hérésie, de blasphème, de torture et les exécutions qui s'ensuivirent.

Certains détails présentés par Langdon semblent faux. Philippe le Bel, et non Clément VII, est considéré comme le principal instigateur de l'arrestation des Templiers. Philippe est celui qui prit l'initiative des exécutions ; en fait, plusieurs historiens sont d'avis que les arrestations du vendredi 13 furent effectuées à l'insu de Clément. Celui-ci en fit violemment reproche à Philippe, mais il était politiquement affaibli et, selon plusieurs, beaucoup trop redevable à Philippe pour avoir pu empêcher son geste à l'encontre des Templiers.

(L'apôtre) Pierre (saint Pierre) Le nom de saint Pierre est Simon, au moment de sa première rencontre avec Jésus ; celui-ci le renomme Céphas (« pierre ») et la version latine de son nom est Pierre. Dans les évangiles du Nouveau Testament, Jésus semble avoir eu une préférence particulière pour Pierre, qui apparaît dans certains épisodes clés de l'histoire de Jésus. Le passage le plus célèbre est sûrement celui où Jésus se tourne vers lui en disant : « Sur cette pierre je bâtirai mon église. »

Pierre est mentionné dans le *Da Vinci Code* lors du cours élaboré de Teabing sur la nature du **Saint-Graal.** Il cite un passage de ***l'Évangile selon Marie***, dans lequel Pierre exprime son incrédulité par rapport au fait que Jésus parle à Marie-Madeleine sans que les autres apôtres le sachent. « Est-il possible que le maître se soit entretenu ainsi avec une femme sur des secrets que nous ignorons ?... L'a-t-il vraiment choisie et préférée à nous ? » demande-t-il. Teabing va jusqu'à dire que Pierre était jaloux de Marie parce que le Christ lui a, en fait, confié — à elle et non à lui — l'avenir de son Église. Même si, d'après ***l'Évangile selon Marie***, Pierre peut en effet avoir été contrarié parce que Jésus parle en privé avec Marie, il n'existe aucun indication dans ce texte que le message de Jésus à Marie ait eu quoi que ce soit à voir avec la fondation de l'Église.

Plantard, Pierre Même si le nom de Pierre Plantard n'est pas mentionné dans le *Da Vinci Code*, il est essentiel à la mythologie dans laquelle baigne le livre.

Pierre Plantard (1920-2000) a réellement existé. C'était un citoyen français et Grand Maître autoproclamé du **Prieuré de Sion**, qui aurait été élu à ce poste en 1981. Il connut une grande notoriété en devenant l'un des principaux centres d'intérêt des investigations de Michael Baigent, Richard Leigh et Henry Lincoln, auteurs du best-seller *L'énigme sacrée*. Leur ouvrage a inspiré Dan Brown et la place de Plantard dans les investigations de *L'énigme sacrée* serait semblable à celle de Jacques Saunière : dernier Grand Maître du Prieuré de Sion et descendant des rois **mérovingiens.**

Il est souvent difficile, s'agissant de Plantard, de tracer la ligne entre ce qui est connu et ce qui fait de la bonne copie. Les *Dossiers secrets* qui auraient été déposés à la Bibliothèque nationale à Paris affirmeraient que Pierre Plantard est un descendant de Jean de Plantard, lui-même descendant en droite ligne des rois mérovingiens.

Baigent, Lincoln et Leigh ont déclaré, au cours de leur enquête sur la légende du Saint-Graal, que « toutes les pistes semblent mener au bout du compte à [Plantard] ». Il semble avoir été la principale source d'information de plusieurs histoires entourant **Rennes-le-Château** et a fourni aux investigateurs plusieurs bribes d'information énigmatiques concernant le Prieuré de Sion, lesquelles soulevaient plus de questions qu'elles n'offraient de réponses. Un exemple éloquent est que lorsqu'il fut interviewé par le magazine français *Le Charivari* au sujet du Prieuré, Plantard déclara simplement que « la société à laquelle j'appartiens est fort ancienne. Je succède à d'autres, un point c'est tout. Nous gardons fidèlement certaines choses à l'abri de la publicité ». Il est décrit dans *L'énigme sacrée* comme « un homme digne, courtois, d'une prestance discrètement aristocratique, sans ostentation, et s'exprimant de façon affable, versatile et élégante ». Il se dissocia publiquement des conclusions tirées par Baigent, Lincoln et Leigh, mais proposa quand même de corriger la version française du livre. Il demeura équivoque, toutefois, sur l'appartenance des Mérovingiens à la lignée de Jésus.

Il semble également y avoir un côté sombre à l'histoire de Plantard. Celui-ci fut en effet accusé d'être un sympathisant nazi et un antisémite, associé à plusieurs publications et organisations de droite avant et pendant la Seconde Guerre mondiale. Il a été emprisonné pour détournement de fonds et fraude dans les années 1950 et pourrait aussi avoir transmis l'histoire de **Bérenger Saunière** à l'auteur qui popularisa les mystères de Rennes-le-Château en partie dans le cadre d'un arrangement financier. Ses prétentions à une ascendance mérovingienne ont été discréditées ; plusieurs des documents utilisés pour démontrer son appartenance à cette lignée ont été inventés par lui ou ses associés et déposés sous un pseudonyme à la Bibliothèque nationale.

Pope, Alexander Le jeu d'indices de Sophie et Langdon comprend un poème, écrit par le grand-père de Sophie, dont l'une des strophes dit : « Un chevalier à Londres gît, qu'un Pope enterra. »

À King's College, ils en viennent à réaliser que le « pope » en question n'était pas un pape catholique, mais plutôt le célèbre poète du XVIIIe siècle Alexander Pope (1688-1744) et que le chevalier était **Sir Isaac Newton**, dont les funérailles, dit Brown, « furent présidées » par le poète, qui « prononça une brillante oraison funèbre avant de disperser de la terre sur la tombe. » Il est vrai que Pope a admiré et connu Newton, mais même s'il était sans aucun doute présent aux funérailles, il n'existe aucune preuve qu'il les ait présidées ; en fait, Newton était un personnage d'une telle envergure que parmi les porteurs du cercueil figuraient un lord, deux ducs et trois comtes. L'évêque de Rochester prononça le service funèbre.

Il est par ailleurs certain que Pope composa l'épitaphe de Newton environ quatre ans plus tard, lorsqu'un monument fut érigé. L'une des épitaphes les plus connues de l'histoire, moitié en latin moitié en anglais, elle se lit ainsi :

> « LA NATURE ET SES LOIS GISAIENT, CACHÉES DANS LA NUIT ; DIEU DIT : " QUE NEWTON SOIT " ET LA LUMIÈRE FUT. »

Poussin, Nicolas Considéré par certains comme le plus grand peintre français du XVIIe siècle, Poussin connut la notoriété à Rome, peignant des œuvres romantiques et poétiques inspirées de la mythologie classique. Sophie se rappelle que Poussin était le deuxième peintre favori de son grand-père après Léonard. Il a joué un rôle intéressant dans certaines sources utilisées par Dan Brown dans le *Da Vinci Code.* Dans le livre, Poussin est le sujet de plusieurs études écrites par Jacques Saunière. Ces études, semble-t-il, figurent parmi les favorites de Langdon s'attachant particulièrement aux codes cachés dans les œuvres de Poussin et du peintre hollandais **David Teniers**.

L'une des toiles de Poussin, *Les Bergers d'Arcadie*, réalisée en 1638, montre un groupe de bergers debout près d'une tombe, sur laquelle est inscrite la phrase «*Et in Arcadia Ego*», ce qui signifie «Et en Arcadie je suis.» Cette phrase a souvent été interprétée comme une allusion romantique à la présence de la mort, même dans le domaine idyllique des bergers. Toutefois, il existe aussi un lien entre cette toile et le mystère de **Rennes-le-Château**. L'un des parchemins prétendument découverts par **Bérenger Saunière** dans l'église paroissiale de Rennes-le-Château comportait un message codé qui se lisait ainsi:

> «BERGÈRE, PAS DE TENTATION. QUE POUSSIN TENIERS GARDENT LA CLEF. PAXDCLXXX1 (681). PAR LA CROIX ET CE CHEVAL DE DIEU J'ACHÈVE CE DAEMON DE GARDIEN À MIDI — POMMES BLEUES.»

Il semble y avoir une allusion aux *Bergers d'Arcadie* dans ce message. Plusieurs auteurs s'exprimant sur le mystère de Rennes-le-Château ont affirmé qu'une tombe des environs de ce hameau ressemble à celle figurant sur la toile. Poussin était-il lié à un secret à Rennes-le-Château? Baigent, Leigh et Lincoln, dans *L'énigme sacrée*, évoquent une lettre envoyée par l'abbé Louis Fouquet à son frère, le surintendant des finances de Louis XIV. Cette lettre raconte une visite que Fouquet fit à Poussin à Rome:

> «Luy et moi, nous avons projeté certaines choses dont je pourrai vous entretenir à fond dans peu, qui vous donneront par Monsieur Poussin des avantages (si vous ne les voulez pas mépriser) que les Roys auraient grand peine à tirer de lui, et qu'après

> lui peut-être personne au monde ne recouvrera jamais dans les siècles advenir; et, ce qui plus est, cela serait sans beaucoup de dépenses et pourrait même tourner à profit, et ce sont choses si fort à rechercher que quoi que ce soit sur la terre maintenant ne peut avoir une meilleure fortune ni peut être égasle. ».

Peu après avoir reçu cette lettre autrement inexpliquée, Nicolas Fouquet fut arrêté et emprisonné pour le reste de ses jours.

Prieuré de Sion Dan Brown annonce, à la page 1 du *Da Vinci Code*, que le Prieuré est une véritable organisation, fondée en 1099, et que les parchemins de la Bibliothèque nationale révèlent que parmi ses membres figurent des personnages marquants de la littérature, des arts et des sciences. Le Prieuré est certainement une véritable organisation, mais tout ce qu'on pourrait dire avec certitude à son sujet demeure sujet à caution. Le Prieuré peut se réclamer d'une existence documentée en France à partir de 1956 (et pas avant), lorsqu'il s'inscrit et soumit ses statuts aux services administratifs. Son porte-parole pendant la majeure partie de l'histoire moderne fut **Pierre Plantard**, un homme dont les prétentions personnelles étaient aussi confuses que celles de son organisation. Il a souvent été difficile, en effet, de tracer la ligne entre Plantard et le Prieuré de Sion.

Le Prieuré, d'après ce qu'on décrit comme le contenu des ***Dossiers secrets*** et les déclarations publiques de Plantard et de ses associés, a une histoire peu détaillée, c'est le moins que l'on puisse dire. On prétend que cette organisation secrète fut fondée dans la dernière décennie du XIe siècle par **Godefroy de Bouillon**. Il semble généralement admis que le Prieuré ordonna la création des **Chevaliers du Temple**, puis rompit avec eux presque un siècle plus tard, lançant alors une longue lignée de grand maîtres autonomes. Vers cette époque, le Prieuré commença à s'appeler « l'Ordre de la Rose-Croix Veritas », établissant ainsi un lien avec les **Rosicruciens**. Le groupe affirme que Bérenger Saunière découvrit les parchemins qui provoquèrent la controverse autour de **Rennes-le-Château** sur les instructions directes de Sion. Il dresse ensuite une liste des Grands Maîtres à partir de la rupture avec les Templiers, en 1188, jusqu'à Thomas Plantard, le fils de Pierre.

À partir de cet aperçu plutôt maigre, présenté en un langage poétique et allusif et dans des prétentions historiques, des centaines d'auteurs ont projeté leurs spéculations et leurs théories concernant le Prieuré et sa place dans l'histoire.

Ils sont trop nombreux pour en donner ici la liste exhaustive, mais le *Da Vinci Code* est basé sur l'idée la plus connue et la plus persistante — décrite en détail dans *L'énigme sacrée* — selon laquelle le Prieuré est établi depuis longtemps comme le gardien de la lignée du Christ et de **Marie-Madeleine**. D'autres théories soutiennent que le Prieuré est une façade pour plusieurs autres organisations ésotériques ; d'autres encore affirment que le groupe est partisan des « États-Unis d'Europe », pays unifiés gouvernés selon des principes théocratiques.

Toutes les accusations concernant la véritable origine ou la véritable nature du groupe, des plus banales aux plus vicieuses, ont été rejetées par le Prieuré et de ses défenseurs. Il semblerait que le Prieuré existe, pour employer l'expression d'un commentateur, comme une « cellule herméneutique », c'est-à-dire des coulisses où s'entrecroisent interprétations contradictoires, hypothèses et preuves qui paraissent, par leur ampleur et leur caractère global, miner toute possibilité de découvrir un jour la moindre part de vérité. C'est peut-être là que se trouve la séduction que continue d'exercer le Prieuré : sa nature intime, pour ce que nous en savons, est tellement indéterminée qu'elle permet à chacun d'y placer ses espoirs, ses craintes et ses fantasmes.

(La) Pyramide Il s'agit de la pyramide de verre conçue par I. M. Pei pour servir de nouvelle entrée au musée du **Louvre**. C'est l'une des premières choses que Robert Langdon aperçoit lorsqu'il est convoqué sur la scène du meurtre. La Pyramide possède également une contrepartie, la Pyramide inversée, qui se prolonge dans la terre alors que l'originale est bâtie au-dessus du sol. C'est celle-ci qui figure en bonne place à la fin du livre de Brown.

La pyramide inversée et la petite pyramide dans la galerie du Louvre

La Pyramide est le symbôle de la restauration du Louvre, l'emblême des vastes changements architecturaux qu'a subis l'édifice à l'instigation de l'architecte d'origine chinoise I. M. Pei. La Pyramide a concentré en un seul lieu toutes les entrées du musée, menant à une esplanade souterraine offrant l'accès à toutes les galeries ainsi qu'à des restaurants, des boutiques et, pour le musée lui-même, de nouveaux espaces de stockage. La structure conçue par Pei, même si elle est généralement acceptée et même admirée par l'ensemble des Parisiens, suscita dans le public des débats tonitruants et des attaques directes dans la presse lorsque le plan fut connu.

La Pyramide est constituée de 698 losanges d'un verre à température constante, très léger et transparent et non 666, le soi-disant « chiffre associé à Satan » évoqué par Brown/Langdon et plusieurs mordus de conspiration. Les panneaux légers, liés l'un à l'autre par des tiges d'acier également légères, composent une forme extrêmement puissante : une pyramide trapue haute de seulement 21 mètres mais qui donne une impression d'élévation et de force. Le verre reflète le ciel de la capitale française, une sorte de baromètre de l'humeur parisienne.

(Source) « Q » « La source Q, dit Teabing à Sophie et Langdon au cours de sa leçon sur l'histoire secrète du christianisme et l'opération de désinformation qui s'ensuivit, alors qu'ils sont réunis dans sa bibliothèque, est un manuscrit dont le Vatican lui-même reconnaît l'existence. Il s'agirait d'un document rassemblant les enseignements de Jésus, qui pourraient être écrits de sa propre main. » Allant au-delà de sa prudence de juste, il soumet alors à Sophie une question toute rhétorique : « Pourquoi Jésus n'aurait-il pas rédigé la chronique de son ministère ? »

Il s'agit là d'une question qui a toujours préoccupé les spécialistes depuis qu'un Anglais, Herbert Marsh, a émis pour la première fois en 1801 l'hypothèse d'une source Q, en se fondant sur la conviction qu'il existe une version en araméen des enseignements de Jésus. Il la nomma *beth*, une lettre de l'alphabet hébreu ayant la forme d'une maison. Plusieurs spécialistes allemands ont repris la cause à leur compte au cours du même siècle, suscitant une importante controverse : puisque les Évangiles de Mathieu et de Luc manifestent une certaine indépendance l'un par rapport à l'autre, pourrait-il y avoir une autre source que les Évangiles synoptiques contenant les paroles de Jésus ? Si oui, laquelle est la « bonne » ? Comme certains doutes se sont manifestés quant à l'authenticité de cet ensemble de citations, le spécialiste allemand Johannes Weiss a conçu l'idée d'une source Q plus neutre, d'après le mot allemand *quelle*, qui signifie « source ». L'idée demeura, les experts ajoutant leurs spéculations jusqu'aux années 1960, lorsque la traduction des documents de **Nag Hammadi** découverts en 1947 révéla l'existence d'un ***Évangile de Thomas*** traduit par James Robinson et Thomas Lambdin.

Est-ce que *l'Évangile de Thomas* est véritablement la source directe des paroles de Jésus ? La réponse se situe en partie dans la datation du document, qui n'est pas encore établie. S'il a été écrit au début du premier siècle, le lien paraît convaincant. Si, comme tendent à le croire les spécialistes plus traditionnels, *l'Évangile de Thomas* a été écrit après le premier siècle, alors il y a de plus fortes chances qu'il soit constitué d'une accumulation de souvenirs (c'est-à-dire de l'histoire moins directe).

Le professeur Robinson, le « parrain » de ce débat, répond de la façon suivante : « La référence à Q et la question de savoir si Jésus lui-même en est l'auteur ? Bien sûr que Jésus n'a pas écrit ce document. C'est un autre de ces cas où Dan

Brown trafique ni plus ni moins une preuve afin de la rendre plus sensationnelle qu'elle ne l'est en réalité. » Le débat va se poursuivre, en espérant que d'autres textes des débuts de l'ère chrétienne seront découverts afin de clarifier cette question, comme beaucoup d'autres.

Rennes-le-Château Peu de lieux sur terre, de Stonehenge au Triangle des Bermudes, ont été au centre d'autant de théories de conspiration que le fut Rennes-le-Château, un petit village de France situé au haut d'une montagne, sur le versant est des Pyrénées. Même s'il n'est pas évoqué dans le *Da Vinci Code*, il est au centre de la conspiration.

Rennes-le-Château, comme la plupart des villes et villages d'Europe, a une histoire profondément complexe qui s'est déployée en couches successives, étant tour à tour un campement préhistorique, une colonie romaine puis une forteresse médiévale. À la veille de la Révolution française, le village, par une suite compliquée de mariages endogames, était passé entre les mains de la famille Blanchefort. Selon une rumeur, Marie, Marquise d'Hautpol de Blanchefort et descendante titulaire, semble t-il, du Grand Maître des **Templiers** portant le même nom, transmit un secret au curé du village au moment de sa mort. Ce prêtre, l'abbé Bigou, forcé de s'exiler en Espagne à la Révolution, peu après le décès de sa paroissienne, était le prédécesseur du plus étrange résident de Rennes-le-Château : **Bérenger Saunière**.

« **Roi des juifs** » Teabing, toujours disposé à distiller sa connaissance de l'histoire religieuse à partir de ses propres opinions, relate les raisons pour lesquelles Jésus-Christ, à titre de descendant du roi Salomon et du roi David, était le roi héréditaire des juifs en plus d'être le Messie. Lorsque Jésus épousa Marie, s'il faut en croire l'histoire telle que racontée dans le *Da Vinci Code*, il s'allia à la Tribu de Benjamin, une lignée que Marie et son enfant ont prolongée et qui a donné naissance à la dynastie **mérovingienne**. Une partie de la légende du Prieuré de Sion s'articule autour du fait que quiconque est l'héritier actuel de la lignée de Jésus (identifiée comme celle de Sophie) est le roi légitime d'Israël/Palestine (ou de France, selon ce que l'intéressé souhaite démontrer à partir de deux mille années de secrets historiques).

Rose La rose est riche en symboles et le *Da Vinci Code* en explore quelques-uns. Le coffret en bois de rose qui renferme le cryptex, que Sophie tient dans sa main alors qu'elle et Langdon s'enfuient de la banque suisse dans un fourgon blindé, a une rose sur son couvercle, qu'elle associe à de grands secrets et que Langdon relie tout de suite à l'expression latine *sub rosa* (littéralement « sous la rose »), signifiant que tout ce qui est dit doit demeurer confidentiel. La rose fut également utilisée par le **Prieuré de Sion** comme symbole du **Graal**. Une espèce possède cinq pétales, ce qui l'apparente à la symétrie pentagonale, au mouvement de Vénus dans le ciel et au **Féminin sacré**. Il y a ensuite son usage comme rose des vents, conçue pour pointer vers la « bonne direction ».

Au moment où il explique tout cela, Langdon a une illumination, réalisant que le Graal est probablement caché *sub rosa*, c'est-à-dire sous le signe de la rose qu'on trouve dans certaines églises : fenêtres en rosace, rosettes sculptées et *cinq-feuilles*, les « fleurs décoratives à cinq pétales qu'on aperçoit souvent au sommet d'une croisée d'ogives, juste au-dessus de la clef de voûte ».

Plus loin dans le livre, Teabing relie étroitement la rose à la féminité, les cinq pétales représentant « les cinq étapes de la vie de la femme : la naissance, la fécondité, la maternité, la ménopause et la mort ». Il dit également à Langdon et Sophie que le mot rose est identique en anglais, en français, en allemand et dans beaucoup d'autres langues et que l'anagramme de ce mot est Éros, le dieu grec de l'amour physique.

Plusieurs autres significations ont été données à la rose : emblème du Christ, symbole de nativité et de prophétie messianique. Dans la culture gréco-romaine, la rose représente la beauté, le printemps et l'amour. La rose a aussi évoqué le passage rapide du temps et, donc, l'approche de la mort et de l'autre monde. La fête romaine de Rosalia était une célébration des morts. On trouve dans les cathédrales gothiques des vitraux en rosace, avec le Christ au centre de chacun, au trois entrées de ces églises. Dans ce contexte, on dit que la rose symbolise le salut qui y est enfoui et qui a été révélé par Dieu. Plus tard, à partir du XIIIe siècle, la Vierge Marie a souvent été montrée une rose à la main, ou posant dans un jardin de roses ou encore devant une tapisserie de roses. La rose représente symboliquement l'union du Christ et de son Église et celle de Dieu et de Son peuple.

Enfin, la rose est de la même couleur que la pomme, ce qui nous ramène tout droit à l'intrigue du *Da Vinci Code*. Dans la dernière ligne du poème écrit par le grand-père de Sophie et qui mène à la tombe de Newton, on trouve les mots suivants :

« Cherchez la sphère qui devrait sa
tombe orner
Tel un cœur fertile à la chair rosée »

Langdon estime que cette dernière phrase est une allusion claire à Marie-Madeleine, « la Rose qui porte la semence de Jésus ».

Rosicruciens La doctrine rosicrucienne fut d'abord exposée dans *Commune et générale réformation de tout le vaste monde*, publié en 1614. Ce document affirme que Christian Rosenkreuz, un noble allemand, a voyagé dans sa jeunesse en Orient, accumulant du savoir et devenant un adepte de sagesses secrètes. Ces éléments de sagesse se résumaient à une approche œcuménique prônant une vie simple et morale et le culte commun d'un être suprême ou d'un dieu. Des métaphores alchimiques étaient également déployées afin de symboliser la transformation magique de l'âme humaine.

Certains spécialistes croient que le personnage de Rosenkreuz est une pure invention du théologien allemand Hohann Valentin Andreae, dont le **Prieuré de Sion** prétend qu'il fut son Grand Maître de 1637 à 1654. Plusieurs affirment que Andreae a écrit lui-même l'un des livres attribués à Rosenkreuz, *Les Noces chimiques de Christian Rosenkreuz*, présenté comme une satire des obsessions de son époque pour l'occulte. Que leur géniteur ait été ou non un personnage fictif, les Rosicruciens prospèrent encore aujourd'hui comme une société ésotérique fondée sur les écrits de Rosenkreuz. Les Rosicruciens sont devenus populaires au sein de la franc-maçonnerie au XVIIIe siècle, lorsqu'elle intégra plusieurs symboles rosicruciens, dont les plus connus étaient la **rose** et la **croix**. (L'usage antérieur le plus marquant de la rose et de la croix comme symboles remonte sans doute à leur présence sur le blason de Martin Luther.) L'ordre continue d'exister de nos jours, quoique dans une grande diversité de formes.

Rosslyn Chapel Lorsqu'on approche des scènes finales du *Da Vinci Code*, le second cryptex de Saunière conduit Robert Langdon et Sophie Neveu à Rosslyn Chapel, à l'extérieur d'Édimbourg en Écosse. Divers commentateurs du monde occulte et du Nouvel Âge ont cru, pendant des années, que le **Saint-Graal** se trouvait à Rosslyn, ayant été apporté là après le massacre des **Templiers** en France, dans les années 1300. Des groupes maçonniques écossais ont été considérés comme certains des héritiers de la tradition des Templiers.

Les travaux de construction de Rosslyn Chapel — également connue sous le nom de Cathédrale des codes — débutèrent en 1446 à la demande de Sir William Saint Clair, ou Sinclair, un grand maître héréditaire des Maçons écossais et descendant supposé de la lignée **mérovingienne**. Sir William exerça un contrôle personnel sur la construction de la chapelle, qui fut interrompue peu après sa mort en 1484. La chapelle est chargée de codes, de symboles, d'alphabets et d'imagerie suggérant une sorte de langage symbolique universel. Symboles chrétiens et juifs y coexistent, ainsi que des références en grec, en latin, en hébreu et en d'autres langues relatives à l'histoire scandinave et celtique et à celle des Templiers. À la fin de leur visite à Rosslyn, Robert et Sophie semblent apprendre que le Saint-Graal, s'il a jamais été à Rosslyn, est maintenant ailleurs.

Saint-Graal Il existe autant de théories sur la naissance et le lieu d'origine du Graal qu'il existe de Graals. Critiques et écrivains ont identifié à ce sujet des mythes d'origine celtique et ouest-européennes datant d'avant la chrétienté : mythologies byzantines et traditions chrétiennes orthodoxes orientales, anciennes pratiques perses, cérémonies du culte de la nature dans le Moyen-Orient pré-chrétien, symbolique alchimiste, etc.

La version moderne de l'histoire du Saint-Graal a pris naissance entre le dernier quart du XIIe et le premier quart du XIIIe siècle dans une incroyable diversité de langues, dont le français, l'anglais, l'allemand, l'espagnol et le gallois. Le premier roman encore connu en rapport avec le Graal est *Perceval* de Chrétien de Troyes.

Le Graal en tant qu'objet est décrit de diverses façons par une grande variété d'auteurs. Il a été dépeint comme une pierre, un objet serti d'or et de pierres précieuses, un reliquaire et une coupe. La quête du Graal a aussi eu plusieurs variantes, dont l'une dans laquelle le gardien du Graal est connu comme le Roi-pêcheur, qui croit que la conquête du Graal serait une source de santé et de prospérité pour le royaume. La quête a aussi des connotations plus personnelles : pour plusieurs, elle pend la forme d'un voyage spirituel intérieur vers l'illumination et la communion avec Dieu.

Quelle que soit son histoire ou sa signification en tant que relique ou idée et la version de la légende présentée par Brown, la quête dans laquelle chaque personnage du *Da Vinci Code* est engagé explore des régions jusque-là inconnues. « La plus grande opération de désinformation de toute l'histoire de l'humanité », s'exclame Teabing. « Jésus n'était pas seulement marié, il était père ! Marie-Madeleine était véritablement la Vase sacré, porteuse du fruit d'une union royale. »

(Temple de) Salomon David, le premier roi d'Israël, souhaitait faire construire un temple en l'honneur du Roi des rois, son Dieu. En songe, Dieu dit à David que le temple ne pourrait pas être construit par lui parce qu'il était un homme de guerre et avait versé trop de sang. Le temple serait édifié par son fils Salomon, qui jouirait durant son règne d'une période de paix assez longue pour le faire.

Bien qu'il n'ait pas construit le temple, le roi David en avait conçu le plan et réuni une grande partie des matériaux nécessaires. Après sa mort, Salomon ordonna la construction du premier temple, il fit venir pour l'aider des Phéniciens, qui étaient des experts en construction, et le temple fut effectivement modelé sur les temples phéniciens de l'époque. L'édification, sur le mont Moriah sur le site actuel de la ville de Jérusalem était une entreprise immense. La construction, terminée en 953 avant J.-C., dura sept ans et des dizaines de milliers de personnes y travaillèrent.

Le Temple de Salomon était différent des autres temples de l'Ancien monde dans la mesure où l'on y trouvait pas d'idoles. Cela reflétait la croyance selon laquelle la présence de Dieu ne nécessitait pas d'idoles ; le temple fut construit en fonction des besoins du peuple, non ceux de Dieu.

Par la suite, le temple connut des cycles réguliers de destruction. L'original étant détruit par Nabuchodonosor en 586 avant J.-C. Soixante-dix ans plus tard, le deuxième temple fut construit sur le même site et agrandi en 19 avant J.-C. par le roi Hérode pour être rasé peu après par les Romains en 70 après J.-C.

Dans le *Da Vinci Code*, Langdon dit à Sophie que la mission première des **Templiers** en Terre Sainte n'était pas la protection des pèlerins, mais l'établissement de leurs quartiers dans le Temple afin de « retrouver les documents [secrets] ensevelis dans les ruines ». Il poursuit en disant que personne n'est certain de ce qu'ils ont découvert, mais qu'ils ont retrouvé « quelque chose qui les a rendus immensément riches et puissants ».

De nos jours, le site de l'ancien Temple de Salomon est occupé par la Mosquée al-Aqsar, le troisième site le plus saint de l'Islam.

Sangreal/Sangraal Sangreal est identifié par Langdon comme le nom commun historique désignant les documents et reliques constituant ce que nous appelons aujourd'hui le **Saint-Graal**. Plus tard, Teabing explique que le mot s'est scindé à l'usage dans la légende et la théologie, donnant par la suite San Graal: Saint-Graal. Mais si la division du mot avait été faite sur une autre lettre — Sang Real — alors les deux mots auraient plutôt signifié *sang royal*. Les auteurs de *L'énigme sacrée*, Baigent, Leigh et Lincoln, affirment que le Graal est appelé le Sangreal ou le Sangraal. La coupure en deux mots pourrait également donner San Greal ou San Graal (Saint-Graal) ou sang real ou sang raal (sang royal). Cependant, Sir Thomas Malory, auteur de *Morte d'Arthur* et premier auteur reconnu du mot en anglais, utilise Sangreal et sang royal (qui provient de l'anglais médiéval real ou rial) en deux sens distincts: Sangreal, qui désigne le Saint-Graal, et sang royal qui désigne le sang sacré, ébranlant peut-être ainsi l'étymologie mise de l'avant par Langdon et Teabing.

L'Oxford English Dictionary soutient cette étymologie des mots ayant une double signification, d'abord utilisés au XVIIe siècle, est fallacieuse.

Saunière, Bérenger Curé de la paroisse de **Rennes-le-Château** à partir de 1885 et pierre de touche historique de Jacques Saunière dans le *Da Vinci Code*. Au cours d'une réfection de routine de l'église du village, Saunière (1852-1917) découvrit apparemment, enfouis dans une colonne soutenant l'autel, quatre parchemins contenant des messages codés. Ces messages, déchiffrés se référaient à des personnes et des choses apparemment sans lien les unes avec les autres: les peintres **Poussin** et **Teniers**, la roi **mérovingien Dagobert II**, **Sion** et des « **pommes** bleues ». Intrigué, il transmit les documents à ses supérieurs, qui lui donnèrent comme instruction de se rendre à Paris pour y présenter les parchemins à d'autres dignitaires de l'Église, dont l'abbé Bieil, directeur du séminaire de Saint-Sulpice.

On sait peu de choses de ce qui se passa lors de la visite de Saunière à Paris (plusieurs doutent même qu'il y soit allé), mais à son retour à Rennes-le-Château, on dit qu'il commença à dépenser des sommes exorbitantes en projets de restauration et acquit aussi pour lui-même une grande maison. Les changements qu'il effectua allaient du plus banal au plus étrange. Il effaça l'inscription figurant sur la pierre tombale de Marie, Marquise d'Hautpol de Blanchefort (conçue par l'abbé Bigou avec comme inscription une parfaite

anagramme de l'un des messages codés que Saunière avait découvert dans l'autel). Il construisit également une tour, appelée tour Magdala, en l'honneur de **Marie-Madeleine**.

Il se fit construire une opulente maison de campagne, la Villa Bethania, qu'il n'occupa jamais. Il rénova et décora aussi l'église, mais sa nouvelle touche artistique n'était pas très orthodoxe: statue d'un démon soutenant le bassin d'eau bénite; l'inscription «Cet endroit est terrible» sculptée au-dessus de la porte de l'église; et les stations du Chemin de la croix peintes sur les murs étaient affublées d'incongruités et de détails inquiétants.

Rennes-le-Château était un village de province et le salaire de Saunière comme curé de la paroisse était tout à fait modeste. Où Saunière se procura-t-il l'argent nécessaire à ces rénovations et constructions. Pourquoi l'a-t-il dépensé de cette façon? Il emporta dans la tombe les réponses à ces questions et, à partir de ce moment, les spéculations les plus folles commencèrent à circuler.

La richesse de Saunière, selon ce qu'on en a dit, aurait pu être attribuable à la découverte d'anciens trésors wisigoths, à des pots-de-vin versés par une société secrète cherchant à cacher quelque chose dans la région, à la localisation secrète du Saint-Graal ou encore au fameux trésor de l'île aux Chênes en Nouvelle-Écosse. Des liens ont été établis entre Saunière, le **Prieuré de Sion**, les Maçons et les **Templiers**. Des astronomes et des géomètres ont recensé un nombre incroyables de figures — triangles, **pentacles**, pentagones — à l'intérieur et autour de Rennes-le-Château, qui présentaient toutes quelque signification ésotérique. Des liens ont aussi été établis entre Rennes-le-Château, Stonehenge et d'innombrables sites mégalithiques en Europe et en Grande-Bretagne ainsi que diverses prétentions selon lesquelles le village cachait quelque passage mathématique vers une autre dimension.

Les parchemins qui suscitèrent ce tissu d'intrigues n'ont jamais été récupérés, bien qu'une seule personne — Pierre Plantard, le dernier grand maître du Prieuré de Sion — ait prétendu les avoir déposés en lieu sûr dans un coffre-fort à Londres. Saunière et son cortège de mystères ont déclenché tout un flot de spéculations historiques et de récits envoûtants offerts par des auteurs tels que Henry Baigent, Richard Leigh et Henry Lincoln (à titre individuel ou collectivement dans des ouvrages comme *L'énigme sacrée*), Lynn Picknett et Clive Prince et Tim Wallace-Murphy.

Il se trouve clairement *quelque chose* d'étrange dans l'air de Rennes-le-Château, mais s'agit-il d'une véritable conspiration ou de théories de la conspiration? Arrive-t-il un moment où les théories de la conspiration finissent par emporter jusqu'à la possibilité d'apprendre un fait avéré ? Bérenger Saunière ne le dit pas.

Sénéchaux Un sénéchal est un officier ou un administrateur à qui d'importantes responsabilités sont confiées, généralement associées à des sociétés ou groupes ecclésiastiques ou féodaux. Dans le *Da Vinci Code*, les sénéchaux sont trois officiers du **Prieuré de Sion** qui se rapportent à Jacques Saunière, le grand maître du Prieuré. Ils semblent former un noyau restreint de gens de confiance. Les sénéchaux sont assassinés, l'un après l'autre, par Silas, l'agent de l'**Opus Dei**. Chacun de ces sénéchaux, ainsi que Saunière, est le gardien du lieu secret où est conservé le **Saint-Graal**. Ces personnes sont aussi formées afin de pouvoir tromper les tortionnaires grâce à un mensonge coordonné sur le lieu du Graal, s'assurant ainsi que même si leurs identités sont révélées et qu'ils sont questionnés, le Graal restera en sûreté. Sœur Sandrine les appelle, un à un, lorsqu'elle s'aperçoit que Silas est arrivé à **Saint-Sulpice** pour récupérer la **clef de voûte**, mais elle est bouleversée lorsque ces appels lui apprennent que les sénéchaux sont morts. Le concept des sénéchaux, dans le *Da Vinci Code*, est inspiré de la liste discutable fournie par Pierre Plantard et disponibles sur certains sites Web.

Shekinah Il s'agit d'un mot hébreu signifiant « présence de Dieu » et plusieurs soutiennent qu'on parle ainsi de l'aspect féminin de cette présence et de ses attributs. Le concept chrétien qui se rapproche le plus de cette notion serait celui d'Esprit Saint. La Shekinah était réputée être la manifestation physique de la présence de Dieu dans le Tabernacle et, plus tard, dans le **Temple de Salomon**. Lorsque le Seigneur mena le peuple d'Israël hors d'Égypte, il marchait à leur côté dans un « immense nuage » : la shekinah.

Sheshach Dans le *Da Vinci Code*, Sophie met à profit sa connaissance du code Atbash, un code de substitution dans lequel la première lettre de l'alphabet est remplacé par la dernière, la deuxième par l'avant-dernière, etc. Les lettres de l'alphabet hébreu qui ont été translittérées comme « Scheshach » donnent un mot qui peut être rendu par Babel, si l'on ajoute les voyelles dont est dépourvue la langue hébraïque.

Smart Langdon et Sophie, après qu'ils se soient échappés du Louvre, sautent dans la Smart de Sophie et décollent. Il s'agit d'une voiture ultra-compacte conçue en 1994 dans le cadre d'une entreprise jointe créée entre le fabricant de montres helvétique Swatch et Mercedez-Benz. C'est une montre Swatch qui a inspiré le design de cette voiture, qui est vendue autour de quatorze mille euros dans sa configuration de base. Elle est disponible partout en Europe.

Sophia Inspiré du mot grec signifiant « sagesse ». Sophia est associée aux déesses vierges telles qu'Athéna et aux allégories de la sagesse dans l'Esprit Saint et **Marie-Madeleine**.

Sub rosa Littéralement « sous la rose ». L'origine de cette expression provient probablement de l'époque romaine lorsque, dans les repas officiels, les tables étaient disposées en « U », l'invité d'honneur et son hôte étant assis l'un à côté de l'autre du côté opposé à l'ouverture formée par les tables. Au centre du « U » était placé une rose. C'était là un rappel qu'une rose avait été offerte par Éros à Harpocrate, le dieu du silence, pour l'inciter à ne pas rapporter les indiscrétions de Vénus, la mère d'Éros. Donc, tout ce qui est dit *sub rosa* (sous la rose) doit rester secret.

Symbolisme Les symboles ont été décrits par l'anthropologue Leslie White comme « l'attribution arbitraire d'une signification à une forme » et l'une des rares choses qui distinguent les êtres humains des autres créatures. Les symboles sont des abstractions. La Bible et, bien sûr, le *Da Vinci Code* sont chargés de symbolisme : de l'**homme de Vitruve** — dont Saunière adopte la pose dans la mort — à la **croix** en passant par la **pomme**, les objets tangibles sont faits pour illustrer des concepts intangibles et parfois complexes.

Les symboles sont des raccourcis pour communiquer. Tout comme la rose sur la table de Rome symbolisait un cadeau d'Éros à Harpocrate et, donc, la nécessité de protéger les secrets, les symboles tels que la croix fournissent une façon concise de rappeler aux gens des réalités complexes.

Dans le *Da Vinci Code*, Langdon prépare un article sur les symboles du **Féminin sacré**. À la fin du livre, alors qu'il est à **Rosslyn**, il est debout aux côtés de la veuve de Saunière, Marie, méditant sur le papyrus contenant l'inscription :

> Sous l'ancienne Roslin, le **Saint-Graal** nous attend
> La lame et le calice la protègent du temps

Marie trace un triangle, pointe vers le haut, dans la paume de sa main : ancien symbole de la lame et du masculin. Elle trace ensuite un autre triangle qui pointe vers le bas : L'ancien symbole du calice et du féminin. Elle l'amène ensuite vers l'église, d'où il voit finalement dans l'Étoile de David le mariage de la lame et du calice — masculin et féminin, le Seau de Salomon — marquant l'entrée du Saint des Saints, le lieu où sont censés résider Yahvé et Shekinah.

Tarot L'origine des cartes de tarot est un sujet de débat. Certains spécialistes font remonter leur apparition à un moment et à un lieu bien spécifiques : l'Italie du Nord au début du quinzième siècle. Le premier usage pratique des cartes semble avoir été celui d'un jeu ressemblant vaguement au bridge moderne. Puisque les philosophies alchimistes, astrologiques et hermétiques ont fait partie de la vie intellectuelle de l'époque médiévale, les illustrateurs des premières cartes de tarot peuvent les avoir utilisées pour inscrire des significations cachées dans l'iconographie des cartes. Les multiples interprétations et correspondances que les cartes de tarot ont inspirées donnent à penser que le tarot est beaucoup plus qu'un jeu de bridge.

Les occultistes, les amateurs d'ésotérisme et même les auteurs modernes de best-sellers sont plutôt d'avis que les cartes ont une histoire beaucoup plus longue (remontant à l'ancienne terre d'Israël et à l'Égypte ancienne) et une signification beaucoup plus profonde. Certains disent que la Cabale, la forme juive du mysticisme, y est associée. Robert Langdon déclare qu'à l'origine, le tarot « avait été conçu comme un moyen de transmettre des doctrines condamnées par l'Église » et que la suite du pentacle dans le jeu de tarot évoque « la divinité féminine ». Les critiques taillent en pièces ce type de théorie, estimant plutôt que le tarot a été inventé pour « d'innocents motifs d'amusement ». « L'idée de diamants représentant les pentacles est une déformation délibérée de la réalité », soutient Sandra Miesel, auteure d'un long article très dur sur les « prétendus faits » évoqués dans le *Da Vinci Code*.

Il ne semble pas y avoir de preuve probante d'un lien entre l'origine des jeux de carte et des traditions anciennes. L'histoire semble nous dire que les cartes de tarot n'apparaissent pas dans le cadre d'un système occulte organisé avant la fin du XVIIIe siècle en France. La tradition, bien sûr, peut triompher de l'histoire et il n'est pas difficile de recommencer à spéculer sur des « coïncidences » telles que la disposition des principales figures du jeu de tarot : on donne généralement à la Prêtresse (Papesse) le nombre deux et au Pape, sa contrepartie logique, le nombre cinq ; de la même façon, l'Impératrice et l'Empereur (à qui on attribue respectivement les nombres trois et quatre) s'équilibrent.

Teniers, David le Jeune Peintre hollandais, fils de David Teniers le Vieux, également peintre. Né en 1610, il a représenté des sujets historiques, mythologiques et allégoriques, dont une série de toiles décrivant saint Antoine. Langdon l'évoque assez tôt dans le *Da Vinci Code* comme le sujet, avec Poussin, de plusieurs documents écrits par Jacques Saunière.

Ces documents, semble-t-il, sont parmi les préférés de Langdon ; ils traitent spécifiquement des codes cachés dans les œuvres des deux peintres. Il s'agit d'une référence directe de Dan Brown aux messages codés trouvés par l'homonyme historique de Saunière : Bérenger Saunière, curé de la paroisse de Rennes-le-Château. L'un des messages codés trouvés par Bérenger Saunière dans l'autel de son église se lit ainsi :

> « BERGÈRE, PAS DE TENTATION. QUE POUSSIN TENIERS GARDENT LA CLEF. PAXDCLXXX1 (681). PAR LA CROIX ET CE CHEVAL DE DIEU J'ACHÈVE CE DAEMON DE GARDIEN À MIDI — POMMES BLEUES. »

On dit qu'après avoir découvert les documents codés, Saunière se rendit à Paris et que, durant son voyage, aurait acheté des reproductions d'une œuvre de Teniers, un portrait du pape Célestin V, et d'une autre de Poussin, *Les Bergers d'Arcadie.*

Tertullien Premier grand écrivain du christianisme latin, dont l'œuvre considérable couvre tout le champ théologique de l'époque: paganisme et judaïsme, polémique, politique, les disciples, la morale et toute l'organisation de l'activité humaine selon l'interprétation de la doctrine chrétienne. Il fut également un défenseur farouche d'une discipline stricte et d'un mode de vie austère, croyant que les femmes ne devraient pas porter d'ornements précieux qui poussent les hommes vers le péché et que le célibat représentait l'état le plus élevé de l'être humain.

Tribu de Benjamin L'une des douze tribus d'Israël, de la descendance de Benjamin, fils de Jacob, dont une partie du patrimoine est, selon la Bible, la ville de Jérusalem. La tribu est mentionnée dans un cours que donne Teabing à Sophie sur la véritable nature du **Saint-Graal**. **Marie-Madeleine**, dit-il, était de la tribu de Benjamin et, par conséquent, son union avec Jésus — un descendant de la maison royale de David et de la tribu de Judas — était d'une importance politique considérable. La Bible rapporte, dans le Livre des Juges, que la tribu de Benjamin fut attaquée par les autres tribus d'Israël à cause de la protection qu'elle accordait à certains criminels et aux « fils de Bélial ». La tribu décimée survécut, mais les ***Dossiers secrets*** maintiennent qu'une partie de ses membres immigra vers l'est de l'Europe, d'abord en Grèce dans la province d'Arcadie, puis en remontant vers le nord le long du Danube et du Rhin. *L'énigme sacrée* suggère que les membres de la tribu de Benjamin pourraient avoir été les ancêtres des Francs et, donc, des **Mérovingiens**.

(Bibliothèque du) Vatican Mgr Aringarosa se rend à **Castel Gandolfo** et passe tout près de la Biblioteca Astronomica, la bibliothèque de l'Observatoire du Vatican. Même s'il y a certains indices de l'existence d'une bibliothèque organisée vers le IVe siècle, la Bibliothèque du Vatican telle qu'on la connaît aujourd'hui remonte au règne du pape Nicolas V, qui accéda au trône de Pierre en 1447. Nicolas fit passer le nombre d'ouvrages que contenait la Bibliothèque de quelques centaines à plus de mille cinq cents, ce qui en fit à l'époque la plus grande bibliothèque d'Europe. De nos jours, elle abrite plus d'un million de livres et 150 000 manuscrits contenant des documents tels les plus anciens textes connus de l'Ancien et du Nouveau Testament en langue grecque ainsi que les premiers exemplaires ayant survécu d'œuvres de Dante, de Virgile et d'Homère, entre autres.

Vendredi treize Dans le *Da Vinci Code*, Dan Brown évoque un incident impliquant les **Templiers** comme étant à l'origine de la superstition fort répandue selon laquelle le vendredi 13 est un jour malchanceux. Le vendredi 13 octobre 1307, le pape **Clément** « rédigea des ordres scellés, qui devaient être ouverts simultanément par ses soldats dans toute l'Europe», écrit Brown. Les ordres fatidiques indiquaient que Dieu était apparu au pape pour l'avertir que les Templiers étaient tous des hérétiques et des homosexuels qui s'adonnaient à la sodomie, à la dégradation de la croix et à d'autres comportements blasphématoires. Les soldats, qui étaient en fait au service du roi de France **Philippe IV**, devaient se saisir des Chevaliers du Temple et de les torturer afin d'apprendre la véritable nature de leurs crimes envers Dieu. Bien que Brown décrive la capture, la torture et la mort des Templiers sur le bûcher comme l'affaire d'une seule journée, ces événements se sont plutôt déroulés sur une période de quelques années.

Le vrai crime des Templiers, semble-t-il, était le pouvoir. Les Chevaliers étaient devenus à la fois riches et influents grâce à la protection papale et à leurs activités financières et, selon les rumeurs qui couraient à l'époque, ils étaient détenteurs de secrets relatifs au **Saint-Graal**. Le pape estimait donc que les Templiers représentaient une menace pour son pouvoir et devaient disparaître. C'est ainsi que la plupart d'entre eux — mais pas tous — furent arrêtés ce fameux vendredi 13. Les survivants continuèrent, semble-t-il, à protéger les secrets du Saint-Graal.

Même si Brown évoque cet incident comme *la* raison de la superstition entourant ce jour funeste, le vendredi 13 a mauvaise réputation depuis bien plus longtemps. Dans la mythologie scandinave, treize personnes étaient présentes à un banquet à Valhalla lorsque Balder (fils d'Odin) fut assassiné, ce qui entraîna les chute des dieux. Vers l'an 1000 avant J.-C., Hésiode écrit dans *Les Travaux et les jours* que le treizième jour est malchanceux pour ceux qui sèment, mais favorable à ceux qui plantent. Le vendredi est également le jour le plus malchanceux de la semaine pour les chrétiens, d'après certains, parce que c'est celui de la crucifixion du Christ. Plusieurs pensent aussi que le chiffre 13 est malchanceux car c'est le nombre de convives qui étaient présents lors de la dernière Cène, dont l'apôtre qui avait trahi.

(Pentacle de) Vénus L'une des théories les plus fascinantes expliquant l'origine du **pentacle** est d'ordre astronomique : la planète Vénus trace un pentacle dans le ciel étoilé. Comment ? Lorsque les mouvements de la planète sont orientés vers les étoiles, elle semble se diriger vers elle dans une trajectoire régulière. Les anciens imaginaient que les étoiles qu'ils voyaient se déplacer dans le ciel étaient « fixées » à une sphère dont la Terre était le centre. Ils utilisaient ces étoiles fixes comme points de référence pour mesurer le mouvement des planètes, qui se déplaçaient de façon autonome par rapport aux étoiles, apparaissant dans diverses zones de la sphère à différents moments. Si un observateur enregistre la position de Vénus par rapport aux étoiles fixes le même jour pendant six ans et relie ces positions de façon ordonnée sur la sphère, il obtient un pentacle (Vénus retourne à sa position initiale à la sixième année et recommence son cycle). Cette observation n'a pas survécu aux découvertes de l'astronomie : il est vrai qu'en suivant le cours de la planète à partir du Proche-Orient on obtient un tracé qui ressemble à un pentacle, encore qu'il soit plutôt le fruit de l'imagination. Ce tracé ne serait pas le même dans d'autres parties du monde et, comme nous le savons aujourd'hui, les lois du mouvement des planètes ont depuis longtemps écarté l'idée que la Terre est au centre de l'univers.

(La) Vierge aux rochers Nom de deux toiles peintes par **Léonard de Vinci** et portant techniquement toutes deux le même nom. La *Vierge* a fini par devenir le diminutif décrivant celle qui se trouve au Louvre alors que la seconde toile, une « version expurgée », est exposée à la National Gallery de Londres.

Conduite à ce tableau par la solution de l'anagramme « so dark the con of man », Sophie cherche derrière la toile des indices laissés par son grand-père et trouve la clef sur laquelle figure une **fleur de lys** et les initiales P.S. Saunière remplit ainsi la promesse qu'il avait faite à sa petite-fille qu'un jour cette « clef » à tant de mystères allait lui appartenir. Au moment où Sophie et Langdon s'enfuient du Louvre, poursuivis par un gardien de sécurité, ils sautent dans sa voiture et filent vers la maison de son grand-père. En chemin, Langdon réfléchit à voix haute sur ce « chaînon manquant dans la série des mystérieux symboles, intimement liés entre eux, de cette soirée. »

Ce qu'il a remarqué dans le roman — tout comme les spécialistes dans la réalité — est l'histoire complexe de cette peinture et son cortège de possibles significations cachées, s'ajoutant les unes aux autres dans ce que Langdon appelle « des détails étranges et dérangeants ». Il en évoque certains : Jean-Baptiste qui bénit Jésus et Marie faisant un geste en apparence menaçant par-dessus la tête de Jean-Baptiste.

(L'Homme de) Vitruve Célèbre dessin de **Léonard de Vinci** représentant un homme, de face et de profil, représenté dans un carré à l'intérieur d'un cercle. Le premier indice des mystères présentés dans le *Da Vinci Code* est Saunière disposant son corps nu et à l'agonie en position écartée, imitant la célèbre image emblématique créée par Léonard. L'Homme de Vitruve fut ainsi nommé d'après Marcus Vitruvius Pollio, écrivain, architecte et ingénieur ayant vécu au premier siècle après J.-C. Il était responsable des aqueducs de Rome et l'auteur de *De Architectura*, un ouvrage en dix volumes, peut-être le premier jamais écrit sur l'architecture. L'étude par Vitruvius des proportions humaines figure dans son troisième livre et voici le guide qu'il a laissé aux artistes et architectes des générations futures :

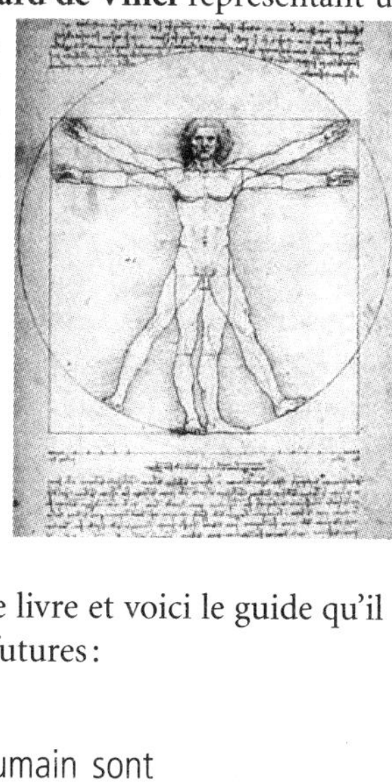

« Les proportions du corps humain sont
les suivantes : 4 doigts font une paume, 4

> paumes font un pied, 6 paumes font une coudée ; 4 coudées forment la taille d'un homme. La longueur des bras écartés d'un homme est égale à sa taille. L'espace entre la racine de ses cheveux et la base de son menton est égal au dixième de la taille d'un homme ; l'espace de la base de son menton au sommet de sa tête correspond à un huitième de sa taille ; l'espace du sommet de sa poitrine à la racine de ses cheveux sera égal au septième de sa taille. L'espace entre ses mamelons et le sommet de sa tête correspond au quart de l'homme. La partie la plus large des épaules contient le quart de l'homme. Des coudes à l'extrémité des mains est la cinquième d'un homme ; et des coudes à l'angle des aisselles sera la huitième partie de l'homme. La main en entier est la dixième partie de la taille d'un homme. La distance entre la base de son menton et son nez et de la racine des cheveux aux sourcils est, dans chaque cas la même, et comme les oreilles, correspond au tiers du visage. »

La contribution de Léonard fut de résoudre l'ancien algorithme connu comme la « quadrature du cercle », un problème géométrique en vertu duquel on doit utiliser une paire de compas et une règle pour tenter de construire un cercle et un carré d'égale surface. Théoriquement, un être humain aux proportions parfaites s'inscrirait dans une telle figure et même si les efforts de Vitruvius donnèrent des résultats apparemment rudimentaires, la représentation de Léonard est parfaite et constitue l'œuvre d'un génie mathématique aussi bien qu'artistique.

Yahvé Nom donné à Dieu dans l'Ancien Testament, composé des lettres de l'alphabet hébreu Yod, Heh, Vay et Heh (le tétragrammaton — voir Adonai). Prononcer le nom de Dieu pendant la prière est interdit chez les juifs, qui y substituent celui d'Adonai. Cette restriction résulte d'une interprétation du troisième commandement disant qu'il est interdit de « prononcer le nom de

Dieu en vain ». Par écrit, «SEIGNEUR» ou «D»-remplace Yahvé.

La représentation écrite de l'ancien hébreu par le nom Yahvé reflète la difficulté qu'il y avait à décider comment, dans une langue qui n'avait pas été parlée pendant plus de deux mille ans et ne possédait aucune voyelle, on pouvait avoir prononcé les lettres Yod, Heh, Vay et Heh et le traduire ensuite en français moderne (ou en toute autre langue). Selon le raisonnement mis de l'avant dans le *Da Vinci Code*, YHWH était en fait un acronyme hébreu combinant les noms archaïques masculin et féminin désignant Dieu, et Hahvé, la version en hébreu du nom Ève, se confond avec Yahvé.

Collaborateurs au livre

Les Secrets du Code Da Vinci

Dan Burstein (directeur de publication) est membre fondateur et gestionnaire de Millennium Technology Ventures Advisors, une entreprise de capital de risque qui investit dans des sociétés de nouvelles technologies novatrices. Il a remporté plusieurs prix à titre de journaliste et écrit six livres sur l'économie et la technologie dans le monde.

Le livre publié par Burstein en 1988, *Yen!*, sur la montée du pouvoir financier japonais, a figuré parmi les succès de librairie dans plus de vingt pays. En 1995, dans son livre intitulé *Road Warriors*, il a été un des premiers à analyser les répercussions d'Internet et de la technologie numérique sur les entreprises et la société. Son livre de 1998, *Big Dragon* (écrit avec Arne de Keijzer), présentait une perspective à long terme sur le rôle de la Chine au XXIe siècle. Burstein et de Keijzer ont récemment créé leur propre maison d'édition, Squibnocket Press, et travaillent à une série d'ouvrages intitulée *The Best Things Ever Said*, qui comprendra des titres sur l'avenir d'Internet, les blogues et le blogging ainsi que les nanotechnologies.

Alors qu'il était journaliste pigiste au cours des années 1980, Dan Burnstein a publié plus d'un millier d'articles dans quelque deux cents publications, notamment le *New York Times*, le *Wall Street Journal*, le *Los Angeles Time*, le *Boston Globe*, le *Chicago Tribune*, *New York Magazine*, *Rolling Stone* et plusieurs autres aux États-Unis, en Europe et en Asie. Il a aussi été consultant pour ABC News, CBS News, le magazine *Time* et d'autres grands organes de presse.

Au cours de la dernière décennie, Burnstein a investi activement dans des démarrages d'entreprises de capital de risque, assemblant un portefeuille de plus de vingt-cinq entreprises de technologie. De 1988 à 2000, il a été conseiller principal auprès de The Blackstone Group, une des principales banques d'affaires privées de Wall Street. Il est également un consultant très connu en matière de stratégies d'affaires et il a occupé le poste de conseiller auprès de présidents directeurs généraux, d'équipes de gestion et de sociétés internationales, notamment Sony, Toyota, Microsoft, Boardroom Inc. et Sun Microsystems.

Arne de Keijzer (directeur de la rédaction) M. de Keijzer est auteur, ancien consultant commercial sur la Chine et partenaire de Dan Burstein chez Squibnocket Press. Il a écrit cinq livres: un guide de voyage en Chine, qui a connu un succès de librairie, et deux livres avec Dan Burstein, *The Rise, Fall, and Future of the Internet Economy* et *Big Dragon: China's Future — What it Means for Business, the Economy, and the Global Order.* Il a écrit pour des publications allant du *New York Times* à *Powerboat Reports*.

Diane Apostolos-Cappadona est professeure adjointe d'arts religieux et d'histoire culturelle au Center for Muslim-Christian Understanding, ainsi que professeure adjointe et professeure principale au programme d'études libérales à la Georgetown University. Elle a été conservatrice invitée et auteure du catalogue de *In Search of Mary Magdalene : Image and Tradition* (2002). Elle prépare l'introduction à une nouvelle édition de *Sacred and Profane Beauty : The Holy Art* de Gerardus van der Leeuw ; deux volumes révisés, *Sources and Documents in the History of Christan Art* et *Sources and Documents in the History of Religious Art in 19th-century America* ; et un manuel, *The Art of the World's Religions.* Elle donne des cours sur l'art, la créativité et le sacré, la chrétienté orthodoxe d'Orient ; l'histoire et la théologie et la synthèse médiévale ; l'art et la religion au Moyen Âge. Avec la collaboration de Deirdre Good, elle a présenté une série d'ateliers et de conférences sur le thème de la vérité dans le *Da Vinci Code.*

Michael Baigent est né en Nouvelle-Zélande en 1948 et a obtenu un diplôme de psychologie de la Canterbury University, à Christchurch. Depuis 1976, il vit en Angleterre. Il a écrit *Ancient Traces* et *From the Omens of Babylon.* Il s'est associé aux auteurs Richard Leigh et Henry Lincoln pour écrire deux bests-sellers internationaux, *L'énigme sacrée* et *The Messianic Legacy.* En collaboration avec Richard Leigh, il a écrit *The Dead Sea Scrolls Deception, Secret Germany* et *The Elixir and The Stone.* Son dernier livre, coécrit avec Richard Leigh, s'intitule *The Inquisition.*

Amy D. Bernstein est auteur et universitaire spécialisée en littérature de la Renaissance. Sa thèse de doctorat comprenait une nouvelle édition des sonnets de Jaques de Billy de Prunay, moine bénédictin, auteur à succès et traducteur de Grégoire de Nazianzus et d'autres auteurs patristiques.

Peter W. Bernstein, partenaire d'Annalyn Swan chez A.S.A.P. Media, a été consultant pour ce livre. M. Bernstein a été rédacteur en chef des magazines *U.S. News and World Report* et *Fortune.* Il a aussi été éditeur chez Times Books et Random House. Il est également un auteur à succès et a écrit et publié *The Ernst & Young Tax Guide.* Il a coécrit *The Practical Guide to Practically Everything* et publié, en collaboration avec sa femme Amy, *Quotations from Speaker Newt : The Red, White and Blue Book of the Republican Revolution.*

David Burnstein est étudiant en latin au niveau secondaire et auteur du livre à paraître *Harry Potter and the Prisoner of the* New York Times *Bestseller List.* Il a écrit un livre de poésie et sept pièces de théâtre, et a incarné des rôles principaux dans les productions scolaires de *Noises Off, The Wind in the Willows, Much Ado About Nothing, Cinderella* et *Fiddler on the Roof.* M. Burnstein est aussi président de la campagne de financement du Westport Youth Film Festival.

Esther de Boer étudie la théologie à l'Université libre d'Amsterdam et est ministre des Églises réformées de Hollande à Ouderkerk aan de Amstel.

Denise Budd est diplômée de la Rutgers University, au Nouveau-Brunswick (licence), et de la Columbia University (doctorat). En 2002, elle a terminé sa thèse de doctorat sur Léonard de Vinci, une étude qui met l'accent sur une réinterprétation des preuves documentaires de la première moitié de la carrière de De Vinci. Le professeur Budd a donnée des cours à la Columbia University et elle enseigne aujourd'hui à la Rutgers University tout en continuant ses recherches.

John Castro est un auteur, réviseur et chercheur établi à New York. Il a travaillé à des publications du chef de file des droits civiques, Jesse Jackson, du journaliste Marshall Loeb et de l'entrepreneur sur Internet Charles Ferguson. M. Castro est également directeur de théâtre, comédien et dramaturge, et il éprouve un attachement particulier pour Shakespeare.

Il est diplômé du Collège St-John's à Annapolis (Maryland).

Michelle Delio rédige des textes sur une vaste gamme de sujets liés à la technologie et collabore régulièrement au magazine *Wired*. Elle a aussi contribué à Salon.com, sur des sujets allant du blocage des spams aux motocyclettes Harley-Davidson.

Jennifer Doll a été chercheuse et rédactrice associée pour ce livre, rôle qu'elle a tenu pour divers autres livres et magazines. Elle est consultante en rédaction pour *Reader's Digest* et a également mis ses talents au service de McKinsey & Compagny, le magazine *Continental* et The Teaching Commission. Pendant ses loisirs, elle écrit de la fiction et travaille à son premier roman.

David Downie est auteur, correcteur et traducteur établi à Paris. Au cours des deux dernières décennies, il a rédigé des textes sur la culture européenne, le voyage et la nourriture pour des magazines et des journaux américains et britanniques, et, à l'occasion, pour des publications françaises, italiennes et hollandaises. Ses œuvres ont paru partout dans le monde. Son dernier livre, encensé par la critique, *Cooking the Roman Way: Authentic Recipes from the Home Cooks and Trattorias of Rome*, traite de la nourriture et de la culture culinaire de la Rome d'aujourd'hui. Il travaille présentement à une série d'essais sur le voyage intitulée *Paris, Paris.*

Betsy Eble adore créer des choses depuis toujours, au moins depuis qu'enfant elle confectionnait ses propres poupées. Durant la journée, elle construit des structures et des interfaces informatiques pour des applications en ligne. Le soir et les week-ends, elle peint, écrit des articles pour son blogue et rassemble des recherches sur les romans historiques. Son livre intitulé *Deph & Details — A Reader's Guide to Dan Brown's* The Da Vinci Code a été le premier guide à fournir des clés de recherche pour le roman.

Bart D. Ehrman est professeur émérite d'études religieuses à l'Université de Caroline du Nord à Chapel Hill, où il enseigne depuis 1988. Il est un spécialiste reconnu du Nouveau Testament et de l'histoire des débuts du christianisme. Il a participé à des émissions sur CNN, History Channel, A&E et à d'autres émissions de télévision et de radio. Il a enregistré plusieurs séries de conférences populaires pour The Teaching Company, et a écrit ou révisé treize livres dont, récemment, *Lost Christianities : The Battles for Scripture and the Faiths We Never Knew* et *Lost Scriptures : Books that Did Not Make It into the New Testament.*

Riane Eisler est chercheur en sciences sociales, historienne culturelle et adepte de la théorie de l'évolution. Elle a écrit entre autres le bestseller *The Chalice and The Blade : Our History, Our Future*, une étude multidisciplinaire sur la culture humaine, *Sacred Pleasure, Tomorrow's Children* et *The Power of Partnership : Seven Relationships That Will Change Your Life*. Mme Eisler est présidente du Center for Partnership Studies, elle a enseigné à l'Université de Californie à Los Angeles et donné des conférences-programme partout dans le monde.

Glenn W. Erickson a enseigné la philosophie à la Southern Illinois University, à la Texas A&M University, à la Western Carolina University et à la Rhode Island School of Design, de même qu'à cinq universités fédérales au Brésil et au Nigeria, parfois à titre de boursier de la Fondation Fulbright. Il est l'auteur d'une douzaine d'ouvrages sur la philosophie (*Negative Dialectics and the End of Philosophy*), la logique (*Dictionary of Paradox*, avec John Fossa), la critique littéraire (*A Tree of Stories*, avec sa femme, Sandra S.F. Erickson), la poésie, la nouvelle et l'histoire de l'art (*New Theory of the Tarot*), et l'histoire des mathématiques.

Timothy Freke détient un diplôme de philosophie. Il est l'auteur de plus de vingt livres et fait autorité dans le monde de la spiritualité. En collaboration avec Peter Gandy, il a écrit cinq livres, notamment *The Jesus Mysteries* et *Jesus and the Lost Goddess*. Il donne des conférences et organise des colloques dans le monde entier, étudiant la *gnose* ou l'illumination spirituelle. Pour obtenir plus de renseignement sur les livres et les colloques de Freke et Gandy, visitez le site www.timfreke.demon.co.uk.

Peter Gandy possède une maîtrise en civilisations classiques et se spécialise dans le domaine des anciennes religions à mystères païennes. Il est plus particulièrement connu pour ses travaux sur Jésus, écrits avec Timothy Freke, dont *Jesus and the Lost Goddess* et *The Jesus Mysteries.*

Deirdre Good enseigne le Nouveau Testament au General Theological Seminary de l'Église épiscopale de New York. Elle a publié de multiples travaux et donné partout des conférences sur les traditions miriamiques et la femme dans les textes coptes et gnostiques. Son plus récent livre s'intitule *Mariam, the Magdala, and the Mother.*

Susan Haskins est auteur, correctrice, chercheur et traductrice. Elle a donné des conférences dans le monde entier, a participé à diverses émissions de télévision traitant de Marie-Madeleine. Elle traduit (de l'italien) et édite *Three Marian Writings* (des textes sur la vie de la Vierge par trois écrivaines italiennes du XVIe siècle). Elle est l'auteur de *Mary Magdalen: Myth & Methaphor,* et éditrice et traductrice pour *Three Sixteenth-Century Marian Writings.*

Collin Hansen est rédacteur en résidence au magazine *Christian History.* Il a étudié le journalisme et l'histoire de l'Église et traité de sujets comme le sécularisme européen, la guerre en Irak et l'éducation supérieure chrétienne.

Stephan A. Hoeller, docteur en philosophie, est évêque de la Ecclesia Gnostica et tenant principal des English Gnostic Transmissions aux États-Unis. Il est l'auteur de plusieurs livres, notamment *Gnosticism, Jung and the Lost Gospels* et *Freedom: Alchemy for a Voluntary Society.* Le professeur Hoeller a occupé pendant seize ans la chaire de religions comparées au College of Oriental Studies à Los Angeles.

Katherine Ludwig Jansen est professeur associée d'histoire à la Catholic University. Elle a écrit *The Making of the Magdalen: Preaching and Popular Devotion in the Later Middle Ages.*

Karen L. King, professeur d'histoire ecclésiastique à la Harvard University Divinity School, est l'auteur de *What is Gnosticism?* et *The Gospel of Mary of Magdala: Jesus and the First Woman Apostle.* Possédant une formation en religions comparées et en études historiques, elle poursuit l'enseignement et des recherches spécialisées en histoire du christianisme et en études féminines. Ses derniers livres, *The Gospel of Mary of Magdala* et *What is Gnosticism?* ont reçu un accueil enthousiaste partout dans le monde. Ses intérêts particuliers en matière de théologie touchent la formation de l'identité religieuse, les dissertations sur la normativité (orthodoxie et hérésie) et l'étude des différences entre les sexes.

David Klinghoffer est l'auteur de *The Lord Will Gather Me In* et *The Discovery of God: Abraham and the Birth of Monotheism.* Il collabore aussi régulièrement au magazine *National Review.*

Richard Leigh écrit des romans et des nouvelles. En collaboration avec Michael Baigent, il est l'auteur de plusieurs livres, dont *L'énigme sacrée* (avec Henry Lincoln), *The Dead Sea Scrolls Deception, The Messianic Legacy, The Temple and the Lodge, Secret Germany: Claus von Stauffenberg* et *The Mystical Crusade against Hitler, The Elixir and The Stone*, et plus récemment *The Inquisition.*

Henry Lincoln a commencé sa carrière en tant que comédien, mais au début des années 1960, il a écrit pour la télévision, produisant plus de deux cents scénarios dramatiques. Sa fascination précoce pour l'égyptologie (il a appris à lire les hiéroglyphes) l'a mené à une exploration des mystères historiques, des mythologies et des religions comparées. Depuis que le mystère de Rennes-le-Château s'est emparé de son imagination, il a présenté plusieurs documentaires pour la BBC au sujet d'autres mystères historiques, notamment *The Man in the Iron Mask*, *Nostradamus* et *Curse of Toutenkhamun*. Il a aussi écrit, en collaboration avec Michael Baigent et Richard Leigh, *L'énigme sacrée*.

James Martin, s.j. est jésuite et rédacteur associé au magazine catholique national *America*. Il a écrit de nombreux livres sur la religion et la spiritualité, notamment le mémoire intitulé *In Good Company: The Fast Track from the Corporate World to Poverty, Chastity and Obedience*.

Richard P. McBrien est professeur de théologie et ancien président de la faculté de théologie (1980-1991) à l'Université Notre-Dame. Il a aussi été président de la Catholic Theological Society of America. Il compte, parmi ses intérêts universitaires, l'ecclésiologie, la relation entre la religion et la politique, et les dimensions théologiques, doctrinales et spirituelles de la tradition catholique. Le dernier livre du père McBrien s'intitule *Lives of the Saints: From Mary and St. Francis of Assisi to John XXIII and Mother Teresa*. Il est prêtre à l'archevêché de Hartford (Connecticut).

Craig M. McDonald, journaliste et éditeur en chef ayant remporté plusieurs prix, il a interviewé de nombreux auteurs dont James Ellroy, Anne Rice, Dennis Lehane, Walter Mosley, Alistair Maclod et Dan Brown. Sesinterviews sont présentées dans *Writers on Writing*, sur Internet, à l'adresse www.modestyarbor.com.

Brendan McKay est professeur d'informatique à l'Australian National University. Il est devenu célèbre, il y a quelques années, lorsqu'il a démonté la théorie sur le code biblique.

Laura Miller écrit des articles sur les films, les livres, le théâtre, la culture numérique et les questions sociales pour des journaux et des magazines nationaux. Ses articles ont paru dans le *New York Times*, le *San Francisco Chronicle*, *Harper's Bazaar* et *Wired*.

Lance S. Owens est à la fois médecin dans une clinique et prêtre d'une paroisse de l'Ecclesia Gnostica. Il a obtenu sa licence en histoire à la Georgetown University et à la Utah State University, et reçu son doctorat de l'Université Columbia. Il gère aussi un site Internet à l'adresse www.gnosis.com.

Elaine Paigels est l'auteur du bestseller *The Gnostic Gospels*, qui a remporté le National Book Critics Circle Award et le National Book Award, et qui a fait récemment l'objet d'une nouvelle édition.

Lynn Picknett et Clive Prince sont écrivains, recherchistes et conférenciers sur le paranormal, l'occulte et les mystères religieux. Leur livre, *The Templar Revelation*, a connu un grand succès et été une importante source pour le livre de Dan Brown. Avec Prince, Picknett a également écrit *Turin Shroud: In Whose Image? The Truth Behind the Centuries-Long Conspiracy of Silence*, qui avance l'hypothèse que de Vinci aurait organisé un canular sur le saint Suaire. Picknett a écrit *Mary Magdalen*. Les deux auteurs vivent à Londres.

James M. Robinson est professeur émérite de religion à la Claremont Graduate University et éditeur général de la bibliothèque de Nag Hammadi. En tant que spécialiste mondialement reconnu des débuts de la chrétienté, il a supervisé l'équipe de chercheurs et de traducteurs qui a fait connaître les découvertes de Nag Hammadi.

David A. Shugarts, journaliste de trente ans d'expérience, a travaillé pour des journaux et des magazines en tant que reporter, photographe, chef de pupitre et rédacteur en chef. Il compte, parmi ses domaines d'expertise, la rédaction de textes sur l'aviation et la marine. Il a reçu cinq prix régionaux et nationaux de l'Aviation/Space Writers Association. Il a été premier rédacteur en chef du magazine *Aviation Safety* en 1981 et de *Powerboat Reports* en 1988.

Margaret Starbird possède une maîtrise de l'Université du Maryland et a étudié à la Christian Albrechts University à Kiel, en Allemagne, et à la Vanderbilt Divinity School. Elle a beaucoup écrit sur le concept du Féminin sacré. Parmi ses livres, on compte *Magdalen's Lost Legacy: Symbolic Numbers and the Sacred Union in Christianity*, *The Goddess in the Gospels: Reclaiming the Sacred Feminine*, *The Feminine Face of Christianity* et *The Woman With the Alabaster Jar: Mary Magdalen and the Holy Grail.*

Kate Stohr a été associée de recherche et rédactrice adjointe pour ce livre. Elle est aussi journaliste pigiste et productrice de documentaires dont les travaux ont paru dans le *New York Times*, *U.S. News & World Report*, le *Christian Science Monitor*, *Time Digital*, *People*, *Rosie* et *In Style*. Ses récents reportages ont porté sur des sujets comme l'agriculture urbaine, la migration des retraités, la gestion des déchets, les questions syndicales et la justice environnementale.

Annalyn Swan est partenaire de Peter Bernstein chez A.S.A.P. Media et a œuvré à ce livre en tant que rédactrice consultante. Auteur et correctrice professionnelle, elle a fait partie du personnel du magazine *Time*, a été critique musicale et rédactrice sur les arts pour *Newsweek* et éditrice en chef de *Savvy*. Avec le critique d'art Mark Stevens, elle a également écrit une biographie de l'artiste Willem de Kooning, chez Knopf.

David Van Biema est rédacteur principal au magazine *Time* et spécialiste en matière de religions.

Brian Weiss a écrit des livres et des articles pendant presque trente ans sur une vaste gamme de sujets, dont la technologie, le commerce, l'aviation et la pharmacologie. Il a occupé des postes importants à la rédaction de plusieurs publications nationales, rédigé une chronique en tant que membre d'une agence de presse spécialisée et contribué à l'écriture de plusieurs livres. Son entreprise, Word'sworth, est établie à Pasadena, en Californie, et propose des services de communications et de conseils en marketing à une vaste gamme d'entreprises.

David Wilk a été rédacteur consultant pour ce livre. Il a œuvré dans l'édition à plusieurs titres, notamment rédacteur, réviseur, éditeur et distributeur. Il a été directeur des programmes littéraires pour la National Endowment for the Arts et il est actuellement un cadre supérieur chez CDS, à New York.

Kenneth L. Woodward collabore à la rédaction chez *Newsweek*. Il écrit fréquemment sur la religion et est l'auteur du récent livre intitulé *The Book of Miracles: the Meaning of the Miracle Stories in Christianity, Judaism, Buddhism, Hinduism and Islam.*

Nicole Zaray a été chercheuse et rédactrice associée pour ce livre. Elle est auteur et réalisatrice de films, vit à New York et a produit et a réalisé le documentaire indépendant *Work Life and The Unknowable*, coécrit un film à venir intitulé *Monopolis* et le spectacle « off-off Broadway » *Bread and Circus 3099.*

Remerciements :

Des remerciements particuliers et profonds à tous ceux qui ont été excités à l'idée de faire ce livre malgré les obstacles et à le faire en un temps record. D'abord, je dois remercier Gilbert Perlman, Steve Black, et leurs collègues chez CDS pour leur vision, leur aide et leur esprit d'équipe. Ils ont remué ciel et terre pour faire les choses. David Wilk a prouvé qu'il était bien le meilleur ami de l'auteur, en coordonnant le nombre infini de documents pour en faire un livre cohérent. Merci également à Kari Stuart, Hope Mathiessen, Kipton Davis, Lane Jantzen, Elizabeth Whiting et Kerry Liebling.
Nous n'aurions pas pu faire ce travail sans une équipe de choc, composée de consultants, d'éditeurs, de documentalistes et de chercheurs. John Castro, David Shugarts et Brian Weiss nous ont apporté leur aide sur un grand nombre d'aspects.
Nous avons aussi été aidés par notre équipe éditoriale chez ASAP Media, notamment Peter Bernstein, Annalyn Swan, Kate Stohr, Jennifer Doll et Nicole Zaray.
L'équipe de production a travaillé dur pour donner vie à ce livre. Remerciements particuliers à George Davidson, Jaye Zimet, Leigh Taylor, Lee Quarfoot, Nan Jernigan, Gray Cutler, Suzanne Fass, David Kessler, Mike Kingcaid, Ray Ferguson et Jane Elias.
Nos familles nous ont également apporté leur aide morale, intellectuelle et artistique. Un merci affectueux à Julie O'Connor, Helen de Keijzer, Hannah de Keijzer, David Burstein, et Joan O'Connor.
Un grand nombre de collègues et d'amis nous ont également aidé à améliorer ce projet, donné de nouvelles idées sur la manière de construire cet ouvrage ou nous ont aidé dans la vie quotidienne quand celle-ci était difficile à combiner avec le livre : Ann Malin, David Kline, Sam Schwerin, Peter Kaufman, Marty Edelston, Susan Friedman, Carter Wiseman, Stuart Rekant, Ben Wolin, Bob Stein, Gregory Rutchick, Cynthia O'Conner, Petra Talvitie, Ilene Lefland et Jen Prosek. Bon courage aussi à Craig Buck et Phil Berman dans leur lutte contre le cancer.
Elaine Pagels, l'une des meilleures spécialistes des évangiles alternatives et du gnosticisme nous a donné ses encouragements au début de ce voyage. C'est une vraie femme de la Renaissance. Nous voulons également remercier tous les autres auteurs et contributeurs : Diane Apostolos-Cappadona, Michael Baigent, Amy Bernstein, Esther de Boer, Denise Budd, Michelle Delio, David Downie, Betsy Eble, Bart D. Ehrman, Riane Eisler, Glenn W. Erickson, Timothy Freke, Peter Grandy, Deirdre Good, Susan Haskins, Collin Hansen, Stephen A. Hoeller, Katherine Ludwig Jansen, Karen L. King, David Klinghoffer, Richard Leigh, Matthew Landrus, Hanry Lincoln, James Martin, Richard P. Mc Brien, Carig Mc Donald, Brendan Mc Kay, Laura Miller, Anne Moore, l'Opus Dei Awareness Network, Lance S. Owens, Elaine Pagels, Lynn Picknett, la prélature de l'Opus Dei, Clive Prince, James Robinson, Margaret Starbird, David Van Biema et Kenneth Woodward.

Dan Burstein & Arne de Keijzer

City Editions remercie par ailleurs les équipes de Hachette-Livre pour leur enthousiasme et leur capacité de réaction !

Achevé d'imprimer sur les presses
de l'imprimerie France Quercy, 46001 Cahors
Dépôt légal : octobre 2004 - N° d'impression : 42478/

Imprimé en France